京华学术文库

诗心、文心与士心

中国古代诗文研究举隅

马自力 著

社会科学文献出版社

SOCIAL SCIENCES ACADEMIC PRESS (CHINA)

目 录

CONTENTS

诗心篇

清淡的歌吟
——中国古代清淡诗风与诗人心态

引　言

一

　　贵贱虽异等，出门皆有营。独无外物牵，遂此幽居情。微雨夜来过，不知春草生。青山忽已曙，鸟雀绕舍鸣。时与道人偶，或随樵者行。自当安蹇劣，谁谓薄世荣。

　　这首唐代诗人韦应物的《幽居》，作于他辞官别秩闲居郊外之时。诗歌充满了浓郁的东方情调：那早春细雨中的诗情画意，达观通脱的人生态度，古雅清淡的气韵风度，构成了一幅典型的中国士人的心灵图卷。在中国诗史上，这类作品并不乏见，创作这类诗歌的也不乏其人；尤为值得注意的是，在中国古代诗论家的心目中，这类作品和诗人已被奉为某种审美理想的尺度或规范。

　　这些诗人的名字频频出现在历代诗评诗论中，而且，传统诗论赋予他们的角色评价常常是五光十色、丰富多彩的。以他们的始祖和总代表陶渊明而言，从他身后不久的梁代起，就有钟嵘在其《诗品》中追认他为"古今隐逸诗人之宗"；到了隋代，又有王通在《文中子中说》中封他为"放人"；宋人徐铉和葛立方更推他为"逸民"、"第一达磨"①；而在清人吴淇、顾炎武、龚自珍眼里，陶渊明又成了"圣贤之人"、"有志于天下者"、"卧龙豪"②。又如柳宗元，南宋刘克庄赞扬他复兴"雅道"，是

---

① 分别见于徐铉《送刁桐庐序》，《徐公文集》卷二十四；葛立方《韵语阳秋》卷十二。
② 分别见于吴淇《六朝选诗定论》卷十一；顾炎武《菰中随笔》；龚自珍《杂诗》，《定庵文集》。

"本色诗人"①，而清人乔亿则指出他长于"哀怨"，为"骚人之苗裔"②。此外，王维身兼"高人"③、"卧龙"④、"神仙侣"⑤ 三任，张九龄、孟浩然、常建、储光羲、韦应物、梅尧臣、王士禛等也分别被标上诸多名号。这种颇有意味的文学现象，一方面说明上述诗人及其作品在文学史上占有重要的地位，从而成为诗论家们广泛关注的对象；另一方面则又显示出，他们具有非他人所能够比拟的丰富性和复杂性，以致在同一人身上出现了上述诸多看似抵牾难合的角色评价。

尽管如此，这些诗人还是被诗评家们煞费苦心地拈出，在某种审美尺度下被组合成一个凌跨几个朝代的诗人群，并由此对诗歌创作和审美理论产生了深远的影响。这在中外文学史上是罕见其例的，因而其间奥秘便很有深入探究一番的必要。

二

作为一个独特的诗人群，陶渊明等人虽然被诗论家们赋予了形形色色的角色评价，看似仁者见仁，智者见智；其实，在他们身上，仍然存在着某些相互一致或趋同的角色特征，而这正是他们之所以能够走到一起——确切地说，是被组合在一起——的外在依据。当然，这些角色特征，是要在与其他众多士林人物的比较中才能凸显出来的。

众所周知，屈原是中国文学史上第一位伟大的诗人，他以光耀千古的抒情长诗《离骚》奠定了自己的历史地位；同时，也向人们昭示了他积极进取、百折不挠的处世态度。唐代诗人杜甫，一生追求理想政治，批判黑暗现实，自称"葵藿倾太阳，物性固难夺"⑥；宋代诗人陆游虽自号放翁，却始终情系"扫胡尘"、"靖国难"，以至到了晚年，仍然"尚思为国戍轮台"⑦。他们堪称入世型诗人的代表。作为批判现实、积极投身于社会实践的诗人，他们固然或曾行吟泽畔、筑堂花溪、僵卧荒村⑧；

---

① 刘克庄：《后村诗话》前集卷一，中华书局，1983，第226页。
② 乔亿：《剑溪说诗》卷上，《清诗话续编》，上海古籍出版社，1983，第1081页。
③ 杜甫：《解闷》十二首其六："不见高人王右丞。"
④ 储嗣宗：《过王右丞书堂》二首其一："澄潭昔卧龙。"
⑤ 李日华：《读右丞五言》："紫禁神仙侣。"
⑥ 《自京赴奉先县咏怀五百字》。
⑦ 《十一月四日风雨大作》。
⑧ 屈原遭谗被疏，流放江南，行吟泽畔，笑傲沧州；杜甫辞官入蜀，卜居浣花溪，营造草堂；陆游被劾去职，归老故乡，有"僵卧孤村不自哀"（《十一月四日风雨大作》）的诗句。

但他们的行事与心态既不同于佯狂避世的楚狂接舆，又与自号"华阳隐居"的"山中宰相"陶弘景迥然相异。也就是说，他们除了富有这类诗人特有的浓烈感情外，更不乏政治家忧时悯世的胸襟与怀抱。其角色特征在于"入世"二字。

与入世相对的自然是出世。在中国封建社会，出世之人除了"跳出三界外，不在五行中"的宗教徒——所谓"出家人"——僧尼和道士外，大量存在的恐怕就是被称为"幽人"、"逸民"的隐士了。从《后汉书》开始，历代史书就专设"逸民列传"或"隐逸列传"、"高逸列传"、"处士列传"、"逸士列传"、"遗逸列传"等记载隐士行事。隐士之所以隐逸出世，其原因各式各样，不一而足。按《后汉书》作者范晔的说法，大致有如下六条：一是"隐居以求其志"，指长沮、桀溺耦耕于田，不以出处进退为事；二是"回避以全其道"，指薛方不仕于王莽新朝，以保全气节；三是"静己以镇其躁"，指逄萌借隐逸以压慑自己的易躁性格；四是"去危以图其安"，指商山四皓去害以全其身；五是"垢俗以动其概"，指申徒狄、鲍焦等离俗绝尘；六是"疵物以激其清"，指梁鸿、严光之流非议世间事物以激扬自己清高的品格。正因为上述缘故，隐士逸民们或甘心畎亩之中，或憔悴江海之上，从而表现了自己"志意修则骄富贵，道义重则轻王公"①的品德，与沽名逐利之徒形成鲜明对照。隐士逸民作为特定社会阶层的重要组成部分，深受史学家的青睐，代不乏传。至宋，《新唐书》的作者欧阳修、宋祁发表了总结性的意见，把隐士划分为三种类型：

> 古之隐士，大抵有三概：上焉者，身藏而德不晦，故自放草野，而名往从之，虽万乘之贵，犹寻轨而委聘也；其次，挈治世具弗得伸，或持峭行不可屈于俗，虽有所应，其于爵禄也，泛然受，悠然辞，使人君常有所慕企，怊然如不足，其可贵也；末焉者，资槁薄，乐山林，内审其才，终不可当世取舍，故逃丘园而不返，使人常高其风而不敢加訾焉。且世未尝无隐，有之，未尝不旌贲而先焉者，以孔子所谓"举逸民，天下之人归焉"。

在这里，第一类有德行而不受万乘之聘的隐士和第三类乐山林逃丘园不与世事的隐士比较符合历史上的真实情况，他们是所谓"真隐"。比如许由闻尧欲让天下于己而到河边洗耳，以正清听；庞公与其妻躬耕畎亩，不受官禄，后来采药入鹿门山，不

---

① 《荀子·修身》。

知所终等。至于第二类，严格地说，不能算作真正的隐士，他们或怀才不遇，或不合流俗，对于出处辞受，完全持一种听其自然的态度，当仕则仕，当隐则隐。所以，后来的史书隐逸传，就把这一类人排除在外，而专以终身不仕而又有世名当作划分隐士的标准了。总之，隐士的角色特征，在于"出世"二字。

较之入世型诗人屈原、杜甫、陆游等和出世的隐士逸民，以陶渊明为始祖和代表的诗人群自有其独特的角色特征。总的来说，他们与上述两类人同中有异，异中有同。

与入世型诗人相比较，二者在受儒家修齐治平思想的影响方面是一致的，即他们都把魏阙庙堂当作人生的首选目标。不过，陶渊明等人在出处进退方面远不如屈原、杜甫、陆游那么执着，他们并没有把魏阙庙堂当作人生的唯一目标或价值取向。在他们看来，江海山林同样具有非同寻常的吸引力。尤其在宦海沉浮与洁身自好、人格独立、心理平衡发生冲突的情况下，江海山林更成为他们赖以栖息的精神家园。

与隐士逸民相比较，二者在追求洁身自好、人格独立和心理平衡方面是一致的；其不同之处在于，隐士逸民既以此种人生态度处世生存，更以此种处世方式成名立身，因而他们可以被视为洁身自好、人格独立和心理平衡的象征，而陶渊明等人虽然把它作为一种生存方式，但并不把它当作唯一的生存方式。在出处进退方面，陶渊明等人基本上持听其自然的态度，当仕则仕，当隐则隐；但这并不排除发生在他们内心深处的激烈的冲突。这种内心冲突往往在相互对立的两极因素中展开，比如穷通、贵贱、荣枯、悲乐、自由与樊笼、纵浪大化与投身纷纭等。矛盾冲突的结果，是调和出或仕或隐的现实抉择。之所以把它称为调和，是因为对于隐士逸民来说，这种内心冲突原本是不存在的，如果存在，至少在他们隐逸山林之前就已经消解；而对陶渊明等人来说，这种冲突却时时伴随着他们人生的各个阶段，无论入世还是归隐，都无法摆脱，因而他们吟咏性情、描绘自然的诗歌，便可视为其坎坷不平心路历程的写照。

三

然而，上述角色特征只是陶渊明等人走到一起或被组合在一起的外在依据。在中国古代社会，具有上述角色特征的人恐怕远远不止陶渊明、张九龄、孟浩然、王维、储光羲、常建、韦应物、柳宗元、梅尧臣、王士禛等几个。看来，要想弄清这个诗人群形成的原因，还要从其成员的内在要素着眼，做进一步的探寻。

自刘宋时范晔在《后汉书》辟"逸民列传"以来，载写陶渊明行事的《宋书》《南史》《晋书》，无一例外地把陶渊明列入"隐逸传"。也就是说，在陶渊明身后的一两百年内，他主要还是被当作隐士而不是被当作诗人来看待的。即使被视为诗人，也仅仅被推举为隐逸诗人，而且是作为"古今隐逸诗人之宗"，他在钟嵘的《诗品》中也仅被列入中品，置于潘岳、陆机之下。至于《诗品》之前的文论经典《文心雕龙》，则于陶渊明只字未提。造成这种现象的原因是多方面的，陶渊明的风格不符合当时和稍后一些人们的审美标准，恐怕是主要原因之一。然而，与忽略陶渊明文学成就形成对比的是，陶渊明的人品和风范却得到了众口一词的赞誉。如陶渊明的好友颜延之在《陶征士诔》中说："物尚孤生，人固介立"，"（陶）畏荣好古，薄身厚志"，"赋诗《归来》，高蹈独善"。梁昭明太子萧统虽自称"余爱嗜其文，不能释手"，但对陶诗成就的评价很讲分寸，至于"尚想其德，恨不同时"，却大发感慨。①《宋书》《南史》《晋书》的陶渊明传，也多从传主人品之高洁方面组织材料，以彰表其"颖脱不羁，任真自得"②。

陶诗受世人冷落的状况，到了唐代以后才有了根本的改变。从初唐始，就有王绩从行事和作诗方面模仿陶渊明；以后，张九龄、孟浩然、王维、储光羲、常建等或自觉或不自觉地师承陶渊明；至中唐韦应物、柳宗元，更把陶诗的成就继承发展到一个新的阶段。与此同时，人们的审美趣味和品评标准也发生了很大的变化。如果说唐代对陶诗的推崇还不够自觉的话，那么到了宋代以后，这种自觉不但形成了，而且具有了理论的味道。其时，以某种风格统摄、观照陶诗及其追随者诗歌特征的理念产生了。进入明清，随着众多诗论家的品评和阐释，这种诗风的轮廓和内涵渐渐明晰定型，并被广大诗人和诗论家普遍认同。这时，他们的诗作和诗歌风格就被赋予了更广泛的社会心理内涵和普遍的美学意义，成为不可忽视的社会心理现象和文艺美学现象。

这种诗风就是古人津津乐道的清淡诗风。被归纳在这种诗风的旗帜下的，就包括陶渊明、张九龄、孟浩然、王维、储光羲、常建、韦应物、柳宗元、梅尧臣、王士禛等人。

---

① 萧统：《陶渊明集序》。
② 《晋书·隐逸传》。

四

可见，这是一个由陶渊明的人品风范——其实是一种人生态度、处世方式——所发起的，以陶诗风格为核心特征和共同审美情趣的诗人群体。当然，陶诗的风格不止清淡一种——不仅有"悠然见南山"式，还有"金刚怒目"式；效法陶渊明及其诗歌的也不仅仅是张九龄、孟浩然等几个人，而且就他们几个来说，其诗风也不能视为只有清淡一种；但是，从中国诗歌发展的实际情况看，清淡诗风的确是中国诗史上生命力最强、涵盖面最广的诗风，而陶渊明等人也的确是这种诗风最有资格的代表。

从文学史的角度说，这个诗人群体可称得上是一个独特的文人集团：其成员并不共存于一时一世，而是分布在几个历史年代，而且没有共同的文学纲领和一定的社团形式。这一点，与人们熟知的江西诗派等文人集团迥然不同。他们只是存在于一种共同的审美视野和社会心理状态之中，靠一种共同的创作风格以及造就这种创作风格的独特心态维系着，从而达到一种价值认同。

从美学史的角度说，这个诗人群体所造就和代表的诗风，不仅生生不已、绵延不绝，而且在不同的历史阶段，随着美学观念的演进和嬗变，还被不断加入新的有机成分，后者通过古人不绝于口的吟赏和品评，终于形成某种审美理想的尺度和规范。

那么，形成这个诗人群体的共同心理基础是什么？清淡诗风的总体特征及其内涵如何？清淡诗风与时代文化特征以及诗人心态的关系怎样？清淡诗风的文化蕴涵和文学传统，清淡诗风的美学意义等问题，就自然地摆到了我们的面前。

本篇即以中国古代清淡诗风与诗人心态为研究对象，把以创作此类风格诗歌的诗人作为一个类型或作家群，通过对几个最具典型意义的诗人及其作品的剖析，展示中国古代一类文人的心态、创作风貌以及他们所造就和代表的美学规范，并从文化—审美心态的高度对之加以评判。

相互认同与历史认同

在文学史上，每个诗派或诗人群的产生和形成无不有其内在的心理基础，以陶渊明为首的诗人群也不例外。不过，作为一个独特的诗人群，其产生和形成的心理基础自然有与众不同之处。一般诗派或诗人群的产生和形成，除了一定的组织形式和纲领宗旨外，主要依靠相互认同这一心理基础，或者说只要有彼此间的相互认同和文学交往，就可以初步形成一个诗派或诗人群，如建安七子、初唐四杰、江西诗派等。这样的诗派或诗人群，通常是其成员共处于同一个时代，其创作或开一代诗风，或被看作一代诗风的标志。而以陶渊明为首的诗人群，其成员并不共处于一时一世，也没有某种组织形式、纲领宗旨；他们的创作从未被认为开启了某一代的诗风，或被看作是某代诗风的标志。他们所以构成一个诗人群，成为一种诗风的代表，主要是历史选择或历史认同的结果。如同他们分处于几个不同的时代一样，他们的创作被认为是凌跨时代的，甚至被看作是中国诗歌审美理想的代表或标志。当然，他们自身之间，也有着凌跨时代的相互认同。从这个角度看，以陶渊明为首的诗人群，其产生和形成的心理基础，是相互认同和历史认同的统一。

一　尊古重史和人格化的历史传统

中华民族是尊古重史的民族，传统观念在中国人的心目中有着根深蒂固的基础。"古"或曰传统，是与祖宗、经验，同时也是与孝悌、规矩相联系的。农业经济的安宁、稳定和周而复始，农产品的自产自销，宗法制度对传统的极端尊重，对于传统崇拜的形成起着决定性的作用。于是，传统的影子遍及各个领域：思想的传承方面，有所谓的道统；统治术的延续方面，有所谓的政统；权威的接替方面，有所谓的君统。至于文学遗产的继承和发展，也离不开文统诗教。

史是古的价值形态，是传统的载体。尊古必然重史，"至圣先师"孔子就说自己

"述而不作,信而好古"①,"亚圣"孟子则"言必称尧舜"②,道家极力推崇小国寡民的往古社会,这些都是先王崇拜与传统崇拜的反映。这种尚古心理有一个明显的特征,就是以祖先或先王的人格为崇拜对象,在一种追寻往古和历史的氛围中,把自己的理想寄托在祖先或先王的人格上,从而使这种人格理想成为联系历史和现实的纽带。

这种"史"的传统的影响可以归纳为两个方面:其一是把历史工具化,以史为鉴,尊古重史是为了知兴替、明得失,把握事物盛衰之道;其二是把历史人格化,以史为美,尊古重史是为了法先王、追前贤,推崇某种理想人格以及由这种理想人格所生成化育的一切。这两个方面中,前者主要影响政权的更替,后者主要影响文化的传播。

人格化的历史传统对文化传播的影响是十分深刻的。首先,它依靠的是对某种人格理想的认同;这种人格理想从情趣、观念等方面对人们产生潜移默化的影响,使人们对其产生一种奇特的情感共振,具有相当的凝聚力和感染力。其次,这种人格理想本身又是十分朦胧和含混的;作为理想与形象相结合的产物,这就为人们的阐释留下了相当的空间。可以说,对人格理想的追求造成了尊古重史的心理基础和社会氛围,而人格理想本身的意象性、多义性,则造成了文化传播与发展的独特机制——以复古为革新,托古以行其道。

总之,尊古与化古,是中国文化传播中的两个既相区别又相联系的重要方面。具体到文学领域,又有所谓学古与通变之说,而这正是构成清淡诗作者们相互认同心理的内在要素。

二 学古与通变

学古与通变,在中国文学理论中是个古老的话题。经过文论家们若干世纪的讨论与阐释,清代沈德潜在其《说诗晬语》中发表了总结性的意见:"诗不学古,谓之野体。然泥古而不能通变,犹学书者但讲临摹,分寸不失,而己之神理不存也。作者积久用力,不求助长,充养既久,变化自生,可以换却凡骨矣。"

---

① 《论语·述而》。
② 《孟子·滕文公上》。

沈氏同时强调了学古与通变的必要性和重要性。诗不学古，会被视为"野体"，这在尊崇传统的中国显然是难以生存的。但仅仅学古而不知通变，就成为泥古——好比学书法只知临摹，虽纤毫毕肖却毫无自己的神理灵魂。所以，既要保持努力，又不能追求标新立异，如此长久修养，才能达到自生变化、换却凡骨的境界。这样，学古的目的就达到了，这才是学古的正途。

上述看似纯粹的文学理论问题，却在清淡诗作者的相互认同中起着相当重要的作用，它是构成清淡诗风的一个重要的心理基础。

（一）

陶渊明等人是典型的尊崇传统、对往古社会和先民有着浓厚兴趣和感情的一群人。在这方面，陶渊明具有无可争议的代表性。

陶渊明的学古，与其说是一种文学活动，不如说是一种心理活动。他的诗歌，正是这种心理活动的自然流泻。陶渊明一生经历了几次出仕和归隐，无论是出还是处，他的诗中都少不了往古社会的氛围和怀古的情调。在他生命的调色板上，"遥遥望白云，怀古一何深"（《和郭主簿》二首其一）与"采菊东篱下，悠然见南山"（《饮酒》二十首其五）是两种相近而不可或缺的底色。从某种角度来说，"遥遥望白云"甚至可以成为"采菊东篱下，悠然见南山"的心理底蕴。当他与邻人朋友来往时是"谈谐无俗调，所说圣人篇"（《答庞参军》）。"邻曲时时来，抗言谈在昔"（《移居》二首其二）；当他独处衡门时，是"但恨殊世，邈不可追"（《时运》），"拥怀累代下，言尽意不舒"（《赠羊长史》）。究竟是什么使他如此萦系于怀悠思难忘呢？且看他的内心独白——

延目中流，悠想清沂。童冠齐业，闲咏以归。我爱其静，寤寐交挥。（《时运》）
悠悠上古，厥初生民。傲然自足，抱朴含真。（《劝农》）

这是他对先民任真自得的生活的追思；

先师遗训，余岂之坠。四十无闻，斯不足畏。（《荣木》）
先师有遗训，忧道不忧贫。（《癸卯岁始春怀古田舍》二首其二）

这是他对先师遗训的执着；

> 道丧向千年，今朝斯复闻。（《示周续之祖企谢景夷三郎时三人共在城北讲
> 礼校书》）

这是对古道沦丧的叹惋；

> 历览千载书，时时见遗烈。（《癸卯岁十二月中作与从弟敬远》）
> 遥遥沮溺心，千载乃相关。（《庚戌岁九月中于西田获早稻》）
> 其人虽已没，千载有余情。（《咏荆轲》）
> 何以慰吾怀？赖古多此贤。（《咏贫士》七首其二）

这是对精神偶像的依恋；

> 愿言蹑轻风，高举寻吾契。（《桃花源诗》）
> 缅怀千载，托契孤游。（《扇上画赞》）

这是对往古社会的追寻。

以上几个方面，概括起来说无非是人格化的历史。在陶渊明的心目中，先师先民古书古道就是历史的表征，就是他理想寄托之所在。对它们的缅怀和追思，构成了他文学活动的重要方面。它们给他的诗作笼罩上一层往古社会自然淳朴的氛围，赋予抒情主人公以理想人格的基调。这样一来，陶诗就具备了深厚的历史感，做到了学古与通变的统一。这是深层意义上的学古与通变，人们很难在一般的阅读活动中读出，只能沉潜到作品内部去体会。这是就陶渊明的一般诗作而言；至于他的拟古之作，如《拟古》九首，当然更加具有上述特征。一般的拟古之作，即使不标明所拟对象，人们也很容易找到摹拟的痕迹，从而确定所拟对象。而陶渊明的《拟古》九首，却自然浑成，无迹可求。正如明人许学夷所说："靖节《拟古九首》，略借引喻，而实写己怀，绝无摹拟之迹。"[1] 清人方东树说得更加明白："渊明《拟古》，是用古人格作

---

[1] 许学夷：《诗源辩体》卷六，人民文学出版社，1987。

自家诗。"①

"用古人格作自家诗"使陶诗具有鲜明的个性特征，同时又使陶诗在某种程度上成为朴素自然的往古社会和志趣高远的人格理想的象征。因而，陶渊明及其诗歌就被转换为一种历史传统，成为尚古心理膜拜的对象；另一方面，陶诗又成为清淡诗作者们相互联系的中介和纽带，而这正是他们相互认同的心理基础。所以在清淡诗作者的笔下，怀古与拟陶之作往往交错出现，陶渊明和陶诗常常作为一种意象或情境进入他们咏史怀古的篇章。

（二）

清淡诗作者的怀古，同样具有心理活动的色彩。与陶渊明略有不同的是，他们在往古社会氛围和怀古情调之中，加入了陶渊明或陶诗的意象，使其成为吟咏内容的组成部分。

这是一般的怀古诗句：

> 弱岁读群史，抗迹追古人。（张九龄《叙怀》二首其一）
> 寂寞於陵子，桔槔方灌园。（王维《辋川闲居》）
> 洗愤岂独古，濯缨良在兹。（孟浩然《陪张丞相自松滋江东泊渚宫》）
> 士贤守孤贞，古来皆共难。（常建《赠三侍御》）
> 摇摇世祀怨，伤古复兼秋。（储光羲《登商丘》）
> 鬓眉雪色犹嗜酒，言辞淳朴古人风。（韦应物《与村老对饮》）
> 机心付当路，聊适羲皇情。（柳宗元《旦携谢山人至愚池》）
> 历下亭中坐怀古，水西桥畔卧吹笙。（王士禛《忆明湖》）

诗中只是体现了一种怀古的心态或情调，加入陶渊明或陶诗意象之后，此一心态或情调，就有了实际的内容，并在对陶渊明人格认同的基础上，使诗的基调与吟咏内容形成一个浑然无间的整体：

> 自为本疏散，未始忘幽尚。……且泛篱下菊，还聆郢中唱。（张九龄《九月

---

① 方东树：《昭昧詹言》卷一，人民文学出版社，1961。

九日登龙山》)

酌醴赋《归去》，共知陶令贤。(王维《奉送六舅归陆浑》)

我爱陶家趣，林园无俗情。(孟浩然《李氏园卧疾》)

去时能忆竹园游，来时莫忘桃园记。(储光羲《酬李壶关奉使行县忆诸公》)

终罢斯结庐，慕陶真可庶。(韦应物《东郊》)

当时陶渊明，篱下望久矣。(梅尧臣《和江邻几有菊无酒》)

陶公令彭泽，柴桑一舍耳。犹对匡庐山，共饮西江水。(王士祯《彭泽雨泊有怀陶公》)

常建和柳宗元虽没有直接以陶公或陶诗入诗，但《空灵山应田叟》分明是常建笔下的桃花源，而柳宗元的《饮酒》诗不仅深得陶诗之奥义，而且"绝似渊明"①。

(三)

但是，仅仅是以陶渊明或陶诗意象入诗，并不能说明什么问题。由于陶渊明人格的魅力以及陶诗的艺术感染力，咏陶和拟陶之作历来是层出不穷的，比如苏轼出于对陶诗的喜爱和对陶渊明的钦佩，就曾在贬谪惠州之时，作过和陶诗数首，但苏轼诗风显然与陶诗大相径庭。所以，张、王、孟、常、储、韦、柳等人对陶诗的认同，除了受人格化的历史传统的影响外，还存在着一个通变的问题。

正如上文所述，通变是在学古的同时提出的。刘勰最初提出这一概念时，旨在抵制"竞今疏古"之风，主张"还宗经诰"，即"明道"、"征圣"、"宗经"。但通变与复古不同，"通"指文学传统的先后继承，"变"指文学的不断发展，通变即探本求源，做到"通则不乏"，"变则可久"(《文心雕龙·通变》)。可见，通变是以学古、通古为前提，以变为目的的。也就是说，通变虽然以"变"为主，但通却是基调。

由于通变的学古通古色彩，后代史论家们在谈到"变"的问题时，往往强调正变，使之与变调对应。例如，叶燮在《原诗·内篇》中说：

且夫《风》、《雅》之有正有变，其正变系乎时，谓政治、风俗之由得而

---

① 《笔墨闲录》，转引自《柳宗元集》第四册，中华书局，1979，第1253页。

失、由隆而污。此以时言诗，时有变而诗因之。时变而失正，诗变而不失其正，故有盛无衰，诗之原也。

"诗变而不失其正"、"有盛无衰"，可以说是诗论家们的理想。要想做到这一点，首先要识别正风正雅，亦即传统和正宗，其次是创变而不失其正调，亦即诗评中常说的"某某得体格之正"。一旦被人们视为正调，就已超越正变的范围了。

张、王、孟、常、储、韦、柳等人正是学古而不失正调的一群人。他们继陶诗所开创的清淡诗风之后，从各自的角度，不断丰富和发展了清淡诗风的内涵。沈德潜《说诗晬语》（卷上）云：

> 陶诗胸次浩然，其中有一段渊深朴茂不可到处。唐人祖述者，王右丞有其清腴，孟山人有其闲远，储太祝有其朴实，韦左司有其冲和，柳仪曹有其峻洁，皆学焉而得其性之所近。

这是以陶渊明为始祖，认为唐人王、孟、常、储、韦、柳等人皆从各自的品性出发，挖掘到了陶诗的那一段"渊深朴茂不可到处"。明人胡应麟也曾从"清"的角度指出学陶各家的自身特点：张九龄清而淡，孟浩然清而旷，常建清而僻，王维清而秀，储光羲清而适，韦应物清而润，柳子厚清而峭。①

以上仅就陶渊明在唐代的追随者而言，至于梅尧臣、王士禛，其诗仍不离上述唐人师陶的轨道。欧阳修《梅圣俞墓志铭并序》称梅"初喜为清丽闲肆平淡，久则涵演深远，间亦琢刻以出怪巧，然气完力余，益老以劲"。《宋史》本传也说梅诗"以深远古淡为意，间出奇巧"。从而梅诗特点可概括为清奇。王士禛提倡的神韵说，以含蓄、冲和、淡远为指归，他本人也在诗歌创作（特别是五七言绝句）中加以积极的实践，其诗风大抵不离清朗一路。

可见，清淡诗作者们对于陶诗的继承与发展，称得上是学古与通变的统一，做到了诗论家们理想中的"诗变而不失其正"。这个"正"，可以说是"清"的总特征或主色调，而"变"则是在此特征或色调中的种种变换。

---

① 胡应麟：《诗薮》外编卷四，上海古籍出版社，1979。

三　清淡诗风与清淡诗派

清淡诗作者们除了通过陶诗这一中介达到相互认同外，彼此间也存在着社会交往或心灵上的神交。这对清淡诗派的构成，同样是十分有意义的。

张九龄在盛唐初期是士林中颇富威望的人物，尤其以擢拔后进而闻名，因此他成为许多追求功名的士人所干谒的对象。王维、孟浩然都曾对张九龄有干谒之举。王维《寄荆州张丞相》不无深情地说："所思竟何在，终身念旧恩"。孟浩然《送丁大风进士赴举呈张九龄》对自己与张九龄的私交信心十足："故人今在位，歧路莫迟回。"王维甚至谈及张对自己创作的影响，如《上张令公》说："言诗或起予。"孟浩然生平唯一的出仕之举，就是四十九岁时入张九龄的荆州长史幕，在短短的几个月期间，陪同张九龄登临荆州诸多名胜古迹，写下许多纪游诗。张九龄也把王孟引为同调，《答王维》说："知己如相忆，南湖一片风"。他在荆州长史任上与孟浩然的交往，则比其他诗人更为密切。

王孟同时，孟比王年长十二岁，而精神相通。相传王维曾画孟浩然像于郢州刺史亭①，至于诗歌，二人也多有唱和。如孟浩然《留别王维》："惜与故人违，知音世所稀。"王维《送孟六归襄阳》："杜门不欲出，久与世情疏。以此为长策，劝君归旧庐。"又《哭孟浩然》："故人不可见，汉水日东流，借问襄阳老，江山空蔡州。"此外，储光羲与王维也有交往，储有《蓝上茅茨期王维补阙》，王有《待储光羲不至》；诗歌唱和则如王维《偶然作》六首、储光羲《同王十三维偶然作》十首等。

除上述四人互有交往外，其他清淡诗人则是通过对陶诗或同类作品的模仿和评价达到相互认同的。如韦柳的拟陶和学陶，梅尧臣的拟陶、拟韦，王士祯对王、孟、韦、柳的推重等，这些都是构成清淡诗派的必要条件。

如果说清淡诗作者们是通过陶诗或相互交往唱和达到相互认同的话，那么，历代诗论家对此类诗人的选择和推重则是一种历史的认同，而这同样是构成以陶渊明为首的清淡诗风诗人群的重要心理基础。

从诗歌批评史的角度看，以陶渊明为首的诗人群的成立，是由两方面的原因促成

---

① 参见皮日休《郢州孟亭记》，《皮日休文集》卷七。

的：一方面是在对陶诗的评价和历史认同过程中，一些以陶为师的诗人被纳入陶家风范；另一方面，是在对清淡之美的欣赏和提倡活动中，陶渊明等人被奉为这种审美理想的体现者和代表。这两方面的有关材料十分丰富，而且无论从诗歌批评史的角度，还是从美学思想史的角度看都是非常生动有力的。

　　总之，以陶渊明为首的诗人群的产生和形成，其心理基础是相互认同与历史认同的统一。正因为如此，陶渊明等人堪称中国文学史上一个独特的诗人群：他们虽然没有共同的文学纲领和一定的组织形式，但凭借着对一种诗风的历史认同和彼此间的相互认同，自然而然地走到了一起，又在诗论家的手底眼底，组成了中国诗史上跨越年代最长的"诗派"——这不是由诗人自身发起组成的诗派，而是诗论家心目中的诗派。胡应麟在《诗薮》内编卷二中指出：

　　　　以高闲、旷逸、清远、玄妙为宗者，六朝则陶，唐则王、孟、常、储、韦、柳。

　　　　（唐初）张子寿首创清淡之派。盛唐继起，孟浩然、王维、储光羲、常建、韦应物，本曲江之清淡，而益之以风神者也。

其视线虽停留在宋以前，但就其所述而论，显然已经把陶渊明等人视为一个诗派了。因此，笔者这里承袭传统说法，称陶渊明等人组成的诗人群为诗派；由于他们以清淡诗风为自己的代表性风格，不妨称他们为"清淡诗派"。

社会心理与社会思潮

任何一种诗歌风格，都是与产生它的时代息息相关的。正如钱锺书先生在《中国诗与中国画》一文中指出的："一个艺术家总在某些社会条件下创作，也总在某种文艺风气里创作。这个风气影响到他对题材、体裁、风格的去取，给予他以机会，同时也限制了他的范围。就是抗拒或背弃这个风气的人也受到它负面的支配，因为他不得不另出手眼来逃避或矫正他所厌恶的风气。""所以，风气是创作里的潜势力，是作品的背景。"① 这种创作里的潜势力和作品的背景，主要来自两个方面，那就是诗人生活时代的社会心理，以及该时代的社会思潮。它们对清淡诗风的形成及其特征，同样具有举足轻重的作用。

一 时代文化特征与诗人心态

（一）

既然这种创作里的潜势力和作品的背景对于创作本身具有上述不可忽视的影响，那么它们如何对作家产生影响，即如何转化为文学的内在要素，便是十分重要的问题了。

古代中国人向来重视心物感应，这既是一种文学观，又是一种世界观。孔子就有"仁者乐山，智者乐水"的名言，那是以山水去比喻仁者和智者的德行，是把人的道德节操投射到自然界的事物之上，在二者之间建立一种对应的关系。与儒家借自然物象比德不同，道家是借自然物象悟道，如王夫之《庄子解》卷十二论《知北游》说："（此篇）衍自然之旨"，言"天地万物莫不因乎自然"等。无论是儒家的比德还是

---

① 钱锺书：《七缀集》，上海古籍出版社，1986，第1页。

道家的悟道，都是心物对应的世界观的反映。在此前提下，文学观念里的心物感应更是直截了当而且多姿多彩了：

> 献岁发春，悦豫之情畅；滔滔孟夏，郁陶之心凝；天高气清，阴沉之志远；霰雪无垠，矜肃之虑深。

之所以如此，是由于"春秋代序，阴阳惨舒，物色之动，心亦摇焉"①。自然万物在形态、色彩等方面的变化，会对人的心灵产生各种不同的影响，从而成为文学创作的内在动力，所谓"情以物迁，辞以情发"②。自然界如此，人事亦然；甚至影响更直接、更深刻。文天祥在《东海集序》中说，他"自丧乱后……凡十数年间，可惊可愕可悲可愤可痛可闷之事，友人备尝，无所不至。其惨戚感慨之气，结而不信，皆于诗乎发之。盖至是动乎情性，自不能不诗"。其中"动乎情性，自不能不诗"一语道破人事对诗的促动关系——杜甫的众多诗篇之所以能称得上"诗史"，不正是因为他有诸如"三吏"、"三别"、《北征》、《自京赴奉先县咏怀五百字》等反映当时时事的作品吗？

自然和人事的内容成为作品的反映对象，无疑是心物感应的结果，其转化为文学的内在要素，是比较直接和明显的。而时代的文化特征，也就是上面提到的风气，则是作为作品的背景和潜势力出现的；它们要转化为文学的内在要素，就必须作用于作家的心灵，通过作家心态这个中介，去折射和反映当时那个时代。这里面，时代文化特征和作家心态，都是变动的参数。也就是说，时代文化特征会影响到作家的心态，时代文化特征变化了，作家心态也会发生变化；同一时代文化特征作用于不同的作家心态，会产生截然不同的作品；同类作家处于不同的时代文化特征之中，其作品也会迥然相异。由此可见，与把握时代文化特征同样重要，甚至更为重要的，是把握作家的心态，或者说把握在某一时代文化特征中的作家心态。

清淡诗风的代表人物跨越几个历史年代，其时代文化特征通过诗人心态这个中介转化为诗风的内在要素的过程，也就是清淡诗风逐渐形成和不断展开的过程。当我们

---

① 《文心雕龙·物色》。
② 《文心雕龙·物色》。

透过时空的屏障，把目光投向这个生生不息的过程时，不仅会为它的五彩斑斓、绚烂多姿而诧异，而且会因它的博大沉重、山高水长而慨叹。

（二）

在与诗人心态相关的社会因素中，社会心理的特点与它最为相似，因而关系也最为密切。社会心理直接来源于社会现实状况，政治的、经济的、文化的……它是一定社会形态和历史阶段中，人们对自身生存状态的直接的心理反应，具有敏感、复杂、易变、多样化的特点。社会思潮则建立在社会心理基础之上，它是具有阶段性、恒定性、传承性的多种社会思想的汇总。与社会心理相比较，它对诗人心态的影响虽不甚直接，关系也不是最为密切，但无疑更为持久、恒定。这样，社会心理和社会思潮就成为考察清淡诗风与诗人心态关系的重要方面。

清淡派诗人所处的历史时代，跨越晋、唐、宋、清。其中，除晋历时较短外，其余都有三百年左右的历史。不过，不论某一王朝生存期的久暂，它们都有一个产生、发展、衰落的过程，也都有种种生长于斯、反映于斯的社会心理和社会思潮。这样一来，尽管晋分东西、宋分南北，唐有安史之乱、清有鸦片战争作为阶段性标志，人们还是可以依据社会现实状况和社会心理状况，对其进行更为深入、细致的解析。

清淡派诗人或处于当时社会的盛衰交替之际，或处于王朝易代过程中，或处于社会转型尚未完成时期。这样的社会状态，必然造成社会心理和社会思潮的复杂、敏感和多变，而诗人心态也会随之动荡不平。于是，清淡诗风也就具备了丰富深厚的心理内涵。

二 陶渊明与晋宋之际的时代风云

（一）

陶渊明处于晋宋易代之际。他生于晋废帝太和四年（369）[①]，到晋元熙二年（420）刘裕受禅即皇帝位时，他已五十二岁，已经走完了人生的大部分历程；不过

---

① 参见邓安生《陶渊明年谱》，天津古籍出版社，1991。本书关于陶潜行止系年，多本此谱。

这并不意味着他的一生大部分是在安定承平的社会中度过的，因为在晋废帝时，权臣当道、军阀混战，半壁河山沦于北方少数民族之手，晋室处于风雨飘摇之中，衰败已经成为定局。

两晋王朝，一个是立根不稳，缺乏国家赖以维系道德人心的思想伦理准则；一个是生存危机接踵而来，觊觎王位的野心家层出不穷。由此而来的社会心理，必然出现从汉魏以来囊括宇宙的宏丽奔放和人文自觉的清醒深邃，转向远离社会人生的内心世界的嬗变。两晋世风的浮华奢靡、纵情任诞、清谈避世、偏安自保，就是这种社会心理的反映。有学者指出，偏安心态是东晋士人的主要心态，具体表现为追求宁静的精神天地、追求优雅从容的风度、怡情山水和向往仙与佛的境界。①

陶渊明的人生实践和他的诗歌创作，最能表明他本人对自己生存状态和社会心理的反映与去取，同时也能充分说明他所开创的清淡诗风的丰富的心理内涵。而这一切，似乎都不能脱离几乎伴随了他一生的对出处进退的现实选择和复杂心态去进行阐释。

陶渊明并非天生的隐逸诗人。他首先是受传统儒学熏陶的知识分子。其次，他还是一个没落士族子弟，这已足以说明他在政治上具有进取心和作出现实选择的原因。但另一方面，他又是一个具有鲜明的政治态度和社会理想的诗人。这就使得他的个人心态和人生实践既有东晋士人的共同特点，又有明显与众不同的过人之处。

在陶渊明出仕之前，有两个因素始终是绞结在一起的。其一是家世渊源。大凡封建文人都不能摆脱这种寻根意识，尤其是祖上有荣耀可寻者。陶渊明也不例外。在他的心目中，先祖可谓功业赫赫：高祖是吴国的扬武将军陶丹，曾祖是在东晋曾经叱咤一时的长沙郡公、大司马陶侃，祖父是"惠和千里"的武昌太守陶茂。尽管如此，在门第森严的两晋时代，陶渊明仍然算不上是出身于名门世家。到他父亲这一代，虽有出仕之举，但显然已经没落了，这就给他的晋身带来了相当大的困难。所以，在饱受儒家经世之学教育的陶渊明面前，家世的荣耀与衰颓时时在刺激着他，使他徘徊于积极进取和无可奈何之间。其二是他的性格特征。与他的家世渊源相应的，并不是他的积极进取，而偏偏是一种"纯粹的名士风度"。魏晋名士风度是当时政治风气和玄学风气的混合产物，刘伶醉酒、右军袒腹、阮籍佻妇，分明有一种佯狂傲世的因素

---

① 参见罗宗强《玄学与魏晋士人心态》第四章《东晋士人心态的变化与玄释合流》，浙江人民出版社，1991。

在；有意为之的痕迹是斑斑可寻的。也就是说，所谓名士风度，其实并非全是天性的表露，因为其中含有外在于性格本质特征的东西。陶渊明则不同，他的性格中似乎生就了名士风度。唯其内在，故而纯粹。《归园田居》五首其一云"少无适俗韵，性本爱丘山"；《始作镇军参军经曲阿》云"弱龄寄世外，委怀在琴书"；《饮酒》二十首其十六云"少年罕人事，游好在六经"，即使饱受儒学熏陶，他仍不改性格中高标远引的特征。① 因此，当他初次尝试做州祭酒时，就不堪吏职，没几天便辞职而去了。

性格中生就的"名士风度"和门第衰落的出身，构成了陶渊明入世进取的严重障碍。那么，究竟是什么使他摆脱了这些对于入世来说具有否定性的因素，而终于投身政治，先后四次走上了仕途呢？这就必然要涉及他的社会理想和政治态度了。

陶渊明的社会理想，在他那篇著名的《桃花源记》中有精彩的表述，他的其他诗作也每每提及"悠悠上古，厥初生民。傲然自足，抱朴含真"（《劝农》）。这是一个充满了真和善的社会。上古三代是他的理想社会。但是，正如诗人所说，"愚生三季后"（《赠羊长史》），"黄唐莫逮"（《时运》），而且社会上已是"真风告逝，大伪斯兴，闾阎懈廉退之节，市朝驱易进之心"（《感士不遇赋》）。在此情形下，陶渊明并没有受东晋士人偏安心态的左右，一头躲入自造的世外桃源，而是明确提出："时来苟冥会，宛辔憩通衢"（《始作镇军参军经曲阿》），若有机会与己不期而遇，也不妨走向仕途，为自己的社会理想而奋斗。他的第二次出仕入桓玄幕，第三次出仕为刘裕镇军参军，第四次出仕为刘敬宣建威参军，都可以视为这一指导思想的实践。

不仅如此，这三次出仕还表现了陶渊明的政治态度。陶渊明入桓玄幕，是在桓玄被推为反对权臣司马道子的军事盟主之后。当时，桓玄是挽时局于既倒的希望所在。陶渊明出仕刘裕镇军参军，是在桓玄篡晋称楚、刘裕起兵反对桓玄、声称恢复晋室之后。而他第四次出仕为之效力的刘敬宣，乃是原北府军首领刘牢之的儿子，曾与其父共谋讨伐桓玄。陶渊明的这三次出仕，正值东晋政局最为动荡之时，而且都选中了对时局颇具影响的人物为之效力，其想在政治上有所作为的动机，应该是不言自明的。② 这是

① 《杂诗》十二首其五云："忆我少壮时，无乐自欣豫。猛志逸四海，骞翮思远翥。荏苒岁月颓，此心稍已去。值欢无复娱，每每多忧虑。"一般根据"猛志"二句，断定渊明年少时曾积极寻求功名，余意不然。此诗无非说渊明的性格在年少时是无忧无虑的，即使无所可乐之事，也自欣豫；而且常常幻想超逸四海，到处遨游。但是随着岁月的推移，便不再无乐而自乐，相反却"值欢无复娱，每每多忧虑"了。所以，此诗乃是形容渊明不同凡响的性格特征，而不是说他少有用世之猛志，后因仕途不畅而归隐。

② 参见袁行霈《陶渊明与晋宋之际的政治风云》，《中国社会科学》1990 年第 2 期。

能够表明他的政治态度的一个方面。能表明他的政治态度的另一个方面，就是他从政治旋涡退出的果断之举。他从桓玄幕退出，表面上看是丧母这个偶然因素造成的，其实不然。在他去职居忧前，有一首《辛丑岁七月赴假还江陵夜行涂口》，诗云："投冠旋旧墟，不为好爵萦。养真衡茅下，庶以善自名。"已经流露出去玄之志。如果说这里"庶以善自名"的含义还不够显豁的话，那么桓玄篡晋那一年诗人写下的《癸卯岁十二月中作与从弟敬远》就可作为注脚了。诗云："高操非所攀，谬得固穷节。"谬，错、乱也。两年前自己发现桓玄的野心，不为桓玄的"好爵"所萦，虽因丧母之故而得以解脱，实属可庆幸之事，但当时自己的态度是很明确的。诗人的去玄而求善，必然是以玄之不善为前提的。正因为如此，不到三年以后，当刘裕起兵讨伐桓玄时，陶渊明便不顾丁忧须满三年的古制，毅然投入刘的幕府中，并且把入刘裕幕府视为一个不可多得的机会："时来苟冥会，踠辔憩通衢。"这样的表白在诗人是极为难得的。然而，不久他就失望了，一方面是因为刘裕排斥桓玄旧部，另一方面是因为刘裕的野心他也有所察觉。于是他感到在现实政治中不可能实现自己真与善的社会理想，经过做刘敬宣参军和彭泽令的短短过渡，就毅然归隐了。

（二）

东晋士人偏安心态的代表可以推举谢安。谢安并不是隐士，他的种种心态都是处于仕宦的境况中表现出来的。携妓东山、诗酒宴乐、泰然处世等著名传说，都发生在这个风流名相身上。王羲之是另一类名士，他的兰亭宴集、抄经换鹅、东床袒腹，洋溢着浓郁的名门士族的气息。而戴逵作为名噪一时的人物，其行业则是与他的隐士身份相符的。如此的潇洒风流，是陶渊明走上仕途之时难以做到的。此刻他正一方面想在政治上有所作为，另一方面又被对现实政治的失望和对田园的怀念所困扰，始终在"遥遥从羁役，一心处两端"（《杂诗》十二首其九）的状态中彷徨。《始作镇军参军经曲阿》先述自己本好琴书，不预人事；后来应运而仕，憩于通衢；随之叹于行役，复愧高鸟游鱼；终于决心一朝返归旧庐。全诗内容一波三折，充分而又曲折地反映了陶渊明的矛盾心态。在此情况下，他又如何能像其他东晋士人那样潇洒风流呢？

陶渊明对真与善的执着，对心理平衡的高度要求，终于导致了他的走向田园。这一举动，可以视为他欲在另一天地中寻求真与善的努力。

陶渊明归隐后，其生活内容主要包括以下几个方面。

第一，躬耕。在诗人的观念中，这是人生第一重要之事。"人生归有道，衣食固其端。孰是都不营，而以求自安！"（《庚戌岁九月中于西田获早稻》）收获使他体会到了耕耘的意义，意识到这是归隐后"求自安"的首要条件。"求自安"，一是物质方面，一是精神方面。当他"夏日抱长饥，寒夜无被眠"（《怨诗楚调示庞主簿邓治中》），"饥来驱我去，不知竟何之"（《乞食》）时，更多想到的是衣食经营的重要；当他遥想"舜既躬耕，禹亦稼穑"（《劝农》），从而"晨兴理荒秽，带月荷锄归"（《归园田居》五首其三）时，更多的体会到的是精神上的慰藉。他把躬耕当作自己归隐后的立身之本并且安贫固穷，这显然是与东晋士人的优游山水、怡情田园大相径庭的。

第二，读书怀古。《读〈山海经〉》十三首其一："既耕亦已种，时还读我书。"读书的范围很广：一类是诸子典籍和史传文字，一类是异书杂著，一类是历代文学作品，真可谓"历览千载书"（《癸卯岁十二月中作与从弟敬远》）矣。而"历览千载书"的结果，无非是"时时见遗烈"（同上），因而叹惋"道丧向千载"（《饮酒》二十首其三），激起许多不安与不平。不过，沉浸在怀古的氛围里，方能寻找到真与善，这样诗人也就很满足了："俯仰终宇宙，不乐复何如？"（《读〈山海经〉》十三首其一）这种读书怀古的方式，显然比东晋一般士人执着得多。

第三，交友饮酒。前人说陶诗篇篇有酒，虽有些绝对，但饮酒的确是陶渊明生活中，尤其是归隐生活中的重要组成部分。他在《五柳先生传》中自况："造饮辄尽，期在必醉"，似乎近于刘伶；然而当人们读到"若复不快饮，空负头上巾。但恨多谬误，君当恕醉人"（《饮酒》二十首其二十）这样的诗句时，又有谁能不为这酒醉者的睿智之言击节称赏呢？可见他的饮酒，实在有清醒的成分在。否则他又怎能在《饮酒》诗中劝故人急流勇退，又怎能对江州刺史檀道济的粱肉挥之而去？陶渊明的交友也有大智若愚的特点。一方面是唯求欢快、融洽，"相思则披衣，言笑无厌时"（《移居》二首其二）。另一方面是不乏严肃、清醒。周续之曾与刘遗民、陶渊明并称"浔阳三隐"，后来被江州刺史檀韶请下庐山，在城北讲礼校书，办公场所邻近马队，于是陶渊明作诗以讽："马队非讲肆，校书亦已勤"，"愿言诲诸子，从我颍水滨"（《示周续之祖企谢景夷三郎时三人共在城北讲礼校书》）。可见，陶渊明的交友饮酒活动是融涵了他的人格操守的，并非一味追求潇洒风流。

第四，弄琴赋诗作文。陶渊明的赋诗作文与他的弄无弦琴一样，都是寄托个人情怀、反映其心路历程的必要手段，是与读书、饮酒、安贫相并列的生活内容之一。所以《五柳先生传》说："常著文章自娱，颇示己志"，"酣畅赋诗，以乐其志"。在某种程度上，赋诗作文已经成为陶渊明归田后的生活目的和自觉追求。这一点不仅体现在对自然节物变化的敏感，即所谓"春秋多佳日，登高赋新诗"（《移居》二首其二）上，而且更多地体现在对浩茫心事抒发的需求，即所谓"伊怀难具道，为君作此诗"（《拟古》九首其六）上。如此的任真自得，如许的忧思难忘，都被熔铸在他似乎平淡无奇的诗文里，以致对其心理内涵的探寻，实全赖于知音。由此看来，当年陶渊明写下"慷慨独悲歌，钟期信为贤"（《怨诗楚调示庞主簿邓治中》）之句，恐怕不是无意为之的。

（三）

从以上分析看，陶渊明其人其诗可谓卓然独立于当世矣。不过，这并不意味着他全然是一个横空出世的人物。他对当时的社会心理尚未全然不顾而独行己志。无论他怎样执着于真与善的追求，他的"纵浪大化中，不喜亦不惧"（《形影神·神释》）的人生观和任真自得的生活方式，仍然是两晋以来社会心理远离现实人生趋向的产物，只是出于彼而高于彼而已。不但如此，这一点更充分地体现在陶渊明对当时玄佛合流思潮的取舍上。

汉末以来，经学式微，玄学兴起，其主题之一便是自然与名教相统一。这在哲学上近似于"存在即是合理"的命题。陶渊明在《形影神·神释》中说："纵浪大化中，不喜亦不惧。应尽便须尽，无复独多虑。"这种委运任化的思想，显然是受了玄风的影响。但陶诗中的议论，虽有玄理玄趣，却无玄学说教。这一方面是由于这些议论直接源于诗人的生活实感，与玄学家的空谈玄理有本质的不同；另一方面，就他本人的操守行事而言，也与任诞纵逸的玄学名士不可同日而语。在出处进退问题上，自然与名教合一，是既要做官又要清名之徒最理想的说辞。当时，檀道济、颜延之等既这样做了，又这样劝过陶渊明，但最终为陶渊明所不取，因为他始终追求着真与善，在他的心目中，只有那些安贫乐道的古代贫士才是他的精神支柱；而他本人自许为孔门之后，口口声声"先师有遗训，忧道不忧贫"（《癸卯岁始春怀古田舍》二首其二），这就与许多玄学家有了明显的分野。朱熹有段话说得好："晋宋人物，虽曰尚清高，然个个要官职，这边一面清谈，那边一面招权纳货。陶渊明真个能不要，此所以高于晋宋人物。"①

---

① 陶澍集注《靖节先生集》，《诸本评陶汇集》，文学古籍刊行社，1956。

两晋时代，不仅玄风大炽，而且佛学东渐，经过与本土儒、道学说的交锋、融合，在中国逐步形成扩展之势。但东晋时代，佛学尚在玄学的笼罩之下，名僧与名士旨趣相投。在陶渊明家乡附近的庐山东林寺，就有一位大名鼎鼎的僧人慧远，"浔阳三隐"中的二隐刘遗民、周续之都曾上山侍奉他。陶渊明与他有过来往，留下了著名的"虎溪三笑"的传说。陶诗对佛家的人生幻化和空无思想也有一定的体认，《归园田居》五首其四说："人生似幻化，终当归空无"，《饮酒》二十首其八说："吾生梦幻间，何事绁尘羁"，但是陶渊明始终没有皈依佛门。义熙四年（408）旧居遇火后，处于困窘之中的陶渊明谢绝了刘遗民的邀请，未上庐山。他的理由似乎很简单："直为亲旧故，未忍言索居。"（《和刘柴桑》）其实，他不是不能忍受远离亲友索居的寂寞，而是不能放弃这"衣食当须纪，力耕不吾欺"（《移居》二首其二）的现实人生。所以，他笔下的田园，始终那么生动鲜活，充满了浓郁的生活气息。这样，陶诗与佛学又有了明显的分野。

总之，身处乱世和思想活跃时代的陶渊明，对当时的社会心理和社会思潮是有自觉的取舍的；其行为前提就是对真与善的执着。惟其如此，他才没有被时风所裹挟，他的诗才有了超越时代的意义。从这一点来说，清淡诗风是有着深厚的原始积累的。

三　张九龄诸人与唐王朝的盛极而衰

张九龄、孟浩然、王维、储光羲、常建的活动年代，基本上在武后至玄宗统治时期，个别的进入肃宗朝，如王、储。这个时期，大致可以算作唐代的盛世，但更准确地说，则是唐王朝盛极而衰的重要阶段。

唐代是中国封建社会空前繁荣强盛的时期，一般地说，由这种社会状况形成的社会心理也是空前昂扬热烈的。与前代相比，唐代文人具有高度的政治热情和远大的政治抱负，他们积极投身于科举入仕和诗歌创作活动，生活丰富浪漫，不拘细节，具有坚定的自信心和奋发向上的意志；即使在仕途失意后隐居山林，也是"养志"以待时，并未超乎尘世，不食人间烟火。这些特征，在张九龄、孟浩然、王维、储光羲、常建等人身上，都有不同程度的反映。另一方面，由于文人们身处的具体社会状况和个人遭遇等因素的影响，他们的心路历程与诗歌创作也就具备了各自不同的特点。

（一）

张九龄字子寿，在上述五人中年纪最长，仕途也较其他人畅达，以至一度作为当代贤相而为士人仰慕不已，争相攀求，孟浩然、王维还和他结下了深厚的友谊。他于武后长安二年（702）二十五岁时乡试中进士，由于得到当时考功郎沈佺期的赏识，举高第。中宗神龙二年（706）二十九岁时，赴长安应吏部试，途中经商洛山，面对商山四皓的遗迹，他不但没有四皓当年的无奈，反而对自己今后的前途充满希望："避世辞轩冕，逢时解薛萝。盛明今在运，吾道竟如何？"（《商洛山行怀古》）果然，次年他被授予秘书省校书郎。到景龙二年（708）三十一岁奉使岭南，顺便归省时，这种希望已经化为初次奉使还乡的惬意和舒畅了："于役已弥岁，言旋今惬情。"（《使还湘水》）与陶渊明不同的是，由于自己的抱负逐渐得到施展，他对出仕服役完全是另一种态度，不但不感到拘束，反而觉得适性自然。这一年写的另一首诗《自湘水南行》说："虽云有物役，乘此更休闲。"在途中，他没有像陶渊明那样"望云惭高鸟，临水愧游鱼"（《始作镇军参军经曲阿》）；在他的眼中，山川鸟兽与自己的心情一样清新自然："暝色生前浦，清晖发近山。中流澹容与，唯爱鸟飞还。"这种悠游容与的心态，也与东晋士人的偏安心态大不相同；与其说这是诗人平和雍容性格的反映，不如说是政治上升时代的赐予。于是，在张九龄那里，出仕服役与适性自然的对立显得模糊起来了。

不过，这种对立毕竟是无法消弭的，尤其是在官场倾轧、仕途不畅时，它就更加清晰和突显起来。"去去荣归养，怃然叹行役。"（《将发还乡示诸弟》）由于他久居下位，又与时宰姚崇不协，于是以秩满为辞，于开元四年（716）去官归养。临行前有行役之叹，及至南归途中，更把十年的仕宦生涯一笔勾去，甚至起了老去田园之念："十年乘凤志，一别悔前行。归去田园老，倘来轩冕轻。"（《南还湘水言怀》）既还家乡，他又写了一些咏史、咏怀之作。诗中既有悲愤语、牢骚语、讥刺语，又有旷达语；诗句也有明显的模拟陶诗的痕迹，如"弱岁读群史，抗迹追古人"（《叙怀》二首其一），"已矣直躬者，平生壮图失。去去勿重陈，归来茹艺术"（同上，其二）。他对那些依附权贵而得高官厚禄的人心怀不满，对自己的节操高洁而位处卑下郁郁不平："更怜篱下菊，无如松上萝。"这些又与陶渊明辞秩归田时那种"久在樊笼里，复得返自然"（《归园田居》五首其一）的心态迥然不同了。所以，从根本上说，他仍没有把出仕服役与适性自然对立起来。

张九龄在辞秩还乡期间，一方面读书怀古，一方面念念不忘朝廷时事。他在《钱王司马入计同用洲字》诗中说："独叹湘江水，朝宗向北流。"这表明家居岭南的他是不甘就此隐退的。于是，他献状请开凿大庾岭，以便南北交通；随之被召入京，拜左补阙；以后他的步步升迁，都与开凿大庾岭之功有关。另外，张九龄有两点是引人注目的：一是自拜左补阙后，他的才华识鉴被当世推重，吏部考试新第进士，常令他与右拾遗赵冬曦考其等第，每称公正平允。这样，他擢拔后进的美名流播远近，从而奠定了他在当时文坛上的领袖地位，其诗作也因此得以产生较大影响。另一点是他为人耿介刚正，因而在宦海中几度沉浮。一次是谏张说，不从；后张说罢相，九龄坐累出为冀州刺史。另一次是当上开元宰相后，谏废太子、谏以李林甫为相、谏赦安禄山，结果李林甫和武惠妃潜相勾结，屡进谗言，终于在开元二十四年（736）罢张九龄知政事，贬为荆州大都督府长史。但是，他刚正不阿的品格已为朝野所知，成为士人仰慕的对象。

由于张九龄对待仕进与适性的态度和他的一生遭际这两大因素的影响，其诗歌创作在表现仕途畅达时的适性与惬意心态和受挫被贬时的旷达与不平心态这两个方面，显得十分突出。前者如"偶逢池竹处，便会江湖心"，"萧散皆为乐，徘徊从所钦"（《尝与大理丞袁公、太府丞田公偶诣一所，林沼尤胜。因并坐其次，相得甚欢，遂赋诗焉，以咏其事》），后者如"白水生迢递，清风寄潇洒。愿言采芳泽，终朝不盈把"（《忝官二十年尽在内职，及为郡，尝积恋，因赋诗焉》）等。张九龄最有名的《感遇》组诗，以表现出处进退的矛盾心态为主，突出表现了诗人孤傲高洁的形象，更被后人目为"雅正冲淡，体合风骚"①的代表作。在张九龄之前，陈子昂也创作过"感于心，困于遇"②的同题诗三十八首，但其诗风悲壮慷慨，因而被胡应麟许为"独开古雅之源"，而将唐代"首创清淡之派"的功劳记在了张九龄的名下。

（二）

孟浩然一生行事十分简单，但是有两点在当时士人中间十分突出：一是他一生的大部分时间用于读书和准备科举，直到开元十六年（728）四十岁时才入京应试，结果名落孙山，从此再也没有走科举之路。二是落第之后他除了隐居，就是漫游，只是

---

① 高棅：《唐诗品汇》卷二，上海古籍出版社，1988。
② 沈德潜：《唐诗别裁集》卷一注，中华书局，1975。

在开元二十五年（737）四十九岁时被张九龄召入荆州幕府，做了短短不到一年的小小从事，便挂冠而去。因而孟浩然留在时人心目中的形象，始终是一个"红颜弃轩冕，白首卧松云"①的飘然隐士。这两点看似简单，却可以通过它们勾画出孟浩然的心路历程，并看到它们对孟浩然其人其诗所构成的终生影响。

先看孟浩然一生中那唯一的应试之举。他到四十岁才肯出山应试，值得注意。从他为这次考试的准备看，不能说不缜密、细致；但从他的有关诗作和行事看，由隐居而应试，则是他为求出仕过程中的两个必要手段，其间有着种种复杂心态。

他先是隐居家乡襄阳涧南园苦读，然后趁开元十二年（724）玄宗临幸洛阳之际，入洛与张九龄等人结识，以期打通入仕之路。开元十六年入长安以后，按照当时科举前的惯例，他四处奔走，宣扬名声，寻求推荐者。史载他在太学赋诗时，以"微云淡河汉，疏雨滴梧桐"两句震惊四座，令众贤搁笔，不敢与之抗衡；张九龄、王维对他十分称道。其实，孟浩然早有诗名。他于先天元年（712）二十四岁时作的《送张子容进士赴举》，就已十分老到。诗中有云："茂林余偃息，乔木尔飞翻。"意思是说自己隐居山林尚未出头，而朋友将由幽谷迁于乔木。第二年，张子容登第做了官，孟浩然有《登岘山寄晋陵张少府》《寻白鹤岩张子容隐居》等诗，诗中说："凭轩试一问，张翰欲来归？""睹兹怀旧业，携策返吾庐。"他的心境是平静的，这说明他在二十多岁时尚未萌动走科举之路的念头，他的隐居是为了养志以待时。然而到了三十岁那年，这种平静的心情被打破了。《田园作》一诗是他当时心态的写照：

> 弊庐隔尘喧，惟先养恬素。卜邻近三径，植果盈千树。粤余任推迁，三十犹未遇。书剑时将晚，丘园日已暮。晨兴自多怀，昼坐常寡悟。冲天羡鸿鹄，争食羞鸡鹜。望断金马门，劳歌采樵路。乡曲无知己，朝端乏亲故。谁能为扬雄，一荐甘泉赋。

三十而犹未立，心中不免焦急，但他又不屑于与鸡鹜争食，去做蝇营狗苟之事，而是胸怀鸿鹄之志，期待着一朝冲天。这种志趣高远、不同流俗而有隐士意味的读书人，就是他当时塑造的自我形象。他以这样的姿态出现在世人面前，希望朝中掌权者能够

---

① 李白：《赠孟浩然》。

赏识他，以成就其鸿鹄之志，这样他就不必与众鸡鹜争食而失却名士风度了。总之，这是他自己设计的一条"终南捷径"。但严酷的现实告诉他，"乡曲无知己，朝端乏亲故"。终南捷径没有人提携，就像扬雄得不到推荐，无缘献上《甘泉赋》那样，显然是走不通的。于是，他终于走上了一般文人都要经历的科举之路。

由于"朝端乏亲故"，他决心设法改变这种状况。于是先是入洛结识在皇帝身边的中书舍人张九龄、吏部员外郎张均等；而后在应试前南下北上，追寻一位"袁拾遗"的踪迹，其汲汲以求之意，十分引人注目。我们可以看看他的行程路线：开元十三年（725）入洛阳访袁不遇："洛阳访才子，江岭作流人。"（《洛中访袁拾遗不遇》）次年春夏从洛阳返乡，即去岭南访袁，途中闻袁已回家乡武陵，即从岭北回棹至武陵。秋季，经洞庭湖返乡，接着便急急入京应试。直至开元十六年，孟浩然才与袁相遇，其时袁已由太祝出任豫章尉。这些活动均在孟浩然应试之前，显然与应进士举有关。袁拾遗虽不是朝端政要，但在孟浩然的眼中，他首先是才子加隐士，具有骚人墨客和武陵桃源之士的风度；其次他"随牒牵黄绶"（《送袁太祝尉豫章》），又不离仕途。以才子加隐士之表而行经济仕途之实，是孟浩然的理想，所以他要追随袁，但又不点破其中奥秘，只是说袁的才气风度令自己倾慕；而在《送袁太祝尉豫章》诗中则把这一重要原因一笔带过，让人们对他的汲汲以求之举好费思量！

"奈何偶昌运，独见遗草泽"（《山中逢道士云公》），这是他落第还乡后，入越漫游之前的心态。终南捷径既未走通，科举考试亦遭失败，对他来说无疑是巨大的打击。遭逢盛世昌运而见遗于草泽，这是他始料未及的。《新唐书·文艺传》载，孟浩然曾被王维私邀入内署，恰逢玄宗驾临，孟慌忙之中匿于床下。王以实告，帝乃命出，令吟诵所作，至"不才明主弃，多病故人疏"句，玄宗不悦，说："卿不求仕，而朕未尝弃卿，奈何诬我？"因放还。此说不足信。因为"不才"两句为《岁暮归南山》诗中之句，诗中有云"北阙休上书，南山归敝庐"，显然是岁暮还乡之前所作，其时春试已过，浩然落第，不应有被玄宗放还之事。但这里有一点是真实的，即孟浩然的落第归乡是无人擢拔之故。落第之后他又有献赋之举，《题长安主人壁》说"欲随平子去，犹未献《甘泉》"；《南阳北阻雪》也说"十上耻还家，徘徊守归路"，但仍无结果。于是他怀着巨大的失望和悲愤离开了长安，不久便入越漫游去了。

从以上情况看，孟浩然是终南捷径的牺牲品，也是科举考试的牺牲品。为了走终南捷径，他把自己装扮成飘然隐士，但既乏朝端亲故，不得不以四十"高龄"应科举考试；又因无人擢拔、无身世背景而名落孙山，献赋之举也未能奏效。白居易有

《见尹公亮新诗偶赠绝句》曰："袖里新诗十余首，吟看句句是琼瑶。如何持此将干谒，不及公卿一字书！"孟浩然正是在这一点上应了白居易的话，或者说白居易的概括包含了孟浩然的遭遇在内。另外，孟浩然的隐士形象已经得到了时人的普遍认同，因而他往往不被看作是仕途中人，这也给他的仕进带来极大的困难。例如王维《送孟公归襄阳》（一作张子容诗，非是，参见李嘉言《古诗初探·全唐诗校读法》）说："杜门不欲出，久与世情疏。以此为长策，劝君归旧庐。醉歌田舍酒，笑读古人书。好是一生事，无劳献《子虚》。"意为孟浩然长期杜门不出，以致与世情疏离，从而造成了此番科举失利。他劝孟以此次应试失利为诚，早归田庐，去过读书饮酒的隐士生活，此亦人生一大快事，不必苦心投谒。看来，孟浩然在他的友人眼里，生就便是个隐士材料。李白的概括最为典型，其《赠孟浩然》云："吾爱孟夫子，风流天下闻。红颜弃轩冕，白首卧松云。醉月频中圣，迷花不事君。高山安可仰，徒此揖清芬！"孟浩然竟令李白这样负气骄矜的人都发出了高山仰止之叹，可见他的风流韵致的确已经天下闻名了。

可以说，孟浩然的仕进是失败的，但他在塑造自己的隐士形象方面却是成功的。他竟使当时人们只看到他高雅闲淡的一面，而忘掉了他也有着另外的一面。然而，他这样做，实际上也是为自己酿了一杯苦酒：既然世人都以他为隐士的样板，那么他心中出处进退的矛盾，他关于兼济天下的表白，就无人能够理解了。因此，当他在《望洞庭湖赠张丞相》（一作《临洞庭》）诗中感叹："欲济无舟楫，端居耻圣明。坐观垂钓者，徒有羡鱼情"时，这已经不是他个人的悲哀，而是时代的悲哀了。他毕竟并未想做怡然垂钓而被周文王请出山的姜太公，只不过想做一条被姜太公钓起的鱼而已啊！

尽管孟浩然心中有着那么多的苦楚与无奈，但他对陶渊明——一个当时被视为高人隐士代表的人物，却充满了钦佩和喜爱之情。《仲夏归南园寄京邑旧游》可以看作他清醒的表白：

> 尝读高士传，最嘉陶征君。日耽田园趣，自谓羲皇人。余复何为者，栖栖徒问津。中年废丘壑，上国旅风尘。忠欲事明主，孝思侍老亲。归来冒炎暑，耕稼不及春。扇枕北窗下，采芝南涧滨。因声谢同列，吾慕颍阳真。

这是惭愧？是忧愤？是忠耿？还是高标远引？在他看来，陶潜只是田园情趣的象征,《李氏园卧疾》说"我爱陶家趣,林园无俗情",而他自己是属于"余复何为者"的那类人。其实,陶渊明也有面对高鸟游鱼的惭愧,也有对社会理想的忠耿和幻灭后的忧愤及高标远引;孟浩然的上述心态不正与陶渊明——清淡诗风的创始者一脉相通吗?因此我们更有理由说孟浩然是这一诗风的重要代表人物了。

<h2 style="text-align:center">(三)</h2>

与孟浩然坎坷不平的仕进之路相比,王维要幸运得多。王维字摩诘,据《集异记》载,开元七年(719)他赴京兆试时,已有一个叫张九皋的文人托人走了权势显赫的公主的门路,被内定为乡试第一名即解头了。王维也想做解头,就去找赏识他才华的玄宗之弟岐王帮助。岐王让王维扮成伶人模样,同自己一起赴公主的宴会。会上王维以琵琶新曲《郁轮袍》引起公主的注意,遂呈上平日诗文。公主阅后骇道:"皆我素习诵者。常谓古人佳作,乃子之为乎?"大为赞叹,派人吩咐京兆试官取王维为解头。此事虽不足为信①,但王维之结交上层权贵,确有他自己的诗作《从岐王夜宴卫家山池应教》《从岐王过杨氏别业应教》《息夫人》为证。正是由于拉上了上层关系,王维于开元九年(721)登第拜大乐丞,开始走上仕途。

王维不但在科举方面比孟浩然幸运,而且他在走"终南捷径"方面,也是颇为成功的。综观王维的一生,共有四次以上的隐居。第一次是在他擢第后的第七年。他释褐为大乐丞不到半年,就因伶人舞黄狮子而被贬为济州司仓参军。此刻,他的心中是十分不平的:"微官易得罪,谪去济川阴。"(《被出济州》)在济州,他写下了《济上四贤咏》,为那些有德能而不遇的下层知识分子鸣冤,同时萌发了有志难骋、不如解印归田的念头。但此时他并没有隐逸,因为他还对几年后新的任命寄予希望。不料,等来的却是外放到淇上去做微官的通知。这时他的归隐思想再度抬头,只是因为家贫弟妹需要照顾而没有立即付诸实现。到了开元十六年(728)春,当他在佛教思想的影响下,感到"爱染日已薄,禅寂日已固。忽乎吾将行,宁俟岁云暮"(《偶然作》六首其三)时,便弃官在淇上隐居了。这一次可以说他是因为抱负难伸、怀才不遇而隐居的,其目的是养志以待时。在这次隐居期间,他一方面体会到了隐士生活的闲适恬静,写下了像《淇上即事田园》那样优美平和的田园诗;另一方面,他的眼光始终关注着现实政治的动向。第二年,他就从淇上跑到长安,一边从大荐福寺

---

① 参见陈铁民《王维年谱》注11,《文史》第16辑。

道光禅师学顿教，劝落第的孟浩然回乡隐居；一边作与当时封禅密切相关的《华岳》诗，和房琯等人交往。从《赠房卢氏琯》诗中看，当时他还没有放弃隐居的打算。

开元二十一年（733），王维的故人张九龄起复中书侍郎、同中书门下平章事，次年加中书令。这对王维来说，无疑是个再度出山的好机会。果然，他于开元二十二年（734）秋赴洛阳，献《上张令公》诗，表达请求汲引自己出仕的愿望："当从大夫后，何惜隶人余。"自己不惜列居群辈之末，也要做个官。这在性格上与孟浩然的清高耿介形成鲜明的对照。就是在这样的背景下，王维选择距玄宗所居东都不远的嵩山隐居下来。这便是他的第二次隐居。可见，此次隐居完全是他采取的主动行动，是为了待机出仕，与第一次大不相同。《新唐书·隐逸传》序云："放利之徒，假隐自名，以诡禄仕，肩相摩于道，至号终南、嵩、少为仕途捷径，高尚之节丧焉。"不管《新唐书》作者的道德评价是否允当，也不管王维是否可以称得上隐士，他的以归隐嵩山为仕途捷径，却是一点也不假的。

王维第二次隐逸的结果与第一次完全不同。他在度过了半年左右的隐士生活后，就被张九龄擢拔为右拾遗，成了一个伴随玄宗左右的谏官。但就在他任右拾遗的第二年，张九龄罢相，李林甫兼中书令，次年九龄出为荆州长史，李林甫开始了长达16年的专权。这是玄宗朝政治的转折点。张九龄的失势对王维打击很大，他又一次起了"方将与农圃，艺植老丘园"（《寄荆州张丞相》）的念头，这完全是避祸思想在起作用。所以，尽管他一度作为监察御史奉命出使河西，为"大漠孤烟直，长河落日圆"（《使至塞上》）的奇异风光和"居延城外猎天骄，白草连天野火烧"（《出塞作》）的边塞生活所吸引，并又迁殿中侍御史知南选，却仍然于开元二十九年（741）从岭南北归后，又入终南山隐居。此前所作《谒璿上人》诗大概可以揭示他第三次隐逸的奥秘：

> 少年不足言，识道年已长。事往安可悔？余生幸能养。誓从断臂血，不复婴世网。浮名寄缨珮，空性无羁鞅。

这次隐居，对王维的后半生具有决定性的影响。王维隐居终南山恰值他刚过不惑之年。此时他到底是惑还是不惑呢？从此前他一贯积极进取（不管是采取科举手段，还是走终南捷径）这一价值取向看，他是惑，因为他失去了上述价值取向，奸臣专权、政治日益黑暗使他失去了投身现实政治的热情；从他坚定了"往事安可悔，余生幸能养"这一新的价值取向看，他是不惑，因为他今后无论是进还是退，是尽职还是奉佛，都是这一价值取向的直接结果。

既然他把自己的一切行事都看作安养余生的必要手段，那么在他眼中，执着于出处进退之士未免过于迂腐。因此，他不一定要像陶渊明那样，在归隐之后才省悟"少年识事浅，强学干名利"，"既寡遂性欢，恐招负时累"。所谓"皓然出东林，发我遗世意"（以上均为王维《赠从弟司府员外絿》诗句），不是他隐居生活的反映，而是他亦官亦隐心态的写照。他在辞世前三年（乾元元年，758）写的《与魏居士书》，更对包括陶渊明在内的许由、嵇康等人的隐逸提出了批评，说他们思想褊狭，"忘大守小"，以致沦落到乞食这"一惭之不忍，而终身惭"的地步。

王维此后的隐居辋川，非止一次，都是在为官休沐之际。或长期住在蓝田，或长期离开此地。但身在仕途，能在辋川长住的机会还是不多的；因此这种偶一为之的隐居，几乎只能算作仕宦生活的点缀。王维的后半生还没有做到所谓"圣人虽在庙堂之上，然其心无异于山林之中"①，"虽坐三槐，不妨家有三径；但接五侯，不妨门垂五柳"②，他的人品和行事与那些又要清高、又要做官的"朝隐"之徒还有一定的距离。在仕宦生活中，他把官场和田园分置两地，在朝廷免其受伪职之罪以后，他还把奉佛之举当作报恩的手段。他所谓"往事安可悔，余生幸能养"的价值取向，以及他在田园诗中反复表达的幽独心态，分明是开元末年以来日益加深的社会矛盾与社会危机在士人心理上的反映。可以说，作为经历了唐帝国盛极而衰的关键阶段的王维，以其基于人生道路的个人心态的独特性，在清淡诗风之中加进了更多更独特的内涵，为中唐以后此类诗歌创作提供了借鉴。

（四）

储光羲和常建的生平行事，不像王孟那样为人所详知，二人活动时期大致与王维不相上下，其中储光羲肯定已进入肃宗朝。二人都于开元中及进士第，并授县佐之职，亦都有与仕进相关的隐居之举。储光羲是因为四任县佐，一直得不到升迁，遂辞官归乡；继而借着开元二十八年（740）有诏植果一事发表感慨："诏书植嘉木，众言桃李好。自愧无此容，归从汉阴老。"（《过新丰道中》）旋即跑到终南山

---

① 《庄子·逍遥游》向秀、郭象注。
② 梁元帝：《全德志论》，《全梁文》卷十七。

去隐居。也许是他的一番苦心终于被朝廷发现，他因此而得到了正九品上的太祝一职，几年后又升迁为监察御史。但他不幸卷入安史之乱，接受了伪职，虽然自拔逃归，却不像王维那样因有在朝的弟弟说好话而得以免罪。他被流贬南方，最后死于贬所。由于储光羲一生的不幸遭遇，他的诗在表现怀才不遇时的忧愤心态和隐居田园时的幽独寂寞方面，显得比较突出。前者如"既伤人事近，复言天道远"，"念君久京国，双涕如露泫。无人荐子云，太息竟谁辨"（《秋次霸亭寄申大》）；后者如"薄游何所愧，所愧在闲居。亲故不来往，中园时读书。步栏滴余雪，春塘抽新蒲。梧桐渐覆井，时鸟自相呼。悠然念故乡，乃在天一隅。安得如浮云，来往方须臾"（《闲居》）等。

常建的经历比起储光羲更加单调。他进士及第被授县尉以后，就再也没有得到升迁；以致后人因他"沦于一尉"而有"高才无贵士"①之叹。但他在隐逸方面的名气要比储光羲大。他先是隐居终南山，"放浪琴酒，往来太白、紫阁诸峰"②；然后又隐居鄂渚（今湖北武昌），"招王昌龄、张偾同隐，获大名于当时"③。常建的诗，在表现因世事纷扰、富贵无常而远离尘嚣的心态方面，比前贤走得更远。"前瞻王程促，却恋云门深"（《白湖寺后溪宿云门》）十分典型地反映出他未进而思退的精神状态。在他的诗中，已经没有了优游容与，没有了闲适安逸，有的只是冷漠与孤寂。如《宿王昌龄隐居》《题破山寺后禅院》等："松际露微月，清光犹为君"，"山光悦鸟性，潭影空人心"，读着这清新怡人的诗句，如果不从常建的个人遭际和心态出发，谁能发现其中那幽僻冷漠的一面呢？这样的心态，这样的诗，分明已是一个盛极而衰的帝国在士人心里留下的巨大阴影使然了。

综上所述，与其说张九龄、孟浩然、王维、储光羲、常建等人与盛唐时期空前昂扬热烈的社会心理有一定的距离，不如说这种社会心理的昂扬热烈是与此前，特别是与魏晋南北朝长期分裂时代相比较而言的。由于社会状况和个人生存状况的变化，这种社会心理不会也不可能一成不变。从这个意义上说，张九龄等人的心态既是盛唐社会心理的反映，同时又是其发展趋向的敏感的标示。如果从社会思潮的角度看，他们的诗及其反映的心态就更是如此了。

---

① 殷璠《河岳英灵集》评语。
② 辛文房《唐才子传》"常建"条。
③ 辛文房《唐才子传》"常建"条。

（五）

李唐建国以后，由于科举取士取代了九品中正制，由于国力的逐渐强大和士人政治热情的高涨，空谈玄理的玄学已经失去了存在的现实土壤；东晋以后曾经一度出现的玄佛合流局面，转化为佛学独立并日益深入社会各阶层的状态。传统儒学在初盛唐仍然占据着崇高的地位，尤其在太宗时代，"儒学之盛，古昔未之有也"①。经学家颜师古考定五经，孔颖达著《五经正义》，陆德明著《经典释文》，都被统治者颁于天下。至于科举，更把儒学当作必设的重要项目；其明经一科，就专以对儒家经典掌握的熟练程度取士。这样，儒学就不仅成为封建士人们的精神支柱，而且成了他们晋身求功名的主要手段；它对士人们的精神风貌、思想品性的影响是不言而喻的。与儒学作为一种实用的经世之学不同，道家思想在唐代被作为一种实用人生哲学固定在道教这一宗教形式里。它的被尊崇，首先是因为唐统治者与道教教祖李耳同姓：高宗于乾封元年（666）东封泰山，归途中追尊老子为太上玄元皇帝；玄宗以梦晤老子为由，令人画老子像，亲注《道德经》，颁布天下。玄宗时还尊《老子》为《道德真经》，《庄子》为《南华真经》，《文子》（依托老子弟子文子）为《通玄真经》，《列子》为《冲虚真经》，同时在科举中增设庄、老、文、列四子科。至于道观（玄元皇帝庙），更是遍布两京和天下各州府。道士、女冠享有法律上的豁免权，皇帝的女儿（睿宗之女金仙、玉真公主）也不惜出家当女冠，可见道教的势力和影响之大。与道教的扩张并行不悖，一度与之对立的佛教也取得了同儒、道并立的地位；而且以其对人生问题的关注和独特的解决方式，深入到社会各个阶层，尤其对封建士大夫具有广泛和深刻的影响。至于太宗、高宗亲撰《大唐三藏圣教序》和《序记》宣扬佛教，武后、中宗、肃宗的佞佛，更给佛教的流行注入了强大的动力。

在儒佛道三教合流、并行不悖的唐代，张九龄等人是无法摆脱其影响的，而他们对儒佛道的取舍去就因个人的因素各有不同，也是不难理解的；同时，这种取舍去就对他们的个人心态和诗风内涵的构成，也会起到一定的作用。

张九龄在景龙三年（709）三十二岁奉使岭南北还经湘东时，作过一首《使还都湘东作》诗，其中有云："牵役而无悔，坐愁只自怡。当须报恩已，终尔谢尘缁"，流露出功成身退的思想。功成与身退实际上都是尚未发生的人生预设，是构成当时士

① 《旧唐书·儒学传序》。

人生活内容与心理结构的要素。这是一种典型的儒道互补思想，它在初盛唐非常流行，如李白《代寿山答孟少府移文书》说："申管晏之谈，谋帝王之术，奋其智能，愿为辅弼。使寰区大定，海县清一。事君之道成，荣亲之义毕，然后与陶朱、留侯，浮五湖，戏沧洲，不足为难矣。"既要出而为帝王师，又要保持绝对的人格独立，就必然要选择功成身退这条理想的人生之路。作为一种社会思潮，它的产生无疑是盛明时世赋予士人自尊自信自由的结果。但其时又有谁能真正做到功成身退呢？做到开元贤相的张九龄，不是也被贬到了荆州吗？于是，自尊自信自由逐渐转变为自怨自怜自艾，功成身退变成了功未成而身先退或既退而未能真退。这时，儒道就无法互补，而佛教也就乘虚而入了。

不过，在张九龄的诗文中，尚未找到佛教影响的痕迹，倒是涉及道家与道教之处时时可见。例如开元十四年（726）诗人奉使祭南海南岳归途经天台山时，曾拜访当时的著名道士司马承祯，写下了《登南岳事毕谒司马道士》一诗。他在司马道士处做了些什么呢？诗中言道："诱我弃智诀，迨兹长生理。吸精反自然，炼药求不死。"司马承祯师事潘师正，传其符箓及辟谷导引服饵之术，在当时很有名。则天、睿宗均曾诏他入京赐问；及至玄宗，也曾于开元九年、十年两度诏他入京。所以，张九龄对司马氏的拜谒恐怕是奉命而为，他自己对道教的那套不老登仙之术其实不以为然。然而，道家思想在他一生中留下的印痕，却是斑斑可寻，如清净无为思想被他理解为理政治国之术："从兹化天下，清净复何先"（《奉和圣制经河上公庙》）；自然和谐思想被他发挥为艺术真实的特征："变化合群有，高深侔自然"（《题画山水障》）等。

孟浩然在当时人们的心目中，本身就是道家理想人格——隐士的化身。其实，正像上文所述的那样，他骨子里仍是个儒士，一个功未成而身先退、既退又未能真退的儒士。他在《书怀贻京邑故人》诗中以孟子后代自居，声称"惟先自邹鲁，家世重儒风"；他对功名的追求甚至可以使他不以儒家固穷之理为念："感激遂弹冠，安得守固穷。"这是与隐士截然不同的。那么，他在什么情况下又成了当代名隐了呢？他在落第后写的《留别王维》诗中悲叹："当路谁相假，知音世所稀。只应守寂寞，还掩故园扉。"他从隐居读书准备科举，到落第漫游归隐，实在是事出无奈。这样一来，在入越漫游、湘赣之游以及隐居家园时，佛教思想的抬头以及与此相关的种种活动便是在所难免的了。不过，尽管他口口声声要跟从道士炼丹、与佛徒欢言法筵，但他最终仍旧没有堕入空门，而始终留在尘世间。他与佛道的关系，仅仅是向往清境仙界，欲以这种宗教境界使自己远离尘世纷扰，达到一种心理平衡。对佛道而言，他充其量只是做到了取之为我所用,并未全身心地投入。例如他说:"看取莲花净,方知不染心"(《题大禹寺义公禅房》);"迷心应觉悟,客思不遑宁"(《陪姚使君题惠上人房得青字》);"渐通玄妙理,深得坐忘心"(《游精思题观主人山房》);"一灯如悟道,为照客心迷"(《夜泊庐江闻故人在东寺以诗寄之》),这些都是他在漫游之时,在领略到自然景色和佛寺道观所造成的那种空灵超逸的氛围之余,又有所领悟的表现。而他在此不过充当了一个长于抒发襟怀之情的许掾而已:"能令许玄度,吟卧不知还。"(《宿立公房》)孟浩然的名篇《晚泊浔阳望香炉峰》,由于生动地再现了那么一种宗教境界而被后人赞不绝口;其实诗人自己并未做到"色相俱空",他只是抒发了"尝读远公传,永怀尘外踪"的遗世之情而已。不过他在晚年,的确对道教仙境比较倾心,他最晚的一首可编年诗《与王昌龄宴王道士房》有这样的描写:"漆园有傲吏,惠好在招呼。书幌神仙箓,画屏山海图。酌霞复对此,宛似入蓬壶。"庄子在招呼他,而他也就在酒意朦胧之时,恍然飘入道教蓬壶仙境,从而圆了当时士人寄托在他身上的飘然隐士之梦。

与孟浩然不同,王维对佛老的态度不仅仅是为我所用,他对宗教,尤其是佛教,已经是"一生几许伤心事,不向空门何处销"(《叹白发》),堪称佞佛了。关于王维与佛教的关系,论者多有考释,而笔者在此所要强调的,是王维从才华横溢与诸王游的诗人,发展到扫地焚香以禅诵为事的佛徒的必然性。《不遇咏》说:

> 北阙献书寝不报,南山种田时不登。百人会中身不预,五侯门前心不能。身投河朔饮君酒,家在茂陵平安否?且共登山复临水,莫问春风动杨柳。今人昨人多自私,我心不说君应知。济人然后拂衣去,肯作徒尔一男儿!

从诗人描写抒情主人公四处碰壁的境遇和诗人关于功成身退的表白看,此诗约作于写《济上四贤咏》的同时。此时诗人既以微官受到牵累,心中自然愤愤不平,但其平生壮图尚未丧失。及至张九龄失势,他在仕隐之间走着一条亦官亦隐的平衡木时,对平生壮图的咏叹已化为寻求心理平衡的努力了。一方面,隐居生活的种种逸趣自然与采药炼丹的道士生活有其相通之处,而王维也真的有一段修道求仙的经历(见《过太乙观贾生房》);于是王维与道士的交往,甚至与他人争相炼丹以求升仙,便是在所难免的了。另一方面,他在艳羡成仙之余,无意中发现了服食求仙的虚妄。一个给他以极大震撼的事实,就是曾经与他同时采药炼丹的贾生,竟然非但没有成仙,反而先他而去。于是，寻求精神平衡的努力，只能把他导向佛教那特有的解脱之法。不过，即使王维的佞佛使得史官不得不在他的本传里书上一笔，王维也还没有走到专事佛教某一门派的地步，而且即使在佞佛的同时，他还是"好读高僧传，时看辟谷方"（《春日上方即事》），没有忘记那虚妄的服食求仙之道。禅诵与服食，虽然都不能对人生问题提供切实的解决之法，但禅诵那形而上的虚妄，对他则更具独特的魅力。另外，有一个纠缠不清的情结是，他的奉佛其实是他的报恩以及为君祈福思想的反映；与佛老相比，儒家的忠孝观的确要实在得多。所以，与其说王维的一生体现了他从诗人到佛徒的必然性，不如说唐代三教融合在他身上得到了必然性的反映。

储光羲曾在《游茅山》五首其二中指出自己与儒学的天然联系："世业传儒行，行成非不荣。"但他的《夏日寻蓝田唐丞登高宴集》，却为日后的隐居埋下了伏笔："良辰方在兹，志士安得休！成名苟有地，何必东陵侯。"一个"方"，一个"苟"，点明了他追求功名的前提条件。一旦这个前提条件不存在，那么他所谓"耻从侠烈游，甘为刀笔吏"（《赴冯翊作》）的许诺，也就成了一纸空文。在淇上隐居时①，他与王维互相唱和，有这样的诗句："北山种松柏，南山种蒺藜。出入虽同趣，所向各有宜。孔丘贵仁义，老氏好无为。我心若虚空，此道将安施？"（《同王十三维偶然作》十首其二）他以通脱达观的态度看待孔丘与老氏之学，认为两家各有所宜；而自家则以虚空对待二者，保持着不偏不倚、不即不离的关系。不但对儒道如此，他对佛教的态度同样是不偏不倚、不即不离，这或许是一种为我所用的态度。如《题眄上人禅居》："结宇邻居邑，窅言非远寻。"与禅房为邻，并无他意，不过是为了"窅言"即体道的方便；虽仅隔几步之遥，而他自己则始终没有皈依佛门。佛门外的领悟已使他感到满足，别无所求了："独住已寂寂，安知浮与沉。"对于佛教而言，他与孟浩然一样，是观感多于体悟，《苑外至龙兴院作》一诗即可为证：

> 朝游天苑外，忽见法筵开。山势当空出，云阴满地来。疏钟清月殿，幽梵静花台。日暮香林下，飘飘仙步回。

这或者可以说是以观感的形式表现出来的一种体悟吧。

常建"沦于一尉"是最后的历史结局，他当然不甘如此。他的隐于终南山、鄂

---

① 参见葛晓音《汉唐文学的嬗变》，北京大学出版社，1990。

渚西山，献诗三侍御，招王昌龄同隐，都是企图改变现状的努力。然而，他除了一个虚幻的隐士"大名"外，实际上一无所获。如果一定要说有什么收获的话，那就是他所谓"富贵安可常，归来保贞素"（《古意》）的人生感喟了。在隐居生活中，他与佛道两家都有密切的联系，而以道教对他的影响更为深刻。他与佛教相关的诗作往往冠以"题"字，如著名的《题破山寺后禅院》《题法院》等。不管诗人将佛寺的氛围和僧人的风貌刻画得多么生动传神，当头一个"题"字便把诗人摆在了冷眼旁观者的位置，以诗纪游的味道很浓。与此相反，常建对道教则相当投入，如《张山人弹琴》云"稍觉此身妄，渐知仙事深。其将炼金鼎，永矣投吾簪"，好似一篇弃世修仙的宣言；又如《仙谷遇毛女意知是秦宫人》曰"水边一神女，千岁为玉童"，"祈君青云秘，愿谒黄仙翁"，是附会《列仙传》秦宫毛女故事而成的游仙诗；至于《张天师草堂》，写草堂幽邃静寂的环境和天师心化无尘的超逸之情，更令人不禁想起《庄子》中对藐姑射山人的描写。"应寂中有天，明心外无物"，"淡然意无限，身与波上月"（《白龙窟泛舟寄天台学道者》），诗人在幽寂明心中体会到的无限淡然之意，如同清波上跳动的皎然明月一样，的确是十分动人的，难怪诗人竟会"环回从所泛，夜静犹不歇"呢！这种看似寻常的纪游之作，绝非对道家心斋坐忘没有深刻体会者所能道。

四　韦柳与中唐巨变

韦应物、柳宗元生活的年代，在玄宗后期到宪宗之间，至于其主要活动年代，更在代宗朝以后。所以，韦柳出于唐朝由盛转衰的中唐时代。

（一）

韦应物早柳宗元约三十六年，历玄、肃、代、德宗四朝，正处于唐王朝的盛衰转换之际。他一生的行事和心态，生动而深刻地反映了唐朝的历史巨变和社会心理的新特点。

韦应物的家世与陶渊明有相似之处，都是先荣后衰。其曾祖待价以上三世，门第鼎盛，代居高位。吕温在为韦应物叔父锱之子韦武写的《唐故银青光禄大夫京兆尹兼御史大夫上柱国赠吏部尚书京兆韦公神道碑铭》中说，韦武先世（即应物先世）

"大名大德，大节大勋，悬诸日月，倬在图史，族姓之盛，莫之与京"。但到了韦应物的祖父令仪、父銮，则家道中落。韦应物《发广陵留上家兄兼寄上长沙》说："家贫无旧业，薄宦各飘扬。"境况已经十分不济。

韦应物生于玄宗开元二十五年（737）前后，天宝十年（751）十五岁时，以宰相曾孙（曾祖待价曾在武周时拜相）资格入宫为玄宗侍卫三卫郎。从他后来追忆此时生活的诗篇看，此时的韦应物既无家道中落的阴影，又无国家衰败的危机感，而是一心扈从玄宗四处游猎，过着豪横少年狂放不羁的生活。他的《逢杨开府》一诗即是当年生活的写照："少事武皇帝，无赖恃恩私。身作里中横，家藏亡命儿。朝持樗蒲局，暮窃东邻姬。司隶不敢捕，立在白玉墀。骊山风雪夜，长杨羽猎时。一字都不识，饮酒肆顽痴。"在他眼中，当时的唐王朝还是一派盛世景象："玉林瑶雪满寒山，上升玄阁游绛烟。平明羽卫朝万国，车马合沓溢四廊。蒙恩每浴华池水，扈猎不蹀渭北田。朝廷无事共欢燕，美人丝管从九天。"（《温泉行》）作为专门扈从皇帝游乐的御前侍卫，韦应物与沉溺在声色犬马之中的玄宗一样，没有任何危机感，这完全是正常的。

不过他的好景与玄宗一样不长，就在他任三卫郎的第五个年头，历史巨变开始了："弱冠遭世难，二纪犹未平。"（《京师叛乱寄诸弟》）他与唐王室一样，从繁盛的巅峰一下子跌入衰败的谷底。对此，他的心理反应是相当强烈的："可怜蹭蹬失风波，仰天大叫无奈何！"（《温泉行》）于是，他进入了所谓"自渔阳兵乱后，流落失职，乃更折节读书"①的时期。在太学读书时期，他再也不能像往常那样飞扬跋扈了："武皇升仙去，憔悴被人欺。读书事已晚，把笔学题诗。"（《逢杨开府》）从此，他由一名豪横少年变成了一介书生。那种如梦似幻的追忆，所谓"乡村年少生离乱，见话先朝如梦中"（《与村老对饮》），已是伤逝多于眷恋，无奈多于悲慨。因而在他那里，不可再来的盛世只能是一段深埋在心底的记忆；他所面临的，已经是一个满目疮痍、人心不振的时代。

而韦应物还要在这样的时代做洛阳丞，做京兆府功曹摄高陵宰，做鄠县、栎阳令。尽管其间在洛阳丞任上因惩办不法军骑被讼而弃官养疾洛阳同德精舍，但他仍在"直方难为进"的情况下"守此微贱班"，而且十分尽职尽责："开卷不及顾，沉埋案牍间。"不过严酷的现实已使他进退两难："兵凶久相践，徭赋岂得闲。促戚下可哀，

---

① 沈作喆：《补韦刺史传》，赵与时《宾退录》卷九。

宽政身致患。"于是，他起了退隐的念头："日夕思自退，出门望故山。"（以上均见于《高陵书情寄三原卢少府》）从罢官居同德精舍的"不能林下去，只恋府廷恩"（《示从子河南尉班》），到京兆府功曹摄高陵宰的"日夕思自退，出门望故山"，其间反映了唐代士人同现实政治及其体现者封建朝廷在心理上、情感上的逐渐疏离。终于，韦应物在大历十四年（779）任栎阳令仅一个月后，便以疾辞官。闲居长安西郊善福精舍西斋，过了"独饮涧中水，吟咏老氏书"（《春日郊居寄万年吉少府中孚三原少府伟夏侯校书审》）的隐士生活。他的以疾辞官，实在是找借口退避官场。因为病是小病，而精神却已颓然："独此抱微疴，颓然谢斯职。"（《谢栎阳令归西郊赠别诸友生》）颓然的原因十分简单而明确，那就是"世道方荏苒，郊园思偃息。"（同上）

因此，当他在西郊沣上住了将近两年，写了数卷以田园题材为主的《沣上西斋吟稿》后，再出山去做尚书比部员外郎时，便不能不感到尴尬："除书忽到门，冠带便拘束。"（《始除尚书郎别善福精舍》）他此时的心态，似乎是与陶渊明当年违己入仕时一样，连诗的语气都有些相近，如《忆沣上幽居》说："一来当复去，犹此厌樊笼。况我林栖子，朝服坐南宫。"但他此来并没有复去，没有像渊明那样归隐田园，重做林栖之士；而是于次年夏出为滁州刺史，做起了地方官。此后，又做了江州刺史，一度入朝任左司郎中，最后官至苏州刺史，基本上没有离开仕途。在这个从辞官归隐到复出为官的过程中，韦应物是如何找到心理平衡的？或者说，他是如何从尴尬走向坦然的呢？我们只消看看他在地方官任上做了些什么以及怎样做的，便可了然了。

首先，从中央出来到地方任职，使韦应物更加清醒地看到历史巨变后满目疮痍的现实，看到现实社会一天天恶化的必然趋势。如在由长安赴滁州经洛阳所写的《寄大梁诸友》中说"相敦在勤事，海内方劳师"，所指即建中三年（782）河北、山东诸藩镇朱滔等反唐称王，次年正月，淮西节度使李希烈又起兵袭陷汝州，被朱滔等奉为建兴王，李则自称天下都元帅事。他在送好友从军的《寄畅当》诗中说："丈夫当为国，破敌如摧山。何必事州府，坐使鬓毛斑。"由此诗可见他当时的心情。他在滁州任上看到了战争带来的衰敝景象，感慨道："风物殊京国，邑里但荒榛。赋繁属军兴，政拙愧斯人。"（《答王郎中》）沉痛中夹杂着惭愧和无奈，这种心态自然发展到后来的"身多疾病思田里，邑有流亡愧俸钱"（《寄李儋元锡》）。紧接着李希烈之乱后又是朱泚之乱，德宗一度出奔奉天。韦应物在滁州有《京师叛乱寄诸弟》诗："弱冠遭世难，二纪犹未平。羁离守远郡，虎豹满西京。"在江州有

《始至郡》诗:"斯民本乐生,逃逝竟何为? 旱岁属荒歉,旧逋积如坻。"其心态与前相似。但自江州刺史入京为左司郎中以及再出为苏州刺史后,他的诗中便很难再发现类似心态的流露。总之,他从一个纨绔子弟转变成一名正直官吏,是很有用世之心的。但在越来越清醒地认识到现实黑暗与世态炎凉之后,他变得越来越沉静、冲淡了。

其次,在地方任上,除去尽职尽责外,他把以往闲居时的行事以及当时的心态移植了过来,从而展示了其居官时追求闲适平静的一面。前面提到韦应物曾以"林栖子"自居,而在赴滁州刺史任前写的《将往滁城恋新竹简崔都水示端》中,他又自许为"幽人":"停车欲去绕丛竹,偏爱新筠十数竿。莫遣儿童触琼粉,留待幽人回日看。"可见,这种林栖子或幽人的意趣,是深深植根于他的性格之中的,即使出仕为官亦难以泯灭,更何况是在那祸乱不已的乱世时代。这里可以举两首诗为例。一首是在滁州任上写的《寄全椒山中道士》:"今朝郡斋冷,忽念山中客。涧底束荆薪,归来煮白石。欲持一瓢酒,远慰风雨夕。落叶满空山,何处寻行迹?"身处郡斋的诗人,与山中道士在感情上、心理上是如此相通、相近,绝非一句"化工笔"或"妙处不关言语意思"[1] 所能概括。如果说此诗反映诗人的心态尚不够显豁的话,那么看看《园林晏起寄昭应韩明府卢主簿》就很清楚了:

> 田家已耕作,井屋起晨烟。园林鸣好鸟,闲居犹独眠。不觉朝已晏,起来望青天。四体一舒散,情性亦忻然。还复茅檐下,对酒思数贤。束带理官府,简牍盈目前。当念中林赏,览物遍山川。上非遇明世,庶以道自全。

此诗写的是田园情调及闲居心态。诗人对酒思友,把田园生活的适性惬意与仕宦生活的拘束不堪加以对比,最终引出"上非遇明世,庶以道自全"的内心独白。由此看来,无论是闲居还是为官,他的这种心态都是始终如一的;因为只有这样,诗人才能找到心理平衡。这种与现实社会不即不离的人生态度,正是中唐士人心理的新特点。从这个角度看,韦应物几度闲居时都选择佛寺:在洛阳寓居同德精舍,在长安寓居善福精舍,卸苏州任后又寓居永定精舍,最终终老于此,不能不说是这种人生态度的体现。

---

[1] 沈德潜《唐诗别裁集》卷三评语。

（二）

柳宗元字子厚，生于大历八年（773）。其家族在初盛唐声名显赫，五世祖柳楷的兄弟柳亨，娶李渊的外孙女为妻，太宗曾对他说"与卿旧亲，情素兼宿"①；柳宗元高祖柳子夏的叔伯兄弟柳奭，做过高宗朝宰相，其外甥女王氏，即高宗王皇后。到柳宗元出世时，柳氏家族经过武周时期和安史之乱两次劫难，已经一落千丈，由皇帝贵戚降为一般官僚地主。不仅如此，柳宗元还出生在一个战乱不已的时代，从少年起就饱尝离乱之苦，如他十二岁时便亲历了李希烈之乱，一度从长安跑到夏口（今湖北武昌）避难；回到长安后看到的又是一片残破景象。柳宗元生长在动乱之中，既不能靠门荫得官，只有发奋读书，终于在贞元九年（793）第四次科举时进士及第；贞元十四年（798）通过吏部试，授集贤殿书院正字。这时的柳宗元，已颇具社会影响，韩愈称他当时"俊杰廉悍，议论证据今古，出入经史百子，踔厉风发，率常屈其座人。名声大振，一时皆慕与之交"②。柳宗元自己也在《寄许京兆孟容书》中，抒发过当时"兴尧舜孔子之道，利安元元"的远大抱负。由于上述原因，柳宗元一入朝便很快参与当时以王叔文为首的政治改革集团，成为其中的一名骨干成员。贞元十七年（801），柳宗元调补京兆府蓝田县尉，两年后又迁为监察御史里行。当时的德宗已昏庸不堪，朝政被权奸宦官把持，十分混乱；而太子李诵则任用王叔文等人，积极准备即位后的一系列政治改革。贞元二十一年（805），李诵即位，是为顺宗，王叔文一派执掌朝政，柳宗元被提升为礼部员外郎。至此，柳宗元可谓春风得意，仕途畅达；但他已深深地陷入了现实政治的旋涡之中，因而此后他的一系列不幸遭遇，他的喜怒哀乐，就都与王叔文改革发生了千丝万缕的联系。

王叔文改革打击了宦官和强藩的势力，采取了收回利权、打击权奸、减免赋税等措施，柳宗元在当时负责起草许多诏命章奏，起了很大作用。但时隔八个月，反对改革的太子李宪在激烈的朝廷内部斗争中取胜，登基改元为永贞元年，是为宪宗。于是，改革派分遭贬黜，柳宗元和其他成员被贬为远州司马，是为"八司马事件。"

由春风得意一下子沦入穷厄困顿，当然会给柳宗元的精神以沉重的打击。当时的永州司马柳宗元一度寓居龙兴寺，"五年之间，四为大火所迫"（《与杨京兆凭书》），

---

① 《旧唐书·柳亨传》。
② 韩愈：《柳子厚墓志铭》，《韩昌黎全集》卷三十二。

可谓身心交瘁。"百病所集，疵结伏积，不食自饱。或时寒热，水火互至，内消肌骨"（《寄许京兆孟容书》），"每闻人大言，则踽气震怖，抚心按胆，不能自止"（《与杨京兆凭书》）。他虽然口头上自称"拘囚"而"负罪窜伏"，但内心却有难以言状的哀怨和悲愤。所以，他一方面在诗中抒发自己"理世固轻士，弃捐湘之湄"（《零陵赠李卿元侍御简吴武陵》）的不平之鸣；一方面频频上书上启，向各地镇帅要员们申诉他当初济世救民的一片赤子之情，表达自己求援引的心情。但罪囚不是一般人敢于接近的，更何况他还是个"众忌其才"的罪囚。因而，他的这些书信除了自我表白之外，别无结果，而他在南荒之地一待就是十年。十年的哀怨不平、孤独寂寞自不必说；偶尔他也有其放达的一面，尤其是他在元和五年（810）卜居冉溪，构法华寺西亭，过上类似隐士的生活以后。"久为簪组累，幸此南夷谪。闲依农圃邻，偶似山林客。晓耕翻露草，夜榜响溪石。来往不逢人，长歌楚天碧。"（《溪居》）不过，就是在这"风波一跌逝万里，壮心瓦解空缧囚"的似乎已与世无争的心态背后，他仍然蕴积着希望："却学寿张樊静侯，种漆南园待成器"（《冉溪》）。

从投身政治旋涡到待罪南荒十年，对于柳宗元的心态来说，可谓一次大的转折；而从十年后征召入京到再度出为远州刺史，则可以说是又一次大的转折。本来，他在得到征召入京的通知时，心情是十分激动的，且大有被平反昭雪之感，在入京途中，他写过《汨罗遇风》一诗："南来不作楚臣悲，重入修门自有期。为报春风汨罗道，莫将波浪枉明时。"不料，他在长安立足未稳，就得到出为柳州刺史的任命，官阶虽提高了几品，但任所却更加荒僻遥远，这实际上是又一次贬黜。此时，柳宗元更加深切地意识到，自己和其他王叔文集团成员的命运，同朝廷内部斗争密切相关；他已从政治斗争的主动参与者沦为政治斗争的牺牲品。因此，再度踏上前次南贬之路时，他一边大发感慨："十年憔悴到秦京，谁料翻为岭外行"；一边悔恨交加："直以慵疏招物议，休将文字占时名。"（《衡阳与梦得分路赠别》）此时，他一心想的就是"皇恩若许归田去，晚岁当为邻舍翁"（《重别梦得》）了。不过，在柳州任上，他倒没有闲居度时，而是尽职尽责，做了一名留惠一方的地方官；此外，就是游历辖内各处奇山异水，抒发一腔的凄苦和哀怨：

海畔尖山似剑铓，秋来处处割愁肠。若为化得身千亿，散上峰头望故乡。
（《与浩初上人同看山寄京华亲故》）

柳宗元终于在穷厄困顿之中结束了命途多舛的一生，四十七岁，在清淡派诗人中间恐怕是最短寿的了。

（三）

既然韦柳的一生都曾有过大起大落的惨痛经历，那么他们何以又会成为清淡诗风的代表呢？这其实是个带有普遍性的问题。问题的关键就在于，社会心理和社会思潮等时代文化特征，如何通过诗人心态这个中介转化为具有特定风格的诗歌。前述陶张王孟常储等人，都经历过这种转化，现在谈到的韦柳和将要论及的梅尧臣、王士禛也不例外。

在韦柳身上，中唐士人特有的危机感和失落感都有充分的反映。其反映的独特性在于他们对出处进退的矛盾心态。韦应物说："虽怀承明恋，欣与物累暌。"（《答库部韩郎中》）柳宗元说："机心久已忘，何事惊麋鹿。"（《秋晓行南谷经荒村》）其实，这种矛盾心态本身就包含了达到稳定平衡时的恬淡冲和意绪。这里，佛道思潮和风气的影响是不容忽视的。

上文提到，韦柳曾不止一次地选择佛寺寓居或闲居。其实，士人居处佛寺精舍在唐代是一种相当普遍的社会风气，并非是皈依佛门的表现。如举子应试前租寺院房舍用功读书，落第后又回到禅院，在钟声香火中寻找安慰；士大夫们在官场失意时，往往寄寓精舍归隐；而法筵清静之地，又常常是避祸乱的士大夫最理想的归宿。不过，他们的身份仍旧一如从前，有别于以吃斋念佛为业的僧徒之流。至于与僧徒往来，也是早已有之，无非是对一种生活态度、方式和人格精神的认同和歆慕而已。不过，韦应物、柳宗元生活的中唐时代，佛教的影响的确超过了初盛唐："玄宗以后，中国常生变乱，诸帝仍奉佛法，而尤以代宗为最。"[1] 代宗曾授胡僧不空为开府仪同三司，封肃国公；又"常于禁中饭僧百余人，有寇至则令僧讲《仁王经》以攘之，寇去则厚加赏赐"[2]。元和十四年（819），韩愈上表谏迎佛骨，几乎被宪宗置于死地，可见代、宪两朝佞佛之盛。正是这种崇佛风尚，造成了上述士人生活与佛寺僧徒的密切联系。另外，一个不容忽视的时代原因就是"天宝后，诗人多为忧苦流寓之思，及寄兴于江湖僧寺"[3]。在此前提下，韦柳与佛教的关系就不能用一般的眼光看待了。

---

① 汤用彤：《隋唐佛教史稿》，中华书局，1982，第30页。
② 《资治通鉴》卷二二四。
③ 《新唐书·五行志》。

韦应物对佛寺情境原本就有一种认同感,《慈恩伽蓝清会》说"鸣钟吾音闻,宿昔心已往",他把这个重门高宇的所在,当作超凡脱俗的另一世界;由此望去,在尘世间挣扎的凡夫俗子们是何等渺小:"蔬食遵道侣,泊怀遗滞想。何彼尘昏人,区区在天壤。"然而,从一个思想上认同佛教的韦应物到一个行止上与僧徒无异的韦应物,其间必定要经历一段心路历程,有着一系列的心理变化。简单地说,他的罢官居同德精舍是不得已而为之;因为罢官是受牵累的结果,他自己的心情则是"不能林下去,只恋府廷恩"。以疾辞官居善福精舍,是韦应物的自觉选择;但他还仅仅是以此为归隐闲居的一种方式,他甚至可以在佛寺读道家经典:"独饮涧中水,吟咏老氏书。"这表明他对佛教采取的是为我所用的态度。这种态度当然也不排斥道教,他在滁州写的《寄全椒山道士》就是证明。到了寓居永定精舍,他才对佛教表现出明确的倾向性,《寓永定精舍》说:"眼暗文字废,身闲道心精。即与人群远,岂谓是非婴。"从思想上的理性认识,到行动上的切身体验,二者之间的确是一个飞跃。由此看来,唐人李肇《国史补》卷下说"韦应物立性高洁,鲜食寡欲,所居焚香扫地而坐",显然不是在描述少年时代的韦应物,所反映的无疑是韦应物的暮年生活;而韦应物留给人们的这种印象,又与他同佛教的这种不解之缘——甚至最后终老于佛寺,有着密切的联系。

如果说韦应物对道教还曾采取过为我所用的态度的话,那么柳宗元一开始就拒绝道教的那一套理论和法术,他走的是一条统合儒释的路。柳宗元曾对道教的服气、服食在士大夫中间造成的风气进行过激烈的抨击,认为道教令人"亏恩坏礼,枯槁憔悴。隳圣图寿,离中就异。炊然与鬼神为偶,顽然与木石为类。悾侗而不实,穷老而无死"(《东明张先生墓志》),是虚妄之道。而对于佛教,由于自幼受母亲卢氏的影响,则有一种天然的好感。他少年时,曾随父亲到过洪州禅的发源地江西洪州,其家人亲友中不乏笃信佛法者。所以,他在《送巽上人赴中丞叔父召序》中说:"吾自幼好佛,求其道,积三十年。"这三十年几乎贯穿了他的一生。不过,柳宗元只是一个好佛的儒士。虽然他曾与力主辟佛的韩愈展开过论辩,虽然他被列入天台宗传法体系,他的一些碑记被收入佛典;但他在骨子里仍是陆质《春秋》之学的积极鼓吹者,他主张的"大中之道",仍是以儒家礼义为指导思想,以辅时及物、推行政治改革为中心内容的。正因为如此,他才努力去寻找佛教与儒学的契合点,赞赏那些"服勤圣人之教,尊礼浮屠之事"(《送文畅上人登五台遂游河朔序》)的亦儒亦佛的人物,例如文郁、文畅、元暠等,认为他们能够"真乘法印,与儒典并用",而他也就以"统合儒释，宣涤疑滞"（同上）为己任了。

那么他是如何"统合儒释"的呢？首先，他把佛教的"性空"与儒家的孝道结合起来，认为"金仙氏之道，盖本于孝敬，而后积以众德，归于空无"（《送僧浩归淮南许》）；其次，他把禅宗、天台宗的佛性论与儒家的性善论结合起来，认为佛教"其教人，始以性善，终以性善，不假耘锄，本其静矣"（《曹溪第六祖赐谥大鉴禅师碑》）；再次，他又把佛教的戒律与儒家的忠孝观念结合起来，认为"儒以礼立仁义，无之则坏；佛以律持定慧，去之则丧"（《南岳大明寺律和尚碑》），指出二者具有同等的意义；最后，他一生坚持的"大中之道"，本身就与天台宗的"中道"观有相近相通之处，都有调和彼此、泯灭矛盾的一面。所以，章士钊在《柳文指要》（上）《体要之部》卷七中指出："大中者为子厚说教之关目语，儒释相通，斯为奥秘。"所有这些，都对柳宗元的思想和创作产生了不可忽视的影响。他的一百四十多首古今诗中，与佛教有关的就达二十多首。可以说，佛教对他的作用已不是一般意义上的影响了，更何况他在这方面采取的还是主动的态势。

五　梅尧臣、王士祯与承平之世的阴霾

（一）

梅尧臣字圣俞，生于宋真宗咸平五年（1002）。真宗是宋朝的第三位皇帝，但他在位时宋朝却并不强大，屡受党项、契丹族人的威胁。因为宋朝是个积弱的朝代，统治者有力气去打内战，而无心收复北方失地，所以在民族矛盾中一让再让，只求保持自己那点作为兄长的体面［景德元年（1004）宋与契丹和解，称为兄弟之国；宋为兄，每年向契丹提供银十万两，绢二十万匹］以及国家的那点承平气象。

梅尧臣幼年时正值西夏、契丹进攻北宋；不过他的家乡宣城远离战火，没有受到直接的影响。从十三岁起，他跟随叔父梅询到了襄州。叔父做襄州通判，而少年梅尧臣则过起了无忧无虑的生活。他后来在诗中回忆当时的情景说："昔我从仲父，三年在河内。春游丹水上，花木弄粉黛。人夸走马来，尽眼看没背。薄暮半醉归，插花红簇队。"（《寄怀刘使君敞》）后来，梅询宦海几度沉浮，终于在仁宗天圣六年（1028）迁工部郎中、直集贤院，回到汴京。尧臣一直跟随叔父，入京那年，他已二十六岁了。虽然才华诗名不小，但在科举方面却是屡试不第。于是他听从叔父安排，与当朝名臣谢涛之女完婚；又受叔父门荫，补了个太庙斋郎。后来调任桐城县主簿、河南县主簿、河阳县主簿，都与他的这门亲事有关。河南县、河阳县地处西京洛阳附近，他得以经常出入洛阳，在这自古文人荟聚之地，与当时的名士钱惟演、谢绛、欧阳修、尹洙等游宴酬唱，其风雅浪漫之举为时人瞩目："山东腐儒漫侧目，洛下才子争归趋。"（《四月二十七日与正仲饮》）梅尧臣除了在河南县任上写了几首反映农家生活的田园诗（如《田家》《观理稼》等），感叹"吾无力耕苦，谬读古人书"外，大部分诗都是为应酬唱和而作，而且一般以闲适情调为主，例如为钱惟演写的《留守相公新创双桂楼》：

> 藻栋起霄间，芳条俯可攀。晚云谈次改，高鸟坐中还。日映城边树，虹明雨外山。唯应谢池月，来照衮衣闲。

这种情况到了仁宗景祐元年（1034）梅尧臣再度科举落第后，开始发生了变化。这一年他以德兴县令知建德县事，从浮泛官场、无所事事的县佐到一县百姓的父母官，当然没有那么轻松了，何况"穷巷敝茅茨，高言出廊庙"（《彦国通判绛州》）的志向一时难得伸展，而洛阳旧友范仲淹、尹洙、欧阳修遭贬黜的消息不久也传到这个南方山区小县，令他悲愤不已。他开始对统治者失望了。不过，四年后西夏王赵元昊称帝，民族矛盾再度激化，又一次激起了他的政治热情。他花费了许多心血为《孙子》作注，呈献给朝廷，希望能得到一个报国的机会。但他在襄城县令任上等了三年多，等到的不是朝廷的征召，而是自己在政治上的提携者、妻兄谢绛的死讯，是前线战败的消息，还有康定元年（1040）秋天襄城的那场大水。他在《大水后城中坏庐舍千余作诗自咎》诗中表达了自己打算引咎辞职的心情："岂敢问天灾，但惭为政恶"，"独此怀百忧，思归卧云壑"。既言"百忧"，恐怕并非单指洪灾一事；无路请缨的悲哀，国家前途和个人出路的无望以及眼见生灵涂炭而又无可奈何的惭愧，使他发出了"却咏归去来，刈薪向深谷"（《田家语》）的喟叹。就在这种复杂心态下，他于次年赴湖州盐税任。在汴京遇到老友欧阳修，两个怀才不遇的朋友相见，自然有许多感慨，梅尧臣酒后赋诗："谈兵究弊又何益，万口不谓儒者知。"（《醉中留别永叔子履》）在湖州任上两年，这种欲进无路、欲罢不能的状况和心情仍旧一如从前，他在酒后赋诗云：

嗟余老大无所用，白发冉冉将侵颠。文章自是与时背，妻饿儿啼无一钱。幸得诗书销白日，岂顾富贵摩青天。而今饮酒亦复少，未及再酌肠如煎。……起来整巾不称意，挂帆直走沧海边。便欲骑鲸去万里，列缺不借霹雳鞭。气沮心衰计欲睡，梦想先到蘋渚前。与君无复更留醉，醉死谁能如谪仙。

这一首《回自青龙呈谢师直》，与在洛阳的那首《四月二十七日与王正仲饮》相比，此时悲凉凄切，彼时意气风发，其情调已迥然不同了。

梅尧臣的沉沦下僚，与他温文尔雅而又耿介刚直的性格密切相关。自仁宗朝以来，统治阶级内部新旧两派的斗争一直没有中断过，其代表人物是范仲淹和吕夷简。开始是为废郭皇后，以后凡一切军机政要大事，两派无不对立。梅尧臣是站在新派范仲淹这一边的；但他对范本人用人失当、教子无方又看不惯，写过一些诗进行讽喻（如《喻鸟》）。所以，新派得势时，他因与范的矛盾不得重用；新派失势时，他更是没有出头之日。他虽然并未真正卷入这场政治斗争，却无形中充当了它的牺牲品。他的成功之处在于，经过种种磨难，终于把自己造就成了被欧阳修称许为"穷而后工"[①]的诗人，而且在这一过程中，丰富和发展了清淡诗风的内涵。一个突出的例子就是他以陶渊明的代言人自居，指出陶诗平淡中的不平淡处，从而形成了清淡诗风所谓"平淡而山高水深"[②]的新特点。他说："方闻理平淡，昏晓在渊明"，"渊明傥有灵，为子气不平。其人实傲佚，不喜子缠萦"。（《答中道小疾见寄》）他强调陶渊明"傲佚"的一面，是对平淡内涵的新认识。《送永叔归乾德》：

渊明节本高，曾不为吏屈。斗酒从故人，篮舆傲华绂。悠然目远空，旷尔遗群物。饮罢即言归，胸中宁郁郁。

这里，靖节先生的节高不屈与尧臣的傲然遗物互相掩映，在一种悠然旷达的基调里达到了新的统一。

不过，梅尧臣一生都在四处奔波，始终没有离开仕途。他没有归隐的资本，更没有归隐的心情。庆历八年（1048）他被任命为国子博士，赐绯衣银鱼。这是一个空

---

① 欧阳修：《梅圣俞诗集序》，《欧阳文忠公集》卷四十二。
② 黄庭坚：《与王观复书》三首之二，《豫章黄先生文集》卷十九，《四部丛刊》本。

衔，于是他应旧丞相晏殊之辟，赴签书陈州镇军节度使判官任。皇祐三年（1051），得到同进士出身，改太常博士，终于圆了几十年的进士之梦，但职任不过是监永济仓。进京以前，他在《依韵和达观禅师赠别》诗中表白"强欲活妻子，勉强事徂征。徂征江浦上，鸥鸟莫相惊"。说明自己求官是为生计所迫，请朋友知己不要诧异。丁母忧中，他又在《与蒋祕别二十六年田芑二十年罗拯十年始见之》中感叹"安得有园庐，宽闲近林泉"，"毕竟将何穷，磨灭愚与贤"。于是，他声称："予非陶靖节，老去爱田园。"（《早春田行》）这并不是说他与陶渊明有什么本质上的不同，而是反映了他的一种矛盾心态。这种心态在他看来也许是偶然的、个别的，但在宋代，甚至整个封建社会，却为怀才不遇而又不甘寂寞的正直人士们所共有："平生好《书》《诗》，一意在抱椠。既无钺云剑，身世遭黜黭。耻游公相门，甘自守恬淡。妻孥每寒饥，内愧剧剡愒。……"（《正中见赠依韵和答》）壮志难酬，转而为诗，并执着于诗，这便是"穷而后工"的真实含义，也是"平淡而山高水深"之成为现实的逻辑起点。身处困顿而诗主平淡，其诗必有不同于一般清淡诗之处。这恐怕就是梅尧臣与当时一些为平淡而平淡之士（如宋中道、晏殊）的区别所在吧。

晚年的梅尧臣境况有所好转，嘉祐元年（1056）补授国子监直讲，次年任参详官，后年入唐书局修书，后来又迁屯田员外郎，官至尚书都官员外郎；然而一生终未腾达，他则更把精力放在诗歌创作上。这期间，他的活动和心态正如《缪叔以诗遗酒次其韵》中所言："一日不饮情颇恶，一日不吟无所为。酒能销忧忘富贵，诗欲主盟张鼓旗。"看来，早年他"高言出廊庙"的雄心，已转变为晚年诗坛主盟的壮志了。不过，这个转变的确使他付出了太多的代价，他在《寄金山昙颖诗呈永叔内翰》中说："平生守仁义，齿发忽衰暮。世事不我拘，自有浩然趣。""平生"句是对此前一生的回顾，"齿发"句是形容暮年衰态，而"世事"二句则点明了他的晚岁心态。由此我们是否可以说，梅尧臣其人其诗都是"穷而后工"、"平淡而山高水深"的形象体现呢？

（二）

梅尧臣生活在宋真宗、仁宗朝。这一时期在文化上采取的是尊儒学、崇佛道的政策。真宗朝还是三教并举，到了仁宗，儒学压倒佛道，成为北宋朝的统治思想。太宗封孔丘四十四代孙孔宜为文宣公，真宗时孔宜子孔延世袭封文宣公；仁宗时，孔延世子孔宗愿改封衍圣公。真宗命国子监祭酒邢昺等校定《周礼正义》《仪礼正义》，还亲撰《文宣王赞》，称孔子为"人伦之表"，孔学为"帝道之纲"；又撰《崇儒术论》，强调"儒术污隆，其应实大，国家崇替，何莫由斯。"此时佛道势力同样强大。太宗时，第一部佛经总集大藏经在益州雕版完成；真宗亲撰《崇释论》，认为佛教与孔子"迹异而道同"，并亲为佛经注释。真宗朝全国各地僧徒达四十万，尼姑六万余，堪称宋朝佛学全盛期。真宗还认为，释道二门，有补世教，"三教之设，其旨一也"①。他尊玉皇为玉皇大天帝，赵氏始祖为圣祖天尊大帝，颁告天下；在东京建玉清昭应宫，造玉皇、圣祖、真宗像；又命续修道藏达四千三百多卷，各地广修道观。仁宗朝独尊儒术，所用宰相皆是以儒学出身的老成儒者，并在各州县设立学校宣讲儒学。在统治者推行苟且因循政策的情况下，儒学家们也纷纷投其所好，为绥靖路线立论，例如孙复以《春秋尊王发微》阐发《春秋》之学，只讲尊王，不讲攘夷。而在独尊儒术的情况下，周敦颐更是援道教入儒，提出"无欲"、"主静"、"存诚"等理论，把两汉经学哲学化，为后来理学的成立奠定了基础。与周氏同时的邵雍，汲取佛教观心说，提出"反观"理论，也为后来理学家所采纳。可见，当时儒学的一个学派——理学，也正在酝酿之中。

上文提到梅尧臣的性格中有温文尔雅的一面，因此他还拥有"懿老"的雅号。其实，当时他在河阳主簿任上，与洛阳诸文士交游，年仅三十出头而已。以"老"相称，推崇老成持重的人品风度，是宋代士大夫品评人物的一个标准。欧阳修对于加给自己的"逸老"这一名号很不满意，曾两次写信给梅尧臣提出抗议，唯恐"诸君便欲以轻逸待我"②，而宁愿被称为"达老"。这一切，都与宋朝尊儒守成的统治思想密切相关。在洛阳，梅尧臣、欧阳修等虽被冠之以各种"老"的名号，而他们的风雅浪漫之举，仍然引得"山东腐儒漫侧目"，就是一个很好的证明。不过，梅尧臣毕竟还是一位儒士，他在完成为《孙子》作注的工作后说："我世本儒术，所读圣人篇。圣篇辟乎道，信谓天地根。"（《依韵和李君读余注〈孙子〉》）他是把儒学当作天地根本去看待的。后来欧阳修等推荐他任国子监直讲，主要理由是"性纯行方，乐道守节，辞学优赡，经术通明"③，认为担任此职与他"长于歌诗，得风雅之正"、"知名当时"④ 的身份十分相称。他自己也对儒家经典有一种特殊的感情："平生好

---

① 释志磐：《佛祖统纪》卷四十四。
② 《与梅尧臣》，《欧阳文忠公集》卷一四九。
③ 《举梅尧臣充直讲状》，《欧阳文忠公集》卷一一〇。
④ 《举梅尧臣充直讲状》，《欧阳文忠公集》卷一一〇。

《书》《诗》，一意在抱椠"，他要干进，但他不能也不愿整日像别人那样去做自我修养的工夫，而是把目光投向更广阔的身边和身外世界，并在诗歌里表达自己的价值判断。从这一角度看，他更接近那种正统的儒士。

梅尧臣生活的仁宗朝，虽然独尊儒术，但其内容却是援佛老入儒。所以在梅尧臣身上，也会表现出对佛老的兴趣，尤其是在失意和寂寞的时候。梅尧臣曾游访过多处隐士居所，留下过《寄题张令阳翟希隐堂》等诗，表达了对隐士生活的欣赏和向往，如"达士远纷华，于兹守冲漠"，"未能与之游，怀慕徒有作"，"时无车马游，焚香坐读书"，"聊悟此中乐，犹观濠上鱼"等。隐士是道家的理想人格，而在梅尧臣的眼中，隐士不仅有道士和尚，还有吏隐之士，可见他是把隐居当作一种生活方式和情趣来对待的。"床中置素琴，亦见陶潜意。"前人曾把生活艺术化，而在他这里，则把艺术生活化，从而他的诗作就更贴近他的生活真实。从这个角度看，他与僧徒曾一度交往密切，写过"道人如不闻，道人如不顾。谁能识此心，来往只鸥鹭"（《寄金山昙颖诗呈永叔内翰》）之类的诗，又在"弹琴阅古画"之余，声言"淡泊全精神，老氏吾将师"（《依韵和邵不疑以雨止烹茶观画听琴之会》）等，正是他在"予心每淡泊，世路多变诈"的情况下，仍然"我趋仁义急，不解（同懈——笔者注）如陶谢"（《答了素上人用其韵》）的矛盾心态的写照。也就是说，他对佛老采取的是为我所用的态度。至于与理学的关系，由于理学先驱周敦颐、邵雍等都比梅尧臣晚出，而且理学当时还是以一种私学形式处于酝酿过程中，所以梅尧臣与理学还不可能构成直接联系；不过既然他们都处在一个大的时代背景和社会心理的影响之下，因而梅诗的议论化特点，应该说与崇尚说理的社会风气是有其一致的趋向的。

（三）

元明两代，欣赏和追慕清淡诗风的人不少，然而真正堪当此期清淡诗风代表的却无一人，更不用说从自己的角度去发展和丰富这一诗风了。这种情况直至清初才有了改变。顺治年间，王士祯兄弟三人崛起于山东新城，时号"三王"，其中王士祯以他大量的诗歌创作和他主张的诗歌理论，给清淡诗风注入了新的内容，同时他又对判断这种诗风的美学价值进行了理论尝试。所以，在探讨清淡诗风的演进过程时，王士祯的确是个不可忽略的人物。

王士祯字贻上，号阮亭，别号渔洋山人，生于明末崇祯七年（1634）。幼年时跟随祖父象晋从河南到杭州（祖父由河南按察使转任浙江布政使），六七岁时入新城家塾。不久，祖父也挂冠归田，自号明农隐士，教诸孙读书。当时，后金王朝已改国号为清，并入关进攻中原；而李自成、张献忠等农民起义正风起云涌，李自成并于崇祯十七年（1644）攻占北京，建立大顺政权。不过，这一切对少年王士禛的影响似乎不大；只是在崇祯十五年（1642）清兵攻陷新城时，他曾一度避乱于邹平，不久又回到家塾。他所受的是传统的诗书教育，值得注意的是，这一时期他所接触的诗歌作品，对他今后的创作和理论有很大影响。在他8岁时，长兄王士禄曾授王孟韦柳诸家诗，使手抄录之；十一岁时，祖父曾命他对句"醉爱羲之迹"，他应声答道："狂吟白也诗。"到十五岁时，他自八岁以来的吟什已成一卷，名《落笺堂初稿》，并由长兄作序刊刻。可见，除因顺治三年（1646）山东省高苑县谢迁起兵抗清，他再度避乱邹平外，他的少年生活和所受的教育再未受到多大冲击，他也并未因祖父曾经仕明而滋生过多么明显的遗民思想（何况他的父亲也入清做了国子监祭酒）；而他性格中闲逸风雅的一面，却已在少年时代所受的教育中初步形成了。于是，他和当时大多数士人一样，在面临改朝换代、国家落入异族统治者之手的情况下，仍然走着读书做官的老路。

从王士禛一生的经历看，他自顺治十二年（1655）二十二岁应会试及第以来，在仕途上是比较顺利的，先后任扬州推官、礼部提督两馆主事、仪制司员外郎、户部福建司郎中、国子监祭酒、翰林院侍讲学士、督察院左副督御史、户部右侍郎、督察院左督御史、刑部尚书等职，并多次出京视察和主持乡试，晚年还两次接受康熙赐御笔"带经堂"和"信古堂"匾额。在任上，他以正直清廉、秉持公道而为朝野称道。另外一个引人注目的现象，就是他一生频繁的文字活动：顺治十四年（1657）八月，王士禛游历下，邀集当时诸名士于济南大明湖，发起秋柳社，士禛赋《秋柳》诗四首，和者数百人，名噪一时。康熙元年（1662）在扬州推官任上，与袁萚安诸名士修禊红桥平山堂，有《红桥唱和集》。康熙四年（1665）赴礼部任，诸名士送别扬州禅智寺，有《禅智唱和集》。此外，他每次奉命出使，必登临赋诗，著有《渔洋集》《蜀道集》《南海集》《雍益集》等。康熙帝还曾征集他的诗三百首，编为《御览集》。《四库全书总目提要》说："士禛等以清峻人才，范水模山，批风抹月，倡天下以'不著一字，尽得风流'之说，天下遂翕然应之。"可见，王士禛在当时已是公认的诗坛领袖。

王士禛生活在清王朝统治逐渐稳定和政治经济逐步上升的承平时代。但一则封建制度已走入它的暮年，失去了汉唐时期的声势和凝聚力；二则清统治者实行的一套文化政策，使广大汉族士人的心头蒙上了一层阴霾，所以，这个时期的社会心理已非任何前代建国之初所能比拟。顺治即位后，一方面刊刻《明洪武宝训》，表示要继承明制；又大事尊孔祭孔，表示对汉文化的尊重；此外，还修国子监，广收生徒学习四书五经和程朱理学；实行满汉通婚，广泛吸收汉族文臣入朝。这一切，意在利用汉族士人为其统治服务。但另一方面，随着汉族文臣势力的扩张，满汉大臣之间的斗争日趋激烈，而清统治者控制汉族文臣的政策也始终没有松懈。顺治十四年（1657）的顺天和江南科场案，江浙文人被处死、流徙和受牵累的不下百人。康熙朝四大臣辅政时，又发生了一起明史案，江南官员文士被处死者七十余人，流配边地充军者数百人。在这种文化高压政策下，广大汉族士人的畏惧苟安心态是可想而知的。好在顺治帝和康熙帝本人对汉文化传统都有浓厚的兴趣，他们并不反对学习汉族传统的统治术，也提倡以儒家精神为主体的文化艺术。他们任用汉人文臣是力求得到他们在道义上和精神上的支持，而同时则又要防止他们的势力威胁到自己的统治。于是，在清代初期的士人那里，历代建国之初封建士人的那种强烈的建功立业意识，也就大大打了折扣。

王士禛仕途顺畅，处在这样一个文网逐渐密集起来的时代，却能得到和保持一份比较安宁闲适的心境，的确是有他一套独特的办法的。他不是没有烦忧要排遣，也不是睁着眼睛看不见现实的社会矛盾和危机。即以后者而言，他在顺治十三年（1656）写过一首《复雨》诗，述说荒年中百姓的艰苦生活，诗中有云："天南干戈未宁息，男罢农耕女废织"，"长官鞭扑那敢避，努力公家输酒浆"，表现了他忧时悯世的胸怀，这与韦应物的《寄李儋元锡》、柳宗元的《田家》、梅尧臣的《观理稼》直面现实的精神是一致的。另外，作于同年的《春不雨》和次年的《蚕租行》十解也是同类作品。对于现实的矛盾，他多用怀古咏史的形式去解决。例如《冬日偶然作》，借叙述历史故事，揭露社会上存在的不平和矛盾现象，如"志士不屈遭穷厄，小人谋利享尊荣"等，并慨叹"天道有如此，千载同唏嘘"，抒发自己的不平之气。又如《雨后观音门渡江》，感怀南朝兴亡故事，渗透着对没落王朝的叹惋和忧思："南朝无限伤心史，惆怅秦淮玉笛声。"这似乎是与生俱来的叹惋和忧思，它来自与他血统一致的那个奄奄一息的没落王朝，它使王士禛不时意识到盛世的易逝和盛时的难驻，使他不能完全沉浸在积极进取的心态中，不能对他所服务的皇朝进行全心全意的歌功颂德。所以，尽管他在仕途上一直走着上坡路，但他却要强调自己的宦情淡薄，而热衷于"范水模山，批风抹月"。《悼亡诗》有云："宦情薄似秋蝉翼，愁思多于春茧丝。此味年来谁领略，梦残酒渴五更时。"此诗作于户部司郎中任上。丧妻之痛，乃人之常情，然言及如此程度，其中感慨，非一般丧妻之人所能道；而其中况味，却是一般人都可以领会的。

当然，作为清初诗坛的领袖人物，他的"神韵说"更能体现当时社会状况下他的独特心态。任何一个富于进取精神的朝代，在其建国之初，总会有人站出来，打出复古的旗号，借以宣扬一种旨在矫正前代文风之弊并体现时代精神的文学纲领，这已成为文学史上人所共知的常识。唐初陈子昂力倡建安风骨，开有唐一代奋发蹈厉的诗风；宋初欧阳修等力矫古文晦涩怪诡之弊，提倡雄浑朴茂的文风，诗歌则自梅尧臣、苏轼、黄庭坚以后，体格大备，形成有宋一代新诗风。然而自明代开始，"前后七子"的复古口号"文必秦汉，诗必盛唐"，却导致了真正的复古摹拟，诗文千人一面、千篇一律，于是有公安、竟陵派矫正之。不料公安、竟陵不但没有肃清七子之弊，却造成了以鄙俗轻率和以艰涩为趋新的流弊。面对这样一种状况，王士祯是怎样做的呢？

首先，作为清初的文人，他已失去了当年陈子昂登高一呼而开一代新风的气势，也失去了那种努力追求新境界的积极进取的心态。对于自己的诗歌主张，他多采取一种自我欣赏和自我完善的态度。即以明确标出"神韵"二字的《池北偶谈》一书为例，他在该书序中先叙池北书库之名的由来，接着写道：

> 池上有亭，形类画舫曰石帆者，予暇日与客坐其中，竹树飒然，池水清彻，可见毛发，游鯈浮沈，往来于寒鉴之中。顾而乐之，则相与论文章流别，晰经史疑义；至于国家之典故，历代之沿革，名臣大儒之嘉言懿行，时亦及焉；或酒阑日坠间举神仙、鬼怪之事，以资噱喙；旁及游艺之末，亦所不遗。

他的"神韵"说就混迹于掌故杂谈、神仙鬼怪之事中；而在叙说的语气中，也分明有些谈论掌故的味道：

> 汾阳孔文谷天胤云：诗以达性，然须以清远为尚。薛西原论诗，独取谢康乐、王摩诘、孟浩然、韦应物，言"白云抱幽石，绿筱媚清涟"，清也；"表灵物莫赏，蕴真谁为传"，远也；"何必丝与竹，山水有清音"，"景昃鸣禽集，水

木湛清华",清、远兼之也。总其妙在神韵矣。"神韵"二字,予向论诗,首为学人拈出,不知先见于此。(卷十八)

其次,针对明季清初文坛流弊,王士禛单单拈出"神韵"以矫正之,除了欲以"神韵"之作的一唱三叹、韵味无穷去对抗当时的油腔滑调、信口成章外,还有他对"神韵"之作的隽永超诣、超凡绝俗的审美好尚在起作用。这种审美好尚,显然与当时士大夫的现实处境有关,它是宋元以来甚至中唐以来士人超脱现实、清高隐逸的人生态度的体现,也是与此相对应的司空图、严羽等家诗论的逻辑性展开。清人俞兆晟曾经记述王士禛与他的一次谈话,说到编选《唐贤三昧集》的目的:

清利流为空疏,新灵浸以佶屈,顾瞻世道,怒焉心忧。于是以太音希声,药淫哇锢习,《唐贤三昧》之选,所谓乃造平淡时也。(《渔洋诗话序》)

王士禛在谈话和笔记中,也曾多次提到其诗论的渊源以及他的审美好尚,如《渔洋诗话》:"余于古人论诗,最喜钟嵘《诗品》、严羽《诗话》、徐祯卿《谈艺录》";《香祖笔记》:"表圣论诗,有《二十四品》,予最喜'不著一字,尽得风流'八字"。

以上材料,都可以说明王士禛"神韵说"产生的社会文化背景和心理背景,人们亦可以从他对清初诗风的去取导引之中,看到他在当时社会状态下的独特心态。

(四)

清统治者继承明制,在思想统治和学校教育方面推行程朱理学,国子监课程和科举考试都以四书五经为主,尤重朱子的《四书章句集注》,考题也主要从四书中拟定,文体用"八股"、"制义"。王士禛是顺治进士,经过童子试、乡试、会试、殿试四关,其中童子试和会试均有一次落榜。但经过殿试后,先做外官,后入朝,做到了国子监祭酒即太学校长的职位,这说明他在统治者眼里是个儒家正统的合格代表;而他在主持秋试时也力主公道,识拔真才,为众论所推服。在任国子监祭酒期间,他还曾经上疏奏请定圣庙典祀按明代成化、弘治间仪制,又奏请正从祀诸贤位号并增从祀理学真儒,这都表明了他对儒学正统以及理学的信仰尊崇态度。

明清之际，"桑海之交，士之不得志于时者，往往逃之二氏"①。但道教自元末以后逐渐衰落蜕变，失去了以往的高雅潇洒气度，沦为祈禳符咒、鬼怪神妖的巫术末技，而它的高雅、潇洒、玄理则已让位于禅宗。所以，无论在清统治者那里，还是在清士人那里，佛教的影响都要比道教大得多。尤其是禅宗，它汲取了道教中老庄思想的精华；作为一种精神宗教，它已完全可以取代衰微的道教。王士禛时代的顺治帝就是个极端信奉禅宗的皇帝。他常邀江南禅师入京，与他们谈论禅机，还自称"痴道人"。他的确当得起这个称号：当与他同样信奉佛法的董鄂妃病死以后，他不仅大设道场，甚至还一度落发为僧！

那么，在王士禛那里，佛道的地位和影响如何呢？他的《赠劳山隐者》诗有云："晓就诸天食，暝栖薝蔔林。因知安居法，一契无生心。"这四句是写崂山隐者的，其中"诸天"、"薝蔔"是佛家语，"无生心"则是道家语，可见这位隐者亦佛亦道的生活方式。四句之下文云："我亦山中客，悠悠海陆沉"，如果说前几句是旁观、是欣赏的话，那么这两句一下子就在他自己和那位亦佛亦道的崂山隐者之间画了一个等号。

不过，就生活方式和文学实践而言，他与佛教的关系则更为接近一些。王士禛回忆他与夫人张氏在一起读书的情景时说："小阁垂帘日扫除，炉熏茶具宛精庐。红囊拣得钗头茗，手瀹清泉伴读书。"（《悼亡诗》）这种扫地焚香的环境的确颇有佛寺精舍的氛围，只不过红袖伴读的情景给它涂上了一层世俗化、人间化的色彩罢了。他作诗讲究妙悟、入禅，这种观念和做法虽不从他开始，但其本身足以表明禅宗对他的影响。他把禅意禅趣扩大化、推广化为一种隽永超诣、韵味无穷的艺术境界：他在《居易录》中说象耳袁觉禅师尝云东坡、山谷有句可谓禅髓，而他以为，"不唯坡谷，唐人如王摩诘、孟浩然、刘昚虚、常建、王昌龄诸人之诗，皆可语禅"。在《昼溪西堂诗序》中，他更明确地宣称：

　　严沧浪以禅喻诗，余深契其说，而五言尤为近之。如王、裴《辋川绝句》，字字入禅。他如"雨中山果落，灯下草虫鸣"，"明月松间照，清泉石上流"，以及李白"却下水精帘，玲珑望秋月"，常建"松际露微月，清光犹为君"，浩然"樵子暗相失，草虫寒不闻"，刘昚虚"时有落花至，远随流水香"，妙谛微言，

---

① 黄宗羲：《邓起西墓志铭》，《南雷文定》后集卷二。

与世尊拈花，迦叶微笑，等无差别。通其解者，可语上乘。(《蚕尾续文》卷三)

在清淡派成员中，恐怕没有谁能比王士祯更具有把禅意与诗歌联系在一起的理论自觉了。

那么，王士祯究竟有没有堕入空门呢？读过他的《顾茂伦吴汉槎撰绝句诗国朝止三家乃以拙作参牧翁钝翁之间戏寄二首并示钝老》其二，就可以解开这个疑团了：

老去心情百不宜，楞伽堆案已嫌迟。谁能更与尧峰叟，赌取黄河远上词！

虽然老来心情不佳，但他并未到佛经中去寻找安慰。与楞伽堆案相比，他对于像唐诗人王昌龄、高适、王之涣那样旗亭画壁似的与钱谦益（牧斋）、汪琬（钝庵、尧峰）一争作诗高下，似乎具有更大的兴趣。或者说，楞伽堆案已不能解决其"老去心情百不宜"的问题，佛经释典只能提供给他做诗的妙悟之理和以禅喻诗的诗学视野，而只有那一唱三叹、涵泳不尽的神韵之诗，才是真正能给他带来和谐、安宁的良医。这恐怕就是王士祯继承清淡诗风并赋予它理论品格的心理动因吧。

风格特征与心理模式

　　清淡派诗人对其所处时代的社会心理和社会思潮的取舍去就，构成了时代文化特征通过诗人心态这一中介转化为诗风内在要素的过程。由前所述可以看出，清淡诗风的心理蕴涵是相当丰富的；因此，构成清淡诗风的内在要素也绝非单纯的一元，也就是说，这种风格是由多重因素融合而成的。所谓多重因素的融合，似乎应该作这样的理解：好比一个活生生的人，他的构成不仅要有头、四肢和躯干，而且还要有构成这些有机部分的必要因素，如骨骼、肌肉、血液、神经等，但这些部分和要素的机械相加，是无法造就一个活生生的人的。因此，任何简单、机械的观点都于事无补，而必须把握住心理蕴涵这一关键要素。正如文学史即心灵史一样，作品风格也离不开心理蕴涵的激活，离不开它赋予作品风格的活的灵魂。只有在此基础上，才有可能对清淡诗风的总体特征以及清淡派诗人的心理模式有切实深入的把握。

　　需要指出的是，既然清淡诗风是相互认同和历史认同的产物，因此把握其总体特征时，就必然会对作品的类型和范围有所取舍，而不能面面俱到。文学史界似乎流行着这样一种观点，好像事无巨细地扫描了诗人所有的作品，对其一一加以概况，合起来就构成了诗人创作的总体风貌。这种观点忽略了文学作品的个性，也忽略了作品接受史上的美学认同。正如杜甫之所以成为杜甫，是因为有"三吏"、"三别"的悲时悯世、"咏怀五百字"的忠耿忧愤，而不是因为有"放荡齐赵间，裘马颇清狂"的狂放不羁和"细雨鱼儿出，微风燕子斜"的闲适惬意一样。陶渊明之所以成为陶渊明，是因为有"采菊东篱下，悠然见南山"的超脱旷达，而不是因为有"刑天舞干戚，猛志固常在"的金刚怒目。当然，就作家的全人和作品的全貌而言，后者是不容忽视的；但就作品的风格和个性而言，则不能不有所取舍，因为"风格反映着人们对于世界进行的审美认识的性质、方向和程度，并充当审美价值的物质体现者"[①]。

　　因此，这里对清淡诗风总体特征和清淡派诗人心理模式的研究，其对象是同质而

---

　　① 〔苏〕鲍列夫：《美学》（中译本），中国文联出版公司，1986，第286页。

异构的两个方面。所谓同质，在于它们都离不开心理蕴涵这一活的要素；所谓异构，在于风格特征更偏重个性化和审美认同，心理模式则更靠近共性化和社会规范。

一　豪华与真淳

金人元好问在他著名的《论诗绝句》三十首其四中说：

> 一语天然万古新，豪华落尽见真淳。南窗白日羲皇上，未害渊明是晋人。

"豪华落尽见真淳"是说"一语天然万古新"的形成过程。元好问此诗，是对清淡诗风的一个重要方面即人工与自然的关系所进行的概括。人工与自然的关系是诗歌创作中带有普遍性的问题。这一问题自刘宋时人汤惠休以芙蓉出水和错彩镂金论诗以来，就明确化了；一直到明清时的天分与学力之争，都没有离开这个话题。

那么，何以人工与自然的关系也会成为清淡诗风的一个重要方面呢？在"豪华落尽见真淳"的过程中，除了人工与自然的关系外，是否还有与之对应的其他关系呢？这还要从苏轼对陶渊明、韦应物、柳宗元那别具慧眼的评论说起。

苏轼曾对其弟苏辙说过这样的话：

> 吾于诗人，无所甚好，独好渊明之诗。渊明作诗不多，然其诗质而实绮，癯而实腴，自曹、刘、鲍、谢、李、杜诸人，皆莫及也。①

在《书黄子思诗集后》中他又说：

> 李、杜之后，诗人继作，虽间有远韵，而才不逮意，独韦应物、柳宗元发纤秾于简古，寄至味于淡泊，非余子所及也。

---

① 苏辙《东坡先生和陶渊明诗引》，见《苏轼佚文汇编》卷四，《苏轼文集》第六册，中华书局，1986，第 2515 页。

如果说钟嵘《诗品》是将陶诗分为质直无文和风华清靡两类而置于中品的话，那么苏轼已将二者视为一个有机的整体，并且推而广之，把这种出于膏腴的枯淡当作极高的艺术境界来加以推重了。这是审美趣味的转变，更是批评观念的深化："所贵乎枯淡者，谓其外枯而中膏，似淡而实美，渊明、子厚之流是也。若中边皆枯淡，亦何足道。佛云：'如人食蜜，中边皆甜'。人食五味，知其甘苦者皆是，能分别其中边者，百无一二也。"①

苏轼关于陶、韦、柳三家诗的议论提出后，得到了批评史上的广泛认同。朱熹说："渊明诗平淡，出于自然。"② 严羽说："渊明之诗质而自然。"③ 葛立方甚至试图给予理论上的提高："大抵欲造平淡，当自组丽中来，落其华芬，然后可造平淡之境。"④ 这几乎已经直接开启元氏之论了。可见，在"豪华落尽见真淳"的过程中，除了人工与自然的关系外，还有绚烂与清淡的关系与之对应。

至此，我们已回到本节开始的话题。应该说，苏轼、元好问等人的眼光是敏锐的，触及了清淡诗风的核心。在前文中，我们已经分析了清淡诗风的心理蕴涵，看到了陶渊明等人是如何通过对社会心理和社会思潮的取舍去就，将它们转化为诗风的内在要素的；现在，还要分析这些要素的基本内容，以及它们是通过什么样的方式构成清淡诗风的。苏轼、元好问等人的议论，恰好提供了一个良好的出发点，让我们更加自觉地把目光投向"豪华与真淳"这一组概念中的两个重要方面：人工与自然、绚烂与清淡。

（一）

在清淡派诗人中，恐怕没有谁像陶渊明那样把四言诗当作富有生命力的文学体裁看待，并身体力行地付诸创作实践的了。探讨其中的原因，对理解清淡诗风中人工与自然的关系，不无益处。魏晋时代，四言诗继"诗三百"之后，再度复兴，出现了一个创作高峰。综观此一时期的四言诗创作，可以划分出以现实题材为主的人生感喟派和以玄理题材为主的谈玄体道派两类。前者如曹操的《步出夏门行》《短歌行》，后者如孙绰的《答许询诗》《赠温峤诗》等。陶渊明的四言诗共九首，从内容看，基

① 苏轼：《评韩柳诗》，《苏轼文集》卷六十七题跋。
② 黎靖德编《朱子语类》卷一三六，中华书局，1986。
③ 《沧浪诗话·诗评》，《沧浪诗话校释》，人民文学出版社，1983。
④ 《韵语阳秋》卷一，《历代诗话》，中华书局，1981。

本上是以现实生活题材为主，属于前一类：《停云》思亲友也，《时运》游暮春也，二者都是诗人田园生活的反映；《荣木》念老之将至而功业未成，于心不安，表明壮志犹存；《劝农》描述诗人理想中上古三代社会的农耕生活；《命子》述祖德之显赫，殷切勉子；《酬丁柴桑》以隐居闲适之身酬"惠于百里"的仕宦之人，亦喜亦忧；《赠长沙公》感慨于"同源分流，人世易疏"；《答庞参军》陶然于"衡门之下，有琴有书，载弹载咏，爰得我娱"；《归鸟》借高标远引的鸟雀归于旧林，表达自己的避祸隐逸之志。如此看来，陶渊明继承了《诗经》抒情言志的传统，在当时玄风大炽的氛围中，可谓独树一帜。更值得注意的是，《诗经》抒情言志的传统，也在陶渊明的四言诗创作中得到了继承和发挥，这就更使渊明四言诗与谈玄体道的四言诗有了明显的分野。

四言诗的文体特点是简洁凝重，古朴自然。在诗乐舞共生共存的上古时代，首先产生的成熟诗体就是四言诗，后来，这种诗体从民间蔓延到上层社会，从口头传唱进到整理成集，其间虽然经过文人的增删加工，但它与抒情主人公精神世界的高度和谐一致，它的古朴自然，还是让人感到如清风阵阵，扑面而来。至于魏晋玄言诗人以四言诗为谈玄体道的手段，显然是违背了诗歌的文学本质，违背了四言诗的艺术传统，所以这种谈玄体道的四言之作不仅很快销声匿迹，而且还把四言诗带入了绝境。

陶渊明的四言诗洗练自然，既具士人特有的生活内容和情感内涵，又不失这一古老诗体的艺术特色。如果说曹操的四言诗表现了一个杰出政治家的胸怀和抱负，那么陶渊明则把普通士人的生活带入四言诗，并赋予了个性化的色彩。读他的"有风自南，翼彼新苗"（《时运》），分明能够看到田园生活的情景，感受到与自然合一的欢娱和美妙；而似乎脱口而出的"有酒有酒，闲饮东窗"（《停云》）两句，便将一幅置酒招友的士人生活图景，清晰地展现在读者面前。清人张谦宜说"《停云》温雅和平，与《三百篇》近；流逸松脆，与《三百篇》远，世自有知此者"[1]；沈德潜也说"渊明《停云》、《时运》等篇，清庾简远，别成一格"[2]，都是指陶渊明四言诗独特的艺术特色，这一特色是与他的五言诗一致的。而其形成的机制，乃在于陶渊明对人工与自然关系的出色把握。

即以"有风自南，翼彼新苗"两句来说，这八个字明白如话，说不出有什么特

① 《绠斋诗谈》卷四，清刊本。
② 沈德潜：《说诗晬语》卷上，见《原诗　瓢诗话　说诗晬语》，人民文学出版社，1979。

别之处，但就是让人觉得那一幕田园景象宛在目前。其中那个"翼"即是奥秘所在：它把和煦的南风和翠绿的新苗都写活了，而且也随之传达出诗人愉快的心情。这个"翼"字，就是诗人锤炼的产物，它起着画龙点睛的作用，但并不显眼，因为它与全句、全诗浑然一体、密合无间。难怪明人谭元春要说这两句"温甚、厚甚，'翼'字奇古之极"，钟伯敬说"'翼'字看得细致静极"[①]；清人陈祚明也说"'翼'字浑朴生动"[②]；而沈德潜则说"'翼'字写出性情"[③]，他们可谓颇了解诗人的良苦用心了。

以明白如话的语言去表达丰富生动的诗义，这就是陶渊明所以选择四言诗体并付诸文学实践的意义所在。正是因为有这个出发点，陶渊明的五言诗才既不同于讲究词华的晋诗，又与谈玄悟道的玄言诗有根本区别。可以说，它既是对晋诗的净化，又是对玄言诗的生活化。陶诗中不乏理趣，也有对玄学命题的展开；但这一切都附丽于生动的生活表象之上，让人不易察觉。读过"采菊东篱下，悠然见南山。山气日夕佳，飞鸟相与还"后，人们似乎也能体悟到一点隐藏在其中的"真意"，但这种感觉的确是非常难以用语言传达。在这种情况下，横空而来的"此中有真意，欲辨已忘言"二句，怎能不让人们击节称赞呢？仅仅十个字，胜过万语千言，堪称空谷足音。这种不说理而理趣盎然的诗，无疑是人工出于自然的产物，而从此角度去看陶诗风格，则陶诗就不能为一般的炼句炼字等创作论命题所规范了。所以，苏轼在论陶诗和韦柳诗的时候，要用"质而实绮"、"外枯而中膏"、"发纤秾于简古"一类极富辩证色彩的语言。这说明，清淡派诗人从其始祖起，就超越了一般的创作论命题和当时的玄学自然观，[④] 而将清淡诗风带入了一个较高的境界。这个境界是一般人难以企及的，清人沈德潜在《古诗源》卷九中把它描述成："胸有元气，自然流出，稍著痕迹便失之。"如果说这样的描述还比较朦胧含混并且略有一点神秘的话，那么黄庭坚的一段议论可谓一语破的。这段议论见于葛立方《韵语阳秋》卷三：

> 谢康乐、庾义城之诗，炉锤之功，不遗余力，然未能窥彭泽数仞之墙者，二子有意于俗人赞毁其工拙！渊明直寄焉？

---

① 《古诗归》卷九，明万历刊本。
② 《采菽堂古诗选》卷十三，清康熙刊本。
③ 《古诗源》卷八，中华书局，1963。
④ 参见赵昌平《谢灵运与山水诗的起源》，《中国社会科学》1990 年第 4 期。

这种摆脱了工拙赞毁的直寄胸臆，正是陶渊明为清淡诗风开创的艺术新境之一。唯其"胸次浩然，其中有一段渊深朴茂不可到处"①，有着深厚的蕴涵，这种艺术新境便更具绵延传承的价值和不断生发的可能性。在陶渊明之后，虽然有谢灵运崛起于诗坛，并以其才学人力昭示诗法门径，引得无数后人包括清淡派诗人纷纷效法；但清淡派诗人无不以陶诗艺境为最高目标，他们学谢是欲借谢客之诗法门径而归宗于渊明。学谢这一点将在分析清淡诗风的文学传统时谈到，不过这一事实已昭示了清淡诗风由人工升华到自然之境的轨迹。

（二）

同人工与自然相对应的，乃是绚烂与清淡。如果说前者因涉及创作论和自然观问题（虽然清淡诗风已超越了这一层次）而带有普遍性的话，那么后者则因关乎风格特征而为清淡诗风所独具了。

绚烂与苏轼所说的膏腴、纤秾、至味，葛立方所说的组丽一致；清淡则与苏轼所说的简古、淡泊、枯淡，葛立方所说的平淡一致。正如清淡诗风的自然是出于人工的自然一样，它的清淡同样是出于绚烂的清淡。首先，所谓清淡并非单纯的一色，它是多重因素调和的产物，正如无色的阳光是由七色光谱组合而成的一样；其次，在某种特殊的情况下，一向被视为清淡的东西还会转化为绚烂，如同雨雾后天边出现的彩虹。所以，清淡与绚烂是不可分割的矛盾统一体，它们共同参与构成了清淡诗风的艺术特征。

陶渊明《癸卯岁十二月中作与从弟敬远》：

> 寝迹衡门下，邈与世相绝。顾盼莫谁知，荆扉昼常闭。凄凄岁暮风，翳翳经日雪。倾耳无希声，在目皓已洁。劲气侵襟袖，箪瓢谢屡设。萧索空宇中，了无一可悦。历览千载书，时时见遗烈。高操非所攀，谬得固穷节。平津苟不由，栖迟讵为拙！寄意一言外，兹契谁能别？

这首诗作于桓玄篡晋那一年（403），当时诗人因丁母忧退出桓玄幕，已在家乡隐居了两年。诗中咏雪名句"倾耳无希声，在目皓已洁"历来为人所称道，宋人罗大经

---

① 《说诗晬语》卷上。

更径称此诗为"雪诗"。① 但前人所论，多集中于此二句咏雪自然而不黏滞，唯清人陈祚明把雪景与诗人怀抱联系了起来："'倾耳'二句写风雪得神，而高旷之怀，超脱可睹。"② 陶氏此两句得风雪之神、寄高旷之怀，而又以超脱之态出之。陈氏此论，可谓深得此诗中咏雪名句的要领。但如果我们再把这两句置于全诗的范围内，就还能进一步地体会到其中丰富的内涵，绝非"高旷"、"超脱"二词能够概括。

此诗先点明自己隐居田园，与世隔绝。然后描述居处环境：庐外室荆扉常闭、风雪连天，舍内是了无长物、箪瓢屡空。接着倾诉心声：读史怀人，固守穷节，任真自得。最后是寻求知音，那寄意言外、兹契谁别的口吻，分明是在向对方，也向世人剖白心迹。由此看来，"倾耳"二句不仅是描述诗人的居处环境，而且还起着接连诗人精神世界的作用。在凄凛的寒风中，雪下了整整一天，诗人缓缓步出衡门，消融在大自然的怀抱里。试想这是一种什么样的情景。雪花仍在飘落，但倾耳不闻其声，而呈现在眼前的却已是一个晶莹皓洁、纤尘不染的世界，满目皆白，也许诗人自己也被染成了一团白色。这银装素裹的氛围，似乎令诗人忘却了一切，其实更使他浮想联翩。诗人的形象的确是够超然潇洒的了，但就在这超然潇洒的外表下面，涌动着诗人多少浩茫的心事！难怪诗人要在最后意味深长地慨叹知音难觅呢。

在一首诗之中，既笼罩着如此近乎无声色臭味而归之于单纯一元的境界，又弥漫着从单纯一元中折射出的五光十色，这就是清淡诗歌展现在人们面前的独特风貌。

这里要特别提出的是"清淡"之中的"清"字。与"淡"相比，"清"似乎更能体现这一诗风的总体特征，它是清淡诗风中一以贯之的纲领。清淡派诗人几乎无一不喜用"清"字，无一不极端地爱好清境：如陶渊明的"蔼蔼堂前林，中夏贮清阴"（《和郭主簿》二首其一），张九龄的"白水声迢递，清风寄潇洒"（《岁官二十年尽在内职及为郡尝积恋因赋诗焉》），孟浩然的"松月生夜凉，风泉满清听"（《宿业师山房待丁公不至》），王维的"惠连素清赏，凤语尘外事"（《赠从弟司库员外绘》），储光羲的"荡漾敷远情，飘摇吐清韵"（《田家即事答崔二东皋作》四首其二），常建的"四郊一清影，千里归寸心"（《白湖寺后溪宿云门》），韦应物的"心同野鹤与尘远，诗似冰壶见底清"（《赠王侍御》），柳宗元的"汲井漱寒齿，清心拂尘服"（《晨诣超师院读禅经》），梅尧臣的"乘月时来往，清歌思浩然"（《留题希深美桧

---

① 《鹤林玉露》卷五，中华书局，1983。
② 《采菽堂古诗选》卷十三。

亭》），王士祯的"徂徕林壑美，复爱竹溪清"（《徂徕怀古》二首其一）等。从所举诗句看，"清"字不仅与风物结合而形容清景，而且还与人事结合，形容清心；而储光羲、韦应物和梅尧臣更将"清"与诗联系在一起，形容清韵。这说明"清"是清淡诗风的主色调，在此主色调之前，清淡派诗人根据各自的性情趣尚，从各自的角度去实现"清"中之变，使其幻化出各种绚烂的色彩。这就是清淡诗风中清淡与绚烂的关系。

这里，清淡与绚烂的相互转化与融通是关键。如果不能实现这一转化与融通，就不能呈现清淡诗的风貌。即以清淡派诗人曾经效法的谢灵运来说，他的诗风被韩愈概括为"清奥"①；这很容易使人将他与诗风"清而峭"的柳宗元划归一类，如元好问就在《论诗绝句》三十首其四之后加了这么一条小注："柳宗元，唐之谢灵运。"但谢诗之清奥，是奥中见清，以奥为主，其意象密集刻炼，结构深复精致；而柳诗之清峭，是峭中见清，以清为主，其意象疏密有致，结构整齐单纯，如果说柳宗元在表现手法上对谢灵运曾有师法之举，从而可以在此意义上称为"唐之谢灵运"，那么在诗风上谢、柳二人则不能相提并论。这正如不能因白居易欣羡陶渊明的风度和诗歌，就在诗风上认定"白乐天，唐之陶渊明"② 一样。所以，就清淡诗风的总体特征来说，除了清中之变外，还要加上一条复归于淡的限定。清人朱庭珍《筱园诗话》卷一评陶云："陶诗独绝千古，在自然二字。……盖自然者，自然而然……盖根底深厚，性情真挚……酝酿之熟，火色俱融，涵养之纯，痕迹进化……所谓绚烂之极，归于平淡是也。"不仅陶诗如此，这也是整个清淡诗派所竭力追求的境界和呈现的风貌。

行文至此，便可以对"豪华落尽见真淳"做更进一步的解释了。对于清淡派诗人来说，"豪华落尽见真淳"并不意味着从错彩镂金到出水芙蓉的转变，他们似乎从一开始就超越了这个阶段：他们或者将那意气风发的少年时代隐蔽在如梦似幻的回忆中，或在少年阶段就养成了自己闲逸旷达的性格，或者长期落第不举、沉沦下僚、饱受政治迫害。总之，当他们的诗名蜚声于世时，他们已将自己的诗风锻造得十分沉稳持重了。这个锻造的过程就是"豪华落尽见真淳"的过程，可以分为人工出于自然和清淡出于绚烂两个层面。唯其摆脱了工拙赞毁，并具有"清"中之变和复归于淡

---

① 韩愈：《荐士》，《韩昌黎诗系年集释》，上海古籍出版社，1984。
② 元好问：《论诗绝句》三十首其四诗后注。

的特征，清淡诗风的跨时代性特征方才十分显著，清淡诗风也因此成为诗人和评论家们不断追求和一致推重的对象。

二　风雅与冲和

元好问《别李周卿》三首其二：

> 风雅久不作，日觉元气死。诗中柱天手，功自断鳌始。古诗十九首，建安六七子。中间陶与谢，下逮韦柳止。诗人玉为骨，往往堕尘滓。衣冠语俳优，正可作婢使。望君清庙瑟，一洗筝笛耳。

元好问的这段议论虽然是针对当时文坛而发，但他在呼唤风雅大义的同时，追溯了诗歌中的风雅传统，其中特别提到了清淡派诗人陶渊明、韦应物和柳宗元。这不能不引起我们的注意。风雅之义固为中国诗学传统之一，特别是在肃清文坛流弊之时，诗人和理论家们往往要高标风雅之义。但历来所举典范，每每夸言"诗三百"和建安士子，很少提及陶谢，更何况韦柳。元氏此论说明至少在宋金以后人的心目中，陶谢韦柳堪任诗歌风雅传统正体的代表。当然，风雅传统并非清淡诗风所特有，但既然特别标出，就会有它的一番深意。

再看看南宋刘克庄的两段议论：

> （唐初）陈拾遗首倡高雅冲淡之音，一扫六朝之纤弱，趋于黄初、建安矣。太白、韦、柳继出，皆自子昂发之。……蝉蜕翰墨畦径，读之使人有眼空四海，神游八极之兴。[1]

> 唐诗多流丽妩媚，有粉绘气，或以辨博名家。惟韦苏州继陈拾遗、李翰林崛起，为一种清绝高远之言以矫之，其五言精巧处不减唐人。……前世惟陶，同时惟柳可以把臂入林，余人皆在下风。[2]

---

[1] 《后村诗话》前集卷一，中华书局，1983，第6页。
[2] 《后村诗话》新集卷三，第184、185页。

这两段议论都是针对唐诗而发的。陈子昂、李白是唐代大力提倡风雅传统的代表人物，谈及唐诗中的风雅传统，当然不能不提及二位。而以冲淡与高雅并列者，无非是因为二人都曾以复古为革新的招牌，欲以冲淡高雅之音矫正繁缛浮靡之弊。其实，诗中有高雅冲淡之音而诗风未必就能以高雅冲淡论之，所以刘克庄在陈、李之后要特别提出韦、柳，并把韦、柳与陶渊明联系起来，认为其"清绝高远"之言才是高雅冲淡之音的真正体现者。

如果说以上议论还有些含混不清，未能揭示清淡诗风与风雅的关系的话，那么，看看出自两派诗论代表的言论，或许会对此问题有进一步的了解。中唐时期，在对前代诗歌发展的回顾中，大致有两派言论：一派以元结、白居易为代表，推重风雅传统，主张诗歌为政治服务，代表了现实主义诗歌的发展方向；一派以皎然为代表，推重"情在言外"、"旨冥句中"①，标举高情逸韵以及与此相应的艺术风格，这一派诗论代表了中国封建社会后期士大夫的审美情趣。值得注意的是：两派诗论的代表人物白居易和皎然，都对当代清淡派诗人韦应物很感兴趣。白居易认为："韦苏州歌行，才丽之外，颇近兴讽。其五言诗又高雅闲淡，自成一家之体。"②《因话录》所载皎然谒见韦应物的故事，则被传为文坛佳话。皎然以师事韦，不仅是因为韦诗"格将寒松高，气与秋江清"③，与他所标举的高情逸韵相一致，而且还由于韦诗的"风雅"深深地吸引了他。他在给韦应物的诗中说："诗教殆沦缺，庸音互相倾。忽视风骚韵，会我凤皆情。"④ 持不同文学观的白居易和皎然同样高度赞赏韦诗，表明在韦诗的艺术渊源中，"风雅"和"清淡"是互相并列，而又互相融合的两大支脉。其实，不仅是韦应物，清淡派其他诗人也是如此。

那么，这两大支脉是如何合流的？它们的合流会给清淡诗风造成一种什么样的景观？这正是我们试图进一步探讨的问题。

（一）

充实的内容和雅正的体格的结合，是两大支脉合流的基础。"风神"有二义，一是讽喻兴寄，一是高雅纯正的气韵风神。前者近于风（讽），后者近于雅。

---

① 《诗式》卷一，十万卷楼丛书本。
② 《与元九书》。
③ 皎然：《答苏州韦应物郎中》，《全唐诗》卷八一五，中华书局，1960。
④ 皎然：《答苏州韦应物郎中》，《全唐诗》卷八一五，中华书局，1960。

讽喻兴寄是《诗经》开创的文学传统，大凡一时文学缺乏讽喻兴寄的内容，而流于浮靡空泛，必然会遭到指责和取代。清淡派诗人大多有过仕途坎坷的经历和深入社会的体验，再加上对儒家思想体系（包括文学观）的认同，其诗歌创作是不乏讽喻兴寄的内容的。这些诗歌表达讽喻兴寄大致有以下几种方式：

其一，直接反映现实，体现作者直面人生的态度，如韦应物《广德中洛阳作》《使云阳寄府曹》，柳宗元《田家》三首，梅尧臣《观理稼》《田家语》，王士禛《复雨》等。

其二，借咏史怀古题材寄寓对现实的不满和讽喻，如陶渊明《咏贫士》，张九龄《咏史》，王维《偶然作》六首其五，王士禛《冬日偶然作》等。

其三，抒写自己在现实生活中的种种烦忧，并通过将其升华淘洗为寂寞冲和的心理活动，表达高标远引、遗世独立的价值取向。这类诗在清淡诗中为数最多，也最有代表性，如陶渊明《怨诗楚调示庞主簿邓治中》，张九龄《九月九日登龙山》，王维《送綦毋校书弃官还江东》，孟浩然《仲夏归南园寄京邑旧游》，储光羲《渔父词》，常建《张山人弹琴》，韦应物《沣上西斋寄诸友》，柳宗元《首春逢耕者》，梅尧臣《月夜与兄公度纳凉闲行至御桥》，王士禛《赠劳山隐者》等。

以上三种方式往往互相参用，体现了清淡派诗人运用讽喻兴寄的自觉意识。这从他们的有关言论中也能看到，如柳宗元《答贡士沈起书》对那些具有"风赋比兴之旨"的作品大加赞赏，"抚掌惬心，吟玩为娱"，并且极力宣扬；梅尧臣《寄滁州欧阳永叔》说"不书儿女书，不作风月诗"，《答韩三子华韩五持国韩六玉汝见赠》更强调"因事有所激，因物兴以通。自下而磨上，是之谓国风，雅章及颂篇，刺美亦道同，不独识鸟兽，而为文字工"，明白表示了对风月诗的反对和对美刺兴寄之诗的提倡；至于王士禛，也曾说过"本之《风》、《雅》，以导其源"，并视此为作诗"根柢"，意图是将其倡导的神韵之作引上诗学正轨。

除了近于风的讽喻兴寄以外，风雅还有近于雅的另外一面。如韦应物曾在《答长宁令杨辙》中表示："环文溢众宾，雅正得吾师。"孟郊对韦诗的评价是："章句作雅正，江山益鲜明。"[①] "太守不韵俗，诸生皆变风。"[②] 白居易在《吴郡诗石记》中说："其（韦应物）风流雅韵，多播于吴中。"他还将自己的《郡斋旬假命宴呈座客

---

① 《赠苏州韦郎中使君》，《孟东野诗集》卷六，人民文学出版社，1959。
② 《春日同韦郎中使君送邹儒立少府抚侍赴云阳》，《孟东野诗集》卷八。

示郡寮》诗与韦应物的《郡斋雨中与诸文士燕集》同刻在诗石上，目己诗为俗，韦诗为雅。柳宗元曾作雅诗歌曲，有《平淮夷雅》二篇和《唐铙歌鼓吹曲》十二篇。这些歌曲，"征于《诗》大、小雅"（柳宗元《献平淮夷雅表》），皇皇大篇，既有现实内容，又有雅曲的形式。刘克庄说："自渊明没，雅道几熄，当一世竞作唐诗之时，（柳）独为古体以矫之。"胡应麟甚至直接称柳诗为"古雅"。① 不难发现，这里的风雅是指高雅纯正的气度风神。具体地说，就是雅正的体制、脱俗的品格。

在中国美学史上，"雅"是一个古老的概念，也是一个令人神往的美学境界。其内涵在儒家思想体系中，是指雅正和古雅，即以正为雅和以古为雅。雅正要求以儒家思想为规范，以教化天下为指归，要如《文心雕龙·体性》所说："典雅者，熔式经诰，方轨儒门者也。"雅正还体现了对中和之美的要求，在诗歌方面的表现即是温柔敦厚的诗教。此外，要求体裁上和语言上的传统和端正，也是雅正的题内之义，如《文心雕龙·明诗》："四言正体，则雅润为本。"孔安国说："雅言，正言也。"② 以古为雅是指阐发古代的传统思想，借鉴古人的艺术风格，甚至使用古语、古事等。

在道家思想体系中，雅与超逸同义。魏晋人把老庄思想及相应的脱俗之举视为雅，如《世说新语·雅量》所记载的名士风貌，就具有清通绝俗、独领高标的特点。其实，这就是所谓的高雅。后来，这种人物品评的内容被引入艺术审美，其在风格上的体现为清远有致、淡泊飘逸、含蓄蕴藉、高韵逸响，③ 如清人沈宗骞《芥舟学画编》所说："古淡天真，不著一点色相者，高雅也。"

总之，雅的内涵可概括为雅正、古雅和高雅三个方面。这三个方面在清淡派诗人的作品里都有不同程度的反映，因而在清淡诗风中也有所体现。明人李东阳在《麓堂诗话》中说："陶诗质厚近古，愈读而愈见其妙。韦应物稍失之平易，柳子厚过于精刻，世称陶韦，又称韦柳，特概言之。惟谓学陶者，须自韦柳而入，乃为正耳。"这段话大致说明了这种反映的不同程度。学陶须自韦柳而入，所以概观韦柳诗中情况即能推知清淡诗歌之一般。

韦应物的《寺居独夜寄崔主簿》和《沣上西斋寄诸友》两首诗都作于大历十四年（779），当时诗人以疾辞官，寓居长安西郊善福寺。④ 前一首写诗人独居夜寺的感

---

① 《诗数》内编卷五。
② 《论语集解》引。
③ 参见孙克强《论"雅"》，《复旦大学学报》1991 年第 6 期。
④ 从傅璇琮说，见其《韦应物系年考证》，《文史》第 5 辑。

受。"幽人寂不寐，木叶纷纷落"中的"幽人"，是诗人自况。自称幽人，在韦集中屡有所见，如《将往滁城恋新竹简崔都水示端》《对残灯》都有类似的句子。此诗全以隐士口吻，写所闻、所见、所想，烘托出了诗人幽独、孤寂的自我形象。后一首写闲游山水的情趣以及诗人旷达豁然的胸襟，在情调上与前一首的孤寂、忧怆不同，显得闲雅恬适，但其幽独、孤高的自我形象却如出一辙。传达恬淡冲和与寂寞幽独的意绪，以烘托诗人古雅高洁的自我形象，是韦诗的一大特征。白居易称其"高雅闲淡"，王士禛称其"风怀澄淡"①，乔亿称其"如古雅琴，其音淡泊"②，都不妨说是指这一特征而言的。唯其高洁，故必幽独；唯其古雅，故亦恬淡。韦诗十分擅长创造幽独寂寞与恬淡冲和的意境，而这种意境，大多是为烘托诗人古雅高洁的自我形象服务的。如《雨夜感怀》："微雨洒高林，尘埃自萧散。耿耿心未平，沉沉夜方半。独惊长簟冷，遽觉愁鬓换。谁能当此夕，不有盈襟叹。"《秋夜》："暗窗凉叶动，秋天寝席单。忧人半夜起，明月在林端。一与清景遇，每忆平生欢。如何方恻怆，披衣露更寒。"这些诗无不充满了孤寂的情调。再如《对残灯》：

> 独照碧窗久，欲随寒烬灭。幽人将遽眠，解带翻成结。

此诗写得十分含蓄而又极见幽独之情。诗人不明说自己面对"碧窗"独坐了多久，只用灯烬欲灭从旁暗示。因为夜太深了，诗人不得不急急入睡，匆忙中衣带打结，一时解不开了——这似乎也是诗人心态的写照。此诗脱胎于梁代沈满愿的《残灯》，"残灯犹未灭，将尽更扬辉。惟余一两焰，才得解罗衣"，但情调迥异，正如明人杨慎所说："韦有幽意而沈淫矣。"③ 另外，《春日郊园寄万年吉少府中孚三原元少府伟夏侯校书审》《闲居寄诸弟》《南园陪王卿游瞩》等，与其《沣上西斋寄诸友》一样，通过对诗人闲旷心情的描写，将一段恬淡悠然之意充溢于整首诗中。如《闲居寄诸弟》：

> 秋草生庭白露时，故园诸弟益相思。尽日高斋无一事，芭蕉叶上独题诗。

① 王士禛：《戏仿元遗山论诗绝句》三十二首其七，《渔洋山人精华录训纂》卷五下，《四部备要》本。
② 乔亿：《剑溪诗话又编》，《清诗话续编本》，上海古籍出版社，1979。
③ 杨慎：《升庵诗话》卷十一，《历代诗话续编》，中华书局，1983。

唐代大书法家怀素在零陵时，曾种芭蕉万余株，以蕉叶代纸写字，因名所居曰"绿天庵"①。韦应物芭蕉题诗，是否受了怀素的启发，不得而知，但若论自然任性、闲旷雅淡，则韦应物比怀素有过之而无不及。

柳宗元《柳州二月榕叶落尽偶题》：

> 宦情羁思共凄凄，春半如秋意转迷。山城过雨百花尽，榕叶满庭莺乱啼。

百花落尽，榕叶满庭，春半之时诗人却有秋意之感；而黄莺的啼鸣，更衬出诗人内心的寂寞凄切。《中秋起望西园值月上》中，大自然跃动的生机与诗人凄冷的心境形成了鲜明的对照，静谧的夜色更突出了诗人不能平静的内心波澜。

柳宗元以一个进步的政治家而屡遭贬谪，其内心的凄苦不平是不言而喻的。因此，在他的诗中，反映这种意绪的成分自然要多一些、浓一些；相应地，诗人的自我形象便显得更加孤傲高洁。如《江雪》，白色笼罩着高山、小径、大江，一切似乎都被沉埋于寒雪之下，只有孤舟一叶，渔翁一人，赫然显现在空寂的背景上。这遗世独立的渔翁形象，正是诗人的自我写照。

然而柳宗元并不是总在咀嚼着内心的凄苦和忧怆。当他生活安定、心情平和时，也不免"行歌坐钓，望青天白云，以此为适"（《与杨晦之第二书》）。特别是在永州冉溪置地构屋，开始了与农圃为邻的村居生活以后，他便较多地显露了"乐山水而嗜自安"（《送僧浩初序》）的一面。此一时期的山水田园诗《溪居》《夏初雨后寻愚溪》等，表达了摆脱尘网、超绝人寰的意趣，突出了诗人孤傲高洁的自我形象。在诗人看来，世上的一切蝇营狗苟，都是那么渺小、可笑。后一首"寂寞固所欲"与韦应物的"独予欣寂寥"（《沣上西斋寄诸友》）一样，暗示着诗人拥有强大的精神支柱，一切寂寞孤独都不能打破诗人平静的心境。寂寞孤独甚至成了一桩让诗人更深刻地体味人生、完善自我的乐事。《雨后晓行独至愚溪北池》写云散日出，溪景明丽，诗人独自来到愚溪（即冉溪）北池。只见高树临水，倒影清清；忽而晨风乍起，惊落树上雨滴，在池中漾起些许涟漪。结尾二句点明，清幽的景色与诗人此时的闲适心情如宾主相得，彼此相契。再如《夏昼偶作》：

---

① 参见《宣和书谱》卷一九"唐释怀素"，《丛书集成初编》本。

南州溽暑醉如酒，隐几熟眠开北牖。日午独觉无余声，山童隔竹敲茶臼。

夏季午日，诗人伏案而眠。一觉醒来，万籁俱寂，只听得山童的几下捣茶声。但这声音是那么遥远，仿佛来自另一个世界。此诗气息古雅，"言思爽脱"[①]，巧妙地烘托了诗人高洁闲雅的自我形象。

传达恬淡冲和与寂寞孤独的意绪，烘托诗人古雅高洁的自我形象，作为韦柳诗风的一大特征[②]，反映了清淡诗风中"雅"的特点。在其他清淡派诗人那里，虽然反映的程度各不相同，但其反映的方式和所达到的"雅"的境界则是一致的。而"雅"与"风"的结合，又使陶渊明等人的诗歌与那些专事平淡的肤廓之作和气骨中衰的委靡之作（以大历十才子诗为代表），有了本质的区别[③]；这就是清淡诗风所以具有强大生命力和崇高地位的奥秘。

（二）

风雅与清淡的合流，体现在陶渊明等人的诗作中，就是闲远与忧思的互相渗透，从而使清淡派诗歌呈现出"平淡而山高水深"的风貌。

"平淡而山高水深"本是黄庭坚对杜甫入夔州以后诗的概括，其说曰："但熟观杜子美到夔州后古律诗，便得句法简易，而大巧出焉。平淡而山高水深，似欲不可企及，文章成就，更无斧凿痕，乃为佳作耳。"[④] 偏重于句法简易无斧凿痕迹，从而把"平淡而山高水深"提到一个较高的艺术境界。这是宋人从诗的形式方面对平淡诗美的认识。[⑤]

需要指出的是，宋人的这种认识，是建立在欲以杜甫诗法追摹陶渊明风范的基础之上的，因而它的指向，仍是以陶渊明为首的清淡诗派。不过，在笔者看来，"平淡而山高水深"不仅是一种以简驭繁、以淡寓奇的诗美形式，更是一种以闲远化忧思、以冲和纳风雅的诗美理想。而这正是清淡诗风在"豪华落尽见真淳"之外的另一个艺术特征。

---

① 范晞文：《对床夜语》卷四，《历代诗话续编》。
② 参见拙文《论韦柳诗风》，《中国社会科学》1989 年第 5 期。
③ 关于韦柳诗与大历十才子诗的比较，可参看拙文《韦柳诗歌与中唐诗变》，《学术论坛》1990 年第 5 期。
④ 黄庭坚：《与王观复书》三首之二。
⑤ 参见韩经太《论宋人平淡诗观的特殊指向与内蕴》，《学术月刊》1990 年第 7 期。

上文引述过孟浩然的《仲夏归南园寄京邑旧游》一诗。在这首诗中，诗人对社会理想的忠耿和幻灭后的忧愤，以及对违背自然之性而汲汲功名的惭愧和追慕精神偶像的高标远引，互相掺杂在一起，形成闲远与忧思的交响曲，最后仍以闲远冲和的风格出之，是比较典型的风雅与清淡的合流之作。又如王维《归辋川作》：

> 谷口疏钟动，渔樵稍欲稀。悠然远山暮，独向白云归。菱蔓弱难定，杨花轻易飞。东皋春草色，惆怅掩柴扉。

此诗为王维从朝市归辋川别业甫定时作。前四句是写隐居环境。疏钟浮动、渔樵渐稀、远山暮色以及白云缭绕等意象烘托出闲雅悠然的氛围。从"菱蔓"二句开始出现意脉转折，暗喻自己的命运好像柔弱的菱蔓和轻盈的杨花一样飘浮不定，因而无心欣赏东皋春草，怅然掩上柴扉，独自索居。前后四句之间的转折不可谓不大，然而却显得十分自然，其原因在于整首诗的色彩和情调并未发生大的变化，并且前后都贯穿着一个"独"字：前面是独向白云归，后面是惆怅独掩扉。这就构成了此诗清幽淡远的色彩及忧中有乐，乐中有忧的情感基调。

"忧中有乐，乐中有忧"[1]，是苏轼对柳宗元《南涧中题》诗的评语。该诗如下：

> 秋气集南涧，独游亭午时。回风一萧瑟，林影久参差。始至若有得，稍深遂忘疲。羁禽响幽谷，寒藻舞沦漪。去国魂已远，怀人泪空垂。孤生易为感，失路少所宜。索寞竟何事，徘徊只自知。谁为后来者，当与此心期。

此诗纪游，重在一个"独"字。"语语是独游"[2]，可见诗人之孤高。此诗写景，重在一个"羁"字。"羁禽"是人格化的意象，是诗人的自我写照。此诗抒情，重在一个"孤"字。"孤生易为感"，所感中有忧愁，更有高标远引的超逸。

于是，我们再次触及了清淡诗歌所独具的"幽独"情调。这种情调，人们既可以从诗中领略到，更能在词语中发现，如张九龄《南山下旧居闲放》"块然屏尘事，幽独坐林间"，王维《酬诸公见过》"还复幽独，重欷累叹"，孟浩然《闲园怀苏子》

① 胡仔《苕溪渔隐词话》前集卷十九引苏轼语，人民文学出版社，1962。
② 沈德潜《唐诗别裁》卷四评语，上海古籍出版社，1979，第128页。

"林园虽少事，幽独多自遣"，韦应物《闲斋对雨》"幽独自盈抱，阴淡亦连朝"等。"幽独"语出《楚辞·九章·涉江》"哀吾生之无乐兮，幽独处乎山中"，紧接着此二句的是"吾不能变心而从俗兮，固将愁苦而终穷"。《涉江》旨在申述诗人高远的志行，故"幽独"具有孤傲高洁的含义，这是清淡诗歌与楚辞的一致之处。二者的区别在于，清淡诗歌中的幽独情调，大多与闲居中的寂寞不安心态相连，它只是全诗清淡闲远的表层下涌动的一股潜流，人们充其量只能感受到那闲远中流露出的一缕忧思，而其闲远并未像楚辞那样被汹涌的哀怨所淹没，因而也就与楚辞的愤世嫉俗迥然相异。

闲远与忧思的相互渗透与融合，其机制在于对中和之美的追求。中即适中，和即和谐。中和之美在音乐中的表现为："和如羹焉。……清浊、大小、短长、疾徐、哀乐、刚柔、迟速、高下、出入、周疏，以相济也。君子听之，以平其心。心平德和。"① 推而广之，则"夫政象乐，乐从和，和从平。声以和乐，律以平声。金石以动之，丝竹以行之，诗以道之，歌以咏之，匏以宣之，瓦以赞之，革木以节之。物得其常曰乐极，极之所集曰声，声应相保曰和，细大不逾曰平"②。诗歌作为音乐的天然近邻，当然适合中和之美的原则。这个原则可以表述为："喜怒哀乐之未发谓之中，发而皆中节谓之和。中也者，天下之大本也；和也者，天下之达道也。致中和，天地位焉，万物育焉。"③ 可见，体现中和之美的诗歌，原本并非单纯的一色。所以，诗至平淡，往往经过了造极之难。欧阳修就曾从绘画说起：

> 萧条淡泊，此难画之意。画者得之，览者未必识也。故飞走迟速，意浅之物易见，而闲和严静，趣远之心难形。④

欧阳修言及梅尧臣诗时，曾大加称赏：

> 圣俞覃思精微，以深远闲淡为意。⑤

---

① 《左传·昭公二年》。
② 《国语·周语下》。
③ 《礼记·中庸》。
④ 《试笔·鉴画》，《欧阳文忠公集》卷一三〇。
⑤ 《六一诗话》，《六一诗话　白石诗说　溏南诗话》，人民文学出版社，1983。

其初喜为清丽闲肆平淡，久则涵演深远，间亦琢刻以出怪巧，然气完力余，益老以劲，其应于人者多，故辞非一体，至于他文章皆可喜，非如唐诸子号诗人者，僻固而狭陋也。①

那么，他是如何解释这一现象的呢？不难发现，他将原因几乎全部归结到了梅尧臣的为人："俞圣为人，仁厚乐易，未尝忤于物，至其穷愁感愤，有所骂讥笑谑，一发于诗，然用以为欢而不怨怼，可谓君子也。"② 这就与魏人刘邵对人物品评的看法一致了，其《人物志》卷上"九征"云：

> 凡人之质量，中和最贵矣。中和之质必平淡无味。

人以本质中和为最贵，而中和之质必趋于平淡无味。圣俞仁厚乐易，故其诗穷而后工，其工在于"深远闲淡"，在于"平淡而山高水深"。这里的"平淡"并非无味，而是"和如羹焉"。且看北魏刘昞对《人物志》中那段话的阐释：

> 质白受采，味甘受和。中和者，百行之根本，人情之良田也。惟淡也，故五味得和焉。若苦则不能甘矣，若酸也则不能咸矣。

可见，这里的中和乃是一种不偏不倚，因而能够兼容其他因素（特别是对立因素）的独特机制。这种机制在清淡派诗人那里显然是得到了运用的，不仅闲远与忧思，而且自然与人工、清淡与绚烂，这些因清淡与风雅合流而呈现的种种景观，都是中和机制得到运用的体现。所以，当韦应物说"心同野鹤与尘远，诗似冰壶见底清"（《赠王侍御》），当梅尧臣说"作诗无古今，唯造平淡难"（《读邵不疑学士诗卷杜挺之忽来因出示之且伏致辄书一时之语以奉呈》）时，就不能仅仅把它当作是对他们诗风的描述或"一时之语"，而应将其视为对中和之美的追求和对这种独特机制的自觉意识了。

---

① 《梅圣俞墓志铭并序》，《欧阳文忠公集》卷三十三。
② 《梅圣俞墓志铭并序》，《欧阳文忠公集》卷三十三。

三　风格特征与心理模式

以上对清淡诗风的构成要素及其形成机制进行了初步的分析，不难看出，它们与清淡诗风的心理蕴涵有着千丝万缕的联系。如果继续分析下去，还将看到，构成要素在形成机制的作用下转化为风格特征，心理蕴涵在社会规范的制约下升华为心理模式，而二者又在一个新的高度上达到统一。

（一）

经历了"豪华落尽见真淳"的过程以及风雅与清淡合流过程的清淡诗歌，其风格必然会像上文描述过的那样，呈现出两极因素交错与融合的局面。

首先是清淡与绚烂的交错与融合，也就是苏东坡说的"发纤秾于简古"。正如上文所概括的那样，它在诗歌中的具体表现为：既笼罩着近乎无声色臭味而归之于单纯一元的境界，又弥漫着从单纯一元中折射出的五光十色。这种两极因素的交错与融合，往往会给人造成一种错觉，以为非此即彼，如在对韦诗风格的评价中，就有两派对立的意见。明人许学夷在他的《诗源辩体》卷二十三中说：

> 应物五言古有拟古杂诗等作，他如"仙鸟何飘飘"、"离弦既罢弹"、"郁郁两相遇"、"少年一相见"、"握手出都门"、"青青连枝树"等篇，实用古体。如"霜露悴百草"、"携酒花林下"、"田家已耕作"、"偶然弃官去"、"春雷起萌蛰"等篇，乃学渊明之真率自然。如"济济众君子"、"宦游三十载"、"弱志厌众纷"、"简略非世器"、"亭亭心中人"、"献岁抱深恻"、"凌雾朝阊阖"、"兹晨乃休暇"、"登高创危构"、"临流一舒啸"、"霭霭高馆暮"等篇，则学渊明之萧散冲淡，而实则唐体也。至如"负暄衡门下"、"湛湛嘉树阴"、"仲春时景好"、"贵贱虽异等"、"青苔幽巷遍"、"池上鸣佳禽"、"萧条竹林院"、"朝出自不远"、"心绝去来缘"、"北望极长廊"、"见月出东山"等篇，则近于无声色臭味矣。

从对韦诗之真率自然、萧散冲淡、无声色臭味的看法出发，他对"韦苏州有六朝风致"之说大不理解，表示了明确的反对：

> 六朝五言，谢灵运俳偶雕刻，正非流丽。玄晖虽稍见流丽，而声渐入律，语渐绮靡，遂成杂体。若应物，萧散冲淡，较六朝更自迥别。徐师川云："韦苏州有六朝风致，最为流丽。"其背戾滋甚。要知应物之诗本出于陶，六朝支离琐屑，正不当与之并言，不得以字句形似求之。胡元瑞亦谓"韦左司是六朝余韵"，岂道听而途说耶？

其实，这属于许学夷的误解。胡应麟对韦诗以及清淡诗派是有深刻的认识的。他曾从五言古诗的演进出发，概括出唐代以张九龄为首的"清淡诗派"，其中韦应物赫然在列。至于他所谓"韦左司是六朝余韵，宋人目为流丽者得之"①，乃从宋人徐师川说而来："人言苏州诗多言其古淡，乃是不知言苏州诗。自李、杜以来，古人诗法尽废，惟苏州有六朝风致，最为流丽。"② 徐氏是将古淡与流丽视为两途而加以对立，而胡氏则视二者为一体。事实上，古淡与流丽在韦诗中兼而有之，并不因为韦师陶而失却流丽，也并不由于韦"为诗驰骤建安以还，各得其风韵"③ 而泯灭古淡。可以说，韦应物诗中古淡与流丽的交错融合，如同陶诗中质直与清靡、右丞诗中闲谈与工丽、孟诗中淡荡与轻扬、柳诗中简淡与峭劲、梅诗中闲肆平淡与深远怪巧、渔洋诗中幽微清远与细致深婉的交错融合一样，都体现了清淡诗歌"发纤秾于简古"的风格特征。

需要指出的是，这种清淡与绚烂的交融不一定是共时发生的，它在很大程度上是一个历时的过程。苏轼在《与侄论文书》中曾说：

> 凡文字少小时须令气象峥嵘，采色绚烂，渐老渐熟，乃造平淡。其实不是平淡，绚烂之极也。

如果说苏轼概括的是一般性原则的话，那么王士祯则以亲身实践，印证了这个一般性原则。他在晚年曾对学生俞兆晟说：

---

① 《诗薮》内编卷二。
② 《苕溪渔隐丛话》前集卷十五引。
③ 李肇：《唐国史补》卷下，《唐国史补 因话录》，上海古籍出版社，1979。

　　吾老矣，还念平生，论诗凡屡变；而交游中，亦如日之随影，忽不知其转移也。少年初筮仕时，惟务博综该洽，以求兼长。文章江左，烟月扬州，人海花场，比肩接迹。入吾室者，俱操唐音，韵胜于才，推为祭酒。然而空存昔梦，何堪设想？中岁越三唐而事两宋，良由物情厌故，笔意喜生，耳目为之顿新，心思于焉避熟。明知长庆以后，已有滥觞，而淳熙以前，俱奉为正的。当其燕市逢人，征途揖客，争相提倡，远近翕然宗之。既而清利流为空疏，新灵浸以佶屈，顾瞻世道，怵焉心忧。于是以太音希声，药淫哇锢习，《唐贤三昧》之选，所谓乃选平淡时也，然而境亦从此老矣。①

不仅论诗如此，其作诗也走过同样一条轨迹。这种随年龄阅历的增长而发生的审美取向和诗风的变化，似乎是一个普遍的现象，反映了绚烂之极乃造平淡时的美学规律。从清淡诗风范围内的诗人来看是这样的，如上面提到的梅诗"初喜为清丽闲肆平淡，久则涵演深远，间亦琢刻以出怪巧，然气完力余，益老以劲"。又如韦应物少年负侠任气，渔阳兵变后折节读书，晚年鲜食寡欲，所居焚香扫地而坐，"盖其人既自豪放以归恬淡，故其诗亦自纵逸以归冲淡也"。② 再如柳宗元，年轻时春风得意，中年屡遭贬谪，晚年归宗渊明，也走了同样的一条路。苏轼在《题柳子厚诗》中就此借题发挥说："诗须要有为而作，用事当以故为新，以俗为雅。好奇务新，乃诗之病。柳子厚晚年诗极似渊明，知诗病也。"

　　从清淡诗风的范围以外看，情况似乎也是这样。如前面提到的杜甫入夔州以后诗在格调和诗律方面的变化，即显示出了一种"平淡而山高水深"的风貌。又如王安石，"少以意气自许，故诗语惟其所向，不复更为涵蓄。后从宋次道尽假唐人诗集，博观而约取，晚年始悟深婉不迫之趣"，而最终形成"悲壮即寓闲淡之中"③ 的特征。再如白居易，如果说他写《与元九书》时，尚未在赞赏韦应物的"才丽兴讽"之余，忘记其"高雅闲淡"，那么，当他在《吴郡诗石记》中称许韦应物的"风流雅韵，多播于吴中"，在《题浔阳楼》《自吟拙什因有所怀》中感慨"常爱陶彭泽，文思何高玄。又怪韦江州，诗情亦清闲"，"时时自吟咏，吟罢有所思。苏州与彭泽，与我不同时"之际，他不仅在审美观方面已发生变化，而且在诗歌创作方面也发生了从讽

---

① 《渔洋诗话序》，《清诗话》，上海古籍出版社，1978。
② 许学夷：《诗源辩体》卷二十三。
③ 吴之振、吕留良、吴自牧选《宋诗钞·临川集序》，《宋诗钞·宋诗钞补》，上海三联书店，1988。

喻诗到闲适诗、感伤诗的转向。至于苏轼，不仅首倡韦柳并称，而且在流贬岭南期间，"惟陶渊明一集、柳子厚诗文数册，常置左右，目为二友"①，他作于此一时期的和陶诗，也一改"在扬州《和饮酒诗》只是如己所作"的面目，其"《和田园诗》乃与渊明无异"②。正是因为有他个人沉重的经历以及他的诗风从在任时豪健清雄向外放时的清旷简远、平淡自然的变化，他才能够对陶渊明等人诗歌的内涵升华出那么深刻、独到的见解。从绚烂之极乃造平淡时的美学规律看，这一切的发生都不是偶然的巧合。

其次，除了清淡与绚烂的交错与融合外，清淡诗风在总体特征方面还表现出冲和与风雅的交错与融合，也就是苏轼所说的"寄至味于淡泊"。这里的"至味"既可理解为浓烈深厚之味，也可以理解为平淡无味之味。就前者而言，既可以是忧思愁绪，又可以是慷慨悲歌。如陶渊明《怨诗楚调示庞主簿邓治中》：

> 天道幽且远，鬼神茫昧然。结发念善事，僶俛六九年。弱冠逢世阻，始室丧其偏。炎火屡焚如，螟蜮恣中田。风雨纵横至，收敛不盈廛。夏日长抱饥，寒夜无被眠。造夕思鸡鸣，及晨愿乌迁。在己何怨天，离忧凄目前。吁嗟身后名，于我若浮烟。慷慨独悲歌，钟期信为贤。

作此诗时，渊明已是贫病交加。回顾五十四年来的人生之路，可谓命途多舛。而眼前的状况又不禁令人生出一片离忧。所以，诗题要冠以怨诗楚调，结句要慷慨悲歌，而"钟期信为贤"正寄寓了诗人渴望知音之意。又如孟浩然《夜归鹿门歌》：

> 山寺钟鸣昼已昏，渔梁渡头争渡喧。人随沙岸向江村，余亦乘舟归鹿门。鹿门月照开烟树，忽到庞公栖隐处。岩扉松径长寂寥，惟有幽人自来去。

此诗笼罩着浓厚的寂寞幽独之情。与慷慨悲歌相比，虽然在感情的强度上显得弱一些，但亦属忧思愁绪一类。诗中那个独来独往的寂寞幽人，正是诗人的自我写照。

忧思愁绪也罢，慷慨悲歌也罢，都要复归于淡泊，或以淡泊之音去表现。寂寞幽

① 苏轼：《答程全父推官》。
② 黄庭坚语，蔡正孙《诗林广记》前集卷一引，中华书局，1982。

独本身就不是一种强烈的情感,自不待言;即使是慷慨悲歌,在清淡派诗人那里,也并没有山呼海啸、狂风暴雨,而是用平静的口吻、平淡无奇的语言说出,仿佛是在述说他人之事,而诗中也少不了"吁嗟身后名,于我如浮烟"之类自我解脱的话。许学夷曾说:"学韦柳诗,须先养其性气,倘峥嵘之气未化,豪荡之性未除,非但不能学,且不能读"①,可谓深得清淡诗风的要领。的确,这种似"风值水而漪生,日薄山而岚出"②的自然之音及其蕴涵的至味,是要在特定的审美心态下才能真正体味得到的。

就后者而言,所谓"平淡无味之味"并非原本平淡,正如上文分析的那样,它是五味调和的结果,其外在表现则是"理明句顺,气敛神藏"③,犹如书法中之藏锋笔法。如王维《辋川绝句》中的《鹿柴》《竹里馆》《辛夷坞》等作,或写人而但闻人语,只有青苔上的一抹夕阳和深林间的一轮明月出现在画面之上;或写花而只见花开花落,构成一幅寂静无人、阒无声息的自然天籁图。又如他的《皇甫岳云溪杂题》五首其一《鸟鸣涧》:

> 人闲桂花落,夜静春山空。月出惊山鸟,时鸣春涧中。

春山夜静,当然看不见桂花纷落,但闲寂之人却似乎听得见桂花的落地之声;春涧鸟鸣,不是为人声惊起,但谁能想到,它们是为乍现的月华所动呢?沈德潜曾评这一组绝句云:"诸咏声息臭味,迥出常格之外,任后人摹仿不到,其故难知。"④ 若论诗境的空寂,这几首绝句的确是迥出常格,非他诗所能比;但若论诗中以动写静的意脉,特别是诗人寂寞不安意绪的传达,则为清淡诗风所共有。如"月出惊山鸟,时鸣春涧中"的静中之动,张九龄《西江夜行》"犹有汀洲鹤,宵分乍一鸣",孟浩然《过融上人兰若》"山头禅室挂僧衣,窗外无人溪鸟飞",储光羲《太学贻张筠》"绿竹深虚馆,清流响洞房",常建《潭州留别》"望君杉松夜,山月清猿吟",韦应物《秋夜》二首其一"微风时动牖,残灯高留壁",柳宗元《渔翁》"烟销日出不见人,欸乃一声山水绿",梅尧臣《河阳秋夕梦与永叔游嵩避雨于峻极院赋诗及觉犹能忆记

---

① 《诗源辩体》卷二十三。
② 袁宏道:《叙呙氏家绳集》,《袁宏道集笺校》卷三十五,上海古籍出版社,1981。
③ 黄子云:《野鸿诗的》,《清诗话》。
④ 《唐诗别裁集》卷十九。

俄而仆夫自洛来云永叔诸君陪希深祠岳因足成短韵》"风雨幽林静，云烟古寺深"，王士禛《雨后至天宁寺》"日出不逢人，满院风铃语"等之类，与之相近。而像王维《辋川闲居赠裴秀才迪》"倚杖柴门外，临风听暮蝉"、"复值接舆醉，狂歌五柳前"中的幽独寂寞，韦应物《答端》"物色坐如见，离抱怅多盈。况感夕凉气，闻此乱蝉鸣"，柳宗元《中秋起望西园值月上》"石泉远逾响，山鸟时一喧。倚楹遂至旦，寂寞将何言"，王士禛《昭化县》"浪翻寒月影，风急夜潮声。何限人间事，茫茫恨未平"等之类，不仅与之相近，而且是比之有过之而无不及的。

然而，尽管"平淡无味之味"原本并非无味，但它的外在体现仍是平淡无味。那么，它是否会让人感到如同饮水嚼蜡，滋味索然呢？按照道家的观点，这个问题是可以迎刃而解的。《老子》第三十五章："道之出口，淡乎其无味。"意谓淡而近于无味之中包含着道，或曰道是以淡而无味的面目出现的。所以第六十三章又说"味无味"，这实际上是要人们摒弃五色五味而去体味无声无味的道。但既然无味之味有其可体味之处，那么这无味之味也就不是无味了，王弼对它的解释是"以恬淡为味"。于是，无味乃恬淡也。而"凡物酿之得甘，炙之得苦，唯淡也不可造"①，唯其得之甚难，不可力致，所以这恬淡之味又堪称"至味"。

至此，可以对清淡诗风的总体特征作一简要概括了：清淡诗风是清与雅两大美学范畴融合的产物，清与雅既为诗的形式，又为诗的内容。于是，在清淡的主色调之下自然、高雅、冲和、远韵的四位一体，就构成了清淡诗风的总体特征。

（二）

在清淡诗风的内在要素中，正如我们已经看到的那样，心理蕴涵始终是最基本和最活跃的因素。但心理蕴涵与清淡诗风的关系，绝不仅仅在于这种似乎无所不包的诗歌风格反映了诗人们丰富的心理蕴涵，而且还在于其丰富的心理蕴涵通过升华为某种心理模式，而对清淡诗风的构成产生潜在的影响。

首先，这种心理模式是两极心理因素的对立与融合。所谓两极因素，包括忧与乐两大感情基调，它是清淡派诗人在出处、贵贱、穷通、生死、古今种种情况和氛围下的心理反映。所谓两极因素的对立与融合，就是清淡派诗人在表现出处、贵贱、穷通、生死、古今等题材时，将忧与乐两大感情基调熔于一炉，做到忧中有乐，乐中有

---

① 袁宏道：《叙呙氏家绳集》，《袁宏道集笺校》卷三十五，上海古籍出版社，1981。

忧。例如前面提到的柳宗元《南涧中题》，就是一个典型的例子。这是一首纪游诗，诗中独游之乐与独游之忧互相交错，很难说哪句是纯粹写乐，哪句是纯粹写忧。按理来说，流贬南荒，应该是可悲可叹之事吧，但柳宗元却要说："久为簪组累，幸此南夷谪"（《溪居》）；那么，摆脱了簪组之累，应该是可庆可贺之事吧，而他却要说："嘻笑之怒，甚乎裂眦，长歌之哀，过于恸哭。庸讵知吾之浩浩，非戚戚之尤者乎！"（《对贺者》）又如陶渊明《读〈山海经〉》十三首，明人黄文焕对它们有一段精彩的分析，其说曰：

> 首章专言读书之快，曰"不乐复何如"，至十二章而《山海经》内所寄怀者，递举无余矣；却于《经》外别作论史之感，自了一身则易乐，念及朝廷则易悲。以乐起，以悲结，有意于布置；题只是《读山海经》，结乃旁及论史，有意于隐藏；因读经，生肆恶放士之叹，故巫承十一、十二之后，言及举世黮恶，有意于穿插。①

这虽然是对一组诗的结构的评论，重点在于分析诗人如何穿插布置自己的读史感慨，但指出这组诗"以乐起，以悲结"，亦可谓深中清淡诗风之肯綮。

其次，这种两极因素的对立与交融的心理模式，是清淡派诗人的复杂心态在社会规范制约下的产物。这里的社会规范主要是指思想规范。清淡派诗人乍看起来似乎有些横空出世的味道，但正如前文所分析的那样，他们与其所处时代的社会心理和社会思潮有着千丝万缕的联系。作为一群正统的文人，他们深受儒家三立三不朽之说的熏陶②，都想重振先祖雄风，或为白衣卿相；但在科举致仕的艰难历程或官场倾轧、宦海浮沉的过程中，他们体味了太多的世态炎凉、人情冷暖，更意识到按照儒家那简单的兼济与独善的思路，是难以达到心理平衡的。于是，他们有时就要到空门里寻找一下安慰，在那物我冥合乃至梵我合一的特殊情境中，排遣一下现实中的烦恼。这也是大多数中国士大夫处于当时社会规范之下所走过的共同道路。而清淡派诗人心理模式的独特之处乃在于，他们更多了一点忧中寻乐、乐中见忧的意识，更多了一点将忧与乐熔于一炉的诗学思维。这就使他们和他们的诗既没有违背社会规范，却又超越了社

---

① 黄文焕：《陶诗析义》卷四，明崇祯刊本。
② 《左传·襄公二十四年》："太上有立德，其次有立功，其次有立言。虽久不废，此之谓不朽。"

会规范，从而具有某种跨时代的风范意义。刘大杰先生对陶渊明有如下断语：

> 陶渊明是魏晋思想的净化者，他的哲学文艺以及他的生活，都是这种思想的最高表现。在他的思想里，有儒道佛三家的精华而去其落后的部分。他有律己严正肯负责任的儒家精神，而不为那种虚伪的礼法与破碎的经文所陷；他爱慕老庄那种清静逍遥的境界，而不与那些颓唐的清谈名士同流；他有佛家的空观与慈爱，而不沾染一点骗人的宗教色彩。因此，我们在他的作品里，时时发现各家的精义，而又不为某家所独占。①

不妨把这段话看作是对清淡诗派及其诗歌跨时代风范意义的概括。

最后，正如上文所述，这种心理模式对清淡诗风的潜在影响就在于它以辩证诗思和对中和机制的自觉意识，把诗歌创作升华到一个较高的哲理氛围和艺术境界，从而摆脱了事物表象的缠绕，做到"应物而无累于物"②。惟其如此，清淡诗风才当得起"质而实绮"、"癯而实腴"、"外枯而中膏"、"似淡而实美"等批评史上不曾赐予他人的高度评价。

---

① 刘大杰：《中国文学发展史》上册，古典文学出版社，1957，第273、274页。
② 何劭：《王弼传》，《三国志·魏志·钟会传》附。

文学传统与传统再造

清淡诗风的艺术特征不是凭空而来的臆造，它是清淡派诗人们学古与变通的必然产物。由于清淡诗风凌跨几个历史时代，其前代诗人即对后代诗人构成一种传承关系。所以，清淡派诗人的学古与通变就包括了清淡诗风范围之外和之内两个层面。同时，清淡派诗人以其出色的诗歌艺术对文学传统所进行的再造，也构成了一种新的文学传统。而这种新的文学传统，也会被其他诗人或诗派吸收与改造并发挥其作用，从而构成学古与通变的再循环。

如同上文所举的若干诗例表明的那样，清淡诗歌的传统题材以及它的艺术特色，主要表现在山水诗、田园诗和咏史诗三个方面。那么，清淡诗风在这三个方面的学古与通变的情况如何？它给这三大传统题材赋予了什么样的新风貌？这些问题也就自然进入了本书讨论的范围。

一　山水诗：巧构形似与淡墨写意

无论学术界对山水诗形成的原因有多少种不同说法，但对山水诗产生时代的划定则基本一致，那就是晋末宋初。

晋末宋初恰巧是清淡诗派始祖陶渊明生活的时代。在后人的心目中，只有在陶渊明以后的谢灵运才是真正的山水诗人，而陶渊明则是一位地道的田园诗人。但是，从陶诗的实际情况看，再联系考察陶诗对后代山水诗创作所产生的影响，这种看法似乎有略加修正的必要。

在讨论这个问题之前，有必要先看看关于山水诗的界定。王国璎先生在其《中国山水诗研究》一书的"绪言"中指出：

所谓"山水诗"，是指描写山水风景的诗，虽然诗中不一定纯写山水，亦可有其他的辅助母题，但是呈现耳目所及的山水之美，则必须为诗人创作的主要目的。在一首山水诗中，并非山和水都得到同时出现，有的只写山景，有的却以水景为主。但不论水光或山色，必定都是未曾经过诗人知性介入或情绪干扰的山水，也就是山水必须保持其本来面目。当然，诗中的山水并不局限于荒山野外，其他经过人工点缀的著名风景区，以及城市近郊、宫廷或庄园的山水亦可入诗。①

山水诗，顾名思义就是以山水景物为主要描写对象的诗。这里要注意三点：（1）山水景物的中心词是景物而不是山水，所以有些不出现水光山色的诗也属于山水诗，如王维的《竹里馆》"独坐幽篁里，弹琴复长啸。深林人不知，明月来相照。"诗中只有三种景物：幽篁、深林、明月，再有就是弹琴长啸的诗人自己了。此诗是写别墅环境及氛围，诗中景物描写占较大比重，故应算作山水诗。（2）由于诗中除山水描写外，还可以有其他辅助母题，故行旅诗、游览诗、宫廷诗、玄言诗、田园诗等，往往会在外延上与山水诗发生交叉，这也就是中国古代山水诗会如此深厚广博、源远流长的原因之一，同时也是陶诗所以会对后代山水诗产生影响的原因之一。（3）所谓"山水必须保持其本来面目"，未必是山水不曾经过知性的介入和情绪的干扰。诗为心声，纯写山水之美而无情绪流露的山水诗是不存在的，这一点不言而喻。即使有知性介入，也未必不成山水诗，如苏轼的《题西林壁》。问题在于，诗中的知性和情绪要与自然山水相吻合，不可抢占了山水描写的位置。如"感时花溅泪，恨别鸟惊心"与"飘飘何所似，天地一沙鸥"，分别是杜甫《春望》和《旅夜书怀》中的诗句，前者是将自己仕途蹭蹬的牢愁寄托在花露鸟鸣之上，让人一读便体会到诗人的感与恨；而后者则将自己羁旅漂泊的忧思化为天地间飘飞的沙鸥，让人先睹其形，后感其情。与此相应，《春望》虽然有两联写春望之景，《旅夜书怀》虽然有两联写羁旅之情，但由于二者在情境构成方式上的不同，《春望》属于睹物伤怀的咏怀诗，而《旅夜书怀》则是山水与身世共咏，故后者被划入山水诗讨论范围之中。

从题材上看，陶诗可分为田园、咏史述怀和行役三大类。其中田园诗是诗人多年归隐生活的写照，咏史述怀只是诗人田园生活或行役经历的一部分，至于行役，则更

① 王国璎：《中国山水诗研究》，台北联经出版事业公司，1986，第1页。

是如同诗人几次出仕一样短暂。故以数量和代表性来说，渊明之作当然应推田园诗为首，咏史述怀和行役诗的数量、代表性则依次递减。但是，在所有三类诗中，那圆融浑成的诗境却是无所不在的，特别是涉及情与景的关系时，这一特点表现得更加明显。也就是说，陶诗中虽然没有真正能够称得上山水诗的作品，陶渊明本人也没有像谢灵运那样去优游山水，但他并不是没有写景之作，他对山水景物的敏感程度也不比谢灵运差；而且，就陶诗对情景关系的处理这一点的影响而言，陶渊明对山水诗的影响之大，并不在谢灵运之下。

陶诗在处理情景关系方面的最大优点，就是融情入景，注重传达自然山水的种种意趣。陶诗的这一特点及其意义，在我们对山水诗的发展历程略作回顾之后，将会更加明了。

中国诗歌自《诗经》开始就出现了山水描写，一直到晋宋之间山水诗正式确立，其间走过了一个漫长的发展过程。概而言之，《诗经》中的山水景物，主要用以起兴，引发作品的主题。如《周南·桃夭》共三章，每章都以"桃之夭夭"开篇，继之以对花、实、叶的描写，然后引发出对"之子"的赞美。诗中的景物与吟咏对象显然存在着一种对应关系或内在的一致性。另外，像《郑风·风雨》对风雨和鸡鸣的描写，以及《小雅·采薇》对杨柳和雨雪的刻画，主要是出于烘托某种氛围的目的。楚辞中的山水景物，同样也是诗人抒发个人情感的媒介或手段。如《九歌·湘夫人》的开篇："帝子降兮北渚，目眇眇兮愁予；袅袅兮秋风，洞庭波兮木叶下。"秋风、湖波、木叶伴随着湘水之神的出现，给全诗笼罩上一层迷蒙怅惘的色彩。汉乐府民歌大多是直抒胸臆，山水景物往往作为喻体出现。如《上邪》："山无陵，江水为竭，冬雷震震，夏雨雪，天地合，乃敢与君绝。"即使全篇写景的《江南》，也是一派欢快惬意情调，几乎看不到景物刻画的痕迹。"古诗十九首"的山水景物成分比以前有所增加，景物的描写与诗人试图表达的主观意绪的有机联系也有所增强，如《庭中有奇树》《迢迢牵牛星》等。诗中景物即是诗的主题或其中的一部分。总之，魏晋以前的诗歌，以抒情言志为主，其表达方式主要是直抒胸臆，因而在处理情与景的关系时，往往是融景入情；山水景物成分的增加，并不意味着景物描写的独立，而只是标志着诗人主观情志的丰富和强烈。

魏晋以后，诗歌创作的情景关系发生了划时代的变化。如果说魏主曹操的《步出夏门行·观沧海》作为中国文学史上第一首完整的山水诗，尚以沧海日月的博大壮阔去比喻诗人的胸襟，因而仍然留有上一阶段即景抒情的痕迹；那么自太康潘、陆以后，诗歌以巧构形似之言为上，则成为普遍的风气。景物描写出现在游览、求仙和隐逸题材的诗篇中，并获得了某种客观实在的意义。也就是说，山水景物不是作为抒发主观情志的媒介和手段，而是作为客观的关照物出现在诗人的笔下。穷形尽相，模山范水从作为其他题材的一部分内容，扩展到诗的全部内容，进而成为蔚为大观的一种文体——山水诗，这正是从潘、陆到大小谢之间的变化轨迹。其特征正如明人陆时雍《诗镜总论》中所云："诗至于宋，古之终而律之始也。体制一变，便觉声色俱开。谢康乐鬼斧默运，其梓庆之鐻乎？颜延年代大匠斫而伤其手也。"这是从律诗逐渐成熟的角度，去说明刘宋以后声色俱开这一诗歌特征的。其实，伴随着律诗的成熟和确立的，乃是诗歌中情与景关系的变化：

> 诗至于宋，性情渐隐，声色大开，诗运一转关也。康乐神工默运，明远廉俊无前，允称二妙。延年声价虽高，雕镂太过，不无沉闷，要其厚重处，古意犹存。①

如果说谢灵运以他大量的山水之作开辟了诗歌"性情渐隐，声色大开"的时代；那么，陶诗的浑融境界及其高度写意的景物刻画，则昭示了唐以后诗歌创作情景交融的必然趋势。这一点，正是陶渊明虽无多山水之作而学陶者多以山水诗名家的奥秘所在。

陶集中大概以《游斜川》一首最具山水诗意味。诗前小序说明诗人出游的缘起、游览中所见山水景物、作诗缘由以及全诗主旨：

> 辛丑正月五日，天气澄和，风物闲美，与二三邻曲，同游斜川。临长流，望曾城，鲂鲤跃鳞于将夕，水鸥乘和以翻飞。彼南阜者，名实旧矣，不复乃为嗟叹。若夫曾城，旁无依接，独秀中皋，遥想灵山，有爱嘉名。欣对不足，率尔赋诗。悲日月之遂往，悼吾年之不留。各疏年纪乡里，以记其时日。

在这篇诗序里，情与景是互相交融的，而下面的诗篇，则更是"欣对不足，率尔赋诗"的产物（按："率尔"或作"率共"，南宋汤汉《陶靖节先生诗注》作"率尔"，

---

① 沈德潜：《说诗晬语》卷上。

今从之）。这种去取，除了文献学的考虑外，还因为"率共"只表明了"欣对不足"而赋诗这一结果，而"率尔"则传达出了诗人感物咏怀的心理状态及陶诗"酣畅赋诗，以乐其志"（《五柳先生传》）的特点。诗云：

> 开岁倏五十，吾生行归休。念之动中怀，及辰为兹游。气和天惟澄，班坐依远流。弱湍驰文鲂，闲谷矫鸣鸥。迥泽散游目，缅然睇曾丘。虽微九重秀，顾瞻无匹俦。提壶接宾侣，引满更献酬。未知从今去，当复如此不？　中觞纵遥情，忘彼千载忧。且极今朝乐，明日非所求。

且不论此诗情调是否消极，只看诗的写景部分，就会发现，诗中没有穷形尽相的景物描写，所谓"远流"、"弱湍"、"闲谷"、"迥泽"等，都是经过高度抽象化的意中之景，它所着重传达的，是自然山水所蕴含的种种意趣，而山水景物似乎只具有某种表意符号的作用。但是，它与《诗经》、楚辞把山水景物作为抒情言志的媒介或手段不同，山水景物在这里已经不仅成为独立的审美对象，而且还具有了超乎其外在表象的形而上的意义。这种完全以写意为中心的山水之作，也与谢灵运完全以写实为中心的山水诗迥乎不同，它走的完全是另一条路，那就是淡墨写意之路。清人方东树在其《昭昧詹言》卷四评此诗云："此游诗正格，准平绳直，无奇妙，而清真自不可及。"这段评语不仅表明了对此诗风格的肯定，而且意味着淡墨写意的山水诗作法，已经被视为"正格"而为诗论家们所正式接受了。

陶诗在处理情与景关系方面的另一特点，就是塑造了一系列人格化的意象，如羁鸟、池鱼、芳菊、青松、孤云等。它们在不同的场合，在不同的诗歌中，起着象征抒情主人公不同侧面的作用。如"羁鸟恋旧林，池鱼思故渊"（《归园田居》五首其一）；"芳菊开林耀，青松冠岩列。怀此贞秀姿，卓为霜下杰"（《和郭主簿》二首其二）；"万族各有托，孤云独无依。暖暖空中灭，未夕复来归"（《咏贫士》七首其一）等。值得一提的是，陶诗中的象征性意象，与《诗经》、楚辞、古诗十九首等仅仅作为比兴的意象已大不相同，它们已获得了独立存在的意义。具体地说，像"羁鸟恋旧林，池鱼思故渊"这样的句子，不仅羁鸟和池鱼本身具有摆脱世俗羁绊而返璞归真的寓意，而且它们存在于这两句中，本身就构成了一种独立自足的意义，不需要像《诗经》那样，必须在"桃之夭夭，灼灼其华"后面加上"之子于归，宜其室家"之类的注脚。至于"万族各有托"那一段关于孤云和归鸟的描写，更富象征意味，同时又更富独立自足性。万族有托而孤云无依，它在空寂中自足自灭，何曾见到过夕阳的残晖。它是多么的孤傲而又短寿！众鸟在朝霞初现时，就相与飞出森林；唯有一只倦鸟，却迟出早归。那片高洁的孤云和那只疲倦的归鸟，都是诗人的自我写照，但是它们本身又构成了一幅画面，从而赋予这些象征性的人格化意象以跃动的生命力。这种活生生的象征性人格化意象，构成了陶诗艺术引人注目的一个方面，这可以视为陶诗对文学传统的一个重要贡献。

（二）

陶渊明之后，山水诗经过一段追求巧构形似的发展时期。先是谢灵运的穷形尽相，后是谢朓的有句无篇，但无论穷形尽相也罢，有句无篇也罢，都是山水诗从写意和写实两极走向情景交融的必经阶段。于是，在唐代浩如烟海的山水诗中，不难把握出写景和写实两种意脉。而依据诗人对写意和写实关系的处理，可以划分出偏重写意和偏重写实两大类。如将李白的山水诗与杜甫的山水诗相比，一写意，一写实，两者的分野是十分明显的，而对于清淡诗派的唐代成员们来说，问题似乎不那么简单。概而言之，他们的山水诗既有巧构形似的特点，又不乏淡墨写意的味道；他们是在用巧构形似的写实手法，走着一条淡墨写意的路。这就意味着，陶渊明和谢灵运注定成为唐人山水诗学古与通变的主要对象。

张九龄的山水诗，多与他的行役宦游生活相联系，因而多以山水自然与世网行役之间的矛盾为主题，这显然是对陶诗主题的引申和发展。由于在他那里，二者之间矛盾的解决可以以功成身退作为契机，所以正如前面所说的那样，世网行役与适性自然显得模糊了起来。这就造成了如下结果：一方面，自然山水作为世网的对立面，仅仅具有某种象征意义，因而也可以称之为意中之景。如《晨出郡舍林下》：

> 晨兴步北林，萧散一开襟。复见林上月，娟娟犹未沉。片云自孤远，丛筱亦清深。无事由来贵，方知物外心。

诗中的"北林"、"片云"、"丛筱"都是高度写意的景物，它们的出现，更多的不是作为审美对象，而是作为自由和适性的象征，如同陶诗的"羁鸟恋旧林，池鱼思故渊"一样。不过，和陶诗相比，它的写实成分是大大地增加了。

另一方面，当功成身退的心理契机暂时弥合了世网行役与适性自然的对立时，自然山水就成为了独立的审美对象，从而具有独立自足的意义。这时，自然山水的写实意味就更浓了，可以称为实有之景。如《使还湘水》：

> 归舟宛何处，正值楚江平。夕逗烟村宿，朝缘浦树行。于役已弥岁，言旋今惬情。乡郊尚千里，流目夏云生。

诗中虽无穷形尽相的景物刻画，但那平静宽阔的楚江，烟雾迷蒙的水村，那岸边丛生的杂树以及满目流动的夏云，却也不让人们觉得少气无力、淡乎寡味；相反，比之穷形尽相、巧构形似的景物描摹，更能传达出自然山水的意趣。

胡应麟曾说，张九龄首创陶诗清淡一派。从山水诗的发展来看，张九龄在兼学陶谢的同时，更多地继承了陶诗淡墨写意的传统，是从陶诗到唐代清淡诗歌之间的重要桥梁。他所继承的陶诗淡墨写意的传统，对唐代清淡派成员山水诗的创作，起了导夫先路的作用。

孟浩然是唐代山水诗大家，他的山水诗总的来说也是以淡墨写意为主。正如闻一多先生所说："真孟浩然不是将诗紧紧的筑在一联或一句里，而是将它冲淡了，平均的分在全篇中……甚至淡到令你疑心到底有诗没有"，"淡到看不见诗了，才是真正孟浩然的诗，倒不如说是诗的孟浩然，更为准确"。[1] 这段精彩的议论有两点值得注意：其一，孟浩然的诗，包括他的山水诗，是淡墨写意；其用墨之高妙，让人分辨不出人工的痕迹，以致苏轼有"韵高而才短，如造内法酒手而无材料"[2] 之叹。才短、无材料云云，显然是一种批评，但韵高与才短对举，造内法酒手与无材料并论，则褒贬很难一时判明了。苏轼所描绘的，似乎是明白如话、直见胸臆而又风神散朗的崇高诗境；在这样的诗境中，"才"之有无当然是无关紧要的了。这样看来，苏轼的评价与其说是对孟诗的批评，倒不如说是另一种形式的褒奖。试想，苏轼说陶诗、柳诗枯淡而膏美，不也是同一思路吗？其二，"淡到看不见诗了"这一诗的极境，是与"诗的孟浩然"相对应的。闻一多之所以要特意将"孟浩然的诗"改为"诗的孟浩然"，主要是因为"在许多旁人，诗是人的精华，在孟浩然，诗纵非人的糟粕，也是人的

---

① 闻一多：《唐诗杂论·孟浩然》，《闻一多全集》第三卷，生活·读书·新知三联书店，1982，第34～35页。

② 陈师道《后山诗话》引，《历代诗话》上册，中华书局，1981，第308页。

剩余"，"孟浩然几曾做过诗？他只是谈话而已。甚至要紧的还不是谈话，而是谈话人那副'风神散朗'的姿态"①，闻一多强调的是创作时人与诗的和谐一致，即"诗如其人"或"人就是诗"。其实，无论诗歌是人的精华，还是人的糟粕，或是人的剩余，都有个诗人如何化入诗境，亦即如何处理好情与景的关系的问题。而能在"淡到看不见诗了"的情况下，化入主观情感甚至诗人形象，正是孟浩然不同于他们之处。

笔者在分析孟浩然与社会心理的关系时曾经指出，孟浩然是十分注重他自己在世人心目中的形象的。这种对自我形象的自觉意识，不是像屈原那样"高余冠之岌岌兮，长余佩之陆离"，从外在形貌方面使自己与众不同，而是通过诗歌手段，去塑造自己的高人、隐士形象。在入京应试之前，他是志趣高远、不同流俗而有隐士意味的学者，所谓"冲天羡鸿鹄，争食羞鸡鹜"；在科举落第之后，他更是"红颜弃轩冕"、"迷花不事君"的高人隐士。具体到山水诗，这种诗人的自我形象就化入自然景物的刻画中，成为自然景物的有机组成部分，不分物我。如《归夜鹿门歌》那独来独往的幽人，谁能不说他本身就是鹿门山的岩扉松径之中、明月烟树之下的一景呢？这就是"诗的孟浩然"了。再看《秋登万山寄张五》：

> 北山白云里，隐者自怡悦。相望始登高，心随雁飞灭。愁因薄暮起，兴是清秋发。时见归村人，平沙渡头歇。天边树若荠，江畔洲如月。何当载酒来，共醉重阳节。

同样是淡墨写意，同样是"淡到看不见诗"，也同样是向读者呈现出一个风神散朗的"诗的孟浩然"。

那么，与陶诗相比，孟诗的发展或创变体现在何处呢？其一，尽管孟浩然走的仍是淡墨写意之路，但孟诗中的景物描写不仅像张九龄诗那样，写实有之景的成分增加了，而且还出现了像"微云淡河汉，疏雨滴梧桐"、"气蒸云梦泽，波撼岳阳城"、"荷风送香气，竹露滴清响"之类属对精工、刻画细腻、声色考究的句子，显示出对谢灵运重形重色的山水诗的继承痕迹。其二，同是传达自然山水是种种意趣，陶诗将抒情主人公放在中心位置，自然山水的出现是由诗人驱使的；而在孟浩然诗中，抒情之主人公与自然山水是平等的地位，有时抒情主人公隐蔽在山水景物之后，成为自然

---

① 《唐史杂感·孟浩然》。

山水的一部分。如著名的《宿建德江》绝句：

移舟泊烟渚，日暮客愁新。野旷天低树，江清月近人。

这正如有的学者所指出的那样，读陶诗，是"先见人，后见画"，而读唐诗，则是"先见画，后见情"①；就孟浩然的诗来说，这"情"就是"诗的孟浩然"。

稍后于孟浩然的王维与他的前辈诗人们相比，更加注意以巧构形似之言、穷形尽相之法，走淡墨写意之路。应该说，写实成分的增加往往会给淡墨写意带来若干困难；但在王维那里，它并没有破坏诗歌浑融的意境，相反却使全诗更具画意。如《山中》："荆溪白石出，天寒红叶稀。山路元无雨，空翠湿人衣。"声色刻画可谓十分细腻，但却无支离破碎之感，其中的关键在于诗人对自然山水的总体把握。此诗写晚秋景色，突出的是诗人早行山中的感受：白石上清溪潺潺，秋风中红叶寥寥，山路上行人匆匆，不觉翠绿的秋露沾湿了衣裳。由于以山行印象为描写目的，所以后两句亦可理解为"早行山中，忽然觉得衣裳湿了。以为在下雨，细看原来无雨，只有那不可近察的山峦依稀在目，沾湿了自己的衣裳"②。

于是，在注重完整浑成的诗境和突出诗人感官的总体印象这一前提下，王维在山水诗创作中所调动和运用的种种艺术手段和思维方法，主要是绘画手段和禅学思维，其归宿无不指向淡墨写意。这里需要指出的是，"味摩诘之诗，诗中有画；观摩诘之画，画中有诗"③，无论是诗还是画，都不是雕缋满眼、错彩镂金之作，而是淡墨写意之作。作为著名的山水画家和文人画的始祖，王维把吴道子写意的疏体山水画法和李思训细密的山水画法结合起来，创造了水墨山水；他又把这种水墨山水的表现方法，如布局、体现自然景物鲜明特征的一瞬间、光色态的自然呈现等，自觉地引入山水诗创作，使他的山水诗具有一种清润秀朗的意境。同时，由于加强了自然山水的声色刻画，王维笔下的山水景物向写实逼真方面迈了一大步；但他并没有就此止步，而是把它们升华到写意的高度，注重传达自然山水的种种意趣，这又是他学习谢诗手法之后向陶诗的回归。在这一过程中，王维的禅学思维起了很大的促进作用。

试以《过香积寺》为例加以说明。诗云：

---

① 葛晓音：《陶诗的艺术成就——兼论有关诗画表现艺术的发展》，《文学遗产》1980 年第 1 期。
② 袁行霈：《中国山水诗的艺术脉络》，《中国诗歌艺术研究》，北京大学出版社，1987，第 387～388 页。
③ 苏轼：《书摩诘蓝田烟雨图》。

不知香积寺，数里入云峰。古木无人径，深山何处钟。泉声咽危石，日色冷青松。薄暮空潭曲，安禅制毒龙。

以往人们评价谢灵运的山水诗，常说他的诗中拖着一条玄言的尾巴，现在看王维的《过香积寺》，诗中似乎拖着一条佛理的尾巴。不论尾巴之说是否充分，谢灵运山水诗受玄学的影响，王维山水诗中有佛禅思想的渗透，却是不可否认的事实。王维诗运用禅学思维，并不全是出于宣扬佛理的目的，而是表达自己禅悟的同时，假手这种超越性极强的独特的思维方式，去创造空灵静寂的境界，从而完成从写实到写意的转化。《过香积寺》以写诗人对山水佛寺的印象和感受为主；这种感受和印象，实际上就是诗人对佛禅境界的形象化理解：空灵、静寂、幽冷。试看：香积寺隐藏在数里云峰之中，显得多么空灵；山路无人，唯有古木参天和不知从哪里飘来的两声寺钟，愈见其寂静；汩汩的清泉从危石上流过，发出幽幽的呜咽之声，和煦的夕阳照在青松上，变成了森然的冷色，又是何其幽冷。这时诗人望着寺旁薄暮之中的空潭，自然而然地设想潭中若是有毒龙，得道的僧人一定能用佛法制服它。尽管这是自然而然的联想，八句之中也只有最后一句脱离了实景，不过正因为有这一点蛛丝马迹，才会使我们悟解全诗的写景，完全是出于诗人表现其个人禅悟的安排。

储光羲历来被人们视为田园诗人，但我们读他的《杂咏五首·幽人居》"幽人下山径，去去夹青林。滑处莓苔湿，暗中萝薜深。春朝烟雨散，犹带浮云阴"，分明可以感到与孟浩然《夜归鹿门歌》的相同之处。储氏的这首《幽人居》甚至用了类似长镜头的手法，去跟踪那位隐士的行迹，山径、青林、莓苔、萝薜、烟雨、浮云一一被摄入镜头；而幽人就是把这些自然景物联系起来的纽带，因而他也不可避免地构成了这一幅活动的山水画的有机部分。这首诗的写实意味似乎较浓，但其主旨仍是传达某种恬淡适性的意趣，因此其笔触仍然不离淡墨写意。《苑外至龙兴院作》是一首游览诗，同样也是从景物刻画中透露出恬淡之意；即使是景物刻画，从诗中选择的意象语词如"山势"、"云阴"、"疏钟"、"香林"中也可以发现，同样是面对实景，他并没有去做穷形尽相的描摹刻画。作为清淡派成员，储光羲走的是与谢灵运一派截然相反的路。

与储光羲的山水之作相似，常建的这类诗篇往往以隐逸生活或佛寺精舍为题材，同样是传达幽寂、空明、高远的意趣。如《宿王昌龄隐居》："清溪深不测，隐处唯孤云。松际露微月,清光犹为君。茅亭宿花影,药院滋苔纹。余亦谢时去,西山鸾鹤群。""松际"以下四句写景比较细腻,但它们是对清溪隐处那一朵孤云的烘托,为的是引出诗人希企隐逸的愿望。又如《题破山寺后禅院》:

> 清晨入古寺,初日照高林。曲径通幽处,禅房花木深。山光悦鸟性,潭影空人心。万籁此俱寂,但余钟磬音。

全诗都是景句,但诗人仍然选择了那些写意性较强的自然意象,并没有进行巧构形似的声色铺陈,其主旨仍在于某种意绪的传达。

这种以清淡高远的自然意象的组合去传达诗人某种特定意绪的特点,在中唐韦柳那里体现得更为突出。例如,韦应物的《同德寺雨后寄元侍御李博士》:

> 川上风雨来,须臾满城阙。岧峣青莲界,萧条孤兴发。前山遽已净,阴霭夜来歇。乔木生夏凉,流云吐华月。严城自有限,一水非难越。相望曙河远,高斋坐超忽。

又《登楼寄王卿》:

> 踏阁攀林恨不同,楚云沧海思无穷。数家砧杵秋山下,一郡荆榛寒雨中。

前一首作于闲居洛阳同德寺时,"川上"四句写诗人独坐高峻的佛寺里,与风雨如晦的城阙遥遥相对,不禁生出无限遐想。"前山"以下八句写雨霁天晴,烟消云散,诗人仰望迢迢星河,皎皎明月,体验到一种难以言传的缥缈和空寂。江风、城阙、佛寺、群山、华月、星河等意象次第出现,不断地强化着此诗高而远的意味。后一首作于滁州刺史任上。诗人把思绪连属于楚云、沧海,企图以此填补不能与友人同游山水的缺憾。然而山下那不时传来的阵阵捣衣声,那笼罩在濛濛寒雨中的满郡荆榛,却无时不在提醒着他,这不过是一个美好的愿望罢了。再看他的《游溪》:

> 野水烟鹤唳,楚天云雨空。玩舟清景晚,垂钓绿蒲中。落花飘旅衣,归流澹清风。缘源不可极,远树但青葱。

如烟一般的白鹤，如洗一般的碧空，还有淡淡的微飔，青青的远树，再加上悠闲地玩舟垂钓的诗人，构成了一幅绝妙的图画。

运用高远、清淡的山水意象，传达一种清幽、淡远的气韵，是韦应物山水诗的特征。柳宗元的山水诗与此相近。《零陵春望》：

> 平野春草绿，晓莺啼远林。日晴潇湘渚，云断岣嵝岑。仙驾不可望，世途非所任。凝情空景慕，万里苍梧阴。

此诗视野开阔，气象澄澈，宛如一幅淡淡的着色山水，给人以清新高远的感觉。《渔翁》：

> 渔翁夜傍西岩宿，晓汲清湘燃楚竹。烟销日出不见人，欸乃一声山水绿。回看天际下中流，岩上无心云相逐。

围绕渔翁夜宿、晓汲、野炊、行舟等活动，展示出湘江一带的山水之美。"烟销日出"一联，写日出雾去，渔翁已不见踪迹，唯有袅袅柔橹的余音在青山回荡；结尾二句，写渔翁在湘江中流眺天际，只觉得岩上舒卷的白云仿佛向他悠然飘来，尤其富于幽淡绵邈的韵致。

从陶渊明经张九龄到王孟常储韦柳，清淡诗派的山水之作划出了如下一条轨迹：在陶渊明那里，山水景物的刻画虽然具有了独立的意义，但它主要还是以抒情言志的媒介的面目出现的：包括那些人格化的自然意象，也是穿插在诗人的浑融境界之中，成为一种具有独立存在意义的注脚。然而陶诗的浑融境界和高度写意的山水刻画，却预示了山水诗体成立以后超越巧构形似、穷形尽相的新途径——淡墨写意。在清淡诗派的唐代成员那里，山水景物刻画的写实性大大增强，甚至超越了诗人的情志而独立自足。这时，自然景物中所蕴涵的种种意绪的传达，成了山水诗创作的主旨。其实，这中间的变化，正好反映了人与自然关系的两个方面：自然的人化和人化的自然。陶诗是将自然人化了，甚至创造出了人格化的自然景物；而王孟等人的诗则是将人自然化了，通过独立自足的自然景物，去传达个人的意绪。从山水诗的发展来看，从自然的人化到人化的自然，无疑意味着这一诗体逐步走向了成熟。

（三）

唐以后，中国诗歌面临着新的突破。就山水诗而言，精工刻画和淡墨写意都已展示了它们的全部内涵；唐代山水诗以其情景交融的如画意境，将这两种表现方法结合起来，而且几乎达到了极境。在此情况下，沿旧路走下去就意味着重复。应该说，宋代的文人是具有清醒的文化意识的一群人，他们在文学方面所做的种种努力，如诗话的出现，诗人团体和流派的蜂起，无一不充满了创变的自觉意识。而与山水诗的演进有密切关系的艺术现象是，山水画经过五代时期的成熟，到宋代已成大观。于是，正如宋诗对学力工夫的强调一样，山水诗创作也以山水画为比附，或者自觉地通过画家的眼睛和笔法，去观察和安排山水景物。这必然会造成人化自然——人与自然关系的新一轮循环；当然，最初的人化自然是在无意识的状态下进行的（这也就是处于文明阶段的人类无法再造其祖先创造的神话的原因），而新的一轮人化自然，无疑是在自觉意识指导下进行的。

梅尧臣任河阳县主簿时，常与谢绛、欧阳修等携手共游山水，间为诗酒之会。他的《新秋普明院竹林小饮诗序》记载了当时的情景："于是得普明精庐，酾酒竹林间，少长环席……和然啸歌，趣逸天外。酒既酣，永叔……命取纸写普贤佳句……以志兹会之美。……顷刻，众诗皆就，乃索大白，尽醉而去。"这种诗酒之会中流溢出的名士风度，所谓"和然啸歌，趣逸天外"，自然会成为这类游览诗的表现中心。如《留题希深美桧亭》的清逸：

> 幽深有佳趣，曾不减林泉。众绿经新雨，残红堕夕烟。栽萱北堂近，梦草故池连。乘月时来往，清歌思浩然。

又如《夏夜小亭有怀》的空灵：

> 西南雨气浓，林上昏月色。寒影不随人，寥寥空露白。

但这些山水刻画多少有一些似曾相识，这一点从梅尧臣梦中所得的诗句："风雨幽林静，云烟古寺深"（《河阳秋夕，梦与永叔游嵩，避雨于峻极院，赋诗，及觉，又能忆记。俄而仆夫自洛来，云永叔诸君陪希深祠岳，因足成短韵》）中不难发现。甚至包括他的代表作《鲁山山行》，也是如此：

> 适与野情惬，千山高复低。好峰随处改，幽径独行迷。霜落熊升树，林空鹿饮溪。人家在何许，云外一声鸡。

以上现象，一方面表明梅尧臣之被归入清淡诗派，是符合历史实际的；另一方面则显示出，梅尧臣的早期诗作，的确像欧阳修在《梅圣俞墓志铭并序》中指出的那样"其初喜为清丽闲肆平淡"，又像宋仪望在《重刻宛陵梅圣俞诗集序》中所说"陶写性灵，名状物理，辞清而兴逸，颇与宋调殊致"。

然而，梅氏作为宋诗的开山祖师之一，其诗显然是不能"颇与宋调殊致"的；于是欧阳修在上面一段评语后继续说："久则涵演深远，间亦琢刻以出怪巧，然气完力余，益老以劲。"生活在宋初的梅尧臣，比起唐代那些清淡派诗人来，在可供选择的诗学传统中，除了谢康乐，更多了个杜子美。杜诗的精深与老劲的确为梅氏提供了极好的经验。梅氏的学杜，绝不同于江西诗派模仿字句或所谓"点铁成金"，他是从精神气质上去学习的；当然，他也始终没有忘记"唯师独慕陶彭泽"（《答新长老诗篇》），没有脱掉清淡诗风"清"的本色。

梅尧臣十分注意模仿和学习清淡派前辈作家，并注意在这一过程中逐步确立个人的特色，那就是他自己说的"因吟适情性，稍欲到平淡。苦辞未圆熟，刺口剧菱芡"（《依韵和宴相公》）。如果说他以前的清淡诗派是圆熟清润式的平淡的话，那么梅诗的平淡则是像菱芡一样带刺扎口，是清中带涩式的平淡。欧阳修把它比作食橄榄，见其《水谷夜行寄子梅圣俞》：

> 梅翁事清切，石齿漱寒濑。作诗三十年，视我犹后辈。文词愈清新，心意虽老大。譬如妖韶女，老自有余态。近诗尤古硬，咀嚼苦难嘬。初如食橄榄，真味久愈在。

橄榄虽古硬，真味久愈在，这正是梅诗的独特之处。如《东溪》：

> 行到东溪看水时，坐临孤屿发船迟。野凫眠岸有闲意，老树著花无丑枝。短短蒲茸齐似剪，平平沙石净似筛。情虽不厌住不得，薄暮归来车马疲。

此诗特点有二：其一是散文化。诗从登船始，写途中所见景物，最后交代兴尽而归，构成一个完整的游程。其中起联系作用的，不是诗人的主观感受，而是他的行踪。这与唐代山水诗景中见情、以情带景的特点形成鲜明对照。其二是人工化。这不是说梅诗写景不自然，有斧凿之迹，而是说他自觉地以诗人的眼光去观察景物，感受自然。因而在其山水诗中，明显地体现出人化自然的意识。如果说《鲁山山行》中的自然景物还比较符合它们原本的自然状态，那云外的一声鸡鸣，恰好反映了诗人对山上人家的感受；那么此诗中自然景物的出现，则明显是出于诗人的安排。野凫眠岸固然有闲意，老树著花当然无丑枝，但梅尧臣一定要把这些感受说出来；不但如此，他对浦花、沙石的形容更富人工色彩，这与唐代贺知章《咏柳》名句"不知细叶谁裁出，二月春风似剪刀"是大相径庭的。可以说，散文化和人工化造成了此诗古硬的特点，但这古硬的橄榄并未让人感到骨鲠在喉，难以接受；而是在苦涩之余，溢出一股独有的清香。其中的关键在于诗人对散文化和人工化分寸的把握。分寸把握恰当，可以达到物我和谐，即使平直浅切，也是明白如话；而这正是陶诗所开创，并为清淡派诗人所遵循的艺术道路。分寸把握不恰当，平直浅切就成了肤廓陋俗。梅诗中那些不成功的例子，如《寒草》"寒草才变枯，陈根已含绿。始知天地仁，谁道风霜酷"，就说明了这一问题。不过它的不成功，却恰恰昭示了诗人所走的路径。

散文化和人工化并不意味着梅诗脱离了淡墨写意之路。一个自称"平生爱幽旷"（《访石子涧外兄林亭》）的诗人，是不会用浓笔重彩去抒写他的幽旷的。试看他的《秋日家居》：

> 移榻爱晴晖，翛然世虑微。悬虫低复上，斗雀堕还飞。相趁入寒竹，自收当晚闱。无人知静景，苔色照人衣。

此诗的确像张舜民《诗评》所说："梅圣俞诗，如深山道人，草衣葛履，土形木质，虽王公大人，见之不觉屈膝。"所谓土形木质，即指他的古硬，也就是欧阳修在《水谷夜行寄子美圣俞》中所说的"梅穷独我知，古货今难卖"。而这土形木质的古货，正是诗人幽旷、闲寂情怀的象征。

梅尧臣诗从清丽、闲肆、平淡到涵演深远、间出奇巧、益老以劲，表明他在学习文学传统的同时，更加注重笔墨个性的创造。这是宋以后文艺发展的趋势使然。明代学风浮廓，诗人学者热衷于宗唐、宗宋的门户之争，即使被王士祯特意拈出的古淡一派，也是缺乏个性，寿命不长，影响甚微：

> 明诗本有古淡一派，如徐昌国、高苏门、杨梦山、华鸿山辈，自王李专言格调，清音中绝。[①]

所以，当王士祯面对前朝鄙俗轻率艰涩的文风流弊，提出"神韵说"，并以绘画中逸品相标榜的时候，便意味着笔墨个性的创造，亦即山水中的人化自然，已经进入了一个新的阶段。

王士祯的山水诗为数不少，且较有特色。如《即目》"苍苍远烟起，槭槭疏林响。落日隐西山，人耕古原上"，宛如一幅水墨画。远烟、疏林、落日、耕人的出现，由大及小，符合视觉规律，同时也体现出诗人按山水画构图布景的意识。如果说此诗的写作受了王维《使至塞上》和崔涂《夕次洛阳道中》的启发，且有一些模仿的意味的话，那么《再过露筋祠》则纯然是他的创作了：

> 翠羽明珰尚俨然，湖云祠树碧如烟。行人系缆月初堕，门外野风开白莲。

此诗并没有为露筋祠的来历多费笔墨，只用"翠羽明珰尚俨然"将祠中女神像一笔带过，下面着重描写月夜景色。"碧如烟"三字更体现出诗人主观意识的参与，简直是在考虑如何为胸中的图画着色涂彩了。而"行人"二句，一写泊船上初堕之月，一写野风中盛开之莲，颇具动感，仿佛是专为画院考画师而拟的试题。

王渔阳的山水诗，尤其是一些短小精悍的绝句，突出地体现了他所倡导的神韵特色。首先，既然讲神韵，则诗的旨趣便在于主体精神方面，即对山川景物的感受和心境的传达，并力求使其具有一种涵泳不尽的韵味。如《绝句》："石帆山后黄茅屋，一树寒梅作意香。长忆花开风雪里，卧闻春雨滴糟床。"其中"石帆"一句是写实有之景，以下三句全是写诗人对故居石帆山（渔阳新城故居西园假山名）的感受和印象。风雪里寒梅怒放，仿佛有意散发出幽香；茅屋里诗人卧听梅枝滴沥春雨，渐渐作响，好像糟床压酒之声。这些典型的士大夫隐逸闲居景象，透露出一种恬淡冲和的意

---

① 《带经堂诗话》卷一，人民文学出版社，1963，第48页。

趣。又如《访纪伯紫隐居》：

闲踏春泥著屐来，烟波百曲孝侯台。柴门径避少人迹，门外野棠花乱开。

此诗描写纪伯紫隐居处的清幽环境，景物依照诗人目光的转动层层展开：诗人着屐踏泥来访，极目望去，只见周处（孝侯）读书台被百曲烟波环绕着；沿着幽僻的小径走到纪伯紫隐居处，看到的是门前冷落，只有门外一蓬蓬的野棠花开得正旺。因为景物是诗人眼中的景物而且依照一定的逻辑关系展示，所以它们的意义都超越了本身，而具有一种"象外之象"和"意外之意"。

其次，既然是表现主体的感受和心境，那么捕捉最富有特点、最能传神的一个场景或一瞬间，显然是诗人必然的选择。如《瓜洲渡》二首其一："昨上京江北固楼，微茫风日见瓜洲。层层远树浮青荠，叶叶轻帆起白鸥。"江边烟树如同浮动的青荠，江中轻帆好似起飞的白鸥，这都是最能体现瓜洲古渡辽阔浩茫的场景。一经诗人捕捉到，略加点染，便境界全出。又如《红桥》二首其二："水榭迎新秋，素舸自孤往。默默柳棉飞，时时落波上。"柳絮飘飞，时落波上，从空间上说，是一个动态的场景；从时间上说，则是无声的一瞬。因此，它便占据了红桥新秋景致的中心。

再次，多重含义的意象的运用，也是导致诗味隽永、富于神韵的重要原因。如《雨后至天宁寺》：

凌晨出西郭，招提过新雨。日出不逢人，满院风铃语。

"日出"二句以听觉印象代替视觉印象，使读者在感官印象的转化中，产生多重感受：先是不见人影，后是传来袅袅铃声，继之是一排排风铃在风中舞动的画面，最后是清脆的铃声响成一片。这些感受一重一重地叠加，便使这首绝句诗味隽永，富于一唱三叹、涵泳不尽的神韵特色。

最后，诗中禅意的表达，已不限于创造空灵冷寂的意境，而在于表现一种作者的笔墨个性，这种笔墨个性，与画中逸品有其相通之处。如《佛印松》：

印公手植松，挺若舟千斛。山空孤月明，传声乱飞瀑。

在创造空灵冷寂的意境之余，"传声"句再次显露出作者独特的写景状物方式。它与"满院风铃语"、"门外野棠花乱开"、"门外野风开白莲"等一样，都是以富于动态的有声的景象，去烘托、反衬空灵冷寂的氛围。王士祯《分甘余话》曾评孟浩然《晚泊浔阳望庐山》云："诗至此，色相俱空，正如羚羊挂角，无迹可求，画家所谓逸品也。"其实，王士祯本人正是以自己的笔墨个性去追求所谓逸品的，因为逸品乃是"神韵说"所竭力倡导的境界。

由上所述可以看出，山水诗在清淡诗派那里，经历了一个由重神到形神兼备再到笔墨个性的过程。这一过程可以说是中国山水诗发展历程的高度概括；所不同的是，在巧构形似和淡墨写意两条发展道路中，清淡诗派选择了后者，至多是以形似为手段而追求写意的效果。可以说，清淡诗派如此的选择，一方面体现了他们学习继承已有山水诗传统的努力；另一方面，更体现了他们创造山水诗新传统的贡献。

二　田园诗：农家生活与士人情趣

（一）

如果说山水诗成立于谢灵运之手的话，那么田园诗无疑是陶渊明的独创。陶渊明是中国文学史上第一位大量创作田园诗，并以此形成自己作品风格的诗人。他的田园诗及其艺术风格，不仅对清淡诗风，而且对后代田园诗创作，都产生了广泛和深刻的影响。

鲁迅先生曾将中国文学划分为廊庙文学和山林文学两类，田园诗可以算作第二类。它的远祖可追溯至《诗经·陈风·衡门》。诗中有云："衡门之下，可以栖迟。泌之洋洋，可以乐饥。"写的是安贫乐道的隐士生活。东汉张衡的《归田赋》，虽然是赋体作品，但它将归田和隐逸生活联系起来，将隐逸生活与世道人心的险恶对立起来，在主题和题材上给田园诗以深刻的启示。陶渊明的田园诗，正是在此基础上发展成熟起来的。

陶渊明的田园诗，十分明确地强化了田园生活与官场仕途的对立。当他投身于政治旋涡的时候，就意识到了这种对立的存在，所以他在《始作镇军参军经曲阿》中说："目倦川途异，心念山泽居。望云惭高鸟，临水愧游鱼。"其实，这是陶渊明崇尚自然的理想和追求独立人格的自由本性，与外在于此的官场仕途之间的对立。所以，他在走上仕途时，往往感到"形迹拘"，日夜梦想着"终返班生庐"；而一旦回归田园，便感到身心的彻底解放，于是他一边申述着"平津苟不由，栖迟讵为拙"这一理由，一边以大量的诗篇歌咏"久在樊笼里，复得返自然"的快乐。

陶渊明的田园诗，十分全面和系统地反映了他归隐以后的所作所为、所思所想。可以说，他是以田园生活为背景，展开了自己的整个精神世界。没有任何一个诗人能够像陶渊明那样，将自己的名字和田园诗紧密地联系在一起，甚至成为田园情趣的象征。所谓田园情趣，对陶渊明而言，首先是固穷之志，亦即以返归田园实现自己的固穷之志。因此，他的那些描写农村贫困景象和自己清贫生活的田园诗，其主旨还是表明自己的固穷之志，而不是像王维所说的那样"一惭之不忍，而终身惭乎"（《与魏居士书》），更不像杜甫《遣兴》五首其三所说的"陶潜避俗翁，未必能达道"。这类诗至多是在表达诗人固穷守节之志的同时，客观地反映出农民的疾苦，从而开启了后代诸多"田家"诗题材的先河。而陶渊明对固穷守节的执着，使之成为自己日常生活的有机部分，并以"日常生活的诗"[①] 表现出来，就必然会赋予田园诗以平淡而有深致的风貌。

其次，对于陶渊明来说，田园情趣就是躬耕吟读之乐。士人亲自参加农业劳动，并非陶渊明始创；古代长沮、桀溺就曾耦耕于田，而隐士也一样好读老庄、周易。在他们那里，耕读作为一种隐士的生活方式，被涂上了一层道德或人格的色彩，几乎没有人间烟火气息。而在陶渊明那里，耕读生活不仅从道德世界走向了现实世界，富有浓郁的生活气息；而且耕读的乐趣被当作诗歌的表现中心，具有独立自足的意义，从而超越了耕读生活方式原本代表的道德说教。

陶渊明的田园诗，十分明显地体现了自然与理趣的统一。在他的笔下，自然是饱含着理趣的自然，理趣是不乏自然的理趣。这说明陶渊明对自然的含义有着深刻的理解；[②] 而且在表现这种体会时，他从不直接说破，总是借助自然物象或人事活动予以间接的烘托，使之充满生活情趣和诗情画意。如《移居》二首其二：

　　春秋多佳日，登高赋新诗。过门更相呼，有酒斟酌之。农务各自归，闲暇辄

---

① 朱自清：《日常生活的诗——萧望卿〈陶渊明批评〉序》，《朱自清文集》第三卷，开明书店，1953。
② 参见袁行霈《陶渊明崇尚自然的思想与陶诗的自然美》，《中国诗歌艺术研究》。

相思。相思则披衣，言笑无厌时。此理将不胜，无为忽去兹。衣食当须纪，力耕不吾欺。

诗中景象是十分平常自然的景象，而要说明的道理也是十分浅显实在的道理，二者之间几乎没有什么需要论证的必要，所以，就用发表感慨的方式说出。又如《饮酒》二十首其五：

结庐在人境，而无车马喧。问君何能尔？心远地自偏。采菊东篱下，悠然见南山。山气日夕佳，飞鸟相与还。此中有真意，欲辨已忘言。

这大概是陶渊明田园诗中最富有理趣的一首了，但读起来并无艰涩枯槁之感。原因是在这短短的十句诗中，陶渊明用六句诗的篇幅，向人们展示了三幅耐人寻味的画面：第一幅是说心神超远，所处莫不旷达；第二幅是说神与境会，所得自会怡然；第三幅是说群物作息，所动皆循自然。三幅画面之后，诗人只是紧承第一幅，为自己的远世避喧之举自作解答；而将后两幅画面叠加起来，仅以"真意"、"忘言"许之，却不道破其中奥秘。清人蒋薰评此诗云"此心高旷，兴会自真，诗到佳处，只是语尽意不尽"①，的确深得其中三昧。

陶渊明的田园诗，还在诸种田园生活的现实景象基础上，提出了一个桃花源式的社会理想。这一方面把田园诗的表现对象升华到一个较高的理想境界，另一方面也为后代田园诗开创了此类题材的先河。

陶渊明笔下的桃花源，的确是一个乌托邦式的理想社会，但它也不是凭空而来的臆造，而是与诗人的归隐生活有着千丝万缕的联系。其一，桃花源的居民本身就是隐士或具有浓厚的隐士色彩。《桃花源诗》云："嬴氏乱天纪，贤者避其世。黄绮之商山，伊人亦云逝。"说明桃花源居民的先祖，就是像商山四皓那样避秦乱的隐士，至于他们自己，也是"问今是何世，乃不知有汉，无论魏晋"，过的是与世隔绝的隐士生活。所以如果说陶诗中出现了桃花源那样的农民，那么，这样的农民仍是作者眼中类似隐士的农民，而与现实中的农民存在着较大的差别。其二，桃花源中所表现的居民之间和睦怡然的人际关系，可以说是作者归隐生活中与邻里诗酒相召，谈笑无厌的

---

① 蒋薰评《陶渊明诗集》卷三，清同文山房刊本。

翻版，如前引《移居》二首其二所展现的景象即是。可见，桃花源的社会理想，是植根于诗人的，田园生活之中的，因而那些体现田园情趣的诗歌，共同参与了桃花源的社会理想的创造。

陶渊明的田园诗，在艺术语言上体现了古朴质直和清新淳美的统一。钟嵘《诗品》卷中说：

> （陶诗）文体省净，殆无长语；笃意真古，辞兴婉惬。每观其文，想其人德。世叹其质直，至如"欢言酌春酒"、"日暮天无云"，风华清靡，岂直为田家语耶！

陶诗的"质而实绮"、"癯而实腴"、"似淡而实美"，无疑主要体现在他的田园之作上。而以上艺术风貌，正是陶渊明有意识地运用古朴质直和清新淳美的艺术语言的必然结果。如"种豆南山下，草盛豆苗稀。晨兴理荒秽，带月荷锄归"（《归园田居》五首其三），既古朴又清新，既非田老又非隐士所能道。明人钟伯敬评此诗云："幽厚之气，有似乐府。储、王田园诗妙处出此。浩然非不近陶，而似不能为此一派，曰清而微逊其朴。"① 谭元春评此诗曰："高堂深居人动欲拟陶，陶此境此语，非老于田亩不知。"② 且不论孟浩然田园诗是否属陶一派，即以钟、谭二人对此诗的评论而言，还是十分有见地的。

总之，作为田园诗的开创者，陶渊明对后代田园诗的影响主要在于题材和风格两大方面；而陶渊明田园诗所走的偏重表现士人田园情趣的道路，则为清淡诗派的田园诗创作指明了发展的方向。

（二）

如同陶诗到了唐代才被肯定而有了响应者一样，两百多年后，田园诗这一题材渐渐拥有了越来越多的作者，最后在王孟等人手中蔚为大观。

在这个田园诗人从确立到成熟的发展过程中，初唐的王绩及其田园诗值得一提，因为这涉及田园诗的历史发展和王绩是否归入清淡诗派的问题。王绩（585～644），

---

① 钟伯敬，谭元春评选《古诗归》，明万历刊本。
② 钟伯敬，谭元春评选《古诗归》，明万历刊本。

字无功，在隋为六合县丞，为人简傲，酷好饮酒。隋末大乱，遂托病风，辞官还乡。唐武德初，以原官待诏门下省，他对弟弟王静说："待诏俸薄，况萧瑟。但良酝三升，差可恋耳。"（辛文房《唐才子传·王绩》）江国公听说此言，令人日给一斗，于是他就有了个"斗酒先生"的雅号。贞观初，以疾罢官，还乡隐居至终。与隐士仲长子光友善，结为邻曲，日与对酌。有奴婢数人，多种黍以为春秋酿酒之资；又种草药，养野鸭、大雁以自给。自号东皋子，虽有刺史拜谒，亦不出见。曾著《五斗先生传》《自撰墓志》。

从上述行事看，王绩在嗜酒和简傲两方面与陶渊明有些相近，其写《五斗先生传》《自撰墓志》，也显然是模仿陶渊明的《五柳先生传》和《自祭文》。但读读他的诗，特别是他的田园诗，就会知道，他只是把陶渊明作为魏晋名士之一员而在生活方式上加以模仿；除了陶渊明，在他的模仿对象中还有嵇康、阮籍等。他在《田家》三首其一中说：

> 阮籍生涯懒，嵇康意气疏。相逢一醉饱，独坐数行书。小池聊养鹤，闲田且牧猪。草生元亮径，花暗子云居。倚床看妇织，登垄课儿锄。回头寻仙事，并是一空虚。

此诗中，阮籍、嵇康的出现是作为诗人性情意气的定语，而陶潜、扬雄的出现则是作为诗人居住环境的修饰。诗人是借这些古代名士去肯定自己的田家生活，从而指出寻仙的虚妄。为此，他在《田家》三首其二中把陶渊明的桃花源移植到自己的田园生活中，使自己成为桃花源的亲身体验者：

> 家住箕山下，门枕颍川滨。不知今有汉，唯言昔避秦。琴伴前庭月，酒劝后园春。自得中林士，何忝上皇人。

他的田园诗，在描写田园生活琐事方面，显然比陶诗更加细腻、写实，如《食后》：

> 田家无所有，晚食遂为常。菜剪三秋绿，飧炊百日黄。胡麻山死魃样，楚豆野麇方。始暴松皮脯，新添杜若浆。葛花消酒毒，莫蒂发羹香。鼓腹聊乘兴，宁知逢

世昌。

不过，这些细腻写实的描写，却把陶诗中的田园生活景象世俗化、人间化了，因而也丧失了陶渊明田园诗所具有的思想深度和艺术品位。

《野望》是王绩的代表作，也是一首成功的田园诗：

> 东皋薄暮望，徒倚欲何依。树树皆秋色，山山唯落晖。牧人驱犊返，猎马带禽归。相顾无相识，长歌怀采薇。

此诗在勾勒出一幅山居晚秋图的同时，传达出诗人怅惘无着的感受，与上面一首的餍足自得形成鲜明对比，然而王绩诗的疏野放旷，虽受到了陶诗的影响，却与陶诗的清淡、真淳不可同日而语。清人贺裳《载酒园诗话又编》说："诗之乱头粗服而好者，千载一渊明耳。乐天效之，便仿俚俗，惟王无功差得其仿佛。陶、王之称，余尝欲以东皋代辋川。"把王绩划入陶家风范一派，甚至想以王绩取代王维的位置，可谓差矣。道理很简单，因为陶家风范绝非"乱头粗服而好"一语所能概括。倒是清人翁方纲在其《石洲诗话》卷一中的一段评语，比较符合实际情况："王无功以其真率疏浅之格，入初唐诸家中，如鸾凤群飞，忽逢野鹿，正是不可多得也。然非入唐之正脉。"前面是说王绩诗出现在当时宫廷诗和宫体诗占统治地位的情况下，给人以耳目一新之感；后面是说他的诗在当时和以后没有产生多大影响，以至王孟韦柳的田园诗还要在追摹陶诗的前提下，另起炉灶。换句话说，王绩诗虽然堪称田园诗发展过程中不可忽视的客观存在，但它并不是沿陶诗一脉发展下来的，因此，王绩不能归入清淡诗派。

张九龄的田园诗不多，原因是他的一生大部分在仕途奔波，只有开元四年（716）年秋到开元六年（718）春之间的一年多期间，因与宰相姚崇不协，以左拾遗秩满为辞，去官归养。以后累乞归养，终未获准。所以他的田园诗集中作于上述还乡闲居期间。

张九龄的田园诗，以抒发怀才不遇的牢骚不平和超凡脱俗的高标远引为主，可以举《林亭寓言》和《林亭咏》为代表。诗曰：

> 林居逢岁晏，遇物使情多。蘅茝不时与，芬荣奈汝何。更怜篱下菊，无如松

上萝。因依自有命，非是隔阳和。（《林亭寓言》）

穿筑非求丽，幽闲欲寄情。偶怀因壤石，真意在蓬瀛。苔益山文古，池添竹气清。从兹果萧散，无事亦无营。（《林亭咏》）

前一首诗中景物是写意化的，诗人借香草的不逢时和菊花位居篱下不如藤萝攀援松上，比喻自己节操高洁而位处卑下，而依附逢迎的人却居高位。后一首诗写景不多，却是实景。诗中交代了构筑林亭的缘起，描绘了亭馆的环境，抒发了诗人高标远引的情怀。这里虽然没有了陶诗中"暖暖远人村，依依墟里烟"那种村居景象，但充溢在诗中的隐逸情调，却是与陶诗一脉相承的。又如《溪行寄王震》：

山气朝来爽，溪流日向清。远心何处惬，闲棹此中行。丛桂林间待，群鸥水上迎。徒然适我愿，幽独为谁情。

此诗也是写田园生活中的所见所感，诗人把自己的淡远之心寄托在清新幽美的田园景物之上，流露出一种高洁幽独的田园情趣。

田园是与朝市相对而言的，一般指市郊或农村。在这样的地区构筑亭馆或卜居寺院精舍，是唐代诗人田园生活的特点。因此，田园生活中不一定要出现村居景象，但必定要以诗人在田园生活中的见闻感触为表现中心。而在山水诗高度发达的唐代，这种见闻感触一般是通过对田园景物的描摹，侧面地烘托出来的。所以在唐代的山水田园诗中，便出现了"山水与田园情趣合流"的特征。[①] 不难看出，这一特征在张九龄的田园诗中已初露端倪，因为倘若我们没有弄清上述诗的写作时间和诗人当时的行事，就几乎无法判断它们到底是山水诗还是田园诗。可以说在这一点上，张九龄和他的诗再度体现了从陶诗到唐诗的过渡意义。

孟浩然四十岁前一直在家乡隐居读书，有《田园作》《田家元日》二诗。这两首诗虽然涉及田园生活，但表现的却不是田园景物的清新静美，而是诗人意欲建功立业的志向和不同流俗的品格。前首诗中孟浩然还把自己说成羞于争食的高尚隐士；而在后一首诗中，他已流露出不堪忧农、意欲强仕的念头。因为此诗作于离乡应试前，故诗中"野老就耕去，荷锄随牧童。田家占气候，共说此年丰"几句，就不单单是对

① 参见曹道衡《也谈山水诗的发展》，《文学评论》1961年第2期；王国璎《中国山水诗研究》。

田园景物的描绘，而且寄托了诗人对应举成功的希望，具有某种象征意味。孟诗以一个场景表达诗人某种意绪的手段，显然比陶诗以人格化意象作为诗人意绪表达手段发展了一步；它没有脱离抒情写意之路，但其以情写神的表现方法，更具有唐代文学的时代特征。

开元十六年（728）春孟浩然落第还乡后，即有吴越、巴蜀、湘赣长达七八年的漫游，其间开元二十二年（734）至开元二十三年（735）有一年在家乡隐居，再就是开元二十六年（738）春以后自荆州幕府辞归还乡，两年后以布衣终此一生。孟浩然后半生隐居时间不长，却创作了大量的田园诗。其中一部分是在家乡作的，如《仲夏归南园寄京邑旧游》《涧南园即事贻皎上人》《采樵作》《东陂遇雨率尔贻谢南池》《闲园怀苏子》等；另一部分是漫游期间寻访故人田园别墅所作，如《过故人庄》《冬至后过吴张二子檀溪别业》《夏日浮舟过陈腾人别业》《寻菊花谭主人不遇》等；还有一部分是写田园景象和田园情趣，但时间和地点不确定，如《夏日南亭怀辛大》《晚春》《春晓》等。

在孟浩然的田园诗中，一类是直接抒发自己在田园生活中的复杂意绪，如前文提到过的《仲夏归南园寄京邑旧游》。诗中由隐到仕，再由仕到隐的思想脉络可谓一波三折，颇为典型地反映了封建士人在出处进退方面的矛盾心态，在主题上也与陶诗一脉相承。

孟浩然的另一类田园诗，是通过对田园景象的描摹，表现自己与所处环境的和谐默契以及闲适幽独之情。前者如著名的《过故人庄》，虽然是被邀做客，但在这幅"绿树村边合，青山郭外斜。开轩面场圃，把酒话桑麻"的田家宴乐图中，诗人与主人显然是友情相惬，且与田园美景浑成无间。此诗在语气和胸襟仪态上酷似陶诗。《夏日南亭怀辛大》展示了另一幅图景：

> 山光忽西落，池月渐东上。散发乘夕凉，开轩卧闲敞。荷风送香气，竹露滴清响。欲取鸣琴弹，恨无知音赏。感此怀故人，中宵劳梦想。

此诗前半是写闲适，后半是写幽独，明白如话，淡而有味。

孟浩然的《春晓》，则属于他的田园诗的第三种类型。此诗在短短4句20字的篇幅中，集中体现了诗人对春天、对自然的某种近乎禅悟的感受。如果说"中年废丘壑，上国旅风尘"的诗人在仕途奔波中，对俗语"难得浮生半日闲"的肯定有切身的体会，那么，当诗人一旦回归阔别的田园，在一夜酣睡后，聆听春晓时分巧鸟鸣啭，回忆夜半耳中风雨之声，遥想花落又花开，无疑会感觉到大自然的生命律动，从而顿悟万事万物均须合乎自然的真谛。实际上，这也是对他田园丘壑生涯的一种自我肯定。古来隐士逸人无不投身自然怀抱，大自然对于他们来说，具有比德和悟道的意义；这就是说，在他们与自然达到和谐默契后，就可以产生某种自我肯定的感受。陶渊明是把这种感受明白如话地表达出来，"久在樊笼里，复得返自然"自不必说，即使是"采菊东篱下，悠然见南山"，仅"悠然"二字就把那种自由超脱揭示无遗。孟浩然的《春晓》则不然。它是利用近乎禅悟的方式，把这种自我肯定的感受，通过对自然生命律动的点染，逐渐渗透、流露出来；情、景、理齐头并进，到"花落知多少"达到高度的和谐统一。这种情、景、理高度和谐统一的田园诗，是孟浩然的贡献。

王维在其亦官亦隐的一生中，写下了大量的田园诗，"山水与田园情趣合流"的唐代山水诗特征，曾被认为是在他手里完成的。[①] 既然他的山水诗中蕴含着田园情趣，那么他的田园诗也一定融会了大量的山水成分。诚然，田园诗中没有田园景象的描绘是不可想象的，即使是陶渊明以写意为主的田园诗，也经常出现"蔼蔼堂前林，中夏贮清阴。凯风因时来，回飙开我襟"（《和郭主簿》二首其一）一类的诗句。但正因为是以写意为主，缺乏对物象声色的描摹刻画，所以尚未形成完整的意境。孟浩然追摹陶诗，虽有一定的声色刻画，但并未做到巧构形似。在田园诗的发展史上，王维是第一位自觉地以巧构形似之言去创造完整的艺术意境，从而传达田园情趣的诗人。这就是王维给田园诗带来的新风貌。

如《辋川闲居赠裴秀才迪》：

> 寒山转苍翠，秋水日潺湲。倚杖柴门外，临风听暮蝉。渡头余落日，墟里上孤烟。复值接舆醉，狂歌五柳前。

此诗摹写田园秋景，先写远处寒山秋水，次写近处倚杖临风的诗人，再写村边渡头余晖、村中袅袅炊烟，最后是裴迪在庄前醉酒狂歌。诗中无一字写田园情趣，而田园情趣却透过这一幕幕如画的景象扑面而来。又如《山居即事》：

---

① 参见曹道衡《也谈山水诗的发展》，《文学评论》1961 年第 2 期；王国璎《中国山水诗研究》。

寂寞掩柴扉，苍茫对落晖。鹤巢松树遍，人访荜门稀。绿竹含新粉，红莲落故衣。渡头烟火起，处处采菱归。

也是通过对幽寂静美意境的创造，去传达诗人在田园生活中那一份恬淡、闲适而又略感孤寂的心情。

田园诗未必就是农事诗或农村诗，但由于田园一般地处市郊或农村，自然难免涉及农事活动和农村风光。陶渊明是第一位亲身参加农业劳动的田园诗人，他对劳动的甘苦有着一般士人不曾有过的体会。因此，他的田园诗往往通过对农事活动、对于农民的交往以及农村风光的描绘，表现自己的种种感悟。而陶渊明以后的田园诗人，大多数不参加农业劳动，因而也少有陶渊明的那一份对农村风光和农事活动的亲情。他们往往把目光转向村居景象之外的自然风物，从中寻找自己对田园生活的体认。这样，农事活动和农村风光就从田园诗的表现中心，退居到田园生活的陪衬地位。如王维的《淇上即事田园》：“屏居淇水上，东野旷无山。日隐桑柘外，河明闾井间。牧童望村去，猎犬随人还。静者亦何事，荆扉乘昼关。”桑柘、闾井只能说是普通人家景象，牧童、猎犬倒是典型的田园意象了，但是随之出现的静者即诗人，却与牧童、猎犬一日的劳作无相通之处，他只是趁着天未黑，早早地关上柴扉，继续过他的幽居生活了事。这样的诗，与其说是咏田园，不如说是咏隐居；而这样的诗，在上面所举的诗例中，占了绝大的比重。所以，唐代以后的田园诗，特别是清淡诗派成员笔下的田园诗，已经向隐逸诗靠拢，或者甚至分化出隐逸诗一派。①

储光羲也是唐代重要的田园诗人，他的田园诗有两种类型，一种以农村风光和农事活动为主要表现对象。这类作品在题材上继承了陶诗传统。诗人也参加了一些劳动，但毕竟没有陶渊明那样志在畎亩，把劳动升华到“人生归有道，衣食固其端”的高度，也没有像陶渊明那样的胸襟坦荡，感到“衣食当须纪，力耕不吾欺”的骄傲与自豪；他更多地是站在局外人的角度，去写农人的活动，体会他们的甘苦。在他的这类作品里，人们看不到陶诗中“晨兴理荒秽，带月荷锄归”的自我形象，更看不到“种豆南山下，草盛豆苗稀”那样可笑而又可叹的场景；看到的只是“浦叶日

---

① 即以桃花源为题材的作品为例，王维的《桃源行》写的近乎神仙境界；常建的《空灵山应田叟》写的是隐士聚居的又一处“桃花源”；梅尧臣的《桃花源诗并序》是应邀而作，写的虽是武陵源，但在他的想象中，这也是一个隐士的乐园；而王士禛的《自米堆山下行至上阳村钱家㘭望湖中渔洋法华诸山》对太湖人家类似隐逸的居处环境，干脆直言“虽非角里侪，颇谓桃源比”。

已长，荇花日已滋。老农要看此，贵不违天时。迎晨起饭牛，双驾耕东菑。蚯蚓土中出，田乌随我飞"（《田家即事》）这种富于生活气息的农耕场面，以及"仲夏日中时，草木看欲燋。田家惜工力，把锄来东皋。顾望浮云阴，往往误伤苗"（《同王十三维偶然作》十首其一）这种表现农家盼雨心情的细节。他的这类田园诗，已由陶诗中的自我中心变为农家中心，这就为中唐以后那些反映农民疾苦的"田家"诗拓宽了道路。

储光羲的另一类田园诗，其实是借田园题材托兴，寄寓自己仕途失意的种种感慨。[①] 他继承了魏晋以来咏怀诗比喻和对比的艺术传统，与田园诗的表现艺术相结合，为田园诗另辟蹊径。如以民歌形式写的《渔父词》《樵夫词》《牧童词》分别以打鱼、采樵、放牧的不同劳动特点以及渔夫、樵夫、牧童的不同经历，去比况自己在仕途或隐居中的种种处境。又如《同王十三维偶然作》十首其五，前半写田家贫寒朴素的生活，后半写富贵人家车马出游的铺张显赫场面，最后以一个采樵人对后者的讥笑结束，在贫富对比和旁观者的态度里，寄寓自己的褒贬，并以此加强对田园生活的自我肯定。

常建"沦于一尉"，仕不如意，便放浪琴酒，隐于深山，后寓居于鄂渚。在其以隐逸和寺院题材为主的诗歌创作中，田园景象只是他隐逸生活的陪衬，是他借以表达官场龌龊和仕途险恶思想的手段之一。所以，他的田园诗与隐逸诗几乎无大分别，如《鄂渚招王昌龄张偾》《渔浦》《空灵山应田叟》等，诗中人物不是隐居中的诗人自己，就是披着渔翁、野老外衣的隐士。

中唐韦应物、柳宗元继承了前辈创作田园诗的艺术传统，又赋予它以新的时代色彩。一方面，他们记述了自己的田园生活，对村居景象和农事活动也有较多的描绘，如韦应物的《答畅校书当》《种瓜》，柳宗元的《首春逢耕者》《溪居》。其中《种瓜》十分详细地介绍了诗人自己学习种瓜而未获成功，终于转向"且读古人书"的过程；让人感到诗人虽然没有像陶渊明那样把躬耕当作立身之本，但他对田园以至农事的亲情，并不亚于他所效仿的靖节先生。另一方面，他们的作品也全面地反映了自己在田园生活中的所作所为、所思所想，以及对田园生活的深刻体认。后者往往是通过官场和田园的对比来表达的，写作时间往往是在出仕期间。韦应物的《园林晏起寄昭应韩明府卢主簿》，如不读"束带理官府，简牍盈目前"两句，根本看不出这是

---

① 参见葛晓音《储光羲和他的田园诗》，《汉唐文学的嬗变》。

出自一个仕宦之人之手。与其说这是把仕宦生活田园化了，不妨说这是诗人的田园情趣在仕宦生活中的投射。柳宗元的《溪居》也是如此：

> 久为簪组累，幸此南夷谪。闲依农圃邻，偶似山林客。晓耕翻露草，夜榜响溪石。来往不逢人，长歌楚天碧。

尽管此时诗人卜居冉溪，但他的身份仍是永州司马。诗中"累"、"幸"二字分别表示了他对官场和田园的态度，而"闲"、"偶"二字又反映了他在类似田园生活中的闲适和孤傲。与陶渊明那些表现对田园的向往之情的行役诗相比，韦柳的上述作品显然更富于田园意味。这种行役与田园共咏的作品，无疑反映了中唐士人对时世不即不离的社会心理。

不过，与上述两类田园诗相比，韦柳那些直接反映农村社会状况和农民疾苦的作品，显然更具有时代色彩，如韦应物的《观田家》、柳宗元的《田家》三首。在这些作品中，诗人不再吟唱舒缓恬静的田园牧歌，也不再借对田园景象的描绘表现自己的种种感悟，而是把笔锋直接指向中唐以后满目疮痍的社会现实。这是天宝以来正视现实、抨击黑暗诗歌主题的具体体现和进一步发展。虽然这一主题到了元稹、白居易那里才唱出了最强音，但韦柳此类作品的存在和中介作用，无疑是不可忽视的。[①] 韦应物的《观田家》，前半是田家耕作场面的描写，后半关于农民疾苦和作者同情的内容一经出现，便立刻上升为作品的主旋律。像"饥劬不自苦，膏泽且为喜。仓廪无宿储，徭役犹未已。方惭不耕者，禄食出闾里"一类诗句，读过白居易讽喻诗的人，一定会觉得似曾相识；岂不知韦应物有诗在先，而且白居易还曾对其兴讽之作大加颂赞，断言韦诗虽不著称于当时，但必定扬名于身后！[②] 柳宗元的《田家》三首，表达了诗人对农民"世世还复然"的苦难生活的同情。此组诗其一便提出了农民命运的问题，其二形象地勾勒了一个横行肆虐的里胥的嘴脸，其三通过少丰之年只能以馆粥待客的亲历之事，暗示出荒年农家的艰难。这三首诗与杜甫"即事名篇"的讽喻之作显然有某些相通之处。可以说，韦柳的《观田家》和《田家》三首，为传统的田园诗增添了新的题材和表现内容，同时也为清淡诗风的风雅内涵注入了有益的成分。

---

① 参见拙文《韦柳诗歌与中唐诗变》，《学术论坛》1990 年第 5 期。
② 白居易：《与元九书》。

（三）

这种以表现农民疾苦和作者同情为主的田园诗，在中唐新乐府运动中得到极大的发展，一直跨越晚唐，经聂夷中、杜荀鹤等人再度发扬，其影响远达宋代以后。梅尧臣在任河南县主簿时，就作有《田家》《观理稼》。前者按四时分别叙述不同季节的农事活动，泥土气息十分浓厚，如"夏时"：

> 草木绕篱盛，田园向郭斜。去锄南山豆，归灌东园瓜。白水照茅屋，清风生稻花。前陂日已晚，聒聒竞鸣蛙。

写到冬季，"今朝田事毕，野老立门前。拊颈望飞鸟，负暄话余年"四句，尚很像是升平熙和的田园牧歌；然而下面笔调陡然转为"自从备丁壮，及此常苦煎。卒岁岂堪念，鹑衣著更穿"，反映出诗人的清醒意识以及对农民的同情。《观理稼》则直接描写农民劳作的艰辛和他们食不果腹的生活状况，最后"吾无力耕苦，谬读古人书"二句，则是再次强调农家力耕之苦，同时对自己不劳而获、只读读圣贤书的闲适生活提出了否定式的疑问。这种思想感情，在景祐三年（1036）诗人知建德县时写的《田家》和康定元年（1040）知襄城县时写的《田家语》中有了更进一步的发展。如《田家语》在记录了田家一番哀苦之言后说："我闻诚所惭，徒尔叨君禄。却咏归去来，刈薪向深谷。"

当然，梅尧臣的田园诗也少不了士人逸趣的传达。如皇祐六年（1054）在家乡宣城丁母忧时写的《早春田行》《闲居》，表达了诗人对充满了牧歌情调的家园的热爱，抒发了在田园生活中休闲自得的感受和恬淡超然的情怀。《闲居》是这样写的：

> 读《易》忘饥倦，东窗尽日开。庭花昏自敛，野蝶昼还来。漫数过篱笋，遥窥隔叶梅。唯愁车马入，门外起尘埃。

景祐四年（1037）知建德县时写的《山村行》，则把诗人任内下乡所见，描绘成一幅美妙的田园图画：

> 征马去不息，幽禽随处闻。深源树蓊郁，曲坞花芬菖。澹澹平田水，蒙蒙半

岭云。长鬟弄春女，溪上自澜裙。

与他的《田家语》一类诗不同，此诗是从审美的角度而不是从社会的角度去观察和体味田园，因而得到的是另一种景象，所展示的也是诗人精神世界中所固有的另一份逸趣闲情。

梅尧臣之后，田园诗在陆游、杨万里、范成大等人那里，得到了长足的发展。陆游晚年隐退山阴后，诗风由雄奇转为闲淡，这是由于他写了许多关于村居生活和闲适心情的诗而使然。如《游山西村》《秋郊有怀》《蔬食》《东村》《记老农语》《春晚记事》等，其中《游山西村》在题材和结构方式上，明显地具有继承和发展孟浩然《过故人庄》的痕迹。但一如其他题材的诗作一样，陆游也把他的爱国爱民情怀和高洁品格寄寓在其田园诗中，所以这一类诗仍具有陆游诗歌的本色。杨万里的"诚斋体"风格反映在他的《插秧歌》《南溪早春》等田园诗中，就是活泼、清新、明快、诙谐，这是田园诗向民歌学习的新成果。范成大晚年隐居后，大量写作田园诗，其中《四时田园杂兴》共六十首，全面展现农民生活劳动状况和他们的苦乐心境，可以看作是梅尧臣《田家》（四时）的延续和壮大。的确，以大型组诗的规模写田园题材，特别是农村景象，在此前还是不曾出现过的，但由此仍可以看出清淡诗派在田园诗发展史上的重要地位和深远影响。

明代拟古主义文风盛行，诗歌成就不高，亦无著名的田园诗和田园诗人；清初文风在明前后七子之后，又产生了轻率和艰涩两个弊端，这就是刚刚走上诗坛的王士祯面临的现状。不过，由于他富于超越精神的审美眼光，以及他的亲历目见，他在田园诗创作方面还是取得了一些值得肯定的成就。

对于王士祯这样一个仕途顺畅并在文坛享有极高地位的士大夫来说，《复雨》《蚕租行》《春不雨》等诗的写作，无疑是十分可贵的。在这些诗中，人们再次看到了韦柳元白等人直面现实的执着精神，而且在写法和风格上也有继承发展上述诗人反映农民疾苦之作的痕迹。《复雨》作于顺治十三年（1656）夏。时值荒年，复苦淫雨、飞蝗之害，朝廷不断下诏赈济，但多被强盗所劫，百姓背井离乡，流离失所。诗中有云："天南干戈未宁息，男罢农耕女废织"，"长官鞭扑那敢避，努力公家输酒浆"，反映了荒年中农民生活的艰难，也表现了诗人忧时悯世的胸怀。《春不雨》则是写次年春季的旱灾，通过田家父老对农时不利的申诉，引发出作者的深重喟叹。在篇章结构上，《春不雨》和《复雨》都采用了景一事一情逐次递进的布局，突破了以往田园诗即景抒情的传统格局，但在诗的语言和风格上，仍保留着田园诗质朴、明晰的本色。《蚕租行》十解是王士祯贡献给田园诗园地的新题材，该诗序云：“丁酉夏，有民家养蚕，质衣钏鬻桑，而催租急，遂缢死。其夫归见之，亦缢。王子感焉，作是诗也。”这是发生在封建时代无数个平常而又惊心动魄的故事之一，被诗人采撷到以后，以十首的篇幅，按事件发生的缘起、冲突、高潮、结局逐步展开有声有色的描述，在体制上与叙事诗无异。诗中运用了对话形式，把里正的凶悍苛刻和蚕妇的善良脆弱，十分传神地表现了出来。

王士祯对江南和齐地养蚕之事十分稔熟，曾有《蚕词》四首和《山蚕词》叙写养蚕劳动。《蚕词》四首模仿民歌形式，如其一：“青青桑叶映回塘，三月红蚕欲暖房。相约明朝南陌去，背人先祭马头娘。”《山蚕词》的创作如渔洋自序所说，乃以“大司农益都孙公作《山蚕说》，其词最古雅，因广其意，为《山蚕词》”。可见，广古雅之意是此诗的主要目的。此诗也有四首，其二云：“那问蚕衣更火箱，春山到处是蚕房。槲林正绿椒园碧，闲却猗猗陌上桑。”不管是模仿民歌还是广古雅之意，王士祯的这类田园诗，都表现了一个在儒家正统思想熏陶下成长起来的正直文人对农民生活的关怀和同情。

当然，王士祯不是，也不可能是杜甫或元白。在他的田园诗中，更多的篇章还是以传达封建士大夫特有的闲情逸趣或隐逸情调为中心。如《徂徕山下田家》《西堂甘橘初熟招东痴》二首、《忆山居示儿子》《峄山即事》《忆西城别墅》等。像《徂徕山下田家》这样以描写田家风物为主的诗，也要在“行行空翠里，明晦更多姿。碧树通村路，青山向岳祠。林深鸡犬静，雨足陇苗滋”之后，加上两句“他日龟阴稼，躬耕亦不迟”，仿佛是在为自己日后退隐寻觅一处环境清幽的所在。至于《西堂甘橘初熟招东痴》二首，更是直接叙写闲适恬淡的田园情趣，其二云：

楚颂吟来忆左徒，酒床新漉待招呼。田园别后春芜长，欲买青山种木奴。

《忆山居示儿子》则把故园山居描写成一幅美丽的山水画卷：

堂静看归燕，村深报午鸡。松花开细雨，笋竹并春泥。涧道水兼石，山田高复低。休惭令孤子，黾勉把锄犁。

此诗充分体现了王士禛对田园生活的向往和肯定，所以他在末二句勉励其子努力耕作，不要羡慕那些浮华之辈。

综上所述，清淡诗派在田园诗发展史上的地位和影响，无疑是不容低估的。这种地位和影响，不仅仅体现在清淡诗派的始祖陶渊明开创了田园诗及其表现士人情趣的传统；而且在于清淡诗派的其他成员在继承传统的同时，不断拓宽田园诗的发展道路，努力表现新的时代内容。可以说，农民生活和士人情趣作为田园诗的两大主题，都与清淡诗风的特征有关。简言之，就是它们作为讽喻兴寄的"风"和风流雅韵的"雅"的具体体现，共同参与了清淡诗风风雅特征的创造。

三 咏史诗：述古颂赞与托古咏怀

咏史诗是中国古典诗歌中源远流长的诗歌种类之一，也是一种比较特殊的诗歌题材。有人曾给咏史诗下过这样的定义："在中国古典诗歌中，凡是以某一（或某几个）历史人物或事件作为题材，对之进行歌颂、评价，藉以抒泄感情、发表见解的诗歌，皆可称为咏史诗。"① 对此，似乎应做适当补充。从吟咏对象着眼，咏史诗的形式特征可以归纳为以下几点：（1）吟咏对象明确，或为历史人物、历史事件，或为神话传说中的人、神及其事迹。由于中国史前神话多已被儒家有意识地历史化了，因此对以这些题材为对象，其作意与游仙迥然有别者，亦应视其实际情况而归入咏史诗。（2）吟咏对象的含义明确。一般说来，它们或者为某种行为准则的代表，或者是某种精神的象征，如伯夷、叔齐不食周粟，采薇于首阳山下；长沮、桀溺摈斥仕途，耦耕于田中等。（3）吟咏对象与诗人本身有某种程度的联系，或者可以成为诗人感情的寄托所在，或者可以通过对它们的歌咏表达诗人的某种意愿或意见等。

应该说，咏史诗在清淡诗派的创作中，其重要性远逊于山水田园诗；而且就清淡诗风的影响来说，也主要在于山水田园诗领域。不过，咏史诗也是清淡诗派创作中的一类代表作，这些作品以其咏史与抒怀、田园相结合的特征，与传统咏史诗述古颂赞的体式形成对照，并共同构成了咏史诗的创作传统，对咏史诗的发展起了一定的积极

---

① 陈文华：《论中晚唐咏史诗的三大体式》，《文学遗产》1989 年第 5 期。

作用；而由于咏史诗也参与了清淡诗派的作品构成，其对清淡诗风总体特征（特别是古雅的一面）的影响显然也是不可低估的。

（一）

咏史诗是陶渊明的一类重要代表作品。[①] 在陶诗中，咏史诗约有 30 余首，几乎占全部诗作的三分之一，如果再算上与咏史相关的其他韵文（如《读史述九章》《扇上画赞》），则数量和比重更为可观。

陶渊明咏史诗中经常出现的三大主题是思古、伤逝和固穷。前两个主题在其他作品中已表达得比较充分，如"遥遥望白云，怀古一何深"（《和郭主簿》二首其一），"自古皆有没，念之中心焦"（《己酉岁九月九日》）；而在咏史诗中，则由于思古和伤逝的情调大多有具体的指向，因而其表现程度遂显得较为含蓄和冲淡。如《咏荆轲》对那个曾经有可能改变历史进程的侠士，只是感慨道："其人虽已没，千载有余情。"至于固穷主题，在陶诗特别是咏史诗中是一以贯之的。"固穷"语出《论语·卫灵公》"君子固穷，小人穷斯滥矣"。意为甘守穷困，不失节操。陶诗《癸卯岁十二月中作与从弟敬远》、《饮酒》二十首其十六等即为此类创作。

陶渊明咏史诗的吟咏对象中，最常出现的一类是贞志不休、安道苦节的贫士，其中诗人志趣所宗者是受厄于陈蔡的孔子、耕稼陶渔的虞舜；供他去取者是圣门诸高足颜回、子路、原宪、子贡；可以与他比并者是草野诸高士荣启期、黔娄、袁安、张仲蔚；在现实生活中可以效法的是去官之阮公、辞史之子廉。另一类是报国济民的贤士与勇士。他们是功成自去的"二疏"，从主而死的"三良"以及视死如归的荆轲。第三类是不安于命运的摆布而勇于反抗的斗士。这一类多神人异物，如逐日的夸父、填海的精卫、舞干戚的刑天等。此外还有一类是邈邈然凌驾于人世间的仙人，如王母、羲和等。从这几类吟咏对象在诗中所处的地位来看，贫士形象最为重要，也最为突出，可以构成一个形象系列，其次是第二、第三类。

魏晋士人崇尚自然、希慕率性认真，而对自然的理解以及实践自然之道的方式却有不同。陶诗《形影神》即提出了三种不同的理解和实践运行方式。"形"主张及时行乐、纵饮遣情；"影"主张行善立功、积德留名；"神"则主张纵浪大化、听任自

---

① 参见拙文《论陶渊明的咏史诗及其特征》，《江西社会科学》1990 年第 3 期。

然。这三个方面，反映了陶渊明人生观各个侧面的冲突和调和。前两种方式在陶诗中的体现比较突出、明确，这就是上文所说的思古与伤逝。因生不逢时、功名难就而怅恨不平，便要抒发"日月掷人去，有志不获骋。念此怀悲凄，终晓不能静"（《杂诗》十二首其二）的伤逝悲怀；同时俯仰古今，又强化了"愚生三季后，慨然念黄虞"（《赠羊长史》）的思古悠想。此种咏史诗的吟咏对象，往往是古代功成留名的圣贤以及不安于命运摆布的斗士。至于第三种方式，看起来比较抽象、玄虚；但是，联系陶诗的固穷主题，特别是咏史诗中的此类创作，便会明白，陶渊明所说的纵浪大化、听任自然，主要是靠固穷去实现的——固穷与大化自然在某种程度上是重合的。这就意味着第三种方式主要与固穷主题相对应，其咏史诗的吟咏对象主要是安道苦节的贫士。当然，在诗人确立固穷之志的过程中，思古和伤逝的情调，贤士和斗士的形象，也往往会不期而至，夹杂其间，共同完成这一心路历程的艰难跋涉。

值得注意的是，陶渊明的咏史诗大多作于归隐期间：《咏贫士》《读山海经》写于晚年；《拟古》是在咏史的同时追想反省自己的一生，当作于弃职返里之后；《癸卯岁始春怀古田舍》及《癸卯岁十二月中作与从弟敬远》写于家居服母丧期间；《饮酒》成于"闲居""寡饮"之时；《咏二疏》《咏三良》《咏荆轲》则为晋亡以后所作。按理来说，归隐的陶渊明及其诗该是相当冲和乃至于"浑身静穆"了，然而事实并非如此：以他的咏史诗来说，不仅有激昂慷慨的"金刚怒目"式，而且更多的还有充满了矛盾的"一心处两端"式；吟咏对象除前贤隐士外，还有勇于反抗命运的斗士，即使在前贤隐士中，也有许多是有了一番作为后才归隐的；其诗也并非一味恬淡，而是在恬淡中时而露出不安、不平、无可奈何以至于悲愤来。这种种感情曲线，生动地勾画出了陶渊明确立固穷之志的心路历程。

《癸卯岁十二月中作与从弟敬远》诗云："平津苟不由，栖迟讵为拙？"平津即指仕途。而仕途艰难还不是陶渊明归隐的根本原因，《癸卯岁始春怀古田舍》二首其二道出了个中奥秘："先师有遗训，忧道不忧贫。"也就是说，他的固穷，是秉承先哲遗训，是维护"道义"的举动。然而，由于他的内心经常充满着穷通出处、贫穷贵贱的矛盾冲突，最终他是在固穷中悟出了自然之道，所谓"虽留身后名，一生亦枯槁。死去何所知，称心固为好"（《饮酒》二十首其十一），"介焉安其业，所乐非穷通"（《咏贫士》七首其六）。他把穷通都置之度外，而选择了称心，即纵浪大化，任性自然。

陶渊明咏史诗中思古、伤逝、固穷之间的演进，是一个双向的过程。由思古、伤逝而至固穷，结果是"谬得固穷节"；而因固穷却难逢知音，又转入思古、伤逝，结果便是"黄唐莫逮，慨独在余"。但无论怎样，发思古之悠想，抒伤逝之悲怀，明固穷之志节，始终是回荡在陶渊明咏史诗中的主旋律。

陶渊明的咏史诗，是他亦耕亦读的田园生活的一种反映。他沉浸在思古之悠想中，抒发着伤逝的情怀，坚定着固穷的志节。这类诗与他带月荷锄、晨兴理秽，望着南风吹拂田中的新苗而写下的田园诗一样的自然、真切。陶渊明的咏史诗带有田园气息，进而更带有诗人独特的气息，从而构成了陶诗独特的艺术思维方式以及陶诗深厚历史感的重要内涵。咏史诗发于东汉的班固，他的《咏史》诗，多是隐括本传，质木无文，属于述古颂赞体式。西晋左思将咏史与述怀相结合，在史、论组合方面显示出了高超的技巧。而陶渊明的咏史诗，则在此基础上更把咏史与田园相结合，将其引入浑然的境界，并使之闪烁着一种人格光辉。

清人邱嘉穗论《咏贫士》七首云："……皆不过借古人事作一影子说起，便为设身处地，以自己身份推见古人心事，使人读之若咏古人，又若咏自己，不可得分。"①苏轼《东坡题跋》卷三《书渊明东坡有一士诗后》云："此东方一士，正渊明也，不知从之游者谁乎？若了得此一段，我即渊明，渊明即我也。"又明人黄文焕论《读山海经》十三首，以为"以乐起，以悲结，有意于布置"，"结乃旁及论史，有意于隐藏"，"因读经，生肆恶放士之叹……有意于穿插"。②这三段评论说明：(1)陶渊明的咏史诗是"字字为自己写照"，物我不分，而且诗中有诗人的自我形象在；(2)诗人的自我形象，往往能够被读者所认同，甚至达到"渊明即我，我即渊明"的程度；(3)陶渊明的咏史诗往往能够自成系列，在结构上巧于安排。这三点可视为陶渊明对咏史诗的独特贡献。

值得一提的是，陶渊明借古人事托古述怀，反映自己田园生活的咏史诗特征，使得他本人也成为后人咏史诗吟咏对象的一员。后代诗人特别是清淡派诗人把他当作某种人格理想和田园情趣的象征，这是咏史诗发展史上的一个引人注目的独特现象。

(二)

陶渊明的唐代追随者基本上走的是托古述怀一路，只不过受时代风气的影响，他

---

① 《山东草堂陶诗笺》卷四，清乾隆邱步洲重校刊本。

② 《陶元亮诗析义》卷四，明崇祯刊本。

们的咏史诗更注重抒情性和描写性。这就是说，把吟咏对象放在一个特殊的抒情氛围里（如凭吊怀古、田园遐想），通过对有关史事或情境的描述，去表现诗人跨越历史的体验和感悟。如开元二十五年（737）张九龄在荆州任上作过一首诗，诗题仿佛一篇小序，从中不难看出此诗的写作特点。题曰：《郢城西北有大古冢数十，观其封域，多是楚时诸王，而年代久远，不复可识。唯直西有樊妃冢，因后人为植松柏，故行路尽知之》。可见此诗是张九龄游观至郢，凭吊樊妃所作。诗中有对古冢周围环境的描写："蘋藻生南涧，蕙兰秀中林。嘉名有所在，芳气无幽深。""牢落山川意，萧疏松柏阴。破墙时直上，荒径或斜侵。"两段文字中，前段为比兴，用来引起所咏樊妃之事；后段为实景，表现时光的流逝。两段描写的中间，是对所咏之事的概括："楚子初逞志，樊妃尝献箴。能令更择士，非直罢从禽。"接下来是对所咏对象的赞语："旧国皆湮灭，先王亦莫寻。唯传贤媛陇，犹结后人心。"然后紧承上述那段实景描写的，是诗人的感慨，表现出对楚樊妃的敬佩和哀悼："惠问终不绝，风流独至今。千春思窈窕，黄鸟复哀音。"全诗共二十句，环境描写占了八句，凭吊怀古占了八句，而对古事的概括仅占四句。又如孟浩然的《岘坐呈山南诸隐》一诗，假若对其中所咏人物晋代习凿齿及其事迹不了解，简直就看不出咏史的痕迹：对古人故事的概括在这里几乎被压缩为零，而充斥全诗的则是对于古迹环境的描写以及诗人的即事述怀：

> 习公有遗坐，高在白云陲。樵子不见识，山僧赏自知。以余为好事，携手一来窥。竹露闲夜滴，松风清昼吹。从来抱微尚，况复感前规。于此无奇策，苍生奚以为？

韦应物的《与村老对饮》虽称不上纯粹的咏史诗，但那如梦似幻的追忆，以及伤逝和无奈的情怀，显然与陶渊明那些以思古和伤逝为主题的咏史诗一脉相承。此诗完全是一种情调的展现，其抒情性因而也就更强：

> 鬓眉雪色犹嗜酒，言辞淳朴古人风。乡村年少生离乱，见话先朝如梦中。

这种托古咏怀的咏史诗虽然是从述古颂赞的咏史诗脱胎而来的，却也与它并行不悖；而后者更派生出借古讽今的咏史诗和以议论史事为主的论体咏史诗。两种派生类型咏史诗的出现，标志着这一独特诗歌题材的趋于丰满和成熟。这两种咏史诗，在清淡诗派其他成员的作品中也有所体现。

王维的《偶然作》六首其五是借古讽今之作："赵女弹箜篌，复能邯郸舞。夫婿轻薄儿，斗鸡事齐主。黄金买歌笑，用钱不复数。许史相经过，高门盈四牡。客舍有儒生，昂藏出邹鲁。读书三十年，腰下无尺组。被服圣人教，一生自穷苦。"此诗前半写斗鸡走马之徒的豪奢骄纵，后半写苦读诗书的儒生的寒伧穷苦。表面上看是吟咏史事，实则暗含唐玄宗朝时事：玄宗好斗鸡，使得一些鸡鸣狗盗之徒如王准、贾昌等得志逞狂；而那些按部就班地走科举之途的儒生，相形之下则很凄惨，如孟浩然就是一个"读书三十载，腰下无尺组"的老儒生。

王士祯的《怀古诗》三篇和《读史杂感》八首属于论体咏史诗。论体咏史诗大量出现于宋代，如王安石、苏轼、陆游的咏史诗，都以议论史事、表现作者的史识为主，梅尧臣的《读汉书梅子真转》也属此类。《怀古诗序》云："怀古，思古人也。生不同时，旷世相感，千里而外，百代之下，犹同一室，矧生其里闬者乎?"可见，这是一种超越时间长河的历史情感。从另一角度说，正是这种情感，使得清淡诗人们达到彼此之间的相互认同，成为贯穿于清淡诗风中的一条无形的纽带。

总之，虽然咏史诗的各种类型在清淡派成员的作品中都有所反映，但是就主流和总貌来讲，仍是表现在田园生活中的思古、伤逝、出处主题。这一咏史诗特征，由陶渊明所开创，而为他的追随者不断继承光大，从而在述古颂赞的咏史诗之外，又构成了咏史诗的一个悠久绵长的艺术传统。

审美心态与艺术精神

以上分别从社会、心理、风格和题材的角度，具体考察了清淡诗风与清淡诗派的形成过程及其文学特征。从中不难发现，作为一种悠久绵长的文学风格和诗歌流派，清淡诗风本身蕴涵着丰富的美学内容，而这种美学内容又与最具东方传统文化特征的中国艺术精神有着某种程度的联系。那么，从审美心态着眼，这些美学内容具有哪些特征？从美学史的角度看，清淡诗风与中国艺术精神的联系究竟如何？这些问题无疑值得进一步地探讨。

一　创作主体：趋同与创异

对于每一个创作主体来说，都面临着趋同与创异的问题，清淡诗派也不例外。趋同是趋所处时代美学思潮之同，其目的是让自己的作品为本时代的接受主体所认同；创异是创超时代的美学趣味之异，其用意是使自己的作品具备区别于他人的个性特征。就清淡诗派而言，趋同与创异，还有一个学古与通变的问题。对此问题，前文已略有涉及故这里不做重点讨论。

下面让我们把目光投向清淡派成员对本时代文学思潮和美学思潮的取舍与选择上。不言而喻，他们对待所处时代文学思潮和美学思潮的态度，直接反映了他们的创作审美心态。

（一）

陶诗不见重于当时，这已是人所共知的常识。但这个事实本身，并不意味着陶诗的产生与诗人所处时代的文学思潮和美学思潮没有任何联系，也不意味着诗人没有向当时文学思潮和美学思潮做过靠拢的努力。

钟嵘《诗品》卷中说："宋征士陶潜，其源出于应璩，又协左思风力，文体省净，殆无长语，笃意真古，辞兴婉惬。"探源溯流，是钟嵘《诗品》的写作体制，对于被他冠以"古今隐逸诗人之宗"的陶渊明也不例外。应璩是魏时人，《诗品》卷中说他："善为古语，指事殷勤，雅意深笃，得诗人激刺之旨"；左思是西晋人，《诗品》卷上说他"文典以怨，颇为精切，得讽谕之致"。可见，在钟嵘的心目中，陶诗是雅正、古雅、高雅的三位一体。且不论钟嵘之说是否全面、准确，仅就他立论的角度和他所追溯的时代背景而言，无疑具有启示意义。

魏晋以来，文学进入了一个自觉的时代。"诗缘情"和"诗言志"的文学观念并行不悖，动情和气骨的文学特征同时展开。但这并不是说魏晋是一个驳杂无序的时代，只不过其文学主流和美学主流是以一种涵容甚广的气势和潜在深藏的方式出现罢了。既称主流，当然有其指向。建安时期是慷慨悲壮，正始时期是清峻遥深，太康时期是精致绮靡，东晋以后则是玄远简淡。[①] 其中贯穿始终的，乃是士人在各种不同的生存状态中执着而清醒的个性意识。这正是自觉时代的文学和美学之精髓所在。纵观魏晋人物，无不各具特色，仿佛横空出世，这更充分地表明了他们对个性意识的刻意追求。

这种执着而清醒的个性意识，体现在陶渊明身上，就是对自然之美的追求。从他对出处进退的抉择，到他的生活方式、文学创作，莫不如此。他虽然在出处方面有过这样或那样的烦恼，但基本上做到了当仕则仕，当隐则隐，不以仕隐为累。他的生活方式和气度风范，令千百年来多少士人欣羡和倾倒：在他们眼中，陶渊明永远是那么洒脱超然；陶渊明的那些放旷不羁的故事，也永远为他们所津津乐道。如沈约《宋书·隐逸传》载：

　　（渊明）尝九月九日无酒，出宅边菊丛中坐久，值弘送酒至，即便就酌，醉后而归。潜不解音声，而畜素琴一张，无弦，每有酒适，辄抚弄以寄其意。贵贱造之者，有酒辄设。潜若先醉，便语客："我醉欲眠，卿可去。"其真率如此。郡将候潜，值其酒熟，取头上葛巾漉酒，毕，还复著之。

此后昭明太子萧统的《陶渊明传》和唐代李延寿的《南史·隐逸传》几乎以同样的文字记载了上述逸事；萧统并在《陶渊明集序》中加上了这样的赞语："余爱嗜其

_____
① 参见王锺陵《中国中古诗歌史》，江苏教育出版社，1988。

文，不能释手，尚想其德，恨不同时。"在这里，我们似乎又看到了魏晋名士的林下风流。只不过陶渊明来得更为朴素，更加自然，没有丝毫的矫情，具体地说，就是做到了"物我一体，心与大自然泯一"，而"这正是老庄的最高境界，也是玄学所追求的最高境界，但是这种境界，自玄风煽起以来，还没有人达到过，陶渊明是第一位达到这一境界的人"。①

谈到陶渊明的创作观，不能不提到他的那篇夫子自道的《五柳先生传》。该传两处提到诗文创作。一处说："常著文章自娱，颇示己志。忘怀得失，以此自终。"另一处说："酣畅赋诗，以乐其志。"可见，陶渊明基本上接受了文学用以言志的传统观念，只是在此基础上加上了"自娱"、"乐志"一层新意。传统言志观念的指向是"观风俗，知得失"②，而陶渊明的"自娱"、"乐志"则是他任真自得的生活态度之外化。他在"酣畅赋诗，以乐其志"之后，有这样两句感叹："无怀氏之民欤？葛天氏之民欤？"无怀氏和葛天氏，都是传说中的上古帝王。这就是说，他是把自己在著文自娱和酣畅赋诗中体会到的那一份任真自得，与对上古之民生活的体验等同起来，从而把这种言志自娱的文学创作，统一于他的真和善的社会理想。所以，当他感慨于自然节物的变化时要说"春秋多佳日，登高赋新诗"（《移居》二首其二）；当他陶醉于田园生活的淳朴时要说"奇文共欣赏，疑义相与析"（《移居》二首其一）；当他沉浸在浩茫心事之中时要说"伊怀难具道，为君作此诗"（《拟古》九首其六）等。这样一来，文学创作对陶渊明来说，就成了通往理想社会的途径和借以达自然之道的手段了。

如果说赋诗著文是陶渊明借以达自然之道的手段，那么他的创作风貌便是他达自然之道的结果。因为这是陶渊明留给人们唯一的最形象和直观的遗产，人们正是从这些清淡古雅的作品中认识了陶渊明、了解了陶渊明。正如前人所指出的那样，陶渊明的诗文并非清淡古雅一种或并非纯粹的清淡古雅，其中也包含着慷慨豪放、绚丽精致，从而浓缩着建安以来的文学特点。不过，他的慷慨豪放、绚丽精致却被一种特殊的中和机制所制约，因而他的诗文仍然显示出清淡古雅的总体风貌。

那么，陶渊明的这种创作风貌，与东晋以后追求玄远简淡的文学和美学思潮关系如何呢？应该说，崇尚简约一直是魏晋时期的一种美学风尚。太康之英陆机，

---

① 罗宗强：《魏晋玄学与士人心态》，浙江人民出版社，1991，第345～346页。

② 班固：《汉书·艺文志》。

在提出著名的"诗缘情而绮靡"之说后，不忘强调"要辞达而理举，故无取乎冗长"；而刘勰则在《文心雕龙·练字》中概括道："自晋来用字，率从简易，时并习易，人谁取难？"这种崇尚简约的美学趣尚，显然是玄学清谈刺激下的产物。玄学家何邵在其《赠张华诗》中说"处有能存无，镇俗在简约"，孙绰《赠温峤诗》五章之三说"长崇简易，业大德盛"，即可为证。当然，在文学领域，玄学清谈刺激下的直接产物还是玄言诗。这种以张扬玄理为主要目的的诗歌，虽然在文学上没有多大的成就可言，但却对东晋的诗坛产生了深远的影响，那就是玄理的大量引进。

钟嵘在《诗品》序中对玄言诗下了如此的断语："理过其辞，淡乎寡味。"这里，"淡"正是玄言诗所具备的一种特殊机制。对此，人们不难从哲学、社会和美学的层面进行索解。作为一种玄学概念的"玄淡"，和作为一种理想人格的"简淡"、"旷淡"，一方面寄寓在玄言诗中，形成了玄言诗"淡乎寡味"的性格特征；另一方面，又体现在东晋诗对静态清趣的喜好上，从而促进了山水诗体的出现。①但此时无论是谈玄体道的玄言诗，还是模山范水的山水之作，都缺乏一种生命的跃动，更缺乏一种完整生动的艺术意境；而将大量引进玄理的东晋诗带到现实生活之中，带到一个普通士人充满矛盾冲突的思想活动之中，并赋予其完整生动的艺术意境的，应当首推陶渊明。对于陶渊明来说，他的所有诗作就是他对自身生存意义思考的结晶和他整个人生的浓缩。所以，陶诗就是陶渊明，一个诗化的陶渊明。从这个意义上说，陶渊明是东晋以后追求玄远简淡的文学和美学思潮的继承者，又是它的彻底的改造者。明乎此，则会对古人所说的陶诗"清腴简远，别成一格"②，产生更深一层的认识。

既然陶诗是执着而清醒的个性意识的产物，从而与诗人所处的时代精神息息相关，那么，何以陶诗没有见重于当时呢？这个问题的答案，不难从以上所述中找到。因为在时人看来，陶诗就是陶渊明，一个诗化的陶渊明，所以，读陶诗时，首先会被体现在陶渊明身上的理想人格所吸引，感叹"尚想其德，恨不同时"。也就是说，陶渊明最初是以一个高人隐士的形象而不是一个诗人的身份存留在人们的记忆里的，因而陶诗不可能在当时产生巨大影响。另外，作为东晋以来文学、美学思潮的继承者和

① 参见王锺陵《中国中古诗歌史》第八编。
② 沈德潜：《说诗晬语》卷上。

改造者，陶渊明把玄远简淡的美学情趣移植到日常生活的诗中，而这种玄远简淡的美学情趣一旦从哲学层次被引入普通士人的生活，便会失去其玄远莫测的神秘色彩，而与原来带有士族门阀贵族气味的玄远简淡大异其趣。所以，陶渊明继承了他那个时代的文化精华，也完成了结束那个时代的文化改造的使命，但他没有像谢灵运那样被认为开创了一个新的诗歌时代，而只是作为一种人格理想和艺术精神的象征，让后人不断地追慕和议论。说不尽的陶渊明，这一文学批评史上引人注目的独特现象，再充分不过地说明了陶渊明及其诗歌的超时代性。

（二）

陶渊明所追求的自然之美以及陶诗所代表的自然之美，在一个新的诗歌时代，一个诗歌全盛的时代得到了回应。追求和表现自然之美，在唐代是一股强大的文学和美学思潮。另外，随着唐初孔颖达对"诗言志"传统命题的重新阐释，[1] 注重诗歌的抒情性更成为唐诗创作的自觉意识。于是，自然和谐、形神兼备和情景交融遂成为诗歌创作的新的传统。

张九龄、孟浩然的生活时代属于盛唐时期。盛唐崇尚风骨、追求兴象玲珑的诗境以及自然之美的文学思想，[2] 当然会在他们的观念和创作实践中有所反映。如张九龄《题画山水障》：

> 心累犹不尽，果为物外牵。偶因耳目好，复假丹青妍。尝抱野间意，而迫区中缘。尘事固已矣，秉意终不迁。良工适我愿，妙墨挥岩泉。变化合群有，高深侔自然。置陈北堂上，仿像南山前。静无户庭出，行已兹地偏。萱草忘可树，合欢念益蠲。所因本微物，况乃凭幽筌。言象会自泯，意色聊自宣。对玩有佳趣，使我心渺绵。

这是一首题画诗。作者先交代自己的耳目所好，在于山水野意，虽然栖于尘世，但秉意始终未变。然后转入对山水画的欣赏，作者强调的是两点：一是画笔的变化起伏合乎自然的原貌，观者仿佛置身于其中；二是画境幽深淡远，令人逸兴翩飞。末四句集

---

① 参见叶朗《中国美学史大纲》第十二章第一节，上海人民出版社，1985。
② 参见罗宗强《隋唐五代文学思想史》第三章，上海古籍出版社，1986。

中表现作者的感受：对画细玩，一切言事都无济于事，只觉心中一段佳趣汩汩而出，自己向往隐逸的情怀也得以抒发。

如果说张九龄的《题画山水障》体现了他对自然之美和兴象玲珑的诗境的追求，那么孟浩然的《陪卢明府泛舟回观岘山作》则表明了诗人崇尚风骨的思想，诗云：

> 百里行春返，清流逸兴多。鹢舟随雁泊，江火共星罗。已救田家旱，仍忧俗化讹。文章推后辈，风雅激颓波。高岸迷陵谷，新声满棹歌。犹怜不调者，白首未登科。

此诗作于开元二十四年（736）诗人家乡隐居时期。时卢象在襄阳令上，春天视察农事，孟浩然作陪。诗中对风骨的提倡和追求，表现在两处。一处是明确说出来的：诗人赞美卢象为政一方，不仅能救济民生疾苦，而且注意教化子民；其文章风雅，足以勉励后辈，力挽颓波。另一处是通过对比映衬，含蓄地表述出来的：遥望岸上山陵幽谷，在夜色中一片迷茫，而官船之上，却是一派新声棹歌；面对这天下化成的景象，诗人没有欢欣鼓舞，继续大唱赞歌，而是突生悲慨，流露出耿耿不平之气。这种不平之气的表达，比之上面空洞的颂辞，更具有风骨意味。

然而，作为清淡诗风的代表者，张九龄、孟浩然在向盛唐文学、美学思潮靠拢的同时，必然要展现出他们创异之处，那就是对逸兴清风的提倡。这一点在上引二诗中隐约可见，而孟浩然的另一首诗《洗然弟竹亭》则把它明确化了："吾与二三子，平生结交深。俱怀鸿鹄志，共有鹡鸰心。逸气假毫翰，清风在竹林。远是酒中趣，琴上偶然音。"这是一种审美情趣，而一旦通过笔墨表达出来，就形成了一种创作思想和文学风格。

王维、储光羲、常建乃至韦柳，他们的活动年代与张九龄、孟浩然所处的盛唐已有一段距离。转折的中唐时期的文学、美学思潮在他们身上有所体现，而上述张、王对逸兴清风的提倡，则在他们那里也得到自然的延续。如王维《送熊九赴任安阳》说："魏国应刘后，寂寥文雅空。漳河如旧日，之子继清风。"其中，"应"之应场，"刘"之刘桢，二人都是建安七子中的成员，也可以说是建安风骨的代表，在王维看来就是所谓"文雅"的体现者。值得注意的是，王维把文雅与清风二者对应起来，在对清风进行提倡的同时，也将风雅的内容包含了进去。其实，正如前文所说，清淡、风雅本是清淡诗风不可分割的组成部分，王维的上述言论再次证明了这一点。

如前所述，中唐有两派诗论观点，一派以元结、白居易为代表，推重风雅传统，主张诗歌为政治服务，这代表了现实主义诗歌的发展方向。另一派以皎然为代表，推重"情在言外"、"旨冥句中"，标举高情逸韵以及与此相应的艺术风格，这一派诗论代表了中国封建社会后期士大夫的审美情趣。其实，两派的界限也不是那么泾渭分明，而这往往会互相融合。白居易称韦应物五言诗"高雅闲淡"，就把二者结合为一体，他本人后期也大量创作感伤诗和闲适诗。皎然则称韦诗为"风骚韵"，说"忽观风骚韵，会我夙昔情"，都充分说明了这一点。可见，在中唐时期，风雅与清淡的结合已成为当时文学、美学思潮的主流，这也就是韦应物诗同时受到两派诗论代表人物白居易和皎然推重的原因之所在。

然而，这种清淡与风雅相结合的趋势，在中唐时期却没有以理论形式表现出来，它只是在韦柳的一些言论中有零星的体现，更主要的、大量的反映方式则是韦柳诗风，而这正是韦柳及其诗歌的创异之处。①

（三）

无论在中国文学史上还是在中国美学史上，宋代都堪称一个转折时期。在文学方面，因为面临唐代文学成就的高峰和唐末五代形式主义文风，宋初兴起了诗文复古运动，力求在继承文学正统的同时，逐步确立自己的文学品格。在美学方面，书画美学提出了"逸品"的概念，诗歌美学提出了兴趣说和妙悟说。

梅尧臣生活在北宋中叶。在他之前，宋初的文学复古运动主要在散文领域展开，其复古的对象是唐代以韩愈为代表的古文。梅尧臣则是宋诗的始祖，刘克庄称："本朝诗惟宛陵（尧臣）为开山祖师。宛陵出，然后桑濮之哇淫稍熄，风雅之气脉复续。"② 作为北宋中叶文学复古运动的推动者，梅尧臣的文学观念和创作实践，本身就是趋同与创异的最好体现。

与北宋中叶文学复古运动的另一位推动者苏舜钦一样，梅尧臣深感"西昆体"过于淫巧艰涩，于是大力提倡平淡、古淡、淡泊的文风。如苏舜钦《诗僧则晖求诗》说"会将取古淡，先可去浮嚣"，又《赠释秘演》说"不肯低心事镌凿，再欲淡泊趋

---

① 参见拙文《论韦柳诗风》。
② 《后村诗话》前集卷二，中华书局，1983。

杳冥";梅尧臣《读邵不疑诗卷杜挺之忽来因出示之且伏高致辄书一时之语以奉呈》则说"作诗无古今"。又《依韵和晏相公》说:"因吟适情性,稍欲到平淡。"如果仅仅强调平淡,便只能说是针对西昆体文风的一种矫正手段,其本身并无更多的美学意义。梅尧臣的诗歌美学思想当然不限于此。

在"因吟适情性,稍欲到平淡"两句之后,梅尧臣又说:"苦辞未圆熟,刺口剧菱芡。"从表面上看,"苦辞"两句似乎与"因吟"两句是对立的,好像是说自己虽然向往平淡之境,但是苦于语言未达圆熟,显得生涩刺口。其实不然。欧阳修的《水谷夜行寄子美圣俞》最能道出其中三昧:

> 梅翁事清切,石齿漱寒濑。作诗三十年,视我犹后辈。文字愈清新,心意虽老大。譬如妖韶女,老自有余态。近诗尤古硬,咀嚼苦难嘬。初如食橄榄,真味久愈在。

这里,欧阳修首先指出他的这位诗学前辈"事清切"的总体特征,然后用"妖韶女"和"橄榄"来比喻在此总特征之下的个人特色:这是一种成熟、深沉、耐人咀嚼的清淡之美,与那些浅切、轻率的所谓"平淡"大相径庭,从而给人以"平淡而山高水深"的印象。正因为如此,梅尧臣才说"作诗无古今,唯造平淡难",这样的"平淡"之境的确不是按一般的路数所能够达到的。还是欧阳修的《梅圣俞墓志铭并序》一语破的——"其初喜为清丽闲肆平淡,久则涵演深远,间亦琢刻以出怪巧,然气完力余,益老以劲。"《宋史·梅尧臣传》也说:"工为诗,以深远古淡为意,间出奇巧。"从创作审美心态的角度看,梅尧臣的诗学观念和他的诗风,一方面体现了他对清淡诗风数百年传统的充分尊重,如《答新长老诗篇》称"唯师独慕陶彭泽";另一方面,也充分体现了他对这一传统进行再造的勇气和实绩,如《途中寄上尚书晏相公二十韵》称"陶韦比格吾不私",似乎不以晏殊将他与陶韦比并为意;而《答中道小疾见寄》却称"方闻理平淡,昏晓在渊明","渊明傥有灵,为子气不平",话语之间,仿佛竟以陶渊明的代言人自居了。

梅尧臣作为宋诗的始祖,开创了宋诗散文化、人工化的发展路径,其个人特色可概括为"以深远古淡为意,间出奇巧","讽咏雅正,旨趣高远,真得古诗人之风"。① 这

---

① 宋绩臣:《梅圣俞外集序》。

显然包含着宋元以后注重笔墨逸性的审美价值取向。所以，当宋代诗歌美学又提出兴趣说和妙悟说的理论，在对唐诗进行理论阐释、对宋诗颇多批评之辞的情况下，作为清淡诗风在清代的体现者，王士禛仍能将兴趣、妙悟与宋诗结合起来，把梅诗也纳入他的"神韵说"中加以肯定。可以说，梅尧臣及其诗歌与清淡诗风、与唐诗的那种似断还连的关系，是由王士禛重新建立、组织起来的。

王士禛论诗主神韵，是建立在感性和理性两方面的基础之上的。前者指他对前代诗歌作品的个人喜好。他 8 岁时就接受了王孟韦柳诸家诗的洗礼，及长，又编选《唐贤三昧集》。但与严羽的崇唐抑宋不同，这是他对唐诗超越基础上的产物：其时，他已"越三唐而事两宋"，"《唐贤三昧》之选，所谓乃造平淡时也，然而境亦从兹老矣"。后者指出他的"神韵说"的历史渊源，即他多次提到的钟嵘《诗品》、司空图《二十四诗品》、严羽《沧浪诗话》、徐祯卿《谈艺录》等。在这些宣扬滋味、兴趣、神韵观点的诗论基础上，他超越了一般的唐宋诗之争，而以较为广阔的视野，把宋诗的某些特征纳入自己的诗学观念和诗歌创作，从而拓宽了清淡诗风的发展道路。

从创作审美心态的角度看，神韵说的提出有两点值得注意。首先，它反映了王士禛主观上欲以清淡诗风的后继者自居的心情。在《池北偶谈》卷十二中，他曾说到明代诗歌的"古淡"一派，对其寿命不长、"清音中绝"大为惋惜，所以曾有学者推测："他所提出的'神韵'恐怕归根到底乃是'古淡'的化身。"① 其次，神韵说兼取唐宋诗，而以含蓄、隽永、超诣出之，是对清初宗唐诗说的一种矫正。其后，在士禛及其门人的推动下，宋元诗得以流行，并在此基础上，初步形成了清代诗歌的特色。《池北偶谈》卷十八中曾记述过这样一件趣事：

> 宋梅圣俞初变西昆之体。予每与施愚山侍读言及《宛陵集》，施辄不应，盖意不满梅诗也。一日，予曰："'扁舟洞庭去，落日松江宿'，此谁语？"愚山曰："韦苏州、刘文房耶？"予曰："乃公乡人梅圣俞也。"愚山为爽然失之。

施闰章（愚山）是清初宗唐说的代表人物之一。在他头脑里，好诗必属唐诗无疑，所以当王士禛告知"扁舟"二句的主人是宋代的梅尧臣时，他就不能不怅然若

---

① 〔日〕青木正儿：《清代文学评论史》，中国社会科学出版社，1988，第 50 页。

失了。从此可以充分看出王士禛兼取唐宋而于宋诗别具慧眼的美学视野，也可以看出他意欲在创作上丰富和充实清淡诗风内涵的努力。

二　批评主体：　吟赏与实践

（一）

正如笔者在本书一开始所反复强调的那样，对于清淡诗风的评论，是中国文学批评史上的一个独特而重要的现象。而从接受美学的角度看，关于清淡诗风的言论足以构成一个完整的系统，因而具备了作为研究对象的条件。

按照惯例，对于作家作品或文学现象的研究是不把批评主体包括在内的；至于批评主体的言论，充其量只能以对论者观点的引发或印证的形式出现。然而，接受美学的诞生和引进，改变了多年来的这种传统观念。

接受美学又称接受方法、接受理论、接受研究，是 20 世纪 60 年代在西方崛起的一种具有广泛影响的文学理论，其代表是以姚斯（Hans Robert Jauss）、伊瑟尔（Wolfgang Iser）为首的德国康斯坦茨学派。

接受美学的独创性，突出地表现在对作品的本质和读者作用的理解上。首先，接受美学认为任何文本都具有未定性，它向读者呈现的是一个未完成的图示结构："一部文学作品，并不是一个自身独立、向每一时代的每一读者均提供同样的观点的客体。它不是一尊纪念碑，形而上学地展示其超时代的本质"；作品只是它所可能产生效应的基础或载体，"它更多地像一部管弦乐谱，在其演奏中不断获得读者新的反响，使本文从词的物质形态中解放出来，成为一种当代的存在"。[①] 因此，作品的本质在于作品的效应史的永无完成中的展示。

其次，接受美学认为："一部文学作品的历史生命如果没有接受者的积极参与是不可思议的。"[②] 对读者作用的强调并把它提到至高无上的地位，是接受美学区别于其他文学理论的根本点。在接受美学之前的实证主义和形式主义的文学研究，一个过

---

① 姚斯：《文学史作为向文学理论的挑战》，姚斯、霍拉勃：《接受美学与接受理论》，辽宁人民出版社，1987，第 26 页。
② 姚斯：《文学史作为向文学理论的挑战》，姚斯、霍拉勃：《接受美学与接受理论》，第 24 页。

于强调作品与外部世界的关系，把作品看成是社会历史的观念性的对应物，用实证的方法考证二者之间的联系；一个过于强调作品的文学性，摒弃作品与作者、与现实社会的联系，把文学作品看成是一个独立自足的实体，对文本的结构、语言进行形式主义研究。接受美学看到了以上两大流派的弊病，选择作家、作品和读者之间的关系为研究对象；而在三者的关系中，又特别重视作品与读者的关系，重视读者的阅读作用，认为读者的阅读与反应，不仅使作品的意义具体化，而且种种共时性的具体意义，还可以在期待视野的转变中，构成历时性的作品的效应史。

于是，接受美学在此基础上，提出了旨在"沟通文学与历史之间、历史方法与美学方法之间的裂隙"① 的重构文学史的设想。接受美学家们力图摆脱传统文学史的写作方式——"搞一个编年史一类的事实的堆积"和"根据伟大作家的年表，直线型地排列材料"② 形成"生平与作品"的模式，而把目光转向读者，寻求编撰文学史的新途径。他们认为，文学史就是文学作品的消费史，消费主体的历史，"只有当作品的延续不再从生产主体思考，而从消费主体方面思考，即从作者与公众相联系的方面思考时，才能写出一部文学和艺术的历史"③。因此，读者"成为一部新的文学史的仲裁人"④。

接受美学强调读者中心论，认为作品的意义被读者阅读活动具体化的历史即文学史，这虽然有其偏颇之处，但它指出了读者参与的必然性和审美意义，这样，就为文学史研究提供了一个新的视角，为探究作品的全部内涵和外延提供了必要的条件。此外，它所运用的"期待视野"这一概念，也很有启示意义。

"期待视野"是读者基于阅读经验和审美理想而构成的思维定向或先在结构，它在阅读之前便已存在了。在阅读活动中，由于作品的影响，造成期待视野的历史与现实的矛盾；矛盾解决以后，历史性的期待视野便在共时性的期待视野中得到了认同。这里，两种视野的转变与融合尤其值得注意。姚斯在《文学史作为向文学理论的挑战》一文中指出：

> 文学与读者的关系有美学的，也有历史的内涵。美学内涵存在于这一事实之

---

① 姚斯：《文学史作为向文学理论的挑战》，姚斯、霍拉勃：《接受美学与接受理论》，第23页。
② 姚斯：《文学史作为向文学理论的挑战》，姚斯、霍拉勃：《接受美学与接受理论》，第5页。
③ 姚斯语，转引自霍拉勃《接受理论》，姚斯、霍拉勃：《接受美学与接受理论》，第339页。
④ 姚斯语，转引自霍拉勃《接受理论》，姚斯、霍拉勃：《接受美学与接受理论》，第443页。

中：一部作品被读者首次接受，包括同已经阅读过的作品进行比较，比较中就包含着对作品的审美价值的一种检验。

比较是融合的前提条件，融合以后便形成一种新的审美价值判断。姚斯接着说："其中明显的历史蕴涵是：第一个读者的理解将在一代又一代的接受之链上被充实和丰富，一部作品的历史意义就是在这过程中得以确定，它的审美价值也是在这过程中得以证实。"这就是说，第一个读者的审美价值判断将无限地延续下去，并被后来的读者根据现时美学思潮和文学实践情况而进行不断的调节，从而使作品的审美价值得到沉淀和丰富。

接受美学的上述理论观点，揭示了读者研究的必要性及其基本的研究方法与思路。毫无疑问，这对本书正在进行的关于清淡诗风的研究，具有更为直接的启示意义。因为从某种角度来说，清淡诗派以及它的艺术体现清淡诗风，是产生和存在于千百年来众多诗论家的吟赏和批评实践中的；清淡诗风的美学意义，在相当程度上来自这些诗论家的赋予。所以，在对清淡诗风的创作审美心态进行了历史考察之后，我们自然要将目光转向清淡诗风的批评审美心态上。

（二）

历代关于清淡诗派和清淡诗风的评论，是由陶渊明及其诗风入手的；因为从某种程度上说，清淡诗派是一个由陶渊明的人品风范——其实是一种人生态度或处世方式——所发起的，以陶诗风格为中心特征和共同审美趣尚的诗人群体。相应地，批评主体之于批评对象，也就经历了一个从人格批评到文学批评，从审美吟赏到创作实践的过程。

从人格批评到文学批评的转化，意味着对于陶渊明等人的研究从道德规范层次向诗歌创作层次的迈进。虽然"知人论世"是中国文学批评的传统通则，但是像陶渊明等人那样被长期滞留在道德评价的圈子里，的确是罕有的现象。这当然与陶渊明的第一位留下评论的读者颜延之有密切的关系，他的《陶征士诔》就是典型的道德评价式的审美价值判断。此后的《宋书》《晋书》《南史》便顺理成章地把陶渊明安排在《隐逸传》里。萧统的《陶渊明集序》是第一篇给予陶诗以较高文学评价的文字，但文学评价依然是与道德评价相伴而行的：

> 其文章不群，词采精拔，跌宕昭彰，独超众类，抑扬爽朗，莫之与京。横素波而傍流，干青云而直上，语时事则指而可想，论怀抱则旷而且真。加以贞志不休，安道苦节，不以躬耕为耻，不以无财为病，自非大贤笃志，与道污隆，孰能如此乎！

可见，这种从人格批评出发，并以人格风范为主要批评标准的审美价值判断，一开始就根深蒂固地存在于清淡诗风的评论之中，从而成为后代诗论家们不得不面对的一份历史遗产。从关于清淡诗派成员和清淡诗风的评论中，我们可以深切地体会到，人格风范的一致和认同，对于清淡诗派和清淡诗风在诗论家心目中的形成和确立，具有多么重要的意义。如清人沈德潜在其《说诗晬语》卷上中说："陶诗胸次浩然，其中有一段渊深朴茂不可到处。唐人祖述者，王右丞有其清腴，孟山人有其闲远，储太祝有其朴实，韦左司有其冲和，柳仪曹有其峻洁，皆学焉而得性之所近。"这是人格批评还是文学批评？抑或两者兼而有之？这种现象也许会使那些习惯于西方文学批评方式的人们大感不解，殊不知这正是中国传统文学批评之本色和独特性的体现。因此，对于有关清淡诗风评论的研究，也就有了超越接受美学所谓读者研究的意义。

对陶渊明展开真正的文学批评，是从唐代开始的，不过还基本停留在对陶诗风格进行初步描述的阶段。陶诗在唐代的追随者自然对此有更深切的体会，但是一方面这种体会大多是以文学作品的形式反映出来的；另一方面他们又是以创作主体的面貌出现的，这里不拟分析。就当时曾对陶诗发表过意见的人而言，他们的确对陶诗有一份似曾相识又相逢的欣喜和试图把握它、挽留住它的执着。李白《戏赠郑溧阳》云"何时到栗里（栗里为陶渊明故里——笔者注），一见平生亲"，杜甫《江上值水如海势聊短述》云"焉得思如陶谢手，令渠述作与同游"，白居易《与元九书》云"以渊明之高古，偏放于田园"，都反映了上面所说的那种阅读心态。到了宋代，陶渊明研究出现了空前的高涨，对陶诗的把握，也向其构成方式的深度发展。如苏轼指出陶诗外枯中膏、似淡实美、质而实绮、癯而实腴的特征，陈师道《后山诗话》卷二十三说"渊明不为诗，写其胸中之妙尔"，朱熹说"渊明诗平淡，出于自然"①，都强调了陶诗自然的本质。

既然是文学批评，而且达到了风格和构成方式研究的深度，那么，横向和纵向的

---

① 黎靖德编《朱子语类》卷一三六，中华书局，1986。

比较就是顺理成章的了。这可以视为《诗品》溯源探流的批评传统的延续。然而与其他诗评言论明显不同的是，关于清淡诗派和清淡诗风的评论，在对陶诗进行吟赏的基础上，又不断地添加或结合进其他吟赏对象，从而使这些评论更富于审美欣赏的意味，超过了一般的文学批评的范畴。如白居易《题浔阳楼》"常爱陶彭泽，文思何高玄。又怪韦江州，诗情亦清闲"，司空图《与李生论诗书》"王右丞、韦苏州澄淡精致，格在其中，岂妨于遒举哉"，许学夷《诗源辩体》"韦柳五言古，犹摩诘五言绝，意趣幽玄，妙在文字之外"等。下面仅以韦柳并称之论为例，略加说明。

韦柳并称始于苏轼，以后便一直沿用下来。主观性和偏向性是并称言论的两个特点，前者指诗论家的理论主张与审美理想的关系不确定，即有时是一致的，有时则相反；但不论怎样，二者的关系都由诗论家的审美情趣所决定。

第一种情况即理论主张与审美理想一致。如王士禛，虽然一生"论诗凡屡变"（少时主唐，中岁宗宋，晚年复归于唐），但其"神韵说"却是贯穿始终的审美理想。《戏仿元遗山论诗绝句》三十二首其七云："风怀澄淡推韦柳，佳处多从五字求。"他推崇韦柳，是以其"清真古淡"的风格美为基点的，并且他把这种风格美归入冲淡、清远、超逸的风格体系中，以陶、王、孟、韦、柳等为一家。在此前提下，"陶韦"、"王韦"、"韦柳"等提法大同小异，不存在本质的差别。与此同时，这些并称又成为他衡量他人作品的艺术尺度，反映出他的审美理想。如他以韦柳、陶韦衡量潘高、王庭、邢昉等人，以为足称"逸品"。[①]

第二种情况是诗论主张与审美理想不一致。如白居易《与元九书》是中唐新乐府运动的理论纲领，但就在这篇文章里，白氏却极力推崇韦应物"高雅闲淡"的一类诗，明显与他的诗论相左。他说：

> 其五言诗又高雅闲淡，自成一家之体，今之秉笔者谁能及之？然当苏州在时，人亦未甚爱重，必待身后，然后人贵之。今仆之诗，人所爱者，悉不过杂律诗与《长恨歌》以下耳。时之所重，仆之所轻。至于讽谕者，意激而言质；闲适者，思淡而辞迂，以质合迂，宜人之不爱也。

事实上，他的讽喻诗与《长恨歌》等感伤诗一样为大多数人所欢迎。仇视他的讽喻

---

① 参见《渔洋诗话》卷上及《带经堂诗话》卷十。

诗，闻之"变色""扼腕""切齿"的，只是那些"权豪贵近者"、"执政柄者"、"握军要者"。所以，白居易在此不是因他的讽喻诗不为时所重而鸣不平，而是为他的闲适诗不为人所爱而喊冤。于是，他先把韦应物抬出来大加赞许一番，然后再把自己的闲适诗与韦应物"高雅闲淡"的五言诗相比并，引为同调。① 这样，白居易的审美理想便显现出来了。这一点，早被苏轼发现，他在《观净堂效韦苏州诗》中指出："乐天长短三千首，却爱韦郎五字诗。"

偏向性是韦柳并称言论的另一特点。它体现为对韦柳诗某类题材和体裁的偏向，以及对某种风格的偏向。这种偏向性，也是诗论家审美理想影响下的结果。

首先，诗风的研究不应局限于某一题材和体裁，而韦柳并称却大多着眼于山水田园诗和五言古诗。前者似乎不用多加说明，因为并称言论指出韦柳兼学陶谢，并且以此审视韦柳诗，其注意力必然转向陶谢的代表作山水田园诗。至于对韦柳五言古诗的推重，则有两个原因：一是"自王、孟、韦、柳、东野已后，千余年来，无有以五古名家者"②。二是韦柳被视为"汉魏六朝诸人而后，能嗣响古诗正音者"③。此外，还有一个原因是隐藏在以上"客观原因"背后的，这一点被宋人张戒无意中道破。在《岁寒堂诗话》卷上中，张戒指出李商隐、刘禹锡、杜牧三人，笔力不相上下，又都工于律诗，尤工七律，只是不工古诗："五言微弱，虽有佳句，然不能如韦柳王孟之高致也。"李、刘、杜三人所短，乃王孟韦柳四家所长；只不过这蕴涵着诗论家审美理想的"高致"，恰恰体现在五言古诗上，因而显得这种诗体备受青睐罢了。

其次，诗风的研究也不应局限于某一风格，而韦柳并称言论大多着眼于韦柳诗的闲雅、清淡、简远方面。诗论家们对此大加推崇，如《苕溪渔隐丛话》前集卷二引北宋不著撰人之《雪浪斋日记》曰："（为诗）欲清深闲淡，当看韦苏州、柳子厚、孟浩然、王摩诘、贾长江"；鲁九皋《诗学源流考》云："柳子厚独传《骚》学，亦宗陶公，五言幽淡绵邈，足继苏州，故世称曰'韦柳'"；乔亿《剑溪说诗》卷下云："论诗如论士，品居上，才次之。若但以才言，更千百世之下，无出眉山（按：即苏轼）右者。必求诸品，当知韦、柳既没，清音遂杳者五百余年"。以上诸论，无不表示出对这种风格的偏好。其实，韦柳并称本身就把二者的相异之处，如韦的流丽、柳的峭劲等有意地忽略了。这一点，清人梁章钜已经看到，他在《退庵随笔》中说：

---

① 显然，白居易在这篇文章里也有意把自己的讽喻诗与韦应物"颇近兴讽"的歌行相比并。
② 施山：《望云诗话》卷二，转引自吴文治编《柳宗元卷》第二册，中华书局，1964，第715页。
③ 田雯：《古欢堂集杂著》卷二，《清诗话续编》。

"自王渔洋倡神韵之说，唐人盛推王、孟、韦、柳诸家，今之学者翕然从之。……窃谓王、孟、韦、柳之诗，只须就选本读之，只须遇相称之题学之。"明确指出王孟韦柳诸家诗，非止符合"神韵"之一格；但如果必求此格，只能从王士禛的选本中、从韦柳诗的相称之题中去找寻。

在对清淡诗风进行吟赏之余，诗论家们还试图吸取和模仿这种诗风，并付诸文学实践。拟陶和拟韦是常见之举，如白居易、苏轼都有这类创作。这种现象，大致是由两个原因造成的：首先是对清淡诗风的爱好，其次是个人遭遇和心态与清淡派诗人在某种程度上的一致。如白居易被贬江州司马后，"独善"思想逐渐占了上风，他对陶诗的称美以及闲适诗的写作，也大多集中在这以后；苏轼贬谪惠州和岭南以后，最喜读陶、柳二集，谓之"南迁二友"①，又有大量的和陶、效陶、和韦、效韦之作，并抄录柳诗赠友，但是这些模仿之作却不能与原作相侔。对此，有人从性情方面加以解释，如清人施补华《岘佣说诗》："后人学陶，以韦公为最深，盖其襟怀澄淡，有以契之也。东坡与陶气质不类，故集中效陶、和陶诸作，真率处似之，冲漠处不及也；间用驰骤，益不相肖。"有人从时代因素方面加以说明，如金人元好问《东坡诗雅引》说："近世苏子瞻绝爱陶、柳二家，极其诗之所至，诚亦陶、柳之亚。然评者尚以其能似陶、柳，而不能不为风俗所移为可恨耳。夫诗至于子瞻而且有不能近古之恨，后人无所望矣。"性情和时代风气固然会影响到诗歌创作，从而造成仿作与原作的差异，但是造成这种差异的根本原因乃是审美情趣与文学创作性质的不同：审美可以趋古，而创作则要另辟蹊径。

当然，对于清淡诗派成员来说，审美和创作是可以达到一致的。自陶渊明以后，每个清淡诗派成员都对本派前辈诗人有一定的看法，因为他们也可以算作是评论者；但当他们从事创作时，便与白居易、苏轼之流的另辟蹊径不同。他们首先认同了这种诗风，并且在创作时努力结合个性特点，意欲实现对时下诗坛风气的改造。如梅尧臣、王士禛的创作有以复古为革新的意味，他们对清淡诗风的改造，仅仅是在"清"的总特征之下的清中之变。其次，由于他们把清淡诗风视为自己文学主张之所在，因此没有必要刻意地模仿本派前辈诗人，而只凭借着一种认同感进行创作，自然就相互走到了一起。

综上所述，从批评审美心态的角度看，关于清淡诗派和清淡诗风的评论具有深刻

① 陆游：《老学庵笔记》，中华书局"唐宋史料笔记丛刊"点校本。

和丰富的美学意义：从人格到文学、从吟赏到实践，其与中国传统美学的价值取向和展开方式是那么的和谐一致，从而不能不诱引我们去探究它的象征意义以及清淡诗风本身所代表的艺术精神了。

三　清淡诗风：哲学宗教之美与中国艺术之魂

任何艺术样式的最高境界，都离不开哲学宗教之美，不过需要说明的是，对于这里所说的哲学宗教，似乎不必作狭义的理解，而应视为一种纯净、崇高的情感的精神象征。哲学宗教之美，人们常常能够在美术和音乐作品中领略到，至于诗歌，似乎不大能直观和直接地反映这种美；但这并不等于说诗人不去反映或无法反映，而仅仅意味着诗歌有其独特的表现方式。简言之，诗歌是通过其艺术境界的构成和审美趣味来反映哲学宗教之美的。

前文我们曾逐个谈到清淡诗派成员与当时社会思潮的关系，笔者的注意力即主要集中在哲学和宗教两个方面。不过，这样做的目的，是为了探求社会思潮这种文学发展的外部因素是如何以作家心态为中介，转化为文学内在要素的过程；而现在要进行的，则是探求作为已经转化为文学内在要素的哲学宗教之美，究竟对一种艺术的品位和它的生命力具有怎样的意义。

（一）

清淡诗派在确立其艺术品位的过程中，也就是在确定其创作和批评的审美价值取向时，不可避免地要受到哲学和宗教意识的影响，从而在清淡诗歌的创作和批评中隐约体现出某种宗教哲学之美。

从总体上看，陶渊明等人可以算作儒家学说的信徒。尽管他们可以有这样或那样的理论主张，有形形色色的生活方式，因而有论者说陶渊明是天师道派中人①，王维曾长期斋戒度日等；但他们的思想归属仍与封建社会绝大多数士人一样，属于儒家学说范畴。在孔子的审美观念里，美与善、德、仁等道德观念是相统一的，只有尽善，

---

①　参见陈寅恪《陶渊明之思想与清淡之关系》，燕京大学哈佛燕京社民国三十四年出版。但从陶渊明的一贯言论看，他仍是以孔门之后自居的。

才能尽美。到了孟子，又在善的基础上，加了一个"信"字，从而形成了儒家真善美相统一的审美观。这种观念，体现在诗歌的思想内涵方面，就是要能观风俗、知得失，符合风雅之道；而体现在艺术风格上，就是要怨而不怒、乐而不淫，具有中和之美。

儒家的上述审美观，可以说是中国古代诗论的基础和出发点，一个诗人或诗派若想得到舆论的承认，登上所谓的"大雅之堂"，必须首先符合儒家审美观的标准。中国古代文论经典《文心雕龙》的体制建构，就充分证明了这一点：原道、征圣、宗经乃是千古不易的批评法则，并且这种法则深深贯彻到有关艺术形式和风格的批评中去。如《宗经》说"故文能宗经，体有六义：一则情深而不诡，二则风清而不杂，三则事信而不诞，四则义直而不回，五则体约而不芜，六则文丽而不淫"，《体性》说"典雅者，镕式经诰，方轨儒门者也"，等等。这是一种体现着高度中庸、辩证精神的审美观念。而在古代诗论家眼中，无论是思想内涵，还是艺术形式，陶渊明等人的诗歌都是完全符合儒家的这种美学规范的，从前面引述的有关评论中我们不难发现这一点。

陶渊明等人的社会活动和文学实践，也无不符合儒家的美学规范。如陶渊明对真善美理想的执着以及他"任真"的性格，使他的诗歌达到了"豪华落尽见真淳"的境界；而柳宗元诗歌中那种特有的悲剧感，也都以"忧中有乐，乐中有忧"的情感基调得到了恰如其分的表现。他曾在《对贺者》中自我表白说："嘻笑之怒，甚乎裂眦；长歌之哀，过于恸哭。庸讵知吾之浩浩，非戚戚之尤者乎！"裂眦之怒，恸哭之哀，并不是以裂眦和恸哭的形式表现出来的，而仍是以嘻笑、长歌出之，这样，柳诗之浩浩便具有了戚戚之尤的效果。这种感情基调的表达方法，显然是儒家强调怨而不怒的中和之美的体现。

徐复观在《中国艺术精神》一书中指出："在庄子以后的文学家，其思想、情调，能不占溉于庄子的，可以说是少之又少；尤其是在属陶渊明这一系统的诗人中，更为明显。"[①] 陶渊明这一系统的诗人，在接受儒家审美观念影响的同时，也承袭了道家的审美观及其美学规范。简言之，就是以崇尚自然为中心，以平淡、朴素为表征的审美观和美学规范。在中国古代文学批评史上，道家的这种审美观念可以说与儒家审美观并驾齐驱。当然，作为在考察了作品思想内涵之后的一种审美直感，它更偏向

---

① 徐复观：《中国艺术精神》，春风文艺出版社，1987，第116页。

于对作品风格和形式的体认。

在有关清淡诗风的评论中，"清"的特征得到许多诗论家的强调。这与道家的审美观存在着一个微妙的转换。试比较下面两段文字：

> 圣人休休焉则平易矣，平易则恬淡矣，平易恬淡，则忧患不能入，邪气不能袭，故其德全而神不亏。①

> 凡万物生于天地之间，有美有恶。物何故美？清气之所生也；物何故恶？浊气之所施也。②

庄子所说的平易恬淡被清气所取代了，这是就一般事物而言；至于把这种观点贯彻到文学创作的批评中，则有吴乔的《清空质实说》："在天有清气浊气，在地有清水浊水，在人得清则灵，近浊则秽。文辞亦然，无论长篇短制，古义今情，凡字里行间，有清气往来者，方为佳作。"

那么，富于"清气"的作品究竟是一种什么样的境界呢？吴调公《说"清空"》一文曾对此做过颇中肯綮的概括："（清空）主要是指一种经过艺术陶冶，在题材概括上淘尽渣滓，从而表现为澄净精纯，在意境铸造上突出诗人的冲淡襟怀，从而表现为朴素自然的艺术特色。"③吴文进一步指出了"清空"的三个特点：第一，从审美感受说，清空与高旷是相结合的，因此幽深而不烦琐；第二，从诗词节奏来说，以清空擅长的作品往往以灵动取胜，而与板重相背离；第三，从语感来说，具有清空风格的诗词，更多地表现为质朴玲珑和潇洒纵横的特色。由此可见，清空是一种独特而复杂的艺术风格，它既与其他风格范畴有某些微妙的联系，又能迥拔于其他风格之外，自成一体；而高旷、超逸、远韵则是"清空"区别于其他风格的根本点所在。

清淡派诗人对道家的这种审美观念，有一个从无意识地运用到有意识地总结概括的体认过程。大量地运用与"清"有关的意象，是清淡诗风的一大特征。继运用与"清"有关的自然意象之后，是对"清风"、"清韵"的欣赏。如柳宗元《酬贾鹏山人郡内新栽松寓兴见赠》二首其一："幽贞夙有慕，持以延清风"；其二："清韵动竽瑟，谐此风中声"。再以后就是对"清远"诗歌的明确提倡，王士禛《池北偶谈》卷

---

① 《庄子·刻意》。
② 袁准：《才性论》，《全晋文》卷五十四。
③ 吴调公：《古典文论与审美鉴赏》，齐鲁书社，1985，第366页。

十八引孔文谷云："诗以达性，然须以清远为尚。"显然，王士禛对孔氏观点持赞同态度。中国传统诗学向以诗言志、诗缘情而垂范后世；至此，则以达性统合情、志，并明确提出了唯达清远之性的标准。这是继皎然、司空图、苏轼之后对清淡诗歌的再度理论定位，它标志着清淡诗风具备了超越一般审美趣味和个人好尚的理性意味，而这正是道家审美观作用下的结果。王士禛《戏仿元遗山论诗绝句》三十二首其七，在"风怀澄淡推韦柳，佳处多从五字求"两句之后，更强调"解识无声弦指妙，柳州那得并苏州"。透过对韦柳的高下轩轾之言，不正明明白白地反映了对道家"大音希声"境界的崇尚吗？

事实上，当诗学以"清空"为审美标准之际，道家的审美观就与佛学的审美观合流了。因为"空"乃是佛学审美观的核心：唯有通过涅槃，超脱尘世，到达彼岸的最高境界"空"，才能谈得上"妙境"、"妙色"、"妙土"、"妙旨"、"妙法"等诸多之美。佛学审美观对古代诗学最直接的影响，就是以禅喻诗，这已是人所共知的常识，不必多论。不过，当清淡诗歌作为以禅喻诗的材料进入我们的视野时，就有必要对此做一番考察了。

沈德潜《息影斋诗钞序》云：

> 诗贵有禅理禅趣，不贵有禅语。王右丞诗："行到水穷处，坐看云起时"；"松风吹解带，山月照弹琴"。韦苏州诗："经声在深竹，高斋空掩扉"；"水性自云静，石中本无声。如何两相激，雷转空山惊"。柳仪曹诗："寒月上东岭，冷冷疏竹根"；"山花落幽户，中有忘机客"。皆能悟入上乘。

沈氏在此所举皆为清淡诗歌的例子，说明清淡派诗人对佛家境界有着深刻的体认。这里且拈出韦应物。其《善福精舍答韩司录清都观会宴见忆》云："弱志厌众纷，抱素在精庐。"《神静师院》云："方耽静中趣，自与尘世违。"这是一种典型的中国士人的宗教观，是佛道一体的。其中存在着一个三段论：（1）"厌众纷"，或性情如此，或久处众纷而生厌；（2）精庐乃人间清净之所；（3）抱素而寄身于精庐。抱素守静乃道家的概念。对于大多数士人来说，都存在着这么一个三段论，他们也大多是以这种统合佛道的方式体认佛家空境的。所以，清淡诗派对于佛学审美观的认同，具有人生实践的意义；不仅如此，它还揭示了一种"亚宗教情感"、一种普遍的心态和中国诗歌所刻意追求的一种境界：

所谓亚宗教情感,是说不是宗教,但却具有宗教的情感。禅意不是宗教,但作为东方智慧的一种结晶,作为一种精神的寄托,却具有浓厚的宗教情感。正因为禅宗具有这种亚宗教情感,所以它既具有儒家风雅和入世的一面,又具有道家虚无和出世的一面。它既执著,又超脱;既进取,又隐逸。这成了中国士大夫和艺术家普遍的一种心态,他们在社会动荡和封建专制统治之下,暂时找到了心理的补偿和精神的慰藉。他们城市山林,他们可以大酒大肉,甚至"入诸淫舍",但仍然心境飘逸超脱,所谓"竹影扫阶尘不动","水流任急境常静"。中国艺术所追求的"禅意"和"化境",就是这种境界。①

至此,我们又回到了本部分开始所说的哲学宗教之美。这是一种极富典型意义和超越意味的精神之美,它使清淡诗风凝聚了人们关于美的诸多理想,并使清淡诗风在某种程度上以其对儒道佛审美观的深刻体认,超越了时代、地域和门类的界限,成为中国艺术精神的象征。

(二)

中国古代艺术以境界为其追求的终极目标。这里所说的境界,是诸种艺术因素互相渗透与交融的产物,它涵纳了艺术家的人格操守、气质风度,涵纳了艺术品的创作倾向、情感基调和风格特征。总之,境界可以说是中国艺术精神的体现。

王国维《人间词话·附录》云:"境界有二:有诗人之境界,有常人之境界。"诗人之境界,也就是艺术境界。王国维接着说:"诗人之境界惟诗人能感之而能写之,故读其诗者,亦高举远慕,有遗世之意。而亦有得有不得,且得之者亦各有深浅焉。"王氏在这里正确地概括了诗人境界与常人境界的区别,但是却把读者的参与作用忽略了。事实上,诗人境界的实现与读者的阅读活动有很大的关系;甚至可以说,没有读者的阅读活动,诗人境界在很大程度上就无法实现。

清淡诗风正是一种经读者参与活动而实现的诗人境界。读者的作用一方面体现在对清淡诗派成员的选择和组合上,另一方面体现在对清淡诗风内涵的体认和演绎上。那么,清淡诗风是在怎样的情况下和以什么样的面貌从诗坛走向广阔的读者世界的呢?这还要从中国诗史的转折阶段中唐说起。

---

① 蒋孔阳:《金丹元〈禅意与化境〉序》,《文艺报》1992 年 7 月 11 日。

中唐以后，由于诗歌发展已达到某一个极致，继续按原路走下去只能意味着模仿而不能出新意。于是，中唐以后的诗人们极力要在盛唐之后另辟蹊径，有意识地追求新的风格，或尚平白，或尚巉刻。到了宋代，为了与唐诗分庭抗礼，又大力提倡散文化、议论化的诗歌。但同时，前代著名诗人及其诗风仍无法在唯古是尚的视野中消失。于是，人们便自觉地选择其理想中的诗圣，在诗歌创作倾向乃至诗风上与其认同，然后再择其一点加以发挥，形成自己的特点。

这里，杜甫和陶渊明两位大诗人对他们具有特别的意义。杜甫在创作倾向的技巧手法上，为他们树立了榜样；陶渊明则在诗风上为他们提供了范例。前者有法可依，后者无迹可寻。有法可依固然使人趋之若鹜，而无迹可寻则更令人神往。而且以陶渊明为代表的一类诗人，在心理模式方面与宋以后的诗人有共通之处，与佛道至境也能无意偶合。于是，经过一种奇妙的情感共振，陶渊明一派诗歌及其风格便深入人心，一直到清，终于被推举为神韵说的范例。

与此相应，中唐以后，审美理想也发生了变化，此前是壮美居主导地位；从司空图开始，优美渐占上风，经苏轼的传神说、严羽的兴趣说、王士祯的神韵说一线发展下去，形成了一个以审美感受为中心的理论派别，几乎取代了教化中心论的权威地位。正是在这种情况下，清淡诗风以审美理想代表的面貌出现了。

不仅如此，清淡诗风还被当作一种艺术的尺度加以运用。如前举王士祯以"陶韦"论王庭诗，以为王诗足称"逸品"；又如张巨山《陈简斋墓志》称陈与义诗"清邃超特，纡余闳肆，高举横厉，上下陶谢、韦柳之间"①，等等。这种艺术尺度，实际上即绘画理论中所说的"逸品"，它是中国画论所推崇的极品。朱景玄《唐朝名画录》"以张怀瓘《画品断》神、妙、能三品定其等格，上、中、下又分为三；其格外有不拘常法，又有逸品，以表其优劣"；②《四库全书总目提要》卷一一二说此书"所分神、妙、能、逸四品……而逸品则无等次，盖尊之也"。逸品之所以受到如此的推崇，是因为它体现了一种超凡脱俗的生活态度和个性精神；而这些无疑又是清淡诗风所固有的内涵。由此看来，清淡诗风之被当作一种艺术的尺度，完全是顺理成章的。清人汪琬《吴道贤诗小序》云：

---

① 转引自刘克庄《后村诗话》后集卷二。
② 朱景玄：《唐朝名画录序》，见《唐朝名画录》，四川美术出版社，1985。文中《画品断》当为《画断》。

> ……予于是知诗道之通于画也。试以绘山水者论之：李思训、王摩诘犹诗之有正宗也；荆浩、关仝、董源、李成犹李、杜诸大家也；范宽、郭熙犹唐大历以后诸接武者也；郭恕先、米元章之流，往往于绳墨之外，自出胸臆，是为逸品，其在韦、柳之间乎！①

这是对清淡诗风的一种普遍的体认和演绎，其中寄寓自己的审美理想并借题发挥的成分很多。事实上，清淡诗风在传统文化的价值范畴体系中，有着更加广泛和深厚的根基。不过这种独特的现象足以证明清淡诗风在古人心目中与中国艺术精神的紧密联系。

以诗画为主体的中国艺术，与儒道佛三家哲学思想和宗教思想在基本精神上是相通的。中国艺术受儒家思想的影响，崇尚中和之美，以雅正之声为准的；受道家思想的影响，崇尚超逸之美，以自由、忘我为追求目标；受佛家思想的影响，崇尚空灵之美，以"入禅"为最高境界。这种基本精神，在清淡诗风以及有关清淡诗风的评论中都有集中而大量的体现。也就是在这个意义上，我们完全有理由说：清淡诗风集中地体现了中国艺术的精神，它丰富了中国艺术的内涵，是中国诗歌史乃至美学史上一个独特和不容忽视的艺术存在。

---

① 《尧峰文钞》卷二十八，《四部丛刊》影印林诘写刊本。

文心篇

余霞散成绮
——古代散文创作

体制与源流

在中国古代文学浩淼悠远的历史长河中，除诗歌而外，散文无疑是一脉主流。人们常说中国是一个诗的国度，或者直接称中国为"诗国"；这是因为，中国诗歌特别发达，拥有许多享有盛名的大诗人，诗歌在文学王国中占据着主宰的位置。至于散文，似乎还没有相近的说法。其实，中国古代散文创作传统的悠久和繁盛程度，并不亚于诗歌创作。

"散文"一词，至迟在宋代已经出现。南宋罗大经在其《鹤林玉露》一书中，曾引用时人杨东山的话，批评前辈文学家黄庭坚，说他"诗骚妙天下，而散文颇觉局促"。那时的"散文"与今天人们所说的"散文"，在概念和范围方面，有着很大的不同。

今人所称"散文"，是与诗歌、小说、戏剧相并立的文学体裁。现代词语中"散文"这个概念，大致属于中国古代"文"的范畴。"文"的含义相当广泛，不仅指散文、骈文等文章种类，而且还指诗歌、戏曲以及其他一切带有文学色彩的作品。孔子云："言之无文，行而不远"，这里的"文"，就是"文采"。可见中国古代的尚文（即重视文章的表现形式和技巧）之风，由来已久。在这种风气的熏染下，一些今天看来确系纯粹的公文，如"表"、"檄"等，其中也会出现相当数量的文学佳作。所以，相对于诗歌而言，中国古代散文的文体和作品更加浩繁，仿佛一条始自远古，并逐渐汇集了众多支流的大河。中国古代散文与诗歌，共同构成了中国文学的传统特色。

翻开一部《昭明文选》，一部《唐文粹》《宋文鉴》，或者某位散文家的别集如《昌黎先生集》，人们往往会被扑面而来的众多文体名称诸如赋、论、说、序、传、状、书、碑、铭、表、议等，弄得头晕目眩——这些纷繁的文体是怎么来的？它们怎样构成了林林总总、气象万千的散文世界？它们之间有什么区别？各自又有什么特点？每一位初次接触散文作品的读者，大约都会遇到这些问题。这样，就需要先将古代散文的体制源流脉络梳理清楚。

考虑到中国古代散文各文体的产生时间以及相互关系，本文把它们归纳为十类：论说文、传状文、赋、杂记文、序跋文、赠序文、书牍文、哀祭文、碑志文和公牍文。

一 论说文

论说文就是说理的文章。它在历史上产生的年代比较早，先秦诸子著作中的多数篇章，实际上就是最早的论说文。

早期的先秦诸子散文大都是语录体，具有一定的论述性，但文章结构还比较松散。比如《论语》，后人将其分为《学而》《子罕》《先进》《宪问》等篇，但基本上还是片断的语录；每篇之中，甚至难以找到一个中心论题。如《子罕》："子在川上曰：逝者如斯夫！不舍昼夜。"接下来便是："吾未见好德如好色者也。"两句之间，几乎没有任何联系。显然，篇名的设立，并不是因为一篇文章论述了某个问题、某个道理，而只是取孔子讲学时的情境或讲课中的第一个词。如《宪问》是原宪向孔子请教"耻"的问题，《学而》的第一句话是"学而时习之"，等等。

《墨子》一书，是墨子以及墨家学派的言论记录。其中已有所谓"十论"，每论各有主题，如《非攻》反对攻人之国，《兼爱》主张人人互爱，等等。

这种写作上的新特色表明，《墨子》中的一些篇章，已经初具论说文的规模。《孟子》基本上也是语录体，不过一些篇章的某些段落，有着十分明确的中心议题，比如"鱼我所欲也"，可以视为论理之文。至于《庄子》《荀子》《韩非子》《公孙龙子》等诸子著作，大多数篇章都以论文的形式出现。不仅如此，有些篇章还直接以"论"命题，如《庄子·齐物论》《荀子·天论》《公孙龙子·白马论》等。至此，读者已不难看出，古代的论说文，是从先秦诸子散文开始孕育成形，并逐步发展成熟的。

古代作家在写论说文时，根据内容、用途和采取的写法等不同，给文章冠以不同的名目，如论、说、辩、议、原、解等。这些具有不同名目的文章，加上先秦诸子的语录体散文，就构成了形形色色的论说文。

1. 论

"论"的主要用途，是论断事理，包括论政、论学、论史等。汉初贾谊的《过秦论》，是现存最早的单篇论文。全文共分上、中、下三篇，主要探讨秦王朝覆亡的原因，并推及国家兴亡的道理。《过秦论》无疑是一篇政论文。它以史实为依据，逐层推理，气势充沛，行文跌宕，具有很强的说服力。这种带有先秦策士游说特色的文章，体现了汉初政论文的风格。与贾谊同时代的东方朔，写过一篇《非有先生论》，讲"治乱之道，存亡之端"，也是一篇政论文。与《过秦论》不同的是，它采用了设为问答的形式，先假设有位"非有先生"在吴国做官，却"默然无言者三年"，直到吴王问起他为什么总是缄口不言时，这位"非有先生"才说出一番关于进言之难的议论。这种写作方法，明显地受到了当时盛行的汉赋的影响。《过秦论》和《非有先生论》尽管都是政论文，又以"论"字命题，但它们与后代论断事理的文章毕竟还不能完全等同。

能够真正代表"论"体文特点的，是唐宋古文家的作品。比如柳宗元的《封建论》、苏洵的《六国论》、欧阳修的《朋党论》等。这些文章，已基本褪尽游说和劝说的色彩，大都以一个论点为中心，围绕论点进行推理论证，讲究的是逻辑之严密、见解之精深。

苏洵的《六国论》，一向被推为论说文的名篇。作者开宗明义，提出论点："六国破灭，非兵不利，战不善，弊在赂秦。"接下来列举赂秦的种种弊端，指出赂秦则亡，不赂秦则未必亡。然后引出寓意颇深的结论："夫六国与秦皆诸侯，其势弱于秦，而犹有可以不赂而胜之之势；苟以天下之大，而从六国破亡之故事，是又在六国下矣。"文章的观点逐层深入，其立论之独到，逻辑之严谨，论述之精辟，语言之周密，在论说文中堪称出类拔萃。这个题目，苏氏父子三人都曾作过，却只有苏洵的一篇，被奉为上乘之作，流传后世。

欧阳修的《朋党论》是一篇翻案文章。作者不同意所谓"朋党之说"，提出了"小人无朋，惟君子有之"的观点。欧阳修认为，小人以同利为朋，所以其为朋者，也是暂时的、虚假的；而君子之间，则持守道义，推行忠信，珍惜名节，是以同道为朋，所以用来修身，"则同道而相益"，用来报效国家，"则同心而共济"。由此得出结论："为人君者，但当退小人之伪朋，用君子之真朋，则天下治矣。"文中引述历史上的事例，反复论证自己的观点。虽为驳论，但作者的观点始终十分鲜明，所以仍可划入论断事理的"论"体文之列。

2. 说

"说"的主要用途在于申说事理、解释问题。它起源于战国时代的游说、劝说之辞。战国时代，百家争鸣的结果，是产生了诸子著作；而处士横议的风气，则使得游说、劝说之辞终于蔚为大观。游说或劝说的目的，在于申说某一事理，打动或说服对方，使对方接受自己的意见或建议。这类文章往往措辞激烈，危言耸听，注重文采，富于气势。

《战国策》中的《触詟说赵太后》就是一篇典型的游说之辞。它写的是赵国老臣触詟劝说赵太后，让她把爱子长安君作为人质交给齐国，使其发兵攻秦，来救援濒于危难的赵国。起初，赵太后已喝退了几个进谏的大臣，并声言：再有劝说者，"老妇必唾其面"。正在这时，触詟出场了。他先问太后的饮食起居，然后提出要把自己的小儿子送到宫中当卫士，紧接着便引出丈夫比妇人更怜子的议论。他说，父母爱子，就应为孩子的前途着想。当初太后把女儿嫁给燕王时，十分悲哀，曾"持踵为之泣"；可是送走以后，却时时祷祝"必勿使反"。这不是不思念女儿，而是为她作长远考虑。而现在太后给长安君尊贵的地位、丰肥的土地和大量的金玉宝物，却让他无劳无功于国家，一旦太后百年之后，他又如何自立于赵国呢？可见，太后爱长安君远不如爱燕后。这样，就在不知不觉当中，切入主题，又敏锐地抓住对方爱子不得要领的弱点，步步进逼，使对方心服口服。《战国策》中的多数篇章，都是这类讲究辞采和气势，重在劝讽的游说之辞。较著名的还有《唐且不辱使命》《鲁仲连义不帝秦》《邹忌讽齐王纳谏》等。

秦朝建立以后，策士们失去了周游列国、四处游说的条件，于是这种游说之辞便告绝迹，只是其注重辞采和气势的纵横风气，对后代论说文的创作，还产生着一定的影响，比如上述贾谊的《过秦论》就是一例。

唐宋以后，以"说"为题的文章正式出现。它的侧重点，已不在游说、劝说，而在说明、解释。这类文章，大都是有感而作，既可以说明某个道理，又可以抒发个人的感慨，或者记述一得一见，颇有些类似杂感或杂文。所以，后人又称之为"杂说"。与论断事理的"论"体文相比，二者在性质上相接近；只不过"说"的题目可大可小，内容可轻可重，篇幅较为简短，行文较为随意。总之，"说"不像"论"那么郑重其事。这一点，古人在作论说文时，一般都要事先考虑好，以便在行文中把握分寸。

韩愈的名篇《师说》和《马说》基本上反映了"说"体文的主要特征。《师说》意在说明老师的重要作用以及从师的必要性；《马说》则借"千里马常有，而伯乐不常有"的现象，说明识才者难得的道理。前者有感于当时学风不正，基本上是正面解说；后者有感于知遇之难，主要系之于感叹。此外，柳宗元的《捕蛇者说》、苏轼的《日喻说》、周敦颐的《爱莲说》等，都是著名的"说"体文章。尤其是《爱莲说》，仅用一百余字的篇幅，比较和说明了菊、牡丹、莲等花卉的特性，赞美了莲花所象征的"出淤泥而不染，濯清涟而不妖，中通外直，不蔓不枝"的君子品格，语言洗练，寓意深长，堪称"说"体文中的精品。

3. 辩

唐宋以后，是出现了一种新的文体——"辩"。这一文体仍然属于论说类；不过，与"论"相比，"辩"的重点不在于立——论证或说明某个道理，而在于破——辩驳、辩论。"辩"是就某一观点或主张发表辩论或批驳的文字。比如韩愈的《讳辩》，是就避讳问题与当时某些人展开辩论。文中抬出周公、孔子不避讳为例子，在此基础上又援引其他不避讳的史实，用嘲讽和犀利的言辞给论敌以有力回击。柳宗元的《桐叶封弟辩》，驳斥了肯定周成王用桐叶戏封小弱弟唐叔的说法，认为在这一点上，《吕氏春秋》和《说苑》有关周公的记述不可信。

4. 议

"议"又称"驳议"，产生于汉代朝议政事的上书，它以"执异"（即坚持不同意见）为主要特征，是一种带有论辩色彩的政论文。汉代的驳议文有刘歆的《毁庙议》等，唐代古文家的驳议文，有韩愈的《改葬议》《省试学生代斋郎议》、柳宗元的《驳复仇议》《晋文公问守原议》等。驳议文的内容多涉及政令的确定和实施，所以，要求文字简洁、说理清楚，对辞采则不大重视。这类文章，有些还有一定的格式，比如"请下臣议附于令，有断斯狱者，不宜以前议从事。谨议"等。说明这类文章的性质，不仅是非前议而倡今议，而且还带有奏议章表的味道。不过，也有不上奏朝廷的"私议"文章。此外，还有所谓"谥议"之文，即为某人加某个谥号而写的奏议，比如唐代梁敬之的《代大常答苏端驳杨绾谥议》。

5. 原

"原"的命名，大约是从《周易》所谓"原始要终"而来的。这一文体，一般认为始自韩愈。韩愈有《原道》《原性》《原毁》《原人》和《原鬼》等著名的"五原"，分别就道、性、毁、人、鬼等命题进行推本求源，即给它们下定义，论述其渊源。比如《原毁》指出毁谤恶习的根源在于懒怠和嫉妒，因为"怠者不能修，而忌者畏人修"，所以"事修而谤兴，德高而毁来"。明清之际的黄宗羲有一篇《原君》，从上古"人君"的产生，论到后世的君主专制，指出"为天下之大害者，君而已矣"。这篇文章，涉及君主的产生、性质和作用，是就"君"进行推本求源，所以用"原"命题。从上述两例可以看出："原"这类文章，表面上是"溯原于本始"，其实主要目的还是"致用于当今"，因而具有很强的现实性和明确的针对性。

6. 解

"解"，即解释、解说。这类文章可分为两种，一种是设为问答，假设有人提出疑问，然后解答并抒发感慨。汉代扬雄的《解嘲》可以算作这种文体的开山之作。此文模仿东方朔的《答客难》，发挥后者"彼一时也，此一时也"的说法，对时势、对"士"的处境发表了精辟之见。回答客人问难的同时，引出了所谓"士不遇"的满腹牢骚。扬雄的另外一篇作品《解难》，在写法上与《解嘲》同属一类。扬雄之后，韩愈的《进学解》也很有名。此篇为《师说》的续篇。不过，《进学解》不是从正面立论，去谈老师的重要和从师的必要，而是假设师生之间进行对话，用学生的问难引出老师的感慨，描绘出韩愈作为一个"兀兀以穷年"的为人师者，其勤苦与困厄。这种设为问答的形式，显然受到了汉大赋的影响。

还有一种"解"体文，纯粹是对某类问题或某些语句进行解释，篇名大都是"某解"或"释某"。这些文章，一般是纯学术性的小文。比如蔡邕的《释诲》，是解释"诲"的含义，韩愈的《获麟解》，是解说传说中灵物麟的出没情况。明代以后，有些读书心得式的文章，也往往以"解"为题，比如陈确的《颜子好学解》等。这种文章，实际上与那些记述一得之见的"说"体文十分接近。

二　传状文

传状文包括三种文体：史传文、行状文、自传文。

1. 史传文

史传文最初是指纪传体历史散文，唐以后发展成为一般的人物传记。

与先秦诸子散文同时产生和并行的，是先秦历史散文。《春秋》《国语》《左传》《战国策》等史书中，除了记事与记言的文字外，还有一些记叙人物生平和行事的段落。《左传》僖公二十三、二十四年"晋公子重耳之亡"和《战国策·齐策四》"冯谖客孟尝君"两段文字，分别刻画了晋公子重耳和齐国处士冯谖的形象，而"晋公子重耳之亡"写出了重耳从懦弱的贵族公子到富有韬略的政治家的成长过程，显然已经初具人物传记的规模。不过，史传文的开创篇无疑当推司马迁的《史记》。随着《史记》的问世，纪传体作为历史书籍的新体裁，同时也作为古代散文创作的一种新文体而被确立下来。《史记》中的许多传记，在叙述人物事迹、刻画人物性格以及语言表达和细节描写方面，都具有较高的成就。《史记》从帝王"本纪"到将相以下的"列传"，多为精彩传世之作，如《项羽本纪》《留侯世家》《淮阴侯列传》等。

史传文出现以后，便作为纪传体历史散文存在于历史书籍之中。到了东汉时期，在大学者刘向的《说苑》《新序》《列女传》等书中，也出现了一些人物故事。到了唐代，散篇的人物传记逐渐增多。从此，史传文不再是单纯的纪传体历史散文，而从史书中发展出了一般的人物传记，并形成了一种独立的文体。

唐代古文家韩愈、柳宗元都写过一些传记文。比如韩愈有《圬者王承福传》《太学生何蕃传》，柳宗元有《种树郭橐驼传》《童区寄传》，等等。他们的这些文章有一个共同的特点——与正史相比，文章的角度更多地偏向于社会中的下层人物，尤其是一些具有一技之长的普通人。作者乐于写出这些人的喜怒哀乐、生产技能和值得称道的种种品德，并在其中寄托作者本人的社会理想和对当时社会的批判。

2. 行状

"行状"也是人物传记。"行状"，就是一个人的德行状貌。古代一些有名望的人死后，其家属、门生或朋友，为替死者向朝廷请求谥号，或请求官方为其立传，便将死者的姓名、爵里、生平事迹、享年等记录下来呈送上去，这种记录文字就是"行状"。撰写行状时，往往需要在文章结尾写出撰写原委和目的，像"将牒考功下太常定谥，并牒史馆"，或"掇其大者为行状，托立言之君子，以图不朽焉"等。

由于此类文章用途比较特殊，所以写法也就与一般的传记文不大相同。传记文写人及事，有详有略，字里行间常常寄寓着作者对人物的抑扬褒贬；而行状写人及事，则面面俱到，十分详尽，而且通篇有褒无贬。看起来行状文仅仅是为写本传、墓志提供原始资料的文字，实际上，优秀的行状文，其本身就是一篇成功的人物传记。这类行状文，往往通过对几件最典型、最突出的事件的刻画，描绘出主人公鲜明生动的形象。比如韩愈门生李翱为其师所作的《韩文公行状》，在叙述韩愈一生政治言行的同时，又描写了一些反映韩愈性格和才情的生动细节。

此外，还有一种仅写死者逸事逸闻，并不全面介绍其生平事迹的传记文，叫作"逸事状"。比较著名的作品有柳宗元的《段太尉逸事状》等。"逸事状"的用途与行状大体相同，所以可以视为行状的变体。

3. 自传

"自传"是自叙生平事迹的传记文章。这类文章有的以"自传"为题，比如陆羽的《陆文学自传》、刘禹锡的《子刘子自传》；有的虽不称作"自传"，但性质与自传相同，比如王充的《论衡·自纪篇》、曹操的《让县自明本志令》、曹丕的《自叙》；有的只题名"传"，却不以第一人称写，而实际上也是自传文，比如陶渊明的《五柳先生传》、白居易的《醉吟先生传》、陆龟蒙的《江湖散人传》、柳开的《东郊野夫传》等。自传文与一般的传记文相比，略微有些不同。自传文在叙写生平事迹的同时，常常要抒写个人的理想与志趣，抒发对人生社会的感慨。所以，自传文比一般的传记文章更能表现出作者的个性、意趣和才情。

三　赋

赋包括古赋、骈赋、律赋、文赋等，其中以古赋、文赋二者与散文关系较密切。这一文体起源于春秋楚地的民间隐语。隐语实际上就是今人所说的谜语，当时又称"廋词"。

春秋战国时代，"廋词"传入宫廷，一方面为策士说客所利用、成为他们巧言善辩的辞令或劝讽诸侯的手段之一；另一方面，又经过当时文人的润饰改造，逐渐形成巧言状物、有问有答的赋体文。

文章中最早使用"赋"这一名称的，是战国后期的荀子。《荀子·赋篇》今存《礼》《知》《云》《蚕》《箴》五篇，其内容和写作方法基本上反映了楚民间赋的特色，比较通俗浅白。到了宋玉手中，赋开始由俗变雅，由民间进入宫廷。《昭明文选》载录宋玉赋四篇，即《风赋》《高唐赋》《神女赋》《登徒子好色赋》；另外，《对楚王问》也是赋体作品。这五篇赋，篇幅较长，结构宏伟，极尽铺陈夸张、设譬隐喻之能事，语言也很秾丽华艳，不愧是以楚辞家的才情作赋体文章的产物。

荀子和宋玉，一个直接从楚民间隐语汲取营养，一个将楚民间赋发展为楚宫廷赋，给后代赋体文的写作提供了可贵的经验。到了汉代，赋终于发展成为足以代表时代特征的文学体裁。

汉赋包括散体赋、骚体赋和小赋三种形态。因其产生的时间较早，加之与后代讲求骈偶、声律的俳赋和律赋在体制上不大相同，所以通常又把汉赋，包括后世模仿汉赋的作品统称为古赋。

1. 散体赋

典型的散体赋大都采用问答方式，韵文、散文交互出现，篇幅长，规模大，因而又有散体大赋或汉大赋之称。散体赋的正文之前，通常有序言，说明写作原委和主旨。正文开始部分，通过人物的简单对话，介绍问对的缘由，有些类似文章前面的"引子"。正文主体部分，是大段的主客问答，通常以一方的高谈阔论为主，也有的是主客各自发表一通宏论，各自构成一个单篇，再合成一个整篇。文章结尾部分，通常以一方向另一方表示折服而告终，也有的还要缀上几首诗，阐发文章主旨。至于韵、散文的运用，一般是序言以及文章的开始和结尾用散体文，而中间主干部分用韵文。

不用问答形式的散体赋也是存在的。文章开始部分是用散体文写成的序言，接下来就是用押韵文字构成的大段铺叙和描写，结尾则通常采用楚辞的"乱曰"或"辞曰"（篇末总括全篇要旨的话）。扬雄的《甘泉赋》就是这样的写法。

典型的汉大赋可以举出司马相如的《子虚赋》《上林赋》，扬雄的《羽猎赋》，班固的《两都赋》和张衡的《两京赋》等，这些都是汉大赋的经典作品。它们的内容，大都离不开贵族们华奢淫靡的生活，包括宫苑、田猎、都邑等——夸耀国土的广阔，水陆物产的丰盛，颂扬汉帝国的文治武功。这些铺陈和渲染，很能适合统治者的口味和爱好。至于对统治者的劝诫和讽喻，通常只在文章末尾流露出一点这样的意思，诸如希望君王励精图治等。不仔细读，大半会漏掉。倒是文章中铺天盖地的华丽词藻，以及大量的生词僻字，最能给人留下深刻的印象。

2. 骚体赋

骚体赋产生的年代略早于散体赋。它极力模仿楚辞的写作手法，但仍然是散文化的赋，并且以"赋"命篇。骚体赋的基本主题是"士不遇"，内容则为抒发牢骚不平的情绪。骚体赋的代表作是贾谊的《吊屈原赋》《鵩鸟赋》、司马迁的《悲士不遇赋》、司马相如的《长门赋》、班彪的《北征赋》等。

3. 小赋

汉大赋的规模都很大，往往是动辄千言。与它相比，小赋的篇幅就短得多了。不过，它的艺术性却要比大赋强，读起来不感到枯燥单调，而饶有趣味，除了作者的才学外，还能发现作者的个性。小赋以韵文为主，可分为咏物小赋和抒情小赋两种。咏物小赋产生于西汉，代表作有羊胜的《屏风赋》和枚乘的《柳赋》。抒情小赋产生于东汉，代表作有张衡的《归田赋》和《思古赋》等。

4. 文赋

文赋的产生，在很大程度上是受了唐宋古文运动的影响。它吸取古文的章法和气势，句式仍以四言、六言为主，但同时掺用了大量的长句和"之""也""乎""矣""焉""哉""邪"等虚词。文赋并不排斥骈偶，它在用韵上比较自由，内容也比较丰富。由于受古文影响，文赋往往偏重于说理。文赋的作者多是当时的古文家，像欧阳修、苏轼等。欧阳修的《秋声赋》把无形无影的秋声写得形神毕肖，从中流露出悲秋伤世的情绪。苏轼的《赤壁赋》记两游赤壁，借题发挥，抒发了人生无常的感慨和超然旷达的情思。这几篇赋的写法，仍然采用传统的问答形式，从写景开始，引出下文的人物对答。不过，人物的对答并不以铺叙描摹为主，而是借环境描写抒发或衬托人物的情思。文中追求骈偶和押韵的痕迹也不很明显。

四　杂记文

杂记文多以"记"命篇，是古代散文中比较常见的文体。从内容和用途上看，杂记文可以归纳为台阁名胜记、山水游记、书画杂物记、人事杂记四类。

1. 台阁名胜记

台阁名胜记的记叙对象，是亭、台、楼、阁、寺、观以及其他名胜古迹。它或写于台阁名胜建造之时，或作于后代人观览流连之际，一般都要刻碑立于建筑之侧。其内容丰富多样，大抵包括建造修葺过程、历史沿革变迁、当地自然环境以及作者登临观览时的种种感受等。此类文章在写法上不拘一格，或侧重于摹景，或偏重于记事，或着力于抒写情志怀抱，或借题发挥，进行说理议论。

这类文体的产生，与亭、台、楼、阁等建筑，特别是宗教寺观的兴起密切相关。从现存文献看，台阁名胜记发端于北魏时期，具体见于《水经注》和《洛阳伽蓝记》二书中的某些篇章。比如，《水经注》有关北魏行宫广德殿的一段文字，即是作者郦道元根据自己的见闻所写，内容涉及广德殿的地理环境、外观内景以及命名由来。《洛阳伽蓝记》一书，主要记述北魏洛阳佛寺（梵语称"僧伽蓝摩"，简称"伽蓝"）的兴废盛衰，兼及有关政治、人物、风俗、地理和掌故传闻。全书以四十个大佛寺为重点，系统地追述了洛阳城内外寺塔的分布情况，反映出当时佛教发达的盛况，在字里行间隐寓着作者杨衒之的感慨与褒贬。以《永宁寺》一文为例。《永宁寺》开篇交代北魏洛阳城内这一最大寺院的地理位置及其周围环境；接着，正面描写佛塔、佛殿、僧房以及寺院围墙和四面门观，然后写北魏明帝和达摩大师以及作者的观感，侧面映衬出寺塔的非凡风姿；下文通过大风刮落刹上宝瓶一事，转入记叙有关永宁寺的政治事件和人物活动；最后描写大火毁寺，寺塔成为海市蜃楼的虚幻景观。

独立成篇的台阁名胜记，出现于南北朝时期，代表作品是沈约的《桐柏山金庭观记》。此后一直到初、盛唐时期，由于骈俪文风盛行未衰，台阁名胜记多用骈体文写成。

最早用散体文写台阁名胜记的，是唐代古文运动的先驱元结。自他的《寒亭记》之后，台阁名胜记克服了骈体文板滞艰奥的弊端，获得了新的生命力。其中最明显的变化就是抒情言志成分的增加。无论是韩愈的《新修滕王阁记》，还是柳宗元的《柳州东亭记》，都或多或少、或明或暗地寄寓着作者怀才不遇和天涯沦落的感慨。其次，是借题发挥、议论说理成分的出现。柳宗元的《永州龙兴寺息壤记》、李翱的《题峡山寺》、孙樵的《书褒城驿壁》等，都是以议论为主、夹叙夹议的台阁名胜记。以上两个特点，在宋代以后的台阁名胜记中又有所发展，名篇佳作迭出，像王禹偁的《黄州新建小竹楼记》、范仲淹的《岳阳楼记》、欧阳修的《醉翁亭记》、苏轼的《喜雨亭记》等。这些文章，多以抒情言志为主，鲜明地体现出了时代风貌和作者的个性。

唐宋以后，还出现了一种题名为"厅壁记"或"厅壁题名记"的文章，如韩愈的《蓝田县丞厅壁记》、王安石的《度支副使厅壁题名记》等。厅壁就是官府的墙壁，厅壁记或厅壁题名记的内容和用途，是把某地历任官员的姓名、经历、政绩等记录下来，写在或刻在官府墙壁上，供后任官吏参考。

2. 山水游记

山水游记是杂记文中文学性较强的一种文体。它以作家亲身游历的山川胜景、自然风物为题材，或模山范水，或抒情议论，既不同于仅凭耳闻或专恃虚构的山水林苑之赋，又有别于刻碑上石的那些记事性较强的台阁名胜记。其主要特点是：景物描写的成分多，旅途见闻和观感贯穿始终，而且不刻碑上石。

中国诗歌自《诗经》以来，一直很注重自然景物的描绘，擅长借景抒情；而在散文领域中，自然景物的描绘直到魏晋南北朝以前，仍不很发达。汉赋中虽然有些山水描写的成分，但主要是为夸饰宫苑城邑作陪衬。晋宋以后，山水文学普遍发达，散文中出现了一些描写山水的佳作，像《水经注》中描写三峡的段落。不过，严格地说，《水经注》是一部地理学著作，其中描绘自然风物的篇章，只能算作山水游记的前身。倒是一些书信体文章，像鲍照的《登大雷岸与妹书》、吴均的《与宋元思书》、陶弘景的《答谢中书书》等文中，已经出现了一些精彩的景物刻画。东晋僧人慧远有《庐山记》一文，其中山川风物的描摹占了较大的成分，对以后的山水游记颇有影响。他的《庐山诸道人游石门诗序》一文，虽名为"诗序"，但记述了游踪、景物和游览感受，可以称得上是一篇事实上的山水游记。它与真正的山水游记已经没有太大的区别，要说区别，不过是它还没有独立成篇，没有以"记"题名罢了。

山水游记的真正出现和成熟是在唐代。柳宗元的《永州八记》体现了山水游记的两大特点——模山范水、抒情言志，可以算作这一文体的奠基之作。柳宗元以流畅优美的笔调，生动地刻画了秀美清丽的南国山水；把自己怀才不遇的感慨，寄托到这些被弃置的山丘、渠涧、溪潭之中，在赞赏它们奇特、秀美、清丽的同时，流露出惋惜和不平之情。

宋代以后，山水游记进一步发展，逐渐形成了它自身的第三个特点——借叙述游踪、描绘风景来进行说理议论。比如王安石的《游褒禅山记》，是借游山阐发所谓"非有志者不能至"的远大目标，和不能轻信、盲从的治学之道。又比如苏轼的《石钟山记》，在描摹石钟山奇险、壮丽的同时，以自己的亲身见闻，辨明了此山得名的原因，澄清了历来两种不确切的说法，并借此说明了事须亲历而不可臆断的道理。

南宋以后出现了一种日记体山水游记。作品有陆游的《入蜀记》、范成大的《吴船录》以及徐宏祖的《徐霞客游记》等。这类文章的特点是：按日程写旅途所见风光、古迹、风俗，有写景、有考证、有咏史、有抒情，内容比较丰富，写法也比较灵活。它们与晚明兴起的山水小品（像袁宏道的《虎丘记》、张岱的《陶庵梦忆·湖心亭看雪》等，均以精细地刻画景物、抒写性灵见长）一样，都是山水游记的重要组成部分。

3. 书画杂物记

书画杂物记是专门记述书画的内容、器物的形状以及它们的形制或艺术特点的杂记文。这类文章的篇幅一般比较短小，写法灵活多样，纪实、怀人、议论、抒情皆可成篇。比如韩愈的《画记》，描述了一幅"杂古今人物小画"上的人物、马匹、禽兽、杂物等情况，说明自己偶得此画的兴奋和对它的珍爱。这篇文章在书画记中出现得较早，被视为书画记的正体。又比如唐人舒元舆的《录桃源画记》，是一篇叙议结合的书画记。文中不仅描绘了古画《桃源图》上的各种景物，同时还抒发了作者观画以后的感受。至于器物记，以明代魏学洢的《核舟记》最为著名，它用纪实的笔调，详尽而又绘声绘色地描写了一件工艺品。

书画杂物记除以"记"名篇外，有些还题名"序某"或"某序"。比如柳宗元有《序饮》《序棋》，白居易有《荔枝图序》。这类文章以记物为主，与序跋文之"序"不同。此外，也有一种"书某画后"的题名，像苏轼的《书蒲永升画后》。

4. 人事杂记

人事杂记类似于今天的记叙文。起初它的实用性较强，往往像一篇详尽的调查报告；到后来，文学性逐渐增强，开始注重人物思想感情的展现和环境气氛的渲染，细节描写也达到了相当的水准，有的文章还在记事之外，致力于现实之揭露和社会批判。人事杂记虽然以记人叙事为主，但所记范围只限于一时一事：记人而不涉及人的一生，议论而不进行论证。

人事杂记以叙事记人为主要内容，一般题名"记"，少数题名"志"（志与记同义）。这类文章的写法比较灵活，有的着重记叙事件始末，像刘禹锡的《救灾志》、曾巩的《越州赵公救灾记》；有的于记事之外，兼抒情志、寄寓感慨，像谢翱的《登西台恸哭记》、归有光的《项脊轩志》、方苞的《狱中杂记》、龚自珍的《病梅馆记》等。

五 序跋文

序跋文是指对某部著作或某一诗文进行说明的文章。序写在著作或诗文之前，跋写在著作或诗文之后。

1. 序

序文出现于汉代。司马迁《史记》有《太史公自序》，班固《汉书》有《叙传》，司马相如《长门赋》有《长门赋序》，扬雄《法言》有《法言序》、王充《论衡》有《自纪篇》。与后代不同的是，当时的书序，均置于全书之后，而单篇文章的序，则置于作品之前。另外，汉代的书序，还包括全书的目录和提要。

根据写法的不同，序文可以归纳为两种基本类型：一种以记叙写作缘由和经过为主，像司马迁的《太史公自序》、李清照的《金石录后序》；另一种以表述自己的某种观点为主，像刘向的《战国策序》、欧阳修的《五代史伶官传序》。序文中的佳作，大多是情理兼长、叙议结合。比较突出的作品是李清照的《金石录后序》。"序"还可以写作"叙"或"绪",像郭璞的《注山海经叙》;有时写作"引",像刘禹锡的《吴蜀集引》;有时写作"题辞",像赵岐的《孟子题辞》、张溥的《汉魏六朝百三家集题辞》等。

2. 跋

跋写在书后、文后,产生于唐代。当时称"题某后"或"读某",像李翱《题燕太子丹传后》、韩愈《读荀子》。以"跋"题名,始于宋代欧阳修。欧阳修有《集古录》"跋尾"若干篇。跋主要用于说明或议论,文字比较简洁,一般是包括读后感和考订书籍或文章的学术性短文。不过,也有记叙性的文学小品。比如陆游的《跋李庄简公家书》,描绘了家书作者的性情神态,寥寥数笔,人物形象便跃然纸上。

六 赠序文

"君子赠人以言",这是中国的一条古训。古人送别亲友时,既要折柳("柳"谐"留")表示挽留,又要写赠别的文章。赠序文就是专为送别亲友而作的。这类文章,虽然也以"序"题名,但与序跋的"序"在性质上截然不同。

不过,赠序的起源,却与诗序(序跋文的一种)有很大关系。饮酒赋诗,是送别亲友时不可缺少的活动。诗成之后,通常要请在场的一个人为诗作序,内容大体不过惜别、祝愿、劝勉之类。后来,即使不设宴饯别,没有聚会和赠诗,也要写一篇文章表达送亲友者的情意。于是,专为送别而写的赠序文就出现了。

晋代时已有赠序文,比如傅玄的《赠扶风马钧序》、潘尼的《赠二李郎诗序》,而这一文体的盛行,则是在唐宋时代。李白有赠序文近二十篇,他的赠序,如《早春于江夏送蔡十还家云梦序》《暮春江夏送张祖监丞之东都序》等,以叙友谊、述别情为主,豪放飘逸,情辞并茂,是这类文章的正体。韩愈的赠序文,从内容到写法,对前人的文章均有所突破和发展。有的增加了议论说理的成分,像《送孟东野序》即以"大凡物不得其平则鸣"开宗明义;有的掺入了反映现实、愤世嫉俗的内容,如《送李愿归盘谷序》《送董邵南游河北序》等。另外,像柳宗元的《送薛存义序》等,是借赠别申述自己的政治主张的赠序文。宋代欧阳修、曾巩等古文家,也都有优秀的赠序文传世,像欧阳修的《送田画秀才宁亲万州序》、曾巩的《赠黎安二生序》等。

除序跋和赠序之外，还有一类标题为"序"的文章，像王羲之的《兰亭集序》、李白的《春夜宴从弟桃花园序》、柳宗元的《陪永州崔使君游宴南池序》等，主要写游宴盛会的场面和宴饮之乐，抒发个人的胸次怀抱，虽然往往会提到临宴赋诗，但实际上已是记事之文，与记述写作缘由和过程的序跋文明显不同。这类文章，可称之为"序记"。

七　书牍文

书牍文属于应用文体，指亲友间或其他任何个人之间相互往来的信件。书牍文因书写材料的不同，而有"书牍"（木板）、"书札"（木片）、"书简"（竹片）或"书笺"（纸）等叫法，其书写材料大都长约一尺，所以又有"尺牍"、"尺素"或"尺翰"之称。至于人们通常所说的"函"，也是指书信，它因传递书信所用的封套（即函）而得名。

现存最早的书牍文，是《左传》记载的周代《郑子家与赵宣子书》（文公十七年）、《巫臣遗子反书》（成公七年）等。这些文章，实际上是列国之间外交辞令的书面化。早期的书牍文有点类似于古代的奏议。真正不同于公文奏议而具有个人交流性质的书牍文，是汉代司马迁的《报任安书》。在这封长信里，司马迁向他的朋友诉说了自己受腐刑后屈辱、愤懑的心情，表达了自己发愤著书的志向。司马迁的外孙杨晖，也有一篇传世的《报孙会宗书》，颇具乃祖纵横恣肆、慷慨任气的遗风。这两封书信都鲜明地反映了作者的个性特点，对后代书牍文的写作产生了很大的影响。东汉马援的《诫兄子书》是历史上较早的一篇家书，作者在信中谆谆教诲侄子要自重自爱、谨言慎行。

魏晋时期的书牍文，不仅在数量上比前代明显增多，而且内容也有较大的扩充，更富于文采。从此，书牍文成了一种重要的文学体裁。此期文人的别集，几乎都少不了书牍文作品，曹丕、曹植、孔融、陈琳、嵇康、刘琨等人，都有书信名篇传世。有些人甚至还以擅长写书信而名声大噪，像孔融、陈琳等。书牍文的内容，或者涉及文学问题的讨论，兼及叙写友谊，如曹丕《与吴质书》、曹植《与杨德祖书》；或者抒写情志，兼及议论时政，如嵇康《与山巨源绝交书》、刘琨《答卢湛书》；或者叙说友谊，兼及荐人等应酬之事，如孔融《与曹操论盛孝章书》；或者谆谆教子，兼及抒发胸次怀抱，如陶渊明《与子俨等疏》（"疏"同"书"）。每封书信的内容通常都不是单一的，同时在写法上又比较讲究词藻，因而大多情文相生，意味深永。

唐宋以后，书牍文的写作趋于成熟，并冲破了六朝以至初唐骈俪文风的牢笼，返回到两汉魏晋时期健康朴实的发展道路。此时的书牍文大都富于鲜明的时代特征和个性特点。文中讨论文学问题，具有浓厚的抒情色彩，堪称师友间传授交流创作经验、抒写个人遭遇、批评诗文的"文艺书简"。比如韩愈的《答李翊书》，结合自己的创作体会，谈"气"与"言"的关系，也就是道德修养、文学修养与创作的关系；白居易的《与元九书》，提出了自己的诗歌创作原则，记述了自己的学诗经历以及无辜被贬的遭遇，阐明了自己的处世哲学。此外，柳宗元的《答韦中立论师道书》、曾巩的《寄欧阳舍人书》、苏轼的《答谢民师书》等，都是著名的论文书简。其他题材的书信创作，无论是议论时政、叙写友情，还是毛遂自荐，或者阐发见解、辩驳他人观点，也都是发自肺腑，直抒胸臆，倾诉衷肠。像柳宗元的《贺进士王参元失火书》《答周君巢饵药久寿书》《答元饶州论政理书》，李白的《与韩荆州书》，王安石的《答司马谏议书》，苏辙的《上枢密韩太尉书》，苏轼的《答秦太虚书》等，不胜枚举。

明清时代，由于文网森严，书信中议论时政、干预社会的内容明显减少，而应酬之作大量增加。在此潮流之下，书牍文的精彩传世之作已寥若晨星。细数一下这为数不多的名篇佳品，有明代古文家宗臣的《报刘一丈书》，他在信中有力地抨击了官场的腐败；明末少年英雄夏完淳的《狱中上母书》《遗夫人书》，表现了强烈的民族意识和英雄气节；清代郑板桥的《与舍弟墨第二书》等家书，于日常琐事的信笔抒写之中，不觉透露出作者正直耿介的品性。

概而言之，书牍文这一文体的体制特点大致有三：

（1）"尽言"，以即畅所欲言为根本宗旨。在抒发所思所感的同时，充分展示作者的文采和风范，与一般文章相比，书牍文的个性色彩比较鲜明。

（2）书牍文的感情色彩浓厚。除一般应酬性书信外，大都比较注重思想感情的交流，注重用作者本人的经历、言辞感动对方或引起对方的共鸣，读起来具有一种其他文体无法比拟的亲切感。

（3）书牍文不拘内容，常常是意到笔随，大可以勾勒出一个时代的社会风尚、人情世态，小可以映现一个人的思想、性格、心态，比起一般文章更容易做到得心应手、挥洒自如，因而也更容易产生情文俱佳的成功之作。

八　哀祭文

1. 祭文

古代祭祀天地山川或丧葬亲友、凭吊古人古迹时，往往要写文章表示祝祷或哀悼，这种文章就是祭文，又称祈文、吊文或祝文。

纵观所有祭告山川灵物的祭文，似乎只有韩愈的《祭竹林神文》《祭鳄鱼文》和白居易的《祭龙文》值得一提。多数传世的祭文，则大都是为哀悼亲友所作。为哀悼亲友而作的祭文，其感情色彩比较浓烈。历史上著名的祭文，有韩愈的《祭十二郎文》、白居易的《祭元微之文》、欧阳修的《祭石曼卿文》等。

由于祭文通常要在祭奠亡人时宣读，所以文章的开头和结尾有一定的格式要求：篇头为"维某年某月某日，某人谨以清酌庶羞之奠，致祭于亡友某某之灵"；篇末则为"呜呼哀哉，尚飨！"至于祭文本身，并没有什么统一的模式。随着时代文风或作者爱好的影响，有的用押韵四言写成，像南朝梁刘令娴的《祭夫徐敬业文》；有的则用散体文写成，像韩愈的《祭十二郎文》。祭文的写法，通常以追悼为主，直抒胸臆，感情强烈。像白居易的《祭元微之文》——"呜呼微之！六十衰翁，灰心血泪，引酒再奠，抚棺一呼！"真可谓哀痛凄绝。不过，也有的祭文是通过日常琐事倾吐亲情，熔抒情、叙事于一炉。被誉为"祭文中千年绝调"的《祭十二郎文》，采用的就是这种写法。后来，在抒情、叙事的基础上又加上议论，像《祭石曼卿文》便是如此。

凭吊古人古迹之作，大多取名为"吊"。比如贾谊的《吊屈原赋》、陆机的《吊魏武帝文》、李华的《吊古战场文》等。也有的题作"祭"，比如颜延年的《祭屈原文》、谢惠连的《祭古冢文》等。这类文章的格式和内容，与追悼亲友的祭文稍有不同。篇头同样要交代时间，但舍掉了表示祭奠的文字，而增加了表示凭吊的内容（主要是借古人古事以咏怀，或者抚今追昔等）。

2. 诔、哀辞

与祭文性质相近的，还有"诔"和"哀辞"。"诔"最初和行状一样，有为死者定谥的用途，比如《左传·哀公十六年》所载鲁哀公的《孔子诔》、颜延之的《陶征士诔》等。郑玄注《孔子诔》曰："尼父，因其字以为之谥"；《陶征士诔》中有"询诸友好，宜谥曰靖节征士"的话。后来，诔演变成单纯寄寓哀悼之情的文字，它的定谥作用，逐步转给了"谥议""谥册"等文体。

诔文通常由两部分构成，前面是序，追述亡人的行迹、品格（有的进而提出给他定某个谥号），这一部分用散体文写成，后面是诔辞，用四言韵语写成，内容是概括死者的一生，寓以颂扬之意。

至于哀辞，多用于身遭不幸或年幼早夭者。或者叹惋其怀才而不遇，或者哀悼其有德而寿短。所以，哀辞一般写得感情饱满，字里行间充满了痛惜之意。哀辞的体制与诔文大体相同，经典作品有白居易的《哀二良文》、韩愈的《欧阳生哀辞》等。

九　碑志文

碑志又称碑铭，是将文字刻在碑上以记事的文章。按照用途，碑志可以归纳为三种类型：纪功碑文、宫室庙宇碑文和墓碑文。

1. 纪功碑文

纪功碑文主要用来记述某人或某一重大历史事件的功业。最早的纪功碑文是《穆天子传》中所说的周穆王"舋山刻石"，可惜此文今已失传。现存最早的纪功碑文，是秦相李斯所写的《琅琊台刻石》《会稽刻石》等。这些碑文的内容主要是歌颂秦始皇统一中国的功业，宣扬秦王朝的声威。它们随着秦始皇的四处巡幸，勒石上碑，立于中原和江南各地，对后代碑志文的写作影响很大。不过，这一时期的刻石碑文，基本上是从上古刻于青铜器上的纪功纪事铭文发展而来的，一般用古奥简短的韵文写成。汉代以后，在铭文前面加有用散体文写的长序。虽称为"序"，却已成为碑文的主体。比如班固的《封燕然山铭》，前有长序，记述车骑将军窦宪讨伐匈奴功业，气势雄壮，而铭文却只有短短的五句。后来，有些碑文干脆就取消了缀在后面的铭文。韩愈的《平淮西碑》历来被推为纪功碑文的上品，该文记述了唐宪宗讨伐藩镇吴元济的功绩，后面缀有较长的铭文。

2. 宫室庙宇碑文

宫室庙宇碑文主要用于记叙宫室庙宇等兴建的缘由和经过，在开山、筑池、修路、造桥之时，也要立碑纪事。这些碑文中常常掺杂了称颂神灵"法力""灵验"的内容，可取者不多，但少量文章兼写建筑周围环境景致，尚有一些文采，像王勃的

《益州县竹县武都山净惠寺碑》、韩愈的《柳州罗池庙碑》等。

3. 墓碑文

墓碑文主要用于记述死者生平事迹，同时表达悼念、称颂之意。古代的墓碑，不都立在地上，有的是埋在地下的。墓碑埋在地下的，叫墓志铭；墓碑立于地上的，叫墓碑文或墓表文。

墓志铭又可以称作埋铭、墓记、葬志、圹志、圹铭等。根据丧葬情况，未葬而权寄灵椟的称"权厝铭"；死于外地而后归葬的称"归村志"；葬于外地而后迁归的称"迁祔志"。墓志铭通常是刻在石碑上的，而刻在砖上的则称"墓砖记""墓砖铭"。墓志铭一般由志（散体文）和铭（韵文）两部分组成，但也存在有志无铭或有铭无志的情形。也有的铭文是用散体文写成的，还有的在志铭之前又加序，叫作"墓志铭并序"。总之，在写法上不大统一。

优秀的墓志铭，往往能够在记述死者生平事迹的同时，刻画出人物的性格和形象。韩愈的《柳子厚墓志铭》，把叙事、抒情和议论巧妙地融合在一起，再现了柳宗元坎坷不幸的一生，堪称优秀的文学家评传。

墓表文有的称神道碑，有的称墓碣文。"神道"是古代堪舆家（风水先生）的说法，他们称坟墓东南的墓道为"神道"。神道碑就立在东南墓道上。碣与碑性质上相近，但形状、高低不同，而且适用范围也不一样。唐朝以后规定五品以上立碑，七品以上立碣。立碑或立碣，要视死者的官阶而定。至于墓表，则有官无官均可用，所以常用作墓前碑文的通称。

神道碑和墓碣文在用途上虽有以上不同，但在体制上却没有多大分别。它们与墓志铭一样，通常由志和铭两部分构成，志用散体，铭用韵语。韩愈的《唐故中散大夫少府监胡良公墓神道碑》和柳宗元的《长安万年裴令墓碣》，都是这样的写法。宋代以后，凡称"表"的墓表文，都用散体文写成。比如欧阳修的名篇《泷冈阡表》，是作者为其父母合葬立碑所作。"阡"就是墓道，"阡表"与神道碑同义。

明代张溥的《五人墓碑记》，是墓碑文中值得称道的作品。该文记叙了苏州市民与奸党魏忠贤斗争中五个死难者的事迹。文章夹叙夹议，再现了政治斗争的场面和五人就义时的悲壮场景，用大段篇幅赞颂五人的高尚志节，讽刺高官缙绅的种种不堪，比起"唯叙事实，不加议论"的一般墓碑文，是大大前进了一步。

十　公牍文

公牍文简称公文、通常可以分为上行文和下行文两大类。前者是臣下给帝王的上书，包括章、表、议、疏、启、札子和封事，也就是后世所说的奏议文章。后者是帝王给臣民的旨令，包括诏、令、制、论以及军事文告檄和露布，也就是后世所说的诏令文章。在今人看来，公文的应用性很强，内容比较单一，不会有多少富于文学价值的文章，其实不然。在上行文的"表"和下行文的"檄"中，就有一些流传下来的名篇。

1. 表

表又称奏表、表文，是臣下向君王陈述衷情的文章。三国时诸葛亮有《出师表》，是诸葛亮准备出师伐魏时上给后主刘禅的，共两道。而《前出师表》更以其情辞恳切、感情真挚而备受历代文人推崇。此外，东汉孔融有《荐祢衡表》，三国曹植有《求自试表》《求通亲亲表》，晋刘琨有《劝进表》、李密有《陈情表》，南朝梁任昉有《为范尚书让吏部封侯表》、江淹有《为萧拜太尉杨世牧表》，南朝陈江总有《为陈六宫谢表》，等等，均为表文中的名篇。

表文始于秦汉，但两汉以前的作品今已不存。唐宋以前，表文多用散体；唐宋以后，多用四六骈体，其用途则由陈情扩展到谢恩、劝进、辞免、庆贺、贡物等方面，成为应酬性文字。所以，唐宋以后，表文的佳作不多见。不过，李善的《上文选注表》、欧阳修的《谢致仕表》、晁补之的《亳州谢到任表》、苏轼的《谢赐对衣金带马表》等，与同时代的其他表文相比，仍属上乘。表文开篇通常写作"臣某言"，结尾称"拜表以闻""臣某顿首"等。

2. 檄

"檄"是古代征伐时发出的一种声讨性的军事文告，有时也用来晓谕、征召臣民。檄始于战国张仪。据《史记·张仪列传》载，张仪早年在楚国游说，被楚相诬陷，说他盗了璧玉，并且被毒打了一顿。后来，"张仪既相秦，为文檄告楚相曰：始吾从若（你）饮，我不盗而（你的）璧，若笞我。若善守汝国，我顾且盗而城！"

汉代的檄文，因写于长二尺的木简上，所以又称"二尺书"。如果遇有紧要之事，就在上面插上羽毛，令人火速送往目的地。这种插上羽毛的檄，叫作"羽檄"。

最初的檄文，只不过是一般性的文告。今见最早最完整的檄文——司马相如的

《谕巴蜀檄》，就是一篇安抚晓谕巴蜀地区人民的文告。魏晋以后，檄的军事文告性质逐渐突出，魏晋时陈琳、阮瑀、钟会都是作檄的能手。陈琳的《为袁绍檄豫州》，是檄文中的名篇。它历数曹操孤弱汉室，阴谋代之的种种罪状，以此证明袁绍伐曹师出有名。后来陈琳降曹，向曹谢罪说，他是箭在弦上，不得不发。而曹操虽然十分恼火陈琳诟骂自己祖宗三代，但因爱惜他的才华，也就宽恕了他。后来，陈琳又为曹操写了许多檄文。

檄文的写法，通常都是宣扬己方的政治如何清明，而对方是多么的残暴，并分析天时、地利、人和以及敌我力量等自然、人事条件，此外还要假借天意、引征历史以证明征战的合乎正义。为了在气势上压倒对方，檄文特别讲究语气的雄壮刚健，辞意的鲜明显豁。

唐以前的檄文多用散体，唐以后则主要用骈体。唐代骆宾王的《代徐敬业传檄天下文》是骈体檄文，也是历代檄文中的经典作品。

以上分别介绍了古代散文的十种文体。通过对这些文体的源流演变和体制特点的辨析，我们可以确认，中国古代散文的创作，经历了一个从不自觉到自觉，从实用到超越实用的过程。各种文体根据社会生活的需要而产生，有其各自的用途和应用范围；而随着时代和文风的发展，各种文体之间往往会互相发生影响以至相互融合，其趋势是打破旧文体的局限，创造出具有文学价值的新文体或文学作品。可以说，中国古代散文创作，就是在这些文体的纷然出现和相互融合之中，逐步发展和成熟起来的。

发轫与勃兴

先秦时代是中国古代散文发展的最初阶段。在这个阶段中，中国古代散文经历了从文字到文章，从简单记事之文到哲理之文和史家之文的变化。虽然文史哲文章尚处于混沌未开的状态，文章作者也没能有意识地从事创作，但他们的作品足以表明，这个时期的文章标志着中国古代散文创作的发轫与勃兴。

一　从文字到文章

中国古代散文从一开始，就是一种书面文学。它的产生，显然要晚于原始诗歌、原始神话和原始歌舞。因为原始诗歌、神话和歌舞可以不依赖文字而先于文字产生，而古代散文就不同了——文字既是它的存在形式，又是它的内容。

1. 记事文字

据说，汉字是由黄帝史臣仓颉发明的。他模仿先人伏羲作八卦的方法，"近取诸身，远取诸物"，造出了最早的象形文字。不过，仓颉当时造的字究竟是个什么样子，现在已无法知晓。今天人们能够看到的，只是陶文、甲骨文和金文。

陶文是刻画在陶器上的一种符号图像。有的是图纹与文字合一的形式，有的是明显区别于彩陶纹样的文字符号。人们在陕西西安半坡新石器时代遗址、山东莒县陵阳河大汶口文化遗址等地出土的陶器上发现了这些符号，并且把它们看作是中国文字的雏形。

甲骨文是中国最早的可识文字。清光绪二十五年（1899），金石学家王懿荣因病吃药，偶尔在药物"龙骨"上发现了甲骨文，于是便立即重价收购珍藏。20世纪初，刘鹗的《铁云藏龟》和孙诒让的《契文释例》问世，揭开了甲骨文研究的第一页。甲骨文多数出土于河南安阳小屯村殷商遗址，一般刻在龟甲、牛胛骨上，也有的刻在其他兽骨甚至人的颅骨上，是商代王室进行占卜的记录文字。这些甲骨卜辞，大都很简短，少则几个字，多则百余字。

金文就是青铜器铭文，产生于商代。由于多铸刻在礼器中的鼎和乐器中的钟上，所以又叫钟鼎文。它们的作者，是当时掌管记言记事的史官。在这些商代青铜器铭文中，已经可以看到一些纪功颂德的内容。

这些早期文明的记事文字，就是中国古代散文的萌芽。

（1）甲骨文

殷商时代巫风很盛，做许多事情都要先占卜，因而甲骨卜辞的内容十分广泛和丰富。有一般性的例行占卜，有的是关于农业生产的，有的是关于狩猎和战争的，其中有一条关于气象的占卜，知之者甚多："癸卯卜，今日雨。其自西来雨？其自东来雨？其自北来雨？其自南来雨？"不过，总体看来，甲骨卜辞还是片断、零散的记录文字，并没有构成文章。商代早期的铜器铭文也大体如此，往往只有几个字，多记录青铜彝器制作者的名字或族名，甚至直到商代末期，铭文也不过只有五十字左右。卜辞和铭文的写作特点是单纯、质朴，据事直书，无所文饰。

甲骨卜辞发展到周代，便产生了专门的卜筮之书——《周易》。有人说伏羲画八卦，周文王作爻辞而成《周易》。其实，这不过是一种推测而已。按照先秦古籍成书的通例，易卦爻辞的作者大概既非一人，其成书也不在一时。从文字表达来看，《周易》是商末周初的作品。《周易》的卦爻辞内容与甲骨卜辞相比，要广泛得多。涉及生活的基础——包括渔猎、牧畜、商旅（交通）、耕种和工艺（器用）；社会的结构——包括家族关系、政治组织、行政事项和阶级；精神的生产——包括宗教、艺术和思想。像《大有·上九》讲："自天佑之，吉，无不利。"意为有上天相助，就会大吉大利。《坤·初六》讲："履霜，坚冰至。"是说霜降以后，就会结厚厚的冰。这些关于自然万物以及精神生活和物质生产的文字，十分简短精练，有些还很形象生动。比如《坤·上六》："龙战于野，其血玄黄"，《中孚·六三》："得敌，或鼓或罢，或泣或歌"，等等。

像《周易》这样的卜筮之书，在专门阐释它的《易传》问世以前，全凭口耳相传，并不刻于甲骨，因而自然具备精练易诵，便于上口的特点。与这一特点相应的是，《周易》的卦爻辞中，有一些与《诗经》十分近似的短歌，像《中孚·九二》："鸣鹤在阴，其子和之；我有好爵，吾与尔靡之。"这清楚地表明，在散文发展的最初阶段，韵散文有时是相互结合、彼此不分的。

（2）金文

西周时代，铜器铭文不再像商代那样简略，而变得繁复起来。不仅文字增多，内容也比较复杂。清道光年间，陕西岐山出土了一件珍奇的青铜器，名叫毛公鼎，为西周宣王时铸造，其上铭文达四百九十七字，是传世最长的青铜器铭文。铸刻这类铭文的目的，无非是借歌颂祖先的无量功德以昭示后代，希望自己的统治能够长久稳固。

作为巫觋（即巫官）占卜记事之书的易卦爻辞，和作为史官记言记事之文的铜器铭文，对古代散文的产生、发展有同等重要的作用。它们是从文字到文章发展过程中的转折点——易卦爻辞发展为《易传》的哲理之文，而未经加工的铜器铭文则发展为《尚书》中经过加工的虞夏商周文诰。经历了这样一个从片断文字到成篇文章的转变过程之后，中国古代散文便从最初的萌芽状态脱颖而出，逐步走向独立和成熟。

2. 成篇散文

（1）《尚书》

中国最早的成篇散文，保存在《尚书》当中。《尚书》是写在竹帛上的典册，广泛流行于春秋战国之际，是一部上古历史文献总集，包括《虞书》《夏书》《商书》《周书》四个部分。春秋时代的史书《左传》《国语》等征引《尚书》时，分别称《虞书》《夏书》《商书》《周书》；战国时总称为《书》；汉代人则改称《尚书》，意思是"上古帝王之书"。《尚书》被儒家尊奉为经典，称《书经》。

《尚书》收录的是虞、夏、商、周时代的典、谟、训、诰、誓、命等文献，其中《虞书》《夏书》是后代儒生根据传闻编写的，不是当时的作品，不尽可靠。比较可信的部分，是《商书》和《周书》，它们都是当时的史官所记载的官方文献。具体而言，"典"是记载重要史实或专题史实的，"谟"是记君臣谋略的，"训"是大臣开导讽谏君主的言辞，"诰"是勉励的文告，"誓"是君主训诫士众的誓词，"命"是君主的命令。另外还有以人名为题的，比如《盘庚》《微子》；以事件为题的，比如《高宗肜日》《西伯戡黎》；以内容为题的，比如《无逸》《洪范》等。《尚书》中比较有名的文章，是《商书》中的《盘庚》，《周书》中的《无逸》和《秦誓》。

《盘庚》共分三篇，是盘庚动员臣民迁殷的训辞。盘庚为商朝国王，商汤的第九代孙。在他即位之前，商王朝内乱频频发生，国势衰颓。为摆脱困境，躲避自然灾害，他把商朝国都从奄（今山东曲阜）迁到殷（今河南安阳西北）。为了动员臣民迁殷，盘庚反复说明此举敬天保民、延续先王祖业的道理，语气坚定、自信而又带有帝王的威严。《盘庚》这篇文章，反映了商代文诰简明、质朴的特点。此外，文中的"予若观火"、"若网在纲，有条而不紊"、"若火之燎于原，不可向迩"等句，取譬设喻，十分形象生动。

《无逸》是周公告诫成王的训辞。"无逸"就是"毋逸"，即不沉溺于安逸享乐的意思。周公引用大量的历史事实，以申明"无逸"者江山坐得长久，"耽乐"者社稷朝不保夕的观点。文章各段都以"呜呼"二字开头，训诫和感慨的语气由此而更加鲜明。《秦誓》是秦穆公战败以后的一篇自责自谴之辞。他在检讨自己没有听取蹇叔的意见时说："古人有言曰，民讫自若是多盘。责人斯无难，惟受责俾如流，是惟难哉！"意为古人说过，人的行为常常是自相矛盾的：责备别人容易，轮到自己受责备，要想从谏如流，就很难了。语气十分真诚恳切。这两篇文诰以记言为主，其中记事的层次和条理也很清楚，基本上可以看作是后代政论文的一个远源。

至于虞夏之书，其内容史料虽来自远古，而语言文字却是春秋战国时代的。所以，虞夏之书可以看作是春秋战国人根据古代传闻写成的拟古文章。其中《尧典》《舜典》记载了上古帝王尧舜禹三人关系的传说，篇末缀以诗歌，带有神话色彩。而《禹贡》则是中国最早的地理著作，里面记载了大禹治水的故事。

《尚书》的语言十分难懂，就连唐代的散文家韩愈也有这样的感觉，说过"周诰殷盘，佶屈聱牙"之类的话。不过，《尚书》的出现，不仅意味着汉民族文化从文字到文章（《汉书·艺文志》把著于竹帛的文字称为文章）的进化，而且标志着中国古代散文的形成。《尚书》的作者，显然已经注意到了文章的谋篇布局，这对历代制诰、章表、诏议之文，甚至对后代政论文和史家记事之文，都有着深刻的影响。

(2)《易传》

《易传》，是解释阐发《周易》的著作。它包括彖、象、文言、系辞、说卦、序卦、杂卦七部分，共十篇，又称十翼。《史记》《汉书》都说《易经》是孔子作的，但后人认为该书并非出自一人之手。

《易传》中最有辞采的部分是《系辞》上下篇，它阐述了《周易》的天道、人事、哲学和政治思想。其文辞比卜辞、卦爻辞的片断文字有了长足的发展。《系辞》最突出的是文章所具有的逻辑性，各段文字自为一个整体，讲究推理的严密和结构的完整。与此同时，行文时而排比整齐，时而参差错落，显得很有章法。此外，《系辞》的特色还在于，它"未尝离事而言理"，亦即能结合具体事例，说理不流于空洞抽象。比如文中谈道："日往则月来，日月相推而明生焉。寒往则暑来，暑往则寒来，寒暑相推而岁成焉。往者屈也，来者信也，屈信相感而利生焉。尺蠖之屈，以求信也；龙蛇之蛰，以存身也；精义入神，以致用也，利用安身，以崇德也。"从日月寒暑，讲到自然生物，再归结到人事政治，说理十分具体，又十分生动。

二　先秦哲理之文

春秋战国之际，古代中国经历了一场前所未有的大变革、大动荡。不仅统治者赖以维持旧有等级秩序的"礼乐"崩溃了，而且原先由王公贵族所垄断和独占的文化，也逐渐转移到了新兴的士人阶层手中。人们的思想异常活跃，各种哲学流派和学术思潮蜂起并作。在这种文化背景之下，散文大多用来阐释各种哲学流派的思想学说，其表现形态即为今人所熟知的先秦哲理之文。

先秦哲理之文的作者，大都是春秋战国时期著名的思想家、哲学家（他们的学生有时可以看作是合作者）。尽管他们知识渊博，思想深刻，具有独到的见解，但是他们的文风难免要受到时代风气的影响和熏染，打上鲜明的时代印记。比如，道家创始人老子以及他的继承者庄子，就受到了殷商以来巫卜之风的影响。易卦爻辞以及阐释易卦爻辞的《易传》，就是在巫卜之风中产生的。到了老庄那里，这类文章得以沿着谈玄说理的方向继承发展。儒家创始人孔子和墨家创始人墨子，是私家讲学的代表人物。他们的思想和言论，虽然是由自己的学生整理出来的，但其来源，无疑仍然是讲坛或课堂。而私家讲学，正是春秋以来出现的重要文化现象。至于《荀子》，则是私家著书的产物。而《孟子》《韩非子》《公孙龙子》《商君书》以及《墨子》等，都是在战国时代的百家争鸣中自成一派，脱颖而出的。

1. 《老子》

道家创始人老子，姓李，名耳，字聃，是春秋战国后期楚国苦县（今河南鹿邑）人。他曾做过周朝王室的柱下史（相当于王室图书馆的馆长），与儒家创始人孔子同时而略早。相传孔子到周，曾与他讨论过"礼"的问题。老子坚持师法自然的观点，不讲礼义，只讲无为，并用小国寡民式的乌托邦与"六亲不和""国家混乱"的现实社会相对抗。他的哲学辞典中，出现了玄而又玄的"道""无为而无不为"等概念，曾使多少崇信道家的后世学者反复揣摩；而他幻想中的返璞归真、小国寡民的理想国，又令多少喜欢怀旧的文人墨客心驰神往……魏晋以后，老子本人被奉为道教始祖，他胯下的那头青牛，也成了"太上老君"（道教尊老子为太上老君）的神御，被罩上了一圈灵光。

《老子》（又称《道德经》）一书，凡五千多言，相传是老子退隐前应函谷关（今河南宝灵县北）关令尹喜的请求而作的。老子写完此书后，就出关西去，不知所终了。这些传说，无疑是道家门派的附会。实际上现在只知道《老子》成书于春秋战国之际，是否老子本人所著，并无定论。

《老子》全书共分八十一章，每章只有简短的几句，基本上是杂述思想，还不能算作独立成篇的文章。这与该书谈玄说理的性质有关——既是谈玄说理，自然要海阔天空，纵横开阖，自由驰骋；看起来不着边际，其实，就像后世参禅达理的佛祖语录一样，话中隐含着种种玄机。

《老子》全书行文变化多样，往往奇偶骈散文句交互出现，用词凝练，音调铿锵。比如第九章："持而盈之，不如其已。揣而锐之，不可长保。金玉满堂，莫之能守。富贵而骄，自遗其咎。功成身退，天之道也。"这段话意思是说凡事要适可而止，显然具有上述的行文特点。另外，老子虽然反对五音、五色，认为它们会乱人耳目，但其为文却不乏精彩之处，大批评家刘勰早就说过：老子痛恨虚伪，所以认为凡是美言都不可信，但是《老子》五千言，却语语精妙。可见，老子其实没有放弃对美的追求。《老子》中的精妙之言，可以说俯拾即是。比如第十二章说："五色令人目盲；五音令人耳聋；五味令人口爽；驰骋畋猎，令人心发狂；难得之货，令人行妨。"第二十五章："人法地，地法天，天法道，道法自然。"第七十四章："民不畏死，奈何以死惧之?"

2.《庄子》

老子的继承者庄子名周，是战国后期宋国蒙（今河南商丘东北）人。他家境贫寒，只做过管理漆园的小吏。相传楚威王闻其贤，曾以重金聘他为相。他辞而不就，还对楚国使者说，你不要用名利二字弄脏了我的耳朵。庄子崇尚自然，提出齐万物、等生死、混是非等论点，主张无为，即无所事事地游于"无何有之乡，广莫（漠）之野"，幻想回到"含哺而熙，鼓腹而游"（口含食物而嬉戏，挺胸腆腹而遨游。极言安适之状）的上古之世。当不能沉醉于幻想时，就"苟全性命于乱世"，"知其不可奈何而安之若命"，做虽不成材，但没有遭伐之忧的散木。

庄子的狂放不羁是很有名的。妻子死了，他竟蹲在地上敲着瓦缶唱歌；甚至想当骷髅也不愿活转来，去忍受人间的劳苦。而古人认为，这是蔑视礼法、保持人格纯洁的高尚之举。于是，庄子对古代知识分子性格的形成，有重要的作用——在魏晋时期的名士以及后代许多文人墨客身上，都不难发现庄子的影子。这些人的散文创作，也多多少少受了庄子文风的影响，如阮籍、嵇康、李白、苏轼等人。

《庄子》成书于战国中期以后。《汉书·艺文志》著录《庄子》共五十二篇，今存三十三篇。后人把全书内容分为内、外、杂三篇：从《逍遥游》至《应帝王》七篇为内篇，一般认为出自庄子本人之手，从《骈拇》至《知北游》十五篇为外篇，从《庚桑楚》至《天下》十一篇为杂篇，一般认为外、杂篇是庄子门徒或后学所作。

《庄子》是道家经典之一。隋唐之际，庄子被尊为"南华真人"，《庄子》一书也就成了《南华真经》。不过《庄子》同时又是一部杰出的文学著作，具有很高的文学价值。

《庄子》一书的内容，主要是谈论自然之道。因为庄子认为天下一派混浊，不能同世人一本正经地讲大道理，这就需要用寓言去推广事理，说明问题。所以，《庄子》全书采用了大量的寓言故事。这些寓言，十之八九都出自庄子的虚构。他往往把自己的议论之辞，寓于故事中的人物之口，让他们代表自己说话。这样，他讲的道理就不抽象迷蒙，反倒好像是可感可知的。

《庄子》寓言比较注意情节、动作、对话、表情的描绘，无论是大鹏的高举、鸿蒙的自得，还是庖丁解牛、佝偻承蜩，都写得栩栩如生，形神俱现；就连藐姑射山上的神人，也能够让人想见其情状。

前面说过，《庄子》寓言十之八九都是出自作者的虚构。这些虚构的寓言，一部分出于作者丰富的想象，另一部分则来自神话传说。比如藐姑射山上的神人的故事，就是楚人接舆讲的。春秋战国时代，盛行儒风的齐鲁等国排斥"怪力乱神"，于是神话传说就在盛行巫风的楚国保存并流传开来。庄子博采神话传说以为谈资，在先秦诸子哲理之文中，是十分独特和突出的。这一点也说明《庄子》受到的殷商以来巫卜之风的影响，比《老子》更直接、更显著。《庄子》是神话创作精神的优秀继承者。

《庄子》的想象异常丰富，常常是凭空虚设，海阔天空，宏伟壮丽，奇气袭人。文中常用离奇夸张和大量的比喻、拟人手法写意抒怀。《庄子》内篇的《逍遥游》《人间世》《大宗师》等，几乎全是由四五个或六七个故事组成的。在庄子的笔下，一切生物、非生物都会说话，都会辩论讲理。另外，庄子还常用游鱼、蝴蝶、野马等突出自我形象，使人一看到它们，就自然地联想起庄子的性格或精神状态。

《庄子》散文具有浓厚的抒情意味，这在先秦哲理之文中是比较突出的。作者对道家理想人物进行了热情的颂扬，如称"关尹、老聃乎，古之博大真人哉！"对一切虚伪现象，则毫不留情地讽刺和揭露。如说："窃钩者诛，窃国者为诸侯。诸侯之门，而仁义存焉。"不仅揭露了诸侯窃国的实质，而且还讥笑了所谓"仁义"的虚伪。作者还把曹商求官视为舐痔，把惠施专揽相位比作嗜食腐鼠等。真是褒贬爱憎尽现笔端，嬉笑怒骂皆成文章。

《庄子》中的文章，比起《老子》那样凝练的短文，可以称得上是洋洋洒洒的长篇大论了。它们不仅能够独立成篇，而且每篇各有明确的主题，已经基本上具备了论说文的体制特点。《庄子》的文风，正像《天下》篇所描述的那样，汪洋恣肆、变幻莫测、跌宕起伏、无端无涯，令人读来不觉恍惚迷离。这些特点，使《庄子》备受后人青睐。比如清代批评家刘熙载在他的《艺概》一书中，曾给予《庄子》以极高的评价，他说："文之神妙，莫过于能飞。庄子之言鹏曰'怒而飞'，今观其文，无端而来，无端而去，殆得'飞'之机（奥妙）者。"

《庄子》的行文，虽杂用韵语，但与易卦爻辞、《易传》和《老子》的韵散间用、韵语较多的特点相比，已经是以散体为主了。这表明战国时代的哲理之文，已由早期文章的韵散并行向散体方向发展。

3. 《论语》

春秋末期，随着文化管理权由王公贵族向新兴士人阶层的转移，官师之学废止了，私家讲学蔚然成风。孔子就是私家讲学的代表人物。相传孔子门下有弟子三千，其中才德出众的有所谓"七十二贤"，包括颜回、子路、曾参、子游、子贡、宰予、原宪、子夏、冉有、公西华、公冶长、冉耕、有若、闵损等。孔子门下有德行、言语、政事、文学（文章博学）四科，教授弟子诗、书、礼、乐方面的知识。不仅如此，他还带着弟子周游列国，宣传推广他的学说。通常是席不暇暖，就跑到另一国家去了。所以，孔子的儒家学说到了战国后期，已经具有相当大的影响，被当时人视为"显学"之最。

《论语》成书于战国初期，是孔子及其门徒的言行记录。孔子讲学时，弟子各有笔记；孔子死后，弟子们把笔记汇集在一起，加以编纂，故而取名《论语》。汉代流行过《古论语》《齐论语》和《鲁论语》三个版本，前两种分别为二十一篇和二十二篇，早已散佚。现在通行的是由孔子故乡鲁国学者流传下来的《鲁论语》，有二十篇。

《论语》以记言为主，内容十分广泛，涉及政治、哲学、伦理、美学、教育和文学等各个方面。比起《老子》和《庄子》那种专门谈文论道的著作来，《论语》自然显得丰富得多，也复杂得多。

《论语》中的一些论政之语，是早期儒家文章的代表。无论是通过问答形式表现的，还是已经形成专题讨论的，包括那些人物评论，都以十分精简的方式，表达了儒家学派的政治观点。比如孔子评价学生子产"其行己也恭，其事上也敬，其养民也惠，其使民也义"，认为他具备了这四方面的君子之道。又比如《先进》篇中的"子路、曾晳、冉有、公西华侍坐"章，写众弟子各自抒发政治理想，孔子予以评论，可以说是专题论政。这些文章甚至还充满了感情色彩，像《八佾》篇中孔子的感慨："周监于二代，郁郁乎文哉！吾从周。"——周的制度借鉴夏、商二代，它是多么的美好光彩！我拥护周的制度。

孔子论教育，往往循循善诱，精理名言迭出。像"三人行，必有我师焉"，"学而不思则罔，思而不学则殆"等，经常被后人引用。而这类文章，也往往最能见出孔子的神情语态。以《阳货》篇为例。该篇讲到某一日孔子率众弟子到达武城，听见城中传来弦歌之声，就作出不以为然的样子笑道："割鸡焉用牛刀？"意思是说，何必用礼乐治理一座小小的城池，小题大做呢？这时，擅长文章博学的子游说，我曾听先生读过："君子学道则爱人，小人学道则易使。"孔子闻听此言，大加赞赏，说："二三子，偃（即子游）之言是也。前言戏之耳。"孔子对武城统治者能以礼乐治理一方，感到十分惊喜，故意说了一句"割鸡焉用牛刀"，来测验弟子对礼的理解。当他听到子游说君子小人都要学礼之后，便当众表扬了子游，并点明自己的用意所在。这里的神情语态十分生动活泼，孔夫子幽默诙谐的形象也呼之欲出。

孔子论文学，既重视"兴观群怨"的社会效果，又强调文质并重。"文"是指文章的表现形式和技巧，"质"是指文章所要表达的实际内容。《雍也》篇说："子曰：质胜文则野，文胜质则史，文质彬彬，然后君子。"他认为，无论是疏野还是浮华，都是不好的。由于受孔子本人文学主张的影响，《论语》一书措辞简练，寓意深远，具有雍容和顺、纡徐含蓄的风格。

4.《墨子》

比孔子稍晚的墨翟，人称墨子，也是当时私家讲学的代表人物。他是墨家学派的创始人。这位孔子的同乡（也有人说他是宋国人），尽管从未涉足官场，但却热衷于政治活动。墨子不仅授徒讲学，而且还派门徒四处游说，推广和宣传他"兼爱""非攻"的思想。像《论语》一样，他的门徒也把这些思想记录成册，取名曰《墨子》。

《墨子》成书于战国中后期，传至汉代时尚有七十一篇，今仅存五十三篇（另八篇有目无篇）。其中《尚贤》《尚同》《兼爱》《非攻》《节用》《节葬》《天志》《明鬼》《非乐》和《非命》十篇，体现了墨子的基本主张。墨子反对攻人之国，认为一切乱事的发生，都起自人与人之间的不互爱。为此，应该依靠贤人辅政，以天为法仪，无私无欲，兼爱天下。《墨子》中的《公输》一篇，与其他篇章相比，显然大不一样。它是一篇记事散文，记述了墨子成功地阻止楚国攻宋的事迹。这篇文章结构完整，情节曲折，语言颇为生动。文中人物性格神态如楚王的骄横愚蠢，公输般的狡黠顽固，墨子的正气凛然和机智果敢，都刻画得十分鲜明逼真。

从文体上看，《墨子》仍属于语录体。尽管如此，其中的许多篇章已经初具论说文的规模。特别是《非命》上，确立了以"三表"或"三法"作为说理立论的准则，这就表明《墨子》的作者已经是在有意地写论说文了。"三表"或"三法"即"上本之于古者圣王之事"，"下原察百姓耳目之实"，"发以为刑政，观其中国家百姓人民之利"——也就是说，论证问题要有三个方面的根据：一是古代的文献，二是百姓的见闻，三是政治实践的检验。《墨子》的文章大都是按照这种方法写作的，因而具有鲜明的个性特征。

墨子本人生活在战国时代，他的言论，明显地带有论辩色彩。《墨子》中的《经上》《经下》《经说上》《经说下》《大取》《小取》六篇专讲论辩之学，对诸子各家的主张，都发表了自己的见解，其目的在于明辨是非。可以说，讲究论辩，正是《墨子》的一大特色。

尽管《墨子》讲究说理和论辩方法，而且在战国后期被奉为墨家这一"显学"的经典，但它在中国思想史上和文学史上的地位却比不上儒、道、法诸家。战国时期，墨子门徒习惯于按集团整体参与各种活动，在秦人的保卫战争中，他们的人员损失很大；而在秦统一全国之后，幸免于难的人再也用不着像他们的先师那样，去从事什么止楚攻宋的侠义活动。这样一来，墨家的师传便难以为继。这是导致《墨子》在后世的影响不大的原因之一，但却算不上主要原因。主要原因是墨家崇尚质素无华的文风，主张"先质而后文"，实际上这种文风已排斥了一切声色之美，因而使得《墨子》"言而无文"，缺乏文采。比墨子稍晚的荀子便批评《墨子》"蔽于用而不知文"。如此看来，《墨子》在秦汉以后的式微，正好应了孔子"言之无文，行而不远"这句话。

与墨家的衰落刚好相反，儒家学派在战国以后的影响却一天比一天强。据说在孔子去世以后，儒家分裂为八个派别，这八派分别从各自角度继承和阐发孔子的思想学说。在众多的继承者当中，最出色、名气最大的要数孟子和荀子。

5.《孟子》

孟子名轲,是战国中期的儒学大师。他最初师从孔子之孙子思的门人,后来自以为得到了孔学真谛,便开始周游列国,宣传他自己的"仁政"学说。当时,正值七国兼并愈演愈烈之际,社会上最时兴、最受重视的是与时局关系密切的法家和纵横家,而孟子的"仁政"学说,无论在哪一位君王那里,都会被当作不切实际之谈。经过几次尝试,孟子终于意识到自己的学说显得有些不合时宜,于是便回到故乡邹国(今山东费、邹、滕、济宁、金乡等县),开讲办学。儒家学说在孟子那里得到了进一步的弘扬,由于这个缘故,后世儒学门徒便把孟子尊为"亚圣"。

《孟子》一书,大约是孟子门徒万章、公孙丑的听课笔记,经过孟子本人的删定,在孟子生前就已成书。全书分七篇,另有《外书》四篇,可惜早已亡佚。《孟子》中的文章,基本上是对话体,但比《论语》的篇幅加长,逻辑更加严谨,论证方法也显得更为周密。长于辩论是《孟子》的一大特色。这是战国时代百家争鸣、处士横议(士人议政)之风所导致的必然结果。

《孟子》中的许多文章,锋芒毕露,感情强烈,极有鼓动性。比如《滕文公上·许行》一章,斥责农家许行之流不顾社会分工,用夷变夏,是"下乔木而入幽谷",声色俱厉。《梁惠王上·齐桓晋文》一章,孟子向齐宣王阐述仁政保民思想,铺张扬厉,与战国纵横家抵掌(击掌)而谈的风趣略无二致。孟子曾说:"我善养吾浩然之气。"这浩然之气,"至大至刚","充塞于天地之间"。孟子秉此浩然之气,不但说话能够气盛言宜,而且写文章也具有恢弘的气势。

《孟子》之文还善设机巧,引人入彀,达到先纵后擒的效果。《许行》一章,本来是陈相向孟子宣扬许行的那一套农家之学,却被孟子从许行的衣食住行问起,使对方的回答破绽百出,最后逼得对方承认农家学说的局限性:"百工之事固不可耕且为也。"意即各种工匠的事,本来不是只靠耕种就能一手包办得了的。

善设譬喻,这本来是先秦哲理之文的共同特点,不过,《孟子》在这一点上又有其独特之处。书中不仅运用寓言,而且大量运用现实生活中的事例来立论说理,读起来更加形象生动,富于感染力。像《滕文公下》中"日攘邻人之鸡者"的故事,《离娄下》中"齐人有一妻一妾而处室者"的故事,虽然未必是真事,但很有生活气息,文笔辛辣幽默,活脱脱地刻画出这些口是心非、寡廉鲜耻之徒的嘴脸,揭示了"义"的严肃性和追求富贵利达的丑恶。此外,像"牛山之木""晋人有冯妇者""宋人揠苗助长"等生活事例和寓言故事,也在后世广为流传。

6.《荀子》

荀子名况，又称荀卿，是战国后期儒家八派中影响较大的人物。他是赵国人，曾经在齐国游历求学，后来又在楚国做过官。先秦时代，虽然有《论语》《墨子》开了私家著书的风气，但直至荀子，私家著书才得到真正实现。据考证：《荀子》三十二篇凡数万言，有百分之八十的内容出自荀况本人的手笔。与《论语》《孟子》相比，《荀子》的规模可谓宏富，而且已经从语录、对话发展成为更成体系的文章。

《荀子》文章讲究谋篇布局，具有严谨的结构、清晰的层次。比如《劝学》，系统地论述了后天学习的重要性和途径与方法，文中特别强调勤学、专一、礼法、贤师益友的作用。每一段落之中，又分几个层次论述，语句随着层次的变化而变化。

《荀子》同样善于譬喻，但多引物连类、设喻说理，不过是简单比况，以排比的句法写出，而不讲寓言故事。比如《劝学》的开头一段：

> 君子曰：学不可以已。青，取之于蓝而青于蓝；冰，水为之而寒于水。木直中绳，𫐓以为轮，其曲中规，虽有槁暴不复挺者，𫐓使之然也。故木受绳则直，金就砺则利，君子博学而日参省乎己，则知明而行无过矣。

在这段文字中，取譬设喻之词占了绝大部分。其中每一个比喻都包含着生活哲理，每一组比喻又层层递进，最后则以一句精简的论述之语画龙点睛。这显然与策士的游说之辞，与孔、孟的讲学论道之文大不相同。它的对象似乎已不是听众，而是读者了。这样看来，《荀子》很有学者文章的特征。

纵观《荀子》全书，基本上以立论为主，但也有一些辩驳文章。比如《非十二子》，即非议除儒学之外的各家各派，《乐记》则批评墨子的《非乐》。荀子也很善辩，但与孟子高谈阔论式的雄辩不同，与纵横家朝秦暮楚的诡辩更是大相径庭。他从不游说，而只是谈说。所以，他的辩驳是儒者，确切地说是学者之辩。这些辩驳文章同《荀子》的其他文章一样，具有浑厚质朴、谨严绵密的风格。

7.《韩非子》

先秦诸子中，除儒、道、墨三家外，影响较大的还有法家，其代表人物韩非，是战国后期韩国的贵族。他曾与后来的秦朝丞相李斯共同师事荀卿。战国末年，韩国的势力已经非常衰微，韩非为振兴国力，曾多次上书进谏。他的意见未受到国君的重视，也始终没有被采纳。韩非由此痛恨治国不能修明法治，于是退而著书十余万言。

后来，他出使秦国，被秦王留用。他的法治学说，也就在秦以及秦以后的许多专制朝代得到运用，成为专制集权统治的思想基础。然而韩非本人，却在自己同学李斯的迫害下含冤而死。

《韩非子》基本上是韩非亲手所著。此书原以单篇流传，秦王就是见到《孤愤》《五蠹》等篇后，起心要罗致韩非的。各篇文章汇成一书，是韩非身后的事，其中自然也有后学的辑录。

《韩非子》文章的最大特点，就是直言不讳、无所文饰。无论是暴露统治阶级君臣父子之间赤裸裸冲突的《备内》，还是揭示游说之难的《说难》，都能剖析入里，切中要害，使人读来感到痛快淋漓。《五蠹》一文，洋洋洒洒七千言，从历史说到现实，从一般性的常识得出与众不同的认识，不仅言之成理，而且自成体系，可以说是先秦论说文中的佼佼者。此外，《韩非子》大量运用寓言，说明抽象事理，在先秦哲理之文中也很突出。这些寓言，多集中在《说林》上下和内外《储说》等篇中，像"滥竽充数""买椟还珠""自相矛盾""削足适履"等，都是古代寓言的精品。

8. 其余

先秦哲理散文最重要的大抵是上述诸家。此外，像兵家的《孙子》，名家的《公孙龙子》，杂家的《管子》《吕氏春秋》，也都是战国时期重要的哲理之文。《孙子》的《谋攻》，《公孙龙子》的《白马论》，《管子》的《牧民》以及《吕氏春秋》的《察今》，都各有特色。

先秦诸子的思想，尤其是儒道思想，对后代文人的世界观影响很大，这种影响体现在散文创作中，便会在某种程度上形成不同的文风。有的以一家为其指归，比如苏轼的散文，风格全似《庄子》；有的则杂糅各家，比如柳宗元的散文，能够"参之《孟》、《荀》以畅其支，参之《庄》、《老》以肆其端"，形成独特的风格。

三　先秦史家之文

与先秦诸子哲理之文同时并行的，是先秦史家之文。中华民族是一个重视历史传统的民族，上古先民就已经用结绳记事，以后又发明文字记载官方典章，古代中国甚至很早就建立了史官制度。三千年以前，周代王朝和诸侯各国在继承殷商旧制的基础上，发展损益而成定制，设有史官，有大史、小史、左史、右史等职。《汉书·艺文志》说："古之王者，世有史官，君举必书，所以慎言行、昭法式也。左史记言，右史记事，事为《春秋》，言为《尚书》。"《尚书》前面已经说过，是经过加工的虞、夏、商、周之书，出自史官之手，以记载王者之言为主。《尚书》是中国古代散文的开端，开一代诸子哲理之文和史家记事之文的先河。《春秋》以及其后出现的《左传》《国语》和《战国策》，即是先秦史家记事之文的代表作。

1.《春秋》

相传《春秋》是孔子根据鲁国历史修订而成的，它是中国现存的第一部编年史。孔子作《春秋》，贬斥当时的"邪说暴行"，反对臣弑其君，子弑其父，企图维系周朝世道。《春秋》因为有这样的"微言大义"而被后世儒者奉为经典。

《春秋》的"微言大义"，首先体现在遣词造句上。作者喜欢用简短凝练的句式和带有某种倾向性的词汇，表达自己的褒贬之意。《春秋》的"微言大义"，另外还体现在叙事而不加评论，于叙事中见褒贬上。这种含蓄而不直露的写作方法，就是后人常说的"春秋笔法"。比如写桓公二年正月"宋督弑其君与夷，及其大夫孔父"，三月，"公会齐侯、陈侯、郑伯于稷，以成宋乱"。这里，一个"弑"字，一个"乱"字，就表达了作者对这件事的看法，不须多加评论。《春秋》用词谨严，叙事简括，形成了含蓄、凝练的风格。它与《尚书》的"佶屈聱牙"截然不同，一反《尚书》那种僵化了的句式，而使用平浅流畅的句式。从这个意义上说，《春秋》的问世，标志着中国古代散文已经打破了铜器铭文和《尚书》那种僵硬古板的写作形式。

2.《左传》

战国时期，群雄并起，战争频仍。各个诸侯国为了图强争霸，十分注重总结历史经验教训。与此同时，各国史官们也十分自觉地积累大量的档案资料，以备来日编纂史书之用。于是，不仅出现了像春秋史官董狐那样的一批褒贬善恶、直书不隐的良史，而且，史家记事之文也突破了专门记载王朝诸侯诰命和大事记式的旧框框，产生了以记载士大夫言论和诸侯各国政治、外交、军事活动为主要内容的新型历史著作。在这批历史著作中，既有编年史比如《左传》，也有国别史比如《国语》和《战国策》。

《左传》是《春秋左氏传》的简称，又名《左氏春秋》。它基本以《春秋》所载鲁十二公为次序，但记事至鲁哀公二十七年，比《春秋》多十三年。汉代有人把它当作解释《春秋》"经"的"传"，晋代杜预干脆把《左传》与《春秋》按纪年合而为一，系统地加以解释；唐代孔颖达又对杜预的注进行更细致的疏解，形成通行的《十三经注疏》中的《春秋左传正义》。后人还把《左传》同汉代流行的《公羊传》《穀梁传》合称为"春秋三传"。

《左传》的作者，古说是鲁太史左丘明，而唐代以后的学者对此多有异议。不过，不管怎么说，《左传》的作者应当是战国初或稍后的人，掌握春秋时代诸国史料比较充分，而且，他的主导思想基本上倾向于儒家。《左传》的内容，远比《春秋》那样的大事记要丰富得多，涉及了春秋时代各国的政治、外交、军事和社会生活等方面的事件以及某些代表人物的活动，另外还有天道、鬼神、灾祥、卜筮、占梦之类。凡可供劝诫者，无不收载。

《左传》是一部历史著作，同时又具有很高的文学价值，堪称古代史传散文的典范之作。它叙述历史事件，富于故事性、戏剧性，情节完整，结构严密。比如隐公元年"郑伯克段于鄢"一段，从郑伯庄公与其弟共叔段、其母姜氏的矛盾缘起，写到共叔段和姜氏的为所欲为，再写到庄公与段的鄢之战，最后以庄公与其母的和好如初收结。故事完整，布局讲究，层次分明。又比如僖公二十三年、二十四年晋公子重耳的出亡及返国经过，时间跨度较大，人物、事件庞杂，但文章结构布局却十分恰当。在叙事过程中，穿插了许多如醉遣、窥浴、寺人披告密等戏剧化情节，从不同角度、不同侧面刻画了主人公重耳的形象，写出了他从一个不谙世事的贵族公子到胸有韬略的政治家的变化。

《左传》的作者是描写战争的高手，他特别重视战争的性质，重视双方在天时、地利、人和方面的强弱对比，并且常常在一开始就暗示出战争双方的胜败。比如庄公十年的齐鲁长勺之战，曹刿一开口就问国君凭什么同强大的齐国作战。直到鲁庄公说出要合理地处理大小诉讼事件时，曹刿才认为这样可以使鲁国百姓拥戴国君，能够凭此一战。这就是著名的"曹刿论战"。《左传》叙写战争，情节曲折，描写细腻，因而生动逼真。以成公二年的"齐晋鞌之战"为例。该篇共分三段。第一段描绘激烈紧张的战争场面，写齐侯的骄横轻敌，晋军将领郤克及战士解张、郑丘缓的英勇顽强。齐侯说："余姑翦灭此而朝食！"并"不介马而驰之"。解张在劝说郤克"病未及死，吾子勉之"后，又"左并辔，右援枹而鼓，马逸不能止"。通过人物语言和行动的具体刻画，烘托出战场上的气氛，生动地再现了当时的场面，给人以身临其境的感觉。第二段记叙晋大夫韩厥在战斗中与人互换位置，后来幸免于死的细节，第三段写逢丑父设计救齐侯，其情节上的曲折变化，极富戏剧效果。

《左传》以记事为主，其记言也很有特色。书中的行人（使者）辞令，往往委婉有力，有时也像先秦哲理之文那样，带有论辩色彩。比如僖公十三年，烛之武为郑国出使秦营，向秦王说："秦、郑之间隔着晋，要把郑的土地并入秦，这将是很难办到的。那么，您何必一定要灭掉郑而让您的邻居晋占便宜呢？晋的实力增加一分，秦的实力就减少一分啊！"这样，晓之以利害，迫使秦放弃了攻宋的念头。这就是著名的"烛之武退秦师"。又比如僖公四年，楚使者屈完与齐侯的一段对话，齐侯说："以此众战，谁能御之？以此攻城，何城不克？"屈完答道："君若以德绥诸侯，谁敢不服？君若以力，楚国方城以为城，汉水以为池，虽众，无所用之！"问者踌躇满志，气焰嚣张；答者针锋相对，毫不相让。《左传》的外交辞令，有时甚至超过了问答的范围，形成长篇大论，像成公三年"吕相绝秦"，论辩的色彩就十分浓厚。

3. 《国语》

与《左传》同时或稍前成书的，是《国语》。此书汉代有人称之为《春秋外传》，认为是左丘明所著。其实，《国语》最初曾以单篇流传，到战国时才辑为一书，未必成于一人之手。《国语》是一部国别史，记载了周、鲁、齐、晋、郑、楚、吴、越八国的重要史事；时代断限不齐，记事繁简不一。《周语》起自穆王，迄于景王；《齐语》只记管仲相桓公一段；《晋语》主要记录重耳出亡始末；《吴语》只记夫差不听申胥进谏；《越语》只记勾践用范蠡之谋。作者之所以集中记载这几个流传较广的历史故事，目的在于从中引出教训。可以说，《国语》的记教诲，是与《尚书》之多训诫及《春秋》之寓褒贬一脉相承的。

《国语》以记言为主，其内容比《尚书》更为广泛。书中多教训一类的文章，文章结构比较完整。通常先记一通说教，最后以名人的评论收篇，像《鲁语》记季父文伯之母的说教等。《国语》的文风，与《左传》较为相似，但其文学成就远不如《左传》。比如鲁齐长勺之战，《左传》写得精简有致，姿态横生，而《国语》则显得平庸枯槁。不过，《国语》中也有一些好的记言之文，比如《晋语》记重耳之妻姜氏与重耳舅舅子犯用计灌醉重耳一段；重耳与子犯的对话，生动幽默，极有表现力。此外，《周语》中的"召公谏厉王止谤"，《越语》中的"勾践灭吴"等，也都是传世的名篇。

4. 《战国策》

《战国策》既是战国时代的国别史，又是纵横家言行的资料汇编。当时有《国策》《国事》《短长》《事语》《长书》《修书》等名称，后来经汉代刘向编次，定名为《战国策》。有关《战国策》的作者情况，今人已知之甚少。该书大约未必出于一人之手，也不像是一时所作。全书共有东周、西周、秦、齐、楚、赵、魏、韩、燕、宋、卫、中山十二国国策，分三十三篇叙述。文章类型有传记、故事、论辩、书信等，全书以纵横家的阴谋权诈为中心，展现了春秋以后到楚汉之前两百余年的历史风貌。

《战国策》记策士言行，具有放言无惮、直言不讳的特点。作为合纵连横的游说者，战国策士在政治上讲的是权术谋诈、实用主义；在学术上则杂糅百家为我所用。所以其言论往往无所顾忌，容易表露出真情实感。当然，直言不讳、无所掩饰并非仅指策士之言的特点，其他人物的言论也同样如此。比如《韩策二》中，秦宣太后对韩国使者尚靳说的一番话，就十分露骨，她甚至不顾羞耻地明言要韩国的好处，不然就不发兵救韩之围。再比如《秦策一》写苏秦说赵成功以后路过家乡，他的父母赶忙设宴郊迎三十里；妻子也侧目倾耳，毕恭毕敬；嫂子更是诚惶诚恐，跪拜相迎。苏秦想到此前自己说秦失败受到家人冷落的情景，很有感触，便问嫂子：为何对我前倨而后恭？其嫂答道：因为你现在有钱有势了。苏秦听后感叹："嗟乎！贫穷则父母不子，富贵则亲戚畏惧，人生世上，势位富贵，盍可忽乎哉！"

《战国策》记策士游说人主，大多用的是耸人听闻的语言。比如《秦策三》写范雎见秦王，秦王三问而范不答；直到最后范雎才说，他虽然知道进言会招来杀身之祸，但并不害怕，只是唯恐天下之人看到忠臣被杀而不敢助秦。又说，秦王畏惧太后，被奸臣迷惑，即使不会倾覆宗庙，也会使自己势单力孤，处于危险的境地。接着表示，他不怕因受穷辱而亡，如果能使秦国由此而得到治理，即使自己死了，也还强似苟活。言语之间，不仅危言耸听，而且慷慨激昂，给人主以披肝沥胆的印象。《赵策四》中"触詟说赵太后"一段，其语言特点也大致如此。

在纵横策士廷说诸侯，抵掌而谈的风气影响下，《战国策》的文章往往带有气势雄壮、纵横驰骋的特征。比如《魏策四》"唐且为安陵君劫秦王"，写秦王以强凌弱，表面上要与魏换地，实则存豪夺之心，不仅如此，还以天子之怒威吓魏使唐且。唐且不但没有被吓倒，反而以布衣之怒，制服了气焰嚣张的秦王——"夫专诸之刺王僚也，彗星袭月。聂政之刺韩傀也，白虹贯日。要离之刺庆忌也，仓鹰击于殿上……若士必怒，伏尸二人，流血五步，天下缟素"。说罢便挺剑而起。此一番话，大有排山倒海之势。

《战国策》与先秦诸子散文一样，也善于引喻设譬，杂以寓言故事，用来说明抽象事理。由于这样的缘故，《战国策》的文字活泼生动、形象鲜明。像鹬蚌相争、画蛇添足、狐假虎威之类的譬喻和寓言，在书中俯拾皆是。

另外，《战国策》中的一些片断，已经超出了记事记言的范围，而初具人物传记的规模和特征。比如《齐策一》"邹忌讽齐王纳谏"、《齐策四》"冯谖客孟尝君"等，尤其是后面的一篇，即使按照现代的尺度来衡量，也称得上是一篇完整的传记作品。

先秦时代，古代散文经历了上述从文字到文章，从简单记事之文到哲理之文和史家之文的演变过程。战国时期，散文的文体开始变得丰富起来，后代甚至有人断言："后世之文，其体皆备于战国"（章学诚《文史通义·诗教上》）。从文风上看，战国时期的散文已不再单纯地"尚文"或"尚质"，文质并存的趋向出现了。更重要的是，在战国时期，散文一度取代了诗歌的文坛盟主地位，呈现了空前勃兴的局面。这种散文充当文坛盟主的情况，在战国以后再也没有出现过。

徘徊与自觉

从秦汉到南北朝，是中国古代散文发展的关键阶段。先秦散文的成就尽管已经十分引人注目，但是到了秦朝，却没有像人们所期望的那样，继续向更高的层次发展，反而变得萧条冷落起来。后代人评论秦代文学，往往会下"秦世不文"之类的断语。这一方面说明，先秦文章发展到此时，开始了一个由文盛之极复归于质的自然过程（秦朝统治者所推行的法家思想，其文艺观恰恰是尚质而不尚文）；另一方面，"秦世不文"的情况，还反映了一种愚民政策的必然结果。秦始皇初并天下，就采取了"燔（烧）灭文章，以愚黔首"的文化专制措施，考虑到"儒以文乱法，侠以武犯禁"，便废除私学，不准养士，甚至坑杀儒生。于是，百家争鸣的文章从此绝响；不仅如此，有秦一代甚至几乎没有产生过什么文章。唯一的作家，就是参与文化专制决策并起了坏作用的丞相李斯。在秦统一六国前，他曾写过富于文采、趋向骈偶化的政论散文《谏逐客书》，反对"逐客以资敌国"，强调人才的重要作用。秦建立专制皇权以后，他随秦始皇四处巡狩封禅，其间只写了一些歌颂秦王功德的碑文，分散于泰山、琅琊、芝罘、会稽等地。

散文发展的徘徊局面，直至汉王朝建立，特别是汉武帝即位以后，才有所扭转。汉代散文，不但继承了先秦时代的纵横风气和史家直书不隐的传统，在政论散文和史传散文方面得到了进一步的发展；尤其重要的是，汉代文人为适应时代和统治者的审美需要，创造了"赋"这一新的文体，并在此时出现了专以文章为事的作家如东方朔、司马相如等。

魏晋时期，自曹丕在《典论·论文》里提出"文章经国之大业，不朽之盛事"的口号以后，文人创作的主动性有所增强；再经过此后"文章"与"文学"（文章博学）的区分、"文"（富于辞采和以情动人的文章）与"笔"（应用文）的区分，文学终于跨入了自觉的时代，而散文也就相应地进入了自觉的创作阶段。

一 汉赋

汉赋出现以前，早在战国时代，赋体文章就有其形迹可寻。比较突出的是屈原和宋玉的赋体杂文。

屈原是中国古代第一位诗人。一般地说，他的骚赋是近于诗的，但像《天问》以及传为屈原作的《渔父》《卜居》等作品，却更近于文。

屈原在被放逐江南的过程中，写下了著名的长诗《离骚》，也创作了赋体杂文《天问》。《天问》以质疑的口气，叙写了山川神灵、神话故事、历史传说，并借此抒发了自己愤懑不平的情感，是中国文学史上的一篇奇文。它具有先秦文章的共同特征，即韵语之中夹杂着散句，其行文特色与《易传》和《老子》十分接近。

有人说《卜居》和《渔父》也都是屈原所作，实际上，这两篇作品极有可能出于屈、宋一派作者之手。《卜居》是设为问答，以立身行事、所适所从为主要内容，在答话中发泄不平——"世溷浊而不清：蝉翼为重，千钧为轻；黄钟毁弃，瓦釜雷鸣；谗人高张，贤士无名。吁嗟默默兮，谁知吾之廉贞？"开后世感士不遇、悲士不遇文章的先河。《渔父》也是设问之辞，写屈原回答渔父的询问，留下了一句名言："举世皆浊我独清，众人皆醉我独醒，是以见放。"《卜居》和《渔父》虽然也韵散相杂，但散体成分占了很大比重，尤其后一篇，可以说是一篇典型的赋体杂文。

托名宋玉，实为屈、宋一派作者的《对楚王问》《风赋》《高唐赋》《登徒子好色赋》等又有新的特点。《对楚王问》《风赋》完全是散文化的赋体杂文，《高唐赋》等其他几篇只有其中的序与《对楚王问》和《风赋》相似。

汉代立国，至武帝之世，开始重视文事，立乐府，用文人，并奖励作赋。有的人以赋得赏，有的人以赋得官，一时间献赋之风遍及整个社会。辞赋的写作至此时形成一个空前的高潮。如同唐诗、宋词的地位一样，辞赋显然可以算作汉代的代表性文学创作。

汉赋从内容来说，有的属于歌颂一类，有的属于牢骚一类。从文章形式来说，有的虽然命名为"赋"，实际上也是文章，可以称为赋体之文，有的虽然命名为"文"，实际上与赋相同，可以称为文体之赋。

1. 大赋作家

汉初的歌颂之赋,是战国游说的变种。汉初皇帝采用黄老之术,推行无为而治,无心也无力对文化进行多少限制,学术思想一度活跃,而战国纵横之学,由于诸侯藩国的存在,则更受重视,所以纵横之风在汉初盛极一时。后来,随着经济的发展和皇权的巩固,汉代皇帝开始实行文化专制。在这种情况下,作为乱世之学的纵横游说,显然已经不合时宜。所以,汉武帝罢黜百家、独尊儒术时,纵横之学首先在罢黜之列。不过,从武帝到宣帝,都比较重视文治,而且对辞赋的兴趣十分浓厚,于是原先的一些纵横学者投其所好,摇身一变,从依附藩国的游说之士变为宫廷的侍从之臣,成为歌功颂德,“润色鸿业”的辞赋作家,如枚乘、司马相如等。正是这些人,把战国纵横驰骋的文风带到了辞赋之中。

枚乘,曾在吴王刘濞和梁孝王刘武的宫廷做过侍从之臣。他的《七发》是一篇赋体之文。此文假设楚太子患病,卧床不起,有吴客前往探望,并陈说七事,使太子振作起来。全文共分八段。第一段写吴客认为太子之病“无药石针刺灸疗”可治,必须用特殊疗法,二、三、四、五段写吴客陈说音乐、饮食、车马、游观之乐,都未能使太子振作;下面两段再陈说田猎、观涛,开始引起太子的兴趣;最后一段说到“天下要言妙道”,太子陡然“据几而起”,说:“涣乎若一听圣人辩士之言。”于是,“涩然汗出,霍然病已”。《七发》是为讽谏梁孝王而作,明显地带有战国游说的特征,不过作者由游士变成侍从,作品由游说变为讽谏罢了。

司马相如,是一代汉赋大家,字长卿,蜀郡成都(今四川成都)人。他年轻时喜欢读书和击剑,笔记小说曾描写临邛富商之女卓文君夜奔司马相如,后来又与他当垆卖酒的故事。司马相如一生只以辞赋著称于世。他的《子虚》《上林》二赋,通过三个虚构人物子虚先生、乌有先生、亡是公的相互问答,夸说楚王和天子上林游猎之盛,由此铺陈人君如何圣明、国家如何富强,最后略进讽谏,使人君有所觉悟,可谓曲终奏雅(后世“子虚乌有”的成语就从此而来)。该文在写法上接近于游说之辞,只是文中的铺张扬厉与游说之辞相比,则有过之而无不及。扬雄的《羽猎赋》、班固的《两都赋》也都属于歌颂之赋的代表作品。

2. 骚赋作家

与歌功颂德的散体大赋并行的,是以发牢骚为主要内容的骚体赋。骚体赋的出现,是秦以来士阶层地位下降的结果。

贾谊,骚体赋的著名作家。他的《吊屈原赋》是汉代“士不遇赋”的第一篇。

此赋写自己与屈原的相似遭遇，既凭吊屈原，又伤叹自己。贾谊又作《鵩鸟赋》，用老庄的福祸相生思想来安慰自己，也是牢骚之赋的精品。此外，扬雄的《逐贫赋》、司马迁的《悲士不遇赋》、张衡的《思玄赋》、赵壹的《刺世疾邪赋》，均为感时伤怀、刺世甚深之作。

文体之赋也有歌颂和牢骚两类。前者以司马相如的《封禅文》、扬雄的《剧秦美新》为代表，文学价值不大。后者以东方朔的《答客难》、扬雄的《解嘲》、班固的《答宾戏》为代表，值得一读。

东方朔，是汉武帝时人。虽然做了个掌管议论的大中大夫，但他总觉得在武帝面前，只不过是个滑稽逗乐的俳优，自己的远大志向得不到伸展。于是，他十分向往回到纵横游说的战国时代。《答客难》是回答客人的问难，他把汉朝与战国作了对比——战国时"得士者强，失士者亡"；而汉朝，士却沦落到"用之则为虎，不用则为鼠"的任人摆布的境地。在这种对比之下所说的"彼一时也，此一时也"，貌似旷达，实则成了巧妙的牢骚之言。

扬雄，他的《解嘲》，是模仿东方朔的《答客难》而作的，虽然文中牢骚的成分有所减少，却增添了一种无可奈何、自甘寂寞的凄凉。

班固，他的《答宾戏》，是在听天由命思想的支配下，表明自己"笃志于儒学，以著述为业"的志趣。

二　汉代史传散文

先秦史家记事传统在秦朝曾经一度中断，到了汉代又逐渐恢复。此期产生了集先秦史家散文之大成的历史巨著《史记》和《汉书》，它们开创了史传散文的新文体，对后代史传文章和其他文章的写作产生了深远的影响。

1. 《史记》

《史记》一书完成于汉武帝之世，是汉代早期的史传之文，代表了儒术尚未一统的文风。作者司马迁，是中国伟大的历史学家、散文家。其父太史令司马谈，生前曾有著作论载天下之文的宏愿。司马谈死后，司马迁继任太史令，立志实现乃父的理想，后虽身受腐刑，仍发愤著书，终于完成了这部历史巨制。

司马迁写作《史记》的宗旨是"究天人之际，通古今之变，成一家之言"；记事上起黄帝，下至武帝，涵盖了上古至汉初三千年来政治、经济、文化的发展历史。全书包括本纪、表、书、世家和列传五种体裁，共一百三十篇。"本纪"除《秦本纪》是秦国的大事记外，其他各篇均叙述最高统治者帝王的政绩；"表"是各个历史时期的大事记；"书"是个别事件的始末文献，分别记述天文、历法、水利、经济、文化、艺术等方面的发展和现状；"世家"叙述贵族诸侯王的生平行事；"列传"主要是诸侯王以下的不同类型、不同阶层人物的传记，少数列传叙述国外和国内少数民族君王统治的历史。

《史记》的文学价值，首先在于它开创了中国的史传文学。先秦的史家之文，有的以记言为主，有的以记事为主，行文中虽有人物刻画，但通常只是作为事件的陪衬；即使最富于人物传记色彩的《左传》"晋公子重耳之亡"，也是以晋公子重耳的出亡和返国始末为中心，很少有事件之外的笔墨。《史记》就不同了，它有"本纪""世家""列传"三种体裁专门刻画、表现人物，在行文中，人物的思想性格和举手投足始终是描写的中心，其他一切有关事件的叙述都围绕着这个中心展开。

《史记》写人，范围极广，上自帝王将相，下至闾巷百姓，涉及社会的各个阶层。作者善于选取具有典型意义的事件或情节，突出人物的性格特征。比如《项羽本纪》，集中了许多像"鸿门宴""乌江自刎"之类的重要事件，刻画项羽叱咤风云、气盖一世的悲剧性格；至于他个人的缺点和政治军事上的错误，则主要放在《淮阴侯列传》中，借韩信之口道出。这样，韩信的才能和见识自然也得到了表现。在抓住主要事件的同时，作者往往通过细节描写，具体表现人物的特征，而避免一般性地略述事件的梗概。比如《淮阴侯列传》通过韩信早年受胯下之辱的细节描写，突出了他"大智若愚，大勇若怯"的性格特点。另外，文中的"萧何追韩信""韩信将兵"等故事，也收到了相应的效果它们还成为后世盛传的历史典故。展现激烈的冲突、紧张的场面，无疑是表现各种人物性格特征的重要手段。司马迁深得此中三昧。《史记》中，像"鸿门宴""完璧归赵""负荆请罪"之类的戏剧性场面，是屡见不鲜的。有了上述故事化手法和戏剧冲突的运用，《史记》的人物传记便波澜起伏，跌宕多姿，人物形象跃然纸上。

《史记》语言的运用也很有特色。作者善于选用符合人物身份的话语刻画人物形象。比如，项羽和刘邦都见过秦始皇，对于这个威风一世的始皇帝，项羽不以为然地说："彼可取而代也！"雄心勃勃而又直爽坦率。刘邦则说："嗟乎！大丈夫当如此也！"含蓄委婉而又贪婪多欲。仅仅是一句话，二者的神态和性格就判然而别。

《史记》中优秀的史传散文，除了以上提及的几篇外，还有《陈涉世家》《魏其武安侯列传》《屈原贾生列传》《魏公子列传》《留侯世家》等。

司马迁生当汉武帝罢黜百家、独尊儒术之际，仍然继承了先秦史家直书不隐的传统，"不虚美，不隐恶"，这种"实录"的特点，在以后的史书中是很少见到的。司马迁还继承了《离骚》抒发牢骚不平的传统，并以诸子百家的"发愤著书"为鞭策，在笔下人物中寄寓自己对时世的怨愤。所以，鲁迅称《史记》为"史家之绝唱，无韵之《离骚》"，这是对《史记》散文艺术的最高赞誉。

2. 《汉书》

《汉书》完成于东汉明帝、章帝之世，是汉代晚期的史传散文，代表着汉朝的正统文风。作者班固，虽然曾经写过一些辞赋，但他的文学成就，主要体现在史传散文方面。《汉书》在体例上继承了《史记》开创的纪传体，但作为断代之史，《汉书》也有一些新的特点。首先，它取消了"世家"，将原来"世家"的内容并入"列传"，把《史记》的五体变为四体。其次，它从学术研究和文献资料的角度增设了一些传记。比如《鲁恭王传》记述了鲁恭王好建宫室，毁坏孔子家宅，得壁中古书（即《古文尚书》）之事。在这些传记中，增加了有关学术的事迹，像淮南王刘安的学术活动；增载了一些"经世之文"，像《晁错传》载其"教太子书""言兵事疏"等。这些新增的内容还涉及学术源流，像《艺文志·诸子略》叙述诸子各家源流，并着力为学者立传，比如《扬雄传》等。这样一来，《汉书》便更具有学术文章的性质。

《汉书》的写作思想以忠君保皇为主，否定游侠，强调奉法守法；行文中较多儒家正统说教，立传时注意区分忠臣和奸臣两类人物，突出像苏武那样忠君报国者的形象，否定王莽一类"乱臣贼子无道之人"。这一点与《史记》形成了鲜明的对照。《汉书》的语言，也不似《史记》那样纵横驰骋、变化多姿，而是较多地运用偶句骈语，使文章显得典雅凝练。很显然，《汉书》代表了汉代的正统文风，反映了汉代史传散文的变化趋势。

《史记》与《汉书》历来并称为"史汉"。实际上，《汉书》的文学成就从总体上讲不如《史记》。尽管如此，《汉书》仍然堪称汉代史传散文发展的里程碑。《汉书》中优秀的史传散文，可以举出《李陵传》《苏武传》《王莽传》等篇。

3. 其他

汉代散文，除了辞赋和史传之文外，还有论说杂文一类。这类文章，以政论为主。重要的作家有陆贾、贾谊、晁错、仲长统等。陆贾《新语》，收集了他为巩固汉代王权立论的政论文章，比如《无为篇》，阐述了汉初奉行"无为而治"的统治思想及其哲学基础。贾谊的《过秦论》三篇，是全面总结历史经验教训的文章，风格近似于战国游说之辞。晁错的《论贵粟疏》，强调蓄积存粮的重要性，句句切实。仲长统的《理乱篇》，揭露时弊，颇有气势。除政论文之外，汉代书信之文也取得了一些成就，比较突出的作品有司马迁的《报任安书》、杨恽的《报孙会宗书》以及马援的《诫兄子严敦书》等。

三　魏晋散文

东汉文章开始讲究对偶，班固所著的《汉书》，便多用骈偶之句。汉末魏初，曹操力倡文章清峻通脱——既简约严明，又畅所欲言，明确规定章表一类的文章"勿得浮华"。他写的《让县自明本志令》《遗令》《求贤令》《请增封荀彧表》等，也都具有这样的特点。由于提倡通脱，战国诸子放言无惮的文风有所抬头。孔融的《与曹公论盛孝章书》《难曹公表制酒禁书》等，即是直抒胸臆、不尚华词的文章。不过，曹操的儿子曹丕、曹植却注重文辞，经过他们的提倡，文章又从清峻通脱变得华丽多彩。这是汉末以来文章发展的一个总的趋势。

魏晋之际以及两晋之间，人们热衷于以老庄思想解释儒家经典，并注《老子》，形成了所谓的魏晋"玄学"。谈玄的风气影响到当时的文风，促进了说理论辩文章的发展，文风一度复归于"清通简要"。

1. 曹氏父子和建安诸子

汉魏之际，文坛上最活跃的要数曹氏父子和建安诸子。曹操的文章风格质朴而明快，而曹丕与乃父的文风有很大不同。他自叙身世之文的《典论·自叙》，历述平生经历，似讲故事一般，信笔所至，生动活泼。书信《与吴质书》，叙述朋友离合，娓娓道来，亲切有味。《又与吴质书》涉及文学主张，是较早的书信体文论作品。至于专门论文的《典论·论文》，则是中国文学批评史上较早的一篇专论。曹植的文章比乃兄更富辞采，书信《与杨德祖书》，章表《求自试表》，则是纵横恣肆，意气豪壮。

汉末建安时期（196~220）的作家，除三曹外，还有曹丕在《典论·论文》中提到的孔融、陈琳、王粲、徐干、阮瑀、应玚和刘桢七人，世称"建安七子"。此七人各有所长。孔融好发议论，像《与曹公论盛孝章书》《难曹公表制酒禁书》，胆大气盛，无所忌惮，其中《难曹公表制酒禁书》一文，更是直言不讳，"豪气直上"。孔融的文风与曹操近似，也是不尚华词，质朴明快。王粲比较擅长辞赋，《登楼赋》状物抒情，忧思慷慨，充满悲壮苍凉之气，富于时代特点。徐干也长于辞赋，《典论·论文》曾列举其《玄猿》《漏卮》《团扇》《橘赋》数篇，如今只能见到《团扇》残篇。曹丕说徐干的文风是"时有齐气"，意思是气势不足，较为舒缓。陈琳和阮瑀二人，比较擅长章表书记。陈琳的《为袁绍檄豫州》，以他的"壮有骨鲠"，"奋其怒气，词若江河"而为人称道。阮瑀的《为曹公作书与孙权》，虽为捉刀代笔、言不由衷之作，但也写得"文词英拔"。此外，刘桢的《答魏太子书》，多排比对仗，应场的《报庞惠恭书》，行文秀杰，读起来音调铿锵，朗朗上口。

2. 竹林七贤

魏正始时期，司马氏与曹氏争夺政权的斗争进一步激化，大批文人因卷入政治旋涡而被杀，政治上十分黑暗。这时，汉末议论时政的"清议"已逐渐转为谈玄说道的"清谈"，道家思想广泛流行，玄学由此兴起。狂歌放言的名士，成了当时社会的理想人物。最有名的"竹林七贤"，更是魏晋风度的代表。

"竹林七贤"中，阮籍和嵇康是比较突出的两个，他们的文章体现了魏晋散文的成就。阮籍，是"建安七子"之一阮瑀的儿子。书上说他酷爱喝酒，能够长啸，擅长弹琴，为人偶傥放荡。阮籍所作的《大人先生传》最能代表他的思想和文风。文中以大人先生自况，说无论怎样改朝换代，大人先生都能"应变顺和"，不受影响，而那些依附于统治者的人，就像裈（裤子）中之虱，自以为循规蹈矩，一旦发生灾变，只能死在裈中而不能出，与统治者同归于尽。这篇散文受了《庄子》寓言、楚辞神游和汉赋的影响，使气聘辞，韵散交杂，奇偶相生，风格独具。

嵇康，嗜酒弹琴，还能打铁。嵇康的性情既恬静寡欲，又刚肠嫉恶，最后得罪了司马氏，以"不孝"之罪，遭到杀身之祸。《与山巨源绝交书》是嵇康的代表作。山巨源即山涛，是"竹林七贤"之一，曾与嵇康志同道合。但此人后来违背初衷，做了司马氏的大官，还推荐嵇康接替他的原职。嵇康为此与他决裂，并写了这封信，声称自己禀性疏懒，受不得约束，做不得官，以此表现出对司马氏的决绝态度。文章锋芒毕露，嬉笑怒骂，锐利洒脱，形象生动。如把山涛比作好吃臭鼠的鸱鹟，自比为高贵的鹓雏，说山涛拉他出仕是"羞庖人之独割，引尸祝以自助，手荐鸾刀，漫之膻腥"。从这里引用的两个《庄子》寓言，可以看出《庄子》散文对嵇康的影响。不过，文中表现独立不羁的人格，却很有以"自然"对抗"名教"的时代色彩。

南朝大批评家刘勰说过："嵇康师心以遣论，阮籍使气以命诗。"这"师心"与"使气"，也正是魏晋之际散文创作的特色。不过，它主要体现在正始名士和竹林诸贤的散文中。在他们之后，这类特点的文章就很少能见得到了。除《大人先生传》和《与山巨源绝交书》之外，刘伶的《酒德颂》和向秀的《思旧赋》也很有名。《酒德颂》在思想和语言上颇近于嵇康，而文体则近于辞赋；《思旧赋》则触景兴叹，怀古伤今，暗寓悲愤，是一篇抒情短赋。

3. 西晋散文作家

西晋的散文作家，主要有潘岳和陆机。

潘岳，擅长写赋和诔文。他的《西征赋》，从历代兴亡之事，谈到生命长短和机遇通塞，是一篇具有论说性质的赋文。他的另两篇抒情之作《闲居赋》和《秋兴赋》，比《西征赋》的影响要大。尤其是《闲居赋》，写仕宦不得志时思念田园，为古代散文中文人遇挫辄抒田园之思的开创者。不过，由于潘岳本人"性轻躁，趋势利"，所以后世对此赋主旨多有议论。比如金代诗人元好问写道："心画心声总失真，文章宁复见为人。高情千古《闲居赋》，争信安仁（潘岳字）拜路尘！"虽然指出潘岳心口不一，但"高情千古"四字，足以显示《闲居赋》的流传之广了。潘岳的诔文巧于序悲，文情并茂，像《马汧督诔》《夏侯常侍诔》，都是传世佳作。

陆机，同样擅长写赋和哀祭文。《文赋》是论文之作，带有论说性质。《吊魏武帝文》感情充沛，是"愤懑而献吊"之作，很有"伤心百年之际，兴哀无情之地"的味道。陆机还有大块的论说文章如《辩亡论》，论孙权所以昌，孙皓所以亡，兼述孙氏祖先功业，说理透辟，文辞壮丽，骈散之句抑扬变化，很有气势。此外，《豪士赋序》写得犹如一篇议论文字，《怀土赋序》《叹逝赋序》则近似于抒情小品。像《怀土赋序》："余去家渐久，怀土弥笃。方思之殷，何物不感！曲街委巷，罔不兴咏；水泉草木，咸足悲焉。"咏诵之间，自然别有一种韵味。

两晋之际的散文家有刘琨和郭璞。

刘琨，他的《为并州刺史到壶关上表》《与丞相笺》，一反入晋以来文章趋于骈俪的风气，指事造实，不用骈俪。他的《答卢谌书》《与石勒书》，虽然骈散相间，但无意于骈俪，即使骈句较多，也是出于自然。

郭璞，他的《江赋》，既有描述，又有抒情，行文极有气势，与魏晋以来的咏物之赋不同，反映了魏晋以后赋体之文的新特色。他的《客傲》，模仿东方朔的《答客难》和扬雄的《解嘲》，但在牢骚之语中加入玄言，又有了些新的特点，像"不寿殇子，不夭彭涓；不壮秋毫，不小太山。蚊泪与天地齐流，蜉蝣与大椿齿年"等。

4. 东晋散文作家

进入东晋以来，文章更加趋向于谈玄和佞佛，文风则以偶俪和繁缛为主。但一些作家仍致力于散体文创作，前期有王羲之。

王羲之，中国的"书圣"，也是优秀的散文家。他的《与会稽王笺》《与谢万书》，或议政，或叙志，吐辞恳切，言无藻饰。他的《兰亭集序》，写友朋宴集游观之乐，发人生易逝之慨，文笔清淡，极有情致。这篇文章，连同作者秀逸遒劲的遒墨迹一起，流传千古。

陶渊明，是东晋后期以至晋宋之际的散文大家。他的文章，一洗骈俪繁缛之气，趋向于淡泊真淳。《五柳先生传》说五柳先生"闲静少言，不慕荣利。好读书不求甚解，每有会意便欣然忘食。性嗜酒，家贫不能常得"。"环堵萧然，不蔽风日，短褐穿结，箪瓢屡空，晏如也。常著文章自娱，颇示己志。忘怀得失，以此自终"，其实就是他的夫子自道。文章写得明白如话，自然平淡，很有情致。他的家信《告子俨等疏》，也很平淡，但真情实感，仍然溢于言表。他的《感士不遇赋》和《闲情赋》，则写得比较大胆直露，不过这也是他真淳性格的体现。他的名作《桃花源记》，向人们展示了一个和平、宁静、美好的理想世界。在这个世界中，没有战乱，没有纷争，人人安居乐业，"不知有汉，无论魏晋"。后人称之为"世外桃源"。多少年来，这"世外桃源"一直是饱受现实压迫之苦的人们追求和向往的所在。《桃花源记》写得极富理想色彩，作者通过描写桃花源的神奇多变、朦胧恍惚，突出了它超乎现实的特性。与此同时，又通过渔人出入桃花源整个过程的细腻刻画，让人们借助渔人的眼睛去了解桃花源内的一切，从而不得不相信它的存在。这样写的效果，就使桃花源更加令人悠然神往。全文层次清晰，语言省净，有着一种淳朴浑厚的韵味。这种韵味，可以说是陶渊明散文作品所独具的特色。

东晋时期，思想界十分活跃，除了玄学论辩文章以外，还出现了一些佛学和道教的论辩之文。孙盛的《老聃非大贤论》、王坦之的《废庄论》、戴逵的《放达为非道论》、慧远的《沙门不敬王者论》以及葛洪的《抱朴子》，或谈古，或论道，或释佛，在当时很有影响。这些文章或著作，大都析理精密，颇富辞采。慧远还有一篇《庐山记》，通过僧人的眼睛观察山川风物，确乎别有一番幽趣——"天将雨，则有白气先抟，而缨络于山岭下；及触石吐云，则倏忽而集。或大风振岩，逸响动谷，群籁竞奏，其声骇人。此其化不可测者矣……"

5. 史传散文作家

三国两晋时期的史家之文，虽然成就比不上先秦两汉，但仍有一些佳作，像蜀汉陈寿的《三国志》和晋宋时范晔的《后汉书》等。《三国志·诸葛亮传》"隆中对"一段，写刘备三顾茅庐，诸葛亮隆中对策，有声有色，文中尤其突出了诸葛亮这位中国大智者的言谈风采。《后汉书·范滂传》写范滂受党锢之祸，倾向鲜明，笔含情感，在后代官修正史中，很少能见到这样的文章。

四 南北朝散文

东汉以来，文章骈偶化的倾向日益显著，经过魏晋到南朝，特别是南朝齐永明以后，骈文这一体裁已经定型。其特点是追求形式上的美——声律的和谐、句式的整齐、辞采的华丽、用典的繁复等。在南北朝，除了一部分历史、地理和其他学术著作以外，骈文几乎占领了一切文学领域。文章的风格，也从质实转向靡丽。

南北朝是散文创作的中衰时代，此期的最大特点，就是骈文的畸形发展，只有北朝的三大著作——《水经注》《洛阳伽蓝记》《颜氏家训》是用散文写成的。

郦道元，其《水经注》虽然是一部地理学著作，但文学价值却不能不令人叹为观止。《水经注》叙述了大小一千多条水道的源流和其他水文地理情况，记写了沿岸的山川景物和故事传说，尤其在山川景物的描写方面，取得了令人瞩目的成就。可以说，《水经注》是后世游记散文的先导。其中的《江水注》"巫峡"一节，是历代传诵的名篇。

杨衒之，其《洛阳伽蓝记》主要描述洛阳塔庙殿阁的规模形制、兴废始末，兼及历史掌故、神话传说，比较全面地反映了北魏后期的社会生活。

颜之推，其《颜氏家训》用儒家思想教训子弟，反对空谈和浮华习气，所举正反事例，十分形象生动。比如《名实篇》写一个"近世大贵"，在居丧期间"以巴豆涂脸，遂使成疮，以表哭泣之过"。寥寥数笔，上流社会的人情虚伪，已被刻画得入木三分。《颜氏家训》集汉以来"诫子"、"家训"一类文章之大成，文辞虽时有骈体，但风格却平易亲切，与当时盛行的骈体文章有很大不同。

革新与成熟

唐宋时期，中国古代散文在前代创作的基础上，经过两次革新运动，终于从自觉走向了成熟，出现了异彩纷呈的新气象。在这一变化过程中，最突出的一点是，散文创作的复兴，带来了一系列的文体和文学语言的创新；其次是风格流派的形成，像初唐四杰、唐宋八大家、三苏等；最后，骈体文经过古文家的改造，出现了散体化的特点。唐宋文章和作家的数量，也大大超过前代。清代董浩等编纂的《全唐文》一千卷，收文一万八千余篇，包罗作家三千多人。宋代散文更是卷帙浩繁，不可胜数，仅北宋诗文选集《宋文鉴》一书，从卷三十一到卷一百五十，就选文一千四百余篇，作家二百多人。再加上没有收录在内的南宋文章，其数量远远超过唐代。

唐宋散文创作之所以取得如此辉煌的成就，除了两次古文运动的推动和文学自身的演进外，还有其他多种原因。

隋唐以前，南北对峙，文化发展各有特色。就学术而言，南方简约，北方庞杂；就文学风格而言，南方清新华靡，北方刚健质朴。隋文帝统一全国以后，南北双方有了互相吸收交流的条件，初唐时期、唐太宗、魏徵等更明确地提出了"各去所短，合其所长"的设想。他们既在主观上反对六朝以来的淫靡文风，同时又注重文学自身的特点、提倡一种文质并重的文学："文质因其宜，繁约适其变，权衡轻重，斟酌古今，和而能壮，丽而能典，焕乎若五色之成章，纷乎犹八音之繁会。"唐太宗君臣力求合南北文风之长的努力，使文学创作，当然也包括散文创作逐步走上了健康发展的道路。

在两次古文运动之前，已经有一批文人反对齐梁文风，比如唐代王勃、刘知几、萧颖士、李华、元结、独孤及、梁肃、柳冕等，宋代柳开、王禹偁、姚铉、穆修、石介、尹洙等。他们提出的文学主张，为古文运动做了理论上的准备。当然，除了文人的努力外，统治者的倡导也不可忽视。北宋古文运动期间，宋仁宗曾下诏，强调"文章所宗，必以理实为要"，对抑制浮华文风起了非常重要的作用。

科举制度的高度发展，使广大文人有更多的机会施展才华，进入仕途官场，为散文创作的繁荣提供了客观条件。宋仁宗以后，科举由以前的偏重诗赋，转向偏重策论——"昔祖宗朝崇尚词律，则诗赋之士曲尽其巧，自嘉祐以来，以古文为贵，则策论盛行于世，而诗赋几至乎熄"。嘉祐二年（1057），欧阳修主持科举考试，大力提倡平实朴素的文风，拒斥"险怪奇涩之文"。

唐宋时代，中国古代文化已经发展到了相当繁荣的程度。唐代儒、释、道三家合流，文人思想活跃，对外文化交流也更加广泛。宋代发明了活字印刷，私家藏书和著书成为整个社会的时尚；私立学校也逐渐增多。北宋时有著名的四大书院：庐山白鹿洞书院、衡州石鼓书院、南京（今河南商丘）应天府书院、潭州岳麓书院。其中白鹿洞书院在宋太宗时学生达数千人，规模十分可观。唐宋散文创作的成就，在很大程度上与当时这种社会文化背景密切相关。

一 隋及初盛唐散文

隋统一全国，结束了长期以来南北对峙的局面，但是并没有结束齐梁浮华绮靡的文风继续统治文坛的局面。当然，这并不是说隋朝统治者从来没有作过改革文风的努力。隋文帝杨坚在开皇四年（584）就曾下诏"普诏天下公私文翰，并宜实录"。此后不久，治书侍御史李谔又提交了一篇《上隋高祖革文华书》，指斥南朝文风是"连篇累牍，不出月露之形，积案盈箱，唯是风云之状"，并要求采取严厉的行政措施，制止浮艳文风的蔓延。这篇奏疏很受隋文帝的重视，被颁示天下。然而，两次诏令的颁布，都没有收到预期的效果。

唐代立国以后，唐太宗君臣十分强调淫靡文风与政权得失的关系，魏徵对此曾感慨万分，他说：古人有言，亡国之主，多有才艺。考察一下梁、陈及隋代君主，这的确不是虚妄之论。陈后主不以教义为本，而偏偏崇尚淫丽的文章，所以只能使虚伪之风日益滋长，没法挽救陈的乱亡之祸。唐太宗李世民称制后不久，尚能"以史为鉴"，与魏徵等一起反对齐梁绮靡文风，主张文质并重，提出南北文风各去所短、合其两长的设想。不过，太宗并没有身体力行，而且本人就喜好"流霞成彩"的"雕虫"之文。到他统治后期，这种倾向更为严重。于是，李世民身边最得力的辅臣魏徵，常以类似前面那种修史的方式向自己的君主进谏。在《谏太宗十思疏》一文中，魏徵忠告太宗不要忘了载舟覆舟的道理，并一口气提出希望主上深思的十个问题，文句排比而下，情深意切，肝胆照人。《贞观政要》收录魏徵贞观十一年（637）的上疏，也是一篇极谏之文。此疏大讲隋炀帝淫逸暴虐之过，以隋为鉴，规诫太宗。《旧唐书》本传说魏徵"自以无功于国，徒以辩说，遂参帷帐，深惧满盈"，他的谏疏，的确很有纵横辩说之风。

初唐时期，除了以魏徵为代表的极谏之文外，还有抒发怀才不遇的牢骚以及描写失意归隐生活的一类文章，擅长这类文章的代表作家是王绩。

王绩，早年有用世之志，曾在隋末唐初两次出仕，又两次失意归隐。他性嗜酒，崇拜陶渊明。他的《游北山赋序》《无心子传并序》《五斗先生传》和《自撰墓志铭》等文章，颇有愤世之辞。他在《自撰墓志铭》中写道："有道于己，无功于时"，"才高位下，免贵而已。天子不知，公卿不识"，不平之气溢于言表。王绩的传世之作是《醉乡记》，该文寄情于酒，虚构了一个阮籍、陶渊明等同道游于斯、醉于斯的"醉之乡"，大有追摹《桃花源记》之意，也很有魏晋文章的萧疏风致。不过，文中的主人公不再是其他人，而是作者自己，这样一来，文章的抒情写意性便非从前可比了。

魏徵等人的极谏之文和王绩的牢骚之文有的纯以散体写成，有的骈散相间，反映了初唐文章由骈入散的趋向。尽管如此，骈文及其末流所代表的淫靡文风，仍然有很大的势力。"初唐四杰"的文学主张和散文创作的矛盾，再清楚不过地表明了这一点。

"初唐四杰"指的是王勃、杨炯、卢照邻和骆宾王四人，他们活动于贞观末和高宗朝，以诗文齐名。四杰地位较低，而且寿命都不长——最薄命的王勃只活了二十六七岁，寿命最长的卢照邻也不过活了五十一二岁。生命之舟不堪承受的，是他们非凡的才华。

王勃在《上吏部裴侍郎启》中流露过对当时文坛状况的不满，说："天下之文，靡不坏矣。"杨炯十分赞同王勃的看法，他在《王勃集序》中说，龙朔（高宗年号）初载的文章，风格纤弱，又过于雕刻，"骨气都尽，刚健不闻"。"初唐四杰"的文章，的确克服了一些雕琢粉饰的骈文通病，注重"骨气"，使文章富于"刚健"之美，但他们终究没有突破骈文形式的束缚——他们的传世文章，仍然是骈文。

继四杰之后，武则天时期的陈子昂为革除淫靡浮侈之风，也作过努力。他的几篇谏书，颇有魏徵极谏之文质实切直的风格，他还在《与东方左史虬修竹篇序》中提出了恢复"风骨"、"寄兴"的口号。陈子昂的理论和创作，对唐代的诗文革新均有重大影响。中唐古文家韩愈在《荐士诗》中说"国朝盛文章，子昂始高蹈"，把陈子昂视为开唐代文学风气之先者。然而，文风并没有就此立即发生转变。当时文坛上盛行的恰恰是李峤、崔融、宋之问、阎朝隐等人歌功颂德、阿谀奉承的柔媚之文。在这些人身上，再次显露出汉以来文学侍从和无行词臣的故态。比如李峤《自叙表》"常愿肝脑涂地，以报所天；魂魄归泉，不忘结草"，崔融《启母庙碑》"坤为母则上下交泰，后为母则邦家有成"，都是向武则天表忠心的文章，写得十分肉麻。

唐玄宗称制以后，文风变化仍然不很明显。尽管玄宗崇雅黜浮，广开言路，也带来了一些极谏之文的问世，然而代表此期文章主流的，还是志在粉饰盛世的歌功颂德之文。像张说的《圣德颂》《开元正历握乾符颂》等。作为"盛世之文"，它们不乏典丽宏富的特点，但内容十分空洞单调。不过，这一时期的书信文中，却有一些引人注目的佳作。比如王维的《山中与裴秀才书》，描绘山中景物，抒写山居幽趣，给人以一种如诗如画如梦的感觉；李白的《与韩荆州书》，虽为求职自荐之书，却毫无扭捏和乞怜之态，笔势昂扬，辞气逼人。两封书信都写得极有个性，历来被奉为书信文章中的精品。

二　唐代古文运动全盛期

"古文"这个概念，是韩愈在《师说》等文章中提出的。他把奇句单行、上继先秦两汉文体的散文称为"古文"，并使之和"俗下文字"，也就是六朝以来流行已久的骈文对立。所以，古文实际上就是有别于骈文的散体文。

唐德宗贞元年间，韩愈提出了一系列古文革新的理论。这些理论又经过"韩门弟子"的发挥，在当时的文坛上产生了很大的影响。到唐宪宗元和年间，韩愈的理论又得到柳宗元的大力支持。通过韩柳等人的宣传和创作活动，古文运动取得了很大的成就。从此，古文逐渐压倒了骈文，成为中唐以后文坛的主要风尚。影响所及，直到唐末五代。

韩柳的古文理论，吸取了初唐以来革新文风的主张，特别是中唐萧颖士、李华、柳冕、独孤及等人的主张，明确提出了"文以明道"的要求。他们所说的"道"，就是儒家正统之道，是他们用来澄清思想混乱（这种混乱大抵是由佛教的兴盛和老庄思想的流行所致）、中兴唐朝统治的理论工具。

不过，韩柳深知，如果文字暧昧，即使有高明的理论，也不会有多少人理会它。

所以韩柳既"志在古道，又甚好其言辞"，并特别强调作家的人格和文学修养，认为"根之茂者其实遂"，"气盛则言之短长与声之高下者皆宜"——根、气都是与作家人格直接相关的。他们主张学习古文应该"师其意不师其辞"，因为古人作文章都是"词必己出"的。只要从实际出发，"因事陈词"，作到"文从字顺"，就是学到了古文的真髓。这类反对因袭、主张独创的文体革新意见，即是韩柳古文理论的精华。尽管韩愈和柳宗元在提倡古文时打着的是复古的旗号，嘴里也说"非三代两汉之书不敢观"，但实际上，他们却是以退为进，以复古为革新，其目的则是要创造一种新体古文。

另外，韩愈还提出了著名的"不平则鸣"说，并对其做了具体的解释——"和平之音听起来淡薄无味，而愁思之声就要深远美妙得多；欢愉之辞往往很难写好，而穷苦之言则常常容易成功。所以文章的兴起，永远是来自羁旅和草野"。这种理论，主张暴露和批判社会生活的矛盾，反对粉饰太平，把散文创作引向了内容充实、思想深刻、感情真挚的发展道路。

韩愈，他的古文作品有三百多篇，大致可以归纳为杂著、书信、赠序和碑志四大类。

杂著包括论说、传记、祭文等。《五原》《师说》等论说文，说理透辟，气势充沛，格局严整。《杂说》《获麟解》等短篇杂文，比喻巧妙，寓意深刻。《送穷文》《进学解》等长文，模仿东方朔《答客难》和扬雄《解嘲》的问答形式及幽默笔法，描绘了作家的勤苦与困厄，愤世嫉俗之意溢于言表。尤其是《送穷文》，虚构了五个穷鬼对作家进行嘲笑的故事，构思奇特，锋芒毕露。《讳辩》《争臣论》是直接针对当时不合理现象进行尖锐批判的论说文。《张中丞传后叙》在刻画英雄人物时，叙事、议论、抒情相结合；《圬者王承福传》写日常生活中的普通人物，从此人的生平遭遇中引发出人生哲理。这两篇作品是韩愈传记文的代表作。《祭十二郎文》表现骨肉亲情浓厚深切，感情在重叠字句的往复激荡中喷涌而出："其信然耶？其梦耶？其传之非其真耶？信也！……未可以为信也，梦也，传之非其真也！"这篇文章，被推为"祭文中千古绝调"。

韩愈的书信，写给朋友的，多发不平之鸣，像《与孟东野书》；写给青年作家的，常常对他们热情鼓励、耐心引导，像《答李翊书》；写给达官贵人的，极讲究修辞艺术，其中孤高和庸俗往往互见，像《应科目时与人书》等。

韩愈的赠序文，突破了此类文章叙友谊、道别情的旧格局，增加了述主张、咏怀抱等内容。《送李愿归盘谷序》就是一篇愤世嫉俗的咏怀之作。文章骈散结合，在韩愈古文中算得是骈俪成分较多的一篇。不过，该文能够以散驭骈，以气使调，具有畅达的气势。所以，宋代古文家苏轼夸张地说"唐无文章，惟韩退之《送李愿归盘谷序》一篇而已"。《送董邵南游河北序》一文，开篇便道"燕、赵古称多感慨悲歌之士"，随后写董邵南的生不逢时以及自己由此产生的感慨。两段末尾都缀以"董生勉乎哉"的句子，感情深挚，在抒发不平之鸣的同时，寄托了深远的寓意。

韩愈的《平淮西碑》是气势高扬的纪功碑文。《柳州罗池庙碑》属于宫室庙宇碑文，该文运用浪漫的笔调，叙述了亡友柳宗元"死而为神"的神话，并为他的遭遇鸣不平。《柳子厚墓志铭》和《试大理评事王君墓志铭》宛如优秀的文学传记。文中有死者的生前逸事，像大理评事王适的"骗婚纪"；有作者的即兴议论，像抨击一些小人对被贬后的柳宗元落井下石等。

柳宗元，古文运动的另一位领袖，他所创作的四百多篇古文，可以归纳为杂著、寓言、传记和游记四类。

柳宗元论文，明确主张"文者以明道"。他的一些论说文，就是正面阐发其政治思想的。比如《封建论》就是抨击封建割据，宣扬郡县制优越性和用人唯贤；《天说》批判天命论，主张无神论。柳宗元的杂文作品形式灵活多样，并大多采用讽刺的笔法。在这类作品中，有的以刻画出生动的讽刺形象见长，比如《鞭贾》写厚颜无耻的奸商和愚妄自是的贵公子；有的以自嘲形式抒发愤世嫉俗的不平之鸣，比如《答问》把作者忠而被谤的遭遇与飞黄腾达者作了比较，表示自己比不上那些潇洒倜傥之士，所以只好忍辱没世。《捕蛇者说》是抨击时政的文章，它通过一个捕蛇者的悲惨命运，揭露出"苛政猛于虎"的残酷社会现实。

柳宗元的寓言，不再是论说文中的谈资，而已成为独立的文学作品。《三戒》描绘了不分敌友的"临江之麋"、蠢笨自大的"黔之驴"和自取灭亡的"永某氏之鼠"，用动物比况人事，含有明显的规诫之意。《蝜蝂传》描写一种酷好背东西和爬高的小虫子，说它们不是被背在背上的重物压死，就是爬得太高，力尽摔死，由此影射和抨击了那些"日思高其位，大其禄"的贪官污吏。

在柳宗元的传记文中，《段太尉逸事状》与韩愈的《张中丞传后叙》题材相近。该文生动地刻画了段秀实沉着果敢、不畏强暴、爱护百姓的人格风范和英雄形象。《种树郭橐驼传》《童区寄传》则取材于下层普通人物，其思想性与《捕蛇者说》相近。

山水游记作品，是柳宗元的卓越创造。在柳宗元以前，古文中山水游记这部分几乎是空白。韩愈受"文以道志"观念的束缚，强调文章内容的堂皇正大，对流连光景的模山范水之作很不以为然。情景交融、语言清新秀美的游记散文成于柳宗元之手。《永州八记》是最成功的代表作，它由《始得西山宴游记》《钴鉧潭记》《钴鉧潭西小丘记》《小石潭记》《袁家渴记》《石渠记》《石涧记》以及《小石城山记》八篇组成，连缀起来，宛如展现湘桂之交山水胜景的优美画廊。文中写丘石之状，有的像"牛马之饮于溪"，有的像"熊罴之登于山"；绘溪水之形，有的是"舟行若穷，忽又无际"，有的是"（鱼）皆空游无所依，日光下澈，影布石上"，十分精巧简洁。同时，柳宗元还十分注重和擅长描绘幽峭凄冷的景致，表现自己的孤独苦闷，寻求某种精神寄托，像"清泠之状与目谋，瀯瀯之声与耳谋，悠然而虚者与神谋，渊然而静者与心谋"，"坐潭上，四面竹树环合，寂寥无人，凄神寒骨，悄怆幽邃"等。读起来使人感到如临其境，如见其人，为如诗如画的山水胜景所陶醉，为作家凄凉悲苦的心情所感染。

总的说来，韩柳古文打破了骈俪的束缚，形式活泼自如，内容深刻充实，风格自然流畅而富于文采，语言精练简约，以散句单行为主，适当地吸收骈文，因而有一种整齐错落之美。当然，韩柳二人在创作风格上又各具特色。韩文清雄奔放、奇崛劲健；柳文沉郁凝敛、峭拔峻洁。他们的散文创作，代表了唐代古文的最高成就。

韩愈和柳宗元都十分注重培养青年作家，经常向他们传授创作经验，当时的古文名家樊宗师、李翱、皇甫湜、李汉、沈亚之，有的是他们的朋友，有的是他们的弟子，著名诗人张籍、元稹、刘禹锡、白居易的文章，也或多或少地受到韩柳古文的影响。晚唐时期新崛起的古文大家有刘蜕、孙樵和杜牧等人，其中孙樵是韩愈的再传弟子，被清人归入唐宋古文十大家之列。

三 唐代古文运动的衰落

虽然说唐代古文运动的影响一直延续到了唐末五代，但古文创作的全盛期，无疑是在中唐时代。进入晚唐以后，古文运动实际上已经趋向衰落。韩柳之后，古文运动的继承者并没有按照韩柳古文的既定方向发展散文创作，而是把当时的散文创作引入了歧途：他们有的（如李翱）把古文变成了宣传、讨论儒家孔孟之道的传道书，仅仅用它来谈道论性，使其丧失了原有的文学价值，从而把"文"与"道"割裂了开来；还有一些人（如皇甫湜）片面强调古文运动重视文学技巧和"创新"的主张，一味追求奇异怪僻，喜欢标新立异，把古文引上生僻艰涩、险奇怪诞的狭窄路径。

与古文运动的衰落相反，晚唐时期兴起了一种笔调精练活泼的小品文，其代表作家是皮日休、陆龟蒙和罗隐。

皮日休，其《鹿门隐书》《读司马法》《原谤》等，往往托古讽今，词句不多，却能一针见血。

陆龟蒙，其《野庙碑》锋芒直指现实，讽刺和揭露了贪官污吏凶狠而丑恶的面目。

罗隐，其《谗书》里的小品文，都是他"愤懑不平之言，不通于世而无所以泄其怒之所作"，如《英雄之言》《说天鸡》《叙二狂生》等。小品文的兴起和繁荣，清楚地表明，唐代古文的领域已经变得十分狭小，它的某些功用不得不让位于小品文这种短小精悍、形式灵活多样、充满了批判现实精神的新文体。

古文运动没有遏止骈文的生机，它凭借着科举考试的力量继续生存；同时吸取了古文的某些长处，使自己获得进一步的充实和发展。中唐陆贽的奏议，用散文句法写骈文，又保持了排比铺张的特点。晚唐时，随着古文的衰落，骈文东山再起，数量空前增加，应用范围大为扩展。文章风格一改初、盛唐的宏博典雅，转为华丽秾艳，讲究用典的深僻和词采的繁缛。

晚唐文坛上堪称绝响的一部作品，是杜牧的《阿房宫赋》。全文分前后两部分，前一部分描写阿房宫的宏伟壮丽以及宫女珍宝之多；后一部分纵论秦朝施行暴政，豪夺民财，终于导致灭亡。描写议论相互结合而以议论见胜，可以看作是文赋的先声。

四 宋代古文运动的复兴

同初唐一样，骈俪浮华的文风一统宋初文坛。当时流行的是以杨亿、刘筠等为首的西昆体诗文。杨亿编有《西昆酬唱集》二卷，专门收录自己同道的作品。他们的文章，内容空洞，感情虚假，一味追求雕章丽句，却很受宋真宗赵恒的青睐。一时间，"杨刘风采，耸动天下"。

与此同时，随着宋初复古主义思潮的再度兴起，古文创作在柳开、王禹偁、姚铉、穆修、石介、尹洙等人的倡导下，渐渐复苏。他们强调文章"传道而明心"的功用，抨击五代以来"秉笔多艳冶"的浮华文风，要求革弊复古。姚铉根据《文苑英华》选编了《唐文粹》，只收古体文赋，不收四六骈文，并特别立"古文"一门，宣传韩柳古文概念和创作。王禹偁除在理论上提倡复古外，还创作古文《待漏院记》《唐河店妪传》等，显示了复古的实绩。不过，宋代的古文运动，至欧阳修时始获得成功。

欧阳修，字永叔，庐陵（今江西吉安）人。仁宗天圣八年（1030）二十四岁时考中进士，与尹洙、梅尧臣结为至交。他们在一起切磋诗文，并积极支持以范仲淹为首的改革派。

欧阳修吸取了范仲淹关于改革文风的主张，但他的古文理论总体上还是与韩愈一脉相承的。欧阳修强调"道"对"文"的决定作用，同时又主张文道并重、道先文后。他要求作品必须具有个性，反对因袭模仿，并确定了宋代古文运动继承和发展唐代古文的努力方向。他发挥了韩愈的"不平则鸣"说，提出了"穷而后工"说，认为只要心中有忧思感愤而形之于文，表现出曲折难言的人情，就会是好文章。他还非常重视"文从字顺"，在主持科举考试时，大力提倡朴素平实的文风，排斥继西昆体之后兴起的"险怪奇涩之文"，使北宋文风发生了巨大变化。

欧阳修的五百多篇散文，可以看作是宋代古文的典范。欧阳修的政论性文章批判性比较强。比如《与高司谏书》《朋党论》等。《五代史伶官传序》通过后唐李存勖兴亡的历史教训，说明国家的"盛衰之理"，非由天命，实赖人事。语言婉转流畅，笔端富于感情。

欧阳修的山水游记，很少运用象征手法写造化神奇的自然风物，而多站在欣赏者的角度，描绘出山水胜景的客观形象，并借景起兴，引起对某些问题的联想和议论。比如《醉翁亭记》《岘山亭记》《丰乐亭记》等，就是这样的写法。欧阳修的山水游记几乎篇篇都有议论，不过，这种议论并不给人以直露的感觉，特别是在表达身世之慨方面，显得更为含蓄。读者只能通过"醉翁之意不在酒，在乎山水之间也"一类的暗示，通过民乐年丰的客观描写，通过作者抚今思昔、追怀往事的感叹，去体味主人公看似达观坦然，实则忧虑不平的心情。欧阳修的山水游记，常常笼罩着一种雍容平和的气氛，景象开阔而壮美，联想丰富，好像一幅心到笔到的写意山水画。这些文章，多采用散句单行的长句，文气曲折舒缓，层次清晰分明，风格含蓄委婉，情韵深长，富于柔婉蕴藉、平易自然之美。

　　欧阳修的传世名篇，还有前文曾提到的《秋声赋》《泷冈阡表》等。前者是一篇漂亮的文赋，后者是一篇声情并茂的墓表文。

　　苏轼，为接替欧阳修的北宋文坛领袖。字子瞻，号东坡居士，眉州眉山（今四川眉山）人。与其父苏洵、其弟苏辙合称"三苏"。苏轼以其横溢奔放的天才，为宋代古文创作开辟了崭新的天地。

　　苏轼的政论文，主要包括策略、策别、策断三类文章。它们上承贾谊、陆贽，以儒家政治理想为出发点，广泛征引历史事实加以论证；文笔纵横恣肆，很有《战国策》之遗风。史论文《平王论》《留侯论》等，灵活运用史料，随机生发；或者翻空出奇，自成一家之言。宋仁宗以后，科举考试由重诗赋转为重策论，所以，从北宋中叶以后，举试的秀才们把苏轼的这类政论和史论文章奉若法宝，当作仕途的敲门砖，还编了一个"顺口溜"——"苏文熟，吃羊肉；苏文生，吃菜羹"。原来流行的那种"《文选》烂，秀才半"的说法，显然已经成为过时的陈词滥调。

　　苏轼的前后《赤壁赋》，一篇作于宋神宗元丰五年（1082）七月，一篇作于同年十月。当时，苏轼因"乌台诗案"被贬黄州（今湖北黄冈）已有两年。黄冈县城西北的长江边上，矗立着一座红褐色的山崖，人们把它称作赤壁。尽管它不是三国时赤壁之战的历史遗迹，但仍能使人登临而生思古之幽情。不仅如此，这里更是一处拥有清风白露、高山秋水、月色天光的风景胜地，足以令人置身其中而发宇宙人生之玄想。《前赤壁赋》先写作者与客泛舟赤壁之下，尽情领略秋江夜色之美，然后由"如怨如慕，如泣如诉"的洞箫声引发出客人关于生命短促、人生如梦的感叹，接下来便是苏轼的答话。苏轼从眼前的长江和明月说起，告诉客人：某一段江水虽然从眼前消失了，而整个长江却仍然不舍昼夜，长流不绝；月亮缺而又圆，周而复始，其实是无所增减。宇宙无穷无尽，人生也一样绵延不绝。所以不必去"哀吾生之须臾"，更何况造化所赐，物各有主呢！客人听了苏轼的这一番话，转悲为喜，与苏轼开怀畅饮，继而相互枕藉于江舟之中，酣睡到天明。文章从游观之乐写起，然后转入人生短暂之悲，最后再转入齐万物、等生死的达观之乐。全文层次分明，很有一种含蓄蕴藉的韵致。

　　如果说《前赤壁赋》以其行云流水般的议论见长，那么《后赤壁赋》则以如诗如画的描写见长。它主要描写了赤壁的冬景，借作者独登西山的悲惧以及关于白鹤道士的幻梦，将壮志难酬、孤独抑郁、超然旷达、人生如幻的种种情思展露笔端。文章借景寓理，令人于诗情画意之外，体会到其中蕴涵的种种理趣。

苏轼的《喜雨亭记》《超然台记》《韩魏公醉堂记》，或表达关心稼穑、与民同乐的情思，或展露超然物外、无往不乐的襟怀，或赞扬严于律己、廉于取名的风节，都能做到借事寓理寄情，发人深省。《石钟山记》以议论为骨干，以描写和叙事为烘托，说明事须亲历而不可臆断的道理。《潮州韩文公庙碑》评述韩愈一生业绩，文笔铺排激昂，借他人之酒杯，浇自己之块垒，于同情之外，见出自己的感慨不平，是苏轼少数碑志文中的力作。

苏洵，为苏轼的父亲。写有著名的《六国论》，此文风格纵横雄奇，宏伟犀利。苏轼的弟弟苏辙有《黄州快哉亭记》传世，苏轼说他的文章"汪洋淡泊，有一唱三叹之声"。

欧阳修、苏氏父子之外，还有王安石、曾巩也是古文运动的骁将。王安石、曾巩与欧阳修都是江西人，曾得到欧阳修的赏识和提携。三家的文章各有特色：欧以情韵胜，王以气势胜，曾以说理胜。

王安石，其《答司马谏议书》针对司马光对变法的责难，一一加以批驳，锋芒毕露，气势磅礴。《游褒禅山记》以议论为主体，把叙事、写景、抒情和说理结合起来，内容与苏轼的《石钟山记》有些相近，但风格却与苏轼的汪洋恣肆不同，显得挺拔峭劲、简洁省净。

曾巩，其《墨池记》以王羲之墨池古迹为例，说明坚持学习就一定会有成就的道理。全文运用设问语气，既有正面答复，又有侧面烘托，并为读者留有思考的余地。文章如同师生之间的亲切对答，在不知不觉之中，就把道理讲了出来。这种深切往复、善于自道的写作方法，被清代桐城派引申为古文"义法"，其影响之深远，不难想见。

以上韩、柳、欧、苏、王、曾八人，被明代茅坤称为"唐宋八大家"。八大家的古文作品，为后代散文创作立下了明确的法度，成为历代作家、学子师法的典范。

五 南宋散文

1. 爱国散文家

南宋以来，社会矛盾由新旧党争转为对金的和战之争。社会抗金的呼声日益高涨，爱国主义成为文学创作的主题。在散文创作领域，比较有代表性的作家有胡铨、叶适、陈亮、李清照、文天祥、谢翱等人。

胡铨，其《戊午上高宗封事》痛斥秦桧、王伦、孙近的卖国行为，请斩三人之首于长街示众，主张"羁留金使，责以无礼，徐兴问罪之师"，不然，他将"赴东海而死耳，宁能处小朝廷求活耶"。文章写得义正词严，奸佞闻之丧胆，百姓拍手称快。一时间，从文人学士"至武夫悍卒，遐方裔士，莫不传诵其书，乐道其姓氏，争愿识面，虽北庭亦因是知中国之不可轻"。

叶适，其《上孝宗皇帝札子》和陈亮的《上孝宗皇帝》三则奏议，也是力主抗战、反对苟安的政论文。叶适的散文，被后人视为"在南宋卓然一大家"。其政论文析理细密，条目分明，语言简朴厚重。陈亮的政论文，以意与理取胜，写得宏富典丽，颇具"堂堂之阵，正正之旗"的风采。

李清照，其《金石录后序》打破了书序常规，对《金石录》本身不过寥寥数语，却用大部分篇幅表现作者与丈夫买书、藏书、共同勘书谈笑的乐趣，叙述为避兵乱、保护文物而夫妇南北离散的遭遇，以及丈夫死后，自己孤苦伶仃、颠沛流离的悲苦境况。笔端的欢乐与悲愁，都出于自然真情的流露。

文天祥，是中国著名的民族英雄，他的《指南录后序》是南宋爱国主义散文的名篇。该文在写法上与《金石录后序》相近，于《指南录》用语不多，而着重抒发自己身为人臣而不能挽救国难的愧疚，表达"生无以救国难，死犹为厉鬼击贼"的决心。全文充满了一种浩然正气，堪称一曲民族气节的高昂颂歌。文天祥被杀后，他的部下谢翱写了一篇《登西山恸哭记》，用细腻的笔调渲染出人神共悲、普天同悼的悲剧气氛，十分真切感人。

2. 山水散文作家

南宋时期，山水游记又有了新的发展，出现了日记体山水游记，其代表作是范成大的《吴船录》和陆游的《入蜀记》。这类日记体游记，以纪实叙事为主，文笔朴实无华，但也不乏描摹胜景、抒发情怀之处，读来十分亲切生动。《吴船录》描写范成大由蜀归吴的沿途风光，《入蜀记》记叙陆游从家乡山阴（今浙江绍兴）到夔州任所（今四川奉节）的沿途游踪见闻。《吴船录》中纪游峨嵋山一段和《入蜀记》记过三峡一段，都被公认为历代游记散文中的优秀之作。

复古与衰退

唐宋古文发展的高潮过后，元明清的散文创作再也难以维持前代的盛状。元代散文创作十分寂寞，与唐宋时期相比，既没有什么大作家，传世的优秀作品也很少，只有戴表元、赵孟頫、王恽、虞集、马祖常和李孝光几人在散文创作方面尚有一些成就。戴表元擅长赠序和台阁名胜记，他的《送张叔夏西游记》《寒光亭记》以文笔简洁取胜。赵孟頫是一位书画家，擅长写书画记，他的《吴兴山水清远图记》写得有声有色，堪称文中有画。王恽的《烈妇胡氏传》和虞集的《陈昭小传》，一个描写"知有夫而不知有虎"的烈妇，生动传神；一个称颂赵宋的忠臣，寄意深远。马祖常的《石田房记》，记述作者与邻里乡人和睦相处，平日互借农具，岁时酒食往来，农忙之余村中父老率子孙执经请教，有模仿《桃花源记》的痕迹。李孝光的《大龙湫记》，用移步换景的方法描绘雁荡山大龙湫瀑布，写它在秋季水涨时飞流自天，声若雷霆；冬季遇旱时乍大乍小，渺如苍烟。行文中缀以游客和黄猿的活动以及明月怪石的点染，有一种神奇迷人的浪漫情调。

从总体来看，充斥元代散文创作领域的是侈谈经世致用和歌功颂德的论说文字。尤其是元代中后期以来，宣扬忠孝节义的道德说教，借重科举考试的力量而形成为一种风气；元代初期宋金遗民怀念乡土的思旧之情以及元中期离乱困苦的叹息之声，渐渐地都被这种道德说教所淹没了。

明清时期，复古与反复古的论争贯穿着散文创作的始末。虽然每次反复古胜利以后，都会给散文创作带来一些新的气象，产生一些优秀的作品，但是就总的趋势来说，明清时期的散文创作，已经进入了程序化的僵死阶段。

八股文是明清以来科举考试的专用文体，正式名称是经义、制艺，又名时艺、时文、八比文。因为文中有四段必须对偶排比、一段两扇、共八部分，所以后人一般简称为八股（股即比）文。八股文的题目一律取自四书五经中现成的词句，内容阐释必须依照程朱理学的口径，不得擅用他家言论或自己发挥。八股文基本上是散体文，不用四六，不求押韵，不讲究辞藻，也不许巧设譬喻和征引古史。文章字数也有明确规定。至于结构，则必须依次分为破题、承题、起读、入题、起股、中股、后股、束股、大结九段。其中从起股到束股四段，每段要有两扇排比文字。

八股文基本上属于议论文，但文中没有作者的思想和灵魂，仅仅是代圣人立言而已，显得枯燥空洞，略无生气。它的应用范围，虽然只限于科举考试，却明显地禁锢了作家的思想，尤其是它僵化的程序，更有助于复古主义思潮和形式主义文风的滋长。在这种情况下，散文创作要获得突破性进展，必须在语言及文体上进行彻底的革新。不过，变革的结果，自然只能是现代散文的诞生和古典散文的消亡。显然，这种彻底的革新在明清时代是不可能实现的。

一 明初及明中期的散文

1. 明初散文作家

明代开国之初，曾涌现过一批能文之士。这些人大多由元入明，经历过元末的战乱和动荡，因此比较注意反映元明之际的现实生活和社会心理——他们或是感慨人生的变化无常，或是冀盼社会的长治久安，或是记叙高人奇士的逸闻趣事，或是探求革弊复兴的途径和道路。他们的创作活动，对扭转元末以来衰颓的文风，有重要的作用，代表作家有宋濂、刘基和方孝孺。

宋濂，曾被明太祖朱元璋誉为"开国文臣之首"，擅长写作传记文。《秦士录》以同情的笔调描述了邓弼其人磊落的性格和坎坷的遭遇；《王冕传》生动地刻画出王冕这位才华横溢、豪放孤傲的画家形象；《李疑传》和《杜环传》颂扬了两位下层人物扶病济贫、仗义助人的侠义品德，并用对比手法抨击了道德堕落等时弊。《送东阳马生序》是宋濂赠序文的名篇。这篇文章用对比的手法，写自己年轻求学时的种种困难和当时太学生学习条件的优越，说明了学习要刻苦、虚心、持之以恒的道理。全文质朴简洁，如话家常。比如开头一段："余幼时即嗜学，家贫，无以致书以观。每假借于藏书之家，手自笔录，计日以还。天大寒，砚冰坚，手指不可屈伸，弗之息。"宋濂的一些寓言小品，既风趣诙谐，又发人深省。比如《尊卢沙》讥讽好说大话、贻误国事之人；《鼠啮狸牲》则描写养尊处优的猫竟望鼠而抖。不过，宋濂也写过不少充满迂腐之气的贞女节妇的传记；他的一些应酬之作，有辞藻繁冗之病，开了后来台阁体的先河。

刘基，是明朝开国元勋之一，曾参与决策实行八股取士，制定八股程序。他的文章，风格古朴浑厚，很有特色。他的寓言集《郁离子》作于元末，以寓言形式说理讽世，其中《卫懿公好禽》《晋灵公好狗》《灵丘之丈人善养蜂》《济阴之贾人渡河》等篇，写得十分精彩，而《楚人有养狙以为生者》一篇，尤其著名。这篇文章写的是"狙公"（狙即猴子，狙公即养猴子的人）强迫众猴子到山中采集果实供奉自己，后来众猴子终于醒悟过来，冲破牢笼，拿走果实回到山林，结果"狙公"便被饿死了。这篇短文写于元末，其寓意不言自明。刘基还有一篇著名的寓言，叫作《卖柑者言》，写作者诘问小贩为何净拿"金玉其外，败絮其中"的柑子骗人？不料小贩反驳道：当今高官缙绅，哪个不是"金玉其外，败絮其中"？他们欺骗世人，你倒没有察觉，唯独看见了我的柑子！说得作者"默然无以应"。文章构思巧妙，语言简练，字里行间充满了辛辣的讽刺。

方孝孺，是宋濂的得意门生，十分擅长写议论文，文风豪放雄健。《蚊对》以蚊喻人，通过天台生和童子的一番对话，揭露了那些虽与人同类，但比吸血的蚊子坏不知多少倍的衣冠禽兽。《指喻》用郑仲辨生病的实例，说明防患于未然的道理。方孝孺为人刚烈，燕王朱棣夺得皇位后，命他起草登基诏书，他拒不从命，只写了"燕贼篡位"四字，结果被灭"十族"（九族外还包括门生），株连者竟达八百七十余人。

2. 台阁体作家

明代初期的皇帝，在文化上采取了笼络和高压两手政策。朱元璋命胡广、杨荣等编定四书五经、《性理大全》，提倡程朱理学；同时制定八股程序，实行八股取士制度。随着王朝政权的巩固，文网日益森严。统治者明文规定"士大夫不为君用者，罪该抄杀"，并大兴文字狱，天下文士人人自危。在这种情况下，唯一能获得统治者赏识并迅速大红大紫起来的是"台阁体"诗文，其领袖人物有杨士奇、杨荣、杨溥三人。他们的文章多是奉敕或应托之作，以歌功颂德、粉饰太平为宗旨，内容贫乏，文气冗弱。由于他们身为朝廷台阁重臣，长期操纵文柄，所以一般追求功名的文人，在举试前致力于八股文，得官后便效仿"台阁体"，致使台阁体风靡文坛长达百余年。

3. 前七子

到了明中叶，茶陵（今湖南茶陵）人李东阳第一个站出来反对台阁体。他主张师法先秦古文，试图以深厚雄浑的文风代替台阁体。但此人在创作上的成就不很显著，还没有跳出台阁体的圈子。在他之后，以李梦阳、何景明为首，包括徐祯卿、边贡、康海、王九思、王廷相等人的"前七子"继之而起。他们倡言"文必秦汉，诗必盛唐"，反对台阁体和八股文，力图向世人昭示：四书之外尚有古书，八股文以外还有古文。不过,这些人的散文,却一味模仿秦汉文章,抛弃了唐宋古文运动以复古为革新的传统,从而步入盲目尊古拟古的歧路。这种倾向发展到极点以后,索性连文从字顺也不要了,只知生吞活剥古人文章,故意佶屈其辞,地名也硬用古名,造出来的只是些没有灵魂的假古董和优孟衣冠。

4. 其他

在台阁体、茶陵派和"前七子"风靡之际,也还有一些作家能坚持自己的创作个性,不依傍门户,不为时风所影响,像马中锡、王守仁便是这样。

马中锡,其散文以横逸奇崛见长,著有传世名篇《中山狼传》。它借东郭先生救了一只走投无路的恶狼,结果反倒差点被这只狼吃掉的故事,告诫人们不要对吃人的狼发慈悲、抱幻想,是一篇意味深长的寓言。

王守仁,其散文疏畅俊达,其《瘗旅文》通过对三个为微薄薪俸奔波而死的陌生人的哀悼,寄托了自己内心的忧思和悲愤,是一篇感人至深的祭文。

二 明中叶后复古运动与晚明小品

1. 后七子

"前七子"复古的余波未平,以李攀龙、王世贞为首,包括谢榛、宗臣、梁有誉、徐中行、吴国伦等人的"后七子"继之又起,再次发起复古运动。他们不仅重复着"前七子"盲目尊古拟古的错误,而且在这条歧路上走得更远。

李攀龙,其散文,史评"无一语作汉以后,亦无一字不出汉以前",专以仿真剽窃为能事,生吞活剥三代两汉之文,写得佶屈聱牙,令人难以卒读。李攀龙对古文发展的看法,属于典型的文学退化论。认为从西汉以后的文章,是一代不如一代;到了元代,则根本谈不上什么文章。

王世贞,他的文章也以拟古为能事;不过,模仿抄袭的本领却比李攀龙要高出一筹,而且著作宏富,结果造成了这样的恶劣风气:李梦阳提出"文必秦汉,诗必盛唐"之说的时候,跟着"七子"跑的人还知道剽窃司马迁、班固、李白、杜甫;而自王世贞的文集问世后,这些人发现了更加省力的快捷方式,于是他们干脆抛开班、马、李、杜,直接剽窃王世贞去了。

"后七子"中,只有宗臣的《报刘一文书》值得一读。它用漫画化的手法,描写一些整日奔走权贵之门、阿谀逢迎、甘言媚词以求升迁的小官僚，勾勒出这些人的无耻嘴脸和种种丑态，以此反衬出作者的耿介品性。此文以事代论，绵里藏针，具有含蓄深沉的特色。

2. 唐宋派

与"后七子"同时并起，作为前后七子复古主义文风的对立面出现的，是以王慎中、唐顺之、茅坤、归有光为代表的"唐宋派"。唐宋派倡言文章要道"其中之所欲言"，也就是想说什么就说什么，不受三代两汉之文的束缚；主张创作要有"新精神"和"千古不可磨灭之见"，即具有独特的思想见解和个性特征，不要落入人云亦云的俗套。这些主张在唐顺之的《与洪芳洲书》中说得最为明白爽快："近来觉得诗文一事，只是直写胸臆，如谚语所谓开口见喉咙者，使后人读之，如真见其面目，瑜瑕俱不容掩，所谓本色，此为上乘文字。"这显然与前后七子的盲目尊古拟古极不相容。在创作方面，唐宋派大力提倡被前后七子抛弃的唐宋古文传统。茅坤评选的《唐宋八大家文钞》，以反对拟古主义为宗旨，进一步肯定唐宋八家文的成就，无论在当时还是在后世，都产生过十分重要的影响。史称"其书盛行海内，乡里小儿无不知有茅鹿门（坤）者"。

唐宋派的散文创作，一般具有直抒胸臆、文从字顺、朴素自然的特色。如唐顺之的《竹溪记》，从园林名称由来写起，歌颂了自己心目中的竹子，借它的不同于石头之巧怪、花卉之妖艳，象征正直孤傲、不与世俗同流合污之士。王慎中的《海上平寇记》，记叙了明代著名将领俞大猷大破倭寇的事迹，刻画了俞大猷的英雄形象和优秀品格。这两篇散文都写得婉曲流畅，情理并至，而且非常讲究篇章结构的安排。

唐宋派散文创作成就最高者，无疑当属归有光。他的散文，虽无王慎中的气势和唐顺之的洒脱，却能通过普普通通的叙事和抒情，把日常生活中的琐屑情事委曲写出；不事雕琢而风调悠然，富于平淡朴素之美。他最擅长描写亲伦之间的真挚感情，写有《项脊轩志》《先妣事略》《寒花葬志》等名文。

《项脊轩志》在对"百年老屋"项脊轩几度兴废的叙述中，穿插了对祖母、母亲、妻子的回忆，抒发了物在人亡、世事沧桑的感慨。文中回忆祖母、母亲、妻子各一事，本来都是些家庭琐事，但在作者笔下，却是那么富于人情味，那么自然亲切。比如写母亲对儿女的关怀、爱抚："娘以指扣门扉曰：儿寒乎？欲食乎？"写祖母对孙辈的责备、疼爱、赞许和期待的复杂情感："余自束发读书轩中。一日，大母过余曰：吾儿，久不见若影，何竟日默默在此，大类女郎也？比去，以手阖门，自语曰：

吾家读书久不效，儿之成，则可待乎？顷之，持一象笏至，曰：此吾祖太常公宣德间执此以朝，他日，汝当用之！"由于这些细节描写，人物形象跃然纸上，呼之欲出。

归有光的这类散文，大都笼罩着一种悲剧的氛围，堪称"叙悲"佳品。《项脊轩志》是睹物思人，《先妣事略》是逐事白描，《寒花葬志》是专写情态。这些文章，虽然"无意于感人，而欢愉惨恻之思，溢于言表"。

唐宋派的散文成就无疑超过了前后七子，但其自身也存在着一些弱点。比如道学气太重，把"道"看成"文"的源泉，做过不少表彰孝子节妇的道学文章。同时，又太喜欢玩弄笔墨，过于讲究绳墨布置，受八股文的束缚和影响很深。

3. 小品文作家

基于上述弱点，唐宋派尽管与"后七子"并峙了将近半个世纪，但力量一直不够强大，始终没能撼动"后七子"在文坛上的统治地位。真正扫荡复古主义势力，在散文创作方面树立新风尚的，是以袁宗道、袁宏道、袁中道兄弟为代表的"公安派"。

三袁兄弟是明代著名的文学家，公安（今湖北公安）人，曾受到明后期重要思想家李贽的直接影响。李贽在王阳明"心学"的基础上，提出了著名的"童心说"，主张文学创作要从"童心"、"真情"出发，"顺其性"和有为（有明确宗旨）而作，反对复古派的宗圣、宗经和宗道。他的《赞刘阶》《题孔子像于芝佛院》对假道学和盲从孔教者进行了辛辣的讽刺和无情的揭露。公安派针对复古派的文学退化论，提出了通变的观点，认为"世道既变，文亦因之"，所以大可不必去摹古。他们还在李贽"童心说"的基础上，提出了著名的"性灵说"，主张创作要"独抒性灵，不拘格套，非从自己胸臆中流出，不肯下笔"。这样，"有时情与景会，顷刻千言，如水东往，令人夺魂，其间自有佳处，亦有疵处"，而不论佳处还是疵处，都是出自作者的"本色独造"。

公安派的散文创作，挣脱了古文绳墨的束缚，以独抒性灵为宗旨，形式灵活，题材多样，文字浅易，信笔直书，清新流畅。虽然篇制不长，落笔较淡，却往往能做到"幅短而神遥，墨希而旨永"。他们的散文，在正宗古文之外开辟了一处新的天地，从此，晚明小品蔚然鼎盛。他们所代表的散文创作的新风气，也一直影响到明末。

小品文是相对于正宗古文而言的，它是随笔、杂感等短小文章的通称。公安派散文创作的成就，主要在小品文方面。成就最高者，当推袁宏道。其书札凝练活脱，间以诙谐；随笔题材丰富，饶有意趣；传记文刻画生动，颇有传神之笔；至于游记散文，则更是清新淡远，情趣盎然，如《致聂化南》《蓄促织》《徐文长传》《满井游记》《虎丘记》《五泄》等。这些佳作的问世，给他赢来了"中郎（袁宏道字）文章言语俱妙天下"的美誉。中郎之兄宗道，多平淡抒逸的纪游之作和温雅华富的馆阁之文；中郎之弟中道，擅长游记、悼亡之文。

三袁广交当时名流，相互唱和，使"后七子"以来的拟古文风为之大变。但公安派的末流一味模仿袁宏道的率易刻露，未免陷入浅薄、俚俗的泥淖。于是，有竟陵（今湖北天门）人钟惺、谭元春等对此弊端加以匡救。他们反对仿真剽袭，提倡用"幽深孤峭"的风格去表现"幽情单绪"的内容，认为只有这样才能学得古人的真精神。"竟陵派"的创作特点是：刻意雕琢，求新求奇，语言佶屈，风格艰涩隐晦。比如钟惺的《浣花溪记》，以细腻的笔调描绘杜工部祠的景色，称许杜甫的胸怀；写景幽深，情趣孤峭。刘侗和于奕正合著的《帝京景物略》是竟陵派的力作，此书专记北京名胜风俗，充分体现了竟陵派短隽深永的语言特色。

晚明小品在张岱手中终于发展到了顶峰。张岱兼取公安、竟陵之长，写了不少既明丽清净，又雕琢精工的优美小品，像《湖心亭看雪》《柳敬亭说书》《西湖七月半》等。《湖心亭看雪》写西湖雪后景色："天与云与山与水，上下一白。湖上影子，惟长堤一痕，湖心亭一点，与余舟一芥，舟中人两三粒而已。"很有涵泳不尽的韵味。《柳敬亭说书》和《西湖七月半》分别描绘柳敬亭高超的说书艺术和杭州人游湖看月的风习，给人以如临其境，如闻其声，如见其人的感觉。

4. 复社及其他

明末文人结社较多，有以张溥、张采为首的"复社"，以陈子龙为首的"几社"和以艾南英为首的"豫章社"等。他们的文章，以正宗古文为主。"复社"和"几社"理论上主张复古，推崇"七子"，但受抗清和反阉党运动的影响，其作品风格与复古派迥然不同。比如张溥的《五人墓碑记》，歌颂了苏州百姓同阉党英勇抗争的事迹，用五人的慷慨就义与高官缙绅的苟且贪生作对比，强调匹夫之死"重于社稷"。又比如陈子龙门生夏完淳的《狱中上母书》，剀切直陈自己的忠臣孝子之情，充满了国破家亡的苦痛，表现出视死如归的英雄本色。"豫章社"继承"唐宋派"的文学主张，提出以实学为衡量古文的标准，对前后"七子"末流的奇险藻丽进行了猛烈的抨击，这一派的代表作是艾南英的《自叙》。"复社"、"几社"、"豫章社"的散文创作，反映了古文传统在明末"天崩地坼"现实下的新发展。

明末徐宏祖的《徐霞客游记》，是一部卓越的地理学著作，同时又是优美的山水游记作品，它被后人誉为"世间真文字、奇文字、大文字"。

三 清初中叶的散文和桐城派古文

1. 清初散文家

满人入主中原以来，抗清运动一直连绵不断。明末王学空谈心性的理论和晚明小品独抒性灵的狭小格局，已经不能适应时代的需要。于是，有钱谦益扩大散文规模于前；黄宗羲、侯方域等充实巩固于后，逐步形成了清文风尚。

钱谦益，文章出入子书、诸史和唐宋古文，又加入佛经禅语，注意把铺陈学问同抒发思想性情结合起来，纵横曲折，规模宏大，像《游黄山记》等便属此类。

黄宗羲，清初"学者之文"的代表作家。他的散文，讲究"情至"与文、道、学的统一，以见解精深、说理透辟见长。《原君》《原臣》矛头直指专制制度，具有进步的民主性思想。

侯方域、魏禧、汪琬号称"清初三大家"，是"文人之文"的代表作家。侯方域主张创作要"务尽其才"，其文不拘古法，流畅恣肆。《李姬传》写歌伎李香君的忠贞爱情和爱国思想，这个题材，后来被孔尚任改编为戏曲《桃花扇》。魏禧之文气势雄健，多写遗民志士可歌可泣的事迹，像《哭莱阳姜公昆山归君文》。汪琬之文讲究规矩法度，写得"疏畅条达，简净平实"，像《尧峰山庄记》等。

2. 桐城派

桐城派是中国古代生存时间最长、人数最多、影响最广的散文创作流派。其创始人和代表作家方苞、刘大櫆、姚鼐都是桐城（今安徽桐城）人，"桐城派"即因此得名。

桐城派出现于清中叶。当时，清朝的统治渐趋稳固，文人的民族意识日益淡泊，程朱理学再度成为思想独尊，笼络名士与大兴文网同时并存。当时最时兴的是埋头考据，不问世事的乾嘉学派，文学创作则为社会所轻视；至于散文创作，更受到来自骈文的冲击。

桐城派的古文理论和创作，难免受到上述那些思想学派的制约，但也有其独特的贡献。桐城派的文风，主要是在以下三种要素的相互交融中形成的。

一是程朱理学。自南宋以来，程朱理学一直是封建王朝推行的正统思想，只是在明后期一度受到王学"心性"理论的猛烈冲击。入清以后，程朱理学又得到统治者的大力提倡。康熙皇帝亲自编写了《性理精义》，并重新刊行了《性理大全》。桐城派诸子都是程朱理学的拥护者，方苞即以"学行继程朱之后"作为毕生目标；姚鼐甚至说"程朱犹吾父师也"。他们的文章，也力求自觉地贯彻程朱理学注重人生修养、进德修业的精神。

二是唐宋古文。桐城派在清初散文发展的基础上，通过明代唐宋派归有光、唐顺之等人，继承了唐宋古文的传统。他们特别强调古文的"义法"，要求"言有物"、"言有序"，注重文章的"神气"、"音节"和"字句"，提倡义理、考据、辞章三者合一，细辨文章的阳刚、阴柔之异，追求一种"清真雅正"的文风。这些都比唐宋派有所发展，但在创作上绳墨规矩就更多了。

三是八股时文。清代科举以八股取士，绝大多数文人都要经过习作八股文的阶段，然后才转而写作古文。桐城派方苞、姚鼐都是著名的八股文大家，往往"以时文为古文"；他们追求的"清真雅正"的文风，亦与清代对八股文的要求相一致。

桐城派代表作家的散文创作，基本上实践了他们的理论主张。比如注重详略虚实的安排，讲究文章"义法"。以方苞的《游雁荡记》为例。文章开篇就提出"兹山不可记"，避开了对雁荡山作细致的描摹雕绘，而着力写自己"得于兹山"的两点体会：一是此山能保持本色，不辱于愚僧俗士之剥凿；二是它岩深壁削，令人至此顿觉万感百虑俱消，而与天地精神相接。最后以所谓"守身涉世"、"成己成物"之道的简短议论收篇。比如注重"神气"、"音节"、"字句"的锤炼，讲究音调节奏和遣词造句。以刘大櫆的《骡说》为例。该文赞颂骡子"行止出于其心，而坚不可拔"的精神，鄙薄"任其然而不然，迫之以威使之然，而不得不然"的"马性"，由此写到一些懦夫俗子的"软骨病"，最后为骡子的不被重视抱不平。短短不到两百字的篇幅，文意一波三折，同时又具有一泻千里的气势。尤其是文章的结尾部分，为骡子的"刚愎自用"翻出新意："然则骡之刚愎自用，而自以为不屈也久矣。呜呼！此骡之所以贱于马欤？"寓意深刻，可谓"豹尾横空，力敌千钧"。又比如注重义理、考据、辞章的统一，在发挥义理、驰骋辞章之时，辅以考证。以姚鼐的《登泰山记》为例。文章开头一段介绍泰山的地理形势，巧妙地纠正了《水经注》关于汶水记载的失误以及长城起于秦汉的说法。文中一些数字，也一丝不苟，言之凿凿，可以算作寓考证于文辞的经典篇章。

除以上各篇外，桐城派的代表作还有方苞的《狱中杂记》。它通过作者的亲身经历和耳闻目睹，展示了刑部牢狱这个暗无天日、阴森恐怖的丑恶世界。所叙人物、事件头绪纷繁，但作者能以揭露当时司法机构的腐败为中心，从监狱、缉捕、管理、办案诸方面组织和选择材料，鲜明地展现了各类人物的形象。文章以层层深入，有条不紊的叙述笔调，展现了各色人等的喜怒哀乐、生死歌哭，勾勒出一幅生动逼真的人间地狱图。又寄爱憎、义理于文字辞章之中，语言质朴晓畅，行文错落有致，堪称桐城古文的经典之作，在清代散文创作中，此篇也是不可多得的力作。

桐城派三家中，刘大櫆终生以授徒为业，弟子很多，姚鼐即出于他的门下。姚鼐本人又曾在扬州、江宁、徽州、安庆等地主持梅花、钟山、紫阳、敬敷等书院达四十余年之久，所以姚门弟子更是遍布天下。姚鼐之后，桐城派已经突破了地域的限制，发展成为一个作家众多，影响深广的全国性散文创作流派。该流派比较著名的作家有方东树、刘开、姚莹、管同、梅曾亮、朱仕琇、罗有高、鲁九皋、陈用光、孙鼎臣、郭崇焘、吕璜、朱绮等。所属地域，从安徽桐城，到江苏上元、江西新城，再到湖南、广西，无所不有；所跨时间，从清中期到清末叶，绵延不绝。

桐城派古文有一个明显的缺点，即过分求"雅"，语言避忌太多，因而文章不够鲜明生动，结构规模也不够宏大，作家的才气难以得到充分的发挥。于是，有阳湖（今江苏武进）人恽敬、张惠言提出唐宋文、秦汉六朝文并重，合散体、骈体之两长；欲以雄健的气势，来匡救桐城派的拘谨枯淡和体气单薄之弊。阳湖派与桐城巨子本有师承关系，是桐城派的一个支流；创作上虽与桐城古文面目稍异，但成就不及，所以影响也不大。

在桐城古文盛行之时，也有人能不受其影响，独树一帜，像章学诚、袁枚、郑燮等人。章学诚是史学家，擅长议论。袁枚以诗闻名，作文独抒性灵，机趣横生。郑燮字板桥，是清代画坛"扬州八怪"之首。其家书能直抒胸臆，好似对面谈心，神情语态，跃然纸上，留有名篇《范县署中寄舍弟墨第四书》《与舍弟墨第二书》。

四　散文创作新潮流和新体散文

鸦片战争爆发以后，散文创作中出现了一种新的潮流，即趋向于注重实际有用的经世之文。无论是包世臣、魏源、龚自珍等经世文派，还是曾国藩、吴汝纶等湘乡派，都是因这一潮流的形成而出现的。龚自珍是其中成就最高的作家。他的名篇

《病梅馆记》，通过记叙江浙之梅备受删剪斫锄之害，谴责以"横逸"为美的孤癖爱好对自然之美的摧残，表达了自己疗治病梅的意愿和决心。文章托物言志，隐晦曲折，寓意深刻，是一篇寓言式的短文。湘乡派欲以经世致用振兴桐城门派，但不能逾越桐城家法，成就不大。

19世纪末，在康有为、梁启超等人手中，散文创作再次呈现出新的气象。在他们开创的新体散文面前，传统古文明显地显露出衰退之势。当时，一些维新派人物为了开通"民智"，扩大改良的宣传效果，曾倡言改革文字和语文合一（即流行口语与书面文字合一），主张用俗话写白话文。康、梁的写作方法，即接近于语文合一。他们的文章思想解放，语言明白流畅，笔调纵横恣肆，行文不求修饰，无所顾忌，显示出冲决传统古文程序格局的实力。梁启超在《清代学术概论》中说："启超夙不喜桐城派古文，幼年为文，学晚汉魏晋，颇尚矜练。至是自解放，务为平易畅达，时杂以俚语、韵语，及外国语法，纵笔所至不检束，学者竞效之，号新文体。""新文体"的代表作当推梁启超的《少年中国说》。这篇著名的政论文，无情地批判了清帝国及其统治者的老大腐朽，热烈地礼赞了"少年中国"及其象征者青年一代的进取朝气；文章思想解放，感情奔涌，行文中不时杂以俚语、韵语，读起来铿锵有力，撼人心魄："日本人称我中国也，一则曰老大帝国，再则曰老大帝国。是语也，盖袭译欧西人之言也。呜呼！我中国果老大矣乎？任公曰：恶！是何言！是何言！吾心目中有一少年中国在！"

这种"新文体"的魅力和魔力，是传统古文所不具备的，所以，它很快便成为时尚，并在全国的范围内流行开来。到了民主革命的先驱者手中，散文创作更在新文体的基础上，向通俗化迈进。像陈天华的《猛回头》、秋瑾的《敬告中国二万万女同胞》、邹容的《革命军》等，都是表现民主革命内容的通俗散文。这些散文，无论是在创作内容上，还是在创作形式上，都在呼唤着一个全新的时代的到来。

至此，中国古代散文创作走完了它辉煌而又坎坷的历程。如果从最早的成篇散文集《尚书》算起，到清代末叶，其间有着三千多年的历史。在这三千年的沧桑巨变中，中国古代散文创作从远古的记言记事之文开始，逐渐构成了一个林林总总、气象万千的艺术世界；中间经历了先秦发轫与勃兴、汉魏六朝徘徊与自觉、唐宋革新与成熟、明清复古与衰退四个发展阶段。中国古代散文创作三千年的辉煌与坎坷意味着什么？是这个活生生的机体的生长发育、衰老消亡，还是它所折射出的风云变幻、心路历程？但愿读者在掩卷之后，能够生发出比这更深刻的感悟。

士心篇

中唐文人之社会角色与文学活动
——以职事的考察为中心

论中唐文人社会角色的变迁及其特征

一

士是中国古代的一种重要的社会角色。它原本是介于贵族和庶民之间的一个社会阶层，春秋中期以后，士的独立性逐步加强，战国时代完成了这一演化。士作为一个阶层的独立，在士的变迁过程中，具有划时代的意义。到了汉代，士阶层发生了新的变化，这就是士吏合一。① 在汉代，有所谓文吏、武吏及儒生的分别。文吏与武吏往往对称，又经常出现在和儒生相对的场合。王充认为，文吏和儒生各有其材智，各有所长，不可兴此废彼。但从二者的所学来看，儒生和文吏还是有本与末的差别，其尊卑高下也就因此确定了。如《论衡·程材篇》云：

> 论者多谓儒生不及彼文吏，见文吏利便而儒生陆落，则诋訾儒生以为浅短，称誉文吏谓之深长，是不知儒生，亦不知文吏也。儒生、文吏皆有材智，非文吏材高而儒生智下也。
>
> 文吏以事胜，以忠负；儒生以节优，以职劣。二者长短，各有所宜；世之将相，各有所取。取儒生者，必轨德立化者也；取文吏者，必优事理乱者也。
>
> 五曹自有条品，簿书自有故事，勤力玩弄，成为巧吏，安多足矣。……文吏、儒生皆有所志，然而儒生务忠良，文吏趣理事。苟有忠良之业，疏拙于事无损于高！
>
> 然则儒生所学者，道也；文吏所学者，事也。……儒生治本，文吏理末，道

---

① 参见阎步克《士大夫政治演生史稿》第十章《儒生与文吏的融合：士大夫政治的定型》，北京大学出版社，1996。

本与事末比，定尊卑之高下，可得程矣！①

这些议论和看法，从士人社会角色变迁的角度来看，涉及士人所扮演的社会角色的社会地位和社会形象，指向对某种社会角色的策划和评价，因而对后世人们的思想观念和行为处世影响很大。

在先秦士农工商四等民中②，士阶层的流动性是最大的，因而其思想行为也最为活跃。作为贵族和庶人阶层的交流转换地带，士阶层一方面承接来自贵族的沦落分子，如商鞅、韩非，还有张仪、范雎等；另一方面则接纳大量来自下层的庶人。先秦时期，尤其是战国时代，那些富有政治才能的士人在一个诸侯国的去留，对该国的强弱兴衰具有不可忽视的意义。另一方面，士人与各诸侯国统治者的人身关系，也是相对自由的：合则留，不合则去。而这种自由的流动和择业方式，又在相当程度上促进和强化了先秦时代的思想解放。可以说，先秦士人的思想和行为方式，从根本上铸就了中国传统士人的基本性格。

士人之入仕，就他们本人而言是一种谋生和立身的手段。而在先秦的思想家那里，特别是儒家的经典里，则作为一种必然的道路看待。如《论语·子张》曰："学而优则仕。"这似乎是说，"学而优"的士人入仕是必然之路。《孟子·滕文公下》："士之失位也，犹诸侯之失国家也。士之仕也，犹农之耕也。"则把士人入仕说成是像农民耕种土地那样，是无可选择的分内之事了。至于入仕做什么，《墨子·尚贤上》明确说："士者所以为辅相承嗣也。"意谓辅佐君王。这对后来影响深远。杜甫所谓"致君尧舜上"，遂成为中国古代士人的政治理想和终极目标，同时也为中国古代士人的角色变迁，划定了一个大致的范围和界限。

从游士到儒士，是秦汉士人阶层的一大转变。汉武帝通过思想或制度的刚性规定，确立了儒家独尊的地位，并通过察举制，使儒家的教条趋于具体化和可操作性。举贤良方正，举孝廉，以及博士、博士弟子的培养，都是同时面向士人和法吏两个阶层，以儒家思想对其进行双向改造。西汉后期，儒士阶层基本形成。

汉魏之际的战乱和军阀割据，似乎在某种程度上重演了战国时代的历史。士人

---

① 《论衡·程材篇》，上海人民出版社，1974。
② 《国语·齐语》载管仲治齐，以士农工商四民分居定业。又《春秋穀梁传注疏》卷十三成公元年："古者立国家，百官具，农工皆有职以事上。古者有四民，有士民（注：学习道艺者），有商民（注：通四方之货者），有农民（注：播殖耕稼者），有工民（注：巧心劳手以成器物者）。"

正常的入仕之途虽被阻断，但并没有妨碍他们发挥自己的才能。于是，割据势力的中心便聚集了一群才能出众的谋士，如曹操身边的荀彧，刘备身边的诸葛亮，孙权身边的鲁肃等。谋士之外，还有一批著名的文士，如建安七子等。这些谋士和文士的社会名望很大，在汉末群雄的角逐中，奔走戮力，各为其主，发挥了至关重要的作用。

然而，在这些谋士和文士的辅佐下建立的封建专制政权，并没有给他们的社会角色带来本质性的变化；相反，他们所代表的名士阶层与统治者的冲突，却往往使自己面临杀身之祸。荀彧、杨修、孔融等因为种种莫须有的罪名被曹操杀害，让人们想起汉代政权建立以后"兔死狗烹"、"鸟尽弓藏"的史实。而曹氏父子推行的"破浮华交会之徒"① 以正风教的政策，实际上是思想钳制的代名词，它不仅对汉末以来的名士清议风气造成了致命的打击，而且使建安文人从追求修齐治平、关注现实民生的慷慨悲歌之士，沦为徘徊于王权与道义冲突中的消沉苦闷的宫廷文学侍从。

从建安七子到竹林七贤，从汉代清议到魏晋清谈，以这些著名的历史人物和事件为标志，可以清晰地看出士人社会角色变迁的轨迹。在上述两个关于历史人物和事件的转换过程中，原来众多汲汲于事业功名的士人，历经严酷现实的种种打击，渐渐地从政治的中心淡化出去，而主要充当起思想文化传统的传承者和创造者的社会角色。在这些游离于社会政治实践、徜徉于思想艺术领域的士人群中，还包括了为数不少的隐士逸民。门阀世族与文化传统的内在联系凸显出来，十分引人注目；而伴随着士族高门的衰落，那些出身寒族的寒士，以及来自庶姓平民的寒人，也渐渐地成长起来，成为与士族高门分庭抗礼的社会群体，到了隋朝实行科举制以后，便拥有了更广阔的发展空间。

但是，尽管士族门阀走向式微，士庶清浊的观念却根深蒂固，影响深远。唐长孺先生在论述南朝寒人的兴起时指出："西晋以后，清浊之分即士庶之别，官职亦以此为准，凡是士族做的官就是清官，寒人做的官则是浊官。南北朝评定门第标准是婚与宦，'宦'不完全是看他自己及其家族所任官职之高卑，重要的倒是在于所任官职特别是出身官的清浊。当时在品级高低和位望清浊之间有

---

① 《后汉书》卷一〇〇《孔融传》载曹操与孔融书："孤为人臣，进不能风化海内，退不能建德和人，然抚养战士，杀身为国，破浮华交会之徒，计有余矣。"

时不甚一致，即有品高而较浊者，也有品低而较清者，在这种情况下，通常宁可选择清官。"① 说的就是这种情况。入清流，做清官，成了当时和隋唐以后士人的努力方向和选择社会角色的一个主要标准，只不过隋唐以后所通过的途径和采取的手段不同而已。

二

唐代士人社会角色的变迁是与唐代社会政治的变迁紧密相连的。唐代士人的理想和信念，更多地被专制制度整合，并按照其内在的规定性，通过改变自己的社会地位和社会角色来实现。科举的内容决定了举子必须把自己塑造成儒士和文人，而科举的目的则指向仕进。不仅一般的文人遵循着这条既定的路线，就连那些曾经给予中唐古文运动以巨大影响的儒士学者们也未能免俗。于是这种儒士、文人和官僚的三位一体，构成了唐代文人的基本面貌。从社会身份的角度看，活跃在唐代社会政治文化生活中的几种社会角色，基本上可说是郎官、翰林学士、谏官、幕僚、州官等。这几类人中，除了翰林学士是新产生的一种社会角色外，其他几类基本上是在原有的官僚体制格局中略作调整；但似乎郎官、幕僚和州郡官之流在社会政治和文化活动中尤为活跃，所起的作用也更加明显。科举和入幕，特别是科举，成为士人改变自己的社会地位和转换社会角色的两大基本途径。大多数士人都走过这条坎坷不平的路。而科举和入幕的共存，集中体现了唐代士人社会角色变迁的时代特征。

一般学术界概括中唐与盛唐之别，总是从社会历史的角度，兼及世风和文风。这种方法，无论是操作手段还是表述语言，都已经十分完备。与上述研究的切入点不同，本文从文人社会角色入手，发掘中唐文人社会角色之于社会变迁和文学演进的内在联系，并阐述二者的互动关系。

中唐文人社会角色的变迁，主要体现在以下几个方面。

其一，翰林学士的兴起及其逐渐成为一种重要的政治力量，乃自中唐始。最典型的例子是陆贽，由于在特定的时期和环境下起到了特殊的作用，故号称"内相"、"天子

① 唐长孺：《魏晋南北朝史论丛续编·南朝寒人的兴起》，收入《魏晋南北朝史论丛》（外一种），河北教育出版社，2000，第548页。

私人",从而给唐代翰林学士这一社会角色加上了一圈神秘的光环。此外,王叔文、王伾积极倡导和推进顺宗时期的政治改革,其翰林学士的特殊身份也很引人注目①,以至于对立面宦官俱文珍等抓住要害,奏请削去王叔文的翰林学士一职时,"制出,叔文大骇,谓人曰:'叔文须时至此商量公事,若不带此职,无由入内'"②。从王叔文对被削去翰林学士一职的强烈反应可以看出,这个社会角色对于他本人及其所推进的政治改革,具有多么重要的意义。

其二,宦官专权与官僚朋党以及与之相关的文人集团的同时并存,成为中唐社会的两大特征。这也是进入唐代以来十分突出的社会现象。如中唐旷日持久的牛李党争,开始于宪宗朝③,至文宗朝趋于白热化,以致文宗有"去河北贼易,去朝廷朋党难"的慨叹④。而文人的政治分野和形成相应的集团,也是与朋党之争密切相关的。

其三,进士科受到空前的重视,以致成为"士林华选"⑤。"朝廷设文学之科,以求髦俊,台阁清选,莫不由兹"。⑥ 这是就一般朝官而言。至于宰相,基本上经由科举出身,其中进士出身者占绝大多数。

吴宗国先生在《唐代科举制度研究》一书中,曾对唐代宰相的出身进行过一番调查⑦。

太宗朝:许敬宗,隋秀才;房玄龄、侯君集,隋进士;其余二十六人皆不从科举出身。

高宗朝:宰相四十一人,其中隋秀才二人,唐初进士九人,明经擢第二人,科举出身者共十三人,已达四分之一。

武则天临朝称制期间:科举出身的宰相只有韦思谦及在高宗末年即已为相的裴

---

① 《旧唐书》卷十四《顺宗纪》贞元二十一年:二月,"以太子侍书、翰林待诏王伾为左散骑常侍,充翰林学士。以前司功参军、翰林待诏王叔文为起居舍人,充翰林学士"。

② 《旧唐书》卷一三五《王叔文传》。

③ 《旧唐书》卷十五上《宪宗纪上》:"(元和三年四月)乙丑,贬翰林学士王涯虢州司马,时涯甥皇甫湜与牛僧孺、李宗闵并登贤良方正科第三等,策语太切,权幸恶之,故涯坐亲累贬之。"《资治通鉴》卷二三七宪宗元和三年:"夏,四月,上策试贤良方正直言极谏举人,伊阙尉牛僧孺、陆浑尉皇甫湜、前进士李宗闵皆指陈时政之失,无所避;户部侍郎杨於陵、吏部员外郎韦贯之为考策官,贯之署为上第。上亦嘉之,诏中书优与处分。李吉甫恶其言直,泣诉于上,且言'翰林学士裴垍、王涯覆策。湜,涯之甥也,涯不先言;垍无所同异。'上不得已,罢垍、涯学士,垍为户部侍郎,涯为都官员外郎,贯之为果州刺史。后数日,贯之再贬巴州刺史,涯贬虢州司马。"

④ 《资治通鉴》卷二四五文宗大和八年。

⑤ 沈既济:《词科论》,《全唐文》卷四六七,中华书局,1983年影印本。

⑥ 《唐会要》卷七十六,中华书局,1955。

⑦ 吴宗国:《唐代科举制度研究》,辽宁大学出版社,1992,第166~167、170、173~174、180页。

炎、郭正一、魏玄同四人。

武则天称帝期间（690～705）：明经、进士出身者二十人，占这一时期宰相总数二分之一左右，而且其中有不少平民子弟——明经擢第十人中，陆元方、唐休璟、崔玄晖为下级官吏子，杨再思、格辅元、杜景俭父祖无官，狄仁杰、李昭德、姚王寿、韦安石为贵族；进士及第十人中，宗楚客、李迥秀为贵族，李峤为县令子，娄师德、苏味道、周允正、吉顼、张柬之平民出身，韦嗣立、韦承庆兄弟是父祖为县令的故相韦国谦之子。以上普通地主子弟和中下级官吏子孙共十四人。

玄宗开元元年至开元二十二年（713～734）：科举出身的宰相共十八人，占这个时期宰相总数二十七人的三分之二。此后由于门荫入仕的李林甫和杨国忠专权，科举出身的宰相一度急剧减少，只有韦见素一人为科举出身。

肃宗朝：宰相十六人，进士四人，制科二人。

代宗朝：宰相十二人，进士四人，制科三人。

德宗朝：宰相三十五人，进士十二人。

顺宗朝：宰相七人，进士三人，科举出身者五人。

宪宗朝：宰相二十九人，进士十七人，进士出身第一次超过半数。

穆宗朝：宰相十四人，进士九人。

敬宗朝：宰相七人，进士七人。

文宗朝：宰相二十四人，进士十九人。

武宗朝：宰相十五人，进士十二人。

宣宗朝：宰相二十三人，进士二十人。

懿宗朝：宰相二十一人，进士二十人。

由此统计可知，唐代宰相的构成走势，基本上可以概括为：由唐初的基本上不经科举出身，到武则天、玄宗时科举出身的宰相占多数，再到中晚唐科举出身特别是进士出身的宰相占绝大多数。而从科举及第的科目看，则由明经、进士平分秋色到进士独霸天下。

其四，文人大量入幕，幕府由边幕演变为内地幕。幕府僚佐的大量出现以及走向中央行政机构的趋势，在此时期也相当地突出。

其五，中唐以后，文人外放为州官的情况比较多见，这也成为一个引人注目的新现象。许多著名的文人如元、白、韩、柳等，都曾做过州刺史，还有的被贬为远州司马，他们大部分是得罪于皇帝或当朝权贵而被外放的。

其六，经学家、思想家的涌现及其文人化（亦即此期的经学家和思想家，无论从兴趣还是方法上来说，其文人色彩比较浓厚），而私学的兴起则与官学的衰落恰成鲜明的对照。

其七，中唐文人社会角色的多元化，是这个时期的突出现象。这里所谓的多元化，是指中唐文人社会角色的一身多任和多元集合，亦即社会学所说的"角色集"。所谓"角色集"，是指一组相互依存、相互补充的角色。它具有两方面的含义：（1）多种角色集中在一个人身上，它主要以特定的某一人为中心，强调在特定人物身上，不同角色的相互作用。（2）不同角色的承担者由于特定的角色关系聚集在一起，代表不同角色的个体之间相互发生作用。

比如，在相当一部分的唐代文人身上，经历过举子、进士（或明经）、郎官（或畿县官吏）、幕僚、翰林学士等角色迁转。其后有的继续升迁，直至位极人臣，达到古代文人社会理想的极致；有的则获罪遭贬，沦为远州微官，一蹶不振。而在中唐文人的角色迁转过程中，在特定的条件或场合下，他们又会聚集、邂逅，或者遥相唱和，互相激励；这种角色之中和角色之间的相互作用，对于中唐文学的发展和变化，起到了不可忽视的作用。

其八，中唐的三大社会矛盾：藩镇、朋党、宦官，前二者与文人社会角色变迁相关的有文人入幕、翰林学士、郎官、文人集团。而与宦官相关的就是谏官，这也是具有中唐特色的现象。

无论翰林学士也好，郎官也好，都属于清要之官，即有较高的社会地位，职位十分显要，而无较多的实惠。尤其是翰林学士，只是一种差遣，其品阶资俸均依前官，所以其社会角色的意味更加明显。有时它似乎成了对士人政治才能的一种认可，因而在赋予士人这种角色时，史书上往往用"召入宫中为翰林学士"等一类的字眼。而郎官在士人从科举到入仕、从地方到中央、从低秩到高秩的地位迁转过程中，则是一个十分重要的纽带和过渡，因而它也是一个十分重要的社会角色。而这些社会角色的产生，又是与唐代科举的普及、进士科的被重视，因而文辞才能被凸显，以及士人通过科举途径大量而普遍地走上仕途的大背景密切相关的。这就是文人与官员结合得如此紧密，二者的社会角色往往合二为一的原因。而中唐以后，文化下移、世俗化浪潮以及文人的务实心态，均导致了像白居易、韩愈这一类士人的出现，他们的共同点为：秉承儒家正统思想观念，而以道统承担者自居；责任感和使命感都很强，但同时又十分重视自己政治地位的升降。即使在政治遭际与自己的人格信仰发生根本性冲突，其实是与道统发生冲突时，尽管在他们的内心充满了矛盾、挣扎和冲突，也往往还是屈就于现实，最终向现实低头。

按儒家的传统观念，士人在邦有道时是采取出仕的态度，在邦无道时则采取隐逸的立场。而且在邦有道时，是以贫贱为耻的。《资治通鉴》卷五十一《汉纪四十三》"臣光曰"：

> 古之君子，邦有道则仕，邦无道则隐。隐非君子之所欲也。人莫己知而道不得行，群邪共处而害将及身，故深藏以避之。王者举逸民，扬仄陋，固为其有益于国家，非以徇世俗之耳目也。是故有道德足以尊主，智能足以庇民。被褐怀玉，深藏不市，则王者当尽礼以致之，屈体以下之，虚心以访之，克己以从之，然后能利泽施于四表，功烈格于上下。盖取其道，不取其人，务其实，不务其名也。其或礼备而不至，意勤而不起，则姑内自循省而不敢强致其人，曰：岂吾德之薄而不足慕乎？政之乱而不可辅乎？群小在朝而不敢进乎？诚心不至而忧其言之不用乎？何贤者之不我从也？苟其德已厚矣，政已治矣，群小远矣，诚心至矣，彼将叩阍而自售，又安有勤求而不至者哉！

这是针对士不得不隐而发的议论，唐代的情况与此不同。初唐四杰之一的卢照邻在《对蜀父老问》中说："吾闻诸夫子曰：'邦有道，贫且贱焉，耻也。'当今万方日朗，九有风靡，主上垂衣裳正南面而已矣，庸非有道乎？"① 到了中唐，白居易在感谢座主并自诫的《箴言》并序中说：

> 贞元十有五年，天子命中书舍人渤海公领礼部贡举事。越明年春，居易以进士举，一上登第。洎翌日，至于旬时，伏念固陋，惧不克副公之选，充王之宾；乃自陈戒于德，作《箴言》。曰：我闻古君子人，疾没世名不称，耻邦有道贫且贱。今我生休明代，二十有六年，乃策名，名既闻于君，乃干禄，禄将及于亲。升闻逮养，繄公之德，公之德，之死矢报之。报之义靡他，惟励乃志，远乃猷；俾德日修，道日就。是报于公。匪报于公，是光于躬。匪光于躬，是华于邦。吁！其念哉！其勖哉！庶俾行中规，文中伦；学惟时习，罔怠

---

① 《幽忧子集》卷六，四部丛刊本。

弃；位惟驯致，罔躁求。惟一德五常，陶甄于内。惟四科六艺，斧藻于外。若御舆，既勒衔策，乃克骏奔。若治金，既砥淬砺，乃克利用。无曰擢甲科，名既立而自广自满。尚念山九仞，亏于一篑。无曰登一第，位其达而自欺自卑。尚念行千里，始于足下。呜呼！我无监于止水，当监于斯文。庶克钦厥止，慎厥终。自顾于《箴言》，无作身之羞，公之羞。①

从以上两例可见，唐人在功名面前一贯保持着积极进取的态度。中唐士人肩负着中兴盛唐的要求和企望，又承继着盛唐士人积极进取的精神，但在实际生活和政治遭际中，又往往摆脱不了文化世俗化的趋势。于是，在政治的重压下，其结果往往是内心充满了矛盾和不平，而最终以平常态和日常心对待，以世俗的面貌出现。在中唐士人身上，集中地体现了他们与文化下移这一社会现实之间的互动关系。韩愈在长安应博学宏词科试时，曾有书干谒崔元翰，在《上考功崔虞部书》的结尾说：

夫古之人四十而仕，其行道为学，既已大成，故其事业功德老而益明，死而益光……愈今二十有六矣，距古人始仕之年尚有十四年，岂为晚哉！行之以不息，要之以至死，不有得于今，必有得于古；不有得于身，必有得于后。用此自遣，且以为知己者之报。②

这一方面固然是求人援引，另一方面也是为自己打气，坚定自己的信念和操守。这里，韩愈基本上摆脱了个人生计的考虑和士不遇时的怨怼，充分体现了传统儒士的积极进取精神。

另外一个制度层面的变化就是文官制度的日趋成熟。唐代士人日益自觉不自觉地被纳入这个体制，他们对生活道路的选择，越来越难以摆脱这个体制的制约。从此读书做官成为古代士人一成不变的生活选择。"学而优则仕"需要制度的保障和实施，唐代士人再也不需要像先秦游士那样四处游说，只需参加科举，或者入幕即可。科举之路坎坷且茫茫，但毕竟那是可望而可即的。科举不利或铨选未果，便选择入幕。而

① 《白居易集》卷四十六，中华书局，1979。
② 马其昶校注《韩昌黎文集校注·外集》卷上，上海古籍出版社，1986。

入幕的文人化和普遍化是中唐以后的事，因为从中唐开始，朝廷从重视边关转向重视内地，文人不必远辟边幕，只需征辟内地幕府即可。加上幕府素有"莲幕"的美称，一些幕主喜好文学，或者其本人就是文人，故其幕中往往荟萃了众多的文辞卓异之士。而这既为中唐文学景观添写了独具特色的一笔，也为士人内部的分途提供了切实的条件。

总之，在中唐文人社会角色的变迁中，体现了文官制度的成熟以及文化下移造成的文化日常化、世俗化的趋势。前者与他们的政治态度相关，后者则与他们的生活态度相关。

三

中唐以来，世风与文风发生了根本性的变化，这种变化可以从以下几个方面看出。

首先是文人的精神风貌、为人处世和道德操守的变化。总的来说，更加贴近现实，更加不避俚俗，其表达方式也更加坦率直露。如白居易、韩愈，他们的志向和理想与前人一般无二，但其实现途径，已经不是像盛唐文人那样，或佯狂傲世，或走终南捷径，以高人仙客的面目闻名于世，而是先汲汲于科举考试，然后按照官僚体制的内在机制一步步地向上攀爬。总之，有一个实际的操作程序（连应试时的干谒、请托，及第后的入幕等都是如此）。但是宦途坎坷，世风险恶，他们一生中总是要遭受一两次致命的打击，他们的社会角色也总是要发生几次重大的变迁，元白刘柳韩等无不如此。也正是在现实生活的磨砺中、在社会角色的转换中，他们的思想和创作逐步成熟起来。

其次是浅俗文风流行于文坛，成为主流。这是一种流行时尚，与曲子词、参军戏、变文等文体的流行近似。白的浅切、元的艳靡、韩的狠重、刘的流丽、柳的清峻，都从不同侧面体现了这种文风的变化。无论如何，这种风格都与盛唐的典雅、中正大相径庭了。如韩愈以四言体写的《元和圣德诗》，为达到所谓"警动百姓耳目"的目的，刻意追求一种逼真的警示效果，有时近乎于血淋淋的描写，和雅诗的一般作法与风格形成鲜明的对照。

最后是在浅俗文风之下的个性化发展。韩柳古文写作的目的，与元白讽喻诗的创作目的是一致的，都是要清除实用文体或公文体的不良影响，把脱离现实生活和日常语言的诗赋骈文等扭转到贴近生活、反映世道人心，体现普通人思想、感情和欲望的道路上去。这种改造或扭转的动因，一是思想的解放，二是人的个性化，三是生活的触动。中唐文人的个性往往十分突出，这与他们的思想和身世有密切的关系。韩愈的个性便很有典型意义，如他对仕进常常采取一种实用的态度，不是空谈崇高神圣，而是在某种程度上，首先把仕进当作解决生活困窘的一种手段，然后才谈到经济之志。这就显得坦率真诚得多。他同时也把仕进当作实现个人抱负的手段，达不到目的，便毫不隐讳地表现出不满，就连其请托、颂圣的目的，都让人一目了然。中唐文人的这种个性化，自然会导致文学创作的个性化发展。

那么，在这种世风和文风的根本性变化过程中，文人社会身份的变化起了什么作用呢？在中唐文人行为处世当中，其身份意识的意义有多大呢？答案应该是正面的。从元稹、白居易、刘禹锡、柳宗元、韩愈等人来看，他们的身份意识或角色意识的确起了重要的作用。这种作用，对于其思想性格的形成和成熟，对于其文学成就的取得，都是具有决定性意义的。

白居易的谏官意识固然十分明显，这里不必多言；而韩、柳、刘同在贞元末为监察御史或监察御史里行，他们的贬官，也都与其任上的言论有直接的关系。这些言论，都是出于其角色的自身要求而发的，结果是给他们的生活带来严重的冲击。所以，在远贬的途中，他们常常会进行反思，其中尤以白居易和韩愈为典型。他们所经历的冤屈、愤懑、不平、自诫、圆熟的心路历程，几乎完全一致，结果是白居易选择了中隐，韩愈选择了文章经业。而刘禹锡的自嘲显示出过来人的通达，柳宗元的幽独当中常常以机心自警，又何尝不是大彻大悟之后的一种解脱之计呢？

至于中唐文人的角色意识，可以说是十分明显的。比如大历十才子之一的卢纶有五言排律五十韵《纶与吉侍郎中孚、司空郎中曙、苗员外发、崔补阙峒、耿拾遗湋、李校书端，风尘追游，向三十载。数公皆负当时盛称，荣耀未几，俱沉下泉。畅博士当感怀前踪，有五十韵见寄。辄有所酬，以申悲旧，兼寄夏侯侍御审、侯仓曹钊》，均以官职代称与其唱和往来之文友，其间角色意识甚浓。卢纶在诗中历言诸子云：

> 侍郎文章宗，杰出淮楚灵。掌赋若吹籁，司言如建瓴。郎中善余庆，雅韵与琴清。郁郁松带雪，萧萧鸿入冥。员外真贵儒，弱冠被华缨。月香飘桂实，乳溜沥琼英。补阙思冲融，巾拂艺亦精。彩蝶戏芳圃，瑞云凝翠屏。拾遗兴难侔，逸

调旷无程。九酝贮弥洁，三花寒转馨。校书才智雄，举世一娉婷。赌墅鬼神变，属辞鸾凤惊。差肩曳长裾，总辔奉和铃。共赋瑶台雪，同观金谷笙。倚天方比剑，沉水忽如瓶。神昧不可问，天高莫尔听。君持玉盘珠，泻我怀袖盈。读罢涕交颐，愿言跻百龄。①

《蔡宽夫诗话》云：

> 官名有因人而重，遂为故事者，何逊为水部员外郎以诗称，至张籍自博士复拜此官，乐天诗贺之云："老何殁后吟诗绝，虽有郎官不爱诗……今日闻君除水部，喜于身得省郎时。"籍答诗亦云："幸有紫薇郎见爱，独称官与古人同。"自是遂为诗人故事。②

言及身份或角色意识最强的中唐文人，则非陆贽莫属。他的奏议制诰，与其"天子私人"、"内相"的角色十分贴切。在德宗第一次向他询及国事时，他的内心活动在《论两河及淮西利害状》中表露无遗：

> 臣质性凡钝，闻见陋狭。幸因乏使，簪组升朝，荐承过恩，文学入侍，每自奋励，思酬奖遇，感激所至，亦能忘身。但以越职干议，典制所禁；未信而言，圣人不尚。是以循循默默，尸居荣近，日日以愧，自春徂夏，心虽怀忧，言不敢发，此臣之罪也，亦臣之分也。……（臣）职居禁闱，当备顾问，承问而对，臣之职也；写诚无隐，臣之忠也。谨具件于后，惟明主循省而备虑之……臣本书生，不习戎事。窃惟霍去病，汉将之良者也。每言"行师用军之道，顾方略何如耳，不在学古兵法"，是知兵法无他，见其情而通其变，则得失可辨，成败可知。古人所以坐筹樽俎之间，制胜千里之外者，得此道也。臣才不逮古人，而颇窥其意。是敢承诏不默，辄陈狂愚。③

此状作于建中四年（783）三月至四月，为朱泚乱前的奏草两篇之一。此处摘引的是

---

① 《全唐诗》卷二七七，中华书局 1960 年点校本。
② 郭绍虞：《宋诗话辑佚》下册，中华书局，1980。
③ 陆贽：《翰苑集》卷十一，文渊阁《四库全书》本。

该状的状头。这段文字委婉曲折而意义鲜明显豁，反映了作为一个由"文学入侍"的翰林学士初次被皇帝问及国家政要方略时，由惊喜到不安再到坦然的复杂心情，也体现了陆贽"畏慎"的性格特点。此时贽年未及而立，可谓少年老成，然而能窥古人"坐筹樽俎之间，制胜千里之外"奥妙者，自当如此持重，而一鸣惊人。权德舆《唐陆宣公翰苑集序》云：

> 贽以受人主殊遇，不敢爱身；事有不可，极言不隐。朋友规之，以为太峻。贽曰："吾上不负天子，下不负吾所学，不恤其他。"①

陆贽在翰林学士这个特殊的位置上，成功地扮演了古代士人理想中的，甚至可以说是梦寐以求的"帝王师"的角色，从而实现了对战国到汉代士人社会角色的复归。而一旦远贬忠州，十年谪居，则"土塞其门，家人由于狗窦中，州将不得谒面"②，一心寻方访医，撰集《古今集验方》五十卷行于世，最终完成了从医君者到医民者的社会角色转换。他的《翰苑集》给后人留下了一个解剖中唐文人社会角色变迁的典型标本。

① 《唐陆宣公翰苑集》卷首，四部丛刊本。
② 何良俊：《何氏语林》卷二十九《黜免》，文渊阁《四库全书》本。

唐代的翰林待诏、翰林供奉和翰林学士

一　问题的提出

中国古代官制可以称得上是一个庞大而复杂的系统。由于历史悠久、名目繁杂，职官的称号在不同的朝代，甚至在同一朝代的不同时期都有这样或那样的变化，而其执掌和地位也往往随之发生相应的变化。这就给后人对它的了解带来了相当的困难，认识不清乃至概念的混淆时有发生。有关唐代的翰林待诏、翰林供奉和翰林学士的认识混乱即其例之一。

关于翰林待诏、翰林供奉和翰林学士，后人认识混乱的突出表现就是把三者混为一谈。比如李白，无论是史载还是他自称，都只说是翰林待诏或翰林供奉①，从未说曾做过翰林学士；但由于李白世称李翰林，又由于翰林学士在三者之中名气最大，后人就往往把他当成了翰林学士。这种情况甚至在唐代即已出现，如李华有《故翰林学士李君墓志》、范传正有《唐左拾遗翰林学士李公新墓碑》、刘全白有《唐故翰林学士李君碣记》。此后，在一些笔记小说中常常会见到称李白为"翰林学士"的情况。如宋人李昉《太平广记》卷二四"李龟年"条即称李白为"翰林学士"："上自是顾李翰林，尤异于他学士。""……太真因惊曰：'何翰林学士能辱人如斯？'"明人冯梦龙辑《警世通言》第九卷"李谪仙醉草吓蛮书"："天子见其应对不穷，圣心大悦，即日拜为翰林学士。"清褚人获《隋唐演义》第八十二回《李谪仙应诏答番书高力士进谗议雅调》："玄宗见他应付不穷，十分欢喜，即擢为翰林学士，赐宴于金华殿中，着教坊乐工侑酒。"皆采用"翰林学士"的说法。当然，这些来自笔记小说的说法不足为信，但它们起码反映了当时人们的一种认识。而就文学界而言，这种情况到

---

① 《旧唐书》卷十九下《文苑传》：李白"与筠俱待诏翰林"；《新唐书》卷二十二《文艺传》："帝赐食，亲为（李白）调羹，有诏供奉翰林。"李白《为宋中丞自荐志》："翰林供奉李白。"

了现代，可以说是愈演愈烈，于是李白天宝初入翰林院为翰林学士，便几乎成了占统治地位的说法。比较典型的如《李白大辞典》注"李翰林"条云："李白于天宝元年（742）曾奉诏入翰林院，为翰林学士，又称翰林供奉。"①《李白全集校注汇释集评》注李白《翰林读书言怀呈集贤院内诸学士》诗云："李白在朝，为翰林学士，未授他官。"②

那么，唐代翰林待诏、翰林供奉、翰林学士究系何指？三者的关系如何？它们的执掌和地位有何不同？本文试在已有研究的基础上对有关材料进行梳理，并对上述问题试作回答。

二 研究概述

在讨论翰林院和学士院的建置之前，有必要回顾一下关于唐代翰林学士的研究情况，由此或许可以看出产生认识混乱的一些端倪。

自宋以来，就开始有了关于翰林学士的评述。这时，人们的注意力还比较集中在翰林学士对中书之权的分割和侵蚀上。如范祖禹在《唐鉴》卷五中指出翰林学士身份的特殊性及其重要性："中书门下，出纳王命之司也，故诏敕行焉。明皇始置翰林，而其职始分。既发号令，预谋议，则自宰相以下，进退轻重系之，岂特取其词艺而已哉！"

明清时期，学者开始对翰林学士的执掌、品位等具体问题进行研究。如纪昀等的《历代职官表》在考察历代翰林院的建置时，指出唐宋翰林与明清翰林职能的不同：唐宋翰林"典内庭书诏"，类似于清代军机大臣的"承净旨书宣"；而明清翰林仅仅是袭用了"唐宋学士院旧名"，只承担"历代国史著作之任"而已（卷二十三《翰林院》"历代建置"条）。钱大昕《廿二史考异》卷五十八《职官志》则认为翰林学士只是一种差遣，不是一种职位："既内而翰林学士、集贤、史馆诸职，亦系差遣无品秩，故常假以他官。有官则有品，官有迁转，而供职如故也。"对翰林学士的全面研究始于现代。岑仲勉先生于20世纪40年代发表《补唐代翰林两记》《翰林学士壁

---

① 郁贤皓主编《李白大辞典》，广西教育出版社，第1页。
② 詹锳主编《李白全集校注汇释集评》，百花文艺出版社，1996，第3467页。

记注补》两篇长文①，从正史、诗文、笔记小说和金石资料等方面，进行细致的爬梳整理，对唐人丁居晦《重修承旨学士壁记》所载唐代翰林学士出入学士院的情况做了深入的考订补充，是公认的成就卓著之作。此后，日本学者于 50 年代开始关注唐代翰林学士，其代表作为山本隆义的《唐宋时代的翰林学士》②和矢野主税的《唐代的翰林学士院》③。不过，他们的着眼点还主要是翰林学士在君权相权消长斗争中的作用。此外，香港学者刘健明的《论唐代的翰林院》④，以及台湾学者周道济的《汉唐宰相制度》⑤，也大致沿袭上述思路。

近年大陆的唐代翰林学士研究，自 20 世纪 80 年代以来形成了一个热点。以世纪之交为界，可分为前后两段。前一段的论文和专著，研究的重点多集中在唐代翰林学士与中晚唐政治的关系方面，如袁刚的《唐代的翰林学士》⑥、《唐代翰林学士反对宦官的斗争》⑦、《隋唐中枢体制的发展演变》⑧，杨友庭的《唐代翰林学士略论》⑨，赵康的《论唐代翰林学士院之沿革及其政治影响》⑩，王永平的《论翰林学士与中晚唐政治》⑪，等等。这些论著的共同特点是对唐代翰林学士的地位和作用评价较高，如杨友庭说翰林学士是唐后期"统治阶级中举足轻重的一股政治势力"，赵康甚至进一步说翰林学士是唐后期"皇帝提拔大臣，经供奉内庭后出任宰相的必经之路"。

后一段的论文和专著，从表面上看似乎有回归资料考订和整理的趋向，但实际上其视野较之前一段可以说更为宽阔，研究也更加全面和深入，并产生了一批高质量的作品。其中比较突出的是傅璇琮有关唐代翰林学士的系列考论文章，以及毛蕾所著的《唐代翰林学士》一书。

傅璇琮的系列考论，按照唐代翰林学士建置后各朝皇帝的年代次第展开，计有：载于《文学遗产》2000 年第 4 期的《唐玄肃两朝翰林学士考论》，载于《中华文史论丛》2001 年第 3 辑的《唐代宗朝翰林学士考论》，载于《燕京学报》新十期的

---

① 收入岑著《郎官石柱题名新考订》，上海古籍出版社，1984。
② 〔日〕山本隆义：《唐宋时代的翰林学士》，载《东方学》第 4 期，1952。
③ 〔日〕矢野主税：《唐代的翰林学士院》，载《史学研究》第五十号，1953。
④ 刘健明：《论唐代的翰林院》，载《食货》第十五卷第 7、8 期，1986。
⑤ 周道济：《汉唐宰相制度》，台北大化书局，1976。
⑥ 袁刚：《唐代的翰林学士》，载《文史》第 33 辑。
⑦ 袁刚：《唐代翰林学士反对宦官的斗争》，载《山东大学学报》1989 年第 2 期。
⑧ 袁刚：《隋唐中枢体制的发展演变》，台北文津出版社，1994。
⑨ 杨友庭：《唐代翰林学士略论》，载《厦门大学学报》1985 年第 3 期。
⑩ 赵康：《论唐代翰林学士院之沿革及其政治影响》，载《学术月刊》1986 年第 10 期。
⑪ 王永平：《论翰林学士与中晚唐政治》，载《晋阳学刊》1990 年第 2 期。

《唐德宗朝翰林学士考论》（与施纯德合写），以及载于《中国文化研究》2001 年秋之卷的《唐永贞年间翰林学士考论》。傅璇琮的上述系列论文，其着眼点在于探讨唐代知识分子的生活方式和心理状态，试图由此研究唐代社会特有的文化风貌，进而从较为广阔的社会背景来认识唐代文学。因此，作者更加关注唐代翰林学士与文学的关系，上文提到的文学界关于李白天宝初入翰林院为翰林学士的误解，即为作者的另一篇论文《李白任翰林学士辨》① 所指出和订正。但在谈到唐代翰林待诏和翰林供奉的关系时，该文认为，实际上，玄宗于开元初建立翰林院时，"所谓翰林供奉、翰林待诏，实为同一职名，并非如《新唐书·百官志》所说，先是待诏，后改供奉"。这一新的说法，似乎又把本来即将辨明的问题复杂化了。虽然作者随后引了两条材料：一条是《资治通鉴》卷二一七天宝十三载正月记："上即位，始置翰林院，密迩禁廷，延文章之士，下至僧、道、书、画、琴、棋、数术之工皆处之，谓之待诏。"另一条是顾炎武《日知录》卷二十四《翰林》，称"待诏翰林"又可名之曰翰林供奉。然而这两条材料，特别是后一条，并没有对此说法进行论证，似乎都不能说明翰林待诏和翰林供奉只是两种不同的称谓而实为一职。

毛蕾的《唐代翰林学士》② 应该说是迄今对此专题研究最为全面和深入的专著。该著不仅系统地阐述了唐代翰林学士院的形成、翰林学士院制度、翰林学士的职能及在中枢决策体系中的地位、翰林学士与皇帝及时政的关系，而且值得一提的是，作者在论述过程中特别注意将翰林院与学士院区别开来，将翰林待诏与翰林学士区别开来，因而被韩国磐先生评为"多所创见"（该书序）。该著以翰林学士为专题和主体进行系统的考察，同时又专辟一章讨论翰林院和学士院的沿革和地理关系，以及翰林待诏的各种名目和职能，其阐述可谓清楚明白。但在阐述翰林学士院的形成过程中，只是说翰林文词待诏、翰林供奉是其后出现的翰林学士的前身，似乎忽略或淡化了由翰林待诏到翰林供奉的演变这一环节。因而，如果把翰林待诏、翰林供奉和翰林学士三者放在一起，人们还是有些迷惑：究竟翰林待诏与翰林供奉是像傅璇琮先生所说的只是两种不同的称谓而实为一职呢？还是翰林待诏、翰林供奉、翰林学士三者之间存在着演变和更迭的关系？本文倾向于后一种看法。

---

① 《李白任翰林学士辨》，载《文学评论》2000 年第 5 期。
② 毛蕾：《唐代翰林学士》，社会科学文献出版社，2000。

三　翰林院与学士院

唐代的翰林待诏、翰林供奉二者同翰林学士之间存在着明显的区别，这从翰林院和学士院的沿革与地理关系上即可看出。

《新唐书》卷四十六《百官志一》常常为研究者引用：

> 唐制，乘舆所在，必有文词、经学之士，下至卜、医、伎术之流，皆直于别院，以备宴见；而文书诏令，则中书舍人掌之。自太宗时，名儒学士时时召以草制，然犹未有名号；乾封以后，始号"北门学士"。玄宗初，置"翰林待诏"，以张说、陆坚、张九龄等为之，掌四方表疏批答、应和文章；既而又以中书务剧，文书多壅滞，乃选文学之士，号"翰林供奉"，与集贤院学士分掌制诏书敕。开元二十六年，又改翰林供奉为学士，别置学士院，专掌内命。凡拜免将相、号令征伐，皆用白麻。其后，选用益重，而礼遇益亲，至号为"内相"，又以为天子私人。凡充其职者无定员，自诸曹尚书下至校书郎，皆得与选。入院一岁，则迁知制诰，未知制诰者不作文书，班次各以其官，内宴则居宰相之下，一品之上。宪宗时，又置"学士承旨"。唐之学士，弘文、集贤分隶中书、门下省，而翰林学士独无所属，故附列于此云。

学士院的建置时间是玄宗开元二十六年（738），在学士院宿直的是翰林学士，其中地位最高者为宪宗时所设立的翰林承旨。至于翰林院，其建置时间则在开元初，它是翰林待诏和翰林供奉的宿直之所。《唐会要》卷五十七"翰林院"条："开元初置。……盖天下以艺能技术见召者之所也。"《资治通鉴》卷二一七玄宗天宝十三载记："上即位，始置翰林院，密迩禁廷，延文章之士，下至僧、道、书、画、琴、棋、数术之工皆处之，谓之待诏。"玄宗设翰林院，只是承继唐制，类似翰林院的待诏机构在唐初已经存在，玄宗不过是为其选定了一个地理位置，并为其确定了一个"翰林院"的名目而已：《旧唐书》卷四十三《职官二》载，皇帝在大明宫、兴庆宫、西内、东都、华清宫都设立了待诏之所，"其待诏者，有词学、经术、合炼、僧道、卜祝、术艺、书弈，各别院以廪之，日晚而退。其所重者词学。"《新唐书》卷四十六《百官志一》载："唐制，乘舆所在，必有文词、经学之士，下至卜、医、伎术之流，皆直于别院，以备宴见。"

至于翰林院和学士院的地理位置与地理关系，以往人们不甚了了，而这正是出现将翰林待诏、翰林供奉同翰林学士混为一谈的错误的关键所在。比如上述《李白大辞典》的说法："李白于天宝元年（742）曾奉诏入翰林院，为翰林学士，又称翰林供奉。"如果作者把翰林院与学士院、翰林供奉与翰林学士区分开来，就不会犯如此明显的错误了。

其实，在唐代的有关文献里，即有翰林院和学士院地理位置的记载。德宗朝的翰林学士韦执谊撰有《翰林院故事》，其中有云："翰林院者，在银台门内，麟德殿西，重廊之后，盖天下以艺能伎术见召者之所也。学士院，开元二十六年之所置，在翰林院内。别户东向。"① 宪宗、穆宗朝的翰林学士李肇所撰《翰林志》，则进一步明确了翰林院与学士院的地理关系：

（开元二十六年）始别建学士院于翰林院之南。……今在右银台门之北第一门，向□榜曰："翰林之门"，其制高大重复，号为胡门。入门直西为学士院，即开元二十六年所置也。……其北门为翰林院。②

可见，翰林院和学士院都在大明宫右银台门外，学士院在翰林院之南。宋人程大昌根据上述材料绘制过《大明宫右银台门翰林院学士院图》③（见附图），从图中可以看出，翰林院和学士院共处于一个相对封闭的院落之内，翰林院在北，学士院在南，分别有待诏居和承旨阁相邻，两院的共同出入口为翰林门。

四　翰林待诏、翰林供奉和翰林学士三者之间的更迭演变关系

关于翰林待诏、翰林供奉和翰林学士三者之间的更迭演变关系，可以从史料的爬

---

① 载洪遵编《翰苑群书》卷一，《四库全书》本。
② 载洪遵编《翰苑群书》卷一，《四库全书》本。
③ 载程大昌《雍录》卷四附图，《四库全书》本。

梳整理中加以认定，并进而确定其各自的执掌和所处的地位。

正如前引《新唐书·百官志一》和《旧唐书·职官二》所载，唐初的待诏机构容纳了众多擅长各种技能的才彦之士，其中词学之士较受重视。为了与其他翰林待诏如医待诏、书待诏、画待诏、棋待诏相区别，并以示重视，玄宗便把文词待诏从翰林待诏中擢拔出来，称之为"翰林供奉"，取其"入居翰林，供奉别旨"之意。对此，韦执谊《翰林院故事》记之甚详：

> 玄宗以四溟大同，万枢委积，诏敕文诰悉由中书，或虑当剧而不周，务速而时滞，宜有偏掌，列于宫中，承导迩言，以通密命。由是始选朝官有词艺学识者，入居翰林，供奉别旨。①

据有关考证，玄宗选文词待诏为翰林供奉的时间，大致是在开元十年（722）前后②。如此实行了十余年后，才又设立学士院，别置翰林学士。从翰林待诏到翰林供奉，再到翰林学士，可以说是一个质的飞跃。这时的翰林学士的地位较之从前大为提高。

关于翰林待诏、翰林供奉和翰林学士的更迭演变关系及其执掌地位，可以概括如下：

翰林待诏：唐初设立。擅长文词、经学、医卜以及各种技艺如书画、博弈者，居宫中（玄宗以后居翰林院），以备应诏。属皇帝的差遣侍从之臣，主要陪皇帝消遣娱乐，以及文章应和。无品阶。

翰林供奉：玄宗开元十年前后设立。以翰林待诏中文学之士为翰林供奉，与集贤院学士一起，帮助皇帝起草重要文书，分掌制诏书敕。实为代行中书舍人之职，但无品阶。

翰林学士：玄宗开元二十六年设立。选翰林待诏中一部分人为翰林学士，别置学士院，专门执掌起草制诏书敕。属皇帝的机要秘书一类，但为兼职，而无独立品阶，其中翰林承旨地位最高，出院后升迁的几率较大，许多翰林承旨由此拜相，故为时人所重。这里应该指出的是，玄宗设立学士院别置翰林学士后，翰林

---

① 载洪遵编《翰苑群书》卷一，《四库全书》本。
② 见傅璇琮《李白任翰林学士辨》，载《文学评论》2000 年第 5 期。

待诏和翰林供奉仍然存在，只是从此以后二者在性质上的区别渐渐缩小，甚至趋于弥合。由于专门设立了执掌起草内诏、拜免将相的翰林学士，翰林待诏和翰林供奉本来名词化的意义渐渐向动词演化，而专门用来指称"待诏"或"供奉"于翰林院。所以宋人叶梦得在《石林燕语》卷七中说："唐翰林院，本内供奉艺能技术杂居之所，以词臣侍书诏其间，乃艺能之一尔。开元以前，犹未有学士之称，或曰'翰林待诏'，或曰'翰林供奉'，如李白犹称'供奉'。"也仅仅是在此意义上，翰林待诏和翰林供奉便如傅璇琮先生所断言的那样，成了名号不同而其实一也的职位了。

附图：

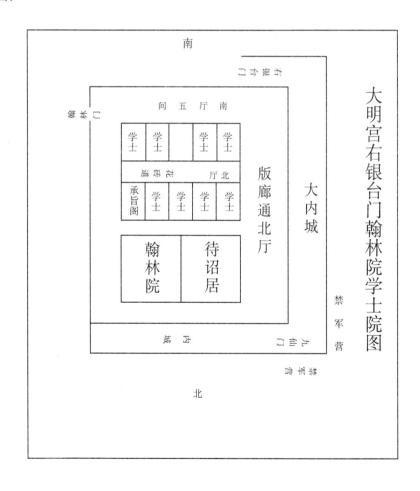

翰林学士及其活动与中唐文学

中唐的社会变迁以及与之相关的文学转型，对唐以后的社会文化来说，具有某种程度的范式意义。陈寅恪先生在《论韩愈》一文中，曾提出过一个重要的论断："唐代之史可分前后两期，前期结束南北朝相承之局面，后期开启赵宋以降之新局面，关于政治经济者如此，关于文化学术者亦莫不如此。"① 的确，中唐以来诸如文人参政意识的空前增强，高位文人的大量涌现，朋党之争的日益激化，文人集团的群起代变等，这些社会文化特征都是过去的时代所不具备或不同时具备的，它们在某种程度上昭示了新的社会文化的出现。

在中唐社会变迁和文学转型的过程中，翰林学士作为唐代政治制度变迁的产物，作为一类具有特殊地位和经历的文人或文人集团，曾经活跃在当时的政治和文化舞台，并扮演了十分重要的角色。翰林学士的主体显然是政治家或政客，同时他们中间也不乏现代意义上的文学家或文章家，他们的社会活动和文学创作，既体现了中唐的时代特征，又对后者产生了相当的影响。这些理应引起文学史研究的关注。本文试图对此进行初步的考察，并由此探讨翰林学士及其活动与中唐文学的种种关联。

一

翰林学士始置于唐玄宗朝，是为便于皇帝随时起草重要诏令文诰而设的。本来这是中书舍人的专职工作，但自太宗以来，硕儒名士就常参与草制；高宗乾封以后，这类人便有了个名号，曰"北门学士"。② 玄宗时，先是从翰林院里的文词待诏中遴选

---

① 陈寅恪：《论韩愈》，《金明馆丛稿初编》，上海古籍出版社，1980，第 296 页。
② 《旧唐书》卷四十三《职官二》："其待诏者，有词学、经术、合炼、僧道、卜祝、术艺、书弈，各别院以廪之，日晚而退。其所重者词学。武德、贞观时，有温大雅、魏徵、李百药、岑文本、许敬宗、褚遂良。永徽后，有许敬宗、上官仪，皆召入禁中驱使，未有名目。乾封中，刘懿之刘祎之兄弟、周思茂、元万顷、范履冰，皆以文词召入待诏，常于北门候进止，时号'北门学士'。"

了一部分人，改称翰林供奉，与集贤院学士分掌制诏书敕，然后又于开元二十六年（738）别置学士院，设立翰林学士，专掌拜免将相、号令征伐等内命的起草。① 至此，翰林学士仍是没有独立品秩的差遣或兼职工作，然而其地位和影响却日益尊隆起来。《新唐书》卷四十六《百官志一》甚至这样说："其后，选用益重，而礼遇益亲，至号为'内相'，又以为天子私人。……入院一岁，则迁知制诰，未知制诰者不作文书，班次各以其官，内宴则居宰相之下，一品之上。"到宪宗朝时，又设立了翰林承旨，其地位则大大高于一般的翰林学士，相当于学士院的"院长"，而翰林承旨出院后拜相者不乏其人。

关于唐代翰林学士，前人曾做过多方面的探讨，而全面研究的展开则始于现代。岑仲勉先生于20世纪40年代发表《补唐代翰林两记》《翰林学士壁记注补》两篇长文②，从正史、诗文、笔记小说和金石资料等方面，进行细致的爬梳整理，对唐人丁居晦《重修承旨学士壁记》所载唐代翰林学士出入学士院的情况做了深入的考订补充，是公认的成就卓著之作。近年大陆的唐代翰林学士研究，自20世纪80年代以来形成了一个热点。以世纪之交为界，可分为前后两段。前一段的论文和专著，研究的重点多集中在唐代翰林学士与中晚唐政治的关系方面。如袁刚的《唐代的翰林学士》③、《唐代翰林学士反对宦官的斗争》④、《隋唐中枢体制的发展演变》⑤，杨友庭的《唐代翰林学士略论》⑥，赵康的《论唐代翰林学士院之沿革及其政治影响》⑦，王永平的《论翰林学士与中晚唐政治》⑧ 等。这些研究的共同特点，是对唐代翰林学士的地位和作用评价较高，如杨友庭说翰林学士是唐后期"统治阶级中举足轻重的一股政治势力"，赵康甚至进一步说翰林学士是唐后期"皇帝提拔大臣，经供奉内庭后出任宰相的必经之路"。后一段的论文和专著，从表面上看似乎有回归资料考订和整理的趋向，但实际上其视野较之前一段更为宽阔，研究也更加全面和深

---

① 《新唐书》卷四十六《百官志一》："玄宗初，置'翰林待诏'，以张说、陆坚、张九龄等为之，掌四方表疏批答、应和文章；既而又以中书务剧，文书多壅滞，乃选文学之士，号'翰林供奉'，与集贤院学士分掌制诏书敕。开元二十六年，又改翰林供奉为学士，别置学士院，专掌内命。凡拜免将相、号令征伐，皆用白麻。"
② 收入岑著《郎官石柱题名新考订》，上海古籍出版社，1984。
③ 袁刚：《唐代的翰林学士》载《文史》第33辑。
④ 袁刚：《唐代翰林学士反对宦官的斗争》载《山东大学学报》1989年第2期。
⑤ 袁刚：《隋唐中枢体制的发展演变》台北文津出版社，1994。
⑥ 杨友庭：《唐代翰林学士略论》载《厦门大学学报》1985年第3期。
⑦ 赵康：《论唐代翰林学士院之沿革及其政治影响》载《学术月刊》1986年第10期。
⑧ 王永平：《论翰林学士与中晚唐政治》载《晋阳学刊》1990年第2期。

入，并产生了一批高质量的作品。其中比较突出的是傅璇琮有关唐代翰林学士的系列考论文章①，以及毛蕾所著《唐代翰林学士》一书②。以上研究，对翰林学士本身材料的梳理和有关史实的认定，以及对翰林学士与中晚唐政治关系的考察，具有重要的意义，对我们进一步探讨翰林学士及其活动与中唐文学的关系，亦具有相当的参考价值。

这里根据傅璇琮先生的系列考论和毛蕾《唐代翰林学士》一书的附表，将中唐时期③翰林学士的基本情况统计如下。

任职人数：玄宗朝八人，肃宗朝五人，代宗朝六人，德宗朝二十二人，顺宗朝九人，宪宗朝二十七人，穆宗朝十五人，敬宗朝十人，文宗朝三十四人。其中有二十二人在一朝以上任职，所以，共有一百一十四人在玄宗至文宗朝任翰林学士。

事迹可考者的科举出身：明经四人，明经、制科二人，进士三十五人，进士、制科三十一人，制科六人。

翰林承旨人数：二十五人。

出院拜相人数：三十人，使相二人。

从中唐翰林学士的科举出身来看，多为进士和制科；从其入院出院的官职情况看，始入官以中书舍人和六部司官居多，出院时则有不少六部正副长官和州刺史。特别值得一提的是，由翰林承旨拜相者不在少数，二十五位中就有十六位；由普通翰林学士拜相的情况在宪宗设翰林承旨之后也常常出现，此前有六人，宪宗之后有十四人，还有使相二人。此外，唐代翰林学士中还有一个有趣的现象，那就是李吉甫和李德裕、令狐楚和令狐绹父子两代都做过翰林学士，而且后来都位至宰相。所以，唐代的翰林学士历来被

① 傅璇琮先生的系列考论，按照唐代翰林学士建置后各朝皇帝的年代次第展开，计有：《唐玄肃两朝翰林学士考论》（《文学遗产》2000 年第 4 期）；《唐代宗朝翰林学士考论》（台北《清华学报》）；《唐德宗朝翰林学士考论》（与施纯德合写，《燕京学报》新 10 期）；《唐永贞年间翰林学士考论》（《中国文化研究》2001 年秋之卷）。上述系列论文，其着眼点在于探讨唐代知识分子的生活方式和心理状态，试图由此研究唐代社会特有的文化风貌，进而从较为广阔的社会背景来认识唐代文学。因此，作者更加关注唐代翰林学士与文学的关系，如文学界关于李白天宝初入翰林院为翰林学士的误解，即为作者的另一篇论文《李白任翰林学士辨》（《文学评论》2000 年第 5 期）所指出和订正。

② 毛蕾：《唐代翰林学士》，社会科学文献出版社，2000。

③ 文学史上公认唐玄宗天宝十五载（756）为中唐时期的起点，至于其终点，众说不一。傅璇琮主编的《唐五代文学编年史·中唐卷》止于唐敬宗宝历二年（826），而袁行霈《在沉沦中演进——试论晚唐诗歌创作倾向》（载《中华文史论丛》第 48 辑，上海古籍出版社，1991）一文则主张唐文宗大和九年（835）"甘露之变"事件可作为中晚唐文学的分界线。本文采取大和九年说。

视为"清要之极选"①；学士院在唐人眼中，不啻储相之所，入院者常常被寄予厚望，如唐诗中就有"已见差肩趋翰苑，更期连步掌台衡"② 之类的句子。

翰林学士的设立，堪称自隋唐科举制度建立以来，广大士人参与高层政治的又一重要途径。清人赵翼指出"唐时翰林学士不必皆进士出身"③，是说科举出身不是入选翰林学士的唯一条件。如王叔文，原本是翰林院里的棋待诏，新旧《唐书》都没有关于他科举经历的记载，而只说他"粗知书，好言理道"，"颇读书，班班言治道"；他在以棋待诏入直东宫做太子侍读时，曾提醒太子谨言慎行，因而得到信任，顺宗即位后便把他转为翰林学士。李德裕是靠门荫补授的秘书省校书郎，《旧唐书》卷一七四本传说穆宗在东宫时，"素闻吉甫之名，既见德裕，尤重之"，于是即位后便召入翰林充学士。不过值得注意的是，入充学士院者一般都是当时的博学才彦之士，这在唐代广学崇儒的背景下，不啻给执着于传统"三立"价值观的广大士人带来了新的希望④。到了中唐，翰林学士对于政治的参与程度大大加强，如王叔文以翰林学士的特殊身份积极倡导和推进"永贞革新"，白居易大力创作讽喻诗，试图以文学的形式干预时政；而翰林学士在院中以及在入院前后的一系列交往与活动，更是与当时的学界和文坛有着直接或间接的关系，如王叔文集团与啖、赵、陆《春秋》之学创立者的交往，陆贽贞元八年（792）主司时推出的名选"龙虎榜"，李德裕在文宗和武宗时期对科举制度的一系列改革，等等。因此，翰林学士院的设立，不仅是中唐以来社会制度变迁的一个重要方面，而且，翰林学士及其活动还影响到当时的学风、士风和文人心态。这三个方面无疑都与中唐文学的时代特征有着内在的关联。

二

中唐时期，曾入学士院供职且与本论题相关的翰林学士，按年代先后可列举出陆

① 马端临：《文献通考》卷五十四《职官考八》，中华书局1986年影印本。
② 金厚载：《和主司王起》，《全唐诗》卷五五二。王起为文宗时翰林学士，出院后被拜为使相，即以节度使加同平章事衔，虽不问政事，但也是一种荣典。可谓不负厚望。
③ 赵翼：《陔余丛考》卷二十六"唐时翰林学士不必进士出身"条，商务印书馆，1957。
④ 《左传·襄公二十四年》："大上有立德，其次有立功，其次有立言，虽久不废，此之谓不朽。"翰林院与学士院相邻，在其北侧，内有翰林待诏和翰林供奉宿直。李白天宝初年曾为翰林待诏，后者与翰林供奉可谓翰林学士的前身。而李白的理想以及后人对他的理想化，似乎都与翰林学士这一特殊身份相关。

贽、吉中孚、梁肃、王叔文、李绛、崔群、白居易、令狐楚、李德裕、李绅、元稹、蒋防等人。他们的任职过程和在此期间的主要活动，无疑是我们所关心的。这里着重考察其中重要的几位，意在发掘他们身上所体现和所影响的中唐学风、士风、文人心态。

陆贽（754～805），大历八年（773）登进士第，并中博学宏词科，授郑县尉，历渭南主簿、监察御史。建中四年（783）以祠部员外郎入充翰林学士，贞元三年（787）初丁忧离职；三年后即贞元六年（790）初再入充，贞元七年（791）以兵部侍郎职出院。次年即拜相，并在翰林学士梁肃的协助下主持贡举，推出了当时的名选"龙虎榜"。在学士院期间，他便深受德宗赏识，在泾原之乱扈从奉天以及随后两年多讨平藩镇的过程中，他的政治才能得到了充分的施展，因而声名大振，当时目为"内相"①。而使陆贽获得文名的，正是他在此期间为德宗草制的诏令文诰，其中最为著名的无疑是《奉天改元大赦制》。这篇由德宗授权陆贽改定的"罪己诏"，言辞恳切，反省深刻，体现了儒家道德精神的感染力："长于深宫之中，暗于经国之务，积习易溺，居安忘危。不知稼穑之艰难，不察征戍之劳苦。泽靡下究，情不上通。""兵兴累年，海内骚扰，皆由上失其道，下罹其灾。朕实不君，人则何罪？"②

史称陆贽"性畏慎"，故其交游不多，在做翰林学士之前有寿州刺史张镒、大历十才子中的卢纶、钱起，入充学士院后有翰林学士梁肃等，不过此四人在中唐的学界和文坛均有不可忽视的影响。《旧唐书》卷一三九记陆贽与张镒的"忘年交"云：

> 贽少孤，特立不群，颇勤儒学。年十八登进士第，以博学宏词登科，授华州郑县尉。罢秩，东归省母，路由寿州，刺史张镒有时名，贽往谒之。镒初不甚知，留三日，再见与语，遂大称赏，请结忘年之契。及辞，遗贽钱百万，曰："愿备太夫人一日之膳。"贽不纳，唯受新茶一串而已，曰："敢不承君厚意。"

这里说张镒有"时名"，是指他曾著有《三礼图》九卷、《五经微旨》十四卷、《孟

---

① 《旧唐书》卷一三九本传。关于"内相"一说的可信性，傅璇琮先生曾作过辨证，见其《唐德宗朝翰林学士考论》（与施纯德合写）。

② 《全唐文》卷四六○。《旧唐书》卷一三九本传记述有关情况道："（陆贽）尝启德宗曰：'今盗遍天下，舆驾播迁，陛下宜痛自引过，以感动人心。昔成汤以罪己勃兴，楚昭以善言复国。陛下诚能不吝改过，以言谢天下，使书诏无忌，臣虽愚陋，可以仰副圣情，庶令反侧之徒，革心向化。'德宗然之。故奉天所下书诏，虽武夫悍卒，无不挥涕感激，多贽所为也。"

子音义》三卷①，并在大历初年办学讲经之事："（张镒）大历初出为濠州刺史，政条清简，延经术士讲教生徒。比去，州升明经者四十人。"② 另外值得一提的是，建中四年（783）陆贽表奏过一篇《奉天荐袁高等状》③，该状举荐的十位"良材"中，便有中唐啖助《春秋》学派的主将陆质（原名淳，后避宪宗李淳讳改名为质）。这些都说明了陆贽对当代儒学的关注和支持。至于与大历十才子的交往，则在入学士院前，如钱起大历八年在长安，有《送陆贽擢第还苏州》诗："乡路归何早，云间喜擅名。思亲卢橘熟，带雨客帆轻。夜火临津驿，晨钟隔浦城。华亭养仙羽，计日再飞鸣。"④ 卢纶建中初年为昭应令，有诗赠时为渭南主簿的陆贽："官微多惧事所同，拙性偏无主驿功。山在门前登不得，鬓毛衰尽路尘中。"⑤

梁肃（753~793），建中元年（780）中文辞清丽科，兴元元年（784）为淮南节度使杜佑掌书记，贞元五年（789）征为监察御史，不久转右补阙。贞元七年（791）至贞元九年（793）十一月为翰林学士。梁肃与唐代古文家有广泛的交往和师承关系：早年曾受到古文家萧颖士的举荐⑥；大历九年（774）至十二年（777）在常州，师事古文运动的先驱人物独孤及⑦，其《唐故常州刺史独孤公〈毗陵集〉后序》借总结先师成就提出了自己的文学主张："唐兴接前代浇漓之后，承文章颠坠之运，王风下扇，作者迭起，不及百年，文章反正。其后时浸和溢，而文亦随之。天宝中作者数人，颇节之以礼。泊公为之，于是操道德为根本，总礼乐为冠带，以《易》之精义，《诗》之雅训，《春秋》之褒贬，属之于辞。故其文宽而简，直而婉，辨而不华，博厚而高明，论人无虚美，比事为实录。天下凛然，复睹两汉之遗风。"作为独孤及的学生，梁肃还为古文运动的另一位先驱李华写过《为常州独孤使君祭李员外文》。

据史载，梁肃不仅"文艺冠时"，而且乐于奖掖后进，所以深得陆贽信赖，"输心于肃"⑧。于是，一时间"属词求进之士，奉文章造梁君门下者，盖无虚日"⑨。他

---

① 《新唐书》卷五十七《艺文志一》著录。
② 《新唐书》卷一五二《张镒传》。
③ 《全唐文》卷四六九。
④ 《全唐诗》卷二三七。
⑤ 《驿中望山戏赠渭南陆贽主簿》，《全唐诗》卷二七八。
⑥ 《新唐书》卷二〇二《梁肃传》："萧复荐其材，授右拾遗，修史，以母羸老不赴。"
⑦ 《新唐书》卷一六二《独孤及传》："及喜鉴拔后进，如梁肃、高参、崔元翰、陈言、唐次、齐抗皆师事之。"
⑧ 《旧唐书》卷一三九《陆贽传》。
⑨ 李翱：《感知己赋》，《李公文集》卷一，《四部丛刊》本。

在学士院期间所做的一件最为值得称道的事，就是贞元八年（792）协助陆贽主持贡举，荐拔人才，推出了"龙虎榜"。

关于这一著名的科场盛事，《新唐书》卷二〇三《欧阳詹传》记："（欧阳詹）举进士，与韩愈、李观、李绛、崔群、王涯、冯宿、庾承宣联第，皆天下选，时称'龙虎榜'。"据徐松《登科记考》卷十三，这一年取进士二十三人，其中以上述八人最为有名。八人中，相当一部分对陆贽和梁肃有行卷之举或有师生关系，然后由梁肃举荐于陆贽。如李观在给陆贽的《帖经日上侍郎书》中，提到去年冬曾献给陆贽"十首之文"，其中最为得意的是《报弟书》；还特意说到自己今日帖经考得不甚理想，恳请陆贽不要因此而"以瑕废瑜"。王定保《唐摭言》卷七则记述了李观、韩愈等四人同游梁肃门下之事：

> 贞元中，李元宾（观）、韩愈、李绛、崔群同年进士。先是四君子定交久矣，其游梁补阙之门；居三岁，肃未之面，而四贤造肃多矣，靡不偕行。肃异之，一日延接，观等俱以文学为肃所称，复奖以交游之道。然肃素有人伦之鉴。观、愈等既去，复止绛、群，曰："公等文行相契，他日皆振大名；然二君子位极人臣，勉旃！勉旃！"后二贤果如所卜。

此外，《新唐书》卷一六五和一七九分别记载了梁肃向陆贽举荐崔群和王涯之事。所有事实都清楚地表明，梁肃的确对推出贞元八年的"龙虎榜"起到了至关重要的作用。

这一科场"名选"对中唐文化是有积极的导向意义的，此后相当一段时期内，"龙虎榜"成员一直是当时政坛和文坛的风云人物。如果再对比韩愈上年下第的黯然失落和今年登科的意气风发[1]，以及李观中第前向梁肃上书表白自己、中第后向梁肃推荐孟郊的恳切[2]，则更可见出梁肃对中唐文学格局的形成，具有不可忽视的影响。这里还可以举出两条材料。一条是《旧唐书》卷一六〇《韩愈传》："大历、贞元之间，文字多尚古学，效杨雄、董仲舒之述作，而独孤及、梁肃最称渊奥，儒林推重。愈从其徒游，锐意钻仰，欲自振于一代。洎举进士，投文于公卿间，故相郑余庆颇为

---

[1] 韩愈贞元七年有《落叶一首送陈羽》，其中有"落叶不更息，断蓬无复归"句；八年有《北极一首赠李观》，其中有"风云一朝会，变化成一身"句，感情色彩反差极大。

[2] 李观：《上梁补阙荐孟郊崔宏礼书》，《全唐文》卷五三四。

之延誉，由是知名于时。寻登进士第。"这里所说的主要还不是文学，而是以文字为载体和表现形式的学术。独孤及、梁肃倡导"操道德为根本，总礼乐为冠带"，为儒林推重，而韩愈则是他们的自觉追随者。另一条是孟郊贞元八年落第后向梁肃献诗求荐，其《古意赠梁肃补阙》诗云："曲木忌日影，谗人畏贤明。自然照烛间，不受邪佞轻。不有百炼火，孰知寸金精。金铅正同炉，愿分精与粗。"该诗本身并无可称道之处，但其间殷殷期盼之情，可谓溢于言表矣！

可见，翰林学士在中唐的学界和文坛上具有举足轻重的地位。就翰林学士与科举考试的关系而言，翰林学士对赴考者有如上列举的不可忽视的举荐作用，而且翰林学士出院后主持科举者不乏其例，这些都不是偶然的现象。据徐松《登科记考》，陆贽以后，有顾少连、卫次公、崔群、李建等人。知贡举，被视为"掌文柄"①，座主和门生之间，及第同年之间由此形成某种文人圈或门派，甚至朋党，这在中唐以后可以说是屡见不鲜的事实。翰林学士往往出院后不久即主持科举：如顾少连于贞元八年（792）出院，就于贞元九年（793）、十年（794）、十四年（798）三次知贡举，卫次公于元和二年（807）出院，次年即知贡举，《旧唐书》卷一五九《卫次公传》称卫主司时"斥浮华，进贞实，不为时力所摇"，这些有过翰林学士经历的人对当时文风的导向作用，于此不难发现。而翰林学士在学士院中，则主持过更为关键的科举复试工作，唐后期的几次较大的复试，几乎都是在翰林学士的主持下完成的。《旧唐书》卷一六四《王播传》对科举复试的缘起是这样记载的："（王起）掌贡二年，得士尤精。先是，贡举猥滥，势门弟子，交相酬酢；寒门俊士，十弃六七。及元稹、李绅在翰林，深怒其事，故有复试之科。"这里已经把翰林学士所起的重要作用概括得相当清楚了。

王叔文（753～806），德宗末为棋待诏，太子侍读。贞元二十一年（805）二月，以前司功参军、翰林待诏为起居舍人，充翰林学士。在东宫时，太子曾与人议论宫市之弊，他因提醒太子提防小人离间而深得信任。"由是重之，宫中之事，倚之裁决。每对太子言，则曰：'某可为相，某可为将，幸异日用之。'"②顺宗即位后，王叔文基本上掌握了内庭的决策权，与韦执谊、陆质、吕温、李景俭、韩晔、韩泰、陈谏、柳宗元、刘禹锡等十数人定为"死交"，并以翰林学士的特殊身份积极推进"永贞革新"。

---

① 李亢：《独异志》卷下，崔群夫人称崔群"往年君掌文柄"，即指其元和十年知贡举事。
② 《旧唐书》卷一三五《王叔文传》。

在这十个人之中，陆质是中唐显学啖助《春秋》学派的传人，对啖助《春秋》学派由私学进入官学以及它的发扬光大立下了汗马功劳。而吕温曾"从陆质治《春秋》，梁肃为文章"①，柳宗元也自称曾向陆质"执弟子礼"②；故吕、柳可以说是啖助《春秋》学派的再传弟子。啖助《春秋》学派开中唐以来新的学风③，在其形成和普及的过程中，王叔文集团成员发挥了不可忽视的作用。王叔文同刘禹锡、柳宗元的关系尤为密切，与王伾时号"二王、刘、柳"④；从文学的角度看，"二王八司马"事件对刘、柳的创作具有决定性的影响，是不言而喻的。所以，刘、柳卷入中唐政治斗争旋涡，从而引起他们人生和创作的重大转折，也给中唐文学景观带来新的变化，这些均与王叔文存在着或明或暗的关联。

李绛（764～830），贞元八年登进士第，并中博学宏词科。元和二年（807）至六年（811）为翰林学士，其间元和四年四月加翰林承旨，出院后的当年十一月即拜中书侍郎、同中书门下平章事。《资治通鉴》卷二三八"宪宗元和五年六月"条追述了翰林承旨李绛劝宪宗任贤纳谏的一件事情：

> 是时，上每有军国大事，必与诸学士谋之。尝逾月不见学士，李绛等上言："臣等饱食不言，其自为计则得矣，如陛下何！陛下询访理道，开纳直言，实天下之幸，岂臣等之幸！"上遽令"明日三殿对来"。白居易尝因论事，言"陛下错"，上色庄而罢，密召承旨李绛，谓："白居易小臣不逊，须令出院。"绛曰："陛下容纳直言，故群臣敢竭诚无隐。居易言虽少思，志在纳忠。陛下今日罪之，臣恐天下各思箝口，非所以广聪明，昭圣德也。"上悦，待居易如初。上尝欲近猎苑中，至蓬莱池西，谓左右曰："李绛必谏，不如且止。"

从这里可以看出几个问题：一是翰林学士在中唐的确积极参与了高层政治，经常出入内禁与皇帝商议军国大事；二是普通翰林学士毕竟是"天子私人"，皇帝对其个人命

---

① 《新唐书》卷一六〇《吕渭传》。
② 柳宗元《答元饶州论〈春秋〉书》云："恒愿扫于陆先生之门，及先生为给事中，与宗元入尚书同日，居又与先生同巷，始得执弟子礼。"
③ 参见查屏球《唐学与唐诗——中晚唐诗风的一种文化考察》，商务印书馆，2000。
④ 《旧唐书》卷一六〇《刘禹锡传》："贞元末，王叔文于东宫用事，后辈务进，多附丽之。禹锡尤为叔文知奖，以宰相器待之。顺宗即位，久疾不任政事，禁中文诰，皆出于叔文。引禹锡及柳宗元入禁中，与之图议，言无不从。""既任喜怒凌人，京师人士不敢指名，道路以目，时号'二王、刘、柳。'"

运并不十分在意，所以说白居易"小臣不逊"，欲罢其学士；三是翰林承旨地位大大高于普通翰林学士，所以找李绛商量罢白居易；四是李绛本人在学士院以谏臣自居，并以直言极谏著称，这一点他与白居易颇为同调。

崔群（772～832），贞元八年登进士第，十年中贤良方正能直言极谏科。元和二年至九年（814）为翰林学士，其间元和六年加翰林承旨。出院后十年（815）知贡举，十二年（817）拜中书侍郎，同中书门下平章事。崔群与当时文士的交往甚广，值得一提的是，元和十四年（819）韩愈上表谏迎佛骨触怒了宪宗，身为宰相的崔群和裴度为韩愈说情，才使他免于一死。此外与崔群交游的还有梁肃、李观、李绛、柳宗元、刘禹锡、白居易等人。

白居易（772～846），贞元十年（794）登进士第，十八年（802）中书判拔萃科。元和二年至六年为翰林学士。《资治通鉴》卷二三七"宪宗元和二年十一月"条记："盩厔尉、集贤校理白居易作乐府及诗百余篇，规讽时事，流闻禁中。上风而悦之，召入翰林为学士。"其实，白居易的"讽喻"之事和作"讽喻诗"在入充翰林学士后仍然没有停止，他在《与元九书》中说："是时皇帝初即位，宰府有正人，屡降玺书，访人急病。仆当此日，擢在翰林，身是谏官，手请谏纸，启奏之外，有可以救济人病，裨补时阙，而难于指言者，辄咏歌之。"

创作讽喻诗，是身为翰林学士的白居易以文学干政的独特方式。其《新乐府》五十首，有意效仿汉儒注《诗经》的形式，每篇专咏一事，每篇下有一小序，标出该篇主旨，如《秦吉了》"哀怨民也"，《卖炭翁》"苦宫市也"。从这里可以看出两点：一是白居易在创作讽喻诗时对经学传统十分重视，力求在复古的基础上达到创新的目的；二是他自认为翰林学士出入内禁，"身是谏官，手请谏纸"，所以篇篇击中时弊。但是他后来终于认识到，也就是他在此期间的"直奏密启"，"不识时之至讳"，以致得罪了"握兵于外者"、"秉权于内者"以及"其余附丽之者"①，才引来了如此多的祸患，于是便转而走向"独善其身"，写他的"闲适诗"、"感伤诗"去了。

令狐楚、李德裕、李绅、元稹四人也是中唐时期重要的翰林学士和文坛上的重要人物。令狐楚以奖掖后进著称，如向朝廷奏进张祜诗卷，又授李商隐作骈文；元和十二年他在翰林学士任时，编有《御览诗》，选大历、贞元及宪宗朝诗人，诗多为五七

---

① 白居易：《与杨虞卿书》。

言律绝，其中收吉中孚诗占十分之一。李德裕、李绅、元稹长庆初年同时在学士院，号为"三俊"，"情义相善"①。上述四人的共同点是，他们与当时活跃在文坛上的诗人和古文家都有着广泛的交往，而且均程度不同地卷入了当时日益激化的朋党之争。

关于李德裕，这里应该特别提出的是，他在文宗大和七年（833）奏请进士应通经术，并停诗赋试。《资治通鉴》卷二四四"文宗大和七年七月"条载："上患近世文士不通经术，李德裕请依杨绾议，进士试论议，不试诗赋。"杨绾在肃宗时曾上疏论贡举之弊，主张停明经、进士等科，恢复汉时的乡举里选，停试诗赋、帖经，而代之以策问经义②。李德裕则主张不停进士科，试经术而不试诗赋，意在倡导务实和关注现实的士风和文风，其所体现的精神，正如当年颁布的制词中阐述的那样："汉代用人，皆由儒术，故能风俗深厚，教化兴行。近日苟尚浮华，莫修经艺，先圣之道，埋芜不传。况进士之科，尤要厘革。虽乡举里选，不可复行，然务实抑华，必有良术，既当甚弊，思改其张。"③ 与此相关的还有他在武宗会昌三年（843）奏请革除进士科试旧俗：进士及第后不得聚集参谒座主，取消曲江宴集，并放开进士及第的人数限制等。

三

以上主要考察了中唐时期一些翰林学士的社会活动，其中颇多涉及他们与当时学界和文坛的关系，以及他们与当时活跃的诗人和古文家的交往。与这些社会活动相比，翰林学士文学创作的意义似乎并不十分显豁。因为对于他们来说，翰林学士往往只是一种临时的差遣或身份。然而翰林学士毕竟是一种特殊的身份，学士院的时光毕竟记录着他们人生中一段特殊的经历；这种经历对他们来说往往是影响终身的，对此他们当然不会忘却。李德裕在诗中这样怀想当时的翰苑："赋命诚非薄，良时幸已遭。……著书同陆贾，待诏比王褒。重价连悬璧，英词淬宝刀。"④ 元稹虽

① 《旧唐书》卷一七三《李绅传》。
② 《旧唐书》卷一一九《杨绾传》。
③ 见《册府元龟》卷九十《帝王部·赦宥》。
④ 《述梦诗四十韵》，《全唐诗》卷四七五。

然在学士院仅有短短的八个月（长庆三年二月至十月），后来却写了三首诗追忆在翰林供职的情形①。所以，如果我们的视野不局限于他们在任职期间的创作活动，不局限于作品本身的文学价值，而由他们的翰林学士经历拓展到其文学主张和创作活动，并由此探讨其与中唐时代特征，特别是中唐文学新变的关系，则将会得出一些新的结论。

翰林学士的主要工作是为皇帝起草诏书文诰，其前身是翰林院里的文词待诏和供奉。两方面的因素加在一起，决定了翰林学士的"工作文体"是一种特殊的政论文，其特点是典雅、缜密、笃实，同时又讲究行文的文气和道德的感染力。虽然骈体文仍是这类文章的主要文体形式，但是由于现实的需要以及作者的刻意追求，遂使这类骈文也开始顺应并引导了中唐文体文风的改革潮流，呈现出散体化的趋势。如陆贽的奏议，力避浮辞丽藻，不征典用事而直趋主题，"真意笃挚，反复曲畅，不复见排偶之迹"②，堪称这方面的代表。其在中唐古文运动中的先导作用，是文学史所公认的。梁肃在继承独孤及复古宗经文学思想的基础上，更提出了"文气"说："文本于道，失道则博之以气，气不足则饰之以辞。盖道能兼气，气能兼辞，辞不当则文斯败矣。"③ 此后，临近晚唐的李德裕也有关于文气的论述，周密《齐东野语》卷十："李德裕《文章论》云：'文章如千兵万马，风恬雨霁，寂无人声。'黄梦升题兄子庠之辞云：'子之文章，电击雷震，雨雹忽止，阒然泯灭。'欧公喜之，遂以此语作祭苏子美文。"正是由于有如此的精神相通之处，后人才把陆贽与李德裕的文章相提并论。④ 文气说是中国古代文论的重要组成部分，梁肃和李德裕的有关论述，理应在其发展的过程中占据一定的地位。此外，李绛以长于论事而获得文名，著名的文章有《论任贤疏》《论朋党》《论谏臣》《论河北三镇及淮西事宜状》等，皆可谓诚贯理直，气盛言宜。刘禹锡在《唐故相国李公集纪》中对此类论事文给予了高度的评价："考其文至论事疏，感人肺肝，毛发皆耸。"⑤

可见，中唐时期的这些翰林学士，无论是其文学主张还是其文章写作，都体现了

---

① 《奉和浙西大夫李德裕述梦四十韵，大夫本题言赠于梦中诗赋以寄一二僚友，故今所和者亦止述翰苑旧游而已，次本韵》，《全唐诗》卷四二三；《寄浙西李大夫》四首其二、其三，《全唐诗》卷四一七。

② 《四库全书简明目录》卷十五，《四库全书》本。

③ 梁肃：《补阙李君前集序》，《全唐文》卷五一八。

④ 王士祯《池北偶谈》卷十七："（李德裕）《会昌一品集》，骈偶之中，雄奇俊伟，与陆宣公上下。"孙梅《四六丛话》卷六《制敕诏册》："超群突出，尤推陆贽、李德裕焉。"此外，王氏同时还评价了李德裕的诗歌，认为"忆平泉五言诸诗，较白乐天、刘梦得不啻过之"。

⑤ 《刘禹锡集》卷十九，上海人民出版社，1975，第163页。

此期文体文风改革的趋势。与此同时，他们的这些文学主张和文章写作，也对后者起到了积极的导向和推动作用，其结果是散体化的政论或论事文体的确立及朴实直切的文风的形成。

如果说翰林学士与中唐文学存在着某种直接关系的话，则非白居易及其讽喻诗莫属（李绅和元稹与白居易同倡新乐府，是在他们入翰林学士院之前）。前面说到，白居易写讽喻诗，是以文学形式干预政治的一种自觉行为，他的有关文学思想和诗歌主张，基本上是在翰林学士任职期间定型和完善起来的。关于元白新乐府的文学成就及其在文学史上的意义，历来早有定论，毋庸赘述，这里只想强调一下讽喻精神以及讽喻诗这种诗歌体裁与翰林学士身份的内在联系。

前述《资治通鉴》卷二三八"唐纪宪宗元和五年六月"条记翰林承旨李绛劝宪宗任贤纳谏事，以及白居易《与元九书》所说"身是谏官，手请谏纸"，都明确将翰林学士的身份与谏臣的职责联系起来。析言之，二人对这一点的认识还有程度上的不同。李绛在《谢密赐宣劳状》中说"伏蒙奖擢，致于近密，苟有所见，即合启陈"①，似乎只限于报恩尽责的范围之内。白居易在《与元九书》中表示，他写讽喻诗的动机是"欲稍稍递进闻于上，上以广宸聪，副忧勤；次以酬恩奖，塞言责；下以复吾平生之志"，则可以说是将讽喻诗的创作与人生的终极追求统一起来了。在白居易那里，对翰林学士作为谏臣的身份自觉，以及由此引发的种种自我期待，就这样与新乐府的讽喻精神紧密地结合在一起，而白居易也因此必然地承担了历史赋予他的使命。只有认识到了这一点，才能对白居易何以采用讽喻诗这种近乎文学谏书的形式（至少他是这样要求的），以及他的诗歌主张中何以存在如此多的"非文学"成分，予以充分的理解。

中唐时期的诗歌唱和之风一时大盛，也是文学史上引人注目的现象。翰林学士之间、翰林学士与其他中唐诗人文士之间，存在着广泛的诗歌交往，而这种交往是与中唐诗歌唱和之风的盛行同步的。翰林学士的诗歌唱和有一个突出的特点，就是与政治的关系比较密切：他们于酬唱应答之际，流露出宦海浮沉的得意与失落；在思念问候之间，交流彼此政见，表明相互立场。如令狐楚《发潭州寄李宁（益）常侍》："君今侍紫垣，我已堕青天。委废从兹日，旋归在几年。心为西靡树，眼是北流泉。更过长沙去，江风满驿船。"此诗写于元和十五年（820）由宣歙观察使再贬衡州刺史赴

---

① 《全唐文》卷六四六。

任途中，失落和怅惘的意绪可谓溢于言表。李益时为右散骑常侍，他的和诗题为《述怀寄衡州令狐相公》，诗云："调元方翼圣，轩盖忽言东。道以中枢密，心将外理同。白头生远浪，丹叶下高枫。江上萧疏雨，何人对谢公。"在抚慰的同时寄托思念的情怀。

造成上述特点的原因，除了政局动荡、党争激烈的现实之外，这些人本身的因素也不可忽视。一些有过翰林学士经历的人，像陆贽、王叔文、令狐楚令狐绹父子、李吉甫李德裕父子，他们或者是掌握了内庭决策权的"内相"，或者后来成为位极人臣的宰相，均可谓势高名远，即使一朝贬职外放，其声望依旧斐然。如白居易《洛下闲居寄山南令狐相公》："已收身向园林下，犹寄名于禄仕间。不锻嵇康弥懒静，无金疏传更贫闲。支分门内余生计，谢绝朝中旧往还。唯是相君未忘得，时思汉水梦巴山。"此诗作于开成元年（836），表明了白居易超然于政治之外的处世态度。时令狐楚出为山南西道节度使，白居易在洛阳为太子少傅分司，尽管他已经"谢绝朝中旧往还"，但对令狐楚仍然"唯是相君未忘得，时思汉水梦巴山"，可见令狐楚对白居易的深刻影响。类似的情况也常常出现在李德裕和刘禹锡的唱和诗中。刘禹锡与李德裕的唱和十分频繁，大和年间，他专门把这些诗编成一个集子，题为《吴蜀集》。

翰林学士诗歌唱和的另一个突出特点，就是这种经常性的诗歌酬唱，直接促成了"元和体"的问世。元稹在《白氏长庆集序》中说："予始与乐天同校秘书，前后多以诗章相赠答。会予谴江陵，乐天犹在翰林，寄予百韵律诗及杂体，前后数十章。是后各佐江、通，复相酬寄，巴、蜀、江、楚间及长安中少年，递相效仿，竞作新词，自谓为'元和诗'。"① 元白唱和，以及他们分别与张籍、李绅等人的唱和，在文学史上具有特殊的意义。二人不但以此独特的方式倡导了新乐府，扩大了讽喻诗的影响，而且还创造了一段"诗筒"的佳话。

传奇的兴盛是中唐文学新变的一个重要标志，有意味的是，中唐时期一些翰林学士在其入院前后也为此作出过贡献。如李吉甫，贞元九年（793）在明州元外长史任上曾有《编次郑钦悦辨大同古铭论》，《太平广记》卷三九一"郑钦悦"条记载此事："壬申岁，吉甫贬明州长史。海岛之中，有隐者姓张氏，名玄阳，以明《易经》，为州将所重。召置阁下，因讲《周易》卜筮之事，即以钦悦之书示吉甫。吉甫喜得

---

① 《元稹集》卷五十一。

其书,抃逾获宝,即编次之。"鲁迅据此收入《唐宋传奇集》卷二,并在该书卷末《稗边小缀》中说:"文亦原非传奇,而《广记》注云出《异闻记》,盖其事奥异,唐宋人固已以小说观之,因编于集。"李吉甫"喜得"郑氏之书,并加编次,表明了他对"奥异"之事的浓厚兴趣,这种兴趣似乎也传给了他的儿子李德裕。李德裕的《周秦行纪论》,借其门人韦瓘的小说《周秦行纪》攻击政敌牛僧孺,虽然出于政治目的,但李氏父子对传奇小说的关注并参与其间,则是不可否认的事实。另外,李德裕还据其父吉甫从柳芳之子柳冕处听说的玄宗时代的趣闻逸事,编撰了小说集《次柳氏旧闻》(一名《明皇十七事》)一卷,于大和八年(834)进献。这些都印证了明人胡应麟在《少室山房笔丛》卷二十中所说的"至唐人乃作意好奇,假小说以寄笔端",符合当时的时代特点。此外值得一提的是,李绅对元稹的《莺莺传》曾起到过促成和传播的作用。元稹贞元二十一年(805)作《莺莺传》,在结尾处明确记录了此事:"贞元岁九月,执事李公垂宿于予靖安里第,语及于是,公垂卓然称异,遂为《莺莺歌》以传之。崔氏小名莺莺,公垂以命篇。"随后便以李绅的《莺莺歌》结束全篇。在这里,诗歌与传奇小说彼此契合,互相补充和促动,堪称文学史上一种引人注目的现象。

以上诸人对传奇小说的关注和参与或直接创作传奇小说,大多在他们入翰林学士院之前;以此观之,则蒋防可以说是个例外。蒋防于长庆元年(821)被李绅和元稹推荐为翰林学士,其名篇《霍小玉传》即作于翰林学士任上。卞孝萱认为该篇小说是蒋防从元稹、李绅口中闻得李益之事,为适应元、李的政治需要而作①,所以长庆四年(824)李绅为宰相李逢吉排挤,蒋防也左迁汀州刺史。即便如此,诚如胡应麟在《少室山房笔丛》中评论的那样:"唐人小说纪闺阁事,绰有情致,此篇尤为唐人最精彩动人之传奇,故传诵弗衰。"《霍小玉传》所取得的文学成就,已经远远超出了它原本负载的政治意义。

四

综上所述,中唐时期的翰林学士称得上是一个具有强烈的政治意识和文化使命感

---

① 参见卞孝萱《唐代文史论丛》,山西人民出版社,1986。

的特殊文人群体。他们拥有接近天子、每日出入内廷的特殊条件，拥有"参天子密议，次为宰相"① 以及诏令文诰悉出其手的优越性，他们意识到"赋ához诚非薄，良时幸已遭"，"日月逝矣，岁不我与"②，因而时时会产生干一番大事业的冲动。当然，这种冲动已经不能和盛唐士人的时代激情同日而语，只能算作面临未曾有过的机会或机缘而生发出的一种自我期待，而正是后者使得他们中间的相当一部分人深深地卷入了政治旋涡。

从表面上看，中唐以来翰林学士参与政治的程度大大加强，似乎有其偶然性：德宗时发生了令贵为天子的皇帝再度仓皇出逃的泾原之乱，此后藩镇叛乱不断，动乱中武将频频倒戈，而儒臣们则忠诚奉主，并由此充分施展其政治才干。但实际上，这是与中唐时期的士人心态和士人文化中心的转移相联系的：安史之乱平息后，广大士人的心中仍然存在着大唐帝国中兴的希冀和期盼；但是在大历以来中兴之梦被现实无情地击碎之后，他们的精神寄托便开始转向严谨朴实的儒家经学，希望以此作为一种精神力量来匡时救国。如柳宗元在《寄许京兆孟容书》中强调"永贞革新"的宗旨是"立仁义，裨教化"，"以兴尧、舜、孔子之道，利安元元为务"。与此相关的是，正如有学者所指出的那样：中唐时期诗歌在士人文化中的中心地位下降了，自大历初以来呼唤经学摒斥进士科浮辞的思想至此有了结果，才士型的诗人让位于文章家。③ 于是，像陆贽、梁肃、李德裕、李绅、白居易、元稹这样饱嗜儒家经学并长于为文的翰林学士便历史性地走上了政坛，同时走向文坛的中心。

从上述翰林学士的任职过程和主要活动看，他们身上的确体现和影响了中唐的学风、士风、文人心态。这三者与中唐文学的关联，已详上文。此外，还可以从以下几个方面加以观察：

首先是翰林学士的思想和学术承传，这无疑主要是儒家经学。他们一方面信奉儒学，另一方面积极传播和发扬儒学。如王叔文集团成员与中唐显学啖助《春秋》学派的密切关系，以及元白讽喻诗与传统经学的精神契合④，等等。反映在文学上，则一方面表现为文风上的朴实直切，力去浮辞，就像韩愈在《答李翊书》中所提出的

---

① 《新唐书》卷一三三《沈传师传》："召入翰林为学士，改中书舍人。翰林缺承旨，穆宗欲面命，辞曰：'学士院长参天子密议，次为宰相，臣自知必不能，愿治人一方，为陛下长养之。'因称疾出。"
② 《论语·阳货》。
③ 参见查屏球《唐学与唐诗——中晚唐诗风的一种文化考察》，第1页。
④ 查屏球《唐学与唐诗——中晚唐诗风的一种文化考察》一书对此有深入的研究，可参看。

"惟陈言之务去";另一方面表现为以文干政,强调风雅兴寄,如白居易在《新乐府序》中所提出的"为君、为臣、为民、为物、为事而作,不为文而作也",以及在《策林》六十八《采诗》中所提出的"立采诗之官,开讽刺之道,察其得失之政,通上下之情"。

其次是由于翰林学士独特的身份及其交往活动所形成的文人集团。翰林学士本身是一种士人阶层,虽然朝廷在选拔翰林学士时非常忌讳朋党关系,但是实际上像李绅、李德裕、元稹号为"三俊",王叔文与韦执谊、陆质、刘禹锡、柳宗元等结为"死交"的情况仍然出现了。而对中唐文化起到了积极导向作用的"龙虎榜",以及翰林学士与中唐其他文士所存在的种种师承关系和文学交往,则可以说是文人集团存在的特殊形式。这些都对中唐文学格局的形成具有不可忽视的意义。

再次是某些翰林学士的活动对中唐文学的直接影响。如陆贽和梁肃精心推出名选"龙虎榜",使韩愈等人脱颖而出;李绛和崔群敢于冒犯龙颜,出面保护白居易、韩愈;王叔文与刘禹锡、柳宗元结为"死交",从而使他们的人生和创作发生重大转折等。假如没有翰林学士的如上举动,那么中唐文学的景观则完全会是另外一个样子,这是不言而喻的。

最后是他们本身的文化活动,包括文学创作。像陆贽、梁肃对后进的奖掖擢拔,其本人又是文章家或古文运动的推行者;李绅、白居易、元稹是讽喻诗的倡导者和实践者;翰林学士的诗歌唱和对中唐诗歌唱和的盛行所产生的影响;翰林学士对唐传奇的兴盛所作的贡献等,这些都值得从一个新的角度予以观照和总结。

谏官及其活动与中唐文学

在中唐的政治和文化舞台上，谏官堪称活跃的社会角色之一。如同郎官一样，谏官也是一个类别的社会身份或角色。然而与郎官明显不同的是，从一般的意义看来，谏官的外延并不像郎官那样清晰①。"谏"和"官"两个成分纠结在一起，使这类社会角色的构成显得十分庞杂。有身为谏官而未充分履行谏诤职责的，也有虽非谏官而直言极谏的，这两种情况都在本文的视野之内。当然，如果把视野转向职官制度的层面，则其构成内涵的划分和权利义务的规定还是十分明确的。考虑到以上两种客观存在的情况，本文即从相关制度的层面入手，在梳理唐代谏官组成及其特点的基础上，既考察具有谏官身份的中唐文人的政治和文学活动，又不忽略那些在当时虽无谏官身份而具有谏诤意识并从事谏诤活动的代表人物，并试图发掘谏官的这种身份以及基于这种身份的观念和言行与文学活动之间的互动关系。

一　唐代谏官的组成及其特点

唐代的谏官主要集中在中书和门下两省，是其中具有谏议职能之官员的总称。唐代实行三省制度，中书省属下谏官有：右散骑常侍二人，从三品；右谏议大夫四人，正四品下；右补阙二人，从七品上；右拾遗二人，从八品上。门下省属下谏官除给事中和起居郎外，与中书省恰好相对：左散骑常侍二人，从三品；左谏议大夫四人，正四品下；给事中四人，正五品上；起居郎二人，从六品上；左补阙二人，从七品上；左拾遗二人，从八品上。此外，两省之外的翰林学士一职也兼具谏官的色彩。

上述官员中，从名称上看，谏官特征最突出的无疑是谏议大夫，其次是补阙、拾

---

① 关于郎官及其活动与中唐文学的关系，笔者另有专文论述。

遗。据《唐六典》卷八"门下省"：谏议大夫始置于秦，其职责是"侍从赞相，规谏讽喻"。谏议大夫不仅可以参加三品以上重臣的小范围议政（见后文），还可知制诰①，有的可以署敕②，还有的更以谏议大夫同平章事③。补阙、拾遗始置于武则天垂拱年间。补阙的含义是"国家有过阙而补正之"，拾遗的含义是"国家有遗事，拾而论之"。二者的职责是"掌供奉讽谏，扈从乘舆。凡发令举事有不便于时，不合于道，大则廷议，小则上封。若贤良之遗滞于下，忠孝不闻于上，则条其事状而荐言之"④。应该说，拾遗补阙的职责最能体现谏官的社会角色特征。

在唐代谏官中，散骑常侍的品秩是最高的。它始置于秦，本为加官，至唐初仍为散官。由于地位显要，出任散骑常侍者多为朝廷元老或罢政要员，所以其侍奉和顾问的色彩要比谏官的身份突出。因此，长庆四年（824）五月谏议大夫李渤曾建议取消散骑常侍的谏官身份。⑤

给事中原本也是加官，秦置。汉以后或为加官，或为定员。至隋朝移至门下省，唐朝沿置。据《唐六典》，给事中的总职责是"侍奉左右，分判省事"；具体职掌比较庞杂，也很重要。大致可分为以下四类：一是审读奏章制敕，驳正违失；二是仲裁断狱，听讼覆审；三是参与考核官吏；四是审核国家图书的质量。可见，给事中在门下省的地位十分显要，其职能与身份也比较复杂，所以有学者据此指出，给事中"具有集谏官、宪官、法官的某些特征于一身的特点"⑥。另据史载，有的给事中曾以本官拜为宰相⑦。

起居郎的本职是史官，以负责记载皇帝言行的"起居注"而得名。唐朝创置。《唐六典》规定其职责是"录天子之动作法度，以修记事之史"。起居注的内容在时间上有明确的记录，到每个季度末，起居郎还要把起居注"授之于国史"，以便修正史或实录时参考。

---

① 《旧唐书》卷一六五《柳公权传》："以谏议知制诰。"
② 参见《资治通鉴》卷一九二唐高祖武德九年十二月，"上（太宗）遣使点兵，封德彝奏：'中男虽未十八，其躯干壮大者，亦可并点。'上从之。敕出，魏徵固执以为不可，不肯署敕。（司马光按：唐制：中书舍人则署敕。魏徵时为谏议大夫，抑太宗亦使之联署邪？）至于数四。"从这里可以看出，作为谏议大夫的魏徵有署敕权。
③ 《旧唐书》卷一六七《赵宗儒传》："（贞元）十一年，迁给事中。十二年，与谏议大夫崔损同日以本官同中书门下平章事。"这是说给事中和谏议大夫都有以本官拜相的情况。
④ 《唐六典》卷八"门下省"，中华书局，1992。
⑤ 《唐会要》卷五十四"左右散骑常侍"，中华书局，1955。
⑥ 张国刚：《唐代官制》，三秦出版社，1987，第37页。
⑦ 《唐会要》卷五十四"左右散骑常侍"。

　　中国史学一向具有秉笔直书的优秀传统，从客观情况看，这与史官在某种程度上独立于最高统治者有关。惟其如此，史官对皇帝的客观约束作用，有时甚至比谏诤的效果还要明显①。而起居郎之所以兼具谏官色彩，主要有以下原因：一是自唐太宗朝开始，起居郎被授权在重大议政场合执简记录②，这同其他谏官参与廷议的情形差不多；二是唐代谏议大夫、给事中等谏官兼任知起居注的事例也不乏见③。

　　此外，翰林学士之职也往往兼具谏官性质，主要有以下几种情形：一是凡翰林学士皆以他官兼领，而以谏官兼翰林学士的情况不乏其例，如梁肃以右补阙兼翰林学士、白居易以左拾遗兼翰林学士、李绅以右拾遗兼翰林学士、崔群以右补阙充翰林学士等；二是有的人在入学士院为翰林学士之前，曾经有过谏官的经历，如元稹做过左拾遗等；三是有的人在入充为翰林学士后不久即拜为谏官，如王涯，入院后旋拜为右拾遗、左补阙等；四是在翰林学士们的主观意识中，往往以谏官自居④，而且在客观条件上，翰林学士作为皇帝近臣，可以方便地出入禁中大内，面见最高统治者，具有进谏的便利条件。所以，本文除了专列一章讨论翰林学士的社会角色及其文学活动外，又把翰林学士的有关言行纳入本文与谏官一并考察和论述。

　　在唐代，谏官曾被明确规定可以同三品以上重臣共同议政，如《贞观政要》卷二《求谏第四》载：

　　　　贞观元年，太宗谓侍臣曰："正主任邪臣，不能致理；正臣事邪主，亦不能致理。惟君臣相遇，有同鱼水，则海内可安。朕虽不明，幸诸公数相匡救，冀凭

---

① 如《贞观政要》卷七载贞观十三年谏议大夫兼知起居注褚遂良拒绝太宗观见起居注事。皇帝本人即使是出于自我警诫的目的，也不能观见记载其言行的起居注。史官的独立性于此可见。

② 见《唐会要》卷五十六"起居郎起居舍人"条。虽然高宗后这一制度被停止，但个中原因恰好说明了起居郎执简记录的客观影响，并不下于谏诤。

③ 如《新唐书》卷四十七《百官志二》："贞观初，以给事中、谏议大夫兼知起居注，或知起居事。"又如《贞观政要》卷七载"贞观十三年，褚遂良为谏议大夫兼知起居注"等。

④ 如《旧唐书》卷一六四《李绛传》："贞元末，拜监察御史。元和二年，以本官充翰林学士。未几，改尚书主客员外郎。逾年，转司勋员外郎。五年，迁本司郎中、知制诰。皆不离内职，孜孜以匡谏为己任。"又白居易《与元九书》："擢在翰林，身是谏官，手请谏纸。"此处"谏官"指的是白居易在翰林学士任上所拜的左拾遗。按翰林学士的性质，左拾遗只是白居易在翰林学士任上所带的官衔，他仍在翰林学士院办公，并不到左拾遗所在的门下省工作。所以，对于入充为翰林学士的白居易来说，无论是盩厔尉、左拾遗，还是京兆府户曹参军，都是当时所带的官衔，其本职仍是翰林学士。参见傅璇琮《从白居易研究的一个误点谈起》，《文学评论》2002年第2期。

直言鲠议，致天下太平。"谏议大夫王珪对曰："臣闻木从绳则正，后从谏则圣，是故古者圣主，必有争臣七人，言而不用，则相继以死。陛下开圣虑，纳刍荛，愚臣处不讳之朝，实愿罄其狂瞽。"太宗称善。诏令自是宰相入内平章国计，必使谏官随入，预闻政事，有所开说，必虚己纳之。①

虽然谏官随三品以上重臣入内议事的制度没有坚持下去，但太宗朝的这个故事，已经足以令后代的谏官和一般士人心驰神往，并激励他们继承和发扬传统的谏诤精神了。

唐代的谏官队伍是十分庞大的，从有关文献和名物来看，当时不仅有"谏官"这个总称②，而且还有"谏院"之名以及"谏院"之印。所谓谏院，是指谏官集中的中书省和门下省。如李肇《唐国史补》卷下说："谏院以章疏之故，忧患略同。"③至于谏院之印的来历，据《唐会要》卷五十五载：

（贞元）十三年八月，以左谏议大夫薛之舆为国子司业。之舆少居于海岱之间，永泰中，淄青节度使李正己辟为从事，因奉使京师。之舆逗留不归，正己召之再三，之舆报曰："大夫既未入朝，之舆焉敢归使。"因逃匿于山险间十余年。建中后，方复仕宦。上知之，故赏慰以为谏议大夫。奏谏官所上封章，事皆机密，每进一封，须门下、中书两省印署文牒，每有封奏，人且先知，请别铸谏院印，须免漏泄。又累上言时事，上不说，故改官。无几，以疾免。④

薛之舆的意见在当时没有被采纳，直到文宗大和九年（835）才变成现实。⑤《册府元龟》卷一〇三帝王部"招谏二"载："（大和）九年十二月敕：创造谏院印一面，以'谏院之印'为文。谏院旧无印，苟有章疏，各于本司请印，谏官有疏，人多知之。至是特敕置印，兼诏谏官：凡所论事，有关机密，任别以状引之，不须以官衔结署。"由"谏院"之印的来历可见，谏官言事后来走的是另一条通道，至少相对于一般大臣的进谏之言，在形式上比较受重视。

---

① 吴兢：《贞观政要》卷二，上海古籍出版社，1978。
② 如岑参《行军诗》二首其二："偶从谏官列，谬向丹墀趋。未能匡吾君，虚作一丈夫。"《全唐诗》卷一九八。按岑参至德二载（757）为右补阙，因论斥权佞，于乾元二年（759）改起居舍人。
③ 李肇：《唐国史补》卷下，《唐国史补因话录》，上海古籍出版社，1979。
④ 《唐会要》卷五十五"谏议大夫"条。
⑤ 《旧唐书》卷十七下文宗大和九年十二月："辛卯置谏院印。"

以上概述了唐代谏官组成的基本情况。唐代谏官的选任，与郎官的选任条件相似，文学因素也占据着相当重要的地位。对此，傅绍良先生在《唐代谏议制度与文人》一书①（以下简称"傅著"）中曾做过详细论述，其中许多精彩之见，对本文的启发甚大。

傅著从唐代皇帝的求贤诏令和授予谏官的制文入手，首先讨论了唐代政治与文学的关系，这种强调唐代政治与文学内在同一性的观点，值得我们重视。本文考察中唐文人的几种规定性社会角色，从某种意义上说，也就是试图对中唐文人与政治的关系进行一番梳理和探讨；而谏官这一政治性极强的社会角色，正是一个比较自然和易于深入的切入点。其次，傅著还具体考察了唐代谏官的任职资格，以及谏官任职资格中的文学因素。傅著所指称的文学，实质上是一种文化修养和精神素质，它是唐代士人出入于文学、政治、学术、道德等领域，实现为学做人和立身处世的依凭，是文学存在的一种混沌状态。如果说，中国文学的自觉和独立是其发展过程中的一个里程碑的话，那么它的认识、审美和教育功能的发挥，仍然要回归到社会生活的土壤，以发挥其社会政治的功能。这就是文学因素能够和谏官这种政治角色紧密相关的主要原因。

郎官、翰林学士和谏官之间存在着互相迁转的关系，关于这一点，史书中有许多实例的记载。上文已经提及翰林学士和谏官之间往往存在兼充或迁转的关系，如果再加上郎官，就可以清晰地勾画出唐代士人的仕进理想。如《旧唐书》卷一六六载庞严的履历：左拾遗是庞严仕进的起点，随后经过翰林学士一职，晋升到左补阙，再就是郎官、知制诰。这是一种比较有代表性的类型。还有一种类型，如《旧唐书》卷一六九和《旧唐书》卷一七六所载，谏官是王涯和李让夷等仕宦生涯中重要的一环。

关于谏官进谏的方式，一般说来可归纳为五种，如《旧唐书》卷四十三《职官二》云："凡谏有五：一曰讽谏，二曰顺谏，三曰规谏，四曰致谏，五曰直谏。"对于这五种进谏方式的具体含义，《唐六典》卷八"门下省"做了如下解释：

> 一曰讽谏，风之以言，谓之讽谏。孔子曰："谏有五，吾从风。"《白虎通》曰："人怀五常之性，故有五谏也。"二曰顺谏，谓其不可，不敢逆而谏之，则

---

① 傅绍良：《唐代谏议制度与文人》，中国社会科学出版社，2003。

顺其君之所欲，以微动之，若优旃之比。三曰规谏，谓陈其规而正其事。四曰致谏，谓致物以明其意。五曰直谏，谓直言君之过失，必不得已然后为之者。

按《白虎通义》卷上云："人怀五常，故有五谏：谓讽谏、顺谏、窥谏、指谏、伯谏。讽谏者，智也，患祸之萌，深睹其事未彰而讽告，此智之性也。顺谏者，仁也，出辞逊顺，不逆君心，仁之性也。窥谏者，礼也，视君颜色，不悦且却，悦则复前，以礼进退，此礼之性也。指谏者，信也，指质相其事也，此信之性也。伯谏者，义也，恻隐发于中，直言国之害，厉志忘生，为君不避丧身，义之性也。"① 二者的说法具有一定的对应性：从内涵上说，讽谏相同，伯谏与直谏相近，窥谏、顺谏、规谏、致谏的含义有所交叉。总的来说，"五谏"中的讽谏、顺谏和直谏三者的特色最为突出，最能体现中国古代的谏诤传统和谏官议政的特点——直接性、极端性、艺术性、参考性，而且文学性也最强。

所谓讽谏，即用委婉的语言和隐语相劝谏，这是进谏时最常用的方式。直谏的含义和方式如上所述，比较好理解。至于顺谏，其字面意义和典章的解释虽然比较显豁，但其具体进谏的情形，如不以实例说明，有时仍然难以揣度。这里试举一例：元和十年，刘禹锡被召回朝，旋即外放，中间经历了一个从除播州刺史到改刺连州的环节。而在这个环节中，时为御史中丞的裴度起了关键的作用。据司马光《资治通鉴考异》卷二十"（元和）十年三月刘禹锡为播州刺史改连州"条云：

> 《实录》曰："中丞裴度奏：其母老，必与此子为死别，臣恐伤陛下孝理之风……明日，改授禹锡连州。"赵元拱《唐谏诤集》："裴度曰：陛下方侍太后，以孝理天下，至如禹锡，诚合哀矜。宪宗乃从之。明日，制授禹锡连州。"赵璘《因话录》曰："……柳以刘须侍亲，播州最为恶处，请以柳州换。上不许。宰相对曰：禹锡有老亲。上曰：但要与郡，岂系母在！裴晋公进曰：陛下方侍太后，不合发此言。上有愧色。刘遂改为连州。"按《柳宗元墓志》，将拜疏而未上耳，非已上而不许也。禹锡除播州时，裴度未为相，今从《实录》及《谏诤集》。②

---

① 班固：《白虎通义》卷上"德论上·谏诤"，文渊阁《四库全书》本。
② 《资治通鉴考异》卷二十，文渊阁《四库全书》本。

裴度的言论可谓大胆犀利，很具冒险性。不过他采取了一个无懈可击的策略，即"以孝理天下"的名义论事，并痛下针砭，终于迫使宪宗收回成命。裴度之论后来被赵元拱收入《唐谏诤集》①，说明古人并没有因为当时裴度不在谏官之列，就把他的谏言排除在外。同样的做法，还可以举出一些例子。宋人王溥等在编撰《唐会要》时，就特意在卷六十二"御史台下"专设"谏诤"一节，可以参看。

至于杜牧出任谏官前后对进言的态度，则更为典型地体现了中晚唐之际士人心态的变化。杜牧于大和七年（833）入淮南节度使牛僧孺幕，任推官、掌书记。有《罪言》一文："国家大事，牧不当官，言之当有罪，故作'罪言'。"② 文中力主削平藩镇，并论列了用兵方略。杜牧当时不是谏官而言国事，故自认为是"罪言"；但他既然明知是"罪言"，却仍要执意地言说，既可见其政治抱负，也可见在职事守则之外，还有一个人人皆可谏的原则。当然，这个原则常常受政治时事的制约。当经过了甘露之变以后，开成三年（838）冬，杜牧真的做了谏官即左补阙，却没有当年进谏的勇气了。其间的心理变化，在他的《李甘诗》中表露无遗："予于后四年，谏官事明主。常欲雪幽冤，于时一裨补。拜章岂艰难，胆薄多忧惧。如何斗干气，竟作炎荒土。题此涕兹笔，以代投湘赋。"③ 这可以说是一般人的心态，至于像刘蕡那样，在文宗大和二年（828）应制举贤良方正直言极谏科时，能够在对策中毫不避讳地指斥时弊，把矛头直接指向权贵、宦官和藩镇，毕竟属于少数。所以，史官们才会把刘蕡其人及其对策大书特书，终于使名义上不是谏官的刘蕡，实际上成了谏官的典范和楷模了。

二　中唐文人的泛谏诤意识与谏官的尴尬处境

因为中国古代士人一向具有抗颜进谏的所谓"谏诤"传统，他们认为自己拥有向最高统治者进谏的权利和义务，每个人的"谏诤意识"都可以说根深蒂固。在唐

---

① 见《十国春秋》卷五十六《赵元拱传》。其他关于唐代名臣的谏诤言论，见于《宋史》卷二〇九《艺文志》著录的还有张元墩《唐名臣奏》七卷、张易《唐直臣谏奏》七卷、《御集谏书》八十卷、《唐奏议驳论》一卷等。

② 《罪言》，《樊川集》卷二，文渊阁《四库全书》本。

③ 《全唐诗》卷五二〇。

代，士人们不仅继承和发扬了这个固有的传统，而且在实践这个传统的客观条件方面，比前代士人更具优势。其中主要的有两点：一是尽管唐代前期和后期有所不同，但总的说来，凡是意欲有所作为的皇帝，一般比较鼓励进谏和注重纳谏；二是除了廷议之外，唐代士人还可以通过多种场合和方式来进谏，如应制举"贤良方正能直言极谏科"，或对策、上疏，等等。这样就造成了唐代士人追求谏官身份、以谏官的思维方式对待君臣关系和朝政得失的社会风气。而中唐文人在这一点上表现得更加强烈和迫切：这是中唐由盛转衰的社会现实和中唐文人的社会使命感两方面因素的驱使所致。

比如，韩愈的仕进理想首先就是做一名谏官。他于贞元八年（792）作有《争臣论》，针对阳城居谏议大夫之位五年而"未尝一言及于政"，表达了强烈的不满和严厉的指责，认为"有官守者，不得其职则去；有言责者，不得其言则去"。这在后代引起了一桩韩愈之论是否公允中正的公案。韩愈的《龌龊》一诗作于贞元十五年（799），时韩愈在徐州节度使张建封幕任观察推官。当年七月，郑、滑大水，河堤溃决，百姓涂炭。郑、滑虽不在徐州辖内，但韩愈认为大贤的所作所为，应与那些忧饥畏寒的龌龊之士迥乎不同，对于百姓的疾苦，不能袖手旁观。对于张建封整日置酒作乐，韩愈十分不满，故作此诗，希望张能推荐自己做一名谏诤之臣，对郑、滑大水之类的天下大事发表意见。诗中的"愿辱太守荐，得充谏诤官。排云叫阊阖，披腹呈琅玕。致君岂无术，自进诚独难"几句，十分典型地反映了唐代文人乃至中国知识分子的入仕理想和抱负，以及不能自引自进的痛苦心理。如果按照一般的心理发展路线，这几句诗的语序应该是："致君岂无术，自进诚独难！""愿辱太守荐，得充谏诤官。排云叫阊阖，披腹呈琅玕。"但是韩愈故意把"致君"一联放在诗末，一是为了造成诗意的跌宕起伏，是出于艺术的考虑；二是为了强调自己的仕进理想所在，是出于政治上的考虑。由此看来，虽然韩愈后来没有做谏官，但他的谏诤意识是十分明确和强烈的。事实上，他后来的确是以直言进谏的行为，实现了此诗中的谏诤理念。也正因为如此，他才会遭到贬阳山、潮州的命运。

关于谏官身份的普泛化。清人阎若璩《尚书古文疏证》卷五上云：

> 司马温公《谏院题名记》："古者谏无官，自公卿大夫至于工商，无不得谏者。汉兴以来始置官。"案汉《百官公卿表》："武帝元狩五年，初置谏大夫。"谏官始此。其实，《通典》云："谏议大夫，秦置，掌议论，无常员，多至数十

人。武帝乃更置，非初置。"温公亦考未详。余以《孟子》有"言责者不得其言则去"，征之以齐，已先有是官，唯未知官何名；后读《管子》书，使鲍叔牙为大谏，又云："犯君颜色，进谏必忠，不辟死亡，不挠富贵，臣不如东郭牙，请立以为大谏之官"，跃然曰：此即汉郑昌所谓官以谏为名，鲍宣所谓官以谏争为职者。与真令人闻名知警，而孟子征实齐官制处，又不待云。①

在这里，阎氏以谏议大夫为线索，追溯了谏官的起源。至于唐代谏官的设置和运作，与阎氏所述相比，可以说既带有专业分工的性质，又保留着司马光所谓"自公卿大夫至于工商，无不得谏者"的传统色彩。因而人人都有进谏的权利，也就是说，谏官的社会角色往往既是特定的，又是公共的；按照社会学的社会角色理论，应称之为"角色集"。如颜真卿为刑部尚书时的进谏，《旧唐书》卷一二八《颜真卿传》就有详细记载颜真卿的进谏，是针对元载的专权行径而发，同时也涉及劝谏的一般道理。

考察中唐谏官的活动，可以发现，在中唐谏官的职事活动中，仍然贯穿着传统的谏诤精神，但与以往相比，已经具有了中唐的时代特色。这可以从以下几个方面看出。

首先，中唐谏官的进谏依然体现了对君主日常言行的规诫意义，不过，与初唐时太宗的鼓励进谏和虚心纳谏形成对照的是：对于谏官的这方面言论，中唐的君主或者采取两面手段，即表面上接受，而实际上并不采纳；或者干脆就拒谏不纳，能够虚心纳谏的情形越来越少见了。中晚唐之际，像杜牧等谏官消极避祸心态的形成，或许与此有很大关系。试比较以下两则史料：

《旧唐书》卷一八九上《儒学上》

谷那律，魏州昌乐人也。贞观中，累补国子博士。黄门侍郎褚遂良称为"九经库"。寻迁谏议大夫，兼弘文馆学士。尝从太宗出猎，在途遇雨，因问："油衣若为得不漏？"那律曰："能以瓦为之，必不漏矣。"意欲太宗不为畋猎。太宗悦，赐帛二百段。

《旧唐书》卷十六《穆宗本纪》

（元和十五年十一月）乙卯，上（穆宗）幸金吾将军郭钊城南庄，钊以庄为献。

---

① 阎若璩：《尚书古文疏证》卷五上，文渊阁《四库全书》本。

戊午，诏曰："朕来日暂往华清宫，至暮却还。"御史大夫李绛、常侍崔元略已下伏延英门切谏。上曰："朕已成行，不烦章疏。"谏官再三论列。

两件事情分别发生在初唐和中唐，结果完全不同。一个是旁敲侧击，即已达成进谏的效果；一个是再三论列，却仍然被置于"不烦章疏"的境地。其间对待谏言的态度，可谓判然有别。又《资治通鉴》卷二四一载：

（元和十五年十月）谏议大夫郑覃、崔郾等五人进言："陛下宴乐过多，畋游无度。今胡寇压境，忽有急奏，不知乘舆所在。又晨夕与倡优狎昵，赐与过厚。夫金帛皆百姓膏血，非有功不可与。虽内藏有余，愿陛下爱之，万一四方有事，不复使有司重敛百姓。"时久无阁中论事者，上（穆宗）始甚讶之，谓宰相曰："此辈何人？"对曰："谏官。"上乃使人慰劳之，曰："当依卿言。"宰相皆贺，然实不能用也。

从穆宗"甚讶之"的反应看来，当时能够直言进谏的谏官已经比较少见。所以，穆宗甫表示口头接纳，宰相们便额手称庆。可是，结果却很具讽刺意味——"实不能用也"。在中唐谏官那里，安史之乱的覆辙是刻骨铭心、不能忘怀的。然而，面对自以为天下"时和久安"的最高统治者，他们也只能侧面劝诫而已，其效果可想而知。当然，也有以"死谏"的策略达到目的的。

其次，中唐谏官的言行与当时的时事政治紧密相关，但由于面临藩镇、朋党、宦官三大社会矛盾，能在如此严峻的情势下直言进谏，已属难得和不易，更何况自己的进言还往往难以奏效。这就使谏诤传统的继承，在中唐显得十分艰巨和可贵。

在韦温的谏官意识中，比较突出地体现了谏诤传统的本色特征。读《旧唐书》卷一六八《韦温传》，可以清晰地理出韦温的谏官素质形成的线索。韦温的父亲韦绶即以谏官散骑常侍致仕，韦温本人则是明经及第，又应吏部科目选书判拔萃，且具文才。由于入门中正，为人忠鲠，所以当他承担右补阙的谏官之任时，才能挺身而出，一鸣惊人。他所谓"吾辈谏官，岂避一时之雷电，而致圣君贤相蒙蔽惑之咎耶"的说言，以及"率同列伏阁切争之"的直行，堪称谏诤传统在中唐的继承和发扬。而他的"由是知名"，也从一个侧面体现了这种精神在当时的难得和可贵。

中唐也有一些谏官，能够像韦温那样，自觉地继承和发扬谏诤传统。如对于宦官擅权能够直言阻谏，史载：元和三年（808）十月，"以神策左军中尉吐突承璀为镇州行营招讨处置等使，以龙武将军赵万敌为神策先锋将，内官宋惟澄、曹进玉、马朝江等为行营馆驿粮料等使。京兆尹许孟容与谏官面论，征伐大事，不可以内官为将帅，补阙独孤郁其言激切。诏旨只改处置为宣慰，犹存招讨之名"。五年（810）九月，"以吐突承璀复为左军中尉。谏官以承璀建谋讨伐无功，请行朝典。上宥之，降承璀为军器使。乃以内官程文干为左军中尉"①。独孤郁乃独孤及之子，他言之"激切"地论说征伐大事，主张不可以内官为将帅，虽然没有使事情发生根本的转变，但他的谏诤还是起到了一定的积极作用。

这是谏官言论产生正面效果的例子。与此形成反差的，是发生在长庆四年（824）的一次谏官集体上书事件，见《旧唐书》卷十七上《敬宗本纪》：长庆四年十二月，"淮南节度使王播厚赂贵要，求领盐铁使。谏议大夫独孤朗、张仲方，起居郎孔敏行、柳公权、宋申锡，补阙韦仁实、刘敦儒，拾遗李景让、薛廷老等伏延英抗疏论之"。李肇《唐国史补》卷下云："每大朝会，监察御史押班不足，则使下御因朝奏者摄之。谏院以章疏之故，忧患略同。台中则务苛礼，省中多事，旨趣不一。故言：'遗补相惜，御史相憎，郎官相轻。'"②上述谏官集体上书事件，可以印证李肇所说谏官相惜的情形。参加这次抗疏论奏的人员，几乎囊括了谏官群体的各个层面，可谓声势浩大，但仍然于事无补。第二年，王播不仅官复原职，而且变本加厉，"不恤人言"。从这里可以看出，在与谏官的力量对峙中，此时的宦官已经明显地占了上风。

再次，在承袭谏诤传统的前提下，中唐谏官的"谏诤意识"已经有了变化，即更加强调守住谏官的本职，而在某种程度上把"越职言事"视为畏途。更有甚者，就是元稹在《论谏职表》中所指出的："至使凡今之人，以上封进计为妄动，拾遗补阙为冗员。"造成这种变化的原因，大致不外以下几点。

一是在进谏的对象——皇帝那里，谏官言事本是分内之事，所以进谏者的谏官身份是首先要被认定的。按前文所述，穆宗始甚讶之，问宰相："此辈何人？"对曰："谏官。"上乃使人慰劳之，曰："当依卿言。"这一番表现，就是其正名心理的真实

① 《旧唐书》卷十四《宪宗本纪上》。
② 《唐国史补　因话录》。

写照。另《旧唐书》卷一五九《韦处厚传》载："宪宗皇帝曰：'谏官路随、韦处厚章疏相继，朕常深用其言。'自是识者敬伏焉。"同样是对路随、韦处厚谏官身份的强调，而所谓"识者敬伏"的识者之见，恐怕也离不开这个中心。

二是即使在皇帝那里被正了名，认定了身份，谏官的言论仍然会因为具有直接性或极端性的特点，而引起统治者的不快，甚至欲对所谓的"谤讪朝政，皆无事实"的谏官加以惩戒。这与初唐时太宗的鼓励纳谏，基本上不避讳激烈言论的做法形成了鲜明的对照。如史载，即使是中唐历史上很有政治作为的宪宗，也曾经有惩戒谏官的想法，如果不是翰林学士李绛的谏止，恐怕就要付诸行动了：

> 上又尝从容问绛曰："谏官多谤讪朝政，皆无事实，朕欲谪其尤者一二人以儆其余，何如？"对曰："此殆非陛下之意，必有邪臣欲壅蔽陛下之聪明者。人臣死生，系人主喜怒，敢发口谏者有几！就有谏者皆昼度夜思，朝删暮减，比得上达，什无二三。故人主孜孜求谏，犹惧不至，况罪之乎！如此，杜天下之口，非社稷之福也。"上善其言而止。①

据《资治通鉴》卷二三七，这是发生在元和二年（807）十一月的事。在此前一年，元稹拜左拾遗；在此事发生的当月四日，白居易自盩厔尉入京应试，被召为翰林学士，次年即元和三年（808）四月二十八日，改左拾遗，仍充翰林学士任。他们都是同李绛一样，"孜孜以匡谏为己任"的，因而在中唐的谏官中，元稹和白居易具有突出的代表性。

下面以元白为例，探讨中唐文人"谏诤意识"的演变轨迹。

元稹于元和元年（806）四月参加制举考试，登才识兼茂明于体用科第三次等②，旋拜左拾遗。其《论教本书》《论谏职表》《献事表》等文，即作于谏官任上。长庆末，元稹在编删自己的文稿时，曾撰有《叙奏》一文，简述了自己在谏官任上的作为和遭际："元和初，章武皇帝新即位，臣下未有以言刮视听者。予始以对诏在拾遗中供奉，由是献《教本书》《谏职》《论事》等表十数通，仍为裴

---

① 《资治通鉴》卷二三七宪宗元和二年十一月。
② 按惯例，第一、二等空缺，故元稹实际上是头名。白居易有《唐河南元府君夫人荥阳郑氏墓志铭》，可参看："属今天子始践祚，第三科以拔天下贤俊，中第者凡十八人，稹冠其首焉。"《白居易集》卷四十二，中华书局，1979。

度、李正辞、韦纁讼所言当行，而宰相曲道上语。上颇悟，召见问状，宰相大恶之。不一月，出为河南尉。"① 这一段话，为我们提供了一条考察其"谏诤意识"的线索。

《论教本书》主要针对东宫太子的教育及其弊端，即书中所说的"近制，官僚之外，往往以沉滞僻老之儒充侍书侍读之选，而又疏弃斥远之，越月逾时，不得召见"，正面向宪宗提出"训导太子官者，宜选正人"② 的建议。《旧唐书》的作者认为，作此文的用意是影射王叔文和王伾"以猥亵待诏，蒙幸太子，永贞之际，大挠朝政"。实际上，元稹在此主要是针对太子教育中的弊端发表自己的看法，并正面建言献策。上书的效果可以说差强人意，史载"宪宗览之甚悦"③。这可以算作是他初任谏官的一次小试锋芒。

元稹随后所上《论谏职表》，则是一篇专门讨论谏职的政论文。该文首先以太宗朝的谏官王珪和魏徵为参照，给"天子之诤臣"下了一个定义，在他的理想中，谏官是皇帝当之无愧的股肱耳目之臣，天子与谏官之间"有君臣之义焉，有父子之恩焉，有朋友之欢焉"。这是多么美好而天真的想法！当然，元稹并没有一味沉浸在幻想和缅怀中，而是把目光投向现实，面对谏官不得备召见和参时政的现实，以及由此带来的谏官实际上的尸位素餐状况，元稹的心情是沉重的。这说明此时他的谏官意识还十分强烈，发扬谏诤传统的自觉性还十分高涨。于是下面就表达了面见宪宗、备陈谏官之职的迫切愿望。④

与《论谏职表》类似的还有《献事表》。元稹在这篇表奏中，首先表明自己的观点：言路畅通是理乱之始的"萌象"，然后以太宗朝人人争先进谏的盛况与谏言寥落的现状进行对比，最后条奏十件当今要务。文章写得有理有节，感情充沛，尤其是对现状的揭露和抨击，可谓振聋发聩。⑤

以上一书二表，都是元稹初任左拾遗时的论奏。从中可以看出，元稹的谏诤精神是十分突出的。而且，他的上书也收到了良好的效果，史载"上颇嘉纳其言，时召

① 《叙奏》，《元稹集》卷三十二，中华书局，1982。另《全唐文》卷六五三题作《文稿自叙》，见中华书局，1983 年影印本。
② 《旧唐书》卷一六六《元稹传》。
③ 《旧唐书》卷一六六《元稹传》。
④ 《论谏职表》，《元稹集》卷三十三。
⑤ 《献事表》，《元稹集》卷三十二。

见之"①。然而正当他踌躇满志之时，随后的打击使得他的谏诤意识与谏诤传统开始产生了错位。按《旧唐书》卷一七〇《裴度传》载："（裴度）迁监察御史，密疏论权幸，语切忤旨。"裴度的密疏不但没有奏效，反被权幸诬告。宪宗感到其中别有缘故，于是召元稹问状。元稹认为裴度"所言当行"，由此得罪宰相。这是元稹在《叙奏》里交代的事情原委。实际上，元稹被黜的真正原因是他的"谠言直声，动于朝廷"②。裴度的情形也很相似，所以二人同时被贬到河南，裴度出为河南府功曹参军，元稹则出为河南县尉。

在《献事表》的末尾，元稹特别向宪宗申明："凡此十者，设使言之而是，是而见用，非臣之福也，天下之福也。苟或言之而非，非而见罪，乃臣之分也，亦臣之愿也。"实际上，这是在申明自己谏官的职分。他的一书二表，都是从谏官的职分出发立论的。从上文可见，他对直言进谏所带来的危险，是有充分认识的。然而这毕竟还是停留在理论层面，一旦现实的打击把元稹从踌躇满志的状态惊醒，他才会感到切肤之痛。元和五年（810），元稹从监察御史被贬江陵士曹参军。在经历了继贬河南县尉以后的又一次打击后，他在《酬翰林白学士代书一百韵》中痛定思痛地表白："佞存真妾妇，谏死是男儿。便殿承偏召，权臣惧挠私……敢嗟身暂黜，所恨政无毗。谬辱良由此，升腾亦在斯。再令陪宪禁，依旧履阽危……卧辙希濡沫，低颜受颔颐。世情焉足怪，自省固堪悲。涸鼠虚求洁，笼禽方讶饥。犹胜忆黄犬，幸得早图之。"前面是回顾自己在左拾遗和监察御史任上的谠言直行，后面则是遭到沉重打击之后的痛切反思，并萌生另谋他图的念头。元稹后来走向另一个极端，因与宦官交结而被人诟病，以至士林羞与为伍③，其间的必然性因素，在此已初露端倪。

至于白居易，虽然他最终选择的道路与元稹不同，但是其"谏诤意识"的演变轨迹，却与元稹大同小异。

首先，白居易对谏诤传统有着全面的了解。这在他的《初授拾遗献书》中，已有明确的表露。此文写于元和三年（808）五月八日，即白居易授左拾遗、依前充翰林学士的一个多月之后，应该是他对左拾遗之任的筹划之作。虽然他此时身兼二任，而翰林学士的地位更加清要，但他对左拾遗还是十分看重的。因为左拾遗更加直接地给了他上封廷诤的名分和理由；而且从客观条件上来说，他身处翰林学士院，具有直接面

---

① 《资治通鉴》卷二三七宪宗元和元年。
② 白居易：《唐河南元府君夫人荥阳郑氏墓志铭》，《白居易集》卷四十二。
③ 见《唐会要》卷五十五"中书舍人"条。

君的便利条件，这是一般身处谏院的谏官所不能企及的。所以，在此文的结尾，白居易特别提到："臣又在中禁，不同外司；欲竭愚衷，合先陈露。"① （从这个角度看，白居易的《与元九书》，于"擢在翰林"之后紧跟一句"身是谏官，手请谏纸"，恐怕也不是无意为之的。）应该说，这些都是他决心继承发扬谏诤传统的具体表现。

其次，白居易以实践证明了他继承发扬谏诤传统的信念和决心。他在谏官任上弹劾的权豪，举其要者，有于頔、裴均、王锷、严绶、李师道等。这里把有关情况和白居易的奏状开列如下：

于頔，贞元、元和之际山南东道节度使，元和三年（808）白居易《论于頔裴均状》。

裴均，荆南节度使，元和三年白居易《论于頔裴均状》。

王锷，岭南节度使，元和三年白居易《论王锷欲除官事宜状》。

严绶，河东节度使，元和四年（809）白居易《论太原事状三件》第一件。

李师道，淄青平卢节度使，元和四年白居易《论魏徵旧宅状——李师道奏请出私财收赎魏徵旧宅事宜》。

以上数人都是在当时势力强大、割据一方的藩镇。在上述奏状中，白居易表明了要对他们采取抑制其任意发展的态度。

白居易在谏官任上指斥的宦官，有俱文珍（刘贞亮）、李辅光、吐突承璀等，有关奏状如下：

李辅光、俱文珍（刘贞亮），元和四年白居易《论太原事状三件》第一、二件。

吐突承璀，元和四年白居易《论承璀职名状》，同时提出诤议者，还有度支使李元素、盐铁史李鄘、京兆尹许孟容、御史中丞李夷简、给事中吕元膺和穆质、右补阙独孤郁等②。

仇士良、刘士元，元和五年（810）三月白居易《论元稹第三状》。元稹自江陵府士曹参军诏还西京，途经敷水驿，与仇士良、刘士元争舍上厅，被刘士元击伤，而"帝不直稹，斥其官"③。时翰林学士李绛、崔群等俱上书论救④。白居易则连上三状，前两状已佚。

---

① 《初授拾遗献书》，《白居易集》卷五十八。
② 参见《资治通鉴》卷二三八宪宗元和四年九月。
③ 参见《新唐书》卷二〇七《宦者传上·仇士良传》。
④ 参见《资治通鉴》卷二三八宪宗元和五年春。

再次，元、白都是经历了两次现实的打击后，开始反省自己的所作所为同自己的角色之间的关系。白居易在左拾遗任上所递交的奏状，可谓名正言顺，气盛言宜。到元和五年（810）五月，白居易的身份发生了变化：左拾遗秩满，并没有循例升为补阙，或擢拜员外郎，而是经过自请，改为京兆府户曹参军①，依前充翰林学士。虽然翰林学士一职带有谏官的意味，但是毕竟没有了谏官的正式名分。而白居易似乎没有意识到这一点的严重性，仍以翰林学士、京兆府户曹参军的身份上《请罢兵第三状》②。按此状上于元和五年六月十五日，乃为谏请宪宗速罢兵征讨河北叛镇王承宗事而作。元和四年（809），宪宗不顾裴垍、李绛等大臣的谏阻，执意派宦官吐突承璀为赴镇州行营兵马招讨处置使，镇压成德叛镇王承宗。因时机不成熟，选将不当，致使战事进行不利，且旷日持久；直至元和六年（811）王承宗"上表自首，请输常赋，朝廷除授官吏"③，才算不了了之。白居易对此曾上三状，主张从速罢兵。第一状已佚，第三状的言辞态度，在恳切之中包含着锐利的锋芒，居然要求宪宗"读臣此状一二十遍"，然后再"断其可否，速赐处分"，简直大有向君王"摊牌"之势了，但结果仍然是没有奏效。

元和六年白居易丁母忧出翰林学士院，九年（814）服阙，授太子左赞善大夫。次年六月，白居易以东宫属官的身份第一个上书，亟请抓捕刺杀宰相武元衡的凶手，结果自己反而被黜为江州司马。这大大出乎他的预料。事后，白居易在若干次痛苦的反思中，终于找到了问题的症结所在，那就是"越职言事"。如在《与杨虞卿书》中所谓"狂"与"妄"，大意指的就是越职言事。被加上这样的罪名，白居易似乎无话可言。然而当时给他安上的却是另一个罪名："其母因看花堕井而死，而居易作《赏花》及《新井》诗，甚伤名教。"④ 其中的缘由，白居易本人是一清二楚的，那就是他的谠言直行，引起了权贵近要的极大忌恨。所以，他的反思，都是围绕越职言事和得罪权贵近要这两点展开。而反思的结果，首先是给自己"正名"，即在一些书信和文章里，特别强调和突出自己进谏和写讽喻诗时的谏官身份。如他在《与元九书》中说："仆当此日，擢在翰林，身是谏官，手请谏纸，启奏之外，有可以救济人病，裨补时阙，而难于指言

---

① 参见《旧唐书》卷一六六《白居易传》。白居易没有循例升转为补阙，或者与宪宗对他的"无礼"耿耿于怀有关。
② 《请罢兵第三状》，《白居易集》卷五十九。
③ 《旧唐书》卷十四《宪宗本纪上》。
④ 《旧唐书》卷一六六《白居易传》。

者，辄歌咏之。"这与事实大致相符，只是有意无意地把整个在翰林学士任期间的讽喻诗都算进去了。而在《新乐府序》中，他又特别标出"元和四年左拾遗时作"。其实在《与元九书》中，白居易已经说过，新乐府是"自武德讫元和，因事立题"之作；从其内容来看，似乎并非写于同一年。① 由此看来，白居易之所以要如此认真地为自己正名，不能不说同当年他越职言事而被黜的惨痛教训有关。

白居易反思的另一个结果，就是选择了"吏隐"的道路，同时放弃了讽喻诗的写作，而把主要精力投入到闲适诗和杂律诗之中去了。

从上述元白"谏官意识"的演变轨迹可以看出，在社会角色的扮演过程中，其角色的内在规定性要求固然是客观的、人所共知的，而一旦涉及具体的人和事，则或者由于认识程度的不同，或者由于事关个人前途命运，总是会有一定的变通余地。因此，在总的原则不变的前提下，中唐文人仍然面临着不同的选择。这一点，在谏官的身上体现得最为明显。在可谏可不谏、直谏或微讽之间，谏官们处于一种尴尬的有待选择的处境。他们可以处理得巧妙，也可能处理得生硬，从中可以见出个人的性格和品质，以及为人处世的不同，亦可以见出时事政治以及与此相关的人事等因素对中唐文人的深刻制约和影响。上述元稹、白居易从直言极谏到明哲保身的转变过程，就为我们认识中唐文人社会角色的变迁提供了十分典型的材料。

在这里，阳城作为唐代谏官的代表和有争议的人物，值得一提。《唐会要》卷五十五"谏议大夫"条云：

> 贞元二年六月，以秘书郎阳城为谏议大夫，仍遣长安县尉孟宁，赍束帛诣夏县所居致礼，城遂以褐衣赴京师，且诣阙上表陈让。上使中使赍章服衣而召见，赐帛五十四。其后陆贽、李充等，以谗毁受谴，朝廷震惧。上怒未解，势不可测，满朝无敢言者。城闻而起曰："吾谏官也，不可令天子杀无罪人。"即率拾遗王仲舒等数人，守延英门上疏，论延龄奸佞，贽等无罪。上大怒，召宰臣入语，将加城等罪。良久乃解。令宰相谕遣之。于是金吾将军张万福武将不识文字，亦知感激，端笏诣城，与诸谏官等，泣而且拜曰："今日始知圣朝有直臣。"时议以为延龄朝夕为宰相，城独谓同列曰："延龄傥入相，吾惟抱白麻恸哭。"后竟坐延龄事，改为国子司业。

---

① 朱金城《白居易年谱》（上海古籍出版社，1982）认为《新乐府》五十首始作于是年。

韩愈在贞元八年（792）作《争臣论》，讥讽阳城在其位不谋其政。当时阳城已经做了五年的谏议大夫，在谏官任上毫无作为。但就在韩愈作《争臣论》之后的两年，发生了阳城率众谏官守延英门上疏的事件。所以，围绕着韩愈的《争臣论》，展开了一场关于谏官之职的论争。主要的意见有如下两派：

一是对韩愈之论持赞成态度的。如欧阳修在《上范司谏书》①从谏官之道的一贯要求，去衡量阳城的职事活动。从这个角度看，六年多没什么作为的阳城，的确不无可指摘之处。特别是欧阳修在此提出的"向使止五年、六年，而遂迁司业，是终无一言而去也，何所取哉"一类说法，可谓掷地有声，似乎难以辩驳。

二是对韩愈之论持批评和保留态度的。如葛立方《韵语阳秋》②和范祖禹《唐鉴》③。他们的说法，并没有回避阳城有待而发的事实，但更强调事情的客观效果，强调阳城在其中所起的"人所不能"的作用，也可以说言之凿凿。看来，这桩公案很难有一个令人满意的结局，其原因就在于，人人心中都有一个理想的谏官存在。

三　谏官之诗文与诗文中之谏官

傅绍良先生在其《唐代谏议制度与文人》一书中，对唐代文人的谏臣意识与文学意识做了专门的研究，如贞观时期谏官的文学设计，陈子昂的谏臣意识与唐诗的自我确认，中唐文学家的谏臣意识与诗文革新思潮等，其中不乏精辟之见。本文试另辟蹊径，强调唐代存在一个谏官的文学设计传统，并从此出发，对中唐谏官的文学活动和创作特色做一概括。

所谓谏官的文学设计传统，其内涵是文人以谏官的身份或者角度，去思考和设计文学的发展方向和文风构成的要素等。它是文人和谏官两种角色合二为一的结果，其中谏诤意识起了主导的作用。这种传统是贞观时期以魏徵为首的一批谏官创立的。关于唐代谏官的文学设计传统，存在着一个基本的认识问题。以往人们在观察贞观君臣的文风改革时，大都从雅正传统的重新确立角度着眼，很少注意到这一改革的谏政氛围，更忽略了魏徵等人所开创的谏官的文学设计传统。而在探讨中唐诗文改革时，又

---

① 《文忠集》卷六十六，文渊阁《四库全书》本。
② 《韵语阳秋》卷七，《历代诗话》下册，中华书局，1981。
③ 范祖禹：《唐鉴》卷十五，文渊阁《四库全书》本。

是从中唐士人的中兴愿望、儒学思潮复兴的触发着眼，很少去关注这一谏官的文学设计传统在中唐的延续。的确，如果不从社会角色的角度出发，去考察唐代文人的社会角色扮演意识，就必然会产生类似的结果。

关注自己和他人的社会身份，早已经成为古人自觉不自觉的意识。这种意识常常会在各种场合或隐或显地体现出来。如果说，只要点出当年魏徵、孔颖达、姚思廉、李百药、褚遂良等人的谏臣身份①，留意一下贞观时期谏官异常活跃的史实，便可以明晓谏官在初唐文学设计过程中所起的重要作用的话；那么，对于"四杰"乃至陈子昂，则需要着意挖掘其隐含的谏诤意识，才能发现他们在实现唐代文风转变的进程中，对贞观谏臣们文学设计传统的自觉继承和发展。而中唐文风改革的先驱者和实践者们，尽管都以高蹈超拔等"独始性"的词语评价陈子昂的贡献，但实际上他们和陈子昂一样，在继承魏徵等开创的谏官的文学设计传统方面，都具有一贯和相通之处。也就是说，陈子昂的"独始性"是相对而言的。

卢藏用是唐代最早对陈子昂诗文进行整理和推介的人。《旧唐书》卷九十四本传称卢藏用"趑趄诡佞，专事权贵，奢靡淫纵，以此获讥于世"，不过他与陈子昂有忘形之交，对陈的为人和为文十分了解，除为陈子昂集作序外，又撰有《陈氏别传》。值得一提的是，他在武则天长安年间也做过左拾遗，所以对陈子昂的谏诤之辞非常重视，特意把它放在各类文章之首加以评价。从某种程度上说，中唐诗文革新的先驱们，能够对陈子昂在唐诗史上的地位给予一致的肯定，这是与卢藏用对陈子昂诗文的整理和推介之功分不开的。

陈子昂官终右拾遗，故世称陈拾遗。在他一生的政治和文学活动中，无论是否担当谏官的角色，其谏诤意识都是十分明确的。他二十四岁时在洛阳考中进士②，就曾以"草莽臣"的身份，向初当政的武则天上《谏灵驾入京书》和《谏政理书》，表达自己的政治主张。而体现其文学思想的代表之作《修竹篇序》，则更是与贞观谏官们的文学设计大有相通和神似之处。对此，中唐的文人，尤其是那些诗文革新的先驱者们，是心中独有戚戚焉的。从萧颖士、李华、独孤及、梁肃等人的文学主张中，可以发现这种谏诤精神和文学设计传统的延续，看到贞观君臣们倡导的文学理想的影

---

① 魏徵，原为李建成太子洗马，太宗登基后，擢为谏议大夫。孔颖达，贞观二年由国子博士转给事中，四年加员外散骑常侍。姚思廉，贞观九年擢散骑常侍。李百药，贞观十年擢散骑常侍。褚遂良，贞观十五年擢谏议大夫，兼知起居事。
② 参见孟二冬《登科记考补正》卷三，燕山出版社，2003。

子。而诗文革新的实践者如元稹、白居易、韩愈、柳宗元、李翱等，则把这种精神和传统推向一个新的阶段。所以，从初唐到中唐，文风的设计和改革都贯穿着一条谏诤意识的主线，至于陈子昂，只是其中非常重要的一环而已。

关于中唐谏官文学的特色，涉及的问题很多，也较复杂，包括杂文学观念的复归、实用文体的革新，以及谏诤精神在中唐的消长，等等。这里试举其要点加以阐释。

中国古代的文学观念，在唐代以前经历了从早期众体合一的混沌状态，到魏晋时期文学独立成科而为文章之学，再到齐梁之际的文、笔之分的发展过程。此时，纯文学的观念产生了。进入初唐，在当时编写的几部前代史书如《梁书》《陈书》《周书》《北齐书》中，文、笔之分的概念还很明确。盛唐以后，随着文体改革的深入，文、笔之分又被原先的文章概念所取代。陈子昂在《修竹篇序》中所说的"文章道弊五百年"，其中的"文章"就包括了所有的文体，而中唐的古文家们也是在这个意义上使用文章的概念的。从众体合一到文、笔之分，再回到文章概念，其间几经转换的意义在于，它反映了唐代文学观念的重大变化，即杂文学观念的复归。虽然文体看起来变得庞杂了，但是随着应用文体的回归，文学产生社会作用的基础却明显地扩大了，加之中唐的古文家们纷纷用新的态度从事古文写作，致使原来的文章概念从内涵和外延都发生了质的改观①。

正是在杂文学观念复归的前提下，谏官们日常运用的工作文体，如奏状疏表对策等，又重新回到文学的园地，而由这些本身具有较高文学才能的谏官们去耕耘，其结果必然是促进了唐代散文尤其是政论文的发展。比如说奏议，包括翰林学士的制诰等文体，此时已经相当成熟，后来则发展成一种政论文章的门类，其代表作在唐代有陆贽的《陆宣公奏议》、白居易的《白朴》等②，再后来就是宋人赵汝愚所编的《宋名臣奏议》和明人杨士奇等所编的《历代名臣奏议》等。总的说来，唐代谏官们的实用文体写作，在客观上对古文运动是一个策应和支持；在全面推行文章的散体化方面，他们的贡献是不可忽视的。由于本文在论述翰林学士与文学的时候对此已经有所涉及，兹不赘述，仅拟考察

---

① 参见袁行霈主编《中国文学史》第二卷第四编《隋唐五代文学》第八章《散文的文体文风改革》，高等教育出版社，2000。此章由尚永亮执笔，本文在这里综括其意而略有阐发。

② 元稹《酬乐天余思不尽加为六韵之作》"白朴流传用转新"句下注云："乐天于翰林、中书，取书诏批答词等，撰为程式，禁中号曰《白朴》。每新人学士求访，宝重过于《六典》也。"《元稹集》卷二十二，中华书局，1982。可见，《白朴》是类似制诰范本一类的东西。

一下谏诤精神在中唐谏官诗文中的消长，即谏诤传统在中唐的继承与变奏的轨迹。

人们在观察某种事物或某种因素的消长时，可以向前看，与前代同类相比；也可以向后看，与后代同类比较。在与后代同类比较时，我们可以发现，晚唐谏官的诗文与中唐谏官的诗文在风格和内容上存在着较大的差异。试举两例。

郑谷，字守愚，袁州人。光启三年（887）擢第，官右拾遗，历都官郎中。幼即能诗，名盛唐末，有《云台编》三卷，《宜阳集》三卷，外集三卷，《全唐诗》编诗四卷。他有《早入谏院二首》描写谏院的氛围以及个人的心情，其一云："玉阶春冷未催班，暂拂尘衣就笏眠。孤立小心还自笑，梦魂潜绕御炉烟。"其二云："紫云重迭抱春城，廊下人稀唱漏声。偷得微吟斜倚柱，满衣花露听宫莺。"①

吴融，字子华，越州山阴人。龙纪元年（889）及进士第，韦昭度讨蜀，表掌书记，累迁侍御史。乾宁二年（895）贬官荆南，依节度使成汭。次年冬召为左补阙，以礼部郎中召为翰林学士，迁中书舍人。昭宗反正，造次草诏，无不称旨，进户部侍郎。凤翔劫迁，吴融扈从不及，流寓阌乡。天复三年（903）召还翰林，迁承旨学士卒。有《唐英集》三卷，《全唐诗》编诗四卷。其《和陆拾遗题谏院松》与郑谷的《早入谏院二首》风格近似："落落孤松何处寻，月华西畔结根深。晓含仙掌三清露，晚上宫墙百雉阴。野鹤不归应有怨，白云高去太无心。碧岩秋涧休相望，捧日元须在禁林。"②

在上引晚唐谏官的诗歌中，我们只能感受到谏院衙门的幽深寂寥，以及谏官们安于现状、小心奉职、不敢有所作为的自足和忧惧心理，已经听不到元白讽喻诗慷慨激切的吟唱了。与此不同的是，从中唐谏官的诗文写作活动向前看，尚能发现贯穿在其中的谏诤传统及其对中唐谏官们的深刻影响。这一点，正是以往的学者们所反复论证和强调的。但是，话说回来，如果我们把目光扩展到这类诗文的相关背景，仍能感受到在谏诤传统承续的前提下，隐藏在中唐谏官们积极用世的豪情背后的一股潜流，那就是这种精神传统的沉重和另寻寄托的心理。从这一点看，中唐谏官的诗文与晚唐谏官的诗文就有了某种程度上的相通和近似之处③。下面以白居易为例略加说明。

白居易在他的讽喻诗《和答诗》十首其二《和阳城驿》中，曾经十分明确地表

---

① 郑谷：《早入谏院二首》，《全唐诗》卷六七五。
② 吴融：《和陆拾遗题谏院松》，《全唐诗》卷六八四。
③ 当然，二者从总体上来说区别还是明显的：中唐谏官诗文，就其个人来说，前期一般高昂踔厉，以天下为己任；后期受挫以后，多纵心自适，保身避祸。但是总的看来，诗文的感情基调还是快乐的——尽管有时候这种"乐"是着意寻找的，因而具有中唐国势复兴的风度。但是晚唐谏官诗文，更多的是呈现出残破的气象和幽暗清冷的意味，染上的是晚唐的没落色彩。

示过自己继承谏诤传统和直言进谏的决心："誓心除国蠹,决死犯天危。"① 在他看来,讽喻诗是他表达政治理想和"救济人病,裨补时阙"的一种补充,所以他不止一次强调"启奏之外,有可以救济人病,裨补时阙,而难于指言者,辄歌咏之,欲稍稍递进,闻于上"②,"当其在近职时,自惟贱陋,非次宠擢,夙夜腼愧,思有以称之。性又愚昧,不识时之忌讳。凡直奏密启外,有合方便闻于上者,稍以歌诗导之。意者,欲其易入而深诫也"③。白居易用写奏章的方式写诗,写诗时甚至比奏章更加激烈,如《轻肥》("是岁江南旱,衢州人食人!")、《红线毯》("地不知寒人要暖,少夺人衣作地衣!")之类。他把汉儒关于《诗经》美刺的说法用到自己的创作中来,不仅刺,还美,如《道州民》,主题就是"美臣遇明主也"。可以说,谏诤意识、《诗经》的美刺传统以及汉乐府缘事而发传统的结合,造就了白居易。

白居易在翰林学士院时,并不是只写讽喻诗,也写过一些闲适诗和杂律诗。如《代书诗一百韵寄微之》,此诗作于元和五年(810),到达元稹手中时,元稹因与宦官争厅被贬,已经抵达江陵士曹参军任。诗中回顾了自己和元稹一道在台谏任上"摧强御"的经历,慨叹元稹被贬后自己人单力孤,难以顶住千钧的压力。此时他已经在左拾遗任上期满,自请为京兆府户曹参军,依前充翰林学士。虽然比左拾遗在实际利益上得到了好处,但对于"常憎持禄位,不拟保妻儿。养勇当除恶,输忠在灭私"④ 的白居易来说,谏官名分的丧失,对他的政治热情无疑是一次重大的打击。他在《初除户曹喜而言志》诗中说:"我有平生志,醉后为君陈。人生百岁期,七十有几人?浮荣及虚位,皆是身之宾。惟有衣与食,此事粗关身。苟免饥寒外,余物尽浮云。"⑤ 这是他的"言志"的内容。而所谓"喜"的内容,对于白居易来说,仅仅是"感恩"一层;而且还是"非为己",是为了"养禄及吾亲"。从整篇诗看,白居易的心情是失落的。从这里,我们不难把握到谏诤传统变奏的弦外之音。

除了白居易以外,中唐具有谏诤意识并形诸实际行动的士人还有很多,如上文曾经提到的韦温、独孤郁、独孤朗、张仲方、孔敏行、柳公权、宋申锡、韦仁实、刘敦

---

① 白居易:《和答诗》十首其二《和阳城驿》,《白居易集》卷二。
② 白居易:《与元九书》,《白居易集》卷四十五。
③ 白居易:《与杨虞卿书》,《白居易集》卷四十四。
④ 白居易:《与杨虞卿书》,《白居易集》卷四十四。
⑤ 白居易:《初除户曹喜而言志》,《白居易集》卷五。

儒、李景让、薛廷老、李绛、阳城等。其中常被称道的，如李绛尤其长于论事，《论任贤疏》《论朋党》《论谏臣》《论河北三镇及淮西事宜状》等皆诚贯理直，说切动人。对此刘禹锡在《唐故相国李公集纪》中给予了高度的评价："考其文至论事疏，感人肺腑，毛发皆耸。"① 又如，李德裕在穆宗初年做过翰林学士和翰林承旨学士，史载："德裕意在切谏，不欲斥言，托箴以尽意。《宵衣》，讽坐朝稀晚也；《正服》，讽服御乖异也；《罢献》，讽征求玩好也；《纳诲》，讽侮弃谠言也；《辨邪》，讽信任群小也；《防微》，讽轻出游幸也。帝虽不能尽用其言，命学士韦处厚殷勤答诏，颇嘉纳其心焉。"② 由此评价，可以推见中唐谏官之诗文的一般特点。

以上扼要论述了中唐谏官之诗文，那么诗文中的谏官或者具有谏官之实的中唐士人又是如何的情形呢？这里以白居易和刘蕡为例，略加说明。

先看元稹对白居易的评价。元稹与白居易唱和之作数量极多，其中涉及对白居易有关诗文评价的可举出《酬白乐天余思不尽加为六韵之作》《白氏长庆集序》等。《酬白乐天余思不尽加为六韵之作》描述了白居易的制诰谏论等文章在朝中的影响。而《白氏长庆集序》则描述了白居易与元稹的唱和诗即"元和诗"在民间广泛流传的盛况。相形之下，他们的讽喻诗和新乐府在民间的影响就逊色得多。从这里可以看出，所谓"元和已后，为文章则学奇诡于韩愈，学苦涩于樊宗师。歌行则学流荡于张籍。诗章则学矫激于孟郊，学浅切于白居易，学淫靡于元稹。俱名为元和体。大抵天宝之风尚党，大历之风尚荡，元和之风尚怪也"③。的确是时代风气的总结。不过，元稹在序中也指出，当时人们对白居易《贺雨》《秦中吟》等具有谏诤意识的作品，也还是给予了极高的评价，比之为《风》《骚》，这实际上已经具有儒家经典的意味了。

再看李商隐眼中的刘蕡以及后人对刘蕡的认同。刘蕡的成名，缘于他的那篇言辞激切的对策。由于该对策在当时产生了极大的震撼，史官们才会把刘蕡其人及其对策大书特书，终于使名义上不是谏官的刘蕡，实际上成了谏官的典范和楷模。《新唐书》卷一〇三载："蕡对后七年，有甘露之难。令狐楚、牛僧孺节度山南东西道，皆表蕡幕府，授秘书郎，以师礼礼之。而宦人深嫉蕡，诬以罪，贬柳州司户参军，卒。"

---

① 刘禹锡：《唐故相国李公集纪》，《刘禹锡集》卷十九，中华书局，1990。
② 《旧唐书》卷一七四《李德裕传》。
③ 李肇：《唐国史补》卷下，《唐国史补 因话录》。

在刘蕡生前，李商隐曾经同他有过交往，刘蕡沉冤而死之后，李商隐又有哭刘蕡组诗。在李商隐的眼中，刘蕡是师是友，更是屈原、贾谊精魂的再现。李商隐之后，罗衮于天复三年（903）上《请褒赠刘蕡疏》，奏请昭宗对刘蕡及其后代予以褒奖。到了元代，统治者正式给刘蕡授予谏议大夫的名号，并在其家乡昌平县建置谏议书院，供奉刘蕡。事见《元史》卷二十九《泰定纪一》："置谏议书院于昌平县，祀唐刘蕡"，及卷四十五《顺帝纪八》："褒封唐赠谏议大夫刘蕡为文节昌平侯。"至此，刘蕡终于在名义上得到了官方的承认。

论中唐"郎官"与文学

翰林学士是中唐时期活跃的新的社会角色，而作为传统社会角色的郎官，同样引人注目，其原因不外以下几端。

首先，郎官在人们心目中属于"清要"之官。所谓"清要"，意为职位清高尊贵，掌握枢要。宋人赵升《朝野述要》卷二《称谓》云："职慢位显谓之清，职紧位显谓之要，兼此二者，谓之清要。"①"郎官清要"之类的说法，在唐人诗文中每每出现。如韩愈的《永贞行》诗中，有"郎官清要为世称，荒郡迫野嗟可矜"句②，乃感慨刘禹锡坐交王叔文而遭远贬一事："郎官清要为世称"即指刘禹锡时为屯田员外郎，"荒郡迫野嗟可矜"则指刘禹锡因"二王八司马"事件远贬连州刺史。

其次，唐代许多著名的士人，无论是后来位极人臣的政治家，还是名播海内的经学家，特别是那些领一时风骚的文学家，他们大都有过郎官的任职经历。其中有的父子曾同做郎官，如李吉甫、李德裕父子和令狐楚、令狐绹父子；有的是兄弟同在郎署，如白居易、白行简兄弟。③ 大历十才子之一的卢纶，于贞元十三、十四年（797～798）之际，以其文名盛传而被德宗召入宫中唱和，结果"超拜户部郎中"。后来文宗亦好文学，尤重纶诗，尝问侍臣曰："《卢纶集》几卷？有子弟否？"李德裕答道："纶有四男，皆登进士第，今员外郎简能、侍御史简辞是也。"④ 其实，卢纶四子都曾在郎署任职，只不过李德裕在作上述对答的时候，卢简能兄弟或许没有同时在

---

① 赵升：《朝野述要》卷二《称谓》，文渊阁《四库全书》本。按：慢，轻；紧，重。另《旧唐书》卷一八五《李素立传》："素立寻丁忧，高祖令所司夺情授以七品清要官。所司拟雍州户曹参军，高祖曰：'此官要而不清。'又拟秘书郎，高祖曰：'此官清而不要。'遂授侍御史，高祖曰：'此官清而复要。'"可见，清要官均在七品以上。

② 钱仲联：《韩昌黎诗系年集释》卷三，上海古籍出版社，1984。

③ 《唐会要》卷五十七"尚书省诸司上"记载了"叔父兄弟不许同省为郎官"的不成文规定，以及唐太宗对此"故事"的破例，同时强调了这种破例的"特别恩顾"的性质："故事，叔父兄弟不许同省为郎官，格令不载，亦无正敕。贞观二年十一月，韦叔谦除刑部员外郎，三年四月，韦季武除主爵郎中。其年七月，韦叔谐除库部郎中，太宗曰：'知卿兄弟并在尚书省，故授卿此官，欲成一家之美，无辞稍屈阶资也。'其后同省者甚多。近日非特恩除拜者，即相回避。"

④ 参见《旧唐书》卷一六三《卢简辞传》。

郎官任上而已。①卢纶四子不仅都曾做过郎官，而且简能子知猷做过兵部郎中、吏部郎中，简求子嗣业做过礼部郎中，汝弼做过祠部员外郎。祖孙三代如此"巧合"地历仕郎官，可以说是比较"极端"的例子了。于是，《旧唐书》的作者刘昫等不禁借史臣之口感叹道："卢简辞之昆仲，云拊水击，郁为鼎门，非德积庆钟，安能及此？辞人之后，不亦休哉！"除了耿沛、崔峒、李端以外，大历十才子中的其余七位都做过郎官，他们是卢纶、钱起、吉中孚、司空曙、苗发、韩翃、夏侯审。在大历年间领一时风骚的十才子中，有郎官经历者竟占了七成，这不能不说是值得特别注意和深入分析的现象。

最后，在唐代文人中，以郎官之职名被载入文学史的不乏其例。杜甫以检校工部员外郎而得"杜工部"之称自不待言；他如张籍，世称"张水部"，因为他做过水部员外郎和水部郎中；卢纶有《卢户部诗集》十卷，和他官至户部郎中的经历有关；白行简的文集更直接以《白郎中集》命名②，则是由于他在长庆年间累迁司门员外郎、主客员外郎、膳部郎中，至宝历元年转主客郎中并终于此任。

由于上述特点，唐代郎官的构成对于唐代士人来说，便具有了普遍的代表性。考察中唐郎官的活动，将会发现，不仅郎官的选任和迁转与当时的社会、政治、教育以及文化有着千丝万缕的联系，而且作为一种文人色彩十分浓厚的官吏，其本身及其活动即已构成了中唐政治生活和文化生活中的重要角色和不可忽视的重要力量。

一　郎官的选任及文人对郎官职务的热衷

郎官是尚书省郎中和员外郎的统称。唐代尚书省六部，除了尚书和侍郎为正副长官外，每部还分四司，另有左右二司，共二十六司，各司的正副长官即为郎中和员外

---

①　按《旧唐书》卷一六三《卢简辞传》，卢纶四子：长兄卢简能，弟简辞、弘正、简求。简能"太和九年，由驾部员外检校司封郎中"。简辞"长庆末，入朝为监察，转侍御史"，宝历中，"以监察贪污坐赃案件有功，"寻转考功员外郎，转郎中"。弘正"太和中……三迁兵部郎中、给事中"。简求"牛僧孺镇襄汉，辟为观察判官。入为水部、户部二员外郎。会昌末……入为吏部员外，转本司郎中，求为苏州刺史。据此，李德裕的对答当在文宗太和九年以前，此时卢简能已任驾部员外郎，而卢弘正还未任兵部郎中。不过，李德裕至少忽略了卢简辞此前还做过考功员外郎和考功郎中的事实。而元人辛文房《唐才子传》卷四"卢纶"条记李德裕的对答为"纶四子皆擢进士，仕在台阁"，或许是辛氏根据史实做了相应的改易。见傅璇琮主编《唐才子传校笺》卷四，中华书局，1989。

②　白居易《祭郎中弟文》："尔前后所著文章，吾自检寻编次，勒成二十卷，题为《白郎中集》。"顾学颉校点《白居易集》卷六十九，中华书局，1979。

郎。从位置上说，尚书省位于禁城南，故又称"南省"或"南宫"。尚书都堂居中，东有吏、户、礼部，由左司统之；西有兵、刑、工部，由右司统之。从品秩上说，郎中为从五品上，员外郎为从六品上。

郎官始置于战国，本为君主的侍从之官。秦代郎官的主要职能是宿卫宫殿，比如"指鹿为马"的赵高，在秦二世元年（前209）曾做过郎中令。《汉书》卷十九上《百官公卿表》载："郎中令，秦官，掌宫殿掖门户。"《续汉志》也说："凡郎官，皆主执戟宿卫也。"① 在这里，郎官即郎中，是郎中令的属官。如司马迁就曾做过郎中，当时的郎中令是李陵的祖父李广。"当时还没有考试制度，郎中实际上是官僚的候补和见习人员。通常有二千石大官的子弟担任，也有出钱捐职的，所谓'以赀为郎'。司马迁当属于后一种情况。"②《唐六典》卷一进一步述其源流、职能云："初，秦置郎中令，其属官有五官中郎将、左右中郎将，秩皆比二千石，是为三署。署中有中郎、侍郎、郎中。郎中秩比三百石，侍郎秩比四百石，中郎秩比六百石，并无员数，多至千人，分隶三署，主执戟宿卫宫殿门，出充车骑。"③

虽然郎官的职能历经各代而有所改易增补，但其作为皇帝近臣的性质却一直保留着。④

---

① 《后汉书》卷六十三唐章怀太子李贤注引。

② 徐朔方：《论〈史记〉》，《史汉论稿》，江苏古籍出版社，1984，第22~23页。

③ 李林甫等撰、陈仲夫点校《唐六典》卷一，中华书局，1992。

④ 关于唐前郎官的沿革，可参阅阎步克《乐师与史官：传统政治文化与政治制度论集》，生活·读书·新知三联书店，2001。这里稍作补充：

作为宿卫近臣，郎官具有接近君主的天然优势，因而一些士人尝试着经由此途去实现自己的政治抱负。比如带有先秦游士之风的李斯，就选择了投靠秦相吕不韦，先做舍人，后由吕氏"任以为郎"。于是，早已试图"西说秦王"、从而实现自己宏图大志的李斯，终于"因以得说"（《史记》卷八十七《李斯列传》）。又如赵高，在做郎中令时，即被秦二世"任用事"（《史记》卷六《秦始皇本纪》），等等。李斯和赵高后来都做到了秦相，在他们的政治生涯中，郎官经历的重要性显然是不可低估的。

到了汉代，郎官的作用有所扩展，已不局限于前朝的"执戟宿卫宫殿门，出充车骑"两项，而具有了"入奉宿卫，出牧百姓"（《后汉书》卷五十四《杨震列传》）的职能。比如汉代的皇帝亲军期门、羽林，在当时即属于郎官，有学者指出："它既是宿卫近臣，又是多级官吏的重要来源。史称：'长吏多出于郎官'（《汉书》卷五十六《董仲舒传》，按原文为'长吏多出于郎中、中郎'）。特别自西汉中期以后，这方面的事例尤为普遍。……武将如冯奉世、赵充国、甘延寿等外，还有不少政治家、外交家也都出自郎官。当时通过郎官制度不仅培养、选拔、储备了大批忠于汉室的人才，而且扩大了封建统治的基础，加强了中央集权的统治。"（黄今言：《汉代期门羽林考释》，《历史研究》1996年第2期。）随着时间的推移，郎官作为"宿卫近臣，又是多级官吏的重要来源"的特殊地位及其作用，便日益凸显了出来，以至于皇亲国戚的子弟也以做郎官为荣。东汉明帝时，光武帝的女儿馆陶公主为其子谋求郎官之职，明帝不许，而赐钱千万。事后，明帝向群臣解释道："郎官上应列宿，出宰百里，苟非其人，则民受其殃，是以难之。"（《后汉书》卷二《明帝纪》）

这一事例，除了说明郎官的重要性及其特殊地位外，还有两点值得注意：一是所谓"出宰百里"之说，即由郎官而外派为县令，影响至广，其后，"百里"、"百里长"、"百里宰"等，就成了县令的别名。（参见龚延明《中国历代职官别名研究》，《历史研究》1998年第6期）二是所谓（转下页注）

这一点在唐代士人的观念中可谓根深蒂固。如代宗时宰相元载专权，欲堵塞言路，颜真卿便上疏对代宗强调："诸司长官皆达官也，言皆专达于天子也。郎官、御史者，陛下腹心耳目之臣也。故其出使天下，事无巨细得失，皆令访察，回日奏闻，所以明四目、达四聪也。"① 这几乎可视为唐人关于郎官地位观念的代表。

唐代特别是中唐郎官的选任和迁转很有其特殊性，其间也折射出了中唐的时代特色。具体表现可归纳为如下几点。

1. 凡郎官均由皇帝亲授

唐制，五品以上官员的任命，由尚书省拟名，报中书门下省审议，再报皇帝制授。六品以下官即由吏部铨选，但员外郎却是个例外。也就是说，所有郎官，包括从五品上的郎中和从六品上的员外郎，均由皇帝亲自任命。

关于制授郎官的起始时间，史料上的记载有较大的出入。中唐时人刘肃在《大唐新语》卷十《厘革》中说："隋制，员外郎、监察御史亦吏部注诰词，即尚书侍郎为与之。自贞观已后，员外郎尽制受。"② 而《资治通鉴》卷二一一唐纪开元四年十二月则说："旧制，六品以下官皆委尚书省奏拟，是岁，始制员外郎、御史、起居、遗、补不拟。"胡三省注云："员外郎、起居、遗、补，皆台省要官，由人主亲除，不由吏部奏拟。"两条材料的时间断限相距甚远，前者语焉不详，只是说在贞观以

(接上页注④)"上应列宿"之说，对后代文人思想感情的影响更为深远，成为后代诗文中比喻郎官的出典。《太平御览》卷二一五"总叙尚书郎"云："《汉书》曰：南宫二十五星，应台郎位，故明帝曰：'郎官上应列宿。'即此也。"（《太平御览》卷二一五"总叙尚书郎"条，文渊阁《四库全书》本）

郎官从侍卫之官向行政官员的转变也自东汉开始。东汉以尚书台为政务中枢，分曹设立尚书郎，是为尚书各曹司官之始。而尚书郎的选任也来自于郎中，《晋书》卷二十四《职官》云："尚书郎，西汉旧置四人，以分掌尚书。其一人主匈奴单于营部，一人主羌夷吏民，一人主户口垦田，一人主财帛委输。及光武分尚书为六曹之后，合置三十四人，秩四百石，并左右丞为三十六人。郎主作文书起草，更直五日于建礼门内。尚书郎初从三署诣台试，守尚书郎，中岁满称尚书郎，三年称侍郎，选有吏能者为之。"汉光武帝所设六曹三十六郎，史阙其名，而魏晋以来各部名目及其沿革，则十分详细和明确。大抵魏有二十五曹，西晋有三十五曹，东晋先后设十五、十九、二十曹，齐因之，梁二十三曹，陈二十一曹，后魏增至三十六曹，北齐二十八曹，隋开皇初设二十八曹，炀帝对其又有改易，至《唐六典》的撰写年代唐玄宗开元年间基本定型（参见《唐六典》卷一"尚书都省"），以后各代延展。

与此相关的是郎官地位的提升。唐初李百药在《隋故益州总管府司马裴君碑铭》中即有如下的认识："魏晋以还，台郎显要。"（李百药：《隋故益州总管府司马裴君碑铭》，《全唐文》卷一四三，中华书局 1983 年影印本）唐开国以来修史数部，其中门阀观念颇重的《南史》有云："郎有杖起自后汉。尔时郎官位卑，亲主文案与令史不异，故郎三十五人，令史二十人，是以古人多耻为此职。自魏晋以来，郎官稍重，今方参用高华，吏部又近于通贵。"（《南史》卷十八《萧思话传》附《惠开从子琛传》）凡此，都可见出郎官在唐人心目中的地位。

① 《旧唐书》卷一二八《颜真卿传》。
② 刘肃：《大唐新语》。

后，后者则明确断在开元四年。据有关制诏的内容推算，我们至少可以断定《资治通鉴》的说法存在问题。如苏颋的《授裴耀卿检校考功员外郎制》①，开篇即有"朝散大夫行河南府士曹参军裴耀卿"的字样。按据两《唐书》本传，裴耀卿于武则天长安初年拜长安令，此前为河南府士曹参军。可见裴被制授检校考功员外郎当在任河南府士曹参军之后、长安令之前；也就是说，他在开元四年之前已经被制授检校考功员外郎。又李峤有《授崔玄晔库部员外郎制》②，这里的制授对象是崔玄晔，《旧唐书》卷九十一本传称其"龙朔中，举明经，累补库部员外郎。……寻授天官郎中，迁凤阁舍人。长安元年，超拜天官侍郎"。这也是开元四年前制授郎官的实例。不过，制授郎官的情况在开元以前并不多见，这倒也是事实。

2. 郎官的过渡性

郎官或由郡丞迁授，或由州刺史低授，意味着郎官在唐代士人的政治生涯中，只是一个过渡和跳板。例如白居易《衢州刺史郑群可库部郎中，齐州刺史张士阶可祠部郎中同制》：

> 今之正郎，班望颇重，中外要职，多由是迁；故其所选，不得不慎，必循名实，而后命之。群与士阶，久典名郡，谨身化下，有循吏之风，会课陟明，宜当是选。③

上引材料，是由州刺史低授为郎官的例子。按唐外州刺史的品阶，上州是从三品，中州是正四品上，下州是正四品下④，都比从五品上的郎中和从六品上的员外郎品阶高。由低而高的升迁易于接受和理解，而品秩由高而低的改授，显然含有地位特殊的意味在内，同时也说明了郎官的过渡性特征，否则就难以理解身为正五品下的太子中允李林甫，为什么要去谋求做从五品上的司门郎中了。⑤

正因为郎官具有过渡性的特征，所以迟迟得不到郎位，或者久居郎位而不迁，便会自然而然地引发出某种尴尬以至牢骚。元和十五年（820）夏，年已四十八岁的白居易被召回做刑部司门员外郎。是年底，迁为主客郎中、知制诰，有《初除主客郎

---

① 见《文苑英华》卷三九一《中书制诰》一二南省七，中华书局，1966 年影印本。
② 见《文苑英华》卷三九一《中书制诰》一二南省七，中华书局，1966 年影印本。
③ 《白居易集》卷五十一。
④ 参见《唐六典》卷三十"上州中州下州官吏"。
⑤ 《旧唐书》卷一一六《李林甫传》："李林甫求为司门郎中，乾曜曰：'郎官须有素行才望高者，哥奴岂是郎官耶？'"按，哥奴乃林甫小字。

中知制诰，与王十一、李七、元九三舍人中书同宿，话旧感怀》诗："闲宵静语喜还悲，聚散穷通不自知。已分云泥行异路，忽惊鸡鹤宿同枝。紫垣曹署荣华地，白发郎官老丑时。莫怪不如君气味，此中来校十年迟！"① 元和十年（815）秋，身为太子左赞善大夫的白居易上书请求急捕刺杀宰相武元衡的凶手，执政恶其越职言事，被贬江州司马，十三年（818）冬转忠州刺史。经历了五六年的贬谪磨难之后，再次回到朝廷，与同僚王起、李宗闵及故友元稹重聚，诗人悲喜交集：悲的是昔日与同僚故友数年"云泥行异路"，喜的是如今再度"鸡鹤宿同枝"。然而鸡鹤毕竟不同，所以就有了"紫垣曹署荣华地，白发郎官老丑时"的迟暮之嗟。郎官所处的"紫垣曹署"固然是荣华之地，但"白发老丑"的颓态，却不能不让人感到仕途坎坷的尴尬。而这种尴尬以至牢骚，在刘禹锡的《元和十年自朗州承召至京戏赠看花诸君子》（诗云："紫陌红尘拂面来，无人不道看花回。玄都观里桃千树，尽是刘郎去后栽。"）、《再游玄都观绝句》（小序云："余贞元二十一年为屯田员外郎，时此观未有花。是岁，出牧连州，寻贬朗州司马。居十年，召至京师，人人皆言有道士手植仙桃，满观如红霞，遂有前篇以志一时之事。旋又出牧，于今十有四年，复为主客郎中。重游玄都观，荡然无复一树，唯兔葵燕麦动摇于春风耳。因再题二十八字，以俟后游。时大和二年三月。"诗云："百亩庭中半是苔，桃花净尽菜花开。种桃道士归何处，前度刘郎今又来。"）二诗中，则表现得更加淋漓尽致。关于这类诗歌，后面还将提到。

3. 郎官的选任向注重文才倾斜

张广达先生在《论唐代的吏》一文中指出："就社会传统观念而言，就隋唐时代统治阶级的既得利益和控制政权的需要而言，干练的胥隶还不能大踏步地走入官人行列。他们备受轻视，正是由魏晋南北朝封建贵族社会向宋代封建官僚社会过渡时期的必然现象。"② 官与吏的分途以及清流与浊品的分别，在中唐时代仍然是十分清晰的，只不过其划分标准已主要不取决于门第高下，而取决于科举出身了。所以，能够从芸芸布衣和数百十倍于官的吏中脱颖而出，进入郎官这一清流阶层，对中唐士人的政治生涯而言，其意义是十分重大的：因为它不仅是一个向上的跳板，而且其本身便是一个质的飞跃。在下面的例子中，可以看出中唐郎官选任的标准

---

① 《白居易集》卷十九。
② 张广达：《论唐代的吏》，《北京大学学报》1989 年第 2 期。

也在经历着某种变迁，开始逐渐打破传统既定的清浊品阶界限，而向注重个人才能的一端倾斜。

《唐语林》卷六载："韦温迁右丞。文宗时，姚勖按大狱，帝以为能，擢职方员外郎。温上言：'郎官清选，不可赏能吏。'帝问故，杨嗣复对曰：'勖，名臣后，治行无疵。若吏才干而不入清选，他日孰肯当剧事者？此衰晋风，不可以法。'"① 同一史实，《旧唐书》卷一六八《韦温传》的记载略有不同：

> 盐铁判官姚勖知河阴院，尝雪冤狱。盐铁使崔珙奏加酬奖，乃令权知职方员外郎。制出，令勖上省。温执奏曰："国朝已来，郎官最为清选，不可以赏能吏。"上令中使宣谕，言勖能官，且放入省。温坚执不奉诏，乃改勖检校礼部郎中。翌日，帝谓杨嗣复曰："韦温不放姚勖入省，有故事否？"嗣复对曰："韦温志在铨择清流。然姚勖士行无玷，梁公元崇之孙，自殿中判盐铁案，陛下奖之，宜也。若人有吏能，不入清流，孰为陛下当烦剧者？此衰晋之风也。"上素重温，亦不夺其操，出为陕虢观察使。

韦温的做法是沿袭故事，"志在铨择清流"，但他所固守的清浊观念，在当时已被目为"衰晋之风"。可见，至少到了中唐，郎官的选任标准与注重清流出身的前代有了区别。姚勖最终被选任为检校礼部郎中，而坚持"铨择清流"的韦温则被出为陕虢观察使，说明这种变迁确确实实地发生了。

在打破传统既定的清浊品阶界限的同时，郎官的选任还特别注重对象的人品和文学才能，从而导致许多文学之士或通过科举之路进身的士人涌入郎官阶层，这同样是具有中唐时代特色的。任命郎官的制文对此有明确的表述，如常衮《授苗发都官员外郎制》：

> 朝散大夫前守秘书丞龙门县开国男苗发：德厚流光，相门才子，代重一经之业，家承万石之风。理诣精微，行归纯至，丽以文藻，振以英华，端其诚而有恒，敏于事而兼适。早登学省，用汰儒流，丧纪外除，素冠未改。弟兄有裕，清论多

① 王谠撰，周勋初校证《唐语林校证》，中华书局，1987。

293

之，处以弥纶之职，当兹俊茂之选。可行尚书都官员外郎，赐绯鱼袋，散官封如故。①

苗发是肃宗宰相苗晋卿之子，靠门荫得以入仕，在当时很有诗名，为大历十才子之一。苗晋卿也工诗善文，大诗人王维在《魏郡太守河北采访处置使上党苗公德政碑》中，甚至把苗晋卿与鲍照、谢朓相提并论，对其文学成就给予极高的评价："时人以为鲍参军、谢吏部为更生云。"② 由此看来，"文学世家"和"相门才子"的名声，恐怕是苗发被选任为员外郎的重要原因。柳宗元曾撰《先君石表阴先友记》，列举了其父柳镇的六十八位朋友，其中包括"文学益健"的吏部郎中柳冕、"有文章"的兵部郎中杨凝，以及"最能为文"而"卒赠礼部郎中"的梁肃、"风流有文词"的都官员外郎李益等③。从柳宗元的记述看，他们的被选任为郎官，也都和其自身的文学才能，特别是在当时的文名有这样或那样的关系。至于前述卢纶因文名彰显被召入宫中，"超拜户部郎中"一例，则更为典型地说明了郎官的选任与文学才能的密切关系。

中唐时期为什么特别强调郎官人选的文学才能呢？我们从白居易起草的《张籍可水部员外郎制》中，或许能够找到部分答案：

> 登仕郎守国子博士张籍：文教兴则儒行显，王泽流则歌诗作。若上以张教流泽为意，则服儒业诗者，宜稍进之。顷籍自校秘文而训国胄，今又核名揣称，以水曹郎处焉。前年以来，凡历文雅之选三矣，然人皆以尔为宜。岂非笃于学，敏于行，而贞退之道胜邪？与之宠名者，可以奖夫不汲汲于时者。可守尚书水部员外郎，散官、勋如故。④

这简直是把儒家诗教的那一套理论当作选人依据，搬到选官程序中去了。"文教兴则儒行显，王泽流则歌诗作。若上以张教流泽为意，则服儒业诗者，宜稍进之"，以此为选人依据，真可谓旗帜鲜明。而这种明确的提法，在中唐以前的确

---

① 常衮：《授苗发都官员外郎制》，《全唐文》卷四一一。
② 赵殿成：《王右丞集笺注》卷二十二，上海古籍出版社，1984。
③ 吴文治校点《柳宗元集》卷十二，中华书局，1979。
④ 白居易：《张籍可水部员外郎制》，《白居易集》卷四十九。

是难以见到的。其背景或前提大概可归纳为以下四条：一是科举之路成为士人进入仕途的主要途径，二是科举重进士，三是进士重文学，四是中唐时期进士科已成为"士林华选"①。有了以上背景或前提，郎官的选任注重对象的文学才能，从而具有中唐的时代特征，也就在情理之中了。

4. 郎官的迁转与唐代士人对郎官之职的热切追求

郎官在士人从科举到入仕、从地方到中央、从低秩到高秩的地位迁转过程中，是一个十分重要的纽带和过渡。其要点正如权德舆《司门员外郎壁记》所强调的："盖宗公贵仕，多由此途出，所以储明才、练官业，必于是焉。"② 代宗永泰年间，颁布过这样的敕令："郎中得任中州刺史，员外郎得任下州刺史，用崇岳牧之任，兼择台郎之能。"③ 上文说过，唐外州刺史的品阶，上州是从三品，中州是正四品上，下州是正四品下。自郎中的从五品上到中州刺史的正四品上，自员外郎的从六品上到下州刺史的正四品下，其间升迁的幅度是非常可观的。统治者这样做的本意，是为了抬高地方刺史的地位，并发挥台郎的才能，所谓"崇岳牧之任，兼择台郎之能"，但在一定程度上，却造成了唐代士人对郎官之职的热切追求。其间的某些心态，颇有值得玩味之处。

如《大唐新语》卷十三《谐谑》云：

> 晋宋以还，尚书始置员外郎分判曹事。国朝弥重其迁。旧例：郎中不历员外郎拜者，谓之"土山头果毅"。言其不历清资，便拜高品，有似长征兵士，便得边远果毅也。景龙中，赵谦光自彭州司马入为大理正，迁户部郎中。贺遂涉时为员外，戏咏之曰："员外由来美，郎中望不优。谁言粉署里，翻作土山头。"谦光酬之曰："锦帐随情设，金炉任意薰。唯愁员外署，不应列星文。"④

---

① 沈既济《词科论》概括进士科盛况云："太平君子，唯门调户选，征文射策，以取禄位。此行已立，身之美者也。父教其子，兄教其弟，无所易业。大者登台阁，小者任郡县，资身奉家，各得其足。五尺童子，耻不言文墨焉。是以进士为士林华选，四方观听，希其风采。每岁得第之人，不浃辰而周闻天下。故忠贤隽彦韬才毓行者，咸出于是，而桀奸无良者或有焉。故是非相陵，毁称相腾，或扇结钩党，私为盟歃，以取科第而声名动天下；或钩摭隐匿，嘲为篇咏，以列于道路。迭相谈訾，无所不至焉。"《全唐文》卷四六七。又封演《封氏闻见记》卷三《贡举》："当代以进士登科为登龙门，解褐多拜清紧，十数年间，拟迹庙堂。"文渊阁《四库全书》本。
② 《权载之文集》卷三十一，《四部丛刊》本。
③ 永泰二年四月敕，《唐会要》卷六十八《刺史上》。
④ 刘肃著，许德楠、李鼎霞点校，《大唐新语》，中华书局，1984。

又如，白居易有《喜张十八博士除水部员外郎》诗："老何殁后吟声绝，虽有郎官不爱诗。无复篇章传道路，空留风月在曹司。长嗟博士官犹屈，亦恐骚人道渐衰。今日闻君除水部，喜于身得省郎时。"①长庆二年（822），白居易的友人张籍自国子博士迁水部员外郎。后者属于郎官中的所谓"后行"②，是"闲简无事"之官，官品不但没有提升，反而从正五品上降至从六品上（张籍是守尚书水部员外郎，所以散官、勋一如其故）。尽管如此，白居易不但表示了由衷的欣喜之情，而且特别强调"今日闻君除水部，喜于身得省郎时"，即比自己当初得到郎官时还要高兴。应该说，这种心情是有代表性的，是当时士人的一种普遍的心声。"长嗟博士官犹屈，亦恐骚人道渐衰"，在这里，白居易一方面是为自己得到一个志同道合的同僚而高兴，另一方面，也揭示了"骚人之道"的发扬还需依凭相当的社会地位，所谓"居高声自远"③，意同此类。所以，从这个意义上来说，这种对郎官之职热切追求的风气，对于中唐的士风，进而对于这个时期的文风，都有不可忽视的影响。

这里还有几点需要做补充说明。

第一，郎官在唐人心目中的地位是比较特殊的。郎官的文人色彩颇为浓重：不仅郎官本身如此，还往往旁及与郎官有关的一些名物如"郎官湖"等。"郎官湖"的由来，始于尚书郎张谓等邀请李白宴饮，并请李白给江城南湖命名赋诗的故事。李白《泛沔州城南郎官湖》诗序称："乾元岁秋八月，白迁于夜郎，遇故人尚书郎张谓出使夏口。沔州牧杜公、汉阳宰王公，舣于江城之南湖，乐天下之再平也。方夜水月如练，清光可掇，张公殊有胜慨，四望超然，乃顾白曰：'此湖古来贤豪游者非一，而枉践佳景，寂寥无闻，夫子可为我标之嘉名，以传不朽。'白因举酒酹水，号之曰'郎官湖'，亦由郑圃之有仆射陂也。席上文士辅翼岑静以为知言，乃命赋诗纪事，刻石湖侧，将与大别山共相磨灭焉。"李白诗曰：

---

① 《白居易集》卷十九。
② 《太平广记》卷二五〇引韦述《两京新记》："尚书郎，自两汉已后，妙选其人。唐武德、贞观已来，尤重其职。吏、兵部为前行，最为要剧。自后行改入，皆为美选。考功员外专掌试贡举人，员外郎之最望者。司门、都门、屯田、虞、水、膳部、主客，皆在后行，闲简无事，时人语曰：'司门、水部，入省不数。'角抵之戏，有假作吏部令史与水部令史相逢，忽然俱倒，良久起云：'冷热相激，遂成此疾。'先天中，王上客为侍御史，自以才望清雅，妙当入省，常望前行，忽除膳部员外郎，微有怅惋。吏部郎中张敬忠戏咏之曰：'有意嫌兵部，专心取考功。谁知脚跜蹿，几落省墙东。'膳部在省中最东北隅，故有此句。"
③ 虞世南：《蝉》，《全唐诗》卷三十六，中华书局1960年点校本。诗云："垂缕饮清露，流响出疏桐。居高声自远，非是藉秋风。"

张公多逸兴，共泛沔城隅。当时秋月好，不减武昌都。四座醉清光，为欢古来无。郎官爱此水，因号郎官湖。风流若未减，名与此山俱。①

张谓，字正言，河内（今河南沁阳）人，天宝二年（743）进士。《唐才子传》卷四载其事迹云："少读书嵩山。清才拔萃，泛览流观，不屈于权势。自矜奇骨，必谈笑封侯。二十四受辟，从戎营、朔十载，亭障间稍立功勋，以将军得罪，流滞蓟门。有以非辜雪之者，累官为礼部侍郎。无几何，出为潭州刺史。性嗜酒简淡，乐意湖山。工诗，格度严密，语致精深，多击节之音。今有集传于世。"② 应该说，张谓只是唐朝众多富有文才的士人之一，他与李白在江城南湖的宴饮，也不过是古代文人无数宴集中的一次而已，但偏偏李白就把南湖命名为"郎官湖"，从而创造了一个山水名胜和文学典故，张谓和南湖也因此留名后世。

值得一提的是，在有关张谓的生平事迹材料中，并无他做过郎官的正式记载③；而李白的命名和诗作，却特别突出了这一点，并把"郎官"与"逸兴"、"风流"等具有浓厚文人化色彩的字眼联系起来，表达了希望"郎官湖"能与"大别山"④"共相磨灭"的心情。李白的这一举动，可谓影响深远。从此，"郎官湖"就作为一个名胜和著名的典故，频频出现于后代的方志记载和诗文吟咏中⑤。而李白对郎官的强调以及后人对"郎官湖"的追述和吟咏这一事实本身，则表明了在他们的心目中，郎

① 《李太白全集》卷二十，中华书局，1977。
② 傅璇琮主编《唐才子传校笺》卷四。
③ 傅璇琮先生对《唐才子传》所记张谓事迹多有辨正，但于张谓"何时仕尚书郎，及尚书何曹"，乃告"均不得其详"。见傅璇琮主编《唐才子传校笺》卷四，第142页。陶敏先生补笺云："按《全唐诗》卷二三五贾至有《巴陵寄李二户部张十四礼部》诗，题注：'时贬岳州司马。'贾至乾元二年秋贬岳州，时张谓在尚书郎任。又《李太白全集》卷一七有《鲁郡尧祠送张十四游河北》诗。李白开元后期居东鲁，张谓时曾游河北（参原笺）。故二诗中张十四均当为谓，乾元中乃官礼部郎。李白序中'故人'二字，亦可得合理解释。"明确了张谓乾元年间曾为礼部郎官。见傅璇琮主编《唐才子传校笺·补正》卷四，中华书局，1995，第193页。按张谓后来于大历七年（772）、八年（773）、九年（774）以礼部侍郎知贡举，当又有升迁。见孟二冬《登科记考补正》卷十，燕山出版社，2003。
④ 陆游《入蜀记》卷三："汉阳负山带江，其南小山有僧寺者，大别山也，又有小别，谓之二别云。"文渊阁《四库全书》本。
⑤ 如《湖广通志》卷八十四载宋人蒋之奇《清光亭》诗："郑圃仆射陂，汉阳郎官湖。郎官何为名，张谓佩使符。泛舸江城南，乃与太白俱。明月一万顷，清光天下无。"文渊阁《四库全书》本。又《宋百家诗存》卷九有宋人郭祥正《追和李白郎官湖寄汉阳太守刘宜父》诗："迁客昔登览，愁烟颏四隅。身趋故郎道，心恋成郎都。此景古来好，此人今则无。空余秋夜月，素影湛平湖。便欲凌风去，酣歌与君俱。"文渊阁《四库全书》本。

官占据着一个特殊的地位。

李翱《祭杨仆射文》云："贞元中岁，公既为郎，始获趋门，仰公之光。遂假荐言，幽蛰用彰。德惠之厚，殁身敢忘？"① 此文作于大和四年（830）杨於陵殁时。杨贞元八年（792）为膳部员外郎，转考功、吏部二员外后，又迁右司郎中，改吏部郎中。李翱贞元十四年（798）登进士第，或有杨的举荐之功，故这里说"遂假荐言，幽蛰用彰"。从此文的口气看，郎官在一般士人的眼中，是一个可望而又可即的追求目标，既可趋附以求举荐，又可以努力谋求，其过渡性在唐代士人的心目中是十分明显的。除了文人化色彩浓厚以外，郎官还被认作是文官中地位特殊的一群人，这从"郎位列宿"的典故及在唐代的用例可以看出。

"郎位列宿"的典故出处已如前述。在唐代诗文中，"郎位列宿"之类的用例可谓俯拾皆是。如卢照邻《同崔录事哭郑员外》："文学秋天远，郎官星位尊。"高适《酬裴员外以诗代书》："自从拜郎官，列宿焕天街。"杜甫《寄刘峡州伯华使君四十韵》："刺史诸侯贵，郎官列宿应。"孙逖《送李郎中赴京序》："夫居四民，时地利，周所以贵冬官；草奏议，应列宿，汉所以宠郎署。"② 在授予郎官的正式文件中，有关用例也频频出现。如贾至《授张寓兵部郎中邱据兵部员外郎制》："上应列宿，尚书郎所以称美也。"③ 又《授李岑工部员外郎制》："京兆府兵曹参军李岑，敏而好学，出言有章，累登甲乙之科，尝居匡辅之任。隽才利器，在邦必闻，俾振翮于仙署，用扬光于列宿。可工部员外郎。"④。

郎官之所以被认作是文官中地位特殊的一群人，一方面与传统的清浊观念有关，如前述韦温坚持"国朝已来，郎官最为清选，不可以赏能吏"；另一方面，也缘于这种观念在唐代的强调与强化。如《唐会要》卷五十八"尚书省诸司中"载开元五年四月九日敕："尚书郎皆是妙选"。又如白居易《张元夫可礼部员外郎制》："官有秩清而选妙者，其仪曹员外郎制谓乎？"⑤ 薛廷珪《授徐彦枢礼部员外郎制》："文昌列曹，代称清署，宗伯之重，时难厥官，其在外郎，选擢犹重，率多虚位，以待当才。"⑥ 正因为如此，崔嘏便在《授裴年司封郎中依前充职制》中把郎官和翰林学士

① 《李文公集》卷十六，《四部丛刊》本。
② 孙逖：《送李郎中赴京序》，《全唐文》卷三一二。
③ 贾至：《授张寓兵部郎中邱据兵部员外郎制》，《全唐文》卷三六六。
④ 贾至：《授李岑工部员外郎制》，《全唐文》卷三六六。
⑤ 《白居易集》卷四十九。仪曹即礼部。
⑥ 薛廷珪：《授徐彦枢礼部员外郎制》，《全唐文》卷八三七。

相提并论:"台郎望美,词苑地高。粲列宿之辉华,参起草之宥密。自非风仪玉立,器琮川停。摛挨天之雄文,蕴挪地之清韵,则不足以膺我妙选,为时美谈。"① 台郎指南省郎官,词苑即指翰林学士。

第二,由于郎官所在的尚书省是国家行政的执行机构,是国家机器赖以运转的重要组成部分,所以郎官的选任,可以说是吏治的关键所在,因而史书中留下了不少有关讨论的记录。

在唐代,围绕郎官话题展开的比较著名的讨论,一次发生在太宗贞观时期,一次发生在中宗朝。前一次见于《旧唐书》卷七十四《刘洎传》:

> 刘洎……贞观十五年上疏曰:尚书万几,寔为政本。伏寻此选,受授诚难。是以八座比于文昌,二丞方于管辖,爰至曹郎,上应列宿,苟非称职,窃位兴讥。伏见比来尚书省诏敕稽停,文案壅滞……将救兹弊,且宜精简四员。左右丞、左右司郎中如并得人,自然纲维略举,亦当矫正趋竞,岂唯息其稽滞哉!

后一次见于《旧唐书》卷九十二《萧至忠传》:

> 至忠上疏陈时政,曰:……顷者选曹授职,政事官人,或异才升,多非德进。皆因依贵要,互为粉饰,苟得即是,曾无远图,上下相蒙,谁肯言及?……昔汉馆陶公主为子求郎,明帝谓曰:"郎官上应列宿,出宰百里,苟非其人,则人受其殃。"赐钱十万而已。……当今列位已广,冗员倍多,祈求未厌,日月增数。陛下降不赀之泽,近戚有无涯之请,卖官利己,鬻法徇私。台寺之内,朱紫盈满,官秩益轻,恩赏弥数。俭利之辈,冒进而莫识廉隅;方雅之流,知难而敛分丘陇。才者莫用,用者不才,二事相形,十有其五。故人不效力而官匪其人,欲求其理,实亦难哉!

刘洎和萧至忠的上疏,都是针对当时中央官员队伍庞大、任人非贤、效率低下等问题而发的。从中可以看出,郎官的选任已经成为当时吏治的核心问题。

第三,从授予郎官的制诰来看,选任郎官的要求比较接近于进士录取标准,因而

---

① 崔嘏:《授裴年司封郎中依前充职制》,《全唐文》卷七二六。

二者存在着明显的连带关系。唐代进士科举考试和录取标准经历过一些变化，重经义策对，还是重诗赋辞藻的争论，从中唐一直持续到晚唐。比如在代宗朝，围绕着是否停止进士科和明经科的问题，就曾经发生过一场争论。宝应元年（763）六月，礼部侍郎杨绾上疏论贡举之弊，主张废止进士和明经科，由县令、刺史察举孝廉，送尚书省考试经义和对策。给事中李栖筠、尚书左丞贾至等对此积极赞同，而宰臣和翰林学士等则强调"举人旧业已成，难于速改"、"进士行来已久，遽废之，恐人失业"①。由于遭到强烈反对，最终杨绾等改革科举取士的建议被搁置起来。② 大和七年（833），文宗"患近世文士不通经术，李德裕请依杨绾议，进士试论议，不试诗赋"③，但仅仅实行了不到一年，李德裕罢相后，就又恢复了诗赋取士。

无论是考经义对策，还是考诗赋，对举子和郎官在文翰和辞藻方面的禀赋，都有一致的要求，只是争论双方强调的侧重点不同而已。如常衮是进士科的积极倡导者，其《授苗发都官员外郎制》曰："理诣精微，行归纯至，丽以文藻，振以英华。"④又《授崔殷刑部员外郎制》："词华绚丽，台郎高选，清论恰于朝伦。"⑤ 贾至主张改革科举，其《授韦少游祠部员外郎等制》曰："左补阙直文馆韦少游，修词懿文，终温且惠；守右监门卫胄曹参军许登，振藻扬采，穆如清风。并藏器于身，陈力就列。南宫郎位，是登柱史之才；左禁谏臣，方求折槛之直。少游可检校祠部员外郎，登可右拾遗。"⑥

虽然进士科举的总体格局没有改变，但是进士录取标准的改革却实际发生了。进士录取标准的改革，突出地体现了中唐的时代特色：当时的政治家和文人，已经开始反思安史之乱在吏治方面的诱因⑦，并试图从士风和文风着手革除积弊。杨绾、贾至等改革科举的建议，中唐古文运动的先驱如元结、独孤及、梁肃、柳冕等改革文风的努力，都或明或暗地指向这一目标。而作为与进士科举有连带关系的郎官选任，也随着进士科举考试和录取标准的变迁，体现了中唐的时代特色。

---

① 《旧唐书》卷一一九《杨绾传》。
② 详见吴宗国《唐代科举制度研究》第七章《进士科举考试和录取标准的变化》，辽宁大学出版社，1997。
③ 《资治通鉴》卷二四四文宗大和七年七月。
④ 常衮：《授苗发都官员外郎制》，《全唐文》卷四一一。
⑤ 常衮：《授崔殷刑部员外郎制》，《全唐文》卷四一一。
⑥ 贾至：《授韦少游祠部员外郎等制》，《全唐文》卷三六六。
⑦ 参见贾至《议杨绾条奏贡举疏》，《全唐文》卷三六八。

二 郎官在中唐社会文化方面的重要作用

由上述可见，作为一个类别的社会角色和数量庞大的官僚群体，郎官在唐代、特别是中唐时所发挥的作用是不可忽视的。鉴于郎官的数量十分庞大，本文在这里只能结合中唐郎官的活动，举例加以说明。

郎官发挥其作用的途径，大致可分为三种：一是由郎官组成的文人集团所发挥的作用，二是郎官本身的职事所发挥的作用，三是郎官个人所发挥的作用。试分述之。

其一，郎官形成文人集团的可能性和现实基础是显而易见的：同年、同门、同任台郎或同一官秩层次的郎官之间，容易相互认同。但史书中作正面记述的不多，如果有记载，则多少会和朋党之类的嫌疑牵扯上。如《旧唐书》卷十六《穆宗纪》长庆元年（821）十二月载："贬员外郎独孤朗韶州刺史，起居舍人温造朗州刺史，司勋员外郎李肇澧州刺史，刑部员外郎王镒郢州刺史，坐与李景俭于史馆同饮，景俭乘醉见宰相谩骂故也。兵部郎中知制诰冯宿、库部郎中知制诰杨嗣复各罚一季俸料，亦坐与景俭同饮，然先起，不贬官。"白居易当时是中书舍人，认为问题的性质并不严重，朝廷的责罚过苛，打击面太大，曾上《论左降独孤朗等状》为其辩护①，其实就是要避免穆宗作出这些郎官有朋党之嫌的判定。

但是由于种种因素，在郎官阶层内部也会不可避免地形成不同的政治分野和利益集团。如德宗时，王仲舒等郎官每日歌酒会聚，过从甚密，在当时令人侧目，被视为朋党。与他们形成对照的李藩，当时是秘书省的一个秘书郎，因为名气大②，王仲舒等想拉他入伙，被其拒绝。③ 后来李藩也成为郎官，并一直做到宰相④。从李

---

① 《论左降独孤朗等状》，《白居易集》卷六十。白居易把独孤朗等人出官词头封还，并为其辩护，结果是疏入不报。

② 《旧唐书》卷一四八《李藩传》记载李藩事迹，颇富传奇色彩。

③ 《旧唐书》卷一四八《李藩传》载："王仲舒、韦成季、吕洞辈为郎官，朋党辉赫，日会聚歌酒。慕藩名，强致同会，藩不得已一至。仲舒辈好为讪语俳戏，后召藩，坚不去，曰：'吾与仲舒辈终日，不晓所与言何也。'后果败。（李藩）迁主客员外郎，寻换右司。"

④ 《旧唐书》卷一四八《李藩传》："藩寻改吏部员外郎。元和初，迁吏部郎中，掌曹事，为使所蔽，滥用官阙，黜为著作郎。转国子司业，迁给事中。制敕有不可，遂于黄敕后批之。吏曰：'宜别连白纸。'藩曰：'别以白纸，是文状，岂曰批敕耶！'裴垍言于帝，以为有宰相器，属郑絪罢免，遂拜藩门下侍郎、同平章事。藩性忠荩，事无不言，上重之，以为无隐。……藩为相材能不及裴垍，孤峻颇后韦贯之，然人物清规，亦其流也。"

藩拒绝王仲舒等人的理由看，他们之间的分野似乎还谈不上是政治的分野，至多是品性和处事的差异。从"郎官相轻"① 这一俗语在当时流行来看，类似的事情当不少见。至于贞元十九年（803）王仲舒等郎官被逐的原因，则显然与他们同王叔文、韦执谊的政治分野直接相关了。据《旧唐书》卷一三五《韦执谊传》记载：

> 德宗载诞日，皇太子献佛像，德宗命执谊为画像赞，上令太子赐执谊缣帛以酬之。执谊至东宫谢太子，卒然无以藉言，太子因曰："学士知王叔文乎？彼伟才也。"执谊因是与叔文交甚密。俄丁母忧，服阙，起为南宫郎。德宗时，召入禁中。初，贞元十九年，补阙张正一因上书言事得召见，王仲舒、韦成季、刘伯刍、裴茝、常仲孺、吕洞等以尝同官相善，以正一得召见，偕往贺之。或告执谊曰："正一等上疏论君与王叔文朋党事。"执谊信然之，因召对，奏曰："韦成季等朋聚觊望。"德宗令金吾伺之，得其相过从饮食数度，于是尽逐成季等六七人，当时莫测其由。

韦执谊后来得到王叔文的引荐，做到顺宗朝的宰相。但他当时（贞元十九年）也只是一个吏部郎中②，因与王叔文交往甚密，而与王仲舒、韦成季等郎官发生冲突（很可能王仲舒等并没有议论韦执谊与王叔文朋党事，而是有人从中挑拨，但韦执谊和王叔文却信以为真了③）。由于韦执谊得到恩遇，又告状在先，这场郎官之间的内部争斗，终于以王仲舒等人被逐出朝廷而告终。

其二，郎官的职事，有轻有重，因而有所谓"前行"、"中行"、"后行"之分。《太平广记》卷二五〇引韦述《两京新记》云：

① 李肇《唐国史补》卷下："台中……务苛礼，省中多事，旨趣不一。故言：……郎官相轻。"见《唐国史补 因话录》，上海古籍出版社，1979。

② 劳格、赵钺《唐尚书省郎官石柱题名考》卷三"吏部郎中"有韦执谊题名。岑仲勉《翰林学士壁记注补》："《旧唐书》传云：'俄丁母忧，服阙，起为南宫郎。'若以《郎官柱》吏中之次序推之，执谊官吏中当在贞元十九年。"收入岑仲勉《郎官石柱题名新考订》（外三种），上海古籍出版社，1984。

③ 韩愈《顺宗实录》卷五："贞元十九年，补阙张正买（按'买'当作'一'）为疏谏他事，得召见。正买与王仲舒、刘伯刍、裴茝、常仲孺、吕洞相善，数游止。正买得召见，诸往来者皆往贺之。有与之不善者，告叔文、执谊云：'正买疏似论君朋党事，宜少诫！'执谊、叔文信之。执谊尝为翰林学士，父死罢官，此时虽为散郎，以恩时时召入问外事。执谊因言成季等朋燕聚游无度，皆遣斥之，人莫知其由。"马其昶校注，马茂元整理《韩昌黎文集校注·文外集》下卷，上海古籍出版社，1987。

尚书郎，自两汉已后，妙选其人。唐武德、贞观已来，尤重其职。吏、兵部为前行，最为要剧。自后行改入，皆为美选。考功员外专掌试贡举人，员外郎之最望者。司门、都门（官）、屯田、虞、水、膳部、主客，皆在后行，闲简无事，时人语曰："司门、水部，入省不数。"角抵之戏，有假作吏部令史与水部令史相逢，忽然俱倒，良久起云："冷热相激，遂成此疾。"先天中，王上客为侍御史，自以才望清雅，妙当入省，常望前行，忽除膳部员外郎，微有怅惋。吏部郎中张敬忠戏咏之曰："有意嫌兵部，专心取考功。谁知脚踜蹬，几落省墙东。"膳部在省中最东北隅，故有此句。①

这里已经分出"前行"和"后行"。《通典》卷二十三《职官五》云："尚书六曹，吏部、兵部为前行，户、刑为中行，礼、工为后行。其官属自后行迁入二部者以为美。自魏晋以来，凡吏部官属，悉高于诸曹，其选举皆尚书主之。"② 在"前行"和"后行"之间分出"中行"。又清人钱大昕《十驾斋养新录》卷十"前行中行后行、头司子司"条云："唐宋制，六部有前行、中行、后行三等，而廿四司有头司、子司之称。《唐会要》：故事，以兵、吏及左右司为前行；刑户为中行；工礼为后行。每行各管四司，而以本行名为头司，余为子司。（原注：如吏部为头司，司勋、司封、考功为子司。五部皆仿此。）"③ 前行郎官炙手可热，后行郎官则往往被人冷落，如《旧唐书》卷一七七《毕诚传》所说："故事，势门子弟鄙仓、驾二曹，居之者不悦。"仓、驾二曹被视为"后行"，故为势门弟子所鄙，居之者不悦。

上述材料都提示了吏部地位的重要性。关于这一点，白居易有《授卢懿吏部郎中制》："六官之属，升降随时，独吏部郎班秩加诸曹之右，历代迄今，未尝改也。"④ 又有《除李建吏部员外郎制》："六官之属，选部郎首之。"⑤ 也对吏部的地位加以强调。

吏部地位的重要性是由其职事的性质决定的。《唐六典》卷二《尚书吏部》载：

① 《太平广记》卷二五〇，中华书局，1961。
② 杜佑：《通典》，中华书局1984年影印本。
③ 钱大昕著，陈文和、孙显军校点《十驾斋养新录》卷十，江苏古籍出版社，2000。
④ 《白居易集》外集卷下。
⑤ 《白居易集》卷五十五。

吏部"掌天下官吏选授、勋封、考课之政令"①。关于中唐文人在吏部郎官任上的活动及其作用,这里试举一例说明。

大和七年(833),刘禹锡撰《唐故朝议郎守尚书吏部侍郎上柱国赐紫金鱼袋赠司空奚公神道碑》②,其中记载奚陟任吏部官员的经历道:

> (奚陟)转吏部员外郎,是曹在南宫为眉目,在选士为司命。公执直笔,阅簿书,纷挐盘错,一瞬而剖。时文昌缺左右丞,都曹差重,遂转为左司郎中,寻迁中书舍人。执事者繄公识精,以斟酌大政,非独用文饰也。
>
> 转刑部侍郎……刑曹既清,以余刃兼领选事。居一年,授权知吏部侍郎,又一年即真。是秩言能审官者,本朝有裴、马、卢、李四君子,物论以公媲焉。
>
> 公少以名器自任,及显达,急于推贤。视其所举,则在西省荐权丞相,由右史掌训词。在中铨表杨仆射,由地曹郎综吏部。二公后为天下伟人。③

作为吏部郎官乃至侍郎,奚陟的"急于推贤"之举,只是其履行职事的表现,但这对于当时的社会政治和历史文化来说,则具有不可忽视的意义。因为他所举荐的这两个人,堪称在中唐产生过较大影响的重要人物。

按权丞相即权德舆(761~818),字载之,天水略阳(今甘肃秦安)人。史载其年十五即为文百篇,编为《童蒙集》十卷,名声日大。杜佑、包佶先后辟为从事。德宗闻其才,召为太常博士,改左补阙,又任起居舍人兼制诰,历驾部员外郎、司勋郎中,进中书舍人。贞元十八年(802)拜礼部侍郎,贞元、元和间掌文柄,曾三次知贡举。柳宗元、刘禹锡等皆投文门下,求其品题。宪宗元和初历兵部、吏部侍郎,自太常卿拜礼部侍郎同平章事。八年罢为礼部尚书,历检校吏部尚书留守东都、刑部尚书,十三年卒于山南西道节度使任。赠左仆射,谥曰文。《全唐诗》作者小传评道:"德舆积思经术,无不贯综。其文雅正赡缛,动止无外饰,而蕴藉风流,自然可慕,为贞元、元和间缙绅羽仪。"有文集五十卷,《全唐诗》编诗十卷④。杨仆射即杨

---

① 《唐六典》卷二《尚书吏部》。
② 据碑文,奚陟终于贞元十五年(799)十月,葬于当年十二月,三十四年后,其后人求刘禹锡撰神道碑,故该文写于大和七年(833)。
③ 《刘禹锡集》卷二,中华书局,1990。按"急于举贤",中华书局本作"忽于举贤",本文引用时据四部丛刊本《刘梦得文集》校改。
④ 参见《旧唐书》卷一四八《权德舆传》及《全唐诗》卷三二〇"作者小传"。

於陵（753~830），字达夫，弘农（今河南灵宝北）人。年十九擢进士第，节度使韩滉奇之，妻以女。滉为相，方权幸，於陵不欲进取，退庐建昌。滉卒，乃为膳部员外郎。历考功员外郎、吏部员外郎、右司郎中、吏部郎中、京兆少尹、中书舍人、户部侍郎等。元和三年（808）兼贤良方正考官，因判定言辞激烈的皇甫湜、牛僧孺、李宗闵为对策上第，得罪宦官，出为岭南节度使①。穆宗立，迁户部尚书，以左仆射致仕。《全唐诗》作者小传评道："於陵器量方峻，节操坚明，时人尊仰之。"卒赠司空。《全唐诗》收其诗三首。②

其三，在职事之外，郎官作为具有一定社会政治地位的士人，也在中唐发挥着重要的作用。比如，科举考试堪称唐代社会生活中的一件大事，其中有些重要环节就不乏郎官们的直接或间接参与。唐初，科举考试由吏部考功员外郎主持，自开元二十四年（736）发生考功员外郎李昂被举子所讼事件以后，才改为由礼部侍郎专掌贡举。关于这一变化，《唐会要》卷五十九《礼部侍郎》载：

> 开元二十四年三月十二日，以考功员外郎李昂为举人所讼，乃下诏曰："每岁举人，顷年以来，惟考功郎所职。位轻务重，名实不伦。欲尽委长官，又铨选委积。但六官之列，体国是同，况宗伯掌礼，宜主宾荐。自今以后，每年诸色举人及斋郎等简试，并于礼部集，既众务烦杂，仍委侍郎专知。"

尽管如此，中唐时期郎官仍然在科举考试的一些环节发挥着重要的作用。中唐时期郎官单独主持贡举，或者和礼部侍郎等共同主持贡举的情况，以及充任覆试考官的情况，仍然不乏记载。据清人徐松《登科记考》③及孟二冬先生《登科记考补正》④，计有：肃宗至德二载（757）右补阙兼礼部员外郎薛邕知贡举；德宗贞元八年（792）兵部侍郎陆贽知贡举，比部郎中王础⑤与右补阙翰林学士梁肃辅佐之；长庆元年（821）四月，中书舍人王起、主客郎中知制诰白居易等充

---

① 《旧唐书》卷一四八《裴垍传》："（元和）三年，诏举贤良，时有皇甫湜对策，其言激切；牛僧孺、李宗闵亦苦诋时政。考官杨於陵、韦贯之升三子之策皆上第，垍居中覆视，无所异焉。及为贵幸泣诉，请罪于上，宪宗不得已，出於陵、贯之官，罢垍翰林学士，除户部侍郎。"

② 参见《旧唐书》卷一六四《杨於陵传》及《全唐诗》卷三三〇"作者小传"。

③ 徐松：《登科记考》，中华书局，1984。

④ 孟二冬：《登科记考补正》，燕山出版社，2003。

⑤ 《册府元龟》卷一三九《帝王部·旌表》："（兴元元年）十二月，以前祠部郎中王础为比部郎中。"见王钦若等编《册府元龟》，中华书局，1960。

重试进士考官，覆试礼部侍郎钱徽知贡举所放进士郑朗等十四人，结果黜落郑朗等十人①。

至于制举考试中的考策官，也有不少郎官担任。如贞元元年（785）右司郎中独孤恤②与礼部侍郎鲍防共同担任考官；元和三年（808）复策贤良之士，吏部员外郎韦贯之与户部侍郎杨於陵、左司郎中郑敬、都官郎中李益同为考策官③；长庆元年（821）十二月，膳部郎中陈岵、考功员外郎贾餗与中书舍人白居易同考制策④；宝历元年（825）吏部郎中崔琯、兵部郎中李虞仲与中书舍人郑涵并充考制策官⑤；大和二年（828）库部郎中庞严与左散骑常侍冯宿、太常少卿贾餗为考策官⑥等。

那么，这些郎官们在科举考试过程中的作为和影响如何呢？长庆元年白居易有《论重考试进士事宜状》⑦，该状的署名是"重考试进士官、朝议郎守尚书主客郎中知制诰臣白居易等"，联合署名的是"重考试进士官、朝散大夫守中书舍人上轻车都尉臣"王起。该状是白居易在郎官任上所作，其事由乃是与中唐政治关系重大的一件科场案。

长庆元年，钱徽为礼部侍郎知贡举时，发生了一件著名的科场案，其经过见《旧唐书》卷一六八《钱徽传》。简言之，宰相段文昌和翰林学士李绅考前曾向钱徽请托，榜出后所荐之人杨浑之、周汉宾皆落第，而及第者中有郑覃之弟郑朗、李宗闵之婿苏巢、杨汝士之弟杨殷士、裴度之子裴譔。段文昌怒而面奏穆宗，告钱徽所放进士郑朗等十四人皆公卿子弟，乃请托所致。穆宗问于翰林学士李德裕、元稹、李绅等，回答悉如文昌所言。遂命中书舍人王起、主客郎中知制诰白居易，于子亭重试，结果黜落郑朗、苏巢、杨殷士等十人。钱徽、杨汝士、李宗闵也相继被贬。这一事件被旧史认为是中唐朋党之争的一个里程碑，如《旧唐书》卷一七六《李宗闵传》云：

---

① 《旧唐书》卷十六《穆宗纪》："敕今年钱徽下进士及第郑朗等一十四人，宜令中书舍人王起、主客郎中知制诰白居易等重试以闻。"
② 《唐大诏令集》卷一○六《贞元元年贤良方正直言极谏科策问》（原注：试官鲍防、独孤恤），商务印书馆，1959。《新唐书》卷一百五十九《鲍防传》："右司郎中独孤恤欲下（穆）质，防不许。"
③ 《旧唐书》卷一百五十八《韦贯之传》："（元和）三年复策贤良之士，又命贯之与户部侍郎杨於陵、左司郎中郑敬、都官郎中李益同为考策官。"
④ 《旧唐书》卷十六《穆宗纪》："诏中书舍人白居易、膳部郎中陈岵、考功员外郎贾餗同考制策。"
⑤ 《旧唐书》卷十七上《敬宗纪》："以中书舍人郑涵、吏部郎中崔琯、兵部郎中李虞仲并充考制策官。"
⑥ 《旧唐书》卷一九○下《刘蕡传》："是岁，左散骑常侍冯宿、太常少卿贾餗库部郎中庞严为考策官，三人者，时之文士也。"
⑦ 《白居易集》卷六十。

"时李吉甫子德裕为翰林学士，钱徽榜出，德裕与同职李绅、元稹连衡言于上前，云徽受请托，所试不公，故致重覆。比相嫌恶，因是列为朋党，皆挟邪取权，两相倾轧。自是纷纭排陷，垂四十年。"在这场科举事件中，身为重考试进士官和主客郎中的白居易被深深地卷了进去，他本想在维持科举制度的公正性和不开罪牛李两党之间找到一个平衡点，但终于没有成功。所以第二年即长庆二年（822），他便请求外放，毅然决然地离开长安，做富甲一方的杭州刺史去了。

三　郎官的清望之感与中唐郎官的文学活动

《旧唐书》卷一六六《元稹传》载：

> 十四年，（元稹）自虢州长史征还，为膳部员外郎。宰相令狐楚一代文宗，雅知稹之辞学，谓稹曰："尝览足下制作，所恨不多，迟之久矣。请出其所有，以豁予情。"稹因献其文……穆宗皇帝在东宫，有妃嫔左右尝诵稹歌诗以为乐曲者，知稹所为，尝称其善，宫中呼为元才子。荆南监军崔潭峻甚礼接稹，不以掾吏遇之，常征其诗什讽诵之。长庆初，潭峻归朝，出稹《连昌宫辞》等百余篇奏御。穆宗大悦，问稹安在。对曰："今为南宫散郎。"即日转祠部郎中、知制诰。朝廷以书命不由相府，甚鄙之。然辞诰所出，夐然与古为侔，遂盛传于代，由是极承恩顾。尝为《长庆宫辞》数十百篇，京师竞相传唱。居无何，召入翰林，为中书舍人、承旨学士。

细读上引史料，就会发现：郎官在中唐文人的政治和文学活动中，的确扮演着重要的角色。对于元稹而言，虢州长史、南宫散郎、知制诰这几个社会角色的转换，在他的政治和文学生涯中占据了举足轻重的地位。而在此转换过程中，郎官的身份又起到了承上启下的作用。

中唐郎官里面不乏现代意义上的诗人和文章家，他们的文学成就，已经被当今的文学史家所认可。在文学史已有成果的基础上，从社会角色的角度考察他们在郎官职位上的文学活动，意在揭示他们本身所固有的"郎官意识"，以期对其作品的丰富性增加一些认识，同时为探讨中唐文学演进的具体展开，提供一些可供参照的背景。

唐人对郎官"上应列宿"有着高度的共识，已如前述，那么，这些身处郎署的当事者本人对此是怎么看待的呢？他们处在如此的社会角色之中的心态又是怎样的呢？我们认为，他们本身也具有明确的"郎官意识"。这种"郎官意识"至少包含以下几个层面。

首先，是郎官风流倜傥的形象和踌躇满志的心态。能够进入郎官这一清流阶层，其春风得意的心情以及由此生发的远大抱负是不言而喻的。这从他们本人或其他人的诗文中不难体会到。

除了正常的迁转外，一些人进入郎官阶层或由此再度升迁，乃是缘于皇帝的恩顾，其情形自然与众不同。如前文述及卢纶祖孙三代都做过郎官，就与德宗、文宗的关照和引拔有直接的联系。卢纶本人曾有《酬金部王郎中省中春日见寄》："南宫树色晓森森，虽有春光未有阴。鹤侣正疑芳景引，玉人那为簿书沈。山含瑞气偏当日，莺逐轻风不在林。更有阮郎迷路处，万株红树一溪深。"诗中描绘了南宫郎署仙境般的幽雅氛围，可见他对此郎官列宿之境的向往。又如，刘禹锡的《唐故相国赠司空令狐公集纪》中有一段文字，特别描述了贵为天子的宪宗如何被当年令狐楚的个人魅力所打动：

> 元和初，宪宗闻其（令狐楚）名，征拜右拾遗，历太常博士，入尚书为礼部员外郎。性至孝，既孤，以善居丧闻。中月除刑部员外。时帝女下嫁，相礼阙官，公以本官摄博士。当问名之答，上亲临帐幄，帘内以窥之，礼容甚伟，声气朗彻。上目送良久，谓左右曰："是官可用，记其姓名。"未几，改职方，知制诰。词锋犀利，绝人远甚。适有旨选司言高第者视草内庭，宰臣以公为首。遂转本司郎中，充翰林学士。满岁，迁中书舍人，专掌内制。武帐通奏，柏梁陪燕，嘉猷高韵，冠于一时。①

在刘禹锡的描述中，宪宗对令狐楚是先闻其名，后见其人，而且宪宗并没有直接召见令狐楚，而是"亲临帐幄，帘内以窥之"，然后目送良久，谓左右曰："是官可用，记其姓名。"通过这一文学笔法，令狐楚的形象（也可以说是郎官的典

---

① 《刘禹锡集》卷十九，中华书局，1990。

型形象）便呼之欲出，而作者刘禹锡隐藏在背后的钦慕和艳羡之情，也跃然纸上。

其次，是普遍存在于历代文人身上的怀才不遇心理。由于郎官在人们心目中是少年得志的象征，所以如果老大年纪初仕郎官，或者在郎官任上久不升迁，或者在郎官任上获罪，则会使这些当事者感到自身处境的尴尬，并由此引发出某种不满和牢骚。这一点，也清晰地体现在中唐郎官们的诗文中。

中唐诗歌反映这方面情况的例子极多。如元和十五年（820），四十八岁的白居易有《初除尚书郎脱刺史绯》一诗："亲宾相贺问何如，服色恩光尽反初。头白喜抛黄草峡，眼明惊拆紫泥书。便留朱绶还铃阁，却着青袍侍玉除。无奈娇痴三岁女，绕腰啼哭觅金鱼。"诗中一方面洋溢着终于离开贬谪之地、重返朝廷的喜悦，另一方面则充满了老大年纪、娇女无知而又再任郎官的尴尬。两种复杂的心情交错在一起，令人读后心生几多感叹。他的《宿溪翁（时初除郎官赴朝）》（"众心爱金玉，众口贪酒肉。何如此溪翁，饮瓢亦自足。溪南刈薪草，溪北修墙屋。岁种一顷田，春驱两黄犊。于中甚安适，此外无营欲。溪畔偶相逢，庵中遂同宿。醉翁向朝市，问我何官禄。虚言笑杀翁，郎官应列宿。"）以及《闲出觅春，戏赠诸郎官》（"年来数出觅风光，亦不全闲亦不忙。放鞚体安骑稳马，隔袍身暖照晴阳。迎春日日添诗思，送老时时放酒狂。除却髭须白一色，其余未伏少年郎。"）二诗，同样也是这种复杂心境的真实写照。至于前述《初除主客郎中知制诰，与王十一、李七、元九三舍人中书同宿，话旧感怀》诗（"闲宵静语喜还悲，聚散穷通不自知。已分云泥行异路，忽惊鸡鹤宿同枝。紫垣曹署荣华地，白发郎官老丑时。莫怪不如君气味，此中来校十年迟！"）更把这种"既喜还悲"的迟暮之嗟表现得淋漓尽致。

与其他中唐文人相比，刘禹锡的"郎官意识"似乎更显得突出。在他的作品中，"刘郎"一词值得关注。① "刘郎"一词对于一般人来说，也许不会有什么特别的含义，无非是指年轻的刘姓男子，很难与郎官发生直接的关联。然而对于在郎官任上历尽坎坷的刘禹锡而言，情况就大不相同了。《旧唐书》卷一六〇《刘禹锡传》载：

---

① 刘禹锡诗文中，"刘郎"一词凡三见，其中两次是《元和十年自朗州承召至京戏赠看花诸君子》和《再游玄都观》，与他本人的郎官经历有关；另一次是《赠刘景擢第》："湘中才子是刘郎，望在长沙住桂阳。昨日鸿都新上第，五陵年少让清光。"则是在"年少才子"的一般意义上使用"郎"这一称呼。

　　大和二年，自和州刺史征还，拜主客郎中①。禹锡衔前事未已，复作《游玄都观诗序》曰："予贞元二十一年为尚书屯田员外郎，时此观中未有花木。是岁出牧连州，寻贬朗州司马。居十年，召还京师，人人皆言有道士手植红桃满观，如烁晨霞，遂有诗以志一时之事。旋又出牧，于今十有四年，得为主客郎中。重游兹观，荡然无复一树，唯兔葵燕麦动摇于春风，因再题二十八字，以俟后游。"其前篇有"玄都观里桃千树，总是刘郎去后栽"之句，后篇有"种桃道士今何在，前度刘郎又到来"之句，人嘉其才而薄其行。

　　刘禹锡生于代宗大历七年（772），至作《再游玄都观绝句》的文宗大和二年（828），已经五十六岁，再也不能称为一般意义上的"刘郎"了②，而他在诗中偏要反复强调，再三致意，显然包含着很深的用意。

　　论者过去普遍认为，在这首诗中，刘禹锡展现了他作为胜利者的姿态，表现了他不屈不挠的性格③；而对于他所采用的方法，即在化用旧典的基础上强化"刘郎"意象这一点注意不够。按"刘郎"本来就是一个有名的典故，本事见于南朝刘义庆《幽明录》：东汉永平年间，刘晨和阮肇到天台山采药迷路，遇二仙女，为其所邀，居留半年始归。回到家中，时已入晋，子孙亦历七代。后刘晨复入天台山寻访，旧踪渺然。④ 在玄都观诸诗中，刘禹锡从前度刘郎的角度，巧妙地化用了这一旧典，并赋予其新的意义，从而创造了一个新的意象，即作为郎官再度归来的自我。这一意象，

---

① 清人钱大昕指出：刘禹锡"《再游元（玄）都绝句》在大和二年三月，是岁岁次戊申，而自和州刺史除主客郎中分司东都在大和元年六月，是分司在前题诗在后也。以郎中分司东都，本是一事，初未到京师也。次年以裴度荐起元官，直集贤院，方得还都。《元（玄）都诗》正在此时，距元和十年乙未自朗州被召恰十四年矣"。以此观之，《新唐书》卷一六八《刘禹锡传》定刘禹锡大和二年分司东都，以及《旧唐书》卷一六〇《刘禹锡传》定刘禹锡"大和二年自和州刺史征还，拜主客郎中"均误。钱氏又云："《至元（玄）都诗》虽含讥刺，亦词人感慨今昔之常情，何至遂薄其行？史家不考年月，误仞分司与主客为两任，疑由题诗获咎，遂甚其词耳。"（陈文和、孙显军校点《十驾斋养新录》卷六，江苏古籍出版社，2000）。

② 欧阳修《戏刘原甫》二首其二："仙家千载一何长，浮世空惊日月忙。洞里新花莫相笑，刘郎今是老刘郎。"《欧阳文忠公文集》外集卷七，四部丛刊本。他本"新花"或作"桃花"。欧阳修此诗虽以调侃语出之，但至少有两点值得注意：第一，"郎"是年轻人的专用语。第二，此诗化用了刘禹锡玄都观诸诗中"刘郎"和"桃花"的典故。

③ 如卞孝萱、吴汝煜在《刘禹锡集·前言》中指出："诗中以一个胜利者的姿态宣告：'种桃道士归何处？前度刘郎今又来！'小序特别注明年月，并说：'以俟后游。'表现了不怕打击、不变初心的坚强性格。"见《刘禹锡集》，中华书局，1990。

④ 刘义庆：《幽明录》，文化艺术出版社，1988。

在《元和十年自朗州承召至京戏赠看花诸君子》和《再游玄都观绝句》中是一以贯之的,只不过"尽是刘郎去后栽"中的"刘郎",还是顺宗时期政治改革中叱咤风云的屯田员外郎刘禹锡,而"前度刘郎今又来"之后的"刘郎",则是历经风霜雨雪仍不屈服的主客郎中刘禹锡了。

在刘禹锡创造的"刘郎"这一新的意象中,郎官本身"上应列宿"的空灵意味与上述仙侣故事的神秘色彩很吻合,所以郎官的意味是巧妙地隐藏在仙侣故事的背后的。而对于刘禹锡强化"刘郎"意象的用意,以及隐藏在这一举动之后的暗示,当时以致后代的人们似乎早已领会,因而,刘禹锡的"刘郎"就顺理成章地变成了一个新的典故。如白居易有《早春同刘郎中寄宣武令狐相公》:"梁园不到一年强,遥想清吟对绿觞。更有何人能饮酹,新添几卷好篇章。马头拂柳时回辔,豹尾穿花暂亚枪。谁引相公开口笑,不逢白监与刘郎!"① 白监乃白居易自指(白居易于大和元年征为秘书监),刘郎则指尚书主客郎中刘禹锡。又如宋人王楙《野客丛书》卷六"周礼中言糕字"条:"宋景文公曰:梦得尝作《九日》诗,欲用糕字,思六经中无此字,遂止。故景文《九日》诗曰:刘郎不肯题糕字,虚负诗中一世豪。"② 苏轼《送刘放倅海陵》:"刘郎应白发,桃花开不开?"③

刘禹锡还有一首《酬国子崔博士立之见寄》:"健笔高科早绝伦,后来无不揖芳尘。遍看今日乘轩客,多是昔年呈卷人。胄子执经瞻讲坐,郎官共食接华茵。烦君远寄相思曲,慰问天南一逐臣。"与游玄都观诸诗的意思有相通之处。

第三,是对儒家诗教的自觉推行。中唐文人在郎官任上,始终保持着对文学的社会功用以及诗艺的追求,这也是其"郎官意识"的体现方式之一。白居易和张籍围绕着后者任水部员外郎的赠答之作,就是一个突出的例证。

长庆二年(822),张籍自国子博士迁水部员外郎。白居易有《喜张十八博士除水部员外郎》:"老何殁后吟声绝,虽有郎官不爱诗。无复篇章传道路,空留风月在曹司。长嗟博士官犹屈,亦恐骚人道渐衰。今日闻君除水部,喜于身得省郎时。"④

① 《白居易集》卷二十五。计有功《唐诗纪事》卷四十二:"令狐楚节度宣武酬乐天梦得云:'蓬莱仙监客曹郎,曾枉高车客大梁。见拥旌旄治军旅,知亲笔砚事文章。愁看柳色悬离恨,忆递花枝助酒狂。洛下相逢肯相寄,南金璀错玉凄凉。'刘诗云:'曾经谢病客游梁,今日相逢忆李王。少有一身兼将相,更能四面占文章。'白诗云:'马头拂柳时回辔,豹尾穿花暂亚枪。谁引相公开口笑,不逢白监与刘郎。'"(上海古籍出版社,1987)
② 王楙:《野客丛书》卷六,文渊阁《四库全书》本。
③ 《东坡全集》卷二,文渊阁《四库全书》本。
④ 《白居易集》卷十九。

这里的"老何"即何逊，南朝梁人，有诗名，曾任尚书水部郎，世称"何水部"。白居易在这首贺诗中，特意采用"何水部"的典故，明显地包含着对同为水部郎官的张籍的某种期许。前文述及，白居易起草的《张籍可水部员外郎制》中，强调了儒家诗教的立场："文教兴则儒行显，王泽流则歌诗作。若上以张教流泽为意，则服儒业诗者，宜稍进。顷籍自校秘文而训国胄，今又核名揣称，以水曹郎处焉。前年以来，凡历文雅之选三矣，然人皆以尔为宜。岂非笃于学，敏于行，而贞退之道胜邪？与之宠名者，可以奖夫不汲汲于时者。"在这首贺诗中又用"何水部"的典故，显然是别有用意。对此张籍当然心领神会，于是便以《新除水曹郎，答白舍人见贺》诗回赠："年过五十到南宫，章句无名荷至公。黄纸开呈趋府后，朱衣引入谢班中。诸曹纵许为仙侣，群史多嫌是老翁。最幸紫薇郎见爱，独称官与古人同。"此诗的最后一联可以看作是对白居易的应答。张籍以"张水部"之称留名后世，最终没有辜负白居易的一片用心。

张籍后来又于长庆四年（824）迁主客郎中，大和二年（828）拜国子司业。然而对于张籍而言，还是"张水部"对中唐文学的贡献最大。范摅《云溪友议》卷下《闺妇歌》云：

> 朱庆余校书既遇水部郎中，张籍知音，遍索庆余新制篇什数通，吟改后，只留二十六章。水部置于怀抱而推赞焉。清列以张公重名，无不缮录而讽咏之，遂登科第。朱君尚为谦退，作《闺意》一篇以献张公。张公明其进退，寻亦和焉。诗曰："洞房昨夜停红烛，待晓堂前拜舅姑。妆罢低声问夫婿：画眉深浅入时无？"张籍郎中酬曰："越女新妆出镜心，自知明艳更沉吟。齐纨未足人间贵，一曲菱歌抵万金。"朱公才学，因张公一诗，名流于海内矣。[1]

张籍在当时文坛上的影响和作用之大，于此可见一斑。

总之，上述"郎官意识"的几个层面，既体现了中国古代文人的普遍心态和处世方式，同时也具有鲜明的中唐时代特征。比如说第一个层面：由于科举在中唐成为士人参与政治的主要途径，使得许多经由此途的文学之士进入郎官这一清

---

[1] 范摅：《云溪友议》卷下，古典文学出版社，1957。

流阶层。身居郎署之后，一开始他们都是跃跃欲试，想要在政治上大显身手；但中唐的社会现实，却时时给他们带来盛世不再的打击，于是不平和牢骚出现了，这便与第二个层面相关了。但是中国文人实现其理想抱负的途径是多样化的，有的以诗干政，有的则通过对文风的创造或纠偏发挥其作用，这就与上述第三个层面联系了起来。

中唐州郡官与贬谪题材文学的兴盛

在中唐文人的几种活跃和具有代表性的社会角色中，翰林学士、郎官和谏官，都属于京城中朝官这个范畴。① 作为全国的政治和文化中心，京城历来是文人聚集荟萃、寻找个人发展机会和施展各种才能的舞台。唐代文人们都热衷于入朝做官，如杜甫，为了实现"致君尧舜上，再使风俗淳"的政治理想，曾滞留长安十年，度过了"朝扣富儿门，暮随肥马尘。残杯与冷炙，到处潜悲辛"② 的艰难生活。不过，中朝官毕竟只是他们承担的诸多社会角色中的一类，天子脚下的仕宦经历，也只是他们人生历程的一个阶段。中唐文人还有一个更广阔的活动天地，那就是京城以外的地方基层。虽然对于他们来说，从京城到地方，或者从中央到基层，有时是他们主动的选择，如科举或铨选不利，便去做幕府僚佐；有时是无奈的接受，如外放和贬谪。但无论如何，正因为走向了这样一个广阔的天地，经历了那么多的坎坷和遭遇，才使得他们比从前更加贴近现实，了解民生，才使得他们的人生折射出时代的沧桑；同时，他们的文学交往和创作活动，给中唐文学带来诸多新的发展契机和变化因素。

在这一大类社会角色中，中唐的刺史等州郡官无疑是非常引人注目的。这类社会角色与中唐文人的关系十分密切：中唐文人出任刺史和别驾、长史、司马等职屡见于记载，而描绘他们出任州郡官的种种经历和情感历程的诗文等作品，也成为中唐文学的重要景观。

州郡官是刺史及其佐官别驾、长史、司马以及参军等属官的统称。本文的讨论对象，以刺史和司马为主，兼及别驾和长史，至于参军等属官，因数量庞大，难以遍考，故本文择其要者，偶或及之。

---

① 关于这三种社会角色及其与中唐文学的关系，笔者另有专文论述。
② 杜甫《奉赠韦左丞二十二韵》，仇兆鳌《杜诗详注》卷一，中华书局，1979。

一 刺史等州郡官的设置以及重内轻外风气的盛行

刺史始置于汉武帝元封五年（公元前 106），原本是中央派至地方的监察官，受御史中丞统辖。设立刺史的目的，是为了加强中央对地方的督察和控制。当时，除三辅、三河、弘农外，将全国划分成十三州部，每部设刺史一人，分管几个郡国，称部刺史或州刺史。刺史的主要职务是督察诸侯王、郡守和地方豪族。刺史每年秋冬需到所管的郡国巡察，当时人称为"行部"，他们通过"行部"以了解下情，年底回京奏事。刺史之秩原来只有六百石，而所监察的对象却为二千石；成帝时，为使其权位与品秩相符，于绥和元年（公元前 8）罢部刺史，改置州牧，同时将州牧之秩提高到二千石。以后刺史和州牧的名称几经对换，到东汉光武帝建武十八年（公元 42）以后，刺史的性质开始发生了变化：刺史有了固定的治所，不必再亲自回京报告，同时也有了属吏。实际上，这时的州已经成为一个行政区域，刺史也成为比郡守高一级的行政官员，权责比西汉时有很大的增加。东汉末年，也有些刺史甚至成了地方割据势力的首领。

魏晋时期，刺史有领兵和不领兵之别。前者称领兵刺史，后者称单车刺史。至隋初，文帝开皇三年（583）撤郡，除雍州牧外，州长官均称刺史。炀帝又改州为郡，改刺史为太守。

唐代以后，州郡的名称又有几次反复，至肃宗时基本定型。所以唐代的州和郡、太守和刺史是同义的，但是按照辖境大小、经济强弱和位置轻重的不同，有"四辅"（长安近畿的同、华、岐、蒲四州）、"六雄"（郑、陕、绛、汴、怀、魏六州）、"十望"（宋、亳、滑、许、晋、洛、虢、卫、相、汝十州）、"紧州"（郓、徐、蔡、寿、鄂、梓等州）之分。除此之外，诸州又根据户口的多寡，有上州（四万户以上）、中州（二万户以上）、下州（二万户以下）之别。有的大州，因是采访使或观察使这类道级长官的治所，或者曾置都督、总管等军政机构，如并、益、荆、扬四州等，还有的是因地理位置重要，或有历史原因，如西京（雍州、京兆府）、东都（洛州、河南府）、北都（太原府）三都等，又称为府，其长官称尹。

诸州官员的设置大致如下：上州刺史一人，从三品；别驾一人，从四品下；长史一人，从五品上；司马一人，从五品下。中州刺史一人，正四品上；别驾一人，正五品下；长史一人，正六品上；司马一人，正六品下。下州刺史一人，正四品下；别驾一人，从五品上；司马一人，从六品上。诸府州内设录事、司功、司仓、司户、司兵、司士参军等属官，分曹执掌州中事务。

刺史的职掌与京兆、河南、太原牧及都督相同，为"清肃邦畿，考核官吏，宣布德化，抚和齐人，劝课农桑，敦谕五教。每岁一巡属县，观风俗，问百姓，录囚徒，恤鳏寡，阅丁口，务知百姓之疾苦。部内有笃学异能闻于乡间者，举而进之；有不孝悌，悖礼乱常，不率法令者，纠而绳之。其吏在官公廉正己清直守节者，必察之；其贪秽谄诱求名徇私者，亦谨而察之，皆附于考课，以为褒贬。若善恶殊尤者，随即奏闻。若狱讼之枉疑，兵甲之征遣，兴造之便宜，符瑞之尤异，亦以上闻。其常则申于尚书省而已。若孝子顺孙，义夫节妇，志行闻于乡间者，亦随实申奏，表其门间；若精诚感通，则加优赏。其孝悌力田者，考使集日，具以名闻。其所部有须改更，得以便宜从事"①。刺史总理一州行政事务，别驾、长史、司马作为刺史的佐官，"掌贰府、州之事，以纪纲众务，通判列曹，岁终则更入奏计"②。有时刺史空缺或者另有原因，佐官也可以权知州务。

从职掌的具体内容来看，刺史任内的事务几乎包罗了地方行政的方方面面。其中刺史在地方风化中所起的作用，常常见于文字记载；有关刺史职责的议论或疏奏中，也不时对此加以强调。这里仅举一例：

> 颜鲁公为临川内史，浇风莫竞，文教大行。康乐已来，用为嘉誉也。邑有杨志坚者，嗜学而居贫，乡人未之知也。山妻厌其膳馐不足，索书求离；志坚以诗送之曰："平生志业在琴诗，头上如今有二丝。渔父尚知溪谷暗，山妻不信出身迟。荆钗任意撩新鬓，鸾镜从他别画眉。今日便同行路客，相逢即是下山时。"其妻持诗诣州，请公牒，以求别醮。颜公案其妻曰："杨志坚素为儒学，遍览九经，篇咏之间，风骚可掇。愚妻睹其未遇，遂有离心。王欢之廪既虚，岂遵黄卷；朱买之妻必去，宁见锦衣。恶辱乡间，败伤风俗，若无褒贬，倖者多阿王。决二十，后任改嫁，杨志坚秀才，赠布绢各二十四、禄米二十石，便署随军，仍令远近知委。"江左十数年来，莫

---

① 《唐六典》卷三十"三府督护州县官吏"，中华书局，1992。
② 《唐六典》卷三十"三府督护州县官吏"。

有敢弃其夫者。①

据郁贤皓先生《唐刺史考全编》卷一六〇"江南西道·抚州（临川郡）"考证，颜真卿大历三年至七年（768～772）在抚州刺史任②。抚州在隋朝为临川郡，唐高祖武德五年（622）改置抚州。内史是西汉诸侯国对掌民政之官的称呼，魏晋南北朝沿用，这里代指刺史，所以临川内史乃是抚州刺史的别称。颜鲁公于建中三年（782）以淮宁军宣慰使的身份劝谕叛镇李希烈，兴元元年（784）遭缢杀，终以道德文章留名青史。从上述他在刺史任上的所作所为来看，堪称君子之道，一以贯之。③

　　一般说来，在唐代的地方行政体系中，刺史等州郡官占有重要的位置。但值得注意的是，受政治因素和社会风气的影响，唐代士人对刺史等州郡官的看法，并不像对郎官等清望之职的认识那样高度一致。可以说，刺史等州郡官并不是他们首选的仕进目标，他们心中的理想，仍然是到天子所在的京城施展自己的才能。这种传统的"恋阙"心理④以及对清望官的向往和趋求，每每会在送同僚、上司、亲友归朝入京等场合情不自禁地流露出来。如孟郊有《送魏端公入朝》诗：

　　　　东洛尚淹玩，西京足芳妍。大宾咸仪肃，上客冠剑鲜。岂惟空恋阙，亦以将朝天。局促尘末吏，幽老病中弦。徒怀青云价，忽至白发年。何当补风教，为荐《三百篇》。

端公是唐侍御史的俗称。据华忱之、喻学才先生《孟东野诗集校注》推测，此诗约

---

① 范摅《云溪友议》卷上"鲁公明"，古典文学出版社，1957。这个"鲁公明判断离婚案"的例子，同时从另一个侧面说明，唐代妇女在婚姻中的实际地位，并没有像有的论者所断定的那样，得到了很大的改善。参见马自力《唐人笔记小说中的唐代妇女——从资料与问题出发的初步考察》一文，《文艺研究》2001年第6期。

② 郁贤皓：《唐刺史考全编》卷一六〇"江南西道·抚州（临川郡）"，安徽大学出版社，2000，第2316～2317页。

③ 《论语·里仁》："参乎吾道，一以贯之哉！"

④ "恋阙"意识在中国古代文人身上可谓根深蒂固，唐代文人也不例外。如《旧唐书》卷一七四《李德裕传》载："德裕久留江介，心恋阙廷，因事寄情，望回圣奖。而逢吉当轴，枳棘其涂，竟不得内徙。"诗中亦每见吟咏，如杜甫《散愁》二首其二："恋阙丹心破，沾衣皓首啼。"耿湋《奉和第五相公登鄱阳郡城西楼》："晓肆登楼目，春销恋阙魂。"王建《和裴相公道中赠别张相公》："鞍马朝天色，封章恋阙情。"刘禹锡《和令狐相公闻思帝乡有感》："当初造曲者为谁，说得思乡恋阙时。"

作于元和二、三年间（807~808），时孟郊居洛阳任协律郎①。在诗中，羡慕和向往、自怜和自励、希图荐引和传承诗教的自觉等数种心理意绪纠结在一起，读来令人感慨不已。又如《资治通鉴》卷二一一唐玄宗开元四年（716）载：

> 扬州采访使班景倩入为大理少卿，过大梁，（倪）若水饯之行，立望其行尘，久之乃返，谓官属曰："班生此行，何异登仙！"

以上是史家的记载，重在事实的记录，而同一故事，在中唐人郑处诲的笔下则是这样描述的：

> 开元中，朝廷选用群官，必推精当，文物既盛，英贤出入，皆薄其外任，虽雄藩大府，由中朝冗员而授，时以为左迁。班景倩自扬州采访使入为大理少卿，路由大梁，倪若水为郡守，西郊盛设祖席。宴罢，景倩登舟，若水望其行尘，谓掾吏曰："班公是行，何异登仙乎？为之驭殿，良所甘心。"默然良久，方整回驾。既而为诗投相府，以道其诚，其词为当时所称赏。②

郑处诲的描述，更突出了人物的心理活动。这里的大梁，是汴州州治浚仪的古称。作为"六雄"之一，汴州刺史倪若水的官品至少不低于上州刺史，即在从三品以上；而班景倩即将赴任的大理寺少卿仅为从四品上，比汴州刺史至少差了三阶。但倪若水却视班景倩入朝如登仙境，艳羡不已，甚至不惜心甘情愿地"为之驭殿"，即为他当马夫。这种心理看似反常，但如果揭示了隐藏在背后的原因，一切就会了然："上虽欲重都督、刺史，选京官才望者为之，然当时士大夫犹轻外任。"③ 此外，传统的"恋阙"意识和当时社会风气的影响，也不可忽视。

如果进一步挖掘这种重内轻外风气盛行的原因，将会发现，它与朝廷对州郡官的政策有关。从初唐到中唐，朝廷对州郡官的态度，大致有一个从重视到轻忽，再到主观上虽然有一定程度的重视，但实际上仍然轻忽的变化过程。与此同时，唐代士人对

---

① 参见华忱之、喻学才《孟东野诗集校注》卷八及该著附录华忱之编次的《孟郊年谱》，人民文学出版社，1995。
② 郑处诲《明皇杂录》卷下"官吏皆薄外任"，田廷柱点校《明皇杂录　东观奏记》，中华书局，1994。
③ 《资治通鉴》卷二一一唐玄宗开元四年。

外官的看法也随之发生摇摆和变化。

贞观初期，朝廷对刺史等州郡官可以说是十分重视的。《唐会要》卷六十八《刺史上》引唐太宗谓侍臣曰："治人之本，莫如刺史最重也。朕故屏风上录其姓名，坐卧恒看，在官如有善恶事迹，具列于名下，拟凭黜陟。"唐太宗对刺史的这种重视程度，堪称世所罕见。然而，随着承平日久，士人中追求台省清要职位的风气渐盛；而朝廷常把京官贬向外地的做法，更助长了这种风气。所以，从贞观中后期开始，州郡官原来在执政者观念中的重要地位就受到了挑战。贞观十一年（637），侍御史马周上疏：

> 治天下者以人为本。欲令百姓安乐，惟在刺史、县令。县令既众，不可皆贤，若每州得良刺史，则合境苏息。天下刺史悉称圣意，则陛下可端拱岩廊之上，百姓不虑不安。自古郡守、县令，皆妙选贤德，欲有迁擢为将相，必先试以临人，或从二千石入为丞相及司徒、太尉者。朝廷必不可独重内臣，外刺史、县令，遂轻其选。所以百姓未安，殆由于此。①

马周在此指出的"独重内臣，外刺史、县令"的弊端，到武则天垂拱元年（685）仍然没有得到有效的整治。于是，时为秘书省正字的陈子昂提交了《上军国利害事》奏疏三条，其中"牧宰"一条，对州郡官的重要性重新进行了强调。在这篇奏疏中，陈子昂从一个普通百姓的角度，把刺史分为"贤明"和"贪暴"两类，辨析了所任之人得与不得的利害，言辞语气十分朴素：

> 臣窃惟刺史、县令之职，实陛下政教之首也。陛下布德泽，下明诏，将示天下百姓，必待刺史、县令为陛下谨宣之。故得其人，则百姓家见而户闻；不得其人，但委弃有司而挂墙壁尔。陛下欲使家兴礼让，吏勖清勤，不重选刺史、县令，将何道以致之邪？愚臣窃见，陛下未有舟楫而欲济河，河不可济也。臣比在草茅，为百姓久矣，刺史、县令之化臣，实委知国之兴衰，莫不在此职也。何者？一州得贤明刺史，以至公循良为政者，则千万家赖其福；若得贪暴刺史，以徇私苛虐为政者，千万家受其祸矣。夫一州祸福且如此，况天下之众，岂得胜道

---

① 吴兢：《贞观政要》卷三《择官第七》，上海古籍出版社，1978。

哉！故臣以为陛下政化之首，国之兴衰，在此职者也。[①]

"牧"谓州牧，"宰"谓县令。陈子昂把州郡官的作用提到"政化之首，国之兴衰"的认识高度，便是针对"刺史县令，陛下独甚轻之"的情况，以及当时重京官轻外任的社会风气而发。所以，陈子昂最后恳切地向武则天提出："伏愿深思妙选，以救此弊。"

当然，统治者也不是没有意识到问题的严重性。《资治通鉴》卷二〇七则天后长安四年（704）载："太后尝与宰相议及刺史、县令。三月，己丑，李峤、唐休璟等奏：'窃见朝廷物议，远近人情，莫不重内官，轻外职，每除授牧伯，皆再三披诉。比来所遣外任，多是贬累之人；风俗不澄，实由于此。'"李峤、唐休璟的分析，触及了问题的实质。鉴于这种情况，他们提出建议："望于台、阁、寺、监妙简贤良，分典大州，共康庶绩。"并表示"臣等请辍近侍，率先具僚"。于是，武则天采纳了他们的建议，派韦嗣立及御史大夫杨再思等二十人各以本官检校刺史，韦嗣立则出任汴州刺史。

开元十三年（725），玄宗继开元四年（716）派京官外任后，又一次遴选诸司有才俊名望者十一人外任刺史，并且"命宰相、诸王及诸司长官、台郎、御史钱于洛滨，供张甚盛。赐以御膳，太常具乐，上自书十韵诗赐之"[②]。尽管如此，被选中的尚书左丞杨承令还是"不欲外补，意怏怏，自言'吾出守有由'"。结果玄宗"闻之怒"，把他贬为睦州别驾[③]。天宝初期，玄宗又颁布诏令，在"前资及白身人"中广泛搜求堪当刺史的人才：

> 国之急务，莫若求才。顷者数遣搜扬士庶，尚虑遗逸，更宜精访，以副虚怀。其前资及白身人中，有儒学博通，及文词秀逸，或有军谋越众，或有武艺绝伦者，委所在长官具以名荐。若乃宏我风化，实惟方岳，必仁其人，以膺共理。其京文武官五品已上清资并郎官，据资历人才，堪为刺史者，各任封状自举。[④]

---

① 陈子昂：《上军国利害事》，此疏凡"出使"、"牧宰"和"人机"三条。徐鹏校《陈子昂集》卷八，中华书局，1960。
② 《资治通鉴》卷二一二玄宗开元十三年二月。
③ 《资治通鉴》卷二一二玄宗开元十三年二月。
④ 宋敏求编《唐大诏令集》卷四《改元天宝赦》，商务印书馆，1959。

　　派遣具有才俊名望的大臣外任做刺史，这是统治者提高州郡官声望的一个措施；另一个措施，便是从刺史、县令未来的发展考虑，把优秀的地方官员输送到朝中，并提拔到侍郎和郎官等重要的位置，以期造成"人争就刺史、县令"① 的风气。如唐玄宗开元八年（720）敕：

　　　　刺史古之通侯，公卿国之重任。百揆时叙，必在得贤；万邦咸宁，期于共理。郎官出宰，抑惟前事；方伯登台，闻之往躅。顷来朝士出牧，例非情愿，缘沙汰之色；或受此官，纵使超资，尚多怀耻。亦有朝廷勋旧，蓺镇外台，却任京都，无辞降屈，且希得入，众以为荣。为官择人，岂合如此？自今以后，诸司清望官阙，先于牧守内精择；都督刺史却向京官中简授；其台郎以下除改，亦于上佐县令中通取。俾中外迭用，贤良靡遗。②

　　但是，由于传统的习惯和社会风气的强大影响难以一时消除，故朝廷不得不一再颁布所谓"妙择牧宰"的诏令，如开元十二年（724）敕："朕欲妙择牧宰，以崇风化，亦欲重其资望，以励衣冠。自今已后，三省侍郎有阙，先求曾任刺史者。郎官阙，先求曾任县令者。"③ 其内容基本上是前一敕令的重复，只不过更加具体罢了。上述杨承令被选中出刺时"意怏怏"的态度和"吾出守有由"的反应，典型地代表了当时士人重内轻外的普遍心理。

　　以上州郡官，均以刺史为其代表。所以，凡论及州郡官的重要性，或者采取具体的措施，最后大都落实到刺史这一角色身上。关于延长刺史考课期限的讨论，就是一个突出的例子。《唐会要》卷六十八《刺史上》：

　　　　天授二年，获嘉县主簿刘知幾上疏曰："臣闻汉宣帝云：'与我共治天下，其良二千石乎？'二千石者，今之刺史也。移风易俗，其寄不轻。求瘼字民，金属斯在。然则历观两汉已降，迄乎魏、晋之年，方伯岳牧，临州按郡，或十年不易，或一纪仍留，莫不尽其化民之方，责以治人之术。既而日就月将，风加草靡，故能化行千里，恩渐百城。今之牧伯，有异于是，倏来忽往，蓬转萍流，近

　　① 《唐会要》卷六十八《刺史上》，中华书局，1955。景龙二年（708）兵部尚书韦嗣立上疏。
　　② 《京官都督刺史中外迭用敕》，《唐大诏令集》卷一〇〇。
　　③ 《重牧宰资望敕》，《全唐文》卷三十五，中华书局，1983 年影印本。

则累月仍迁，远则逾年必徙。将厅事为逆旅，以下车为传舍。或云来岁入朝，必应改职；或道今兹会计，必是移藩。既怀苟且之谋，何假循良之绩？用使百城千邑，无闻廉、杜之歌；万国九州岛，罕见赵、张之政。臣望自今已后，刺史非三岁已上，不可迁官。仍以明察功过，精甄赏罚，冀宏共治之风，以赞垂衣之化。"①

刘知幾的上疏，尖锐地指出了刺史的频繁迁转带来的负面效果，并建议延长刺史的考课年限，以使刺史本人对其职位产生一种责任感，而不是把它视为仕途的一个中转站。《资治通鉴》卷二〇五定刘知幾上疏为武则天天册万岁元年（695），并记"疏奏，太后颇嘉之"。但是，刘知幾的疏奏没有得到采纳。于是又有御史中丞卢怀慎在景龙二年（708）的上疏：

> 比来州牧、上佐及两畿县令，下车布政，罕终四考。在任多者一二年，少者三五月，遽即迁除，不论课最。或有历时未改，便倾耳而听，企踵而望，争求冒进，不顾廉耻。亦何暇为陛下宣风布化，求瘼恤人哉！礼义未能兴行，风俗未能齐一，户口所以流散，仓库所以空虚，百姓凋弊，日更滋甚，职为此也。何则？人知之不久，则不从其教；吏知迁之不遥，又不尽其力，偷安爵禄，但养资望……臣望请诸州都督、刺史、上佐及两畿县令等，在任未经四考已上，不许迁除。察其课效尤异者，或锡以车裘，或就加禄秩，或降使临问，并玺书慰勉。若公卿有阙，则擢以劳能。其政绩无闻及犯贪暴者，免归田里。以明圣朝赏罚之信，则万方之人，一变于道矣。致此之美，革彼之弊，易于反掌，陛下何惜而不行哉！②

尽管卢怀慎在这里已经把问题的前因后果讲得十分清楚明白，分析得入木三分，而且明确提出了解决问题的办法，但结果仍然是"疏奏不纳"③。

联系朝廷的政策和当时的史实，不难发现问题的症结：上述关于延长刺史考课年限的建议，在某种程度上同朝廷从地方调任京官的措施以及外放得罪京官的做法存在

---

① 《唐会要》卷六十八《刺史上》。
② 《旧唐书》卷九十八《卢怀慎传》。
③ 《旧唐书》卷九十八《卢怀慎传》。

冲突。所以，这一看来十分简便易行的建议，始终难以被朝廷采纳，致使卢怀慎等人常常有"致此之美，革彼之弊，易于反掌，陛下何惜而不行哉"的不解和慨叹。而重内轻外之风的极度发展，甚至还一度造成了所谓"今天下诸州，良牧益寡"的恶果。① 特别是那些经济文化落后的州郡，情况就更加严重。如元结就曾揭露自己的前任道州刺史"贪猥愞弱，不分是非，但以衣服饮食为事"，以致"自至此州，见井邑丘墟，生人几尽。试问其故，不觉涕下"。② 这种生灵涂炭的状况，固然是所任刺史的贪暴恶行造成的，但客观上也与州郡官所处的尴尬地位有很大关系。所谓"人知吏之不久，则不从其教；吏知迁之不遥，又不尽其力，偷安爵禄，但养资望"，以及"既怀苟且之谋，何假循良之绩"之类的激烈批评和痛切针砭，大概就是针对这种恶性循环的"怪现象"而发。

上述令人困扰的状况，大致到肃宗至德以后，才在一定程度上得以缓解。《通典》卷三十三《职官十五·郡太守》云："自至德之后，州县凋弊，刺史之任大为精选，诸州始各有兵镇，刺史皆加团练使，故其任重矣。"③ 这是针对军政形势普遍严峻的局面所采取的措施。但既然是兼领军事，那么这种改善的实际效果，也就更多地体现于那些紧州大郡和军事要害地区，而其余的广大州郡，则依然延续过去的状况。所以，从整体上说，重内轻外这一因袭已久的士风，仍旧没有得到根本的扭转。上述紧州要郡之外的那些州郡，恰恰是许多中唐的有志之士，特别是那些在朝中以谠言直行得罪了皇帝或权贵的著名文人，或者在朋党纷争的角逐中落败的政客常被贬谪和外放的地区。因为只要我们把目光投向八司马和其他诸多中唐著名文人贬谪或外放的那些州郡，就不难发现，当地与前一时期相比，并没有根本的变化，如果我们再倾听他们的陈情和怨诉，就更会加深这种印象。

二　中唐州郡官的"窜逐"心理及其
与文学创作的内在契合

假如我们不刻意地从州郡官的角度着眼，而只看下面罗列的人物，不免会产生一

---

① 《唐六典》卷六十八《刺史上》载景云元年（710）谏议大夫宁原悌上疏。
② 《刺史厅记》，《元次山文集》卷九，《四部丛刊》本。
③ 杜佑：《通典》卷三三，中华书局 1984 年影印本。

种错觉（排除数字身份明显的政治家或政治人物）——似乎这很像是中唐文学史上一个强大的作家阵容：

刘 晏	杨 炎	第五琦	常 衮	元 载	贾 至	独孤及	韦应物	刘长卿
郎士元	戴叔伦	李 端	戎 昱	畅 当	陆 贽	韦执谊	颜真卿	段秀实
阳 城	武元衡	卫次公	柳 冕	裴 度	杜 佑	权德舆	羊士谔	唐 次
元 稹	白居易	崔玄亮	钱 徽	郑余庆	韩 愈	段文昌	刘禹锡	柳宗元
陆 质	吕 温	陈 谏	韩 泰	程 异	凌 准	李景俭	许孟容	樊宗师
王 建	崔 群	蒋 防	李吉甫	令狐楚	李 绅	李宗闵	杨虞卿	李德裕
牛僧孺	李逢吉	李 绛	李 渤	李 肇	李 翱	李 翊		

这个中唐文人任州郡官的简要名单，是根据郁贤皓先生的《唐刺史考全编》及其他史料开列的（其中州郡官职位的择取范围，以刺史和司马为主，兼及长史和别驾）。不难发现，在中唐州郡官的圈子里，汇集了许多当时活跃的文学家和知名文人。这种情况表明，中唐文人参与政治的程度和层次比以往有了很大的提高。而且，这个名单的组成，也有力地验证了本文所概括的一个观点，即中唐文人的政治化和政治家的文人化往往统一于一个主体中，从而构成一个主体的两类角色。同时更体现了中唐州郡官的角色特征：它是刺史等州郡官这类规定性的社会角色，同文人或作家这类开放性的社会角色高度整合的结果。

那么，这种集两类角色于一身的特征是如何形成的呢？本文认为，其中的关键在于，刺史等州郡官的精神状态，尤其是他们的"窜逐"心理，与文学创作具有某种契合关系。下面，笔者试图以中唐一些著名文人担任州郡官的经历为例，从一个侧面揭示中唐文人在承担这种社会角色时的一般情形。

先看刘晏、杨炎和第五琦。此三人都是中唐前期著名的计臣，他们担任州郡官的经历，在反映了个人荣枯浮沉的同时，也体现了中唐政治某些方面的特征，如朋党倾轧、宦官擅权等。值得注意的是，此三人的结局，几乎都与州郡官的角色密不可分。以社会角色的理论来考虑或以此视角来观察，这一貌似巧合的现象及其包含的意义，已经足够发人深省了。

刘晏的成名极富于传奇色彩。史载他七岁举神童，开元十三年（725）玄宗封禅泰山，驾临其家乡曹州南华（今山东东明县）时，刘晏以神童之名被当地举荐，遂进奉歌颂封禅盛事的《东封书》。玄宗命宰相张说等当场出题策试，刘晏答对裕如，于是立即拜为秘书省正字。①如此年少即入仕途，堪称世所罕见，故轰动朝野（这段故事还被编入《三字经》，广为传诵）。可见，刘晏当时是以文才识见卓拔于同侪而步入仕途的。

杨炎比刘晏小十岁，亦以文辞雄丽而隐居不仕闻名，《旧唐书》卷一一八《杨炎传》载："炎美须眉，风骨峻峙，文藻雄丽。汧、陇之间，号为'小杨山人'。"按杨炎之父杨播自玄宗时即隐居，朝廷征拜其为谏议大夫，仍弃官就养。故"小杨山人"之称，当就区别于其父而言。至德二载（757）杨炎释褐入世，被河西节度使杜鸿渐辟为掌书记。在此之前，杨炎游于河西，有《河西节度使厅壁记》《大唐河西平北圣德颂》等作，其文名之显或与此类文章的流传有关。

第五琦在安史之乱初期，为北海郡太守贺兰进明录事参军，曾为贺兰进明出谋划策，"厚以财帛，募勇敢士，出奇力战，遂收所陷之郡"，使其免受军令责罚。事后贺兰进明向玄宗奏言："方今之急在兵，兵之强弱在赋，赋之所出，江淮居多。若假臣职任，使济军须，臣能使赏给之资，不劳圣虑。"玄宗大喜，即日拜第五琦为监察御史，勾当江淮租庸使，寻拜殿中侍御史，寻加山南等五道度支使。②

刘晏入仕后，历经洛阳尉、夏县令、温县令、侍御史、度支郎中领江淮租庸事等职，于肃宗至德二载（757）拜余杭太守，旋改淮南西道行军司马，同年转任彭原太守，从此跻身州郡官的行列。乾元二年（759）为陇州、华州刺史，擢河南尹。同年第五琦拜相，兼执掌财计。不久因铸重钱引起谷价腾贵和盗铸成风，贬忠州长史。既在道，被告受人黄金，追贬配流夷州。③

上元元年（760），刘晏入朝为户部侍郎、兼御史中丞，充度支、盐铁、铸钱等使，兼京兆尹。就在他仕途顺畅、扶摇直上之时，被司农卿严庄诬陷，遭受了平生第一次贬谪，于上元二年（761）出为通州刺史。后被宰相元载援引，官复原职，重掌财计大权。两年后拜吏部尚书、同平章事，仍兼度支任。宝应初，起第五琦为朗州刺

---

① 见《旧唐书》卷一二三《刘晏传》："刘晏字士安，曹州南华人。年七岁，举神童，授秘书省正字。"但刘晏生于开元五年（717），至玄宗封禅泰山的开元十三年（725）时，应为九岁。参见齐涛、马新《刘晏 杨炎评传》，南京大学出版社，1998，第6页。本文关于刘晏、杨炎的仕历系年，也一并参照该著所附刘、杨年表。

② 《旧唐书》卷一二三《第五琦传》。

③ 《旧唐书》卷一二三《第五琦传》："乾元二年十月，贬忠州长史，既在道，有告琦受人黄金二百两者，遣御史刘期光追按之。琦对曰：'二百两金十三斤重，忝为宰相，不可自持。若其付受有凭，即请准法科罪。'期光以为此是琦伏罪也，遽奏之，请除名，配流夷州，驰驿发遣，仍差纲领送至彼。"

史，因其甚有能政，召为太子宾客，改京兆尹、户部侍郎，专判度支。

广德二年（764），刘晏因元载忌嫉，以坐交宦官程元振之名被贬为太子宾客，不久又起用为河南、江淮等道转运使，主持东南漕运。大历元年（766），刘晏以户部尚书的身份与户部侍郎第五琦分理天下财赋。大历五年（770），第五琦受元载排挤，以坐交宦官鱼朝恩之名，被贬为括州刺史。次年，元载奏请亲信韩滉与刘晏共同分理财赋。

大历八年（773），刘晏转吏部尚书，与时为中书舍人、吏部侍郎的杨炎"盛气不相下"①，"各恃权使气，两不相得"②，为二人最终的悲剧结局埋下了伏笔。同年第五琦改饶州刺史，在其任达五年之久。大历十二年（777），权相元载伏诛，杨炎坐交元载，被贬为道州司马。对此，刘晏拍手称快，史载："炎坐元载贬，晏快之，昌言于朝。"③次年，门下侍郎同平章事常衮因忌嫉刘晏名望，荐刘晏为尚书左仆射，欲夺其实权。但国家财赋之任还要倚重刘晏，故仍兼诸使。大历十三年（778），第五琦改湖州刺史，次年召为太子宾客，分司东都。大历十四年（779）德宗即位，宰相常衮因奏崔祐甫事失实，被贬为潮州刺史。杨炎则被德宗起用，由道州司马径直拜相。

这里对常衮与崔祐甫之争略作叙述。该事见于《旧唐书》卷一一九《崔祐甫传》，又见于《旧唐书》卷十二《德宗纪上》、《资治通鉴》卷二二五代宗大历十四年④。大历十四年闰五月，为排挤政敌、前宰相杨绾的亲信崔祐甫，宰相常衮沿用肃宗以来宰相联署的惯例，私自代替中书令郭子仪、检校司空平章事朱泚二人署名，上书刚刚即位的德宗，称崔祐甫率情变乱，轻议国典，请贬之为潮州刺史。德宗以为责罚过重，诏贬崔为河南府少尹。不料此事引起郭子仪和朱泚的强烈不满，认为自己虽

---

① 《新唐书》卷一四九《刘晏传》。
② 《旧唐书》卷一二三《刘晏传》。
③ 《旧唐书》卷一二三《刘晏传》。
④ 《旧唐书》崔祐甫本传："是日，百僚且经序立于月华门，立贬衮为河南少尹，以祐甫为门下侍郎、平章事，两换其职。祐甫出至昭应县，征还。"《旧唐书》卷十二《德宗纪上》："闰月壬申，贬中书舍人崔祐甫为河南少尹。甲戌，贬门下侍郎、平章事常衮为潮州刺史。召崔祐甫为门下侍郎、同中书门下平章事。"《资治通鉴》卷二二五代宗大历十四年："闰月，壬申，贬祐甫为河南少尹。""甲戌，百官衰经，序立于月华门，有制，贬衮为潮州刺史，以祐甫为门下侍郎、同平章事，闻者震悚。祐甫至昭应而还。"从上引三条史料看，在关于常衮的贬职上《旧唐书·崔祐甫传》与《旧唐书·德宗纪》和《资治通鉴》不同，兹从《旧唐书·德宗纪》和《资治通鉴》；而在贬常衮的日期上，《资治通鉴》又与《旧唐书·德宗纪》不同，按甲辰日距壬申日相隔一月有余，崔祐甫从长安到诏应（即新丰，治所在今陕西临潼县西北）不可能走一个月，故于理不合，兹从《旧唐书·德宗纪》，并录以存疑。

然"名是宰臣，当署制敕，至于密忽之议，则莫得闻"，而且上书力辩崔祐甫罪不当贬。德宗对此开始不解，后来证实常衮在其中做了手脚后，大为震怒，"谓衮诬罔"。于是立即收回成命，改贬常衮为潮州刺史，征召已经行至昭应（今陕西临潼）的崔祐甫还朝，拜门下侍郎、同中书门下平章事。数日之内，常衮和崔祐甫的身份发生了如此戏剧性的对换。故敕令一出，朝野惊骇。而常、崔本人在角色转换的瞬间，其内心所受到的巨大冲击也是可想而知的。

杨炎执政后，积极用事，主张废内库，颁行两税法，皆被德宗采纳，一时政绩卓然。但与此同时，杨炎不忘旧嫌，专以复仇、排斥异己为事。《太平广记》卷一五三所引《续命定录》，十分真切地描述了杨炎当年仓促离京和赴任途中的种种惨状。不难想见，在那种悲苦凄凉的情形之下，杨炎心中郁结的复仇情绪会多么强烈：

> 户部侍郎杨炎贬道州司户参军（按当为道州司马），自朝受责，驰驿出城，不得归第。炎妻先病，至是炎虑耗达，妻闻惊，必至不起。其日，炎夕次蓝田，（崔）清方主邮务。炎才下马，屈崔少府相见。便曰："某出城时，妻病绵惙，闻某得罪，事情可知。欲奉烦为申辞疾，请假一日，发一急脚附书，宽两处相忧，以候其来耗，便当首路，可乎？"清许之，邮知事吕华进而言曰："此故不可，敕命严迅。"清谓吕华："杨侍郎迫切，不然，申府以阙马，可乎？"华久而对曰："此即可矣。"清于是以此闻于京府，又自出俸钱二十千，买细毡，令造毡罽，顾夫直诣炎宅，取炎夫人。夫人扶病登舆，仍戒其丁勤夜行。旦日达蓝田，时炎行李简约，妻亦病稍愈，便与炎偕往。炎执清之手，问第行。清对曰："某第十八。"清又率俸钱数千，具商于已来山程之费。至韩公驿，执清之袂，令妻出见曰："此崔十八，死生不相忘，无复多言矣！"炎至商于洛源驿，马乏，驿仆王新送骒一头。又逢道州司仓参军李全方挽运入奏，全方辄倾囊以济炎行李。①

杨炎就是在这种心态下开始了排斥异己的行动。他选择的首要目标就是刘晏，因为二人存有旧隙，且目前只有刘晏可以同他抗衡。他利用刘晏参与废黜太子的传言，罗织罪名，奏请德宗下诏，罢免刘晏所兼财赋诸使，贬刘晏为忠州刺史。随后以亲信庾准

---

① 《太平广记》卷一五三"崔朴"，中华书局，1961。

为江陵尹兼御史中丞、荆南节度使，监控刘晏。建中元年（780）七月，庾准受杨炎指使，上奏德宗，称刘晏致书朱泚求救，"言多怨望"，又私召兵马，谋拒朝廷。杨炎派人到忠州证成其事，德宗信以为真，急遣中使缢杀刘晏，数日后才颁下赐死诏书。《旧唐书》本传载："是月庚午，晏已受诛，使回奏报，诬晏以忠州谋叛，下诏暴言其罪，时年六十六，天下冤之。家属徙岭表，连累者数十人。贞元五年，上悟，方录晏子执经，授太常博士；少子宗经，秘书郎。执经上请削官赠父，特追赠郑州刺史。"一代名臣就这样陨落了。

刘晏的结局是被贬忠州刺史，被诬谋叛，被缢杀，死后追赠郑州刺史；第五琦则前后在忠州、朗州、括州、饶州、湖州度过了近十年的州官生涯，后来做了几年太子宾客，分司东都，到建中三年（782）召还京师时，却"信宿而卒"。而在刘晏死后的十五年，即贞元十一年（795），陆贽因裴延龄构陷，也被贬往忠州为别驾；十年后顺宗召还回朝的敕文到达忠州时，陆贽未闻其诏，已蒙冤而死。十分巧合的是，同样被召却未闻诏而死的，还有当年力辩陆贽无罪的道州刺史阳城。

至于杨炎，虽然构陷刘晏得逞，自己却难逃悲剧下场。他对新任宰相卢杞公然表示轻蔑，引起后者的衔恨，而在政治较量中又不敌对手，节节败退，最后终于被卢杞抓住他在曲江之南王气之地构建家庙的把柄，进言罢相，直至远贬崖州司马，行至距崖州百里时被赐死。时值建中二年（781），杨炎五十五岁。杨炎对自己的结局似乎有所预感，他从道州司马召还入京时，曾说："吾岭上一逐臣，超登上台，可常哉？且有非常之福，必有非常之祸。"① 此次流贬岭南，在途中写下《流崖州至鬼门关作》一诗："一去一万里，千知千不还。崖州何处在，生度鬼门关。"② 原本预料到将来必有非常之祸，现在以为过了岭南鬼门关就性命无虞了，不想历史却以其人之道还诸其身，让一年前他构陷刘晏的故事在其身上重演，证成了他终究是一个悲剧性的人物。从某种程度上说，元载、刘晏、杨炎、卢杞之间的恩恩怨怨，实质上是中唐朋党倾轧的一个缩影。《旧唐书》卷一五九《韦处厚传》载韦处厚的上疏曰："建中之初，山东向化，只缘宰相朋党，上负朝廷。杨炎为元载复仇，卢杞为刘晏报怨，兵连祸结，天下不平。"可谓一语中的。刺史等州郡官，历来被加上各种光彩的名号，如"治人之本"、"古之通侯"等，这种耀眼的光环，却也掩盖和隐藏了诸多历史的悲剧，以

---

① 《太平广记》卷一五三"崔朴"，中华书局，1961。
② 《流崖州至鬼门关作》，《全唐诗》卷一二一，中华书局1960年点校本。

及诸多类似刘晏、杨炎、陆贽和阳城等悲剧性的人物。

刘晏、杨炎、第五琦三人可以说是典型的政治家型文人。从他们的入仕途径来看，刘晏是举神童，杨炎起自幕府从事，第五琦以吏干进，只有刘晏的成名和入仕与科举制度有一些联系，不过一则其中的传奇色彩较为浓重，二则童子科毕竟是科举中情况比较特殊的一种，如吴宗国先生指出："（童子科）实为粉饰盛世而设，以颂经为课不过是照顾了儿童善于背诵的特点，如有善属文等其他才能者，自不必拘以常规。"① 因而在中唐士人中不具有普遍性。但三人都具有较高的文学才能，也多与文学之士交游，则是毫无疑问的。刘晏的成名本身就是很好的说明。此外，他与文学之士有广泛的交游，在他的转运盐铁使幕中，曾汇集了刘长卿、张继、戴叔伦、包佶、顾况等知名诗人。杨炎自视才高，鄙视卢杞，主要是嫌卢杞"无文学，仪貌寝陋"，《旧唐书》本传称杨炎"风骨俊峙，文藻雄丽……与常衮并掌纶诰，衮长于除书，炎善为德音，自开元已来，言诏制之美者，时称常、杨焉"。由此可见，杨炎所倚恃的资本也是文才。关于这一点，贬逐杨炎的诏书说得明明白白："尚书左仆射杨炎，托以文艺，累登清贯，虽谪居荒服，而虚称犹存。"② 至于第五琦，也是工诗善文，宋人洪迈《容斋随笔·三笔》卷八"唐贤启状"条云：

> 故书中有《唐贤启状》一册，皆泛泛缄题其间，标为独孤常州及、刘信州太真、中丞长源、吕衡州温卿各数十篇，亦无可传诵。时人以其名士，故流行至今。独孤有《与第五相公书》云："垂示《送邱郎中》两诗，词清兴深，常情所不及。'阴天闻断雁，夜浦送归人'，醴丽闲远之外，文句窈窕凄恻，比顷来所示者，才又加等，但吟诵叹咏，大谈于吴中文人耳。"又云："昨见《送梁侍御》六韵，清丽妍雅，妙绝今时，掩映风骚，吟讽不足。"按第五琦乃聚敛之臣，不以文称，而独孤奖重之如此，观表出十字，诚为佳句。乃知唐人工诗者，多不必专门名家而后可称也。③

洪迈说《唐贤启状》本身并无可传诵之篇，但因为集子的作者都是名士，所以得以

---

① 吴宗国：《唐代科举制度研究》，辽宁大学出版社，1997，第34页。
② 《旧唐书》卷一一八《杨炎传》。
③ 洪迈：《容斋随笔·三笔》卷八，文渊阁《四库全书》本。

流传至宋代。可惜独孤及在《与第五相公书》中大加赞许的第五琦的三首诗，流传至今的仅有上述"阴天闻断雁，夜浦送归人"一联①。

上引洪迈"唐人工诗者，多不必专门名家而后可称也"的断语值得我们注意。它一方面可以理解为对唐人作诗普及程度的赞赏，另一方面也可以理解为对唐人文学素养的肯定。在此，洪迈是把唐代士人中的"工诗者"和"专门名家"区分开了。从一定的意义上说，"工诗者"是"专门名家"的"后备军"和"人力资源"。本文以职事活动为中心，考察中唐文人的社会角色与文学之间的关系，其出发点与此类似，也是从一个更广泛的背景下，重新观察和梳理中唐文学的发展及其意义。因此，在上述视野中，即使是刘晏、杨炎、第五琦这样著名的计臣，同样也具备了不同于以往士人的意义，从而与中唐文学发展的背景有机地结合起来了。

再看"八司马"、元稹、白居易、韩愈等。与刘晏、杨炎等政治家型文人不同，他们可以说是文人型政治家或政治人物。对于他们来说，文学才能不仅仅是一种单纯的修养或者仕进的工具，更多的还是他们在特定环境和遭遇下抒情言志甚至匡时救弊的手段。这些文才卓异且自负才名的文人，其传承儒家诗教的意识和使命感自然更加自觉和强烈，所以在他们身上，典型地体现了州郡官的"窜逐"心理等精神状态与文学创作的内在契合。

这种精神状态的外在表现，首先是获悉被贬和外放之际，或者被贬和外放之初产生的强烈心理反应，那就是所谓的"窜逐"感。

一般说来，对于外放，无论是历经仕途坎坷还是一帆风顺的文人，都是很敏感的。如《旧唐书》卷一二八《颜真卿传》载：

> 卢杞专权，忌之（颜真卿），改太子太师，罢礼仪使，谕于真卿曰："方面之任，何处为便？"真卿候杞于中书曰："真卿以褊性为小人所憎，窜逐非一。今已羸老，幸相公庇之。相公先中丞传首至平原，面上血真卿不敢衣拭，以舌舔之，相公忍不相容乎？"

先中丞即卢杞之父卢奕，天宝时为御史中丞，安史乱起，叛军攻下洛阳后被杀，传首

① 见《全唐诗》卷七九五。

至平原，以此威胁平原郡太守颜真卿①，欲使其叛降。当年一郡太守颜使君对死亡的考验和威胁毫无畏惧，以舌舐卢奕面上血，并奋勇抗敌。而现在，二十六七年过去了，身为东宫要员的颜太师却对卢杞看似轻飘飘的一句"方面之任，何处为便"，表现出异常的敏感，特意向卢杞重提当年乃父旧事，称说自己现在已经年迈体衰，希望卢杞不要让他再次陷入"窜逐"的境地。从前文关于唐代重内轻外风气的概述可见，这种心理是其来有自的。而颜真卿在此以"相公忍不兼容乎"的反诘与卢杞"方面之任，何处为便"的试探相提并论，更从另一个侧面表明，在唐代士人的心目中，外任与"窜逐"几乎就是同义语。

其次，这种精神状态的外在表现，更多的是与"窜逐"心理相关联的委屈之情和忠孝之心。这种委屈之情和忠孝之心，往往被承继忠君恋阙传统的中唐士人们强化，因而具有极强的文学色彩。

如元稹在《同州刺史谢上表》中，即把外放与"窜逐"明确地联系起来，其中表露出的种种心态，颇为耐人寻味。文章开篇道：

> 臣罪重责轻，忧惶失据，虑为台府迫逐，不敢徘徊阙廷，便自朝堂匍匐进发，谨以今月九日到州上讫。臣某辜负圣朝，辱累恩奖，便合自求死所，岂宜尚忝官荣？

长庆二年（822）六月，李逢吉指使亲信奏告元稹，称元稹曾密遣刺客，欲杀裴度以报私怨，因查无实据，元稹、裴度皆罢相，李逢吉遂趁机填补空缺。裴度以功高德重仍为右仆射居京，而元稹则被出为同州刺史，事见《资治通鉴》卷二四二穆宗长庆二年。同州地处京畿道，距都城长安不远，所以元稹很快便到达任所，并匆匆上表谢罪言志。

按唐代官员的贬谪，论其"罪行大小"、"情节轻重"，一般重贬的外放地包括两种：一是荒僻偏远之地，如崖州、潮州、播州、连州、忠州等，外放的著名文人有韦执谊、杨炎、李德裕、韩愈、刘禹锡、刘晏、陆贽、白居易等；二是落后贫穷之地，如道州、朗州、永州、柳州等，外放的著名文人有阳城、第五琦、李翱、柳宗元等。

---

① 据郁贤皓先生《唐刺史考全编》卷一一〇，颜真卿天宝十二载至至德元年（753～756）为平原太守。按德州在隋为平原郡，唐武德四年置德州，设总管府，后改都督府，贞观元年废都督府，天宝元年改为平原郡，乾元元年复为德州。

这些州郡，无一不比此次元稹所贬的同州状况差得多，元稹自然明晓于此。这就说明，元稹在此文中所要重点表达申述的，主要是自己遭贬的委屈之情和忠孝之心。于是，接下来他就不厌其烦地铺叙了自己从少年发愤读书到应举登第，以及入仕后尽职尽责，至今坎坷蹭蹬的历程：

> 臣八岁丧父，家贫无业，母兄乞丐以供资养，衣不布体，食不充肠。幼学之年，不蒙师训。因感邻里儿稚，有父兄为开学校，涕咽发愤，愿知诗书。慈母哀臣，亲为教授。年十有五，得明经出身。自是苦心为文，夙夜强学。年二十四，登乙科，授校书郎。年二十八蒙制举首选，授左拾遗。始自为学，至于升朝，无朋友为臣吹嘘，无亲党为臣援庇，莫非苦己，实不因人，独立成性，遂无交结。任拾遗日，屡陈时政，蒙先皇帝召问延英，旋为宰相所憎，贬臣河南县尉。及为监察御史，又不敢规避，专心纠绳。复为宰相怒臣不庇亲党，因以他事贬臣江陵判司。废弃十年，分死沟渎。①

元稹在这里主要是表白自己在任上专心尽职，从不结党营私，所以得罪执政，遭此贬谪之祸。由此可见中唐党争的激烈程度：士人们走上仕途，特别是一旦参与高层政治，就会面临如何站队的选择。这对于久蘸于圣贤之学，执着于书本之道的传统文人来说，显然是一个极大的挑战。陆贽在德宗出奔奉天的特定时期，实现了他"上不负天子，下不负吾所学"的人生理想②，为世人提供了一个封建文人参与高层政治的成功范例。但那毕竟是恰逢特定的时期，离不开特定的条件。一旦情况发生变化，陆贽的"内相"和"天子私人"的地位就大打折扣，甚至形同虚设了。实际上，中唐的其他文人们都在寻求类似陆贽这样的机会，元稹也不例外。所以，他在此文中极力渲染先帝宪宗对他的种种恩遇，无非是为将来的复出做某种铺垫工作：

> 元和十四年，宪宗皇帝开释有罪，始授臣膳部员外郎。与臣同省署者，多是臣初登朝时举人；任卿相者，半是臣同谏院时拾遗、补阙。愚臣既不能低心曲就，辈流亦以此望风怒臣。不料陛下天听过卑，知臣薄艺，朱书授臣制诰，延英

---

① 元稹：《同州刺史谢上表》，《元稹集》卷三十三，中华书局，1982。
② 权德舆：《唐陆宣公翰苑集序》，《唐陆宣公翰苑集》卷首，《四部丛刊》本。

召臣赐绯。宰相恶臣不出其门，由是百计侵毁。陛下察臣无罪，宠奖逾深，召臣面授合人，遣充承旨学士，金章紫服，光饰陋躯，生人之荣，臣亦至矣。然臣益遭诽谤，日夜忧危，唯陛下圣鉴照临，弥加保任，竟排群议，擢备台司。臣忝有肺肝，岂并寻常宰相？况当行营退散之后，牛元翼未出之间，每闻陛下轸念之言，微臣恨不身先士卒。所以问计策，遣王友明等救解深州，盖欲上副圣情，岂是别怀他意？不料奸人疑臣杀害裴度，妄有告论，尘黩圣聪，愧羞天地。臣本待辨明一了，便拟杀身谢责，岂料圣慈尚在，薄贬同州。虽违咫尺之颜，不远郊畿之境。伏料必是宸衷独断，乞臣此官，若遣他人商量，乍可与臣远处藩镇，岂肯遣臣俯近阙庭？臣所恨今月三日，尚蒙召对延英，此时不解泣血，仰辞天颜，便至今日窜逐。臣自离京国，目断魂销，每至五更朝谒之时，臣实制泪不得，若余生未死，他时万一归还，不敢更望得见天颜，但得再闻京城钟鼓之音，臣虽黄土覆面，无恨九原。臣某无任自恨自惭，攀恋圣慈之至。

元稹说穆宗对他的处罚是"薄贬"，这正与同州"俯近阙庭"而非"远处藩镇"的地理位置有关。然而即便如此，元稹还是要强调自己处在"窜逐"的状态。于是，他在文中把忠君恋阙的情结表达得百转千回，读之令人动容。

最后，与州郡官"窜逐"心理相联系的这种精神状态，还表现为在"窜逐"过程中对自己人生道路的痛切反思，以及由此产生的"信而见疑，忠而被谤"①的不平，随后就是冷静之后的现实抉择。这种状态，伴随着强烈的感情起伏和思想动荡，最适宜以文学的形式表达。所谓"物不得其平则鸣"②，"和平之音淡薄，而愁思之声要妙；欢愉之辞难工，而穷苦之言易好"③等，说的就是这个道理。事实上，正如我们看到的，这种痛切反思的结果，的确造就了一大批成功的文学家和文学作品。对于元稹、白居易、韩愈、柳宗元、刘禹锡这些早已成名的文学家而言，则更是其创作历程中的重要里程碑。

元和十年（815），白居易被贬江州司马。他在《自悔》中痛切地反思自己的人生道路，并筹划未来，试图以放达任真的态度度过余生：

① 《史记》卷八十四《屈原贾生列传》。
② 韩愈：《送孟东野序》，《韩昌黎文集校注》卷四，上海古籍出版社，1986。
③ 韩愈：《荆潭唱和诗序》，《韩昌黎文集校注》卷四。

乐天乐天，来与汝言：汝宜拳拳，终身行焉。物有万类，锢人如锁；事有万感，热人如火。万类递来，锁汝形骸；使汝未老，形枯如柴。万感递至，火汝心怀；使汝未死，心化为灰。乐天乐天，可不大哀！汝胡不惩往而念来？人生百岁，七十稀，设使与汝七十期：汝今年已四十四，却后二十六年能几时？汝不思二十五六年来事？疾速倏忽如一寐。往日来日皆瞀然，胡为自苦于其间？乐天乐天，可不大哀！而今而后，汝宜饥而食，渴而饮；昼而兴，夜而寝。无浪喜，无妄忧；病则卧，死则休。此中是汝家，此中是汝乡。汝何舍此而去，自取其遑遑？遑遑兮欲安往哉？乐天乐天归去来！①

白居易在这里表达了自己纵浪大化、不喜不惧地生活的意愿，其中不乏与陶渊明精神相通之处。被贬江州司马，可以说是白居易一生中所受到的最沉重的打击。此时，他所扮演的太子左赞善大夫的角色虽然失败了，但他作为文学家和诗人的角色却仍然熠熠闪光（其实，当年的陶渊明又何尝不是如此）。值得注意的是，在经历了此次人生的重大转折后，白居易的精神世界较之从前更加贴近现实了，特别是对下层人民产生了"同是天涯沦落人，相逢何必曾相识"的认同感，从过去作为旁观者的悲天悯人，升华到现在作为局中人的感同身受和同病相怜。这对白居易的仕宦生涯来说，当然是不幸的事情，但对中唐文学来说，则堪称不幸中的万幸了。

与白居易被贬江州司马类似的情况，还可以举出一些例子，如韩愈的被贬潮州刺史。元和十四年（819）正月，韩愈因上《论佛骨表》反对崇佛，触怒宪宗，几乎被判极刑，幸得宰相裴度、崔群的论救，才被贬潮州刺史，时年五十有二。得到敕令之后，韩愈匆匆踏上南迁的漫漫长路，诗歌名篇《左迁至蓝关示侄孙湘》就是韩愈行至离长安不远的蓝田关时所作："一封朝奏九重天，夕贬潮州路八千。欲为圣明除弊事，肯将衰朽惜残年。云横秦岭家何在，雪拥蓝关马不前。知汝远来应有意，好收吾骨瘴江边。"② 经过两个多月的长途跋涉，韩愈终于抵达潮州任所，旋即进奉《潮州刺史谢上表》，其中充满了谢罪和自责之语：

臣某言：臣以狂妄戇愚，不识礼度，上表陈佛骨事，言涉不敬，正名定罪，

---

① 《白居易集》卷三十九，中华书局，1978。
② 韩愈：《左迁至蓝关示侄孙湘》，《韩昌黎诗系年集释》，上海古籍出版社，1984。

万死犹轻。陛下哀臣愚忠，恕臣狂直，谓臣言虽可罪，心亦无他，特屈刑章，以臣为潮州刺史。既免刑诛，又获禄食，圣恩弘大，天地莫量；破脑刳心，岂足为谢！臣某诚惶诚恐，顿首顿首。

接下来重笔描述潮州的险恶环境以及自己的惨状，以期博得宪宗的同情。随后又极力铺叙个人的文学才能和社会影响，俨然以一代文宗自居：

臣受性愚陋，人事多所不通，惟酷好学问文章，未尝一日暂废，实为时辈所见推许。臣于当时之文，亦未有过人者。至于论述陛下功德，与《诗》《书》相表里；作为歌诗，荐之郊庙；纪泰山之封，镂白玉之牒；铺张对天之闳休，扬厉无前之伟迹；编之乎《诗》《书》之策而无愧，措之乎天地之间而无亏，虽使古人复生，臣亦未肯多让！

不过韩愈在此的意图，实际上是希望以自己的文学才能引起宪宗的重视，以期得到再度起用。所以，韩愈的笔触很快就转向对宪宗的歌功颂德，到了文章的结尾，几乎用的是哀求的语调了："伏惟皇帝陛下，天地父母，哀而怜之，无任感恩恋阙惭惶恳迫之至。"①

这种婉转曲折、一唱三叹的写法，固然是由"谢上表"这类体裁的内在要求限定的，但也可以从中看出作者的一些真情实感。所以韩愈的这篇文章，既得到后人的赞许和理解，也受到不少讥评。如吴闿生《古文范》卷三："此篇公贬斥后要结主知之作。竭尽平生材力为之。其经营之重，盖不减《平淮西碑》，全运以汉赋之气体，如铸精金纯铁，如驱千军万马，山起潮立，坚刚直达，山岳可穿，读之每字入口皆有千钧万石之重。至于切要之处，则精神喷溢而出，声光炯炯，轩天拔地，所谓'编之乎《诗》《书》之策而无愧，措之乎天地之间而无亏'。盖能言称其实也。"② 这是针对文章的写作成就而言的，更多的是针对人品和性格发表议论的，如侯方域《书昌黎潮州谢上表后》："昌黎一代人杰，其谏佛骨，几致杀身，尤挺立不挠。然贬潮州，而其谢上表，亦何哀也。"③ 欧阳修《与尹师鲁第一书》："每见前世有名人，当

① 韩愈：《潮州刺史谢上表》，《韩昌黎文集校注》卷八。
② 吴闿生：《古文范》卷三下编之二，民国十六年（1927）文学社刊行本。
③ 侯方域：《壮悔堂集》卷九，清顺治刻增修本，《续修四库全书》影印，集部别集类，第一四〇册，上海古籍出版社，2002。

论事时，感激不避诛死，真若知义者。及到贬所，则戚戚怨嗟，有不堪之穷愁形于文字，其心欢戚，无异庸人，虽韩文公不免此累。"①

对于八司马来说，上述的精神状态恐怕更为典型地体现了与文学创作的内在契合。如柳宗元于贞元二十一年（805）九月坐交王叔文被贬邵州刺史；十一月，在赴邵州途中，再贬永州司马，从此在永州度过了十年形同拘囚的谪居生涯。他的《与李翰林建书》记录了永州险恶的自然环境和自己悲愤郁闷的精神状态：

> 永州于楚为最南，状与越相类。仆闷即出游，游复多恐。涉野则有蝮虺大蜂，仰空视地，寸步劳倦；近水即畏射工沙虱，含怒窃发，中人形影，动成疮疣。时到幽树好石，暂得一笑，已复不乐。何者？譬如囚拘圜土，一遇和景出，负墙搔摩，伸展支体，当此之时，亦以为适，然顾地窥天，不过寻丈，终不得出，岂复能久为舒畅哉？②

这种精神状态，很容易让他们联想起屈原以及屈骚传统。事实上，他们在自己的文学创作中的确自觉地对此进行了发扬和光大。关于这一点，后文将要提到。这里只想说明，本文所说的州郡官的"窜逐"意识等，主要是就他们在社会角色转换之初的精神状态而言的，一旦他们完成了这种角色转换，还会自觉地承担起相应的责任，并以自己的政治才能和文学特长，为惠一方。所以在他们放逐的地区，常常会产生一些关于他们的传说或典故。同时，中唐文人也有一些以某某州为名的世称，诸如韦苏州、刘随州、独孤常州、柳柳州、吕衡州等，也可以说是对他们治郡政绩，所谓"在郡有治声"的一种肯定。比如独孤及，大历三年（768）为濠州刺史，大历五年（770）改舒州刺史，八年（773）迁常州刺史，世称独孤常州。独孤及喜奖掖鉴拔后进，梁肃、权德舆、朱巨川、崔元翰、陈京、唐次皆出其门下③，而韩愈"从其（按，即梁肃）徒游"④，则可以说是独孤及的再传弟子了。

在此，值得特别一提的还有阳城，他在道州刺史任上废当地进贡侏儒之举，堪与

---

① 欧阳修：《与尹师鲁第一书》，《欧阳文忠公文集·外集》卷一七，《四部丛刊》本。
② 柳宗元：《与李翰林建书》，《柳宗元集》卷三十，中华书局，1979。
③ 《新唐书》卷一六二《独孤及传》："及喜鉴拔后进，如梁肃、高参、崔元翰、陈京、唐次、齐抗皆师事之。"
④ 《旧唐书》卷一六〇《韩愈传》。

当年"率拾遗王仲舒等数人，守延英门上疏，论延龄奸佞，贽等无罪"① 的壮举交相辉映，传诵千载：

> 道州土地产民多矮，每年常配乡户，竟以其男号为"矮奴"。城下车，禁以良为贱，又悯其编甿岁有离异之苦，乃抗疏论而免之，自是乃停其贡。民皆赖之，无不泣荷。②

阳城自贞元十四年（798）九月开始，直至贞元二十一年（805）顺宗"追……前谏议大夫道州刺史阳城赴京师……未闻追诏，而卒于迁所"③，做了近七年的道州刺史。《旧唐书》以阳城出身于隐士，把他归入《隐逸传》；而《新唐书》则以他的卓特言行，把他归入《卓行传》。关于阳城废道州进贡侏儒的事迹，《新唐书》载："至道州，治民如治家，宜罚罚之，宜赏赏之，不以簿书介意。月俸取足则已，官收其余。日炊米二斛，鱼一大鬵，置瓯杓道上，人共食之。州产侏儒，岁贡诸朝，城哀其生离，无所进。帝使求之，城奏曰：'州民尽短，若以贡，不知何者可供。'自是罢。州人感之，以'阳'名子。"④

阳城的废除道州进贡侏儒之举，对主张"惟歌生民病，愿得天子知"⑤ 的白居易来说，无疑是一个绝好的文学题材，于是被他敏感地抓住，写入《新乐府》组诗中，名为《道州民》："道州民，多侏儒，长者不过三尺余。市作矮奴年进送，号为道州任土贡。任土贡，宁若斯？不闻使人生别离，老翁哭孙母哭儿。一自阳城来守郡，不进矮奴频诏问。城云臣按六典书，任土贡有不贡无；道州水土所生者，只有矮民无矮奴。吾君感悟玺书下，岁贡矮奴宜悉罢。道州民，老者幼者何欣欣！父兄子弟始相保，从此得作良人身。道州民，民到于今受其赐，欲说使君先下泪。仍恐儿孙忘使君，生男多以阳为字。"⑥ 这个事实本身说明，阳城作为新乐府题材的提供者和新乐府所吟咏的对象之一，也为元白倡导的新乐府运动作出了一份实际的贡献。

---

① 《唐会要》卷五十五《谏议大夫》，中华书局，1955。
② 《旧唐书》卷一九二《隐逸传·阳城传》。
③ 韩愈：《顺宗实录》卷二，《韩昌黎文集校注·文外集》卷下，上海古籍出版社，1986。
④ 《新唐书》卷一九四《卓行传·阳城传》。
⑤ 白居易：《寄唐生》，《白居易集》卷一。
⑥ 白居易：《道州民》，《白居易集》卷三。

三　州郡官的特定角色与贬谪题材的兴盛

韩愈在《柳子厚墓志铭》中特别指出：

> 子厚前时少年，勇于为人，不自贵重顾藉，谓功业可立就，故坐废退；既退，又无相知有气力得位者推挽，故卒厄于穷裔，材不为世用，道不行于时也。使子厚在台省时，自持其身，已能如司马刺史时，亦自不斥；斥时有人力能举之，且必复用不穷。然子厚斥不久，穷不极，虽有出于人，其文学辞章，必不能自力以致必传于后如今，无疑也。虽使子厚得所愿，为将相于一时；以彼易此，孰得孰失，必有能辨之者。①

韩愈的这个论断，虽然是针对柳宗元个人的遭际和性格而发，其中包含了他对二王八司马的一些成见，但是，这对其中所包含的真理成分并不产生负面的影响。本文认为，这个论断对于中唐的州郡官群体与中唐文学的关系来说，同样具有普遍性的意义。因为正如上文所述，在中唐时期，活跃着相当一批富于文才并具有继承儒家诗教自觉的州郡官。这个庞大的文人群体中的代表人物，或者说其中的文才卓异之士，大部分都有贬谪或外放的人生经验，而这种人生经验的表达和交流，具有相当的自觉性和广泛性，一旦形成高潮，就构成了中唐贬谪题材的兴盛，从而成为中唐文学发展和进步的重要标志。反过来说，如果这些文学之士在政治上得遂所愿，仕途一帆风顺，则中唐文学史上这个重要的景观也许就不会出现。两相权衡，孰得孰失，应该不难判断。

众所周知，历史或许能任人"打扮"而绝对不能人为设计，所以我们必须面对也只能面对历史发展的实际。在此，本文以中唐文学史上这种重要的现象为考察对象，对中唐的州郡官及其特定的社会角色在中唐贬谪题材中占有的地位和起到的作用，做一初步探讨，并对这种贬谪题材的主要特色做一简要的论述。

首先，关于"窜逐"心理的发生。如前所述，唐代重内轻外风气的盛行，对外

---

① 韩愈：《柳宗元墓志铭》，《韩昌黎文集校注》卷七。

放州郡官的精神状态的确有巨大的影响；但归根结底，这只能算作是外在的原因，内在的因素则来自当事者社会角色的巨大落差，以及这种落差给他们带来的强烈的精神冲击。这些例子上文举过很多，这里不再重复，而仅仅指出一个令这些迁客骚人心中不安的事实，那就是按照经验，唐代对官吏的贬谪常常会出现分几步到位的情况，有的甚至最终难逃追诏赐死的厄运。这种例子是屡见不鲜的。最著名的就是八司马中柳宗元、刘禹锡的在道再贬，第五琦的追诏流放夷州，以及杨炎的被追诏赐死等。白居易的《太行路》一诗，即道出了唐代文人普遍存在的怵惕心理：

> 行路难，难于山，险于水。不独人间夫与妻，近代君臣亦如此。君不见：左纳言，右纳史；朝承恩，夕赐死？行路难，不在水，不在山，只在人情反复间！①

因此，他们从踏上贬谪之途的那一刻起，就时时处于惶惶不安的状态之中，即使路途再遥远艰险，也不敢有片刻的延误。其情其景，好似在与厄运赛跑。即便路途较近，如元稹长庆二年（822）被贬同州刺史，也是"忧惶失据，虑为台府迫逐，不敢徘徊阙廷，便自朝堂匍匐进发"②，到达任所后旋即递交"谢上表"。至于路途遥远的，更是忧惧之心始终伴随，直至抵达贬所。由此，我们才能理解杨炎在写那首"一去一万里，千知千不还。崖州何处在，生度鬼门关"③诗时的复杂心情。令人慨叹的是，诗中表达的侥幸和庆幸并没有给杨炎带来好运，追诏赐死的结果，最终使这首《流崖州至鬼门关作》成了他的"绝命诗"。

在"窜逐"过程中，能够传达出生命体验的沉痛和深刻的文学作品，往往出自那些大家之手。比如在韩愈的《左迁至蓝关示侄孙湘》中，诗人已经做好了埋骨瘴江的心理准备，故全篇笼罩着一种浓厚的凄凉色彩和沉重的悲壮氛围。又如刘禹锡的《酬乐天扬州初逢席上见赠》：

> 巴山楚水凄凉地，二十三年弃置身。怀旧空吟闻笛赋，到乡翻似烂柯人。沉

---

① 白居易：《行路难》，《白居易集》卷三。
② 元稹：《同州刺史谢上表》，《元稹集》卷三十三。
③ 杨炎：《流崖州至鬼门关作》，《全唐诗》卷一二一。

舟侧畔千帆过，病树前头万木春。今日听君歌一曲，暂凭杯酒长精神。①

据卞孝萱先生《刘禹锡年谱》，宝历二年（826）冬，刘禹锡罢和州刺史，"《旧传》云：'大和二年，自和州刺史征还。'时间有误。兹据《白旧谱》（按，即陈振孙《白居易年谱》）：宝历二年，'梦得在和州。岁暮，罢归洛，与公相遇于扬楚间'"。"时白居易以病免苏州刺史，亦返洛阳。禹锡与居易相遇于扬州，结伴同行。"② 刘禹锡自永贞元年（805）开始到写下此诗的现在，除去元和十五年（820）在洛阳丁母忧之外，就一直处于"窜逐"的状态之中，按时间先后，分别出为连州刺史（永贞元年，即805年，未赴任，途中再贬）、朗州司马（永贞元年至元和十年，即805~815年）、播州刺史（元和十年，即815年，未赴任，改连州刺史）、连州刺史（元和十年至元和十四年，即815~819年）、夔州刺史（长庆元年至长庆四年，即821~824年）、和州刺史（长庆四年至宝历二年，即824~826年），这就是刘禹锡在诗中所说的"二十三年弃置身"的实际内容。诗中的人世沧桑之感和不甘沉寂、欲自振拔的精神交互显现，令人深切地感受到其中丰厚的哲学和文学内涵。

其二，"窜逐"心理的升华与贬谪中的诗歌唱和。"窜逐"心理本来是苦涩的，但在这些逐臣的诗文中却被净化了，他们一面品哑自己的痛楚，一面把这种痛楚加以提升，使之化为富有悲剧美感的词句。例如刘长卿的《重送裴郎中贬吉州》："猿啼客散暮江头，人自伤心水自流。同作逐臣君更远，青山万里一孤舟。"③ 把凄苦的情绪转化为高远的意境，这是一种文学对现实的净化；又如他的《负谪后登干越亭作》：

天南愁望绝，亭上柳条新。落日独归鸟，孤舟何处人。生涯投越徼，世业陷胡尘。杳杳钟陵暮，悠悠鄱水春。秦台悲白首，楚泽怨青苹。草色迷征路，莺声伤逐臣。独醒空取笑，直道不容身。得罪风霜苦，全生天地仁。青山数行泪，沧

① 刘禹锡：《酬乐天扬州初逢席上见赠》，《刘禹锡集》卷三一，中华书局，1990。
② 卞孝萱：《刘禹锡年谱》，中华书局，1963，第128~129页。按，卞孝萱先生断此诗作于宝历二年（826），又与诗中所谓"二十三年弃置身"时间不合。因为从永贞元年（805）算起，到大和二年（828）正好是二十三年，《旧唐书》刘禹锡本传所说的这个时间与此正好相合。究系宝历二年还是大和二年，姑存疑，但此诗作于罢和州刺史赴京途中，则是没有疑义的。
③ 刘长卿：《重送裴郎中贬吉州》，《全唐诗》卷一五〇。

海一穷鳞。牢落机心尽，惟怜鸥鸟亲。①

也具有一种壮士迟暮的悲剧美感。而像刘禹锡的《浪淘沙词》九首其八："莫道谗言如浪深，莫言迁客似沙沉。千淘万漉虽辛苦，吹尽狂沙始到金。"② 这样的句子，已不仅仅是痛苦意绪的文学表达，而堪称对"窜逐"心理的哲学提升了。

交流是人与生俱来的本能和社会需要，对于那些外放的州郡官来说，这种互相之间的鼓励和安慰就显得格外的珍贵和必要。如刘禹锡在《答道州薛郎中论书仪书》中说："及谪官十年，居僻陋，不闻世论。所以书相问讯，皆昵亲密友，不容变更。"③ 这里的"昵亲密友"，当指昔日的同志僚友，今天的天涯沦落人，如柳宗元等。而柳宗元也在《段九秀才处见亡友吕衡州书迹》中这样形容自己与吕温的交谊："交侣平生意最亲，衡阳往事似分身。袖中忽见三行字，拭泪相看是故人。"④ 元和元年（806）八司马之一的连州司马凌准卒于贬所，柳宗元有诗哭之："我歌诚自恸，非独为君悲！"⑤ 从这一点睛之笔来看，柳宗元的长歌当哭，是把自己的身世遭际一同吟咏了。

这些作品的内容十分丰富：既有遭贬后的委屈不平和恋阙思乡之情，又有放旷潇洒的意态表现；既有在贬谪途中的写景状物，又有诤友间的同病相怜和交游唱和。至于体恤民众、为惠一方等思想的表达，也是题中应有之义。而其表现形式，更是多种多样，凡送别、相遇、唱和（寄赠）、宴集等等，不一而足。

前文提到，唐人的恋阙思乡情结十分强烈，这一特点在中唐州郡官的身上同样得到了鲜明的体现。兹举数例，以见其一般：

韩愈《次邓州界》："潮阳南去倍长沙，恋阙那堪又忆家。心讶愁来惟贮火，眼知别后自添花。商颜暮雪逢人少，邓鄙春泥见驿赊。早晚王师收海岳，普将雷雨发萌芽。"⑥

① 刘长卿：《负谪后登干越亭作》，《全唐诗》卷一五〇。
② 刘禹锡：《浪淘沙词》九首其八，《刘禹锡集》卷二十七。
③ 刘禹锡：《答道州薛郎中论书仪书》，《刘禹锡集》卷十。《刘宾客集》卷十题作《答连州薛郎中论书仪书》，文渊阁《四库全书》本。
④ 柳宗元：《段九秀才处见亡友吕衡州书迹》，《柳宗元集》卷四十二。
⑤ 柳宗元：《哭连州凌员外司马》，《柳宗元集》卷四十三。
⑥ 韩愈：《次邓州界》，《韩昌黎诗系年集释》卷十一。

张署《赠韩退之》:"九疑峰畔二江前,恋阙思乡日抵年。白简趋朝曾并命,苍梧左宦一联翩。鲛人远泛渔舟水,鹏鸟闲飞露里天。涣汗几时流率土,扁舟西下共归田。"①

刘禹锡《和浙西李大夫霜夜对月听小童吹觱篥歌依本韵》:"海门双青暮烟歇,万顷金波涌明月。侯家小儿能觱篥,对此清光天性发。长江凝练树无风,浏栗一声宵汉中。涵胡画角怨边草,萧瑟清蝉吟野丛。冲融顿挫心使指,雄吼如风转如水。思妇多情珠泪垂,仙禽欲舞双翅起。郡人寂听衣满霜,江城月斜楼影长。才惊指下繁韵息,已见树杪明星光。谢公高斋吟激楚,恋阙心同在羁旅。一奏荆人白雪歌,如闻洛客扶风邬。吴门水驿按山阴,文字殷勤寄意深。欲识阳陶能绝处,少年荣贵道伤心。"②

而州郡官们在贬谪迁转途中的种种心绪感情,也常常发诸吟咏,如柳宗元《登柳州城楼寄漳汀封连四州》:

城上高楼接大荒,海天愁思正茫茫。惊风乱飐芙蓉水,密雨斜侵薜荔墙。岭树重遮千里目,江流曲似九回肠。共来百越文身地,犹自音书滞一乡。③

元和十年(815)春,柳宗元等五司马被召回京,"左降官韦执谊、韩泰、陈谏、柳宗元、刘禹锡、韩晔、凌准、程异等八人,纵逢恩赦,不在量移之限"④,所以三月又被贬为远州刺史。除柳宗元为柳州刺史外,韩泰为漳州(治今福建漳浦县)刺史,韩晔为汀州(治今福建长汀县)刺史,陈谏为封州(治今广东封开市)刺史,刘禹锡为连州(治今广东连州市)刺史。这首诗就是柳宗元怀念同遭贬谪的友人,寄赠给韩泰、韩晔、陈谏和刘禹锡的。

在此,权德舆编辑的《盛山唱和集》值得一提。该集前有权德舆的《唐使君盛山唱和集序》。唐使君即唐次,字文编,曾师事独孤及,贞元八年(792)至十九年

---

① 张署:《赠韩退之》,《全唐诗》卷三一四。张署,河间人,贞元中监察御史,谪临武令,历刑部郎中、虔、澧二州刺史,终河南令。《全唐诗》收诗一首。
② 刘禹锡:《和浙西李大夫霜夜对月听小童吹觱篥歌依本韵》,《刘禹锡集》卷三十七。
③ 柳宗元:《登柳州城楼寄漳汀封连四州》,《柳宗元集》卷四十二。
④ 《旧唐书》卷十四《宪宗上》。

（803）为开州刺史。盛山郡即开州。贞元十九年冬，唐次自开州刺史迁夔州刺史，权德舆编次唐次在开州任刺史时二十三人唱和诗《盛山唱和集》一卷。权德舆序记载了编次该集的经过：

> 古者采诗成声以观风俗，士君子以文会友，缘情放言，言必类而思无邪，悼谷风而嘉伐木，同其声气，则有唱和，乐在名教而相博约，此北海唐君文编盛山集之所由作也。初，文编以英华籍甚，辉动朝右，书法草奏，为明庭羽仪，谈者谓翰飞密侍，润色告命，如取诸怀之易也。
>
> 八年夏，佩盛山印绶，朱两轓而西。天子雅知其文采，慰勉甚厚，且曰：第如新莅，分我忧叹，于是惠而保之，四封熙熙，比岁连课为百城表率。十九年冬，既受代，转迁于夔，上方以恺悌纾息之为大，人文华国之为细，或者蕴而决之，使目不暇瞬，庸讵知向时岁月不来之推毂邪？
>
> 理盛山十二年，其属诗多矣，非交修继和，不在此编，至于营合道志，咏言比事，有久敬之义焉。晤携窾叹，惆怅感发，有离群之思焉。班春悲秋，行部迟客，有记事之敏焉。烟云草木，比兴形似，有寓物之丽焉。方言善谑，离合变化，引而伸之，以极其致。昔魏文帝称刘公干五言诗之善者，妙绝一时。《抱朴子》云："读二陆之文，恐其卷尽。"今览盛山之作有似之。凡汉庭公卿，左右曹方国二千石，军司马部从事，暨岩栖处士，令弟才子稽合，属和二十有三人，共若干篇。盍簪则七子偕赋，发函亦千里善应，尊贤下士，备见于斯。葳蕤照烛，虽南金青玉之不若也。
>
> 噫！文编所友善者，仆多善之。周星之间，物故殆半；梁宽中、杨懋功尤为莫逆。交友零落，如何可言。况其雅音已矣，多叹三复，感念涕洟，集于笔端。是集也，编于德舆，尝有木桃琼瑶之往复，辱求序引，所不敢让者，俟夫子征还道旧之日，破涕为笑于斯文也。①

从权德舆的记述看，这是一部郡斋僚友的唱和诗集。类似的集子，据陈尚君先生的考证，还有颜真卿编次的《吴兴集》十卷，收颜真卿在湖州刺史任上与文人词客和门生子弟的唱和之作，等等。除了上述本地唱和之作外，还有大量异地唱和之作的

---

① 权德舆：《唐使君盛山唱和集序》，《权载之文集》补遗，《四部丛刊》本。

结集，如元稹、白居易、崔玄亮的《三州唱和集》一卷，元稹、白居易、李谅的《杭越和诗集》一卷，元稹、白居易的《元白唱和集》十四卷，刘禹锡、白居易的《刘白唱和集》三卷，刘禹锡、李德裕的《吴越唱和集》《吴蜀集》一卷，刘禹锡、白居易、裴度等的《汝洛集》一卷，令狐楚、刘禹锡的《彭阳唱和集》三卷，等等。①

韩愈《送灵师》诗曰："开忠二州牧，赋诗时多传。"② 开忠二州牧，指的是唐次和李吉甫。贞元八年（792），窦参贬官，唐次出为开州刺史，在巴峡间十余年不获进用；李吉甫亦以窦参故出为明州员外长史，久之遇赦，为忠州刺史。这些唱和之作，或者是以一个州郡官为中心，或者在几个州郡官之间，或者是他们与其他官员之间唱和。唐人潘远《纪闻谈》"诗语暗合"概括元白唱和之作的特点云："元白酬和千篇，元守浙东，白牧苏台，置驿递诗筒，及云：'有月多同赏，无杯不共持。'其句都是暗合处耳。"③ 其他唱和类型的一般情况，恐怕与此大同小异。如令狐楚《坐中闻思帝乡有感》："年年不见帝乡春，白日寻思夜梦频。上酒忽闻吹此曲，坐中惆怅更何人。"④ 刘禹锡《和令狐相公闻思帝乡有感》："当初造曲者为谁，说得思乡恋阙时。沧海西头旧丞相，停杯处分不须吹。"

在交流或表达自己的思想感情时，可采用多种文体：陈情谢罪，即用表状；友朋往来，即用书信；抒发个人情志，则多形诸于诗歌，等等。其中谢上表的特色最为突出，因为上文已经举过多例，这里便不再重复了。

其三，屈骚传统的自觉继承，可以说是贬谪文学题材的精神实质。柳宗元《对贺者》云：

> 柳子以罪贬永州，有自京师来者，既见，曰："余闻子坐事斥逐，余适将唁子。今余视子之貌浩浩然也，能是达矣，余无以唁矣，敢更以为贺。"柳子曰："子诚以貌乎则可也，然吾岂若是而无志者耶？姑以戚戚为无益乎道，故若是而已耳。吾之罪大，会主上方以宽理人，用和天下，故吾得在此。凡吾之贬斥幸矣，而又戚戚焉何哉？夫为天子尚书郎，谋画无所陈，而群比以为名，蒙耻遇

---

① 陈尚君：《唐人编选诗歌总集叙录》，《唐代文学丛考》，中国社会科学出版社，1997，第184~222页。
② 韩愈：《送灵师》，《韩昌黎诗系年集释》卷二。
③ 朱胜非：《绀珠集》卷九，文渊阁《四库全书》本。
④ 令狐楚：《坐中闻思帝乡有感》，《全唐诗》卷三三四。

僇，以待不测之诛。苟人尔，有不汗栗危厉偲偲然者哉!?

　　吾尝静处以思，独行以求，自以上不得自列于圣朝，下无以奉宗祀，近丘墓，徒欲苟生幸存，庶几嗣续之不废。是以傥荡其心，倡佯其形，茫乎若升高以望，溃乎若乘海而无所往，故其容貌如是。子诚以浩浩而贺我，其孰承之乎？嘻笑之怒，甚乎裂眦，长歌之哀，过乎恸哭。庸讵知吾之浩浩非戚戚之尤者乎？"①

由此可见，这种"窜逐"心理与屈骚具有天然的联系，因为屈骚也是在"窜逐"的状态中完成的。由于遭际和心态的相似，历代的逐臣们对屈原均有高度一致的认同。在他们的心目中，楚辞中那行吟泽畔、慷慨悲歌的诗人形象，既代表了一种可以追随效法的精神人格，又是一种可以努力达至的作品意境。于是对屈骚的自觉继承和发扬光大，在中唐逐臣的文学作品中，占有相当重要的地位。

《旧唐书》卷一六〇《柳宗元传》载："（柳宗元）既罹窜逐，涉履蛮瘴，崎岖堙厄，蕴骚人之郁悼。写情叙事，动必以文。为骚文十数篇，览之者为之凄恻。"可以说，柳宗元在永州和柳州的许多咏物抒情、寄情山水之作，大都笼罩在这种"投迹山水地，放情咏《离骚》"②的感情基调之中，只不过常常以清远放达的风格体现而已。此外，刘禹锡之作《竹枝词》，不仅是向当地的民间文学汲取素材和体裁等成分，同样也是在向屈骚之作汲取精神养料。其《竹枝词》九首序云："四方之歌，异音而同乐。岁正月，余来建平（按：唐时属夔州，长庆二年至四年，刘禹锡为夔州刺史）里中儿联歌《竹枝》，吹短笛击鼓以赴节。歌者扬袂睢舞，以曲多为贤……虽伧宁不可分，而含思宛转，有淇、濮之艳。昔屈原居沅、湘间，其民迎神，词多鄙陋，乃为作《九歌》，到于今，荆、楚歌舞之。故余亦作《竹枝词》九篇，俾善歌者扬之。"③无疑，这是一种感情基调的趋近与认同。

　　其四，在写作过程中，贴近现实和下层人民，向民间文学汲取养料。刘禹锡的乐府诗《竹枝词》和《杨柳枝词》可以说是典型的代表。此外，传奇志怪的发达，寓言等杂文写作的兴盛，也是中唐文学发展过程中十分突出的标志。在这中间，中唐州郡官的参与和贡献也是不可忽视的。

　　例如，《枕中记》是唐代传奇的名篇。作者沈既济在大历中曾为江西从事，建

---

① 柳宗元：《对贺者》，《柳宗元集》卷十四。
② 柳宗元：《游南亭夜还叙志七十韵》，《柳宗元集》卷四十三。
③ 刘禹锡：《竹枝词九首》序，《刘禹锡集》卷二十七。

中元年（780），宰相杨炎推荐他为左拾遗、史馆修撰。次年杨炎得罪，坐贬为处州司户参军。兴元元年（784），以陆贽荐，复入朝任事，官终礼部员外郎。《枕中记》写于何时，尚无定论。如为沈既济的晚年之作，则当时沈既济已从处州司户参军被召回朝①。也有学者根据小说中的史实，推测该篇作于贬处州司户参军之时②。无论写于何时，由于作者经历了仕途的荣辱沧桑和诸多社会角色的转换，所以能把这种人生感慨化入亦真亦幻的叙述中，通过卢生在黄粱一梦中大喜大悲的遭遇，批判和影射现实中的种种丑陋现象，表达自己淡泊势利、追求真实人生的思想。在小说中，沈既济把两种社会角色很好地结合起来，但其规定性表现角色显然是其开放性表现角色的存在基础和发生效用的起点。李肇在《唐国史补》卷下对其给予极高的评价："沈既济撰《枕中记》，庄生寓言之类；韩愈《毛颖传》，其文尤高，不下史迁。二篇真良史才也。"③

有关这些内容，文学史著作和其他专题研究常常会涉及，本文不拟赘述，只需从社会角色的角度作一提示就足够了。

---

① 李时人编校《全唐五代小说》卷十九称《枕中记》不详何时所作，或稍晚于《任氏传》（建中二年）。《全唐五代小说》，陕西人民出版社，1998。
② 参见周绍良《唐传奇笺证》，人民文学出版社，2000，第15页。
③ 李肇：《唐国史补》卷下，见《唐国史补　因话录》，上海古籍出版社，1979。

中唐文人社会角色与文学

——中书舍人、学官及入幕研究

中唐时期具有代表性的、活跃的社会角色，除了翰林学士、郎官、谏官和州郡官外①，对中唐社会和文学发挥了重要作用的社会角色，还可以举出数种。

一

关于中书舍人。

中书舍人是与翰林学士性质相近的一种社会角色，不同之处主要在于：其一，中书舍人是一种传统的社会角色，始置于三国时的魏国，与翰林学士有某种渊源关系。其二，中书舍人是中书省的正式属官，带有正五品上的品阶，而翰林学士则是一种差遣，一般由他官充任。

关于中书舍人的设立和沿革，杜佑《通典》卷二十一职官三"中书令"考述甚详，兹迻录如下：

> 魏置中书通事舍人，或曰舍人、通事，各为一职。晋江左乃合之，谓之通事舍人。武冠，绛朝服，掌呈奏案章。后省之，而以中书侍郎一人直西省，即侍郎兼其职而掌其诏命。宋初，又置中书通事舍人四员，入直阁内，出宣诏命。凡有陈奏，皆舍人持入，参决于中，自是则中书侍郎之任轻矣。齐永平初，中书通事舍人四员，各住一省，时谓之"四户"，权倾天下，与给事中为一流。梁用人殊重，简以才能，不限资地，多以他官兼领。后除"通事"字，直曰中书舍人，

---

① 关于这几种中唐文人社会角色与文学关系的论述，可参见拙文《谏官及其活动与中唐文学》（《文学遗产》2005 年第 6 期）、《论中唐"郎官"与文学》（《文学评论》2006 年第 2 期）、《中唐州郡官与贬谪文学体裁的兴盛》（《文史》2006 年第 4 辑）。

专掌诏诰，兼呈奏之事。自是诏诰之任，舍人专之。陈置五人。后魏有舍人省，而不言其员。北齐舍人省掌署敕行下，宣旨劳问，领舍人十人。后周有小史上士二人，此其任也，属春官。隋内史舍人八员，专掌诏诰。炀帝减四人，后改为内书舍人。大唐初为内史舍人，至武德三年，改为中书舍人，置六员。龙朔以后，随省改号，而舍人之名不易。专掌诏诰、侍从、署敕、宣旨、劳问，授纳诉讼，敷奏文表，分判省事。自永淳以来，天下文章道盛，台阁髦彦无不以文章达。故中书舍人为文士之极任，朝廷之盛选，诸官莫比焉。①

可见，中书舍人也是一种文学色彩颇为浓重的清要之官。白居易有两首自咏中书舍人的《紫薇花》诗，其一云："丝纶阁下文章静，钟鼓楼中刻漏长。独坐黄昏谁是伴？紫薇花对紫薇郎。"② 其二云："紫薇花对紫薇翁，名目虽同貌不同。独占芳菲当夏景，不将颜色托春风。"③ 这里的紫薇郎，即中书舍人④。诗中传达出作为中书舍人的文人，其雅兴和清望之感，丝毫不逊于翰林学士和郎官。故在历史文献中，常常可以见到有关中书舍人才情文笔的描述。如《唐会要》卷五十五《省号下》"中书舍人"：

天授元年，寿春郡王成器兄弟五人初出阁，同日受册，有司撰选仪注，忘载册文。及百僚在列，方知阙礼，宰臣相顾失色。中书舍人王勮立召小吏五人，各令执笔口授，分写同时，须臾俱毕，词理典赡，时人叹服。

景龙四年六月二日，初定内难，唯中书舍人苏颋在太极殿后，文诏填委，动以万计，手操口对，无毫厘差误。主书韩礼、谈子阳转书诏草，屡谓颋曰："乞公少迟，礼等书不及，恐手腕将废。"中书令李峤见之，叹曰："舍人思若泉涌，峤所不及也。"⑤

---

① 杜佑：《通志》卷二一《职官三中书令》，中华书局，1984 年影印本。
② 白居易：《紫薇花》，《白居易集》卷十九，中华书局，1979。
③ 白居易：《紫薇花》，《白居易集》卷二十四，中华书局，1979。
④ 方以智：《通雅》卷二三《官制》："中书故事，中书有军国政事，则中书舍人各执所见，杂署其名，谓之五花判事。李泌曰：给舍分司押事，故舍人谓之六押。盖晋以后之舍人，即汉尚书郎，魏置中书通事舍人，梁去通事字，隋改内史舍人，唐武德改中书舍人，又称西台凤阁紫薇舍人。元丰官制行，遂以中书舍人判后省之事。今则内阁舍人为宰相承行，与两殿舍人皆非正途，惟中书科之舍人准考选，然非昔之任矣。"文渊阁《四库全书》本。
⑤ 《唐会要》卷五五《省号下》"中书舍人"，中华书局，1955。

这一段文字，如果不标出《唐会要》的书名，把它当作笔记诗话中常见的文坛逸事来读，亦未尝不可。

白居易和元稹都做过中书舍人，在二人的文集中，收录了他们执笔撰写的大量制诰文字。白居易有中书制诰六卷，元稹更有制诰十卷。这一类文字，虽然是代皇帝立言，却往往能折射出执笔者的某种思想和主张；故他们在整理作品时，都不会忘记把这些代笔之作收入自己的文集中，以流传后世。在他们的中书制诰中，涉及文学的部分自然也不少，如本文在论述郎官的选任时，曾引用过白居易起草的《张籍可水部员外郎制》："文教兴则儒行显，王泽流则歌诗作。若上以张教流泽为意，则服儒业诗者，宜稍进之。"这可以说是把儒家诗教的那一套理论当作选人依据，径直搬到选官程序中去了，其中恐怕不无有意为之的成分。而元稹在他的制诰文字之前，更加上一个《制诰序》以说明写作意图：

> 制诰本于《书》，《书》之诰命训誓，皆一时之约束也。自非训导职业，则必指言美恶，以明诛赏之意焉。是以读《说命》，则知辅相之不易；读《胤征》，则知废怠之可诛。秦汉已来，未之或改。近世以科试取士，文章司言者，苟务刓饰，不根事实；升之者美溢于词，而不知所以美之之谓；黜之者罪溢于纸，而不知所以罪之之来；而又拘以属对，跼以圆方，类之于赋判者流，先王之约束盖扫地矣。元和十五年，余始以祠部郎中知制诰，初约束不暇，及后累月，辄以古道干丞相，丞相信然之。又明年，召入禁林，专掌内命。上好文，一日从容议及此，上曰："通事舍人不知书便其宜，宣赞之外无不可。"自是司言之臣，皆得追用古道，不从中覆。然而余所宣行者，文不能自足其意。率皆浅近，无以变例。追而序之，盖所以表明天子之复古，而张后来者之趣尚耳。①

这又几乎可以看作是一篇文风改革的纲领了。在此，元稹对制诰的内容和形式都做了全新的诠释，特别强调了自己的制诰所采用的是浅近的语言和文风，而且十分自觉地把它与古文的写作联系起来，大力倡导。所以，元白的制诰之作也可以视为中唐古文运动实绩的重要组成部分。

---

① 元稹：《制诰序》，《元稹集》卷四十，中华书局，1982。

二

关于幕僚。

中唐时期的文人入幕构成了士人阶层流动的一大景观，对于社会政治和文化各个方面均有不可忽视的影响，这是有目共睹的事实。对于唐代的文职幕僚，戴伟华先生进行过系统深入的专题研究，无论是相关资料的挖掘整理，还是对其整体特征的分析和把握，都有独到的发现，取得了一系列重要成果。本文在此不拟重复戴氏的研究，而仅就中唐文人入幕的具体情况略作补充，以见其作为一种重要社会角色的基本状况和一般性特点。

中唐时期，文人入幕的数量和规模比之盛唐有了很大程度的发展①。仅凭粗略的观察，就可以列出一批文人入幕的名单，如权德舆、秦系、李嘉祐、顾况、李翰、吕渭、梁肃、崔元翰、王建、刘太真、裴度、杜佑、陆质、李绅、王起、刘禹锡、凌准、韩愈、崔群、孟郊、李益、李公佐、杨巨源、白行简、李翱、令狐楚等。这些在中唐历史上起过相当作用的文人，皆有入幕的经历。他们中的一些人是在中第后和入仕前入幕，如韩愈是在"四举于礼部乃一得，三试于吏部卒无成"②的情况下入汴州节度使董晋幕的。贞元十四年（798）即他入幕后的第三年，始得任命为试校书省校书郎、汴宋亳颍等州观察推官；另一些则是在仕途上不得志的文人，他们也对入幕可能给自己带来的境遇改善抱有希望，如张籍一生虽未入幕，但入幕之念一度颇为强烈。张籍贞元十四年登进士第，旋返和州（今安徽和县），居丧不仕。元和元年（806）补太常太祝，十年不调。害眼疾三年，几乎失明，又穷困潦倒，孟郊曾有《寄张籍》诗曰："西明寺后穷瞎张太祝，纵尔有眼谁尔珍？天子咫尺不得见，不如

---

① 陈铁民先生在《关于文人出塞与盛唐边塞诗的繁荣——兼与戴伟华同志商榷》一文中，对戴氏关于盛唐文人入幕是个别现象的结论提出质疑，将文人出塞分为入幕、游边、使边三个方面，通过具体史实的考证，指出入幕是盛唐文人仕进的一条主要途径，而文人出塞对盛唐边塞诗的繁荣起到了至关重要的作用。见《文学遗产》2002年第3期。对此，戴氏在《关于盛唐文人入幕诸问题答陈铁民先生》一文中进行了回应和反驳，认为：陈文对"文人入幕"的理解有误，混淆了入幕者文、武不同的身份；陈文在考证中忽视《唐方镇文职僚佐考》，造成了文献整理成果出现先后的混乱；陈文因对文献的片面理解而加大了彼此观点的分歧；陈文某些推论缺少必要材料支撑（《文学遗产》拟刊稿）。

② 韩愈：《上宰相书》，《韩昌黎文集校注》卷三，上海古籍出版社，1986。

闭眼且养真。"① 元和六年（811），张籍友人浙东观察使从事李翱来长安，对李逊之贤称颂不已，张籍于是兴起入幕为僚的念头，央求好友、时为职方员外郎的韩愈写了一封《代张籍与李浙东书》：

> 月日，前某官某谨东向再拜，寓书浙东观察使中丞李公阁下：籍闻议论者皆云，方今居古方伯连帅之职，坐一方得专制于其境内者，惟阁下心事荦荦，与俗辈不同。籍固以藏之胸中矣。近者阁下从事李协律翱到京师，籍于李君友也。不见六七年，闻其至，驰往省之。问无恙外，不暇出一言，且先贺其得贤主人。李君曰：子岂尽知之乎？吾将尽言之。数日籍益闻所不闻，籍私独喜，常以为自今已后，不复有如古人者，于今忽有之。退自悲不幸，两目不见物，无用于天下，胸中虽有知识，家无钱财，寸步不能自致。今去李中丞五千里，何由致其身于其人之侧，开口一吐出胸中之奇乎？因饮泣不能语。既数日，复自奋曰：无所能，人乃宜以盲废；有所能，人虽盲，当废于俗辈，不当废于行古人之道者。浙水东七州，户不下数十万，不盲者何限？李中丞取人，固当问其贤不贤，不当计盲与不盲也。当今盲于心者皆是若。籍自谓独盲于目尔，其心则能别是非。若赐之坐，而问之其口，固能言也。幸未死，实欲一吐出心中平生所知见，阁下能信而致之于门邪？籍又善于古诗，使其心不以忧衣食乱，阁下无事时一致之座侧，使跪进其所有，阁下凭几而听之，未必不如听吹竹弹丝、敲金击石也。夫盲者业专于艺必精，故乐工皆盲。籍傥可与此辈比并乎？使籍诚不以蓄妻子、忧饥寒乱心，有钱财以济医药，其盲未甚，庶几其复见天地日月，因得不废，则自今至死之年，皆阁下之赐。阁下济之以已绝之年，赐之以既盲之视，其恩轻重大小，籍宜如何报也！阁下裁之度之！籍惭再拜。

此封书信写得既委婉曲折，又大气磅礴，把张籍处于贫病困厄而又不甘于自弃沉沦的心态，刻画得淋漓尽致。百般无奈中，身为朝官的张籍一度把自己的后半生寄托于幕府，而与唐代重内轻外的风气背道而驰，这种现象恰好说明了幕府在唐代士人心目中的重要地位以及幕府对他们的极大吸引力。

文人入幕之后，相对于幕主而言，一般是处于某种程度的依附状态，所以会自然

---

① 孟郊：《寄张籍》，《孟郊诗集校注》卷七，人民文学出版社，1995。

而然地产生附势心理，这可以从反面得到证明。如张籍有《节妇吟寄东平李司空师道》一诗，用委婉的口气，拒绝河北藩镇李师道对他的聘请。该诗以节妇自喻，表达出士人面临人生重大抉择时的一种复杂的心态：

> 君知妾有夫，赠妾双明珠。感君缠绵意，系在红罗襦。妾家高楼连苑起，良人执戟明光里。知君用心如明月，事夫誓拟同生死。还君明珠双泪垂，何不相逢未嫁时。①

清人贺贻孙《诗筏》评曰：

> 此诗情辞婉恋，可泣可歌。然既垂泪以还珠矣，而又恨不相逢于未嫁时，柔情相牵，展转不绝，节妇之节危矣哉！文昌此诗，从《陌上桑》来，"恨不相逢未嫁时"，即《陌上桑》"使君自有妇，罗敷自有夫"意。然"自有"二语甚斩绝，非既有夫而又恨不嫁此夫也。"良人执戟明光里"，即《陌上桑》"东方千余骑，夫婿居上头"意。然《陌上桑》妙在既拒使君之后，忽插此段，一连十六句，絮絮聒聒，不过盛夸夫婿以深绝使君，非既有"良人执戟明光里"，而又感他人"用心如明月"也。忠臣节妇，铁石心肠，用许多转折不得，吾恐诗与题不称也。或曰文昌在他镇幕府，郓帅李师古又以重币辟之，不敢峻拒，故作此诗以谢。然则文昌婉恋，良有以也。②

张籍一生并未入幕，贺贻孙"或曰"云云误，然而他对此诗感情脉络的把握，却是十分准确到位的。张籍对李师道的聘请的确是婉拒，故态度不甚坚定，与《陌上桑》的"决绝"相比，完全是两个境界。但张籍的"婉恋"却以另一种方式，更曲折、更幽微地反映了当时诗人的复杂心态。这种心态对于入幕的文人来说，是具有代表性的。可以设想，文人一旦接受幕主的聘请，则其幕僚的身份将同嫁妇一般。故这种附势心态，具体表现为感遇题材的诗文创作。如《唐诗纪事》卷四十三载：

---

① 张籍：《节妇吟寄东平李司空师道》，《全唐诗》卷三八二，中华书局，1960 年点校本。
② 贺贻孙：《诗筏》，《清诗话续编》，郭绍虞编选，富寿荪校点，上海古籍出版社，1983。

良史为张徐州建封从事。每自吟曰:"出身三十年,发白衣犹碧。日暮倚朱门,从未污袍赤。"公因为奏章服焉。《春山夜月》云:"春来多胜事,赏玩夜忘归。掬水月在手,弄花香满衣。兴来无远近,欲去惜芳菲。南望钟鸣处,楼台深翠微。"①

《御定全唐诗录》卷四十五载:

良史为张徐州建封从事,每自吟曰:"出身三十年,发白衣犹碧。日暮倚朱门,从未污袍赤。"建封因为奏章服焉,官至侍御。②

良史即于良史,天宝末入仕,大历中为监察御史。贞元四年至十六年(788~800)在徐泗濠节度使张建封幕为从事。高仲武《中兴间气集》卷上称"侍御诗清雅,工于形似,如'风兼残雪起,河带断冰流',吟之未终,皎然在目"。③ 这一联还被胡应麟推举为典型的"中唐句"。④ 而上引于良史的这篇《自吟》诗,可称为中唐幕僚感遇悲时诗歌的代表之作。

更能反映入幕文人附势心态的例子是李益的《献刘济》。贞元十三年(797)前后,李益入幽州节度使刘济幕,作有《献刘济》一诗:"草绿古燕州,莺声引独游。雁归天北畔,春尽海西头。向日花偏落,驰年水自流。感恩知有地,不上望京楼。"⑤ 关于李益入幕的经过和此诗的本事,《旧唐书》卷一三七载:

李益,肃宗朝宰相揆之族子。登进士第,长为歌诗。贞元末,与宗人李贺齐名。每作一篇,为教坊乐人以赂求取。唱为供奉歌词。其《征人歌》、《早行篇》,好事者画为屏障;"回乐峰前沙似雪,受降城外月如霜"之句,天下以为歌词。然少有痴病,而多猜忌,防闲妻妾,过为苛酷,而有散灰扃户之谭闻于时,故时谓妒痴为"李益疾";以是久之不调,而流辈皆居显位。益不得意,北游河朔,幽州刘

① 计有功:《唐诗纪事》卷四十三,上海古籍出版社,1987。
② 《御定全唐诗录》卷四十五,文渊阁《四库全书》本。
③ 高仲武:《中兴间气集》卷上,文渊阁《四库全书》本。
④ 胡应麟:《诗薮》内编卷四,上海古籍出版社,1979。
⑤ 李益:《献刘济》,《全唐诗》卷二八三,中华书局,1960。

济辟为从事，常与济诗而有"不上望京楼"之句。

宪宗雅闻其名，自河北召还，用为秘书少监、集贤殿学士。自负才地，多所凌忽，为众不容，谏官举其幽州诗句，降居散秩。

李益此诗中的"感恩知有地，不上望京楼"云云，的确容易让朝廷误会。其实，这只不过是幕僚对幕主附势心态的集中体现而已。类似的情况如韩愈贞元十五年（799）在张建封幕，作《龊龊》诗："愿辱太守荐，得充谏诤官，排云叫阊阖，披腹呈琅玕。致君岂无术，自进诚独难！"亦有请张荐引之意。这一点已见前述，兹不赘。

就文人入幕的特定阶段和作用而言，按唐代文人正常的自我设计，它应该是入仕前的准备和铺垫；如果老而无成，长期托身幕府，则其效果会适得其反。尤其对那些具有"致君尧舜上，再使风俗淳"的远大抱负的文人来说，是有违初衷的，因而终老幕府难以让他们接受。如杜甫有《正月三日归溪上有作简院内诸公》①："野外堂依竹，篱边水向城。蚁浮仍腊味，鸥泛已春声。药许邻人斫，书从稚子擎。白头趋幕府，深觉负平生。"就是这种心态的体现。而前引于良史的《自吟》诗和李益的《献刘济》诗，也明显地含有这种"怨望"的成分。

至于幕僚在幕府的职事，一般是文书工作。如刘禹锡于贞元十六年（800）入徐泗濠节度使杜佑幕为掌书记，后随杜佑到淮南，为节度使掌书记。杜佑对他照顾有加，瞿蜕园先生《刘禹锡集笺证》附录一《刘禹锡集传》记："佑辟禹锡掌记，既以故人子遇之，又重禹锡之文望，欲以衣钵授之也。"② 刘禹锡在杜佑幕，为其代写了许多文章，《刘禹锡集》中收录有二十余篇。由此可见，幕府的文书之作在这些文人的职事生涯中占据了重要的地位。

三

关于学官。

唐代学校，以官学为主，其设置包括国子监及其下设的六学即国子学、太学、四

---

① 杜甫：《正月三日归溪上有作简院内诸公》，《杜诗详注》卷十四，中华书局，1979。
② 瞿蜕园：《刘禹锡集笺证》，上海古籍出版社，1989。

门学、律学、书学、算学等；官学里的学官，从国子监的正副长官祭酒、司业，到六学中的博士、助教、直讲等，不一而足。在此仅就中唐学官直接见于诗文中的情况，略举数例。

中唐时期李绅、张籍、韩愈等著名文人曾经做过学官。

李绅于元和九年（814）拜国子助教。国子助教从六品上，掌佐博士，分经以教授。助教的生活是清贫的，其官职相对于那些清望官而言，也很冷落。白居易作于元和九年的《渭村酬李二十见寄》："百里音书何太迟，暮秋把得暮春诗。柳条绿日君相忆，梨叶红时我始知。莫叹学官贫冷落，犹胜村客病支离。形容意绪遥看取，不似华阳观里时。"① 以及《初授赞善大夫早朝寄李二十助教》："病身初谒青宫日，衰貌新垂白发年。寂寞曹司非热地，萧条风雪是寒天。远坊早起常侵鼓，瘦马行迟苦费鞭。一种共君官职冷，不如犹得日高眠。"② 此二诗皆突出地描绘了助教这种学官"贫且冷落"的状况。

张籍于元和十一年（816）拜国子助教。长庆元年（821），韩愈荐其为国子博士。国子博士正五品上，掌教文武官三品以上及国公子孙等。虽然官品接近，但国子博士的状况比起郎官来，仍要差一段距离。故次年张籍转水部员外郎时，白居易特意写了一首《喜张十八博士除水部员外郎》致贺，诗曰："老何殁后吟声绝，虽有郎官不爱诗。无复篇章传道路，空留风月在曹司。长嗟博士官犹屈，亦恐骚人道渐衰。今日闻君除水部，喜于身得省郎时。"③ 对张籍的转郎官（水部是郎官中最清冷的官职）表示出莫大的喜悦，甚至比自己当年得到郎官的职位更感欣慰，这显然是在对一般学官困窘的社会地位和经济状况表示同情。

这里值得一提的是韩愈的《进学解》。该篇作于唐宪宗元和八年（813），当时韩愈由职方员外郎再贬为国子博士。文章假设师生对话，讨论学习和个人前途问题，借学生之口为自己鸣不平，以发泄自己"才高被黜"的牢骚情绪，同时坚定自己守道固穷，勤学不辍的信念，总结融贯百史、自成一家的古文写作经验。文章中牢骚以幽默的反语出之，与老师的正面训话交相映衬，反映了韩愈的上述两种心绪情结。

元和十五年（820），韩愈离袁州刺史任，还朝为国子祭酒，这是韩愈第四次出

---

① 白居易：《渭村酬李二十见寄》，《白居易集》卷十五。
② 白居易：《初授赞善大夫早朝寄李二十助教》，《白居易集》卷十五，中华书局，1979。
③ 白居易：《喜张十八博士除水部员外郎》，《白居易集》卷十九。

任学官。考察韩愈四次出任学官的历程，以及出任学官时的心态、行事和创作，对了解中唐文人社会角色的变迁与文学演进的关系，很有启示意义。

韩愈第一次所任学官为四门学士，时为贞元十八年（802）。十年前即贞元八年（792）韩愈中"龙虎榜"，进士及第，但随后三应吏部制举博学宏词科而未中，于是在贞元十二年（796）入宣武军节度使董晋幕为观察推官，三年后即贞元十五年（799）又入武宁军节度使张建封幕，为试协律郎、徐泗濠节度推官，贞元十七年（801）秋末或初冬始"调选"为国子监四门博士，这是韩愈所任的第一个朝官（为宣武军节度推官，虽曾加秘书省校书郎衔，但非实授），可以说是韩愈仕宦生涯的起点。国子学、太学是贵族子弟学校，四门学则兼有下层贵族和平民子弟。四门博士是四门学的学官，正七品上，"掌教文武官七品已上及侯、伯、子、男子之为生者，若庶人子为俊士生者"。① 元和元年（806），经监察御史、阳山令、江陵府法曹参军等任后，韩愈再做学官，是为国子博士，分司东都。这可以说是韩愈仕宦生涯第一个起伏后的回归。国子博士，正五品上，"掌教文武官三品已上及国公子孙、从二品已上曾孙之为生者"。② 七年后的元和七年（812），韩愈经两任郎官（都官员外郎、职方员外郎）、一任县令（河南令）后第三次任学官，再为国子博士。这可以说是韩愈仕宦生涯第二个起伏后的回归。而第四次出任学官，就是上面说到的元和十五年（820）从潮州、袁州刺史返回长安为国子祭酒。这可以说是韩愈仕宦生涯的第三次回归。国子祭酒是国子监的最高长官，从三品，"掌邦国入学训导之政令"③。韩愈的第四次出任学官，终于达到了这个层次的最高点。

由上述韩愈四次出任学官的经历来看，他的每一次出任学官，都在其仕宦生涯中具有重大意义：或者是其仕宦生涯的起点，或者是其仕途起伏后的回归。由此可见，学官这个社会角色在韩愈一生中是多么的重要。不仅如此，他在任学官期间，还写下了许多在中国思想史和文学史上具有里程碑意义的代表作。其中不乏在当时广为流传、并为后人耳熟能详的名篇，即使是现在，我们仅仅读一下这些篇名，仍然可以感受到它们所蕴含的震撼力。现据陈克明《韩愈年谱及诗文系年》一书④，将其罗列如下：

贞元十七年（822）出任四门博士，有诗《山石》，文《送李愿归盘谷序》《答

---

① 《唐六典》卷二一，中华书局，1992。
② 《唐六典》卷二一。
③ 《唐六典》卷二一。
④ 陈克明：《韩愈年谱及诗文系年》，巴蜀书社，1999。

李翊书》《重答李翊书》《送孟东野序》等；

元和元年出任国子博士，有诗《荐士》《秋怀诗十一首》《会合联句》《城南联句》，文《荆潭唱合诗序》《请复国子监生徒状》等；

元和七年再为国子博士，有文《进学解》等；

元和十五年出任国子祭酒，有诗《猛虎行》，文《举荐张籍状》等。

其中《进学解》问世后，在当时广为传诵，史载"执政览其文而怜之，以其有史才，改比部郎中、史馆修撰"①。迁比部郎中的理由，在《韩愈比部郎中史馆修撰制》中说得很清楚："太学博士韩愈：学术精博，文力雄健。立词措意，有班、马之风。求之一时，甚不可得。加以性方道直，介然有守，不交势利，自致名望。可使执简，列为史官。记事书法，必无所苟。仍迁郎位，用示褒升。可依前件。"②

四

以上简略补充概述了中唐的几种社会角色，他们对于中唐社会和文学所发生的历史作用，与翰林学士、郎官、谏官和州郡官一样，都是不可忽视的。

最后，需要说明的一点是，社会角色发生作用时，往往并不是以单一的角色形式体现，而是多种角色或曰角色集共同起作用。本文按社会角色的种类——论述，主要是为了突出此类社会角色的作用以及行文的方便。实际上，如果以人物和事件为线索展开，或许会有另一番景象展现在我们的面前。

这里试举一例。贞元九年（793）李翱二十岁时"始就州府之贡举人事"③，取得乡贡资格。当年九月赴长安，准备应明年春的进士试，并以所业谒梁肃。梁肃对李翱颇为欣赏："谓翱得古人之遗风，期翱之名不朽于无穷，许翱以拂拭吹嘘。"④ 可见，李翱的文名是因为得到梁肃的"拂拭吹嘘"，才在京师传播开来。而当时梁肃为右补

---

① 《旧唐书》卷一六〇《韩愈传》。执政指李绛、武元衡和李吉甫。
② 见《白氏长庆集》卷三八、《白居易集》卷五五，归入翰林制诰类。但白居易元和六年至元和八年丁母忧出翰林学士院，至元和九年方授太子左赞善大夫，而韩愈除比部郎中、史馆修撰在元和八年春，故白居易不可能撰此制词。岑仲勉先生曾指出这一点，见《白氏长庆集伪文》，收入《岑仲勉史学论文集》，中华书局，1990。
③ 李翱：《感知己赋并序》，《李文公集》卷一，《四部丛刊》本。
④ 李翱：《感知己赋并序》，《李文公集》卷一，《四部丛刊》本。

阙，以本官充翰林学士，兼皇太子侍读、史馆修撰。贞元八年（792）梁氏与崔元翰同荐韩愈、李观、欧阳詹等登第，次年十一月卒，年四十一。所以李翱在贞元十年（794）应进士试时，失去了梁肃的荐引，因而没有中第。以后又连考三年，至贞元十四年（798）时才登进士第。崔元翰与梁肃皆对独孤及执弟子礼，贞元八年时为职方员外郎、知制诰。从上列材料看，对李翱而言，产生影响的是梁肃，而梁的角色就有多种；对登"龙虎榜"的韩愈等人而言，产生作用的更是多人，如陆贽、梁肃、崔元翰等，而他们又是身兼多任。从这里便可以清楚地看出，角色集在社会生活中的意义以及所发挥的实际作用。

后　记

这里收录的，是我走上学术道路之初完成的两部小书，以及我博士论文中已单独发表的几篇文字。

《清淡的歌吟——中国古代清淡诗风与诗人心态》写于1992年，1995年由苏州大学出版社出版；《余霞散成绮——古代散文创作》写于1989年，1999年由台北万卷楼图书有限公司出版。现在借首都师范大学"京华学术文库"出版的机会，把它们集合在一起再版，有两个缘由：一是感念。写作这两本小书的20世纪八九十年代，是中国学术界极具特色和创造力的时期。如今我已届知命之年，距当时虽然已有20余年，但那个富于活力和色彩的年代，那个年代里带给我教益和感动的师友，却时时复现在记忆里。二是检视。自2008年起，我由学术刊物的编辑转岗为高校教师。从事教育职业的人往往有一种自觉，即过一个阶段便回顾自己曾经走过的路，给自己继续前行留下一个标记或曰参考，也把自己治学的经验和教训传递给现在的学生。

这里，我简单地交代一下这两部小书的写作背景。

《清淡的歌吟》为苏州大学教授王锺陵先生主编的"中国文人心态丛书"之一种。此套丛书的出版颇有些坎坷，先是文化艺术出版社约稿，后因故拿到苏州大学出版社。据我所知，此套丛书在苏州大学出版社似乎只出版了两本，我也因祸得福，荣幸地得到了主编王锺陵教授以及文化艺术出版社赵伯陶、苏州大学出版社陈长荣编审的指导和斧正。这部小书出版后，得到学术界同仁的谬奖，部分文字发表于《中国社会科学》《文学遗产》《学术论坛》等刊物，韩经太先生曾以《清吟诗心的精神状态分析》为题在《文学遗产》上发表书评，称此书为"文笔清省而思理精锐的学术著作"。

《余霞散成绮》乃应台北万卷楼图书有限公司之邀而作，为"中国文化宝库丛书"之一种。它是关于中国古代散文创作的概说和简史。当时，郭预衡先生的巨著《中国散文史》还没有出齐，无从参考最新研究成果；电脑也没有普及，只能手写笔录。这使得我有机会探究中国古代的散文文体特征，重温古代散文的发展历程，也让我第一次有机会用钢笔誊录了将近 8 万字的繁体字书稿。2002 年，我在台湾拜会了这套丛书的主编之一，著名的中国思想史、经学史研究专家林庆彰先生。印象最深的是他带我参观中研院文哲所图书馆的情景。记得他在书籍的丛林中穿行，一边充满爱怜地抚摸着一本本书，一边向我如数家珍地介绍，这些书是他如何辛苦地采购甚至"淘"来的……

博士论文中单独发表过的几篇文字，大多见于一些学术期刊，它们是：《论中唐文人社会角色的变迁及其特征》，《陕西师范大学学报》2006 年第 6 期；《唐代的翰林待诏、翰林供奉和翰林学士》，《求索》2002 年第 5 期；《翰林学士及其活动与中唐文学》，《国学研究》第九卷，北京大学出版社 2002 年版；《谏官及其活动与中唐文学》，《文学遗产》2005 年第 6 期，收入《中国中古文学研究——中国中古（汉—唐）文学国际学术研讨会论文集》，学苑出版社 2005 年版；《论中唐"郎官"与文学》，《文学评论》2006 年第 2 期，收入《中国中世文学研究论集》，上海古籍出版社 2006 年版；《中唐州郡官与贬谪题材文学的兴盛》，《文史》2006 年第 4 期（总第77 辑）；《中唐文人社会角色与文学——中书舍人、学官及入幕研究》，《北京科技大学学报》2007 年第 3 期。在此向有关学术期刊和出版社的编辑朋友致以衷心的感谢！

如今距这两部小书的初版分别有 18 年和 14 年，距博士论文中最近一篇文章的发表也有 6 年，因其内容涉及中国古代诗文，而这里的探讨大多具有管中窥豹的举隅特点，故合集而名之曰《中国古代诗文研究举隅》；因试图对中国古代诗文的精髓和士人心态有所发掘，故又名之曰《诗心、文心与士心》。

现在无论是学术论文还是学术著作，似乎越来越程式化了。我希望通过这两部具有那个年代鲜明烙印的小书，能够带来一些积极有益的思考，而减少一些呆板僵化的"范式"。因此，这次再版除了个别文字的修订外，其内容和体例一仍其旧，保持原貌。至于博士论文的写作，当时学界似乎已经十分注重学术规范了，但作为大陆古代文学界追求学理思潮的亲历者，我在主观上还是力图能于思路和理念上有所变化翻新，故放在这里以为对照，看看自己是否有进步，是否跟上了时代的脚步。

最后，我要衷心地感谢业师袁行霈先生。从本科毕业论文一直到博士学位论文的写作，都得到袁先生的悉心教诲和指导。同时，要感谢我曾经从事的工作和现在的工作。学术编辑工作让我接触到许多高质量的学术论文，培养了我的学术品位和学术敏感；高校教师的工作则令我增加了一份责任感，因而愿意将自己不太成熟的作品拿出来，与学生们分享治学的得失和甘苦。当然，还要感谢首都师范大学文学院接纳了我。因为加入这个学术团队时时令我感到温暖、自尊和自信。

是为记。

2013 年 8 月·北京

图书在版编目（CIP）数据

诗心、文心与士心：中国古代诗文研究举隅/马自力著. —北京：
社会科学文献出版社，2013.12
（京华学术文库）
ISBN 978 - 7 - 5097 - 5483 - 2

Ⅰ.①诗… Ⅱ.①马… Ⅲ.①古典诗歌 - 诗歌研究 - 中国 ②古典
散文 - 古典文学研究 - 中国 Ⅳ.①I207

中国版本图书馆 CIP 数据核字（2013）第 311424 号

·京华学术文库·

诗心、文心与士心
——中国古代诗文研究举隅

著　　者／马自力

出 版 人／谢寿光
出 版 者／社会科学文献出版社
地　　址／北京市西城区北三环中路甲 29 号院 3 号楼华龙大厦
邮政编码／100029

责任部门／人文分社（010）59367215　　　　责任编辑／黄　丹
电子信箱／renwen@ ssap. cn　　　　　　　责任校对／张彦彬
项目统筹／宋月华　黄　丹　　　　　　　　责任印制／岳　阳
经　　销／社会科学文献出版社市场营销中心（010）59367081　59367089
读者服务／读者服务中心（010）59367028

印　　装／三河市东方印刷有限公司
开　　本／787mm×1092mm　1/16　　　　印　　张／22.75
版　　次／2013 年 12 月第 1 版　　　　　　字　　数／414 千字
印　　次／2013 年 12 月第 1 次印刷
书　　号／ISBN 978 - 7 - 5097 - 5483 - 2
定　　价／98.00 元